DARKDAWN

AS CINZAS DA REPÚBLICA

JAY KRISTOFF

AS CRÔNICAS DA QUASINOITE
VOLUME 3

TRADUÇÃO
CLEMENTE PEREIRA

PLATAFORMA21

TÍTULO ORIGINAL *Darkdawn*

Plataforma21 é o selo jovem da VR Editora

DIREÇÃO EDITORIAL Marco Garcia
EDIÇÃO Thaíse Costa Macêdo
PREPARAÇÃO Isadora Prospero
REVISÃO Raquel Nakasone, Juliana Bormio de Sousa e Fabiane Zorn
DESIGN DE CAPA Micaela Alcaino
ILUSTRAÇÃO DE CAPA Kerby Rosanes
IMAGENS TEXTURAS SOLARES © Shutterstock.com
DIAGRAMAÇÃO Juliana Pellegrini e WAP Studio

Dados Internacionais de Catalogação na Publicação (CIP)
(Câmara Brasileira do Livro, SP, Brasil)

Kristoff, Jay
Darkdawn: as cinzas da república / Jay Kristoff; tradução Clemente Pereira. – 2. ed. – Cotia, SP: Plataforma21, 2022. – (Crônicas da quasinoite; v. 3)

Título original: Darkdawn.
ISBN: 978-65-88343-22-7

1. Ficção – Literatura juvenil 3. Ficção australiana
4. Ficção fantástica I. Título. II. Série.

22-96431 CDD-028.5

Índices para catálogo sistemático:
1. Ficção fantástica: Literatura juvenil 028.5
Eliete Marques da Silva - Bibliotecária - CRB-8/9380

VR EDITORA S.A.
Via das Magnólias, 327 – Sala 01 | Jardim Colibri
CEP 06713-270, Cotia – SP
Tel.| Fax: (+55 11) 4702-9148
plataforma21.com.br | plataforma21@vreditoras.com.br

Aos meus leitores,
não teria conseguido sem vocês também.

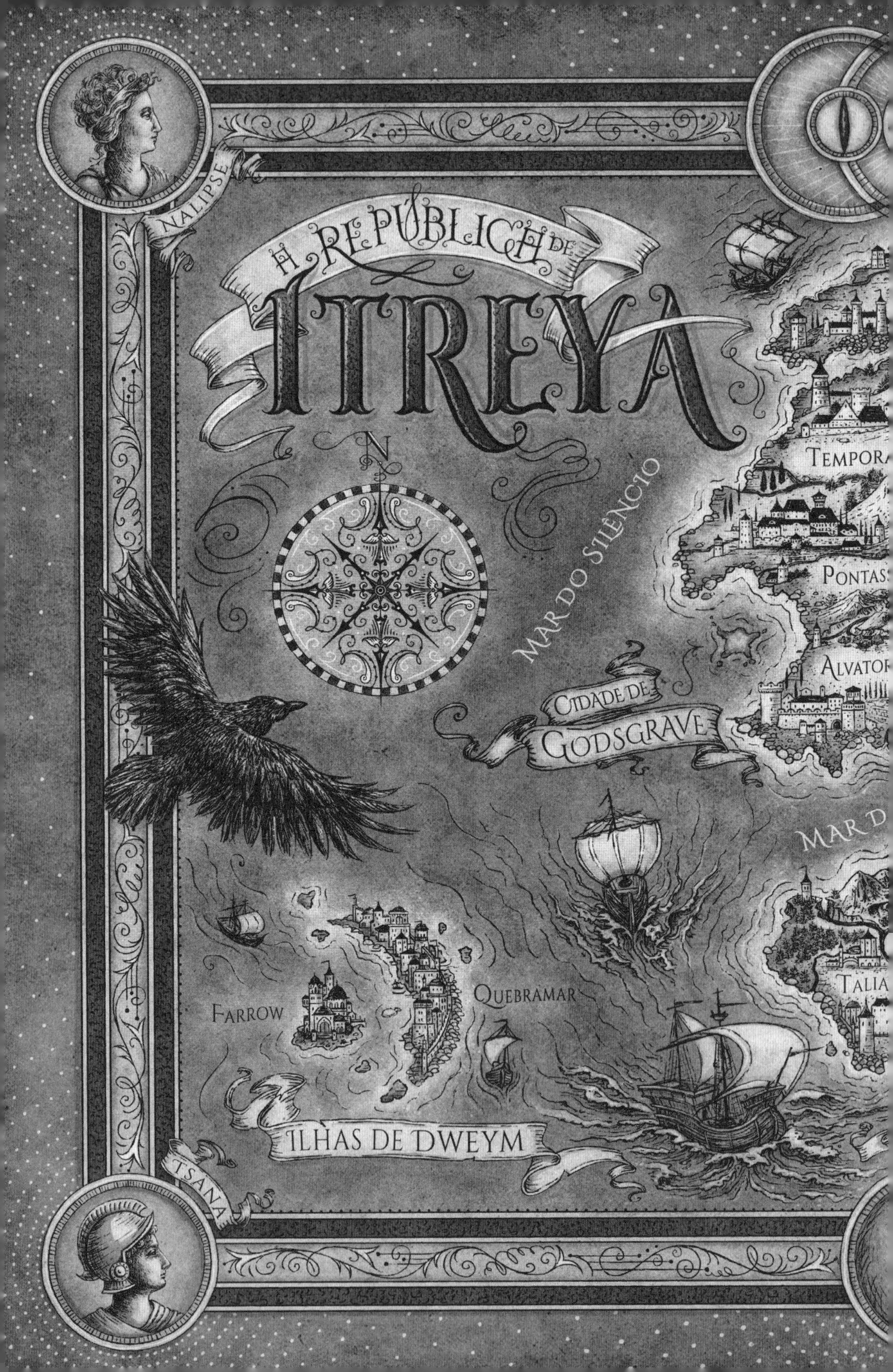
A REPÚBLICA DE
ITREYA
NALIPSE
N
MAR DO SILÊNCIO
CIDADE DE
GODSGRAVE
FARROW
QUEBRAMAR
ILHAS DE DWEYM
TSANA

Ul'Staad
Vaan
Carrion Hall
Bosque Vazio
Pontenegra
Itreya
Ninho do corvo
Mar das Estrelas
das
Mar dos Lamentos
A Montanha silenciosa
Ultima Esperança
Ysiir
Galante
Liis
Amai
Elai
Ta'nise
Trelene
Keph

Braço da Espada
Espinha
Coração
Mar do Silêncio
Catedral de Godsgrave
Antiguidades Mercurio
Mercado Liisio
Baixo Oeste
Baía dos Açougueiros
Ponte das Loucuras
N A R E P Ú B L I C

Braço do Escudo
Aqueduto
Costelas
Palazzo Branco
A Pedra Filosofal
N
Baixo Leste
Godsgrave
Cidade das Pontes e dos Ossos
A D E I T R E Y A

THE HOOK
N

Bom, aqui estamos novamente, nobre amigo.

Acho que lhe devo desculpas. Tanto pela conclusão da segunda parte do conto de Mia como pelo estado em que deixei você depois. Você pareceu bem aborrecido. Pode ter certeza de que não haverá pontas soltas em nossa última dança juntos. Como prometido, você testemunhou o nascimento dela e viveu a vida dela. Agora só falta a morte dela.

Mas antes de entrarmos de chofre em vulgaridades e carnificinas, permita-me refrescar pela última vez a memória daqueles cuja lembrança é tão confiável quanto este narrador. Depois continuaremos com a morte da nossa putinha assassina, certo?

Dramatis Personae

Mia Corvere – assassina da Igreja Vermelha, gladiatii dos Falcões de Remus, e agora a assassina mais infame de toda a República de Itreya. Filha de uma rebelião fracassada, Mia passou os últimos oito anos buscando uma vingança assassina contra os homens que destruíram sua família.

Depois de descobrir a mão da Igreja Vermelha no assassinato do pai, Mia rompeu laços com os assassinos e vendeu-se a um estábulo de gladiatii. Após vencer os grandes jogos de Godsgrave, fez diversas descobertas impressionantes em rápida sucessão:

• Seu irmão mais novo, Jonnen, que ela julgava morto ainda bebê, tinha sido roubado por seu inimigo mortal, o cônsul Julius Scaeva, e foi criado como seu filho.

• Jonnen *é* mesmo filho de Scaeva. O que quer dizer que a mãe de Mia, Alinne, dormia com o homem que acabaria por ordenar o assassinato de seu marido e a própria morte dela, na Pedra Filosofal.

• Como Mia, Jonnen é sombrio, ou seja, capaz de controlar sombras.

Na conclusão dos grandes jogos, Mia assassinou o grão-cardeal Francesco Duomo. Aparentemente, também matou Scaeva e roubou seu irmão de volta antes de cair para a morte quase certa numa arena inundada e repleta de dragões-tempestade.

Pelos dentes da Fauce, esse final foi emocionante *mesmo*, não foi?

Senhor Simpático – companheiro de Mia desde a infância, o Sr. Simpático é (dependendo da pessoa a quem você perguntar) um demônio, passageiro ou parente, com a capacidade de comer o medo das pessoas. Ele é feito de sombras e sarcasmo. Apesar do temperamento ácido, é obvio que nutre um carinho profundo e duradouro por Mia. Só não diga isso perto dele.

Ele assume a forma de gato, mas, como quase tudo a respeito dele, essa aparência não é totalmente genuína.

Eclipse – outro demônio das sombras, Eclipse era a passageira de Cassius, ex-Senhor das Lâminas da Igreja Vermelha. Ela se uniu a Mia quando Cassius morreu.

Eclipse assume a forma de loba e sua relação com o Sr. Simpático é tão boa quanto podem ser as relações entre cães e gatos.

Ashlinn Järnheim – ex-acólita da Igreja Vermelha. De sangue vaaniano, Ashlinn traiu o Ministério para vingar o pai, Torvar, e quase pôs a Igreja Vermelha de joelhos. Depois que Mia estragou seu plano, Ashlinn entrou para o serviço do cardeal Duomo, que a encarregou de recuperar o mapa de uma localização secreta na velha Ysiir – um mapa de importância vital para a Igreja Vermelha. Temendo uma traição, Ashlinn tatuou o mapa nas costas com tinta arquêmica, que desvanecerá quando ela morrer.

Ashlinn ajudou Mia em seu plano para vencer os grandes jogos, e as duas acabaram se tornando amantes[1]. Ao término dos jogos, ela foi abordada pelo Ministério da Igreja e pelo cônsul Scaeva – ainda bem vivo –, que revelou que Mia matara apenas um duplo, criado pela tecelã de carne Marielle, e que Scaeva trabalhava em conjunto com a Igreja Vermelha para orquestrar a morte de seu rival, o cardeal Duomo.

Para completar, Scaeva ainda revelou que era pai de Mia.

---

1 Hormônios da puberdade, nobres amigos. Que espetáculo, não?

Em seguida, Ashlinn foi atacada pelos assassinos da Igreja Vermelha, mas foi salva por uma figura sombria que conhecia de algum lugar…

Tric – acólito da Igreja Vermelha de sangue misto itreyano e dweymeri, ex-amante de Mia. Foi assassinado por Ashlinn Järnheim como parte do plano dela para capturar o Ministério da Igreja Vermelha. Seu cadáver foi jogado da lateral da Montanha Silenciosa.

Tudo indica que Tric voltou à vida, se bem que numa forma mais sombria e mágica. Ele abordou Mia na necrópole de Galante e lhe deu vários avisos enigmáticos sem revelar a própria identidade. Mais tarde, salvou Ashlinn dos assassinos da Igreja Vermelha.

Sabe-se lá como Tric voltou do reino da Mãe Sombria ou por que salvou a garota que o assassinou.

Velho Mercurio – confidente e mentor de Mia antes de ela juntar-se à Igreja Vermelha. O próprio Mercurio foi Lâmina da Igreja por muitos anos e passou a servi-la como bispo de Godsgrave. Apesar de ser um babaca velho e rabugento sem conserto, ajudou Mia no plano para matar Duomo e Scaeva, com plena consciência de que suas ações atrairiam a ira do Ministério.

Durante a final dos grandes jogos, foi capturado pela Igreja e levado de volta à Montanha Silenciosa por ordens de…

Julius Scaeva – três vezes eleito cônsul da República de Itreya, é conhecido como o "Senador do Povo". O cargo de cônsul costuma ser compartilhado, mas Scaeva vem mantendo o controle exclusivo do Senado desde a Rebelião Faz-Rei, oito anos atrás.

Valendo-se da rebelião como desculpa para estender seu mandato, Scaeva tem trabalhado com a Igreja Vermelha com o objetivo de reivindicar o título de imperador e obter poderes emergenciais perpétuos sobre a

República. Ele presidiu a execução do pai de Mia, condenou sua amante, a mãe de Mia, à morte na Pedra Filosofal, roubou o irmão bebê da garota e ordenou que ela fosse afogada num canal, apesar de saber que Mia era sua filha.

A palavra "filho da puta" não lhe faz justiça.

Mas por falar nisso...

Drusilla – Senhora das Lâminas da Igreja Vermelha e, apesar da aparente idade, uma das assassinas mais mortíferas da República. Embora alegue ser devota da Mãe Sombria, Niah, Drusilla trabalha em conluio com o cônsul Scaeva para ajudá-lo a realizar sua ambição de assumir o controle total de Itreya.

A Senhora das Lâminas não gosta de Mia desde o fracasso da garota nas provas de acólita da Igreja Vermelha. É de supor que as recentes traições de Mia não a tenham elevado no conceito de Drusilla.

Solis – Reverendo Pai e Shahiid de Canções, mestre na arte do metal e o homem mais grosso do mundo. Parece ser cego, embora não demonstre grandes dificuldades para empunhar uma espada. Solis já foi prisioneiro na Pedra Filosofal e o único sobrevivente de um massacre sangrento chamado de "Descenso", no qual os prisioneiros foram estimulados a chacinarem-se uns aos outros em troca da liberdade. A vitória de Solis conferiu-lhe o direito de usar seu nome, que na língua da velha Ysiir quer dizer "o último".

Mia cortou o rosto dele em sua primeira sessão de treino na Montanha Silenciosa. Em retaliação, ele cortou fora o braço dela. Solis escolheu manter a cicatriz, bem como o rancor pela garota que o derrotou.

Mataranhas – Shahiid de Verdades e senhora dos venenos. Mia era uma das acólitas mais promissoras de Mataranhas, mas o carinho da shahiid pela garota praticamente desapareceu – mesmo *antes* de ela trair os ensinamentos da Igreja.

Se Mataranhas alguma vez oferecer a você um copo de vinho d'ouro, meu conselho é recusar.

Mouser – mestre da roubalheira e Shahiid de Bolsos. Um sujeito encantador com rosto de jovem, olhos de velho e uma queda por usar as roupas de baixo das damas.

Mouser não demonstrava qualquer inimizade com Mia antes da traição dela, embora seja de esperar que ela tenha sido riscada da lista de presentes de Grande Partilha dele graças às cagadas recentes.

Aalea – senhora dos segredos e Shahiid de Máscaras. Bela e sedutora, a quantidade de assassinatos de Aalea só perde para o número de entalhes na cabeceira de sua cama.

Na verdade, ela até que gostava bastante de Mia antes da traição da garota, só que nenhum membro do Ministério da Igreja obteve seu posto graças ao sentimentalismo.

Marielle – uma de dois feiticeiros a serviço da Igreja Vermelha. Marielle é mestra em tecer carne, uma forma antiga de mágica praticada no império caído de Ysiir. Ela pode esculpir pele e músculo com a mesma facilidade com que manipularia o barro, mas o preço a pagar por tal poder é terrível: sua própria pele é uma deformidade horrenda e ela não é capaz de alterá-la.

Para combinar com a aparência perturbadora, Marielle também parece gostar demais do irmão, Marius.

Marius – o segundo feiticeiro a serviço da Montanha Silenciosa. Marius é um orador de sangue que trabalha com o *vitus* humano: é capaz de passar mensagens através do sangue, manipulá-lo com um simples pensamento e transportar pessoas e objetos que já viveram pelas piscinas de sangue nas capelas da Igreja Vermelha. Graças a Marielle, Marius ainda é incomparavelmente lindo.

Ele matou o irmão de Ashlinn, Osrik, durante o ataque dos luminatii à montanha, e está em dívida com Mia por ela lhe ter salvado a vida; e a dívida ainda está por ser cobrada.

"Tens uma dívida de sangue a receber, pequeno corvo. E com sangue será paga."

Aelius – cronista da Montanha Silenciosa. Aelius é o mestre do grandioso ateneu da Igreja Vermelha, uma biblioteca ampla e crescente de livros destruídos, perdidos ao longo do tempo ou nem sequer escritos. Ele também tem que lidar com os vermes de livros, enormes e carnívoros, que rondam a escuridão entre as prateleiras. Por fim, as tarefas de Aelius são ainda mais dificultadas pelo fato de ele, como tudo na biblioteca da Mãe Sombria, estar morto.

Ainda assim, é uma vida...

Naev – Mão da Igreja Vermelha que gerencia as caravanas de mantimentos nas Ruínas Sussurrantes de Ysiir. Depois de algumas dificuldades iniciais, ela e Mia tornaram-se amigas e confidentes.

Naev foi desfigurada por Marielle, a tecelã, que ficou com ciúmes do caso dela com seu irmão Marius. Porém, depois de Mia impedir o ataque à Montanha Silenciosa, Marielle restaurou a beleza de Naev como um favor à sua salvadora.

Naev mantém o rosto velado e os sentimentos de lado.

Shiu – talentoso Lâmina da Igreja Vermelha. Aparentemente mudo, Shiu se comunica por uma linguagem de sinais conhecida como deslíngua.

Embora ele e Mia tivessem sido acólitos juntos e ele a tivesse ajudado nas provas, Shiu permanece fiel ao Ministério. Ele tentou capturar Ashlinn por ordem do Ministério, mas a garota escapou com a ajuda de Tric.

Francesco Duomo – grão-cardeal da Igreja da Luz e membro mais poderoso do ministério do Onividente. Embora aparentasse ser aliado de Julius Scaeva, o cardeal e o cônsul eram arqui-inimigos. Ao lado de Scaeva e do justicus Marcus Remus, Duomo lavrou a sentença da fracassada Rebelião dos Faz-Rei, incluindo a do pai de Mia, Darius.

Podemos afirmar com segurança que Mia levou as ações do cardeal para o lado pessoal: cortou sua barba até os ossos diante de cem mil pessoas histéricas.

Alinne Corvere – mãe de Mia e política temível que quase conseguiu derrubar a República de Itreya. Seu casamento com o justicus Darius revelou-se um acordo de amizade e uma conveniência política; Alinne era, na verdade, amante de Julius Scaeva, com quem teve dois filhos: Mia e Jonnen.

Apesar de sua relação com Scaeva, o cônsul não demonstrou qualquer remorso em tirá-la de cena depois da rebelião fracassada de seu marido. Alinne foi presa na Pedra Filosofal, onde morreu louca e miserável.

Mia só foi descobrir recentemente que sua mãe não era o modelo de virtude que ela julgava ser.

Darius, "o Faz-Rei" Corvere – o homem que Mia chamava de "pai". Ex-justicus da Legião Luminatii, Darius estabeleceu uma aliança com o amante, o general Gaius Maxinius Antonius, com o objetivo de fazer Antonius ser coroado rei de Itreya.

Contudo, com a assistência da Igreja Vermelha, os dois foram capturados às vésperas da batalha, e Darius foi enforcado ao lado do homem que seria seu rei.

Dizer que Mia aceitou mal essa morte talvez seja um eufemismo.

Jonnen Corvere – o irmão mais novo de Mia. Considerado morto junto da mãe, Mia descobriu há pouco que o garoto tinha sido criado como filho legítimo de Scaeva com o nome "Lucius"; a esposa de Scaeva, Liviana, aparentemente é incapaz de gerar filhos.

Jonnen não faz ideia de quem são seus verdadeiros pais, e foi levado jovem demais para se lembrar de seu verdadeiro nome ou mesmo da irmã.

Furian – o Incaído, campeão do Colégio Remus. Furian era sombrio, como Mia, capaz de dobrar as sombras à sua vontade. Contudo, não possuía passageiro e se recusava a explorar seu dom, que acreditava ser uma abominação.

Mia matou Furian no clímax dos grandes jogos. No instante da morte, ela teve uma breve visão de um céu noturno, com uma esfera enorme e brilhante, e ouviu as palavras: *"Os muitos eram um. E serão de novo"*.

Depois dessa aparição, Mia se deu conta de que sua sombra era escura o bastante para quatro.

Sidonius – ex-membro dos luminatii que serviu sob Darius Corvere. Sid foi enxotado da legião depois de recusar-se a participar na rebelião que o general Antonius planejava contra o Senado. Vendido como escravo, acabou comprado pela Casa de Remus e lutou como gladiatii no *venatus magni*.

Quando Mia foi vendida ao mesmo colégio, Sidonius descobriu sua identidade e tomou a menina sob seus cuidados, fazendo as vezes de irmão mais velho substituto para a jovem Lâmina.

Sidonius tem os modos de um bode e o coração de um leão.

Os Falcões de Remus – Cantespadas, Bryn, Fazondas, Carniceiro, Felix e Albanus: todos gladiatii do Colégio Remus, além de amigos e aliados de Mia durante as competições. Embora tenha feito parecer que traiu e matou a todos eles, Mia na verdade orquestrou sua fuga de Godsgrave.

Atualmente, estão à solta em alguma parte de Itreya, possivelmente bastante bêbados.

Aa – cabeça do panteão itreyano, o Pai da Luz, também conhecido como Onividente. Dizem que os três sóis – conhecidos como Saan (o Vedor), Saai (o Conhecedor) e Shiih (o Observador) – são seus olhos, e um ou mais deles costuma estar presente nos céus. O resultado disso é que a noite de verdade, a veratreva, só ocorre na República durante uma semana a cada dois anos e meio. No instante desse relato, a veraluz – momento em que os três sóis brilham nos céus – já chegou e está indo embora.

A veratreva se aproxima, nobres amigos.

Tsana – Senhora do Fogo, aquela que queima nosso pecado, a pura, padroeira de mulheres e guerreiros, e filha primogênita de Aa e Niah.

Keph – Senhora da Terra, aquela em perpétuo sono, o lume, padroeira dos sonhadores e dos tolos, segunda filha de Aa e Niah.

Trelene – Senhora dos Oceanos, aquela que beberá o mundo, o destino, padroeira de marujos e canalhas, terceira filha de Aa e Niah e gêmea de Nalipse.

Nalipse – Senhora das Tempestades, aquela que recorda, a misericordiosa, padroeira dos curandeiros e dos líderes, quarta filha de Aa e Niah e gêmea de Trelene.

Niah – Mãe da Noite, Nossa Senhora do Bendito Assassinato, também conhecida como a Fauce. Esposa-irmã de Aa, Niah governa uma região sem luz do além conhecida como Abismo. No começo, ela e Aa compartilhavam igualmente o governo do céu. Fora-lhe exigido gerar somente filhas para o marido, mas Niah acabou por desobedecer ao edito de Aa e lhe deu um filho. Como punição, Niah foi banida dos céus pelo amado, com autorização para voltar por apenas um breve período a cada par de anos.

E o que aconteceu ao filho dos dois?

Bom, nobre amigo, acho que é hora de algumas respostas.

Quando tudo é sangue,
sangue é tudo.
– LEMA DA FAMÍLIA CORVERE

Livro 1

A escuridão interior

Capítulo 1
Irmão

Oito anos de veneno, assassinato e merda.

Oito anos de sangue, suor e morte.

Oito anos.

Ela tinha caído tão longe, com o irmão ainda nos braços e os dedos ainda pegajosos e vermelhos. Acima, a luz dos três sóis, queimando e ofuscando. Abaixo, as águas da arena inundada, da cor do sangue. Ao redor, os urros da multidão, atônita e ultrajada diante dos assassinatos de seu grão-cardeal e de seu amado cônsul, ambos pelas mãos de sua adorada campeã. Os maiores jogos da história de Godsgrave acabaram com os assassinatos mais audazes da história de toda a República. A arena era um caos. Mas, em meio a tudo, aos gritos, aos rugidos, à raiva, Mia Corvere distinguia apenas o triunfo.

Depois de oito anos.

A porra de oito anos.

Mãe.

Pai.

Consegui.

Matei-os por vocês.

Ela bateu com força na água. As imagens e sons da arena de Godsgrave foram engolidas pelas águas. O sal queimou seu olhos. O fôlego ardeu em seus pulmões. A multidão ainda rugia nas orelhas. O irmão caçula, Jonnen, lutava, esmurrando e debatendo-se nos braços dela como um peixe em terra. Mia sentia as sombras serpentinas dos dragões-tempestade atravessando a escuridão em direção a ela. Sorrisos de navalha e olhos de morte.

A veraluz era forte até debaixo da superfície. Mas, mesmo com aqueles três sóis no céu, mesmo com todo o despeito do Onividente recaindo sobre ela, as sombras de Mia permaneciam ao seu lado, escuras o bastante para quatro agora. E Mia estendeu o braço na direção do dreno da arena – o cano enorme de onde fluíam todo o sal e a água – e

passou

para as

sombras

dentro dele.

Ela ficou tonta e enjoada; ainda podia sentir a luz ofuscante dos sóis no céu. Afundou como uma pedra dentro da armadura, sob o peso do ferro e das asas de falcão encharcadas. Puxando Jonnen para baixo consigo, atingiu o fundo do dreno com um tinido seco. Ela só tinha uns instantes, só o ar que trouxera consigo, e não tinha planejado estar com uma criança se debatendo nos braços ao fazer isso.

Conduzindo a si mesma e o garoto pelo cano, Mia encontrou um bolsão de ar dentro da válvula de pressão, exatamente como Ashlinn havia prometido. Chegando à superfície com um fôlego entrecortado, ela puxou o irmão para cima. O garoto rosnou nos braços dela, chorando, debatendo-se, golpeando seu rosto.

– Me solta, vadia! – ele gritou.

– Pare! – Mia ofegou.

– Me *larga*!

– Jonnen, pare com isso, por favor!

Ela abraçou o garoto de modo a imobilizar seus braços para que ele não pudesse mais dar socos. Os gritos dele ecoavam encanamento acima. Com a mão livre, Mia lutou contra os fechos e fivelas da armadura e começou a remover as peças uma a uma. Foi deixando para trás a pele de gladiatii, de assassina, de filha da vingança, arrancando esses oito anos dos ossos. Valeu a pena. Tudo. Duomo está morto. Scaeva está morto. E Jonnen, sangue do seu sangue, o bebê que ela imaginava há muito enterrado em sua cova...

Meu irmãozinho está vivo.

O garoto chutava, saltava, mordia. Nada de lágrimas pelo pai morto, apenas fúria, vigorosa e vermelha. Mia pensava que ele havia morrido anos antes, engolido pela Pedra Filosofal com a mãe e a última chama de esperança dela. Mas se ainda restasse alguma dúvida sobre o garoto ser da família Corvere, filho da mãe dela, aquele ódio assassino a tinha perfurado como uma espada.

– Jonnen, escute!

– Meu nome é Lucius! – ele estrilou, a voz ecoando pelo ferro.

– Pois então, Lucius, escute!

– Não! – ele berrou. – Você m-matou o meu pai! Você o *matou!*

Mia encheu-se de pena, mas firmou o queixo e endureceu o coração contra ela.

– Sinto muito, Jonnen. Mas o seu pai... – Ela balançou a cabeça e respirou fundo. – Escute, temos de sair deste cano antes que comecem a drenar a arena. Os dragões-tempestade vão voltar por este caminho, entende?[2]

---

2 Das três raças de dragão encontradas nas águas de Itreya – o branco, o dragão-de-sabre e o dragão-tempestade –, o tempestade é de longe o mais burro. Essas feras devoram praticamente qualquer coisa que caiba em sua boca, mesmo outros

– Que voltem! Espero que *comam* você!

– *...AH, GOSTEI DELE...*

– *...por que será que isso não me surpreende...*

O garoto voltou-se para as formas escuras que se materializavam na parede ao lado, fazendo o ar ao redor delas se resfriar. Um gato feito de sombras e uma loba da mesma substância, encarando-o com seus não-olhos. O rabo de Sr. Simpático balançava enquanto ele analisava a criança. Eclipse apenas inclinou a cabeça, estremecendo de leve. Jonnen calou-se por um instante, com os olhos escuros arregalados e cravados nos passageiros de Mia e depois na garota que o segurava.

– Você também os ouve... – ele murmurou.

– Eu sou como você – disse Mia, concordando com a cabeça. – Nós dois somos iguais.

O garoto a encarou, talvez sentindo o mesmo enjoo, fome, *desejo* que ela sentia. Mia o olhou de alto a baixo, com os olhos repletos de lágrimas. Tantos quilômetros, tantos anos...

– Você não se lembra de mim – ela sussurrou com a voz trêmula. – Era apenas um bebê quando t-te tiraram de nós. Mas eu me lembro de você.

---

dragões-tempestade e sua própria prole. O Colégio de Ferro, no seu arquivo de zoologia, mantém uma lista completa das bizarrices encontradas na barriga de dragões-tempestade. Essa lista inclui, sem nenhuma ordem específica:

- um conjunto completo de armadura em metal;
- uma espreguiçadeira de couro;
- uma serra para árvores de dois metros;
- uma família completa de porcos-espinhos (aparentemente irados).

Esse hábito de comer qualquer coisa vagamente interessante rendeu ao dragão-tempestade o apelido de "esgoto dos mares" por parte dos pescadores itreyanos, já que, ao pegar e abrir um deles, é provável encontrar...

Sim, isso mesmo.

Você captou a ideia.

Por um instante, ela quase perdeu o controle. Com lágrimas nos cílios e um soluço entalado na garganta, lembrou-se do bebezinho envolto em panos sobre a cama da mãe na viragem em que o pai morrera, levantando para ela os olhos grandes e escuros. Sentira inveja por ele ser pequeno demais para saber que o pai se fora e todo o mundo deles também.

Mas ele não era o pai de Jonnen, era?

Mia balançou a cabeça, piscando para segurar as lágrimas de ódio.

Ah, mãe, como você pôde...

Ela mal conseguia falar ao ver o garoto agora. Mal conseguia fazer o queixo se mover, os pulmões respirarem, os lábios formarem as palavras que queimavam no peito. Ele tinha os mesmos olhos de carvão que ela, o mesmo cabelo preto como tinta. Dava para ver a mãe nele com tanta nitidez que era como se olhar num espelho. Mas, por trás do que havia dela nele, havia também algo no formato do narizinho de Jonnen, no contorno das suas bochechas rechonchudas de filhote...

Dava para vê-lo.

Scaeva.

– Meu nome é Mia – ela conseguiu dizer por fim. – Sou sua irmã.

– Não tenho irmã – o garoto disparou.

– Jonn... – Mia se conteve. Lambeu os lábios, sentindo gosto de sal. – Lucius, precisamos ir. Explico tudo depois, juro. Mas aqui é perigoso.

– *...TUDO FICARÁ BEM, CRIANÇA...*

– *...respire devagar...*

Mia observou seus demônios esgueirarem-se para a sombra do garoto e comerem o medo dele como sempre fizeram com ela. Mas, se o pânico nos olhos dele diminuiu, a raiva só inflou, e o amontoado de músculos em seus bracinhos de repente passou a fazer força contra ela. Ele se contorceu e escoiceou mais uma vez, conseguindo soltar uma das mãos e arranhar o rosto dela.

– Me solta! – gritou.

Mia chiou quando o polegar do menino encontrou seu olho.

– Pare! – ela estourou, o gênio inflamando-se enquanto afastava a cabeça com uma careta.

– *Solta!*

– Se não quer ficar quieto, vou te fazer ficar quieto!

Mia empurrou o garoto com força contra o cano e o manteve preso em meio a chutes e cusparadas. Ela compreendia a raiva dele, mas não tinha tempo para desperdiçar com mágoas agora. Com a mão livre, soltou as últimas fivelas da armadura, puxando as longas tiras de couro que seguravam o peitoral e as espaldeiras, e deixou as peças no assoalho da válvula. Manteve as botas, a saia de couro com contas de metal e a túnica puída e suja de sangue por baixo. E usou as tiras – uma para os pulsos, outra para os tornozelos – para atar o irmão feito um porco que vai ao abatedouro.

– Tira a mão de m… *mmmffff!*

Os protestos de Jonnen foram silenciados quando ela amarrou mais uma tira na boca dele. Em seguida, ela tomou o menino nos braços, apertou firme e o encarou com dureza.

– Temos que nadar – disse. – Eu não desperdiçaria o fôlego com gritos se fosse você.

Olhos escuros cravaram-se nos dela, faiscando de ódio. Mas o garoto pareceu sensato o bastante para obedecer e, por fim, encheu os pulmões de ar.

Mia saltou com ele para baixo e começou a nadar pela sobrevivência.

Eles emergiram em águas de safira meia hora mais tarde ao som de sinos dobrando.

Com Jonnen nos braços, Mia tinha atravessado a nado os tanques de armazenamento sob a arena, na escuridão ecoante dos drenos de maquinaria, tomando ar quando podia até por fim ser expelida no mar, algumas centenas de metros ao norte da baía do Braço da Espada. O garoto passara todo o tempo encarando-a furioso, com as mãos, os pés e a boca atados.

Mia sentia-se cruel por amarrar o próprio irmão como um cordeiro no espeto, mas não sabia o que mais fazer com ele. Não podia deixá-lo no pódio do vencedor enquanto os cadáveres do pai e de Duomo esfriavam; jamais o deixaria para trás. Mas, em todo o planejamento com Ashlinn e Mercurio, não havia previsto que teria de conter um menino de nove anos depois de ter matado o pai na frente dele.

O pai.

O pensamento pairou por trás de seus olhos, escuro e pesado demais para ser encarado por muito tempo. Ela o afastou, concentrando-se em chegar a águas mais rasas. Ash e Mercurio estavam à sua espera a bordo de uma galera ligeira chamada *Canto da Sereia*, atracada no Braço da Espada. Quanto mais rápido saíssem de Godsgrave, melhor. A notícia do assassinato de Scaeva já devia estar se alastrando pela metrópole, e a Igreja Vermelha, se já não soubesse, logo descobriria que o mais rico e poderoso dos seus patronos estava morto. Uma tempestade de facas e bosta estava prestes a abater-se sobre a cabeça de Mia.

À medida que avançava a nado até as docas do Braço da Espada, ela avistou o caos nas ruas da metrópole à frente. As catedrais badalavam o toque de finados por toda a Cidade das Pontes e dos Ossos. As pessoas saíam de tavernas e casas, todas atônitas, indignadas e aterrorizadas conforme o boato da morte de Scaeva espalhava-se pela cidade como sangue sobre a água. Os legionários estavam por toda parte, as armaduras reluzindo sob a maldita luz dos sóis.

Com toda a confusão e preocupação, poucos notaram a escrava esfarrapada e suja de sangue aproximando-se da costa em pernadas lentas com um garoto amarrado nos braços. Passando com cuidado por gôndolas e botes nos molhes do Braço da Espada, Mia atingiu as sombras sob um cais comprido de madeira.

– Vou nos esconder um pouco – sussurrou ao irmão. – Você não vai enxergar por um tempo, mas preciso que seja corajoso.

O garoto apenas a encarou com raiva; suas mechas escuras caíam sobre os olhos. Mia esticou os dedos e puxou o manto de sombras sobre seus ombros e os de Jonnen. O gesto demandou bastante esforço por causa da veraluz que ardia no céu, a luz dos sóis escorchante. Mas, mesmo com os passageiros acompanhando seu irmão agora, a sombra sob Mia era duas vezes mais escura do que antes da morte de Furian. Seu domínio sobre as sombras parecia mais forte. Mais apertado. Mais próximo.

Ela lembrou-se da visão que teve ao matar o Incaído perante a multidão de adoradores. O céu não brilhava nem cegava, escuro como breu e inundado de estrelas. E, bem lá no alto, uma esfera baça e perfeita reluzia.

Como um sol, mas... não.

"Os muitos eram um. E serão de novo."

Era o que tinha dito a voz que ela ouvira, fazendo eco à mensagem daquele espectro sem-lume com as espadas de ossário que salvara a sua pele na necrópole de Galante.

Mia não sabia o que isso queria dizer. Nunca tivera um mentor para lhe mostrar como era ser sombria. Nunca encontrara resposta para o enigma que era. Não sabia. Não *tinha como* saber. Mas tinha certeza de uma coisa, tanto quanto de seu nome: desde que Furian morrera por suas mãos, novas forças corriam por suas veias.

De alguma maneira, ela era... *mais*.

O mundo recaiu numa escuridão confusa assim que ela se cobriu com o manto de sombras, transformando a si mesma e o irmão em manchas tênues na aquarela do mundo. Jonnen forçava a vista nas trevas sob o manto, observando-a com suspeita, mas ao menos tinha parado de se contorcer. Seguindo as direções sussurradas por Sr. Simpático e Eclipse, Mia subiu lentamente uma escada incrustada de cracas até atingir o topo do molhe com Jonnen debaixo do braço. E ali, à sombra de uma traineira de fundo raso, ela se encolheu para esperar, encharcada, de pernas cruzadas, segurando o irmão.

Senhor Simpático materializou-se na sombra aos pés de Jonnen, lambendo uma pata translúcida. Eclipse escorreu pela sombra do garoto até sua silhueta aparecer contra o casco da traineira.

– *...EU VOU VOLTAR...* – rosnou a não-loba.

– *...vai fazer falta...* – bocejou o não-gato.

– *...E SUA LÍNGUA? VAI FAZER FALTA QUANDO EU A ARRANCAR DA SUA BOCA...?*

– Basta, vocês dois – resmungou Mia. – Vá logo, Eclipse.

– ...COMO QUISER...

A loba de sombras tremeu e sumiu, enfiando-se pelas rachaduras nas tábuas do molhe e dos muros do porto.

– *...odeio essa vira-lata...* – suspirou Sr. Simpático.

– Você já disse – murmurou Mia. – Umas mil vezes, inclusive.

– *...acho que mais do que isso, não...?*

Apesar do cansaço, Mia curvou os lábios num sorriso.

Senhor Simpático continuou suas abluções inúteis enquanto Mia ficou sentada com o irmão aninhado nos braços por longos minutos, com os músculos doloridos e a água salgada ardendo nos cortes enquanto os sóis queimavam no céu. Ela estava cansada, esfalfada, com uma dúzia de feridas sangrando depois dos desafios da arena. A adrenalina da vitória começava a passar, deixando apenas uma exaustão que penetrava até os ossos. Ela tinha começado a viragem travando dois dos combates principais, depois ajudara seus companheiros gladiatii do Colégio Remus a escapar da servidão, massacrara dezenas de pessoas, incluindo Duomo e Scaeva, vencera a maior disputa da história da República e vira todos os seus planos se realizarem.

Devagar, um vazio esgueirava-se por dentro dela para tomar o lugar do êxtase, uma exaustão que fazia suas mãos tremerem. Ela queria uma cama macia e uma cigarrilha e sentir o gosto de vinho d'ouro Albari nos lábios de Ashlinn. Queria sentir seus ossos colidirem e depois dormir por mil anos. Mas havia mais, por baixo de tudo, por baixo do desejo e da fadiga e da dor. Ao baixar os olhos para o irmão, Mia se deu conta de que sentia...

Fome.

Era parecido com o que sentira na presença de Lorde Cassius e de Furian. A mesma coisa que sentira ao ver o menino pela primeira vez, nos ombros do pai ao lado do pódio do vencedor, e que sentia ao olhar para ele agora – o desejo de um quebra-cabeça em busca de uma de suas peças.

Mas o que isso quer dizer?, ela se perguntou. *E será que Jonnen sente a mesma coisa?*

– *...estou com um mau pressentimento, mia...*

O sussurro de Sr. Simpático a fez tirar os olhos da nuca do irmão. O gato de sombras tinha parado de fingir que limpava a pata e contemplava a Cidade das Pontes e dos Ossos de dentro da sombra de Jonnen.

– O que há para temer? – ela murmurou. – O que está feito está feito. No fim das contas, nada deu errado pra caralho.

– *...e que diferença um caralho faz para você...?*

– Falou quem nunca teve um, nem um par de bolas para acompanhar.

Senhor Simpático lançou um olhar para o garoto da sua sombra.

– *...parece que temos bagagem inesperada...*

Jonnen murmurou algo ininteligível por baixo da tira. Mia não tinha dúvidas de que o menino estava expressando sentimentos nada lisonjeiros, mas manteve os olhos no gato de sombras.

– Você se preocupa demais – ela disse.

– *...e você de menos...*

– E de quem é a culpa? É *você* que come os meus medos.

O demônio inclinou a cabeça, mas não respondeu. Mia esperou em silêncio, contemplando a cidade por baixo do véu de sombras. Os sons da capital chegavam abafados através do manto, as cores eram apenas manchas foscas, brancas e amarronzadas. Mas ela ainda conseguia escutar ao longe o dobrar dos sinos, pés correndo e gritos de pânico.

– O cônsul e o cardeal, mortos!

– Assassina! – veio o grito. – *Assassina!*

Mia baixou os olhos para Jonnen e notou que ele a encarava com um ódio indisfarçado. Ela sabia o que ele estava pensando como se o garoto tivesse dito as palavras em voz alta.

Você matou meu pai.

– Ele aprisionou a nossa mãe, Jonnen – contou Mia. – Ele a deixou para morrer em agonia na Pedra Filosofal. Matou o *meu* pai, e centenas de pessoas além dele. Você não se lembra dele no pódio do vencedor, jogando você em cima de mim pra salvar a merda da própria pele? – Ela balançou a cabeça e suspirou. – Sinto muito. Sei que é difícil compreender, mas Julius Scaeva era um monstro.

O garoto arqueou o corpo com tudo de repente, e acertou a testa no queixo de Mia. Ela mordeu a língua e, aos palavrões, segurou com firmeza o irmão, que começou a se debater outra vez. Ele forçou as tiras de couro encharcadas, marcando a pele com as tentativas de se soltar. Mas, apesar de toda a fúria, era apenas um menino de nove anos. Mia o segurou até as forças dele acabarem e ele esmorecer com um soluço de raiva.

Depois de engolir o sangue na boca, ela o envolveu nos braços.

– Você entenderá tudo uma viragem dessas – sussurrou Mia. – Eu te amo, Jonnen.

Ele se contorceu mais uma vez e depois se aquietou. No silêncio constrangedor que se seguiu, Mia sentiu um calafrio descer pela espinha. Sua pele se arrepiou e sua sombra escureceu enquanto ela ouvia um rosnado grave vindo das tábuas sob os pés.

– ... *ELES NÃO ESTÃO LÁ*... – declarou Eclipse.

Mia piscou, sentindo uma pontada de frio na barriga. Estreitando os olhos contra a luz, observou o borrão que era o *Canto da Sereia*, balançando suavemente no ancoradouro a alguns molhes dali.

– Tem certeza? – ela perguntou.

– *... EU PROCUREI DA POPA ATÉ PROA. MERCURIO E ASHLINN NÃO ESTÃO A BORDO...*

Ela engoliu em seco, sentindo a língua grossa de sal. O plano era que Ash e seu antigo professor se encontrassem na capela de Godsgrave, juntassem suas coisas e partissem para o porto para esperar Mia a bordo do *Canto*. Depois de todo o tempo que ela levou para nadar da arena até o oceano e voltar para a praia...

– Eles deveriam estar aqui a esta altura – ela sussurrou.

– *...shhhh...* – Ergueu-se um cochicho nos pés de Mia. – *...está ouvindo...?*

– Ouvindo o quê?

– *...parece o som... das coisas dando errado pra caralho...*

Mia fechou a cara e jogou o cabelo ensopado por cima do ombro. Seu coração batia acelerado e os pensamentos disparavam. Mercurio e Ash jamais se atrasariam. Não com a vida de todos eles em jogo.

– Aconteceu alguma coisa com eles...

– *...POSSO PROCURAR NA CAPELA E RELATAR O QUE VI...?*

– Não. Se ela... Se ele... – Mia mordeu o lábio, erguendo-se apesar do cansaço. – Vamos juntos.

– *...até a bagagem nova...?*

– Não podemos simplesmente deixar o menino aqui – disparou Mia.

O não-gato suspirou.

– *...mal pra caralho e cada vez pior...*

Mia baixou o olhar para o irmão. O garoto parecia temporariamente derrotado, casmurro, trêmulo e silencioso. Encharcado, seus olhos estavam nublados de ódio. Mas com Sr. Simpático na sua sombra, pelo menos não sentia medo. Então Mia se levantou, pôs Jonnen de pé com um puxão e o jogou por cima do ombro, não sem se retrair um pouco de dor. O irmão era mais pesado que um saco de tijolos, e seus cotovelos e joelhos ossudos acertavam Mia nos lugares mais errados. Mas ela estava rija como rocha depois dos meses de treinamento no Colégio Remus, de modo que, mesmo ferida, sabia que aguentaria carregá-lo por algum tempo. Movendo-se devagar sob o manto de sombras de Mia, o quarteto improvável desceu o molhe tateando até chegar ao cais lotado sob o qual a água ondeava.

Seguindo as direções sussurradas por seus passageiros, esgueirando--se pelas patrulhas de legionários e luminatii, Mia escapou para as ruas além do porto. O peso do irmão nos ombros fazia seus músculos gemerem em protesto enquanto ela avançava pelo emaranhado de becos de Godsgrave. O pulso palpitava nas veias, o estômago se revirava. Eclipse ia à frente. Senhor Simpático ainda estava aninhado na sombra de Jonnen. Sem seus passageiros, só restava a Mia tentar afastar as ideias medonhas sobre o que poderia ter detido Mercurio e Ash.

Luminatii?

O Ministério?

O que pode ter dado errado?

Deusa, se aconteceu alguma coisa com eles por minha culpa...

Esgueirando-se por entre vielas e sobre pequenas pontes e canais, o grupo finalmente chegou às cercas de ferro fundido em volta da necrópole. As botas de Mia quase não faziam som sobre o cascalho enquanto ela avançava às cegas, tateando o ar com a mão estendida. Quase inaudíveis sob o toque dos sinos da catedral, os sussurros de Eclipse a conduziram através dos portões retorcidos até as casas dos mortos da cidade, passando por fileiras de mausoléus grandiosos e tumbas emboloradas. Num canto tomado pelo mato na parte velha da necrópole, Mia entrou por uma porta com crânios humanos gravados em relevo. Um corredor até uma área com mais túmulos aguardava à frente.

Que doce alegria estar longe da luz dos malditos sóis. O suor ardia nas feridas dela enquanto se desfazia do manto de sombras e tirava

Jonnen do ombro. Ele era pequeno, mas, pela Deusa, não era leve, de modo que a coluna e as pernas dela praticamente choraram de alívio quando o pôs no chão da capela.

– Vou soltar seus pés – ela avisou. – Se tentar correr, amarro de novo, e mais apertado.

O garoto não emitiu qualquer som por baixo da tira que tapava sua boca; apenas observou em silêncio enquanto ela se ajoelhava e afrouxava aquela que prendia seus tornozelos. Mia notou a desconfiança que emanava daqueles olhos pretos, a raiva inabalada, mas ele não fez qualquer esforço para se libertar. Passando a tira através do laço nos pulsos do menino, levantou-se e pôs-se a caminhar, puxando o irmão como se ele fosse um cachorro teimoso preso numa coleira encharcada.

Ela seguiu caminho em silêncio através de túneis de fêmures e costelas – restos mortais dos despossuídos e indigentes da cidade, pobres demais para ter um túmulo próprio. Então puxou uma alavanca escondida e abriu uma porta secreta numa pilha de ossos empoeirados. Finalmente, entrou na capela da Igreja Vermelha.

Esgueirou-se pelos corredores sinuosos, forrados com os esqueletos de pessoas que haviam perecido muito tempo antes. Arrastando os pés atrás dela, Jonnen arregalou os olhos ao contemplar todos aqueles ossos ao redor. Mas, apesar de estar cercado de morte, Sr. Simpático aninhava-se em sua sombra para manter seu medo sob controle enquanto eles avançavam capela adentro.

Corredores escuros.

Silêncio.

Vazio.

Errado.

Mia sentiu quase de imediato, farejando o ar. O vago aroma de sangue não estaria deslocado numa capela de Nossa Senhora do Bendito Assassinato, mas o cheiro persistente de bomba-caixão e pergaminho queimado com certeza estava.

A capela estava quieta demais, o ar parado demais.

Sob o lema da suspeita, Mia puxou Jonnen para perto e voltou a cobrir os ombros de ambos com seu manto de sombras, então continuou esgueirando-se, praticamente cega. A respiração de Jonnen soava alta demais em meio ao silêncio, e a mão dela estava empapada de suor na coleira dele. Ela se esforçou para ouvir qualquer ruído, mas o lugar parecia deserto.

Por fim, deteve-se numa passagem forrada de ossos. O cabelo na nuca se arrepiou. Soube mesmo antes de ouvir Eclipse avisar com um rosnado:

– ...*ATRÁS*...

A adaga luziu na escuridão, prata brilhante e preto envenenado. Mia esquivou-se, o cabelo encharcado agitando-se feito uma fita preta e comprida atrás de si, a coluna curvada num arco perfeito. A lâmina passou sobre o queixo, errando por um triz. A mão livre tocou o chão e a endireitou de novo enquanto o coração latejava.

Com a mente em disparada, ela franziu o cenho. Era verdade que, sob o manto de sombras, ela ficava praticamente cega – mas o mundo também deveria ficar cego em relação a ela.

Cego.

Ah, Deusa.

Ele saiu das trevas, silencioso apesar do tamanho. O traje de couro cinzento estava esticado a não poder mais sobre a largura descomunal dos ombros. A bainha sempre vazia pendia da cintura, em couro escuro gravado com um padrão de círculos concêntricos, parecidos com olhos. Trinta e seis pequenas cicatrizes marcavam o antebraço, uma para cada vida que ele tirara em nome da Igreja Vermelha. Os olhos eram de um branco leitoso, mas Mia notou que as sobrancelhas haviam sumido completamente. Onde antes havia uma penugem loira, agora havia um preto frisado, como que queimado, e as quatro pontas agudas da barba não passavam de tocos carbonizados.

– Solis.

As trevas envolviam seu rosto e os olhos cegos estavam fixos no teto. Ele puxou dois gládios das costas, ambos com as lâminas escurecidas por veneno. Por mais escondida que Mia estivesse sob seu manto, Solis dirigiu-se diretamente a ela.

– Sua vaca traidora – ele rosnou.

Mia levou a mão livre à adaga de ossário, então ficou sem chão ao se dar conta de que a deixara enterrada no peito do cônsul Scaeva.

– Ai, merda – murmurou.

CAPÍTULO 2
CEMITÉRIOS

O Reverendo Pai da Igreja Vermelha avançou com as espadas levantadas.

– Eu estava me perguntando se você seria burra o bastante para voltar aqui – provocou.

Mia apertou a mão suada na coleira do irmão. Sentiu um movimento e olhou para cima: um rapaz esbelto com olhos azuis chocantes emergia das sombras da necrópole. Era branco como a morte e vestia um gibão preto chamuscado. Duas facas assustadoras reluziam em suas mãos, com as lâminas pretas de toxinas.

Shiu.

– Então? – Solis rosnou. – Nada a dizer, cadelinha?

Mia permaneceu em silêncio, perguntando-se como Solis conseguia perceber sua presença mesmo sob o manto de sombras. Seria pelo som? O cheiro do sangue e do suor? Não importava; ela estava exausta, desarmada, ferida – sem condições de lutar. Sentindo o medo dela, o frio que devorava suas entranhas, Sr. Simpático passou da sombra do garoto para a dela a fim de aplacar o sentimento. E, assim que o demônio escapou da escuridão a seus pés, o pequeno Jonnen chutou com força a canela de Mia e puxou a tira da mão suada da garota.

– Jonnen! – ela gritou.

O garoto lhe deu as costas e disparou. Mia esticou a mão em uma tentativa de segurá-lo enquanto Solis simplesmente firmou as espadas, baixou a cabeça e atacou.

Mia esquivou. A lâmina do shahiid passou assoviando por sua bochecha enquanto Shiu se aproximava por trás. Girando com rapidez, ela jogou de lado o manto de sombras e teceu a escuridão para que as trevas se emaranhassem nos pés do rapaz. Shiu tropeçou e caiu, e Mia escorregou por baixo de outro golpe de Solis. Ao olhar para a escuridão fria do corredor atrás do shahiid, viu Jonnen fugindo por onde tinham entrado. Ela firmou o queixo,

e passou

para o escuro

atrás de Solis

e disparou pelo corredor atrás do irmão em fuga.

– Jonnen, *pare*!

Eclipse rosnou um aviso. Mia girou de lado, ouvindo um dos gládios sair das trevas e passar zunindo por ela. A lâmina se cravou na parede de ossos à frente, numa esquina, e ficou tremendo dentro de um crânio morto havia muito. Ela pegou a espada ao passar, soltando-a da parede com um giro do pulso e segurando-a com força na mão esquerda, sem diminuir o ritmo.

O pequeno Jonnen, com suas pernas curtas, logo se viu superado.

Ao ouvir os passos de Mia pelo corredor, o menino olhou para trás e ensaiou mais uma arrancada. As mãos ainda estavam atadas, mas ele tinha conseguido remover a tira que tapava sua boca. Por isso, gritava quando ela o pegou e segurou debaixo do braço.

– Solte-me, vadia! – berrou, debatendo-se em fúria.

– Jonnen, quieto! – Mia estrilou.

– Me *solta*!

– *...ainda gosta dele...?* – Senhor Simpático cochichou da sombra de Mia.

– ...CADA VEZ MENOS... – Eclipse respondeu enquanto tomava a dianteira.

– *...bom, agora sabe como me sinto com relação a você...*

– Calem a boca, os dois! – Mia resfolegou.

Ela tomou impulso numa parede de ossos e virou em outra esquina, com Solis e Shiu em seu encalço. Abrindo a porta do túmulo com um chute, Mia subiu as escadas em ruínas a toda velocidade e se viu de novo sob o olhar terrível dos três sóis ardentes. Apesar de Sr. Simpático banquetear-se com seu medo, o coração dela ameaçava explodir das costelas.

Ela tinha passado a viragem toda lutando pela própria vida – não estava em condições de encarar uma Lâmina armada da Igreja Vermelha, quanto mais o ex-Shahiid de Canções. Sobrancelhas queimadas à parte, Solis era um dos homens mais mortais com uma lâmina na mão. Na última vez que lutaram, ele tinha separado o antebraço dela do cotovelo. Shiu também estava longe de ser moleza, e qualquer vínculo que Mia e o garoto tivessem formado nas suas viragens de acólitos parecia ter evaporado. Aos olhos dele, ela era uma traidora da Igreja Vermelha e merecia apenas um assassinato lento e doloroso.

Ela estava em desvantagem numérica e, no estado atual, em desvantagem técnica.

Mas, abismos, como Solis consegue me ver?

Mia passou pelas sombras para ganhar vantagem, mas, com os três sóis ardendo no céu e a exaustão dos grandes jogos engrossando o sangue, só conseguiu percorrer alguns metros. Raspou a canela numa lápide, cambaleou e quase caiu. Poderia cobrir-se de novo com seu manto, mas Solis parecia capaz de percebê-la mesmo assim. E, verdade seja dita, ela estava cansada demais para lidar com tudo aquilo: o menino se contorcendo em seus braços, a perseguição desesperada, o trabalho com as sombras. Os olhos enlouquecidos buscavam qualquer forma de escapar.

Ela tomou impulso num túmulo baixo de mármore para saltar a cerca de ferro fundido da necrópole. Aterrissou com tudo no chão, bufando, mais uma vez quase caindo. Estava agora no terreno de uma grandiosa capela em honra de Aa, erguida ao lado das casas dos mortos. Além do adro, era possível ver uma rua larga de paralelepípedos pontilhada de cidadãos, edifícios altos e flores em vasos nas janelas. A capela em si era de calcário e vidro, com os três sóis do campanário espelhando os sóis do céu.

Mãe Sombria, estavam tão brilhantes, tão quentes, tão...

– ...MIA, CUIDADO...!

Uma adaga partiu da mão estendida de Shiu, zunindo em direção a ela. Mia esquivou-se gritando; a lâmina passou, cortando uma mecha de seu cabelo preto e comprido e quase tocando a cicatriz na bochecha, perto o bastante para ela sentir o cheiro da toxina no gume. Era rictus, um paralisante de ação rápida. Um único arranhão e ela ficaria indefesa feito um recém-nascido.

Eles me querem viva, concluiu.

– Solte-me, bandida! – o irmão berrava, mais uma vez se debatendo.

– Jonnen, por favor...

– Meu nome é Lucius!

O menino chutou o braço dela, ainda tentando se soltar. Ofegando, conseguiu puxar uma mão da tira de couro encharcada que atava os pulsos e a jogou contra o rosto de Mia. Como se os sóis tivessem se extinto de repente no céu, o mundo todo ficou preto.

Ela avançou trôpega pelas trevas súbitas. A bota se prendeu numa fenda na rua e as pernas vacilaram. Ela cerrou os dentes ao cair no chão, silvando de dor, ralando as palmas das mãos e os joelhos no pavimento. O irmão também caiu, gritando enquanto rolava pelo cascalho até parar desajeitado.

O menino se levantou do chão. O menino que por tanto tempo ela pensou estar morto. O menino que ela tinha acabado de arrancar das garras de um homem que ele deveria odiar.

– Assassina! – ele urrou. – *A assassina está aqui!*

E, o mais rápido que pôde, disparou pela rua.

Mia piscou com força e balançou a cabeça. Ouvia Jonnen berrar enquanto corria, mas não conseguia enxergar nada. De repente, deu-se conta de que o irmão havia jogado as sombras nos olhos dela, deixando-a totalmente cega. Tratava-se de um truque que ela não sabia e nunca sequer tinha tentado, e ela até admiraria a criatividade do garoto se ele não tivesse se mostrado um merdinha irritante.

Mas as sombras eram dela tanto quanto de Jonnen, e a morte estava em seus calcanhares. Mia curvou os dedos feito garras e arrancou a escuridão dos olhos bem quando o Reverendo Pai e seu companheiro silencioso saltavam a cerca de ferro para aterrissar no adro da capela.

Ela se pôs de pé, piscando forte até recuperar a visão. Seus braços pareciam uma massa inerte. Suas pernas estavam trêmulas. Ela voltou-se para Solis e Shiu, quase incapaz de erguer a espada roubada. Sua sombra contorcia-se ao redor das botas longas de couro à medida que os dois matadores se dividiam para cercá-la.

– Chamem os guardas! – Jonnen gritou na rua adiante. – É a *assassina*!

Os cidadãos pararam para observar, curiosos com o tumulto. Um sacerdote de Aa saiu das portas da capela vestindo seus trajes sagrados. Um destacamento dos legionários de Itreya girou a cabeça na direção dos gritos do garoto. Mas Mia não podia prestar atenção a nada disso.

Solis investiu contra a garganta dela, a espada apenas um borrão.

Desesperada, sorvendo a nova força nas veias, ela invocou a treva e emaranhou os pés do shahiid na própria sombra antes que ele pudesse alcançá-la. Solis bufou frustrado, perdendo o golpe por pouco. Shiu lançou outra faca e Mia gritou ao acertá-la no ar com a espada roubada, produzindo uma nuvem de faíscas. Então partiu para cima do mudo, desesperada para igualar as chances antes de Solis se soltar das sombras.

Shiu puxou o florete da cinta e aparou o golpe, metal contra metal. Mia e o garoto tinham compartilhado uma breve camaradagem nos tempos de acólitos nos corredores da Montanha Silenciosa. Ela sabia de onde ele vinha, o que fazia antes de se unir à Igreja, por que nunca falava. Não era por falta de língua, mas porque os donos da casa de prazeres onde ele era escravo desde criança tinham arrancado todos os seus dentes para satisfazer melhor a clientela.

Mia treinava a arte da espada desde os dez anos, quando Shiu ainda estava de quatro sobre lençóis de seda. Ambos treinaram com Solis, é verdade, e o rapaz provou não ser novato nas lâminas. Mas ela tinha passado os últimos noves meses treinando sob a chibata de Arkades, o Leão Vermelho de Itreya, educada nas artes dos gladiatii por um dos maiores espadachins vivos. E, apesar da exaustão, do sangue e dos ferimentos, seus músculos ainda estavam rijos, suas mãos ainda calejadas da espada e ela ainda se lembrava dos exercícios treinados hora após hora debaixo dos sóis escaldantes.

– Guardas! – Jonnen chamou. – Ela está *aqui!*

Mia desferiu um golpe baixo que obrigou Shiu a se esquivar quando a espada assoviou pelo ar. O garoto se moveu feito um dançarino de olhos azuis e faiscantes, e ela ergueu a lâmina que anunciava um novo ataque. Mas não: com um movimento rápido, levantou um punhado de terra com a ponta da bota – velho truque gladiatii – e o jogou na cara de Shiu.

O garoto cambaleou para trás e a lâmina de Mia abriu seu peito de um lado a outro, faltando poucos centímetros para atingir as costelas.

O gibão e a carne por trás dele desfizeram-se feito água, mas ainda assim o garoto não fez qualquer ruído. Ele recuou trôpego, apertando a mão contra a ferida. Mia ergueu a espada para dar o golpe de misericórdia.

– *...MIA...!*

Ela virou-se ofegante, mal aparando o golpe que teria partido sua cabeça em duas. Solis tinha cortado as botas, deixando-as presas em tentáculos da própria sombra, e veio atacá-la descalço. O grandalhão saltou sobre ela e a mandou pelos ares; o chão de pedra esgarçou sua bunda e suas coxas na queda. Ela rolou e se levantou xingando enquanto se defendia da enxurrada de golpes que Solis desferia contra sua cabeça, seu pescoço e seu peito. Estava empapada de suor e desesperada, com o longo cabelo preto grudado à pele, e Sr. Simpático e Eclipse dando duro para comer seu medo.

– Guardas!

Mia não estava enfrentando uma Lâmina novata da Igreja, longe disso. Ali estava o espadachim mais mortal da congregação, e nenhum truque barato aprendido na arena teria serventia agora. Só técnica. E aço. E uma determinação absoluta.

Mia aparou os golpes de Solis e as lâminas tiniram e reluziram sob os sóis ardentes. Os olhos brancos do shahiid estavam estreitados, fixos em algum ponto vazio sobre o ombro esquerdo dela. Contudo, o cego se movia como se fosse capaz de ver cada golpe a um quilômetro de distância. Forçava-a para trás. Cansava-a.

A multidão na rua estava apinhada junto aos portões da capela, como moscas sobre um cadáver, atraída pelos gritos de Jonnen. O garoto estava no meio da rua, acenando para o destacamento de legionários que vinha batendo os pés na direção deles. Mia estava cansada, fraca, em desvantagem: só dispunha de poucos momentos antes da situação se dissolver numa poça de merda.

– Onde estão Ashlinn e Mercurio? – quis saber.

A lâmina de Solis quase acertou seu queixo.

– Se quer ver seu velho mestre vivo de novo, garota – ele disse com um sorriso –, melhor largar a espada e vir comigo.

Mia apertou os olhos conforme atacava os joelhos do homenzarrão.

– Não me chama de garota, desgraçado. Não como se fosse sinônimo de "merda".

Solis riu e lançou um contra-ataque que quase arrancou a cabeça dela. Mia girou de lado, com a franja dura de suor caindo na frente dos seus olhos.

– Talvez você só ouça o que quer ouvir, garota.

– Ah, pode rir agora – ela resfolegou. – Mas o que vai fazer sem o seu amado Scaeva? Quando seus outros patronos descobrirem que o salvador da porra da República morreu nas mãos de uma Lâmina da Igreja?

Solis inclinou a cabeça e alargou o sorriso de um modo que fez o coração de Mia parar.

– Morreu mesmo?

– Alto! Em nome da Luz!

Os legionários atravessaram os portões da capela em suas armaduras reluzentes e elmos de pluma vermelha. Shiu estava de joelhos, dormente e letárgico por causa do rictus na espada roubada que o cortara. Mia e Solis se detiveram sem descruzar as espadas enquanto os legionários se espalhavam pelo adro. O centurião que os liderava era uma parede corpulenta de tijolos, sobrancelhas grossas e barba espessa e eriçada sob um elmo reluzente.

– Soltem as armas, cidadãos! – ele ordenou.

Mia lançou um olhar para o centurião, as tropas ao redor dele e as balestras apontadas para seu peito arfante. Jonnen forçou passagem entre os soldados, apontou para ela e berrou a plenos pulmões:

– É ela! Matem-na agora!

– Para trás, menino! – rebateu o capitão.

Jonnen fechou a cara, empertigou-se e anunciou do topo de toda a sua altura[3]:

– Eu sou Lucius Atticus Scaeva, primogênito do cônsul Julius Maximillianus Scaeva. Essa *escrava* assassinou meu pai, e eu *ordeno* que a matem!

Solis inclinou a cabeça de leve, como se tomasse ciência do garoto pela primeira vez. O centurião arqueou a sobrancelha e olhou para o senhorzinho de alto a baixo. Apesar do aspecto desalinhado, do lodo no rosto e das roupas encharcadas, não dava para não notar a púrpura radiante das vestes, cor da nobreza itreyana. Também era visível que ele usava o escudo de três sóis da legião luminatii no peito.

– *Matem-na!* – o menino rugiu, batendo o pé.

Os arqueiros firmaram o dedo no gatilho. O centurião olhou para Mia e tomou fôlego para gritar:

– Prep...

Frio. A cena toda – legionários, assassinos, multidão apinhada na rua – foi tomada. Apesar do calor escaldante, a pele nua de Mia arrepiou-se. Uma silhueta conhecida ergueu-se por trás dos soldados, usando capuz e manto e portando duas espadas de ossário nas mãos escuras como tinta. Mia reconheceu-a no ato: a mesma figura que salvara sua vida na necrópole de Galante. A mesma que tinha dado aquela mensagem enigmática:

– *Busque a coroa da lua.*

O rosto estava oculto nas profundezas do manto. A respiração de Mia pairava em nuvens brancas diante dos lábios e, apesar do calor, ela se viu tremendo de frio.

Sem uma palavra, a figura atacou o soldado mais próximo, partindo seu peitoral com um só golpe da lâmina de ossário. Os outros legionários gritaram o alarme e miraram as balestras no agressor. A figura já se movia

3 Um metro e quarenta centímetros.

entre eles com as espadas cintilando quando atiraram. As setas acertaram o alvo, cravando-se no peito e na barriga do desconhecido, mas não pareceram detê-lo nem um pouco. A multidão na rua entrou em pânico diante da figura girando em meio aos soldados, cortando-os em pedaços sangrentos e fazendo chover vermelho.

Mia moveu-se depressa apesar da fadiga e agarrou o irmão esperneante pelo pescoço. Solis avançou na direção dela pelo calçamento rachado, forçando-a a erguer a espada para não ser dilacerada. Os golpes do shahiid eram rápidos e mortais, pura perfeição. E, apesar de todo o esforço e toda a rapidez, Mia sentiu um golpe atravessar sua defesa e cortar seu ombro.

Ela girou de lado, soltando a espada roubada com um grito. Em segundos começou a sentir o rictus na veia, um formigamento gélido espalhando-se a partir do ferimento e escorrendo braço abaixo. Com um gemido de esforço, ergueu a mão e atou de novo os pés de Solis na própria sombra antes de tombar para trás com o irmão apertado contra o peito. O shahiid estancou, xingando e tentando livrar os pés das amarras. Senhor Simpático e Eclipse materializaram-se entre ambos, o gato de sombras chiando e eriçando-se, a loba de sombras emitindo grunhidos que vinham de baixo da terra.

– *...para trás, seu bastardo...*

– *...VOCÊ NÃO VAI TOCAR NELA...*

Atrás de Mia, a figura estranha completou sua tarefa macabra. O adro da capela parecia o chão de um matadouro, com pedaços de legionários espalhados por toda parte e a plateia fugindo em pânico. As espadas da figura pingavam sangue à medida que ela caminhava pelo calçamento até postar-se diante da jovem caída e apontar sua lâmina para a garganta de Solis. O Reverendo Pai da Igreja Vermelha parecia impassível perante o trio de seres das sombras unidos contra ele; os lábios levantados deixavam ver os dentes e a respiração esbranquiçada pairava no ar.

A figura falou numa voz que reverberava estranhamente.

– A MÃE ESTÁ DECEPCIONADA COM VOCÊ, SOLIS.

– Quem é você, demônio? – o shahiid quis saber.

– VOCÊ É *MESMO* CEGO – o ser replicou. – MAS, QUANDO AS TREVAS NASCEREM, VERÁ.

A figura ajoelhou-se ao lado de Mia. O braço direito da garota estava dormente e ela mal conseguia manter a cabeça erguida. Ainda assim, agarrava o irmão com uma rigidez cadavérica; depois de tanto sangue, tantos quilômetros, tantos anos, seria o fim descobrir que Jonnen estava vivo só para perdê-lo de novo. O menino, por sua vez, diante daquele espectro estranho e da chacina sangrenta que ele promovera, parecia congelado de medo.

A figura estendeu uma mão, preta e reluzente como se recém-mergulhada em tinta fresca. Quando tocou o ombro ferido de Mia, houve uma pontada de dor, sombria e gélida, até o coração. Chiando, sentiu o chão erguer--se sob seus pés numa vertigem gelada que fazia girar o mundo inteiro.

Sentiu tristeza. Dor. Frio infinito e solitário.

Sentiu-se cair.

E depois não sentiu mais nada.

CAPÍTULO 3

BRASA

Mercurio acordou no escuro.

A dor de cabeça parecia com aquelas que vêm depois de uma bebedeira de três viragens, mas ele não se lembrava de nenhuma farra recente. O queixo estava dolorido e havia o gosto de sangue na língua. Gemendo, sentou-se devagar na cama forrada de peles cinzentas e macias. Pôs a mão na testa, sem fazer ideia de onde pudesse estar, mas algo – o cheiro no ar, talvez – o levou de volta aos anos de juventude.

– Olá, Mercurio.

Ele virou para a esquerda e viu uma anciã ao lado da cama. Com o cabelo grisalho e comprido preso em tranças perfeitas, ela parecia ter a mesma idade que ele. Vestia trajes cinza-escuro, e seus olhos azuis e frios eram rodeados por rugas profundas. Um observador inocente talvez esperasse que ela estivesse sentada numa cadeira de balanço ao pé de uma aconchegante lareira, com um punhado de netos ao redor e um velho cão nos joelhos. Mas Mercurio não era inocente.

– Olá, puta assassina – ele respondeu.

Drusilla, a Senhora das Lâminas, reagiu com um sorriso.

– Você sempre teve uma língua de ouro, meu caro.

A anciã levantou uma xícara de chá fumegante do pires em seu colo e sorveu devagar. Seus olhos estavam fixos em Mercurio, que inspecionou os aposentos respirando fundo quando compreendeu afinal onde estava. O canto de um coral pairava no ambiente frio e escuro. Ele cheirou as velas e o incenso, o aço e a fumaça. Lembrou-se do Ministério acuando-o na capela de Godsgrave. Do arranhão produzido pela lâmina envenenada na mão de Mataranhas. O velho se deu conta de que o sangue em sua boca era de porcos.

Trouxeram-me de volta para a Montanha.

– A decoração continua a mesma – ele suspirou.

– Você me conhece, amor. Nunca fui de extravagâncias.

– A última vez que estive nesta cama, avisei que era *mesmo* a última vez – disse Mercurio. – Mas se soubesse que ansiava tanto por um bis...

– Ah, por favor – suspirou a anciã. – Você ia precisar de uma pedra e uma polia para levantar o negócio nessa idade. E seu coração mal conseguia aguentar quando tínhamos vinte anos.

Mercurio não conseguiu conter o sorriso.

– É bom ver você, Silla.

– Quem dera eu pudesse dizer o mesmo – respondeu a Senhora das Lâminas, balançando a cabeça. – Seu velho sem juízo.

– Você me arrastou de Godsgrave até a Montanha Silenciosa só para me dar uma bronca? – Mercurio levou a mão ao casaco para pegar uma cigarrilha, mas não encontrou nem o casaco nem as cigarrilhas. – Podia ter triturado meus colhões na cidade mesmo.

– O que tinha na cabeça, ajudando aquela idiota no plano idiota dela? – quis saber Drusilla, deixando o chá de lado. – Tem ideia do que fez?

– Não nasci ontem, Silla.

– Não. Você é bispo de Godsgrave! – Drusilla se levantou e pôs-se a rodear a cama com os olhos faiscando. – Anos de fidelidade depois de jurar servir à Mãe Sombria. E mesmo assim ajudou uma Lâmina da Igreja a quebrar o Juramento Vermelho e assassinar um dos nossos patronos![4]

---

4 Talvez vocês se recordem, nobres amigos, que mesmo os matadores desgraçados da Igreja Vermelha agem sob uma espécie de código, o chamado Juramento Vermelho. Seus cinco princípios são:

- Inevitabilidade – Nunca na história da Igreja alguma oferenda confiada a ela deixou de ser feita.
- Santidade – Ninguém pode ser alvo da Igreja enquanto estiver empregando os serviços dela.
- Segredo – A Igreja não revela a identidade dos seus empregadores.
- Fidelidade – Uma Lâmina só serve a um empregador por vez.
- Hierarquia – Todas as oferendas devem ser aprovadas pelo Lorde ou a Senhora das Lâminas ou pelo Reverendo Pai ou a Reverenda Mãe.

Vale notar que, desde os primórdios, o Juramento Vermelho jamais foi quebrado por uma Lâmina da Igreja. Os cultuadores de Nossa Senhora do Bendito Assassinato levam o Juramento muito a sério, a ponto de não medir esforços para o manter intacto. Um relato famoso de dedicação conta de uma Lâmina, conhecida apenas como Forde, designada para matar o rei Agvald III de Vaan.

Agvald preferia uma vida de excessos ao governo do reino, de modo que, depois de uma comprida campanha de passagem de chapéu, os nobres locais conseguiram levantar o dinheiro necessário para que seu rei se esbaldasse de maneira

– Ah, Deusa, não banque a devota ofendida para cima de mim – resmungou Mercurio. – Está mais evidente do que o saco de um cachorro que você e seu ninho de cobras queriam a morte do cardeal Duomo. Faz anos que estão mancomunados com Scaeva. Lorde Cassius sabia? Ou vocês conspiraram pelas costas dele?

– Meu amor, *você* vem falar de conspiração?

– Como acha que o resto da congregação reagiria se soubesse, Silla? Se soubessem que o Ministério não se importa de baixar as calças e abrir a bunda para o nosso senador amado pelas massas? Que as mãos de Niah nesta terra viraram cachorrinhos de um tirano de merda?

– Eu devia *matar* você por sua traição – vociferou Drusilla.

– No entanto, devo notar que não estou morto. – O velho espiou por baixo dos lençóis. – E estou sem calças. Tem certeza de que não me trouxe aqui para um bis? Aprendi uns truques novos de lá para cá.

---

profissional. Assim, na quasinoite do trigésimo aniversário do rei, Forde infiltrou-se nos aposentos reais e esperou sua tarefa ali no escuro.

Agvald tinha decidido comemorar seu aniversário em grande estilo. Depois de uma demorada sessão de bebedeira com a corte, retirou-se para sua alcova com seis concubinas e um leitão assado inteiro. Durante a depravação que se seguiu, o rei tentou comer uma porção de costelas ao mesmo tempo em que recebia os préstimos das suas três favoritas. Infelizmente, a proeza demandava mais coordenação do que ele esperava e, diferentemente das concubinas, ele errou na hora de engolir e acabou por aspirar.

Agvald foi ao chão com as mãos na garganta, ficando cada vez mais azul. Então, diante dos olhares atônitos das concubinas, Forde surgiu das sombras e golpeou as costas do rei até a costeleta maligna ser expelida inteira para o outro lado do recinto. Forde ofereceu ainda um copo de água ao rei, que aceitou agradecido, e acalmou seus nervos. Em seguida, assim que o soberano se tranquilizou, a Lâmina o esfaqueou seis vezes no coração e cortou seu pescoço de orelha a orelha.

– Por quê? – gritou uma das concubinas horrorizadas. – Por que salvar sua vida apenas para matá-lo depois?

A Lâmina olhou para a costela de porco e deu de ombros.

– Fui eu quem fiz o juramento.

Drusilla atirou uma túnica cinza na cabeça do velho.

– Você está aqui para servir como verme que é.

– Servir de isca? – perguntou Mercúrio, balançando a cabeça. – Acha mesmo que ela é burra a ponto de vir atrás de mim? Depois de tudo pelo que passou, depois de tudo...

– Sei quem é Mia Corvere – cortou Drusilla. – É a garota que abriu mão de qualquer chance de uma vida normal e felicidade para vingar os pais, que se vendeu como escrava para realizar um plano que até um louco consideraria insano, tudo pela chance de acabar com os homens que destruíram sua casa. Ela não tem medo. E sua inconsequência não tem limites. Por isso, se tem uma coisa que sei do seu pequeno corvo, é isso: não há nada que essa menina não faça pela família. *Nada*. – A anciã inclinou-se sobre a cama e olhou nos olhos do velho. – E você, meu caro Mercurio, é mais pai dela do que o pai dela jamais foi.

O velho retribuiu o olhar sem dizer nada, engolindo em seco a bile que inundou sua boca. A Senhora das Lâminas apenas sorriu e se aproximou ainda mais. Ainda era possível ver a beleza por baixo das cicatrizes do tempo e lembrar-se da última quasinoite em que os dois estiveram juntos naquele quarto, tantos anos antes. Sangue, suor e veneno, doce veneno.

– Pode circular pela Montanha, se quiser – disse Drusilla. – Tenho certeza de que se lembra onde fica tudo. A congregação foi informada da sua traição, mas ninguém tocará em você. Precisamos de você respirando, por ora. Mas não force a amizade sendo ainda mais burro do que já foi. – Ela enfiou a mão por baixo dos lençóis e apertou forte entre as pernas dele, fazendo-o bufar. – Afinal, um homem ainda respira sem isso.

A anciã segurou-o por mais um momento e depois recolheu a mão gélida. Com os lábios ainda curvados num sorriso de matrona, a Senhora das Lâminas pegou o pires e a xícara, deu meia-volta e caminhou rumo à porta dos aposentos.

– Drusilla.

Ela lançou um olhar por cima do ombro.

– Sim?

– Você é mesmo uma vadia, sabia?

– Sempre elogiando. – A anciã deu as costas para ele, o sorriso desaparecendo. – Mas um homem como você deveria saber no que dão os elogios a mulheres como eu.

Mercurio permaneceu sentado no escuro depois que ela saiu, franzindo a testa enrugada de preocupação.

– Sei – murmurou. – Dão em uma merda bem grande.

Ele isolou-se no aposento por mais algumas horas para cuidar da cabeça dolorida e do ego ferido. Mas o tédio, por fim, o fez botar a túnica cinza dada por Drusilla e amarrar a tira fina de couro ao redor da cintura. Mercurio não se deu ao trabalho de tentar se armar: sabia que as únicas saídas da Montanha Silenciosa eram caminhar duas semanas pelas Ruínas Sussurrantes de Ysiir, atravessar a piscina de sangue do Orador Marius ou saltar do parapeito do Altar Celeste para a noite além.

Escapar sem ajuda ou asas era praticamente impossível.

Ele saiu do quarto apoiado na bengala que (com muita consideração) fora deixada no quarto e adentrou as trevas da Montanha Silenciosa. Os olhos azuis que pareciam ter nascido para desprezar inspecionaram a escuridão ao redor. O coral incorpóreo cantava vagamente, em nenhum lugar e em todo lugar ao mesmo tempo. Os corredores de pedra preta iluminados por vitrais e luz solar falsa eram decorados por estátuas grotescas de peles e ossos. Padrões espiralados cobriam cada centímetro de parede, intrincados e enlouquecedores.

Assim que seus pés tocaram o piso fora dos aposentos de Drusilla, Mercurio sentiu a presença de uma figura encapuzada que o observava oculta na escuridão. Uma das Mãos de Drusilla, sem dúvida, encarregada de ser sua sombra durante sua permanência na Montanha[5]. Ele ignorou a figura e seguiu seu caminho, ouvindo-a atrás de si. Seus velhos joelhos estalavam a cada degrau das escadas sinuosas conforme ele descia pelas trevas labirínticas até chegar enfim ao Salão dos Elogios.

Ele olhou ao redor do amplo espaço e foi obrigado a admirar sua grandiosidade mesmo depois de todos aqueles anos. Pilares enormes de pedra estavam dispostos em círculo, e frontões de pedra esculpidos na própria montanha elevavam-se até onde a vista alcançava. Os nomes das incontáveis vítimas da Igreja estavam inscritos no granito sob seus pés. Os túmulos sem nome dos fiéis ocupavam as paredes.

O espaço era dominado por uma estátua colossal da própria Niah. Os olhos sombrios pareciam seguir Mercurio conforme se aproximava, forçando a vista na luz falsa. A deusa segurava uma balança e uma espada cruel nas mãos, seu rosto belo e frio. Joias reluziam em sua túnica como estrelas no céu de veratreva.

Ela que é Tudo e Nada.

Mãe, Donzela e Matriarca.

Mercurio tocou os olhos, lábios e coração ao levantar a vista nublada

---

5 Certamente vocês se lembrarão de que os servos de Nossa Senhora do Bendito Assassinato dividem-se em duas categorias principais: Lâminas, que servem de assassinos na República, e Mãos, que fazem quase todo o resto. Embora muitos se juntem à ordem da Mãe Sombria aspirando a assassinatos sanguinários em nome dela, pouquíssimos possuem o misto singular de competência, insensibilidade e loucura necessário para se tornarem assassinos profissionais.

A maioria dos que entram para a Igreja acaba ajudando na logística e administração, o que não é muito romântico nem serve de matéria para grandiosos épicos de alta fantasia. Mas a expectativa de vida média de uma Lâmina é vinte e cinco anos, ao passo que a maior parte das Mãos vive ainda muitos anos depois da aposentadoria.

Vocês prefeririam ter livros escritos sobre a sua vida ou viver o bastante para ler livros sobre os outros, nobres amigos?

Raramente conseguimos as duas coisas.

para sua deusa. Enquanto estava no meio do salão, um grupinho de jovens emergiu das escadas. Contemplaram o velho bispo com cautela enquanto passavam, olhando-o nos olhos apenas brevemente. Pele lisa e olhos brilhantes e mãos limpas, todos adolescentes. Novos acólitos, pelo visto, apenas no início do treinamento.

Melancólico, o velho os observou sair, lembrando-se dos seus próprios tempos de tutelado dentro daquelas paredes e de sua devoção à Mãe da Noite. Como tudo aquilo parecia distante agora e quão frio ele tinha se tornado por dentro. Outrora, havia fogo. Ele respirava fogo. Sangrava fogo. Cuspia fogo. Mas a única brasa remanescente era a que ele mantinha acesa por ela: aquela vaca catarrenta, metida e mandona que apareceu na loja dele tantos anos antes, com um broche prateado em formato de corvo na mão.

Ele nunca teve tempo para família. Viver como Lâmina da Mãe era viver com a morte, com a consciência de que cada viragem podia ser a última. Não pareceu justo tomar uma esposa que provavelmente acabaria viúva nem gerar um filho que acabaria crescendo órfão. Mercurio nunca tinha pensado que sentiria a necessidade de ter um filho. Se alguém lhe perguntasse naquela época por que ele aceitou aquela esfarrapada de cabelo de corvo, ele teria murmurado algo sobre o dom dela, o jeito, a astúcia. Riria se você dissesse que ele precisava dela tanto quanto ela precisava dele. Teria cortado sua garganta e enterrado seu corpo fundo na terra se você lhe alegasse que uma viragem ele a amaria como a filha que nunca teve.

Mas ele saberia, em suas entranhas, ainda antes de acabar com você, que era verdade.

E agora aqui estava ele. Uma minhoca no anzol de Drusilla. Apesar do blefe, ele sabia que a Senhora das Lâminas falava a verdade: Mia o amava como se tivessem o mesmo sangue. Nunca o deixaria morrer ali se achasse que tinha uma chance de o salvar. E com aqueles malditos demônios em sua sombra comendo seu medo, Mia *sempre* enxergava uma chance.

O velho olhou para o colosso de granito acima de si: a espada e a balança nas mãos, os impiedosos olhos escuros cravando-se nos dele.

– Onde está você, caralho? – ele suspirou.

Saiu do salão com a Mão de Drusilla espreitando-o a uma distância respeitosa enquanto atravessava os labirintos da Montanha com seus passos arrastados e suas batidas de bengala contra o chão de pedra preta. Os joelhos já doíam quando ele finalmente chegou a seu destino; não se lembrava de haver tantas escadas naquele lugar. Duas portas de madeira escura erguiam-se diante dele, ambas gravadas com os mesmos padrões em espiral que decoravam as paredes. Cada uma devia pesar uma tonelada, mas o velho estendeu a mão recurvada e as abriu com facilidade.

Mercurio viu-se em um mezanino que dava para uma floresta de estantes rebuscadas dispostas como um labirinto de arbustos num jardim. Elas se estendiam em um espaço tão escuro e tão amplo que era impossível ver o fim. Em cada estante havia pilhas de livros de todo formato e tamanho e descrição, exemplares empoeirados e rolos de pergaminho e cadernos exíguos e tudo o que pode haver entre eles. O grandioso ateneu da Deusa da Morte, povoado por memórias de reis e conquistadores, teoremas de hereges, obras-primas de loucos. Livros mortos e livros perdidos e livros que nunca existiram: alguns queimados nas fogueiras dos fiéis, alguns apenas tragados pelo tempo, e outros perigosos demais para sequer serem escritos.

Um paraíso infinito para qualquer leitor, um inferno contínuo para qualquer bibliotecário.

– Ora, ora – disse uma voz rouca e vazia. – Vejam só o que os cães-sarnentos trouxeram da rua.

Mercurio se virou para ver um velho liisio de colete desalinhado apoiando-se num carrinho lotado de livros. Dois tufos de cabelo branco brotavam de cada lado da cabeça, e óculos da grossura de um dedo enfeitavam seu nariz adunco. As costas estavam tão curvas que ele parecia um ponto de interrogação ambulante. Uma cigarrilha de boa qualidade consumia-se em seus lábios sem sangue.

– Olá, cronista – saudou Mercurio.

– Você está bem longe de Godsgrave, bispo – resmungou Aelius.

O cronista deu um passo adiante, deteve-se diante de Mercurio e fechou a cara. Frente a frente, Aelius parecia mais alto, de modo que sua sombra se esticava pelo chão. O ar vibrou com uma espécie de tensão sombria, e Mercurio ouviu os vermes colossais do lugar saírem para os corredores de estantes. E se aproximarem.

Os olhos de Aelius ardiam ao observar Mercurio, e sua voz saiu mais dura e fria a cada palavra.

– Se é que ainda posso chamar você de bispo – ele disparou. – Pensei que teria vergonha de botar a cara fora dos aposentos depois do que aprontou, quanto mais vir até aqui. O que traz essa sua carcaça traidora à biblioteca da Mãe Sombria?

Mercurio apontou para a cigarrilha extra sempre presente atrás da orelha do cronista.

– Posso?

Aelius permaneceu imóvel por um momento, seus olhos acesos por uma chama tenebrosa. Então, descruzou os braços com uma risadinha e deu um tapa no ombro de Mercurio. Acendeu a cigarrilha na sua e a entregou ao visitante.

– Tudo certo, metido?

– Parece que está tudo certo, velho? – perguntou Mercurio.

– Parece que está tudo uma merda, mas é sempre educado perguntar.

Mercurio se apoiou contra a parede e examinou a biblioteca enquanto puxava um trago cinza e doce para os pulmões. O fumo tinha gosto de morango, e o papel açucarado fazia sua língua dançar.

– Não fazem mais destes – suspirou Mercurio.

– O mesmo vale para tudo neste lugar – replicou Aelius.

– Como tem passado, velho desgraçado?

– Morto[6].

O cronista se acomodou ao lado dele.

– E você?

– Na mesma.

Aelius soltou um suspiro de desdém e uma nuvem de fumaça cinzenta.

– Pelo que vejo, ainda tem lenha para queimar. Para que abismo você desceu aqui, camarada?

Mercurio deu um trago na cigarrilha.

– É uma longa história, velho.

– Uma história sobre a sua Mia, acertei?

– Como você sabe?

Aelius contraiu os ombros esqueléticos, os olhos brilhando por trás das lentes improváveis.

– Sempre achei que ela tinha uma história para contar.

– Receio que estejamos quase no fim dela.

– Você é jovem demais para ser tão pessimista.

– Tenho sessenta e dois anos, porra – resmungou Mercurio.

---

6 No folclore itreyano, os mortos eram confiados a Niah e permaneciam eternamente em seu abraço amoroso. Mas, depois que a Mãe caiu em desgraça, determinou-se que a filha de Niah, Keph, cuidaria dos mortos piedosos. Tsana, Deusa do Fogo, criou uma poderosa fogueira – o Lume – nos domínios de Keph para manter os mortos aquecidos. E ali eles habitam, iluminados e felizes, até o fim do mundo.

Conta-se, porém, que as almas perversas não podem tomar um lugar junto ao fogo. Conhecidas como sem-lumes, elas aparecem frequentemente no folclore itreyano e acabam culpadas por quase tudo que dá errado na vida cotidiana. Uma ovelha sumiu? Deve ter sido algum sem-lume. Não achou a chave? Maldito sem-lume. Comeram o último bolinho? Não fui eu, amor, foi o sem-lume!

O porquê de as pessoas insistirem em culpar o sobrenatural em vez de assumir as próprias cagadas é um dos grandes mistérios da vida.

Mesmo assim, os sem-lume dão excelentes histórias de terror.

– Como eu disse, jovem demais.

Mercurio não conteve o riso nem a fumaça quente que lhe escapou pelos lábios. Ele se encostou contra a parede, sentindo o fumo vibrar nas veias.

– Há quanto tempo você está aqui embaixo, Aelius?

– Ah, um tempo – suspirou o cronista. – Nunca vi muito sentido em contar os anos, porém. Não é como se tivesse o poder de escolher quando sair.

– A Mãe conserva só o necessário – murmurou Mercurio.

– É – concordou Aelius. – Ela faz isso.

Mercurio jogou a cabeça para trás, correndo os olhos sob as pálpebras pesadas por todos aqueles livros mortos.

– Você a odeia por isso?

– Blasfêmia – censurou o velho fantasma.

– Será? – perguntou Mercurio. – Mesmo se ela não liga para o que dizemos ou fazemos?

– E por que você diz isso?

– Bom, veja o que virou isso aqui – resmungou Mercurio, agitando a bengala para a escuridão. – Antes era uma casa de lobos. Cada morte, uma oferenda a Nossa Senhora do Bendito Assassinato. Aplacávamos sua fome. Fortalecíamos a Mãe. Adiantávamos sua volta. E agora? – O velho cuspiu no chão. – Virou um prostíbulo. O Ministério alimenta os próprios cofres, não a Fauce. As mãos pingam dourado, não vermelho. – Ele balançou a cabeça e soltou fumaça antes de continuar. – Ah, dizemos todas as palavras, fazemos todos os gestos, sim, claro. "Esta carne, o teu banquete. Este sangue, o teu vinho." Mas, apesar de toda essa reza, dobramos os joelhos para tipos como aquele puto do Julius Scaeva. Como você vai me dizer que Niah liga, se permite que esse veneno infeccione a sua própria casa?

– Dentes da Fauce! – exclamou Aelius, arqueando uma sobrancelha branca como a neve. – Parece que alguém acordou com o pé errado hoje.

– Vai se danar – retrucou o velho.

– O que você quer que ela faça? – quis saber o cronista. – Ela foi banida do céu há milênios, rapaz. Só pode reinar por um punhado de viragens a cada dois anos e meio. Qual poder você acha que ela tem sobre isso? Quanta influência acha que é capaz de exercer da prisão que o marido fez para ela?

– Se ela é tão impotente, por que a chamamos de deusa?

A testa franzida de Aelius fechou-se numa carranca.

– Nunca disse que ela era impotente.

– Porque você nunca foi de dizer o óbvio.

O cronista encarou Mercurio com intensidade.

– Eu me lembro de quando você chegou aqui pela primeira vez, rapaz. Verde que nem bambu. Mole que nem merda de nenê. Mas você *acreditava*. Nela. Nisto. Quanto mais forte a luz, mais profunda a sombra.

Mercurio fechou a cara.

– Eu preciso de ditados ysiiri tanto quanto preciso de mais duas bolas, velho.

– Talvez precise mais do que isso, com a jovem Drusilla à solta – provocou Aelius. – A questão é que você tinha fé, garoto. Onde ela está?

Mercurio apertou a cigarrilha entre os lábios enquanto refletia por um longo momento.

– Ainda acredito – respondeu. – O Deus da Luz e a Deusa da Noite e as Quatro Filhas do caralho. Quer dizer, este lugar existe. *Você* existe. É óbvio que a Mãe das Trevas ainda tem alguma força. – Mercurio encolheu os ombros. – Mas este mundo é governado pelos homens, não pelas divindades. E com tanto sangue, tanta morte, tantas vidas tiradas em seu nome, ela ainda está longe pra porra.

– Ela está mais perto do que você pensa – disse Aelius.

– Juro por tudo que é mais sagrado, se você disser que ela mora no templo do meu coração, vamos descobrir se é possível alguém voltar duas vezes da morte.

– Não é – afirmou o cronista, dando de ombros. – Nem a Mãe tem esse poder. Se você morre uma vez, pode voltar com a bênção dela. Mas salte para o Abismo mais uma para ver! Não volta nunca mais.

– A ameaça era só retórica, velho.

Aelius abriu um sorriso, apagou a cigarrilha na parede e jogou a bituca no bolso do colete.

– Venha comigo.

O cronista se apoiou no carrinho de devoluções e começou a empurrá-lo rampa abaixo, descendo do mezanino para a biblioteca. Lado a lado, a dupla percorreu o labirinto de estantes, mogno e rolos de pergaminho. De tempos em tempos, Aelius parava para colocar um exemplar devolvido no lugar de maneira quase reverente. As estantes eram altas demais para ver por trás delas e um corredor parecia igual ao outro. Mercurio logo se sentiu completamente perdido, e parte dele queria saber como, pelo amor da Mãe, Aelius conseguia se orientar ali.

– Para que abismo estamos indo? – reclamou o velho, já esfregando os joelhos doloridos.

– Para uma nova seção – respondeu Aelius. – Elas surgem o tempo todo aqui. Quando querem ser encontradas, claro. Tropecei nessa faz quase dois anos, um pouco antes de a sua garota aparecer aqui pela primeira vez.

Do escuro ao redor, chegavam aos ouvidos de Mercurio o barulho dos enormes vermes de livros deslocando-se entre as estantes: carcaças de couro raspando pela pedra, grunhidos graves reverberando através do chão. O ar seco e fresco ecoava o canto do belo coral. Tratava-se de um lugar de paz, sem dúvida. Mas Mercurio se perguntava se encararia uma eternidade ali com a mesma calma que Aelius.

Eles viraram ao fim de uma estante comprida e enveredaram por uma curva leve. Enquanto percorriam as fileiras de exemplares embalados em peles velhas e madeira envernizada, Mercurio se deu conta de que a curva aos poucos se fechava e que a estante tornava-se uma espiral cada vez menor. Mais ou menos no centro, em meio àquela escuridão toda, Aelius parou.

O cronista levantou a mão até a última prateleira da estante, puxou um livro grosso e o pôs nas mãos de Mercurio.

– A Mãe conserva só o necessário – disse. – E faz o que pode. Dos pequenos jeitos que pode.

Mercurio arqueou a sobrancelha e, com a cigarrilha ainda queimando nos lábios, examinou o volume. Encadernação em couro, escura como o céu de veratreva. Os cantos das páginas estavam manchados de vermelho-sangue e havia um corvo em voo gravado sobre o preto fosco da capa.

Ele abriu o livro e procurou a folha de rosto.

– *Nevernight: a sombra do corvo* – murmurou. – Que nome besta.

– Mas a leitura é interessante – disse Aelius.

Mercurio foi até prólogo e passou os olhos úmidos pelo texto.

CAVEAT EMPTOR

As pessoas costumam cagar-se todas ao morrer.

Seus músculos relaxam, suas almas voam livres e o resto... escorre. Apesar de todo o amor do público pela morte, os dramaturgos quase não tratam disso.

Mercurio folheou mais algumas páginas e suspirou, levemente exasperado.

– Notas de rodapé? Quem é o cabaço que escreve um romance com notas de rodapé?

– Não é um romance – respondeu Aelius, em um tom magoado. – É uma biografia.

– Sobre quem?

O cronista simplesmente acenou na direção do livro. Mercurio virou mais algumas páginas e leu o começo do capítulo três:

...o soltou em frente a uma criada, que caiu com um grito. Dona Corvere voltou-se para a filha com nobreza e furor.

– Mia Corvere, tire esse animal maldito do caminho ou vamos deixá-lo aqui!

E, simples assim, conseguimos o nome dela.

Mia.

Mercurio vacilou, com a cigarrilha pendendo dos lábios subitamente secos. O sangue gelou quando ele finalmente compreendeu o que tinha em mãos. Deu uma olhada nas estantes em volta. Livros mortos e livros perdidos e livros que nunca existiram: alguns queimados nas fogueiras dos fiéis, alguns apenas tragados pelo tempo, e outros...

Perigosos demais para sequer serem escritos.

Aelius tinha se afastado, avançando mais um pouco pela estante curvada; com as mãos nos bolsos, murmurava algo, deixando no ar um rastro de fumaça cinzenta. Mas Mercurio estava enraizado no lugar, completamente atônito. Começou a folhear as páginas cada vez mais rápido, correndo os olhos pela caligrafia fluida, captando apenas fragmentos apressados:

Os livros que amamos nos amam de volta.

Mandarei lembranças suas ao seu irmão.

– Quem ou o que é a Lua? – ela perguntou.

Chegou ao fim e virou e revirou o livro entre as mãos, perguntando-se por que não havia mais páginas e olhando ao redor da biblioteca dos mortos num temor mudo e maravilhado.

– Encontrei outro também – disse Aelius ao voltar do fim da estante. – Uns três meses atrás. Uma viragem não estava aqui e na outra sim.

O cronista entregou outro volume pesado a ele. Era parecido com o que já tinha em mãos, mas as bordas das páginas eram azuis em vez de vermelho-sangue. Um lobo estava gravado na capa preta no lugar do corvo. O assassino encaixou o primeiro livro na dobra do cotovelo, abriu o segundo tomo e espiou o título.

– *Godsgrave: o espetáculo sangrento* – balbuciou.

– É a continuação do primeiro – informou Aelius. – Acho que gostei mais desse, para ser sincero. Menos enrolação no começo.

O coral cantava na atmosfera fantasmagórica que os envolvia, ecoando através do grande ateneu. As mãos de Mercurio tremiam e a cigarrilha quase caiu da boca quando ele voltou a pegar o primeiro livro e o abriu na página de abertura.

E lá estava:

NEVERNIGHT: A SOMBRA DO CORVO
V.1 DAS CRÔNICAS DA QUASINOITE
de Mercurio de Liis

O velho fechou o livro e encarou estupefato o cronista de Niah.

– Caralho – arquejou.

CAPÍTULO 4
PRESENTE

Globos arquêmicos cintilavam no teto abobadado, a música preenchia o peito de Mia e tudo ao redor era osso pálido e ouro reluzente. Ele estava em pé entre o pai e a mãe, as mãozinhas apertando as deles, vendo do alto a pista de dança com os olhos arregalados de encanto. Donas finas em vestidos estonteantes, vermelhos e perolados e pretos, deslizavam e giravam nos braços de dons elegantes de casaca. Comida deliciosa era servida em bandejas de prata e taças de cristal estavam cheias de licores gasosos.

– Então, pombinha? – perguntou o pai. – O que acha?

– É tão lindo – suspirou Mia.

A garotinha sentia o olhar das pessoas sobre eles, no topo das escadas sinuosas. O porteiro anunciara sua chegada ao palazzo grandioso, e todos tinham se virado para vê-los: o charmoso justicus da Legião Luminatii, Darius Corvere, com sua bela e formidável esposa, Alinne. Os pais de Mia abriram caminho por entre a multidão de medulares, os sorrisos bonitos, os acenos educados, os rostos ocultos atrás de requintadas máscaras de Carnivalé. O salão de baile do palazzo transbordava de gente, toda a elite de Godsgrave tinha sido convidada para o evento. A eleição de um novo cônsul sempre atraía as pessoas mais lindas.

– Quer dançar, querida? – perguntou o pai.

Alinne Corvere soltou um muxoxo enquanto levava a mão à barriga inchada. Mia sabia que o bebê nasceria logo e queria que fosse menino.

– A não ser que você tenha um carrinho de mão debaixo do gibão, marido – ela respondeu.

– Pena – disse Darius, enfiando as mãos pelas dobras do traje. – Só tenho isso.

O pai de Mia presenteou a mãe com uma rosa vermelha como sangue, curvando-se baixo para que os observadores ao redor pudessem ver. Alinne sorriu e pegou a flor, que cheirou intensamente enquanto observava o marido. Mas, de novo, correu a mão pela barriga e negou o convite com seus olhos escuros e atentos.

O pai de Mia se virou e ajoelhou-se diante da filha.

– E você, pombinha? Quer dançar?

Mia tinha passado a semana toda com uma sensação estranha, verdade seja dita. Desde a chegada da veratreva, seu estômago dava voltas e nada em seu corpo parecia bem. Mas, ainda assim, quando o pai lhe ofereceu a mão, ela não conseguiu evitar um sorriso, cativada pela ternura dos olhos dele.

– Sim, pai – ela balbuciou.

– Precisamos parabenizar nosso novo cônsul – avisou a mãe.

– Logo mais – concordou o pai enquanto estendia o braço para Mia. – Mi Dona?

Ambos adentraram a pista de dança, e os outros medulares abriram espaço para os deixar passar. Mia tinha apenas nove anos; ainda não tinha idade nem altura para dançar direito. Mas Darius Corvere pôs os pés por baixo dos dela e a conduziu com delicadeza pelas idas e vindas da melodia. Mia viu os casais ao redor sorrirem, encantados com o belo justicus e sua filha precoce. Ela olhava ao redor maravilhada, enredada pela música e os vestidos e as luzes brilhantes no teto.

Os três sóis tinham afundado no horizonte havia mais de uma semana, e a Mãe da Noite aproximava-se do fim de mais um breve reinado no céu. Mia conseguia ouvir o poropopó dos fogos de artifício na cidade lá fora, disparados para assustar a Noite e a fazer voltar ao Abismo. Em toda Godsgrave, as pessoas aninhavam-se ao redor de suas lareiras, à espera que Aa voltasse a abrir os olhos. Mas ali, nos braços do pai, Mia descobriu que não tinha qualquer medo. Em vez de temer, sentia-se segura.

Forte.

Amada.

Sabia que seu pai era um homem bonito, e já tinha idade para perceber os olhares desejosos das damas medulares que o observavam deslizar pela pista de dança. Mas, apesar das melhores donas (e não poucos dons) o olharem suspirando, o pai de Mia só tinha olhos para ela.

– Eu te amo, Mia.

– Eu também te amo.

– Prometa que vai se lembrar de mim sempre. Não importa o que acontecer.

Ela abriu um sorriso confuso.

– Prometo, pai.

Eles continuaram a dançar, rodopiando sobre as tábuas envernizadas do assoalho ao som mágico do canto. Mia levantou os olhos para o teto, claro e brilhante. O palazzo extravagante do cônsul situava-se à base da primeira Costela, bem ao lado do Senado e da Espinha de Godsgrave. O assoalho do salão era um mosaico móvel dos três sóis, orbitando uns aos outros como os dançarinos. O prédio tinha sido esculpido a partir do ossário da própria costela, igual à longa espada na cintura do pai e à armadura que ele vestia quando partia para a guerra.

Mia desviou o olhar para a multidão e avistou a mãe conversando com um homem no estrado montado na outra ponta do salão. O homem resplandecia em seus trajes púrpura; usava um louro dourado ao redor da cabeça e anéis de ouro nos dedos. Seu cabelo era espesso e escuro, os olhos ainda mais escuros, e ele era – embora Mia jamais fosse admitir – talvez um pouco mais bonito que o pai dela.

Mia viu a mãe curvar-se perante o galã. Uma mulher elegante sentada no estrado aparentou não gostar de ver o homem beijar a mão de Alinne Corvere em retribuição.

– Quem é aquele, pai? – perguntou Mia.

– Nosso novo cônsul – ele respondeu, seguindo o olhar da filha. – Julius Scaeva.

– Ele é amigo da mãe?

– Mais ou menos.

Mia observou o galã pôr a mão na barriga inchada de Alinne Corvere. Um toque breve, leve como uma pena. Uma troca de olhares, rápida como o mercúrio.

– Não gostei dele – declarou a garota.

– Não tema, pombinha – replicou o justicus. – Sua mãe gosta dele o bastante para vocês duas. Sempre gostou.

Mia piscou e levantou os olhos pretos e confusos para o pai. Em volta do pescoço dele havia agora um pedaço de corda atado em um nó perfeito.

– O que você quer dizer? – ela perguntou.

– Ah, acorde, Mia – ele suspirou.

– Pai, eu...

– Acorde.

— Acorde.

Mia sentiu um chute forte na barriga e ouviu uma voz de criança, um pouco distante:

– Acorde, desgraçada!

Outro chute, dessa vez na ferida recente no ombro. Ela bufou de dor e abriu os olhos, vendo uma silhueta inclinada sobre si no escuro. Sem pensar, levantou a mão boa e agarrou a garganta da figura. Ela gemeu, se debateu e enterrou os pequenos dedos no braço dela. Só então, à medida que a dor e a intoxicação foram passando, Mia reconheceu...

– Jonnen?

Ela soltou o pescoço do garoto como se a pele dele fosse metal quente. Chocada, tentou ajeitar a toga púrpura imunda dele.

– Jonnen, me desculp...

– Meu nome é Lucius! – cortou o menino, dando um tapa em sua mão.

Mia respirou fundo, tentando acalmar o coração que ribombava no peito. Estava horrorizada consigo mesma: quase o machucara por acidente. Uma enxurrada de imagens – um salão de bailes cintilante e o céu de veratreva e a mão de Scaeva na barriga de sua mãe – invadiu sua cabeça. Imagens de uma arena lotada, de pessoas aos gritos quando a viram cravar a adaga de ossário no peito de Scaeva. O rosto de Jonnen, pálido e horrorizado enquanto ela abatia o pai diante de seus olhos.

– Desculpe – ela repetiu. – Machuquei você?

O garoto apenas fechou a cara, seus olhos escuros e sem fundo como os de Mia. Ela olhou em volta e se perguntou onde estariam. Um espaço escuro e vasto os circundava, iluminado somente pelo brilho de uma lanterna no chão ao seu lado. A luz fantasmagórica se estendia por poucos palmos; além deles, havia uma escuridão profunda demais para sondar.

O chão sob seus pés era irregular, e ela se deu conta de que era todo feito de rostos e mãos humanos – relevos esculpidos diretamente na pedra branca como neve. Os rostos eram todos femininos – todos da mesma mulher, na verdade –, de traços belos, madeixas compridas e levemente onduladas. Mas as expressões mostravam angústia e terror, as bocas de pedra abertas num grito silencioso. A multidão de mãos voltava as palmas para o teto oculto, como se ele estivesse a ponto de ceder.

Mia piscou e tentou lembrar como tinha chegado ali. Lembrou-se do confronto com Solis e Shiu, e da figura espectral que a resgatara na necrópole de Galante e que mais uma vez salvara sua pele na casa dos mortos de Godsgrave. Ainda sentia o veneno de Solis nas veias, embora a ferida tivesse sido atada com um trapo de pano escuro. Ainda se sentia um pouco lerda por causa da toxina, e se arrepiava no frio difuso ao redor. Sentia a dor das feridas, o sangue seco repuxando a pele. Sentia também, em algum lugar ao longe, uma raiva sem nome nem forma. Ao correr os olhos sobre aquele mar de rostos congelados e aterrorizados, teve outra sensação ainda, como um surdo que voltava a ouvir depois de muito tempo. Subitamente, deu-se conta de que sentia...

Medo.

Ela vasculhou a escuridão ao redor, procurando seus passageiros entre as mãos e as bocas de pedra abertas. Percebeu que não conseguia sentir nenhum dos dois em parte alguma. Sua pele se arrepiou e o estômago gelou. Com um gemido de dor, ela se ergueu com muito esforço:

– Senhor Simpático? – chamou. – Eclipse?

Sem resposta. Nada além das batidas de seu coração e do deplorável vazio da ausência deles. Eclipse caminhava ao lado dela desde a morte de Lorde Cassius, e Sr. Simpático desde que seu pai fora assassinado. Exceto pelas poucas vezes em que pediu para que a deixassem, ela não sabia o que era ficar sem eles. Encontrar-se sozinha agora...

– Onde estamos? – ela sussurrou, com os olhos fixos no mar de rostos e mãos.

– Não sei – respondeu Jonnen com um leve tremor na voz.

Seu coração amoleceu e ela estendeu o braço para o irmão.

– Está tudo bem, Jonnen, eu estou aqui...

– Meu nome é Lucius! – ele berrou, batendo o pezinho. – Lucius Atticus Scaeva! Sou o primogênito do cônsul Julius Maximilianus Scaeva e tenho a obrigação moral de matar você! – Ele apontou um dedo acusador para ela, as bochechas rosadas de fúria. – *Você matou o meu pai!*

Mia retraiu a mão e examinou o rosto do menino. Os dentes à mostra, os lábios trêmulos. Os olhos escuros, cismados, tão parecidos com os dela. Tão parecidos com os *dele*.

– Eu cantava para você. Quando você era pequeno e vinha alguma tempestade. Você odiava os trovões. – Ela sorriu com a lembrança. – Tinha uma carinha rosa e um par de pulmões capazes de acordar um defunto. As babás não conseguiam te acalmar de jeito nenhum. Só eu conseguia. Lembra? – Ela pigarreou e começou a crocitar uma canção enferrujada. – *Nos tempos sombrios, no clima duro, quando o vento sopra frio e escuro...*

– Você parece uma harpia ganindo por comida – desprezou o garoto.

Mia mordeu os lábios num esforço para manter seu infame gênio sob controle. Ela tinha passado quase oito anos tramando a morte dos homens que mataram sua família. Seis anos de treino sob os assassinos mais perigosos da República, mais um ano de serviço à Igreja Vermelha e quase outro de luta pela sobrevivência nas arenas de Itreya, com sangue até o pescoço. Em nenhum momento ao longo de todo esse tempo tinha aprendido a lidar com um medularzinho mimado de luto pela morte do pai. Ainda assim, tentou imaginar o que o garoto devia estar pensando. Como se sentia em olhar para a garota que matara seu pai.

Na verdade, não era tão difícil ver as coisas pelos olhos dele. Ela se lembrava de ter passado por esse mesmo momento anos antes, vendo no fórum os mesmos homens que enforcaram seu pai. Sua própria promessa de vingança soava na cabeça, e o ódio corria pelas veias como um ácido ardente.

Será que Jonnen tinha os mesmos sentimentos com relação a ela?

Será que eu sou o Scaeva dele?

– Jonnen, eu sinto muito – ela começou. – Sei que está assustado e furioso. Sei que há coisas que você não...

– Não fale comigo, escrava – ele cortou.

A mão dela foi até a marca arquêmica na bochecha – o par de círculos que a marcavam como propriedade do Colégio Remus. No outro lado do rosto, sentia a cicatriz. O risco descia pela testa e se curvava num gancho cruel por toda a bochecha esquerda; era uma recordação das provações nas areias. Isso a fez pensar em Sidonius, Cantespadas e os outros Falcões de Remus. Perguntava-se se estariam a salvo.

– Não sou escrava – ela disse com um tom férreo. – Sou sua irmã.

– Não tenho irmã – rosnou Jonnen.

– Meia-irmã, então – disse Mia. – Temos a mesma mãe.

– Você é uma mentirosa! – ele gritou, batendo o pé outra vez. – *Mentirosa.*

– Não estou mentindo – insistiu Mia, apertando o osso do nariz para aliviar a dor. – Jonnen, escute, por favor... Você era pequeno demais para se lembrar. Mas foi tirado da nossa mãe quando ainda era bebê. O nome dela era Alinne. Alinne Corvere.

– Corvere? – ele desdenhou, franzindo a testa. – A esposa do Faz-Rei?

Mia piscou, surpresa.

– Você sabe da rebelião?

– Não sou um moleque de rua, escrava – ele respondeu enquanto alisava os trajes imundos. – Todos os meus tutores são testemunhas de que a minha memória é mais afiada que uma espada. Sei da Rebelião Faz-Rei. Meu pai mandou o traidor para a forca, e a meretriz dele para a Pedra Filosofal.

– Dobre a língua – avisou Mia, com o dedo erguido e o gênio inflamado. – Você está falando da própria mãe.

– Sou filho de um cônsul! – explodiu o menino.

– É – Mia concordou. – Mas Liviana Scaeva não é sua mãe.

– Como *ousa*? – Jonnen cerrou os punhos diminutos. – Você até pode ser filha da vadia de um traidor qualquer, mas eu não sou um bas...

O tapa o fez cambalear e cair de costas como um saco de areia. As veias de Mia pulsavam de ódio, um ódio que inchava e fluía como se fosse engoli-la por inteiro. Jonnen a encarou surpreso, com os olhos arregalados e marejados e a mão sobre a bochecha quente. Ele era um pequeno lorde medular, herdeiro de uma vasta fortuna, filho de uma casa nobre. Mia imaginou que ninguém jamais havia encostado um dedo nele antes. Especialmente alguém com uma marca de escravo. Ainda assim...

– Irmão ou não – avisou Mia –, ninguém fala dela desse jeito.

Por baixo da raiva, sentia horror de si mesma. Estava exausta e assustada e dolorida em cada osso do corpo. Por todos esses anos, pensou que Jonnen estivesse morto; se soubesse a verdade, jamais o teria deixado sob os cuidados de Scaeva. Ela devia usar as mãos para abraçá-lo de alegria, não derrubá-lo no chão.

Sobretudo quando ele fala a verdade.

Sidonius tinha contado a Mia que seus pais se casaram por conveniência, não por amor. Darius Corvere estava apaixonado pelo general Antonius, o homem que queria se tornar rei de Itreya. A união do Faz-Rei com a esposa era uma aliança política, não uma bela história de amor. E não havia nada de estranho nisso; assim era a vida em muitas famílias medulares da República.

Mas, dentre todos os homens que Alinne Corvere poderia ter

escolhido como amante, para ter um filho, dentre todos os homens do mundo, como fora capaz de escolher o *puto do Julius Scaeva?*

Jonnen esfregou os olhos e a marca da mão dela na bochecha. Claramente queria chorar, mas engolia as lágrimas. Com os dentes cerrados, transformava a dor em ódio.

Dentes da Fauce, ele é mesmo *meu irmão.*

– Desculpe – ela disse num tom mais suave. – Estou falando verdades difíceis. Mas seu pai era um homem mau, irmão. Um tirano que queria esculpir um trono para si com os ossos da República.

– Como o Faz-Rei? – rebateu Jonnen.

Mia engoliu em seco. As palavras eram como um soco no estômago. Embora tentasse se conter, sentia sua raiva crescer novamente, como se o ódio de Jonnen alimentasse o dela.

– Você é só uma criança. É pequeno demais para entender.

– Sua mentirosa! – O menino se levantou, sua irritação e voz erguendo-se também. – Meu pai derrotou o seu e você tem raiva disso!

– Claro que tenho raiva disso!

– Você trapaceou! – berrou o garoto. – No palco do vencedor, escondeu aquela faca na armadura e só assim teve coragem de atacar!

– Fiz o que precisava ser feito – ela replicou. – Julius Scaeva merecia morrer.

– Não foi uma luta honesta!

– Honesta? – ela gritou. – Ele matou a nossa *mãe*!

– Você não tem honra, não tem...

A voz do menino foi morrendo aos poucos e a expressão retorcida de raiva se transformou em um espanto silencioso. Mia seguiu o olhar dele até o chão, onde havia aquele retábulo de rostos em pranto e mãos abertas, iluminado pelo brilho espectral da única lanterna. Ali, na pedra esculpida, era possível ver a sombra de ambos, escuras e tenebrosas à luz fantasmagórica. E as duas se mexiam.

A sombra de Jonnen recolhia-se como uma víbora prestes a dar o bote. A sombra de Mia, com cabelos esvoaçantes como se houvesse uma leve brisa, avançava em sua direção. Num piscar de olhos, a sombra de Jonnen partiu para cima da dela e pegou a oponente pela garganta. A sombra de Mia expandiu-se e ondulou quando as mãos da sombra menor se envolveram em seu pescoço. As duas trocavam golpes e arranhões num surto de violência, embora Mia e Jonnen permanecessem parados e ilesos.

Mia conseguia perceber a fúria nos olhos do irmão, um reflexo da guerra ocorrendo entre os dois. Parecia que as sombras manifestavam os sentimentos mais íntimos de ambos: o ódio dele, a humilhação dela. De repente ela se deu conta, com a mesma certeza com que sabia o próprio nome, que o menino a mataria se pudesse, cortaria sua garganta e deixaria o cadáver para os ratos. Ao observar aquelas tiras de escuridão, lembrou-se de que sua sombra fazia a mesma coisa na presença de Furian. Diante do irmão, sentia o mesmo mal-estar e o mesmo desejo que experimentava próximo de outros sombrios. Era como dormir com alguém ao seu lado e acordar sozinha na viragem seguinte. A sensação de que alguma coisa... faltava.

Ela forçou sua voz a sair calma e fez o máximo para aquietar a própria sombra.

– Eu *sou* sua irmã, Jonnen – ela disse. – Somos a mesma coisa, você e eu.

O garoto não respondeu, mantendo o olhar de ódio fixo nela. Mas a inimizade entre as sombras aos poucos foi se acalmando e elas voltaram à forma normal; as únicas coisas que comprovavam ser diferentes eram leves ondulações. A escuridão ao redor dos dois estava carregada de um silêncio mortal. Os olhos arregalados de mil rostos de pedra os observavam.

– Faz quanto tempo que ela falou com você? – perguntou Mia em voz baixa. – A escuridão?

Jonnen permaneceu calado, com as mãos ainda cerradas.

– Eu não era muito mais velha do que você na viragem em que ela falou comigo pela primeira vez. – Mia suspirou, cansada até a alma. – Foi na viragem em que seu pai enforcou o meu, mandou me afogarem e arrancou você dos braços da nossa mãe. Na viragem em que ele destruiu tudo.

O menino mantinha o olhar nublado nas sombras de ambos.

– Há oito longos anos a escuridão me pegou – prosseguiu Mia. – Foram muitos quilômetros e muito sangue. Mas agora acabou. Bem ou mal, Julius Scaeva está morto. E estamos juntos novamente.

– Perdidos – disparou Jonnen. – É isso que estamos, Faz-Rei.

Mia olhou ao redor, sondando as trevas além do círculo da luz da lanterna. Pelo ar frio e o silêncio que os envolvia, imaginava que estavam bem debaixo da terra. Alguma parte escondida da necrópole, talvez.

Por que aquele sem-lume salvara sua vida, apenas para abandoná-la ali embaixo?

Onde estavam Sr. Simpático e Eclipse?

Mercurio?

Ashlinn?

Mia pegou a lanterna. A superfície era clara e lisa como as garras de um corvo, gravada com relevos num estranho formato decrescente.

Ossário[7], ela concluiu.

---

7 Ossário é um material curioso, encontrado apenas num lugar de toda a República: as Costelas e a Espinha no coração de Godsgrave. É leve como madeira, só que mais duro que o aço, e os segredos do trabalho com ele há muito se perderam – ou pelo menos foram muito bem guardados pelo Colégio Férreo. Ainda que um ladrão ousado tivesse as ferramentas para arrancar um pedaço, vandalizar qualquer parte das Costelas e da Espinha é um crime punido com crucificação.

Por conseguinte, armas e armaduras de ossário são muito cobiçadas. Contudo, a posse de qualquer item feito com essa substância maravilhosa é sinal de prestígio e riqueza, e a nobreza de Itreya tem a triste fama de ser avara nesse quesito. Antes da rebelião que matou seu marido, a rainha Isabella, esposa de Francisco XV, era uma colecionadora ávida de bugigangas feitas de ossário. Diz-se que as acumulava com a esperança de abrir um museu para "a gentinha", o termo carinhoso que ela aplicava aos cidadãos de Godsgrave.

Sua coleção de bricabraques de ossário incluía abridores de carta, calçadeiras,

Ainda sentia o desejo dentro de si, ao olhar para o menino e para as sombras de ambos no chão. Mas havia algo mais, algo que a puxava em meio à escuridão e ao frio. Ao mudar a lanterna de posição, deu-se conta de que as sombras não mudavam de lugar com a luz. Estavam fixas numa direção, como ferro atraído por um ímã.

Ela estava tão cansada que não conseguiria nem dormir, coberta de feridas, sangue e medo. Mas a força de vontade que a fazia continuar em frente quando tudo parecia perdido, quando o mundo inteiro parecia estar contra ela, quando a tarefa parecia impossível, a fez continuar em pé. Não sabia onde estavam, mas sabia que não podiam ficar ali. Assim, estendeu a mão para irmão.

– Venha.

– Para onde?

Ela apontou para as sombras com a cabeça.

– Elas sabem o caminho.

O menino olhou para ela cheio de ódio e desconfiança.

– Nossa família costumava dizer uma coisa, antes de o seu pai a destruir. *Neh diis lus'a, lus diis'a*. Sabe o que significa?

– Não falo liisio – resmungou o menino.

– Quando tudo é sangue, sangue é tudo. – Ela voltou a estender a mão. – Sangue é tudo, irmãozinho – repetiu.

Jonnen levantou os olhos para ela. No escuro, no meio daqueles rostos belos e agonizantes, daquelas mãos espalmadas e da luz espectral do ossário, Mia viu o reflexo do pai dele em seus olhos pretos sem fundo.

Mas, no fim, ele tomou a mão dela.

---

mordedores, inúmeras escovas de cabelo, pentes e broches, um jogo de jantar de setenta e quatro peças, e uma dúzia de "auxílios maritais" encomendados por pelo menos sete rainhas diferentes de Itreya.

Quem disse que dinheiro não traz felicidade?

— Sente isso?

A voz dela ecoou no escuro, alta demais para o seu gosto. Tinha a sensação de que haviam caminhado quilômetros por um labirinto sinuoso de túneis. As paredes e o chão eram ambos feitos daquelas mãos e rostos de pedra irregulares sob seus pés.

Era um pouco constrangedor caminhar sobre uma superfície de gritos silenciosos. Mia tinha certeza de que aquilo fazia parte da necrópole de Godsgrave, mas nada parecia familiar, e ela não conseguia imaginar por que alguém passara anos esculpindo o chão e as paredes daquele jeito. Quanto mais avançavam, pior ela se sentia. Às vezes, captava um movimento pelo canto dos olhos e era capaz de jurar que uma das mãos de pedra havia se mexido ou que um rosto tinha se virado para segui-la com o olhar. Quando ela olhava para eles diretamente, porém, tudo parecia imóvel.

A escuridão era opressiva, o ar pesado e o suor ardia em seus cortes e arranhões. Aquela raiva sem nome nem forma crescia em seu peito e ela não sabia dizer por quê. A cada passo, a sensação que parecia acompanhá-la desde que acordara ali ficava mais intensa, atraindo-a como a chama atrai a mariposa.

Por enquanto, o medo do escuro parecia superar o ódio que Jonnen sentia por ela, e ele se mantinha bem perto, apesar de ter se recusado a segurar sua mão por muito tempo. Ela o conduzia pelos túneis com a lanterna de ossário erguida e às vezes lançava um olhar para trás – sempre encontrando o menino a encarando com um ódio franco.

Desafiando completamente a luz espectral da lanterna, as sombras ainda se estiravam para a frente, agora já bem mais compridas do que deveriam ser.

A cada passo, a sensação de serem tragados aumentava.

O ódio ardia mais intenso no peito.

– Não gosto daqui – cochichou Jonnen.

– Nem eu – respondeu Mia.

Eles continuaram a caminhada. Mia sentia uma fúria vibrando no ar. Uma sensação de ódio profundo e contínuo, de dor e necessidade e fome entrelaçadas. Era a mesma sensação que tivera no massacre de veratreva. A mesma sensação que tivera na sua vitória na arena.

A sensação da malícia impregnada nos próprios ossos da cidade.

O ar parecia oleoso e espesso, e ela juraria sentir o cheiro de sangue. Os rostos nas paredes estavam se mexendo agora, o chão agitava-se sob seus pés enquanto as mãos de pedra tentavam pegá-los e os lábios de pedra pronunciavam palavras mudas. Seu coração quase saltou pela boca quando ela sentiu dedos tocarem os seus. Ao olhar para baixo, viu Jonnen agarrando sua mão de novo, com os olhos arregalados de medo.

Fome.

Raiva.

Ódio.

O túnel abria-se para outra câmara, tão ampla que não se viam as paredes. O chão de rostos angustiados descia e formava uma espécie de lagoa, quase invisível sob a luz pálida da lanterna. A margem era recoberta de mãos e bocas abertas e a lagoa estava cheia de um líquido escuro, aveludado e parado que jorrava por cima dos olhos para dentro das bocas mais próximas das bordas. Parecia piche, mas o fedor era inconfundível – salgado e acobreado e meio podre.

Sangue.

Sangue preto.

E ali, naquela espécie de praia de gritos silenciosos, Mia viu duas formas conhecidas encarando a piscina de sangue com seus não-olhos.

– Senhor Simpático! – ela gritou. – Eclipse!

Os passageiros permaneceram imóveis enquanto ela avançava aos tropeços por cima dos rostos e mãos para ajoelhar-se ao seu lado. Com suspiros aliviados, Mia correu as mãos pelos corpos deles. As silhuetas ondearam como fumaça preta na brisa, mas nenhum dos dois interrompeu sua contemplação daquela piscina de escuridão aveludada.

Senhor Simpático inclinou a cabeça e falou, como que em transe:

– …*você sente…?*

– …SINTO… – respondeu Eclipse.

– Mia?

Com um sobressalto, a garota voltou-se na direção da voz. E ali nas trevas, entre olhos de pedra e gritos silenciosos, encontrou a visão mais bela que já tinha visto: uma garota alta vestindo o uniforme manchado de sangue de um guarda da arena, com outra lanterna de ossário na mão e uma espada de ossário na cintura. O cabelo loiro estava tingido de ruivo, as bochechas bronzeadas eram pontilhadas de sardas, e os olhos eram azuis como um céu ensolarado.

– Ashlinn… – balbuciou Mia.

E correu, tão leve e tão rápida que parecia voar. Toda a dor e todo o cansaço se tornaram uma lembrança distante, e mesmo a lagoa de sangue foi esquecida. Tropeçando pelos rostos de pedra com o coração disparado, ela abriu os braços e se jogou em Ashlinn com tanta força que quase derrubou a garota mais alta. Enroscou os dedos no cabelo dela, tocou seu rosto para ver se era de verdade e, sem fôlego, por fim a puxou para um beijo faminto.

– Ai, Deusa – sussurrou.

Ashlinn tentou falar, mas a boca de Mia abafou as palavras. Ela sentia o gosto de sangue da ferida no lábio que voltou a se abrir, mas, sem ligar para a dor, apertou o corpo contra o de Ashlinn.

– Nunca mais vou deixar você partir. – Ela tomou as bochechas de Ash nas mãos e apertou seus lábios contra os dela de novo. – Nunca mais, ouviu? *Nunca.*

– Mia – protestou Ashlinn, colocando a mão em seu peito.

– O quê?

Sem conseguir se controlar, ela se aproximou de novo, mas Ashlinn desviou o rosto, olhou nos olhos dela e a afastou delicadamente. Mia encarou seus olhos de azul ensolarado, confusa.

– Ash, o que foi?

– OLÁ, MIA.

O sangue esfriou em suas veias ao ouvir a voz atrás de si. A temperatura caiu quando ela se virou, já com a pele arrepiada. Viu uma figura conhecida, com espadas de ossário nas costas, trajes pretos esgarçados nas bordas, mãos escuras e sombras contorcendo-se como tentáculos na borda do capuz.

Mia olhou para Ashlinn, vendo o medo inundar o azul completamente. Nuvens de ar branco saíam de seus lábios ensanguentados.

– Bom – ela disse. – Meu salvador misterioso.

A figura curvou-se, fazendo os trajes ondearem em uma brisa fantasma. A voz era oca, sibilante e reverberava nas entranhas de Mia.

– MI DONA.

– Acho que lhe devo agradecimentos. – Mia cruzou os braços e jogou o cabelo para trás. – Mas eles podem vir depois das apresentações. Quem abismos é você?

– UM GUIA.

– Seja direto – resmungou Mia, irritando-se. – Quem é você?

– Mia… – cochichou Ashlinn enquanto apoiava delicadamente a mão no ombro dela.

– *Fale!* – Mia exigiu com um passo à frente e os punhos cerrados.

A figura levantou as mãos pretas como tinta e tirou o capuz. À luz espectral, Mia viu olhos pretos como breu e uma pele de perfeito alabastro. Nós de sal escuros e espessos moviam-se como se estivessem vivos. Ele ainda era lindo de doer: queixo marcado e maçãs do rosto altas, que já tinham sido rabiscadas com manchas odiosas de tinta e depois aperfeiçoadas pelas mãos da tecelã.

Lábios que ela já beijara.

Olhos em que já se perdera.

Rosto que ela já adorara.

Mia olhou nos olhos azuis e assustados de Ashlinn, depois de volta para as piscinas de preto sem fim que faziam as vezes de olhos nele.

– Mãe Sombria do caralho – suspirou.

CAPÍTULO 5

EPIFANIAS

– Como? –murmurou Mia.

Ela olhou Tric de alto a baixo, com os braços cruzados e tremendo de frio. Ele estava diferente: a pele oliva agora era mármore polido, os olhos castanhos, poços de pura escuridão. Parecia uma estátua no fórum, esculpida à perfeição pelas mãos de um mestre e trazida à vida. O rosto era belo. Impecável. Pálido e liso como ossário, e igualmente cortante. O coração dela mal conseguia crer no que os olhos contavam.

Mas não havia como confundir o garoto que ela conhecera.

O garoto que ela amara?

– Mas ela... – Mia se voltou para Ashlinn, desnorteada. – Você o *matou*.

Ashlinn guardava um silêncio atípico; seus olhos brilhavam de medo. Senhor Simpático e Eclipse ainda estavam lado a lado naquela praia estranha, e Jonnen se juntara a eles, mantendo os olhos escuros cravados naquela lagoa ainda mais escura. Os rostos de pedra ao redor pareciam emitir súplicas silenciosas, suas madeixas de pedra movendo-se como que ao vento de inverno. Mas Mia simplesmente permaneceu de pé, olhando para seu antigo amante, tentando ignorar a enxurrada de emoções inundando o peito e compreender o que estava acontecendo.

– Como pode estar aqui se morreu?

Os olhos negros de Tric reluziam à luz fria da lanterna.

– A MÃE SÓ CONSERVA O NECESSÁRIO.

Mia respirou fundo algumas vezes, os pulmões já doloridos de frio. Tinha ouvido falar de espectros que voltavam do Lume para assombrar os vivos, mas considerava a maior parte dessas histórias balela de velhinhas. Mas aquilo na frente dela não era uma fábula infantil. Era o seu velho amigo, tão real quanto o coração que batia em seu peito. O garoto que tinha viajado com ela através das Ruínas Sussurrantes de Ysiir, que tinha sido seu aliado e confidente durante as provas da Igreja Vermelha, com quem ela dividira a cama e que afastara seus pesadelos nos momentos mais sombrios. Seu primeiro amor de verdade.

Assassinado pelo segundo.

Mia sentia a presença de Ash atrás de si, à distância de um toque. Ainda sentia o gosto dos lábios dela, o perfume do suor e do couro em sua pele. Sabia que Tric as vira juntas e testemunhara a paixão e a alegria de Mia ao beijar a assassina dele.

– Eu... – Mia balançou a cabeça, à procura de alguma explicação. Perguntou-se por que sentia dever uma satisfação a ele. – Pensei que você estivesse morto...

Os olhos pretos como breu voltaram-se para Ashlinn.

– E ESTOU.

– Ele salvou minha vida, Mia – murmurou Ashlinn atrás dela. – O Ministério estava à minha espera na capela. Levaram Mercurio de volta para a Montanha. Queriam me raptar também, mas... Tric... me ajudou.

Mia perdeu o chão ao saber da captura de Mercurio.

– Por quê? – perguntou. – Por que ajudar depois do que você fez com ele?

– Não sei. – Ash pôs a mão no ombro dela delicadamente. – Mia, preciso contar alg...

– Que jogo é esse, Tric? – Mia voltou-se mais uma vez para o garoto, inflamada de curiosidade e indignação. – Por que salvar Ashlinn depois de ela ter matado você? Por que salvar Jonnen e a mim, depois nos deixar perambulando no escuro feito dois ratos?

Ao ouvir seu nome, o irmão desviou os olhos da piscina. Piscou várias vezes e esfregou os olhos, como um menino recém-desperto do sono. Parecia notar Tric pela primeira vez, mas Mia percebeu desconfiança, não medo, em seu semblante. A curiosidade o fez forçar a vista para estudar Ashlinn de alto a baixo, e uma boa dose de ódio voltou à tona quando seu olhar pousou na irmã.

Os olhos de Tric estavam fixos em Mia e ela se deu conta de que ainda não o vira piscar.

– É VERALUZ – ele respondeu. – OS TRÊS OLHOS DO DEUS AA, O ONIVIDENTE, ARDEM BRILHANTES NO ALTO CÉU. A MÃE NIAH NUNCA FICA TÃO LONGE DESTE MUNDO QUANTO NESTE MOMENTO. E É APENAS PELA VONTADE DELA QUE POSSO CAMINHAR NESTE MUNDO. PRECISEI DAR TUDO O QUE TINHA PARA FAZER O QUE FIZ.

– E Senhor Simpático? – perguntou Mia. – E Eclipse? Por que nos separar?

– FORAM ATRAÍDOS PARA CÁ ENQUANTO VOCÊ DORMIA.

Mia olhou para a praia escurecida, onde seus dois passageiros estavam sentados. A alegria de ver Ashlinn e o choque de encontrar Tric estavam passando, mas ela ainda sentia a atração daquele lugar latejando em suas veias – malícia sombria e inebriante reverberando na imensa lagoa soturna. Ao baixar a vista, reparou que sua sombra se esticava na direção daquele lugar, apesar da luz da lanterna, e percebeu que queria ir até lá.

– Basta de charadas, Tric – ela disse. – Diga de uma vez o que está acontecendo aqui.

– VOCÊ NÃO VAI GOSTAR.

– *Fala*, caralho! – ela exigiu.

A sombra de um sorriso insinuou-se nos lábios sem sangue.

– VOCÊ CONTINUA TENDO UM JEITO ESTRANHO DE FAZER AMIGOS, MOÇA BRANCA.

As palavras apertaram o coração de Mia e desfizeram qualquer suspeita remanescente de que aquela aparição não era seu velho amigo. Ela lembrou-se do tempo que os dois passaram juntos, das promessas que fizeram um ao outro, de como o toque dele a fazia se sentir…

– Por favor – ela murmurou.

O garoto sem-lume respirou fundo, como se estivesse prestes a falar. Todo o ar ao redor pareceu se calar. Os rostos de pedra sussurrantes e as mãos de pedra agitadas por fim se aquietaram. Os nós de sal moviam-se como víboras sonolentas, e seus trajes esfarrapados dançavam em um vento que tocava apenas ele.

– Senti a lâmina quando ela a enfiou no meu peito – disse Tric, dando um olhar para Ashlinn. – Percebi o vento quando ela me empurrou do Altar Celeste, nas trevas além da Montanha Silenciosa. Mas não senti o chão.

Mia notou Ashlinn ao seu lado e tremeu quando a amante tomou sua mão. Percebeu que não conseguia sentir os dedos por causa do frio. O mundo parecia prender a respiração.

– Acordei num lugar sem cor – continuou Tric. – Mais à frente, vi uma chama trêmula. Um lume. Sentia o seu calor, como a mão de uma amante sobre a minha pele. – O espectro balançou a cabeça. – Mas quando dei o primeiro passo naquela direção, ouvi uma voz atrás de mim.

– O que ela dizia? – Mia ouviu-se perguntar.

– Os muitos eram um – Tric respondeu. – e serão de novo; um sob os três, para erguer as quatro, libertar o primeiro, cegar o segundo e o terceiro.

Ó, Mãe, a mais sombria Mãe, o que me tornei?

Mia sentiu um nó no estômago ao lembrar-se do livro que o cronista Aelius tinha lhe dado durante seu aprendizado na Igreja Vermelha. Ela pedira ao velho um livro sobre os sombrios, e ele voltara com um diário de couro surrado.

– O diário de Cleo – ela disse. – Essas eram as palavras *dela*.

– NÃO – o defunto replicou. – SÃO DE NIAH. ELA AS CANTOU PARA MIM NO ESCURO, E A MÚSICA DE SUAS PROMESSAS AFOGOU A LUZ DAQUELE PEQUENO LUME E TODO O MEU DESEJO DE SENTAR-ME JUNTO A ELE. QUANDO TERMINOU A CANTIGA, A MÃE ME MOSTROU UM CAMINHO NA ESCURIDÃO ENTRE AS ESTRELAS. E ATRAVÉS DE UM FRIO TÃO FEROZ QUE QUEIMAVA, E UM BREU TÃO INTENSO QUE QUASE ME ENGOLIU INTEIRO, ME ARRASTEI DE VOLTA.

Tric arregaçou as mangas da túnica, e Mia viu que suas mãos e antebraços estavam escuros, salpicados, como se ele tivesse mergulhado os braços na tinta até os cotovelos.

– E ME TORNEI.

– Se tornou o quê?

– O PRESENTE DELA PARA VOCÊ – ele respondeu. – O GUIA DELA.

Mia apenas sacudiu a cabeça em uma pergunta silenciosa.

– VOCÊ ESTÁ PERDIDA – explicou Tric. – É COMO EU DISSE DAQUELA VEZ. SUA VINGANÇA É COMO OS SÓIS, MIA. SÓ SERVE PARA CEGAR.

Mia engoliu em seco, completando a fala do sem-lume com as palavras que ele lhe dissera na necrópole de Galante.

– Busque a Coroa da Lua.

– A Coroa da Lua? – balbuciou Ashlinn.

Mia voltou-se para a garota, captando o tom estranho em sua voz.

– Isso tem algum significado para você?

Os olhos de Ashlinn ainda estavam fixos em Tric. Ela parecia estar tão incrédula quanto Mia.

– Ash?

Ashlinn piscou e focou-se no rosto de Mia.

– O mapa – ela disse. – Aquele que Duomo me contratou para encontrar.

Mia engoliu em seco, lembrando-se da primeira vez que foi para a cama com Ashlinn. Os beijos doces e a fumaça da cigarrilha depois, o cabelo ruivo e comprido que se partia para revelar a tatuagem intrincada nas costas da amante. Ashlinn tinha sido contratada pelo cardeal Duomo para recuperar o mapa de uma ruína no litoral da Ysiir antiga. Mas, com medo de uma traição, a garota pedira para gravarem o mapa na sua pele com uma tinta arquêmica que desapareceria se ela morresse. Era o mesmo tipo de tinta usado na marca de escrava que Mia tinha na bochecha. Com todo o caos antes do *magni*, as duas nunca tiveram tempo para conversar de verdade sobre isso.

– Duomo acreditava que o mapa mostrava o caminho para uma arma – disse Ashlinn em voz baixa. – Alguma mágica que destruiria a Igreja. Scaeva e o Ministério deviam achar o mesmo, caso contrário não enviariam *você* para o roubar de volta, Mia. Eu não sei o que ele é de verdade. Mas sei que o mapa leva para um lugar bem no interior das ruínas de Ysiir. Um lugar chamado Coroa da Lua.

– Aonde você deve ir – disse Tric.

– Por quê? – quis saber Mia. – O que abismos é essa Lua? E por que eu daria um peido de mendigo por essa coroa de merda?

— Você é a escolhida da Mãe – respondeu Tric.

— *Caralho* – disparou Mia. – Se eu sou a escolhida de Nossa Senhora do Bendito Assassinato, por que estou fugindo dos próprios assassinos dela pra não morrer? Se sou tão fodona, por que passei os últimos oito anos metida em bosta e sangue até o pescoço?

– A Igreja Vermelha se desviou do caminho – respondeu Tric. – E a Mãe está muito longe daqui, Mia. Mas ela fez o que pôde para colocá-la em seu caminho. Quando era criança, salvou você por meio de Mercurio. Mandou o diário de Cleo por meio de Aelius. Mandou o mapa por meio de… – Os olhos de Tric faiscaram ao voltarem-se para Ashlinn. – …dela. Ela me mandou. Você não imagina o esforço que ela precisou fazer dentro dos muros da sua pequena prisão para influenciar este mundo. Ainda assim, por menor que fosse, ela lhe deu todo o auxílio que conseguiu.

– Mas por quê? – perguntou Mia. – Por que eu?

Tric uniu os dedos sobre a boca e passou alguns instantes longos e silenciosos olhando para o nada.

– No começo, o casamento de Niah e Aa era feliz – ele disse afinal. – A Luz e a Noite compartilhavam o governo do céu igualmente e faziam amor na aurora e no poente. Por temer um rival, Aa ordenou que Niah não lhe desse filhos, apenas filhas, e Niah obedeceu, dando-lhe quatro filhas, as Senhoras do Fogo, da Terra, do Oceano e das Tempestades. Mas, nas horas compridas e frias da escuridão, Niah sentia saudades do marido. E, para confortar sua solidão, deu à luz um filho.

Tric olhou para a piscina de escuridão atrás de si. Sua voz saiu cheia de tristeza.

– A Noite chamou seu filho de Anais.

– E Aa baniu Niah do céu por seu crime – disse Mia, já perdendo o controle. – Isso é história de ninar, todo mundo conhece. O que eu tenho a ver com isso?

Tric apontou um dedo para a lagoa; a superfície lisa espelhava o teto como se fosse vidro. E, refletida ali, era possível ver uma esfera branca que pendia da escuridão como fumaça.

– No antigo Império Ysiiri, as pessoas conheciam Anais por outro nome.

Mia olhou para a esfera brilhante – a mesma que avistara quando matou Furian na arena de Godsgrave – e sentiu sua sombra ficar ainda mais escura.

– A Lua – ela concluiu.

Tric fez que sim.

– Ele era o Devorador do Medo. O Dia na Sombra. Refletia a luz do pai e iluminava a noite da mãe. No Império Ysiiri, ensinou as artes arcanas aos primeiros feiticeiros. Era um deus da magia, da

SABEDORIA E DA HARMONIA, MAIS ADORADO QUE TODOS OS OUTROS. NÃO HÁ SOMBRA SEM LUZ. O DIA À NOITE CONDUZ. ENTRE O BREU E O QUE RELUZ...

– Há o cinza – sussurrou Mia.

– ELE ERA O EQUILÍBRIO ENTRE A NOITE E O DIA. O PRÍNCIPE DA AURORA E DO POENTE. E, TEMENDO O PODER CADA VEZ MAIOR DO ÚNICO FILHO, O ONIVIDENTE DECIDIU MATÁ-LO.

Às palavras de Tric, os relevos em pedra voltaram a se mover. Mãos esculpidas deslocaram-se para tapar olhos cegos. Bocas abriram-se de horror. A esfera na piscina oscilou e tornou-se um crescente pingando sangue. Ao fundo, Mia poderia jurar que ouvia vozes. Milhares, um pouco além do audível.

Elas gritavam.

– AA ATACOU ENQUANTO ANAIS DORMIA – retomou Tric. – CORTOU A CABEÇA DO FILHO E ARREMESSOU SEU CORPO DO CÉU. O CADÁVER DE ANAIS DESPENCOU NA TERRA, DESPEDAÇANDO AS REGIÕES E ATIRANDO O MUNDO NO CAOS. O IMPÉRIO YSIIRI NO ORIENTE FOI DESTRUÍDO POR COMPLETO. NO OCIDENTE, AA ORDENOU A CONSTRUÇÃO DE UM TEMPLO EM SUA HONRA NO LOCAL ONDE JAZIA O CORPO DE SEU FILHO. ESSE TEMPLO SE TORNOU UMA CIDADE, E ESSA CIDADE SE TORNOU O NOVO CORAÇÃO DA FÉ NO ONIVIDENTE.

– As Costelas. – Ash lançou um olhar para a lâmina de ossário em sua cintura. – A Espinha.

– Este lugar todo... – Mia entendeu, olhando ao redor.

Tric assentiu com a cabeça.

– *GODSGRAVE*... O TÚMULO DE UM DEUS.

Com o coração acelerado e a boca seca, Mia recordou a ilustração que tinha encontrado no fim do diário de Cleo: um mapa de Itreya antes do surgimento da República. A baía de Godsgrave estava completamente ausente, e uma península preenchia o Mar do Silêncio onde se erguia a capital itreyana hoje. Três palavras haviam sido escritas ali em tinta vermelha como sangue.

– Aqui ele caiu… – ela sussurrou.

– Aqui ele caiu – ecoou Tric. – Mas deuses não morrem com tanta facilidade. E a Mãe conserva só o necessário. A alma de Anais não se extinguiu. – Tric puxou um fôlego lento e longo, como se fosse dar um mergulho. – Despedaçou-se. – Seus olhos sem fundo cravaram-se nos de Mia. – Alguns pedaços empoçaram aqui, nos vazios sob a pele da cidade. A parte dele que sentia raiva. Ódio. Que só quer que tudo acabe, como ele acabou. – O espectro lançou um olhar para Sr. Simpático e Eclipse, que agora o observavam com seus não-olhos. – Com o tempo, outros fragmentos ganharam uma aparência própria e saíram do lamaçal sob o túmulo dele. Separados do que antes foram, e sem saber o que eram, procuraram outros iguais a si. Banqueteiam-se no medo como Anais fizera antes e passaram a assumir quaisquer formas e maneirismos que servissem de consolo àqueles a quem acompanham.

– Demônios – disse Mia. – Os passageiros.

Os olhos de breu voltaram a cravar-se nos dela.

– E por fim, os maiores fragmentos do todo, as partes que eram mais fortes, conseguiram chegar…

– Às pessoas – murmurou Ash.

– Os sombrios – disse Mia.

Tric assentiu.

– Mas no fundo vocês, demônios e sombrios, são uma só coisa. Buscam as partes perdidas de si mesmos. Querem ser um novamente. São pedaços esparsos de um deus estilhaçado.

Eclipse desdenhou.

– *…ISSO É LOUCURA…*

– *…não quero alarmar ninguém, mas concordo com a vira-lata…*

– Olhe para a sua sombra, Mia – disse Tric. – O que vê?

Mia olhou para baixo. As trevas sob seus pés ainda se esticavam na direção da piscina, assim como as de Jonnen. Mas mesmo com os passageiros sentados à beira da lagoa, ela ainda era…

– Escura o bastante para dois – disse.

– ASSIM COMO A DE CLEO – disse Tric. – ELA TAMBÉM DESCOBRIU QUEM ERA DE VERDADE. ERA A ESCOLHIDA DA MÃE, E ATRAVESSOU ITREYA COM O OBJETIVO DE UNIR OS FRAGMENTOS DA ALMA DE ANAIS. JUNTOU UMA MULTIDÃO DE PASSAGEIROS À SUA VOLTA. BUSCOU OUTROS COMO ELA E…

– Devorou todos – disse Mia, lembrando-se do diário.

– INCORPOROU OS CACOS DA ESSÊNCIA DELE A SI.

Mia franziu a testa.

– Então o fragmento que estava dentro de Furian…

– FAZ PARTE DE VOCÊ AGORA. AO MATÁ-LO COM AS PRÓPRIAS MÃOS, VOCÊ O REIVINDICOU PARA SI. FUNDIU OS DOIS NUM TODO MAIOR. OS MUITOS ERAM UM. E SERÃO DE NOVO.

– Mas Lorde Cassius morreu bem na minha frente e não me senti nem um pouco mais forte.

– CASSIUS NÃO FOI MORTO POR UM SOMBRIO. O FRAGMENTO NELE PERDEU-SE PARA SEMPRE. NO LIMITE, MESMO DEUSES PODEM MORRER.

As veias de Mia latejavam, as entranhas pareciam gelo. Ela sentia a malícia que emanava daquela lagoa sombria, a fúria no ar ao redor. Compreendia tudo, afinal. Era a mesma fúria que ela invocara e tocara no massacre de veratreva, na noite em que ela realmente se apossou do poder dentro de si. Quando fez a Pedra Filosofal em pedaços. Quando atacou a Grande Basílica e destruiu a estátua colossal de Aa do lado de fora. Quando se entregou à raiva obscura e amarga nos ossos da cidade.

Era a raiva de uma criança, traída por aquele que a devia ter amado mais do que ninguém.

A raiva de um filho morto pelo próprio pai.

Os olhos sem fundo do defunto penetraram nos dela.

– No diário, Cleo... falava de uma criança dentro dela – disse Mia.

– ...*ELA ERA LOUCA, MIA*... – rosnou Eclipse.

– Esta história toda parece loucura – suspirou a garota.

– NÃO – Tric rebateu. – É...

– ...*destino...?* – ironizou Sr. Simpático.

– SE ELA TIVER CORAGEM PARA CONQUISTÁ-LO.

– ...*chegamos aos limites obscuros da bobagem...*

Eclipse concordou, caçoando.

– ...*VOCÊ QUER MESMO ME FAZER ACREDITAR QUE ESSE BICHANO IDIOTA É UM DEUS*...

– A ALMA DE ANAIS QUEBROU-SE EM CENTENAS DE FRAGMENTOS. VOCÊS ESTÃO PARA UM DEUS COMO UMA GOTA DE ÁGUA ESTÁ PARA UM OCEANO. MAS *COM CERTEZA* SENTEM UMA ATRAÇÃO UM PELO OUTRO, NÃO? NÃO SENTEM QUE ESTÃO... INCOMPLETOS?

Mia sabia do que o sem-lume falava – o enjoo e a fome que sentia perto de Cassius, de Furian e agora de Jonnen. Quando Sr. Simpático e Eclipse caminhavam em sua sombra, sentia-se o mais completa possível. E se sentia mais forte desde a morte de Furian.

Ainda assim, parecia um delírio – toda aquela conversa de deuses partidos e almas despedaçadas, de restaurar o equilíbrio entre luz e escuridão.

– VOCÊ PRECISA TORNAR INTEIRO O QUE FOI QUEBRADO, MIA. PRECISA TRAZER A MAGIA DE VOLTA AO MUNDO. RESTAURAR O EQUILÍBRIO ENTRE NOITE E DIA, COMO ERA NO PRINCÍPIO. COMO *DEVERIA* SER. UM SOL. UMA NOITE. UMA LUA.

Ela apontou para a lagoa.

– Se é para procurar os pedaços dele, ali parece ser um bom lugar para começar.

– NÃO – Tric disse. – ESSA É A FÚRIA DE ANAIS. É A RAIVA DELE. A PARTE JACENTE NAS SOMBRAS, PUSTULENTA, QUE SÓ QUER DESTRUIR. VOCÊ PRECISA RECRIAR O MUNDO, MIA. NÃO DESFAZÊ-LO. ESSA É A SUA MISSÃO.

Mia apertou os olhos.

– A minha *missão* era vingar minha família. Matar Remus, Domus e Scaeva. E consegui, depois de passar oito anos com merda e sangue até a porra do pescoço. Não, nada feito, pode agradecer à sua preciosa Mãe.

– Mia... – murmurou Ashlinn.

– A Igreja Vermelha capturou Mercurio, Tric. Sabe lá a Fauce o que querem com ele, mas já o têm. E provavelmente já sabem que ele me ajudou a matar Scaeva. Preciso...

– *Mia* – insistiu Ashlinn.

Ela se virou para a amante e viu o medo inundar seus belos olhos azuis.

– O que foi? – perguntou.

– Preciso contar uma coisa para você – disse Ash. – Sobre Scaeva.

– Pode contar.

– É melhor você se sentar.

– Está de brincadeira? – bufou Mia. – Fala logo.

A vaaniana mordeu os lábios e tomou um fôlego longo e trêmulo.

– Ele está vivo.

Os olhos de Jonnen se arregalaram e sua boquinha se abriu. Mia sentiu o coração vacilar, um pavor terrível gelando suas entranhas mais do que o defunto à sua frente.

– Do que está falando? – estrilou. – Eu enfiei uma faca nas costelas dele. Cortei no meio aquele coração de merda!

Ash balançou a cabeça.

– Era um dublê, Mia. Um ator, com a carne recém-tecida por Marielle, para *aparentar* ser Scaeva. O cônsul estava de conluio com a Igreja Vermelha, e eles sabiam do nosso plano para vencer o *magni* desde o começo. *Queriam* que matássemos Duomo. Scaeva vai usar o assassinato público do cardeal como desculpa para exercer poderes emergenciais permanentes, reivindicar o título de imperador e se tornar rei de Itreya em tudo menos no título.

A cabeça de Mia girava. O coração disparava. Um verniz de suor frio brotou na pele.

Seria verdade?

Será que ele tinha previsto tudo?

Será que ela fora tão cega?

As pernas vacilaram. Ela estava tonta de exaustão, da perda de sangue, da toxina de Solis que ainda corria em suas veias. Lançou um olhar para Jonnen e viu o menino a encarar com olhos pretos e triunfantes. Ela tinha tomado tanto cuidado. Tinha agido com tanta certeza. Lembrava-se do êxtase que sentira ao abrir o peito de Scaeva, a alegria enlouquecedora de ver o sangue dele espirrar no queixo e nos lábios dela, quente e grosso e lindamente vermelho.

– Ah, Deusa...

Ela encarou Ashlinn, na expectativa desesperada de ouvir que era mentira, um truque.

– Como você sabe disso?

– Scaeva me disse, quando me pegaram na capela. E Mia... ele me disse outra coisa. – Ash engoliu em seco antes de prosseguir com uma voz vacilante. – Mas não quero magoar você. Não quero falar, porque sei como vai afetar você.

– Eu achei que estava terminado... – Lágrimas amargas se acumularam nos olhos dela. Estava cansada demais para controlá-las. – Oito anos, p-porra, e eu... Eu me permiti acreditar que tinha conseguido de verdade.

Ela caiu de joelhos sobre o mar de rostos gritando, sentindo a tentação de juntar-se a eles.

– O que pode ser pior do que isso?

– Ai, Deusa, me perdoe...

Ashlinn sentou-se na pedra ao lado dela. Tomou sua mão e um fôlego fundo e trêmulo.

– Mia... – Ash balançou a cabeça, com lágrimas escorrendo pelo rosto. – Mia... ele é seu pai.

CAPÍTULO 6
IMPERADOR

Mia sentou-se na praia com uma guerra de três cores na cabeça.

A primeira era o vermelho do sangue. O vermelho do ódio, que a fez cerrar os punhos e a inundou dos pés à cabeça conforme ela cuspia palavrões e fogo, pisando naqueles rostos de pedra angustiados. Era uma satisfação permitir-se ceder por alguns momentos, abraçar o seu famigerado mau gênio. Pelo menos agora ela sabia de onde vinha. Pairava no ar ao redor dela, na cidade acima dela, transformando-a por dentro.

A vida inteira.

O ódio de um deus derrubado.

A segunda cor era cinza frio, de aço. Desconfiança – uma desconfiança que penetrava suas entranhas feito uma faca, fria e rígida. Por um instante ela rezou para que tudo não passasse de um truque, da manipulação de um homem que sempre se provara três passos à frente. Mas, no íntimo, ela sabia que era verdade. O jeito como Scaeva a olhara naquela viragem, nos aposentos da mãe, quando estendera a mão para destruir o seu mundo inteiro. O brilho nos olhos dele quando ele a encarara com um sorriso escuro como um hematoma.

"Você gostaria de saber qual é o meu consolo nas noites frias, pequena?"

Foi então que a fúria matou a desconfiança, afogando-a numa enchente escarlate.

Mas, depois do cinza frio da suspeita, veio a tristeza. Escura como nuvens de tempestade, transformando os palavrões em soluços e a fúria em lágrimas. Ela desabou naquela praia de uivos sem voz e chorou. Feito criança. Feito a porra de um bebê. Deixou o luto, o horror e a angústia jorrarem dos lábios e escorrerem pelas bochechas até os olhos ficarem vermelho-sangue e a garganta começar a doer.

Darius Corvere. Justicus dos Luminatii. Líder da Rebelião Faz-Rei. O homem que lhe dava quebra-cabeças de presente na Grande Partilha, que lhe contava histórias antes de dormir, que fazia cócegas em seu rosto com a ponta da barba ao lhe dar um beijo de boa noite. O homem que pôs os pés dela sobre os seus e a conduziu por aquele salão de festas luminoso.

"Eu te amo, Mia."

"Eu também te amo."

"Prometa que vai se lembrar de mim sempre. Não importa o que acontecer."

O homem que ela adorava, pelo qual chorara, a quem ela dedicara oito anos para vingar. O homem que ela chamava de pai.

Nada disso.

Enquanto pranteava, Ashlinn veio sentar-se atrás dela e abraçou delicadamente sua cintura, apoiando de leve a cabeça nas suas costas. Senhor Simpático e Eclipse aproximaram-se, observando tudo em silêncio. Jonnen a encarava com uma nova confusão brilhando nos olhos sem fundo. Pretos como as penas de um corvo. Pretos como a veratreva.

Iguais aos de Scaeva.

Iguais aos meus.

– A esposa dele não consegue ter filhos – sussurrou Ashlinn com voz carregada de dor. – A de Scaeva, digo. Acho que foi por isso que ele pegou Jonnen… depois…

– Todos os bons reis precisam de filhos – sussurrou Mia. – De filhas, não tanto.

– Sinto muito, amor. – Ash tomou sua mão e levou os dedos arranhados e ensanguentados aos lábios. – Mãe Sombria, eu sinto tanto.

Eclipse chegou ainda mais perto, enroscando o corpo translúcido na cintura de Mia e descansando a cabeça em seu colo. Senhor Simpático deitou-se no seu ombro, enlaçou-se em seus cabelos e enrolou zelosamente a cauda sobre seu peito. Mia se sentiu reconfortada por aquela fumaça fria, pelo peso de suspiro dos seus corpos contra o dela, pelos braços de Ashlinn ao seu redor. Mas sua atenção logo foi atraída de volta para a lagoa soturna diante deles e o odor cobreado de sangue que carregava o ar. Ela viu suas mãos vazias de novo, os passageiros ao seu lado e a sombra sob si, mais escura do que nunca.

Os muitos eram um.

E serão de novo?

Ela olhou para o sem-lume silencioso diante de si. Seus olhos negros estavam fixos em Ashlinn e nos dedos enlaçados delas. Mia lembrou-se de que aqueles olhos já tinham sido castanhos. Que aqueles dedos a haviam tocado em lugares que ninguém jamais tocara.

As revelações dele ainda ecoavam em seus ouvidos. O peso da verdade que ela buscara por todos aqueles anos agora caía incômodo e esmagador sob seus ombros. Parte dela ainda julgava impossível acreditar em tudo aquilo, apesar da lembrança do massacre de veratreva, do poder e da fúria que empunhara quase sem esforço, das sombras cortando como espadas a partir de suas mãos estendidas. Ela matara tantos homens ao entregar-se ao ódio que a sustentara por todos aqueles anos e quilômetros e quasinoites insones.

Tudo voltava a ela agora, esgueirando-se a partir daquela lagoa. Inebriante. Anestesiante. Abafando a escuridão da tristeza sob ondas de um vermelho conhecido e reconfortante.

Se tinha raiva, não precisava pensar.

Se tinha raiva, podia simplesmente *agir*.

Caçar.

Esfaquear.

Matar.

Aquele bastardo. A aranha no centro de toda aquela teia podre. O homem que sentenciara sua mãe à morte na Pedra Filosofal, que mandara afogar a filha, que a usara para se livrar dos adversários e que, por fim, se colocara a um passo de um trono ensanguentado. O homem que a manipulara de longe por todos aqueles anos, empurrando, retorcendo, moldando-a...

Ela baixou os olhos para as mãos trêmulas e abertas.

Nisto.

Ela cedeu à raiva. Deixou-a sufocar a dor dentro de si. E sussurrou para as trevas:

– Se ele quer uma assassina, vai ter uma assassina.

Ash piscou, surpresa.

– Quê?

Mia levantou-se com um gemido de dor e estendeu a mão.

– A espada, Ashlinn.

Ashlinn olhou para a espada longa em sua cintura, que tinha recuperado do quarto de Mia na capela de Godsgrave. Era de ossário, afiada como a luz dos sóis, com o cabo esculpido no formato de um corvo em voo. Pertencera a Darius Corvere até que Marcus Remus a tirou de seu escritório no Ninho do Corvo. Mia tinha matado Remus em retaliação, cortado sua garganta no cu do mundo, nas areias do litoral de Ysiir, e tomado posse da espada.

Tinha vingado o pai, ou pensado que tinha.

"Eu te amo, Mia."

"Eu também te amo."

– Por quê? – perguntou Ash.

– Porque é minha.

– Mia... – Ashlinn se levantou, falando com a voz aveludada pela cautela e o carinho. – Seja lá o que estiver pensando... você está exausta. Ferida. O que Tric acabou de nos contar... sei que não é fácil...

– Entregue a *porra* da espada! – berrou Mia.

As sombras se incendiaram, a escuridão fazendo sua voz soar como ferro oco. As trevas se contorceram sob ela em formas e traços loucos de preto vibrante. Os olhos vermelhos de âmbar do corvo no cabo faiscaram à luz espectral. A lagoa atrás de si ondulou, como se tivesse sido atingida por uma pedrinha.

Ashlinn empalideceu por trás das sardas; Mia reparou que a garota estava tremendo. Mas Ash se manteve firme. Cerrou os dentes e os punhos para se controlar e desafiar Mia como ninguém jamais ousara.

– Não – respondeu.

Mia rosnou no fundo da garganta.

– Ash, estou avisando...

– Pode avisar o quanto quiser – respondeu Ash, respirando fundo. – Sei que está com raiva. Magoada. Mas precisa *pensar.* – Ela apontou para a escuridão atrás e abaixo de Mia. – E longe dessa lagoa amaldiçoada. Depois de lavar o corpo desse sangue, com uma cigarrilha na mão e uma quasinoite de sono entre você e toda essa merda.

Mia fechou a cara, mas o olhar férreo amoleceu.

– Me dá a espada, Ashlinn.

A vaaniana se aproximou e correu a mão suavemente pela cruel cicatriz na bochecha de Mia, pela curva dos lábios. Seu olhar fez o coração de Mia derreter.

Os olhos dela marejaram. O preto emergia do vermelho. As paredes assomavam ao seu redor, prestes a desmoronar. As mãos agitadas ao lado do corpo pareciam ansiar por um abraço, mas eram incapazes de pedir consolo. Com um suspiro de pena e um olhar para o sem-lume que as observava, Ashlinn deu um passo à frente e envolveu Mia nos braços. Beijou sua testa, puxou-a para si e a apertou com força. Mia se deixou afundar.

– Eu te amo – sussurrou Ash.

– Desculpa – Mia cochichou entre os cabelos de Ashlinn enquanto acariciava suas costas.

– Está tudo bem.

– Não. – As mãos dela desceram até a cintura de Ashlinn e os dedos roçaram o cabo da espada. Num gesto ágil, Mia puxou a lâmina da bainha e recuou para fora do alcance de Ashlinn. – Nada está bem.

– Você… – Ashlinn arregalou os olhos, boquiaberta. – Sua…. sua…

– Vadia?

Mia girou a espada na mão, secando as lágrimas na manga imunda da camisa.

– É – ela concordou. – Mas sou uma vadia esperta para caralho. – Então se voltou para Tric, fungou forte, e cuspiu. – Como saio daqui?

– VOCÊ TEM QUE ESCUTAR…

– Não tenho que fazer nada – ela interrompeu. – Julius Scaeva está em Godsgrave, entende? O Julius Scaeva *de verdade*. Cem mil pessoas me viram cravar uma faca nele. Ele precisa se mostrar para o povo e confirmar que está tudo bem antes que a cidade pegue fogo. E o dublê dele morreu. Então? Vai me mostrar o caminho para fora deste buraco de merda ou me deixar zanzando no escuro brincando de cabra-cega? Porque eu vou para Godsgrave de um jeito ou de outro.

– Eu me lembro do caminho até aqui – falou uma vozinha.

Mia olhou para o irmão, de pé à beira da lagoa com sua roupa púrpura imunda. O menino a observava com seus olhos grandes e escuros, e era óbvio que não sabia mais o que pensar dela. Antes não queria acreditar que ela era a sua irmã, isso estava claro. Mas se o que Ash tinha dito sobre o pai ainda estar vivo fosse verdade, então *tudo* podia ser verdade. Quando Mia era só a assassina de seu pai, as coisas eram simples: ela era uma inimiga, odiada e temida. Mas agora que o pai estava vivo, o que ele sentia em relação à irmã até então desconhecida?

– Lembra? – perguntou Mia.

O garoto fez que sim.

– Minha memória é afiada como uma espada, é o que todos os tutores dizem.

Mia estendeu a mão para o irmão.

– Então, venha.

O garoto levantou para ela olhos cheios de desconfiança e fome. Mas, devagar, tomou sua mão. Senhor Simpático sentou-se nos ombros de Mia, ronronando baixo, enquanto Eclipse rodeava suas pernas. Ela ergueu a lanterna de ossário e deu um passo escuridão adentro, mas Tric barrou seu caminho, assomando como um espectro belo e pálido de algum conto de terror.

Mia sentiu o frio que irradiava daquele corpo em que antes se aquecia. Seus olhos percorreram o contorno em alabastro que subia pela garganta dele, pelo queixo anguloso, pelas covinhas suaves das bochechas. Branco como leite. Branco como a morte.

– Você disse que a Mãe te mandou para ser meu guia – ela falou. – Mostre o caminho.

– NÃO É ESSE O SEU CAMINHO, MIA – falou Tric em um tom suave. – O QUE ASHLINN DIZ É VERDADE. VOCÊ ESTÁ MAGOADA. COM RAIVA. PRECISA DE SONO E UMA REFEIÇÃO DECENTE E UM MOMENTO PARA RESPIRAR.

– Tric – ela disse. – Lembra daquela vez, quando éramos acólitos e você conseguiu me convencer a não fazer uma coisa que eu queria demais com um apelo para o meu lado sensato?

O garoto inclinou a cabeça.

– NÃO.

– Nem eu – respondeu Mia. – Agora, me mostre o caminho ou saia da frente.

O garoto olhou para Ashlinn. A escuridão ao redor deles ecoava com um cântico de assassinato. A lagoa ondeava numa fúria silenciosa.

Tric olhou nos olhos de Mia – um preto sem fundo, totalmente indecifrável. Por fim, soltou um suspiro gélido.

– Siga-me.

– Para o fórum!

Os pregoeiros ocupavam todas as pontes; os mensageiros, as ruas de paralelepípedos. A gritaria ecoava pelas avenidas e tavernas, por cima dos canais desde os dois Baixos até os Braços e de volta. Toda Godsgrave vibrava com o chamado.

– O fórum!

O caos tentara instalar-se enquanto eles estavam debaixo da cidade. Mia sentia o cheiro de sangue e fumaça no ar – mas, quando emergiram dos túneis sob a necrópole de Godsgrave, ela percebeu que a anarquia ainda não se espalhara por completo. Soldados e luminatii patrulhavam as ruas, repelindo as pessoas com escudos e porretes. Grupos com mais de doze pessoas eram logo desfeitos, junto com o nariz de quem reclamasse com mais veemência. A legião parecia ter sido avisada dos acontecimentos com antecedência, quase como se o cônsul tivesse antecipado o caos após o término dos jogos.

O desgraçado está sempre um passo à frente.

E agora o anúncio propagava-se pelas ruas, subindo até as sacadas e os telhados de terracota e ressoando pelos canais, calando rumores e acalmando a agitação e prometendo as respostas que toda a cidade buscava.

O cardeal fora mesmo assassinado? O cônsul também?

Mia tinha roubado um manto do varal de uma lavadeira, mais uma tira de pano para esconder a cicatriz e a marca de escravo. O grupo avançou pelo Braço da Espada e foi descendo até o Coração. Ashlinn ia à esquerda, Tric à direita, Jonnen nos braços dela. O peso do menino fazia os músculos de Mia doerem e sua coluna gemer. Apesar de ela não ser mais a assassina do pai dele, ainda era a sequestradora que alegava ser sua irmã desaparecida, de modo que Mia não duvidava de que ele tentaria escapar se tivesse qualquer oportunidade. Embora não houvesse chance do merdinha escapar, ela odiaria se separar dele.

Não depois de tudo isso.

Com Eclipse e Senhor Simpático em sua sombra, o menino parecia mais anestesiado. Não tirou os olhos nublados dela enquanto o grupo se esgueirava pelas ruas de Godsgrave, perambulando pelos paralelepípedos e pelas grandiosas praças do bairro medular, mais próximos do fórum a cada instante. A multidão em volta estava inflamada de medo, com a violência à flor da pele. Mia viu o brilho de lâminas ocultas e o reflexo de dentes à mostra. A potencial ruína estava a apenas um suspiro e uma palavra errada de distância.

Cada ressentimento, cada escravo, cada plebeu infeliz, cada insatisfeito querendo acertar as contas. Ela viu a fragilidade de tudo aquilo, daquela suposta "civilização". O ódio que fervilhava no coração daquele lugar. Godsgrave era como um barril cheio de vidro-falso envolto em trapos empapados de óleo, à espera de uma chama que a incendiasse.

No fórum, a algumas centenas de metros da primeira Costela, eles viram que as ruas estavam lotadas demais para continuar. As avenidas e pontes estavam repletas de gente de todo tipo, velhos e jovens, ricos e pobres, itreyanos, liisios, vaanianos, dweymeris. Em vez de tentar seguir em frente, Mia e os companheiros abriram caminho até a base da estátua colossal de Aa no coração do fórum.

A efígie agigantava-se perante o povo com seus quinze metros de altura, esculpida em mármore sólido. Numa das mãos, Aa segurava três globos arquêmicos, representando os três sóis; na outra, empunhava uma poderosa espada. Mia tinha destruído aquela mesmíssima estátua na viragem em que completara catorze anos, mas Scaeva mandara reconstruí-la a suas próprias custas. Mais um gesto piedoso para comprar a adoração do povo.

Com Jonnen nos braços de Tric, o quarteto escalou a estátua e encontrou um lugar para descansar nas largas dobras da túnica do Onividente, de onde podiam ver a multidão lá embaixo.

– Mãe Sombria, veja quanta gente – murmurou Ash.

Mia só conseguia olhar. A multidão que a assistira lutar no *venatus magni* era impressionante, mas parecia que todos os cidadãos de Godsgrave tinham sido trazidos para ouvir o anúncio. As Costelas erguiam-se mais altas ainda, dezesseis arcos de ossário reluzindo brancos e altivos. Soldados e luminatii abriam caminho pela multidão, rachando crânios e contendo os ânimos à força. O desespero e o medo pairavam no ar como o fedor de sangue num açougue. Pelo menos eles tinham um poleiro todo seu e, embora Tric aparentasse sofrer tanto quanto Mia com a veraluz, sua presença dissuadia outros de subirem perto demais.

Mia forçou a vista contra o brilho da veraluz. A escalada desde o subterrâneo da cidade tinha sido longa e silenciosa, com centenas de curvas e voltas. Ela não fazia ideia da duração da jornada – o tempo parecia não ter sentido na escuridão vazia nas entranhas da cidade. Mas, agora que tinha escapado de lá, desejava voltar. A lagoa soturna. Os rostos mudos e lamentosos. Sentia falta do lugar como sentia falta de Eclipse e Sr. Simpático quando a deixavam. Como se uma parte de si tivesse sido arrancada.

Os muitos eram um.

Ela afastou o pensamento e concentrou-se na raiva. Apertou o cabo da espada de ossário até as veias da mão saltarem. Nada disso – Lua, Niah, Cleo, Mercurio, Ashlinn, Tric – importava.

Não até o desgraçado estar morto.

Trombetas soaram, ecoando agudas e nítidas na claridade da veraluz. No alto, os sóis pareciam vivos, golpeando seus ombros e espezinhando-a com sua luz, como uma bota esmagando um verme. As sombras nas dobras da túnica do Onividente eram o único descanso de Mia, e ela se apegava a elas como uma criança à saia da mãe. Mas se levantou ao som da fanfarra, forçando a vista para enxergar além do círculo aberto do fórum e além do anel de imponentes pilares coroados com estátuas dos maiores senadores. O Senado em si ficava a oeste, feito de colunas caneladas e ossário polido. A primeira Costela despontava ao sul; a sacada do palazzo do cônsul estava cheia de luminatii em armaduras de ossário e senadores com louros verdes e togas brancas com detalhes em púrpura.

As trombetas soaram uma nota alta e longa, calando os gritos, cochichos e a incerteza fermentando na Cidade das Pontes e dos Ossos. Verdade seja dita, Mia jamais tinha pensado nas consequências do seu plano para o *magni* além da morte de Duomo e Scaeva. Mas com o rumor da morte do cônsul à solta, a cidade parecia à beira da calamidade.

O que aconteceria com aquele lugar se o cônsul morresse mesmo?

O que seria da cidade, da República, sem sua cabeça? Será que iria se debater e espumar por um tempo para depois colocar outra no lugar? Ou, como um deus derrubado por seu pai, se quebraria em mil pedaços?

– Aa misericordioso! – veio um grito da rua. – Olhem!

Um grito veio de um telhado atrás da estátua.

– Quatro Filhas, é ele?

Mia sentiu o coração murchar no peito. Esforçou-se para enxergar a sacada dos aposentos do cônsul, onde luminatii e senadores abriam espaço.

Ah, Deusa.

Ah, Mãe Sombria misericordiosa.

A toga púrpura ainda estava empapada de sangue e a cabeça sem o louro dourado. A garganta e o ombro estavam envoltos em bandagens ensopadas de sangue. O rosto estava pálido e o cabelo grisalho úmido de suor. Mas não havia como não reconhecer o homem que deu um passo à frente e ergueu a mão como um pastor perante as ovelhas. Três dedos esticados no sinal de Aa.

– Pai – disse Jonnen.

Mia fulminou o irmão com um olhar e começou a se perguntar se ele ousaria gritar por socorro. Ele parecia, porém, ter medo suficiente do sem-lume que o segurava para se manter calado por ora. Já a multidão estava tomada por uma onda de júbilo, um rugido ensurdecedor e ébrio que se propagava a partir daqueles que estavam perto o bastante para enxergar com os próprios olhos além do fórum. O povo mais ao fundo começou a berrar, exigindo a verdade, exigindo ver, empurrando e brigando. Os soldados intervieram com os porretes prontos. As ruas ondeavam e giravam com pessoas se empurrando e cuspindo e arremessando umas às outras das pontes canais abaixo. O caos crescia, crescia...

– Meu povo!

O grito ressoou pelas cornetas espalhadas pelo fórum, amplificado e ecoado pelas paredes do Senado e pelo ossário da Espinha. Como mágica, pacificou o caos, como se equilibrasse o gume de uma faca.

Embora ele estivesse longe demais para que ela pudesse ver seu semblante, a voz de Julius Scaeva estava áspera de dor. Ela podia ver a esposa de Scaeva, Liviana, ao seu lado, com um vestido vermelho como sangue e o pescoço reluzindo de ouro. Mia baixou os olhos para Jonnen, ao seu lado; os olhos do menino estavam fixos na mulher que alegava ser sua mãe.

Ele lançou um olhar para Mia e logo se virou para a frente de novo.

Scaeva respirou fundo antes de continuar.

– Meu povo! – repetiu. – Meus conterrâneos! Meus amigos!

O silêncio recaiu sobre a Cidade das Pontes e dos Ossos. O ar estava tão quieto que era possível ouvir os sussurros do mar distante, a prece suave do vento. Mia recebera o amor das multidões na arena, era verdade. Ela as pusera de pé com urros de adoração, fizera com que se emocionassem e chorassem e entoassem seu nome como um hino para os céus. Mas jamais conseguira cativá-los assim.

Julius Scaeva era chamado de "Senatum Populiis", o Senador do Povo. O Salvador da República. E, embora isso revirasse o seu estômago, ela tinha que reconhecer que era impressionante vê-lo parar a cidade inteira como água represada apenas com um punhado de palavras.

– Ouvi rumores! – anunciou Scaeva. – Rumores de que a sua República está decapitada! Que seu cônsul foi morto! Que Julius Scaeva caiu! Ouvi esses rumores e agora respondo com um grito de desafio perante todos vocês! – Ele esmurrou a balaustrada com o punho ensanguentado. – Aqui estou! E, por Deus, aqui fico!

Um urro. Ribombante e alegre, espalhando-se como um incêndio pela multidão. As pessoas lá embaixo se abraçavam com as bochechas molhadas de lágrimas de júbilo. Ela sentiu náusea e torceu os lábios, apertando tão forte o cabo da espada que sua mão tremia.

Depois de um tempo conveniente, Scaeva levantou a mão para pedir silêncio, que recaiu como uma bigorna. Respirou fundo e tossiu uma, duas vezes. Com a mão no ombro cheio de sangue, avançou em passos incertos até a corneta de maquinaria. Soldados e senadores deram um passo à frente para não deixar o cônsul cair. Horror varreu a multidão. Mas, com um aceno da cabeça, Scaeva afastou seus ajudantes bem-intencionados e endireitou-se de novo apesar dos "ferimentos". Valente e perseverante e, ah, tão forte.

A multidão perdeu seu juízo coletivo. Êxtase e satisfação se espalharam como uma enchente. A boca de Mia se encheu de bile, mas ela não podia deixar de admirar o teatro. A forma como aquela cobra transformava empecilho e tropeço em vantagem.

– Estamos feridos! – gritou Scaeva. – Não há dúvidas. E, embora me cause dor, não falo da facada que levei, não. Falo da facada que todos levamos! Nosso conselho, nossa consciência, nosso amigo... não, nosso *irmão* foi tirado de nós.

Scaeva baixou a cabeça. Quando voltou a falar, sua voz saiu carregada de amargura.

– Meu povo, parte-me o coração trazer notícias tão tristes como estas. – O cônsul se apoiou na balaustrada e engoliu em seco como se tomado de pesar. – Mas devo confirmar que Francesco Duomo, grão-cardeal do ministério de Aa, escolhido do Onividente nesta terra abençoada... pereceu.

Gritos de desânimo ecoaram pelo fórum, lamentos angustiados e ranger de dentes. Scaeva ergueu a mão devagar, como um maestro perante a orquestra.

– Choro a morte do meu amigo. Verdadeiramente. Longas foram as quasinoites que passei sentado perante seu brilho, e carregarei a sabedoria com que ele me presenteou pelo resto dos meus anos. – Scaeva baixou a cabeça, soltando um suspiro. – Mas há muito aviso que os inimigos da nossa grande República estavam mais próximos do que meus irmãos no Senado queriam crer! Há muito aviso que o legado dos Faz-Reis ainda empesteia o coração da nossa República! Contudo, nem mesmo eu ousava imaginar que nesta sacratíssima festa, na maior cidade que o mundo já conheceu, o modelo perfeito da fé no Onividente seria ceifado pela lâmina de uma assassina. Diante de todos nós. Diante dos olhos abertos do próprio Aa. Que loucura é essa?

Ele rasgou a toga púrpura e uivou para o céu.

Que loucura é essa?

A multidão urrou de novo, de tristeza e ódio e de tristeza outra vez. Mia observava a emoção subir e descer como ondas numa praia tempestuosa enquanto Scaeva torcia o povo para arrancar até a última gota de comoção.

O cônsul tornou a falar assim que a gritaria cessou.

– Como sabem, amigos, foi para garantir a segurança da República que me apresentei para um quarto mandato de conselheiro nas eleições da veratreva. Mas, em face desse ataque à nossa fé, à nossa liberdade, à nossa família, não tenho escolha. Neste momento, pelas provisões emergenciais da constituição de Itreya e diante da *inegável* ameaça à nossa gloriosa República, eu, Julius Scaeva, reivindico doravante o título de imperador e todos os poderes...

Imediatamente, a voz de Scaeva foi sufocada pelo volume da multidão. Cada homem, mulher e criança gritava de júbilo. Soldados. Santos. Padeiros e açougueiros, açucarados e escravos, Mãe Sombria, até a porra dos senadores em cima daquele palquinho ridículo. A constituição de Itreya estava sendo rasgada na frente deles. Suas vozes estavam sendo reduzidas a um eco fugaz numa câmara vazia. E ainda assim, todos,

cada

um

deles,

não choraram.

Não esbravejaram.

Não resistiram.

Comemoraram, porra!

Quando um bebê está assustado, quando o mundo vai mal, para quem ele chora? Quem parece ser o único capaz de consertar as coisas?

Mia balançou a cabeça.

Pai...

Scaeva ergueu a mão, mas nem o maestro conseguia deter os aplausos agora. As pessoas batiam os pés em uníssono, cantando o nome dele como uma oração. Mia se levantou, banhada por aquela trovoada de vozes e nauseada até os ossos. Ashlinn apertou sua mão. Com um olhar para o defunto ao seu lado, Mia não sabia se devia retribuir o carinho.

Pareceu demorar um século até que a multidão se acalmasse o bastante para Scaeva continuar.

– Saibam que não assumo essa responsabilidade de maneira leviana – ele gritou afinal. – A partir de agora até a veratreva, quando tenho certeza de que nossos amigos no Senado ratificarão meu novo cargo, serei seu escudo. Serei sua espada. Serei a pedra sobre a qual poderemos reconstruir a nossa paz, recuperar o que tomaram de nós e refundir nossa República para que ela seja mais forte, maior e mais gloriosa do que nunca!

Scaeva forçou um sorriso perante a resposta extática, embora parecesse murchar um pouco agora. A esposa cochichou algo em seu ouvido e ele esfregou o ombro ensanguentado, curvando a cabeça. Um centurião luminatii deu um passo à frente para escoltar o casal para dentro. Mas, numa última demonstração de força, Scaeva voltou-se de novo para a multidão.

– Ouça-me agora!

O silêncio foi a reação a seu clamor, um silêncio profundo e estático como o próprio Abismo.

– Ouça-me! – ele pediu. – E saiba a verdade! Pois falo com você. *Você.*

Mia engoliu em seco, cerrando os dentes até doer.

– Onde quer que esteja, não importa a sombra que tenha recoberto seu coração, não importa a escuridão onde você se encontre...

Mia notou a ênfase em "sombra" e "escuridão". O fervor na voz de Scaeva. E, embora estivessem a dezenas de metros de distância ou mais, com cem mil pessoas ou mais entre si, por um segundo, ela teve a sensação de que só havia eles no mundo.

– Sou seu pai – declarou Scaeva. – Sempre fui.

Ele estendeu a mão enquanto a multidão fazia o mesmo.

– E juntos, nada pode nos deter.

CAPÍTULO 7

SER

O brilho da espada de ossário.

Um gemido engasgado.

Um jorro vermelho.

Outro guarda caiu de joelhos e Mia

passou

para o outro lado

do corredor

até o segundo homem, com os olhos arregalados depois de ver o fim do camarada. A espada de ossário cortou músculo e ossos como neblina. Os músculos vacilaram, a bexiga se soltou, e mijo e sangue sujaram o piso de pedra polida enquanto ele caía de joelhos e se extinguia.

Mia arrastou os corpos de volta para a antecâmara e se agachou nas sombras, com uma cortina do cabelo preto e comprido pendendo sobre o rosto. Ficou à escuta de passos. Lá fora, o fórum continuava fervilhando, o povo sem saber se comemorava o discurso de Scaeva ou lamentava a morte do cardeal. Um êxtase culpado subjugava Godsgrave, que respirava melhor depois que arrancaram sua salvação das mãos da calamidade. Seu pai desafiara a morte. Escapara da lâmina da assassina.

Quem poderia negar que ele era o escolhido de Aa? Quem melhor do que ele para reivindicar o título de imperador e conduzir a República através dos perigos que ela enfrentava agora?

Mia avançou pelos corredores de ossário rápida e silenciosamente. Passava de uma sombra a outra com a mesma facilidade com que outra garota pularia poças de água durante a chuva. Era um dom que praticara por anos, embora fosse mais fácil agora, depois que Furian morrera por suas mãos. Ela se lembrou do irmão usando a sombra para cegá-la na necrópole e se perguntou se algum dia aprenderia a fazer o mesmo.

Perguntou-se também o quanto de verdade havia na história de Tric sobre existirem fragmentos de um deus partido dentro dela, e quais outros dons descobriria se os aceitasse e aceitasse quem era.

As paredes ao redor estavam decoradas com belas tapeçarias e estátuas de mármore sólido, iluminadas por lustres de cristal dweymeri. Ela ouvia uma música ao longe: cordas, cravo, um toque de sobriedade à sombra da morte do cardeal. A espada de ossário era um peso reconfortante na mão, o fedor de sangue um perfume doce nas narinas. A loba de sombras soltou um rosnado baixo em seu ouvido.

– ...MAIS DOIS À FRENTE...

Eles caíram como os últimos dois, as sombras ondeando, a garota se materializando do nada, tornando-se nítida diante de seus olhos estupefatos. Os homens eram luminatii, com armaduras de ossário, mantos vermelho-sangue e penachos na cabeça. O elmo era uma maravilha para abafar o ruído baixo que faziam ao morrer, e os mantos absorviam a sujeira depois.

O coração de Mia disparava apesar do demônio em sua sombra. Seus pensamentos voavam para Ashlinn. Tric. Jonnen. Tinha pedido à primeira para cuidar do irmão, vigiando-o como se sua vida dependesse disso. "Não sou nenhuma babá", ela protestara, e mais estava por vir. Mas um beijo de Mia logo a calou.

– Por favor – foi tudo o que ela disse. – Por mim.

E fora o bastante por ora.

Por quanto tempo mais, Mia já não sabia ao certo.

– NÃO VOU SERVIR PARA NADA – tinha dito Tric. – A LUZ É FORTE DEMAIS.

– Você acabou tão rápido com aqueles soldados da necrópole – ela recordou. – Com ou sem veraluz.

– AS PAREDES ENTRE ESTE MUNDO E O DOMÍNIO DA MÃE SÃO MAIS FINAS NAS CASAS DOS MORTOS. CAMINHO NA TERRA POR VONTADE DE

Niah e de mais ninguém. Ficarei mais forte à medida que nos aproximarmos da Veratreva. Mas até lá... – Ele olhou ao redor e balançou a cabeça. – Além do mais, o plano é idiota, Moça Branca.

Ela queria responder com uma gracinha, mas em vez disso sentiu uma pontada no peito ao ouvir Tric chamá-la daquele jeito. Olhou para ele, com as mãos escuras escondidas nas mangas e os olhos pretos ocultos sob o capuz. O belo rosto de alabastro estava emoldurado em trevas. Por um momento, ela pensou no que poderia ter sido, então afogou esses pensamentos na escuridão.

– Por favor, não faça isso – suplicou Ash.

– Preciso fazer – ela respondeu. – Ele quase nunca faz aparições públicas. É por isso que o atacamos no *magni*, lembra? Preciso pegá-lo agora antes que ele se enterre de novo.

– Você está partindo do princípio de que era *ele* ali – protestou Ash. – Scaeva pode ter uma dúzia de dublês, pelo que sabemos. Está de conluio com a Igreja Vermelha há anos. Quem sabe dizer se ainda está na cidade? E se estiver, quem sabe dizer se não é uma armadilha pra você?

– Provavelmente é – respondeu Mia.

– Então o que vai impedi-lo de te matar? – perguntou Ash.

– Solis e Shiu usavam lâminas envenenadas com Rictus. Eles me querem viva. – Mia lançou um olhar para o irmão. – Porque tenho algo que ele quer também.

– Mia, por favor...

– Senhor Simpático, fique aqui com Jonnen. Mantenha-o calmo.

– ...*ah, que alegria*...

– Eclipse, comigo.

– ...*COMO QUISER*...

– Você precisa deixar o passado morrer, Mia – alertou Tric.

Ela então o olhou nos olhos e falou em um tom duro e frio:

– Às vezes o passado não quer morrer. Às vezes você tem que matá-lo.

E saiu.

Esgueirou-se pelo fórum até ficar lotado demais, com soldados demais. Depois seguiu sob o manto de sombras, com o mundo borrado e informe, os sóis ardendo no céu e Eclipse guiando seus passos. Ela se moveu devagar quando precisava e rápido quando ousava até atingir a sombra imponente da primeira Costela. Saltou a cerca de ferro fundido, então passou por dezenas de luminatii postados diante das portas pesadas de ossário polido que davam para os aposentos do cônsul. Ela tinha uma vaga lembrança do lugar por causa do baile de que participara quando criança, quando tinha girado pelo salão de festas brilhante sobre os pés do pai...

...não, não era seu pai.

Ai, mãe, como você pôde?

Ela seguia pelas sombras como uma loba seguindo o cheiro de sangue; à sua frente, Eclipse era apenas uma forma preta nas paredes. Desviava de escravos e criados e soldados, que sentiam só uma brisa na nuca, um calafrio na espinha quando ela passava por eles. Todas as lições de Mercurio e Mouser ressoavam em sua cabeça. Ela mantinha os músculos rijos e a espada posicionada, não desperdiçava um movimento sequer e não fazia o menor ruído. Seu antigo professor ficaria cheio de orgulho. A sensação era de que tudo aquilo – as aulas, o treino, a dor – estava perfeitamente destilado em suas veias. Cada escolha que ela fizera na vida a tinha levado àquele momento. Cada trilha que seguira dava inexoravelmente para lá. Onde sempre iria acabar.

Os sussurros de Eclipse levaram-na, enfim, até um grande gabinete. Havia uma imensa escrivaninha de carvalho do outro lado do cômodo, estantes transbordando de livros e pergaminhos cobrindo as paredes. Um baixo-relevo estava gravado no piso, manchado por algum trabalho de arquemia – que diziam ser um passatempo de Scaeva, e um no qual ele se destacava. O relevo era um grande mapa da República, do Mar do Silêncio ao Mar das Estrelas.

O coração de Mia martelava – *tum-tum-tum* – nas costelas quando ela removeu o manto de sombras. O cabelo grudava-se no suor e no sangue seco em sua pele. Os músculos estavam doloridos, as feridas ardendo, e adrenalina e ódio guerreavam contra a exaustão e a tristeza.

E ali, próximo da sacada, estava ele.

Olhando para a luz ofuscante dos sóis como se nada no mundo estivesse errado.

Era apenas uma silhueta contra o brilho quando ela cruzou o cômodo em sua direção, a boca seca como areia e a mão molhada de suor no cabo da espada. Apesar da passageira em sua sombra, ela temera que ele já tivesse ido embora, que as palavras de Ashlinn se mostrassem verdadeiras e o homem que falara à multidão fosse apenas outro ator com o rosto dele.

Mas ela soube assim que se aproximou.

Um enjoo frio nas entranhas. Um horror vagaroso que cedia lugar a uma sensação deprimente de inevitabilidade. As peças finais do enigma de sua vida, quem ela era, o que era, por que era, finalmente se encaixavam.

Aquela sensação...

Ah, aquela sensação tão familiar.

Senhor Simpático se materializou no chão ao lado dela, o seu sussurro cortando o pretume. A dona Corvere deu uma olhada no gato de sombras e sibilou como se tivesse sido escaldada. Soltou as barras e encolheu-se no canto mais distante, mostrando os dentes num esgar.

– Ele está dentro de você – a dona balbuciou. – Ai, Filhas, está dentro *de você.*

– Olá, Mia – disse Scaeva.

Ele não se virou para ela, os olhos ainda fixos na luz dos sóis lá fora. Tinha trocado a roupa rasgada e ensanguentada por uma toga comprida de um branco imaculado. Sombra na parede. Os dedos enlaçados atrás das costas. Indefeso.

Mas não sozinho.

Mia viu a sombra dele se mexer e estremeceu à medida que o enjoo e a fome cresciam dentro dela a ponto de estourar. Então, saído da tênue mancha escura na parede, veio um sibilo fatal.

Uma serpente feita de sombras.

– *...Ela tem seus olhos, Julius...*

O ódio incendiou-se, brilhante como os três sóis no céu amaldiçoado lá fora. O sangue em suas veias, o sangue que compartilhavam, começou a ferver. Ela não se importava com nada naquele momento, nada. Nem com Mercurio nem com Jonnen. Nem com Ashlinn nem com Tric. Nem com a Igreja Vermelha, nem com a Mãe Sombria, nem com a Lua triste e despedaçada. Cortaria os pulsos naquele instante se pudesse afogá-lo com seu sangue. Despedaçaria a si mesma só para rasgar a garganta dele com um dos cacos.

Não se deu conta de que estava correndo até estar quase em cima dele, espada levantada, lábios arreganhados, olhos focados.

A serpente sibilou um alerta.

O coração de Mia latejava em seus ouvidos.

E, voltando-se para ela, Julius Scaeva ergueu a mão.

Um clarão. Uma pontada de dor. Uma ardência ofuscante como um soco na cara, que a arremessou para trás gemendo feito uma gata escaldada. Uma corrente dourada pendia dos dedos de Scaeva; na ponta, balançavam três sóis resplandecentes: platina, ouro rosa, ouro amarelo. A Trindade de Aa, reproduzida no pináculo de cada capela e no vitral de cada igreja dali até Ysiir. Mas aquela tinha sido abençoada por um servo com fé *verdadeira*.

Eclipse começou a ganir; a serpente aos pés de Scaeva se retorceu em agonia. Mia estava de costas no chão, arranhando o relevo do piso enquanto Scaeva erguia o símbolo nos poucos metros e mil quilômetros que os separavam. A luz, como fogo branco e lâminas enferrujadas, varava a escuridão atrás dos olhos de Mia. O estômago borbulhava e a vista queimava e a boca se enchia de bile. A luz cegante, ardente e escaldante a reduzira a um montículo de agonia indefesa.

– B-bom ver você, filha – disse Scaeva.

Como?

Sob a dor, ela ainda sentia o mesmo desejo que experimentava na presença de outros como ela. Scaeva era um sombrio, isso era certo. Mas aquela Trindade, Mãe Sombria, aquelas três esferas de chama incandescente...

– C-como? – ela perguntou com esforço.

– Como e-eu... aguento?

A voz de Julius Scaeva saiu trêmula, e além das próprias lágrimas Mia notou os olhos dele marejados. Ainda assim, o imperador de Itreya erguia os malditos sóis entre eles. Suas mãos tremiam. O passageiro a seus pés enrolava-se em nós de agonia. Nuvens esbatidas de fumaça serpenteavam entre os dedos dele.

Ainda assim, ele suportava.

– Da mesma maneira como acabo de c-conquistar o trono. – Scaeva sacudia a Trindade de um lado para outro, com as veias saltadas no pescoço, sibilando as palavras por entre dentes cerrados. – É questão de força de vontade, m-minha filha. Para conquistar o verdadeiro poder, você não precisa de soldados... n-nem de senadores, nem de ministros sagrados. Só precisa de *determinação* para fazer o que os outros não f-fazem.

A náusea inundava a garganta de Mia, a dor da chama do Onividente quase a cegando. Mesmo assim, conseguiu responder num tom que pingava ódio.

– N-não... sou sua f-filha porra nenhuma.

Scaeva jogou a cabeça de lado e a encarou com um olhar de quase pena.

– Ah, Mia...

Ele se ajoelhou diante dela, trazendo a Trindade cada vez mais perto. Mia arrastou-se para trás, apoiando-se no traseiro e nos cotovelos como um caranguejo aleijado. Acuada contra a parede, pegou-se resfolegando, com lágrimas caindo desimpedidas sobre as cicatrizes nas bochechas, as mãos levantadas para se proteger do brilho daqueles três círculos abençoados. Podia ver os tendões dos braços de Scaeva saltarem, o suor brilhar na mão trêmula e cair no chão de ossário polido entre ambos.

Ainda assim, ele suportava.

– P-posso guardar isso? – ele perguntou. – Acha que… temos condições de c-conversar como gente civilizada? Por um… i-instante ao menos?

Um fogo parecia consumir o crânio de Mia por dentro. Ódio ácido pulsava em suas veias. Mas vagarosamente, esmagada sob a dor e a náusea, ela fez que sim com a cabeça.

Scaeva se levantou, escondendo a Trindade por baixo da toga. O alívio foi imediato, estonteante, e um soluço subiu pela garganta de Mia e escapou pelos lábios. Enquanto ela lutava para recuperar o fôlego, Scaeva caminhou para o outro lado da sala, as sandálias de couro sussurrando contra o amplo mapa gravado no chão. Com mãos trêmulas, encheu um pequeno copo com a água que estava numa garrafa de cristal.

– Aceita uma bebida? – perguntou, a voz novamente suave e doce como um caramelo. – Vinho d'ouro é seu veneno favorito, não é?

Mia não disse nada, apenas fulminando Scaeva com o olhar enquanto sua pulsação baixava para um trote. Observava-o como um falcão-de-sangue. Mercurio sempre a ensinara a estudar sua vítima. E embora ela tivesse sonhado com Julius Scaeva praticamente todas as quasinoites dos últimos oito anos, era a primeira vez que o via de perto desde os dez anos de idade.

O imperador era belo, ela tinha que admitir – belo de doer. Seus cachos pretos eram salpicados com leves toques grisalhos nas laterais. Os ombros largos e a pele bronzeada contrastavam com o branco-neve das vestes. A sabedoria adquirida ao longo de décadas nos corredores do poder brilhava em seus olhos escuros.

Mercurio a tinha ensinado a captar uma pessoa num piscar de olhos, e Mia sempre fora boa aluna. Mas não sabia o que pensar ao olhar Scaeva

– aquele homem que dobrava o Senado à sua vontade, que moldara um reino para si numa República que tinha assassinado seus reis séculos antes. Com exceção das coisas mais superficiais, quase tudo nele estava oculto. Era um assassino. Um desgraçado de sangue-frio. Mas, por trás disso, um enigma…

Com a Trindade longe, Eclipse saiu da sombra de Mia, eriçada de indignação. O próprio passageiro de Scaeva saiu rastejando pelo chão, observando a não-loba de Mia com algo que parecia fome. Mia podia ver a sombra do imperador mover-se na parede, as vestes ondeando, as mãos estendidas para ela num gesto manso de cordeiro.

– Bom. – Scaeva voltou-se para ela depois de um gole no copo de cristal. – Reunidos afinal. Emocionante, não?

– Não tão emocionante q-quanto será em breve – ela disse, ainda ofegante.

– *É bom* ver você, Mia. Você cresceu e se tornou uma senhorita muito impressionante.

– Vai se foder, seu babaca do caralho.

Scaeva abriu um sorriso fino.

– Uma jovem impressionante, então.

Ele serviu uma dose de vinho d'ouro caríssimo num copo de cristal. A passos lentos, aproximou-se dela, pôs o copo no chão a uma distância segura, em seguida voltou para o outro lado da sala. Mia viu que havia uma mesinha quadrada ali, baixa e ladeada por dois divãs. Um tabuleiro de xadrez estava gravado no tampo e a posição das peças revelava um jogo em andamento. Bastou um olhar de relance para ver que as brancas estavam ganhando.

– Você joga? – perguntou Scaeva com a sobrancelha arqueada. – Meu oponente costumava ser o nosso bom amigo cardeal Duomo. Mandávamos mensageiros para lá e para cá com nossas jogadas; no fim, ele já não confiava em mim o bastante para uma partida frente a frente. – O imperador gesticulou para o tabuleiro e os anéis de ouro em seu dedo reluziram. – Ele estava prestes a ganhar esta. Pobre Francesco, sempre melhor no xadrez do que no jogo da vida.

Scaeva riu sozinho, o que só inflamou o ódio no peito de Mia. Ela não tinha facas nem nada que pudesse atirar nele, mas levou a mão à espada de ossário. Sua mente fervilhava com todas as formas como poderia enterrar a lâmina no peito do imperador. Impassível, Scaeva sentou-se perto do tabuleiro e apoiou o copo sobre o braço aveludado do divã. Enfiou a mão dentro da toga e sacou uma adaga de ossário conhecida de Mia, com um corvo no cabo: era a arma que ela usara para assassinar seu dublê horas antes. Ainda estava suja de sangue, e seus olhos de âmbar cintilaram quando foi posta na mesa.

– O que posso fazer por você?

– Morrer – ela respondeu.

– Você ainda me quer morto? – O imperador arqueou a sobrancelha escura. – Em nome do Onividente, por quê?

– É uma piada? – ela rebateu. – Você matou o meu *pai*!

Scaeva a olhou com pena.

– Meu amor, Darius Corvere era...

– Ele me criou! – cortou Mia. – Posso não ser filha de sangue, mas ele me amou mesmo assim! E você o matou!

– Claro que matei – retrucou Scaeva com a testa franzida. – Ele tentou destruir a República.

– Seu hipócrita de merda, que abismo você acabou de fazer no fórum?

– Eu *consegui* destruir a República. – Scaeva a olhou com um ar divertido. – Mia, se a rebelião de Darius Corvere tivesse triunfado, seu amado general Antonio seria o rei de Itreya agora. O Senado viraria ruínas e a constituição, cinzas. E não o culpo por tentar. Darius deu o seu melhor. A única diferença entre nós era que o melhor *dele* não era bom o bastante para vencer o jogo.

Mia se pôs de pé na hora, enterrando as unhas nas palmas das mãos. Na parede, sua sombra, fervilhante e agressiva, avançou sobre a de Scaeva com as mãos transformadas em garras.

– Isto aqui não é um *jogo*, desgraçado.

– Claro que é – disse Scaeva com ar sério e os olhos no xadrez. – E as regras são simples: ganhe a coroa ou perca a cabeça. Darius compreendia muito bem o preço do fracasso, e quis jogar mesmo assim. Então, por favor, antes de falar de novo sobre o quanto ele *amava* você, pense que estava disposto a arriscar a sua vida em nome do trono do amante.

– Ele era um homem bom – disse Mia. – Fez o que achava ser correto.

– Assim como eu. Assim como a maioria dos homens, no fim. Mas, enquanto Darius quis conquistar o trono para Antonio fazendo seu exército marchar contra a própria capital, eu o conquistei com simples palavras… – Ele fez uma pausa e deu de ombros. – Bom, e talvez um ou três assassinatos. Mas não é possível que você me considere um tirano e, ao mesmo tempo, veja Darius Corvere como um modelo. Ele estava disposto a massacrar milhares de pessoas, e eu só matei um punhado de gente. Eu não te criei para pensar assim.

O ar tremia no peito de Mia.

– Você não me criou! Mandou me afogarem na porra de um canal!

– E veja o que você se tornou. – Scaeva murmurava as palavras como se fosse um encantamento, olhando para ela com um ar maravilhado. – Da última vez que nos vimos, você era uma medularzinha catarrenta. Tinha criados, belos vestidos, e tudo o que queria numa bandeja de prata. Já parou para pensar um instante no que seria sua vida sem mim? – Scaeva pegou o rei preto, levou-o para o outro lado do tabuleiro e derrubou o rei branco com ele. – Pense por um momento, Mia. Imagine que Antonio conquistou o trono. Que Darius era seu braço direito. Imagine que o sonho dos dois, regado com o sangue de milhares de inocentes, floresceu em vez de se tornar cinzas ao vento. – Ele pegou um peão preto e o exibiu na palma da mão. – O que teria sido de você? – O imperador deixou a pergunta pairar sem resposta por um instante, como um maestro antes do *crescendo*. – Teriam te casado com algum medular idiota em nome de alianças políticas – ele continuou. – Sua vida seria ter filhos e acender lareiras enquanto o fogo em seu peito morreria aos poucos. Não passaria de uma vaca num vestido de seda. – Ele segurou o peão entre as mãos, girando-o de um lado para o outro. – Graças a mim, você é aço puro. Uma lâmina afiada capaz de cortar a luz dos sóis em seis. E, mesmo assim, ainda sente ódio de mim. – Scaeva soltou uma risada baixa e amarga, os olhos fixos nos dela. – Tudo o que você é? Tudo o que se tornou? Fui *eu* que dei. A minha semente plantou você. As minhas mãos forjaram você. É o meu sangue, frio como gelo e escuro como breu, que corre nas suas veias. – Ele reclinou-se no divã, os olhos pretos ainda mais intensos. – Você é *minha* filha, em todos os sentidos possíveis. – Então estendeu a mão, com os dedos cheios de ouro reluzente. Na parede, sua sombra fez o mesmo. – Una-se a mim.

A gargalhada de Mia borbulhou garganta acima e quase a fez engasgar.

– Ficou louco?

– Alguns diriam que sim – replicou Scaeva. – Mas que motivos você ainda tem para me querer morto? Matei um homem que alegava ser seu pai. Mas ele era um mentiroso, Mia. Um projeto de usurpador. Um homem completamente disposto a arriscar a família em favor da própria ambição fracassada. Matei sua mãe, sim. Outra dissimulada. Dividia a cama comigo e, ao mesmo tempo, queria cortar minha garganta antes mesmo que o suor esfriasse. Alinne Corvere tinha consciência do risco que assumiu ao apoiar... ou melhor, ao *encorajar* a manobra de Darius. A vida dela. Do filho. E a sua. E ela considerou que um trono valia mais do que tudo isso.

A víbora de sombra rastejou pelo chão em direção a Mia, lambendo o ar. Scaeva girava a adaga de ossário sobre a mesa, sem tirar os olhos de Mia.

– Nunca menti para você, filha – disse. – Nem uma vez em todo esse tempo. Quando ordenei o afogamento, você não valia nada para mim. Jonnen era jovem o bastante para que eu pudesse dizer que era meu. Você era velha demais. Mas, agora, provou ser minha filha de verdade, possuidora da mesma força de vontade que eu. Vontade não apenas de sobreviver, mas de *prosperar*. De esculpir seu nome nesta terra com as próprias unhas ensanguentadas. Darius quis ser o Faz-Rei? Você pode *ser* a espada na minha mão direita. Tudo o que desejar será seu. Riqueza. Poder. Prazer. Posso me livrar desses mercenários da Igreja Vermelha e ficar com você ao meu lado. Minha filha. Meu *sangue*. Escura, bela e mortal como a noite. E, juntos, podemos forjar uma dinastia que viverá por mil anos.

Na parede, a sombra dele estendeu os braços na direção da sombra de Mia.

– Você e seu irmão são meu legado para este mundo – continuou Scaeva. – Quando eu partir, tudo isso pode ser seu. Nosso nome será eterno. Imortal. De modo que sim, peço para você se juntar a mim.

As palavras de Scaeva ressoaram no vazio da cabeça de Mia, pesadas de verdades. A sombra dela pendia como um retrato torto na parede. Mas, embora Mia permanecesse perfeitamente imóvel, devagar,

bem devagar,

sua sombra estendeu a mão escura na direção da dele.

Durante toda a sua vida, ela imaginara seus pais perfeitos. Divinos. A mãe, afiada, sábia e bela como o melhor florete de aço liisio. O pai, valente, nobre e brilhante como os sóis. Mesmo depois do que Sidonius lhe revelou sobre eles no calabouço do Ninho do Corvo, o brilho do casal nunca diminuiu em sua mente. Doía demais admitir que eles fossem imperfeitos. Egoístas. Motivados por ganância ou luxúria ou orgulho e capazes de arriscar tudo por isso. De modo que ela os mantinha imaculados. Ilibados. Para sempre trancados em uma caixa dentro de sua cabeça.

"Pai" é um nome de Deus para as crianças.

E Mãe é a própria terra sob seus pés.

Mas então Mia se lembrou daquela viragem no fórum, a viragem em que Darius Corvere foi enforcado. De uma menina de dez anos, de pé ao lado da mãe, acima da multidão, olhando para o cadafalso horrendo abaixo, para a fileira de cordas balançando com o vento hibernal. Ela ainda sentia a chuva no rosto e o braço de Alinne ao redor do peito, outra mão em seu pescoço, forçando-a a assistir o nó ser apertado em torno do Faz-Rei. As palavras sussurradas de Alinne Corvere ecoavam nos ouvidos dela agora, com a mesma clareza da viragem em que ela as pronunciou:

Nunca trema. Nunca tema. E nunca, jamais, se esqueça.

Alinne devia saber o que fazia. Sabia que estava plantando sementes de ódio na filha. Sabia que a vingança brotaria dali. Que sangue tinha que ser derramado. E tudo por causa da morte de um homem que – embora talvez a tivesse amado – não era pai de Mia de verdade. E se ela tinha que sentir raiva – e, Deusa, ela *sentia* – perante a afirmação de Scaeva de a ter transformado no que era hoje, como poderia sentir menos raiva da mulher que a segurara por trás naquele parapeito varrido pelo vento? A mulher que a obrigara a assistir? Que pronunciara as palavras que a moldaram, governaram, arruinaram?

Será que ainda podia amar uma mulher como aquela?

E, se não, podia odiar o homem que a matara?

Por que ela *odiava* Julius Scaeva, se tudo aquilo em que baseara a vida era mentira? Por acaso ele era tão diferente assim de Alinne e Darius Corvere, exceto pelo fato de que saiu vencedor? Scaeva era um assassino, frio e inescrupuloso, isso era certo. Um homem que se banhara no sangue de dezenas, talvez centenas de pessoas para conseguir o que queria.

Mas não seria possível dizer o mesmo de todos que jogavam aquele jogo?

Até de mim?

Eclipse se eriçou quando a serpente de Scaeva se aproximou dela. O rosnado da loba de sombras arrancou Mia das trevas dentro de si e a trouxe de volta à luz ardente do gabinete e a seu reflexo no peão sobre a palma de Scaeva.

– ...*PARA TRÁS*... – avisou Eclipse.

– ...*Não tema, filhotinha*... – sibilou a serpente em resposta.

– ...*PARA TRÁS*...

Eclipse deu um golpe com a pata na víbora de sombras, e Mia arregalou os olhos ao ver uma nuvem tênue de preto espalhar-se no chão antes de evaporar-se. A serpente preparou o bote, sibilando furiosa.

– ...*Vai se arrepender desse insulto, cadelinha*...

– ...*NÃO TENHO MEDO DE VOCÊ, MINHOCA*...

A víbora de sombras abriu a fauce preta e tornou a sibilar.

– Sussurro – disse Scaeva. – Basta.

A serpente sibilou ainda uma vez, mas se manteve imóvel.

– Mia não vai nos fazer mal – continuou Scaeva, encarando a filha. – Ela é inteligente o bastante para entender sua situação. E pragmática o bastante para saber que, se *acontecesse* algo desagradável, o querido Velho Mercurio seria presenteado com a mais cruel das torturas antes de se encontrar com sua querida Deusa da Escuridão.

Mia sentiu o estômago se revirar ao ouvir a ameaça a Mercurio, mas tentou manter um semblante de pedra. A serpente voltou os não-olhos para seu parceiro sombrio e, como que dançando ao som de uma música que apenas ela ouvia, disse:

– ...*Ela está com medo, Julius*...

Scaeva brindou Mia com um sorriso que não chegou aos olhos dela.

– Então a assassina mais infame de Itreya *é* capaz de amar. Que comovente.

Mia eriçou-se com as palavras. Sentiu o ar ondular de leve e espiou as sombras na parede. Se antes a sombra de Scaeva abria os braços para envolver a sua, agora estava em guarda, as costas curvadas e as mãos estendendo-se como garras na direção do pescoço dela.

– Onde está seu irmão, Mia?

– Seguro – ela respondeu.

Scaeva se levantou devagar, erguendo as mãos para a Trindade pendurada no pescoço.

– Você vai trazê-lo para mim.

– Não recebo ordens de você.

– Você vai trazê-lo para mim ou seu mentor morre.

A voz de Mia ficou baixa e carregada de ameaça.

– Se machucar Mercurio, juro pela Deusa que *jamais* verá seu filho de novo.

Ela viu os olhos dele ferverem de fúria – uma fúria nascida do medo. Mesmo com todo seu controle, com sua tão celebrada força de vontade, Scaeva ainda era incapaz de ocultar o sentimento. Mia o sentia nele, tão certo quanto sentia os sóis no céu.

Ela pôs a cabeça para trabalhar. Começou a testar as rachaduras na fachada dele, os pequenos vislumbres por trás da máscara. Ele tinha falado em formar uma dinastia que durasse mil anos. E, de fato, seria difícil fazer isso com um filho único. Ainda assim, ele era imperador agora. Podia se livrar da esposa estéril e ter a mulher que quisesse. Mãe Sombria, podia ter uma dúzia de esposas. Gerar cem filhos.

Por que o medo, então?

Ela jogou o cabelo por cima do ombro e olhou de novo para as silhuetas na parede. A sombra de Scaeva voltou a se mover, fazendo gestos violentos e repentinos. A sombra de Mia reagia na mesma medida, alongando-se, distorcendo-se, e formas escuras despontavam de suas costas.

– Você parece preocupado demais com Jonnen, pai – ela disse. – E não consigo crer que seja sentimentalismo. Será que quem não pode mais ter filhos não é sua querida esposa, Liviana? – Ela baixou os olhos escuros até a cintura dele. – Ficou mole com a idade?

Scaeva deu um passo na direção dela, a mão tremendo sob os trajes. De repente, as sombras de ambos se atracaram, enlaçadas e agitadas, girando feito fumaça e duas vezes mais escuras do que seriam sozinhas.

A serpente de Scaeva ergueu-se como se fosse atacar, e Eclipse mostrou as presas com um rosnado sombrio. Mia sentiu as roupas e o cabelo balançarem, como se soprados por uma brisa. Como se o chão se movesse sob seus pés.

– Você não sabe com o que está brincando – disse Scaeva. – Não se torne minha inimiga, Mia. Não quando ofereço paz. Todos os que se ergueram contra mim agora apodrecem debaixo da terra. *Todos*. Traga o seu irmão e assuma seu lugar ao meu lado.

– Você *está* com medo – ela constatou.

– O medo tem sua utilidade – ele respondeu. – É o medo que evita que a escuridão nos devore. É o medo que nos impede de entrar num jogo que não temos *nenhuma* esperança de vencer. – Ele atirou o peão em Mia, que o agarrou no ar. – Se enveredar por essa estrada, minha filha, vai morrer.

Ela sabia que não podia tocá-lo. Não podia nem chegar perto. Não com aquela Trindade no pescoço dele. Não com o pescoço de Mercurio no cepo. Ouviu sons de pés marchando e gritos ao longe e intuiu que alguém tinha encontrado os corpos que deixara para trás.

Acabou o tempo para conversar.

Ela começou a se afastar dele.

Um passo. Outro. Cada vez mais longe da garganta que ela passara oito anos procurando. As sombras ainda estavam atracadas na parede, estrangulando-se num nó de ódio soturno. A muito custo, Mia puxou sua sombra para trás; a de Scaeva não queria soltá-la.

– Traga-me meu filho, Mia – ele disse em um tom baixo e mortal.

Ela arrancou sua sombra, fazendo as trevas ao redor tremerem.

– Vou pensar – disse. – Pai.

A escuridão ondulou.

Houve um canto sussurrado de pés correndo.

E ela se foi.

Scaeva permaneceu ali por um bom tempo depois, imóvel e silencioso como uma pedra. A serpente de sombras rastejou pelo enorme mapa da República que ele agora governava até enrolar-se como uma faixa escura em seus pés.

– *...Acha que ela vai dar ouvidos...?* – perguntou Sussurro.

O imperador olhou para a luz ardente lá fora.

– Acho que ela puxou tanto a mãe quanto a mim – respondeu.

A serpente suspirou.

– *...Uma pena...*

Scaeva caminhou até o tabuleiro de xadrez. Deteve-se diante daquele campo de batalha congelado, das peças dispostas em linhas imperfeitas, observando com os olhos frios e escuros. Num só movimento, sentou-se e lançou para o lado todas as peças. Em seguida, enfiou a mão pela gola das vestes e puxou um cordão de couro, que arrebentou com um puxão. Dele pendia um frasco de prata, tapado por cera preta e com inscrições em runas da antiga Ysiir.

Scaeva rompeu o lacre e despejou o conteúdo, grosso e vermelho-rubi, no tabuleiro.

Então, com o dedo, começou a escrever no sangue.

CAPÍTULO 8

CANALHA

Se o verbete "canalha" no *Guia definitivo para expressão em língua itreyana*, livro campeão de vendas de Don Fiorlini, viesse acompanhado de uma ilustração, ela provavelmente seria bem parecida com Cal Corleone[8]. O próprio Cal, porém, preferia considerar-se um "empreendedor".

O liisio vestia preto dos pés à cabeça: um colete de couro por cima de uma camisa de corte elegante (talvez um pouco aberta demais) e calças que só podiam ser descritas como "flagrantemente apertadas". Os olhos verde-esmeralda brilhavam sob a aba do chapéu tricórnio de penacho, enquanto uma barba de três viragens manchava um queixo capaz de partir uma pá. Ele estava de pé no escritório do capitão do porto nas docas dos Baixos. E estava regateando com uma freira.

A viragem tinha sido estranha, verdade seja dita. Começara oito horas antes, com Cal fazendo uma aposta bem considerável e muito bêbada no resultado do *venatus magni*. Em retrospectiva, a aposta se mostrou um investimento não muito inteligente de seus parcos recursos.

Sim, ele havia apostado na vencedora. Mesmo o cambista que registrou a aposta disse que ele estava pensando com o pinto, mas ao ver a gladiatii conhecida como Corvo fatiar os ex-companheiros de Collegium em pedaços sangrentos, Cal passou a admirar seu estilo, além das pernas. Estava tão confiante na capacidade da moça que apostou todo o dinheiro que ganhara nas cinco viragens anteriores de combates sangrentos, mais um monte que não estava sobrando, na vitória dela.

Quando Corvo se aproximou do triunfo na luta final, Cal se levantou e se pôs a gritar e uivar com o resto do público. Quando ela deu o último golpe no Incaído, Cal ensaiou uma dança animada, agarrou a moça bonita mais próxima e plantou um beijo em seus lábios (retribuído de forma bem entusiasmada), o que resultou numa briga de todos contra todos com o namorado da moça, uma dúzia de amigos dele, metade da tripulação de

---

8 Não houve ilustração. Todos os planos para a segunda edição ilustrada d'*O guia definitivo* foram descartados depois de a esposa de Fiorlini fugir com o lucro da primeira edição; Lorenzo, o criado liisio da família; e o cachorro, Bolinho.

Cal, e cem outros apostadores que só queriam uma boa dose de sopapos depois de uma viragem de massacre. Foi verdadeiramente maravilhoso.

Mas então veio a primeira dose de inesperado.

Ele assistiu à cena em câmera lenta: Corvo sacando a faca oculta no pódio do vencedor, rasgando a garganta do cardeal de fora a fora, esfaqueando o cônsul no peito (pelo menos foi isso que ele e metade do público creem terem visto). Sangue derramado como vinho barato em um casamento liisio. E, apesar de o resto da multidão cair no choro, ganindo em pânico ao observar o filho da puta seboso do Duomo desabar sobre uma poça do seu próprio sangue e merda, Cal Corleone se pegou comemorando a plenos pulmões.

A próxima dose de inesperado chegou rapidamente.

Cal tinha levado quase uma hora para forçar caminho até o fosso onde ficavam os cambistas a fim de coletar seu prêmio, ainda exaltado pelo feio fim do cardeal. Ali o canalha foi informado por um bando carrancudo de legionários itreyanos de que uma *escrava* tinha acabado com os mais ricos desgraçados da República e que por isso todas as apostas tinham sido anuladas. Não seria apropriado, entende, lucrar com a morte do cônsul e do grão-cardeal nas mãos de uma propriedade humana.

Cal sentiu-se tentado a informar aos soldados o tipo exato de desgraçado que o cardeal fora em vida. Contudo, ao encará-los e ouvir o caos crescente na cidade ao seu redor, o canalha concluiu que criar confusão apenas aumentaria a confusão já existente. Assim, depois de um encontro entre sua mão e o sorriso largo do cambista, o capitão e a tripulação voltaram para a baía com os bolsos tragicamente vazios.

Com todas as brigas de soco e filhadaputagens e o pronunciamento de Scaeva no fórum sobre sua escapada milagrosa da lâmina da assassina (Cal podia jurar que ela o tinha esfaqueado com perfeição), foi preciso mais três horas para chegarem no *Donzela de Sangue*. E agora, no escritório de

Attilius Persius, capitão do porto de Godsgrave[9], a bizarrice final na agitada viragem de Cal aparecia na forma de uma freira de Tsana.

Cal estava acertando os últimos detalhes da papelada do *Donzela de Sangue* e debochando amigavelmente de Attilius (cuja esposa, coitado, tinha acabado de dar à luz a *sexta* filha) quando a freira entrou no escritório, empurrou Cal para o lado e jogou uma mala pesada de dinheiro no balcão.

– Preciso de uma passagem para Ysiir. Rápido, por favor.

Ela não teria mais do que dezoito anos, mas pelo visto esses anos a tinham endurecido. Vestida toda de branco imaculado, com uma coifa de tecido engomado na cabeça e um hábito volumoso que ia até o chão, ela manteve os frios olhos azuis fixos no capitão do porto e os lábios apertados. Era vaaniana, alta e esbelta, com um cabelo que parecia loiro tingido com henna despontando das bordas da coifa. Cal se perguntou, distraído, se o tapete combinava com a cortina.

---

9 O capitão do porto de Godsgrave é um dos cargos mais poderosos da cidade. Muitos anos atrás, o responsável era indicado pelos administratii da cidade, mas os lucros gerados pelo controle do que entra e do que sai das docas de Godsgrave não escapou à atenção dos bravii, ladrões, escroques e capangas que constituem o crime organizado da capital de Itreya.

Os assassinatos aconteciam um depois do outro, de modo que os capitães do porto caíam mais rápido do que calça de noivo em noite de núpcias. Foi ideia do próprio Julius Scaeva deixar que as gangues indicassem alguém para o cargo, um golpe de mestre que lhe ganhou a simpatia dos comerciantes da cidade (que só queriam que suas malditas encomendas chegassem a tempo), dos bravii (que já estavam cansando de ter que cortar o pescoço do novo capitão a cada punhado de semanas) e dos administratii (que àquela altura já tinham dificuldade em encontrar alguém burro o bastante para aceitar esse emprego de merda).

Depois de uma discussão entre as gangues, escolheu-se o novo capitão do porto, cessaram os assassinatos, e todos voltaram a ganhar barris de dinheiro, inclusive Julius Scaeva. Em outro golpe de mestre, ele decidiu que a capitania dos portos tinha que pagar uma contribuição de um por cento para a cadeira do cônsul.

Temos que admirar as bolas desse desgraçado, não temos?

À porta, atrás dela, havia um sujeito fortão envolto em trajes escuros. Uma Trindade de Aa (de qualidade bastante mediana, Cal pensou) pendia do pescoço dele, enquanto vários volumes suspeitos, no formato de espadas, pareciam estar ocultos sob suas vestes.

Cal tremeu um pouco. O escritório parecia ter esfriado de repente.

A irmã arqueou a sobrancelha, ansiosa, para o capitão.

– Mi don?

Attilius simplesmente a encarou, balançando a papada coberta por uma penugem de barba.

– Mil perdões, irmã... É só que não é sempre que a gente vê uma freira da Irmandade da Chama[10] fora do convento, quanto mais num bairro duro como o Baixo.

– Ysiir – ela repetiu, chacoalhando as moedas. – Ainda hoje, se possível.

– Estamos indo para lá – disse Cal, apoiado no balcão. – Temporal primeiro, depois Alvatorre. Mas, em seguida, seguimos pelo Mar de Espadas até Ysiir.

A freira virou-se para examiná-lo cuidadosamente.

– Seu navio é rápido?

– Mais rápido do que as batidas do meu coração ao verem você, irmã.

A freira revirou os olhos e batucou com os dedos no balcão.

– Imagino que esteja tentando ser encantador.

---

10 A Irmandade da Chama é um ramo do ministério de Aa que venera Tsana, a Senhora do Fogo. Composta apenas de mulheres, as religiosas da ordem fazem votos de castidade, humildade, pobreza e sobriedade, e geralmente passam a vida em casta contemplação atrás das paredes do templo.

Vale notar, contudo, que além de ser a padroeira das mulheres, a Senhora Tsana é também padroeira dos guerreiros, e que as freiras da irmandade não só aprendem artes como iluminação, fitoterapia e obstetrícia, mas também recebem treinamento em arco, escudo e espada.

Não é só por castidade que ninguém deve foder com elas, nobres amigos.

– Tentando e fracassando, ao que parece.

– Quanto pela nossa passagem? – ela perguntou.

– A nossa passagem? – Cal lançou um olhar para o companheiro musculoso da religiosa. – Não sabia que era costume das virgens da Chama viajar na companhia de homens.

– Não que seja da sua conta – respondeu a irmã com frieza –, mas o irmão Tric está aqui para garantir que nada de mal ocorra comigo durante minhas viagens. Como mostrou o assassinato do nosso amado grão-cardeal Duomo, que Aa o abençoe e guarde, são tempos perigosos.

– Ah, sim – concordou Cal. – Vergonhoso o que aconteceu com o bom Duomo. De partir o coração, não é? Mas você está segura no *Donzela de Sangue*, irmã, não precisa ter medo.

– Não – ela disse, lançando um olhar cheio de significado para o seu capanga. – Não tenho.

Sangue e abismo, que frio faz aqui...

– Quanto é a passagem, bom senhor? – ela perguntou de novo.

– Para Ysiir? – perguntou Cal. – Quatrocentos sacerdotes bastam.

Ao fundo, o capitão do porto quase engasgou com o vinho d'ouro.

– Parece... excessivo – disse a irmã.

– Você parece... desesperada – retrucou Cal com um sorriso.

A freira olhou para o grandalhão parado atrás de si e apertou ainda mais os lábios.

– Eu posso pagar duzentos agora. E mais duzentos quando chegarmos a Ysiir.

Com um sorriso que lhe valeu quatro bastardos conhecidos e sabem lá as Filhas quantos mais, Cal Corleone puxou o tricórnio para a frente e estendeu a mão para a irmã.

– Fechado.

Uma mão enorme cobriu a dele. Estava manchada de uma espécie de tinta preta e pertencia ao sujeito gigante. O aperto foi forte o bastante para que Cal ouvisse as próprias juntas estalarem. E a pele era fria feito um túmulo.

– FECHADO – disse o sujeito com uma voz estranha, profunda como o oceano.

O capitão do *Donzela* puxou a mão de volta e flexionou os dedos.

– Como devo chamá-la, irmã?

– Ashlinn – ela respondeu.

– E você, irmão? – perguntou ao grandalhão. – Ouvi Tric, certo?

O sujeito apenas acenou com a cabeça, o rosto oculto nas sombras do capuz.

– Vocês têm bagagem? – perguntou Cal. – Vou mandar meus marinheiros carrega...

– Temos tudo do que precisamos, obrigada, capitão – respondeu a irmã.

– Bom – ele disse simplesmente –, melhor me seguirem, então.

Ele conduziu a dupla para fora do escritório de Attilius e depois pelo cais lotado, sentindo a tensão no ar. Contou pelo menos vinte outros navios se preparando para zarpar pelo mar azul, ouvindo os chamados e gritos das tripulações ecoando pela baía. A cidade inteira estava com um humor estranho depois do anúncio de Scaeva: felicíssima porque o novo imperador assumira o controle da situação, mas triste pelo assassinato do cardeal. Cal estava feliz de deixar a cidade por um tempo.

Os três chegaram ao *Donzela de Sangue*, que balançava no ancoradouro sobre as águas profundas da baía dos Baixos com seu tom lamacento à luz cáustica dos três olhos do Onividente. O navio era uma carraca ligeira de três mastros, com quilha de carvalho e tábuas de cedro no resto, tudo num tom marrom-avermelhado. A figura de proa era uma bela mulher nua com o cabelo ruivo disposto habilmente para preservar seu pudor – ou cobrir as partes mais interessantes, dependendo do ponto de vista. As guarnições e velas eram vermelho-sangue, daí o nome do navio – e, embora Cal o possuísse havia mais de sete anos, sempre suspirava ao vê-lo. Verdade seja dita, ele tinha perdido a conta de quantas mulheres tivera na vida. Nunca, porém, havia amado alguma delas como amava aquela *Donzela*.

– Vamos, companheiros – ele disse ao subir a prancha.

– Você trouxe uma freira – disse Joãozão, animado.

– Bem observado – respondeu Cal ao imediato.

– Novidade.

– Sempre há uma primeira vez – disse Cal.

Joãozão era pequeno. Todo mundo no porto dos Baixos sabia disso. Não era anão – isso ele tinha deixado claro ao último idiota que o chamou assim, esmagando seu crânio com um tijolo. Também não era baixinho porra nenhuma. Tinha explicado isso numa taverna cheia de marinheiros enquanto arrancava o saco de um desgraçado com a faca. Depois de usar a lâmina para fixar a bolsa escrotal removida no balcão, Joãozão declarou à taverna inteira que preferia o termo "pequeno" e perguntou se algum dos presentes tinha algo contra.

Ninguém tinha. E ninguém nunca teve desde então.

– Irmã Ashlinn – disse Cal. – Este é meu imediato, Joãozão.

– Um prazer. – O pequeno curvou-se, mostrando uma fileira de dentes prateados. – Você fica com a roupa durante ou…

– Ela não é uma açucarada fantasiada! É uma freira de verdade.

– Ah… – Joãozão afrouxou o colarinho de sua túnica azul-celeste. – Entendi.

– Vou levá-la até as cabines. Prepare tudo para zarpar.

– Sim, senhor! – Joãozão deu meia-volta e urrou numa voz que contrastava com seu porte diminuto. – Muito bem, comedores de merda, mexam-se! Toliver, tira a mão do cu e ajeita esses barris! Kael, tira os olhos da rola do Andretti e sobe para a gávea antes que eu te faça desejar que seu pai tivesse comido sua mãe pelo ouvido…

…e assim por diante.

– Mil perdões, irmã – disse Cal. – Ele tem uma boca de esgoto, mas é o melhor imediato deste lado da antiga Ysiir.

– Já ouvi coisa pior, capitão.

Ele inclinou a cabeça.

– Ouviu?

A freira simplesmente o encarou enquanto o pedaço de músculo atrás dela assomava um pouco mais alto. Assim, sem mais delongas, Cal desceu com eles pela escadaria que dava para o bojo do *Donzela*. Conduziu a dupla pelo corredor estreito até uma cabine a bombordo, cuja porta abriu de maneira teatral para depois deixar entrar os hóspedes.

– Infelizmente só temos redes, mas há espaço de sobra. Vocês podem fazer as refeições comigo ou sozinhos, como quiserem. Tenho também uma banheira na minha cabine, se precisarem. Forno arquêmico. Água quente. Sua privacidade é ouro e, embora eu julgue que não será necessário, se algum dos saleiros for desrespeitoso, informem a mim ou a Joãozão que acertamos as coisas.

– "Saleiros"?

– Alguém da tripulação. – O homem sorriu. – Perdão, irmã, falo a língua dos marinheiros. Independentemente, o *Donzela de Sangue* é meu lar, e vocês são meus hóspedes.

– Obrigada, capitão – disse a irmã, já se acomodando em uma das redes.

Cal Corleone olhou bem para a garota. O hábito branco e disforme era quase largo o bastante para esconder outra freira – infelizmente, fora feito para deixar quase tudo para a imaginação. O rosto era bonito, ao menos, com bochechas sardentas e olhos brilhantes da cor de um céu limpo. Quando ela tirou a coifa, as longas madeixas ruivas, formando ondas suaves, caíram por cima do ombro. Aparentava três viragens de cansaço e necessitada de uma boa refeição, mas, ainda assim, não era daquelas que se expulsa da cama por um peido, não mesmo.

Mas havia algo de errado nela.

– Posso ajudar em algo, capitão? – ela perguntou, franzindo a testa.

O marinheiro coçou a barba rala.

– Minha cabine tem uma cama, caso se canse da rede.

– Ainda tentando ser charmoso...

– Bom... – Ele deu um sorriso envergonhado de colegial. – Tenho uma queda por mulheres de uniforme.

– Mais sem uniforme do que com ele, aposto.

O capitão abriu um sorriso largo.

– Vamos partir em breve. Para o norte até Temporal, rápidos como um bando de pardais, e então voltamos para Alvatorre. Chegamos no fim da semana, se os ventos ajudarem.

– Oremos para que ajudem.

– Quando quiser me ver de joelhos, irmã, é só dizer.

O sujeito grande no canto agitou-se um pouco e começou ajustar um daqueles volumes suspeitos em forma de espada, o que fez o capitão decidir que já tinha descoberto coisas o bastante por ora. Com uma piscadela capaz de atrair até a tinta da parede, Cal Corleone inclinou o tricórnio.

– Boa quasinoite, irmã.

E fechou a porta da cabine.

Instantes depois, enquanto caminhava pelo corredor, o capitão murmurou consigo mesmo:

– Freira o caralho.

— Mas que colhões desse desgraçado liso – sussurrou Ashlinn, incrédula.

Senhor Simpático se materializou em cima da porta da cabine.

– *...pergunto-me onde ele guarda o carrinho de mão...*

– Estou vestida de *freira* – ela disse, olhando ao redor indignada. – Ele viu que estou vestida que nem a *porra de uma freira*, certo?

Jogando de lado o manto de sombras, Mia apareceu no canto oposto da cabine. Jonnen estava com ela, com os pulsos amarrados e um braço da irmã ao seu redor, enquanto a outra mão tapava sua boca. Lançou um olhar fulminante para a vaaniana quando Mia removeu a mão.

– Que boca *imunda*, meretriz.

– Silêncio – avisou Mia. – Ou é mordaça de novo.

Jonnen fez um biquinho, mas se calou e olhou para as costas da irmã, que caminhava para o outro lado da cabine. Depois de fechar a porta, Mia se voltou para Ashlinn.

– Não confio nele.

No outro canto, Tric afastou o capuz.

– NEM EU – disse, soltando pequenas nuvens brancas pelos lábios.

– Bom, somos três – concordou Ashlinn. – Ele podia muito bem ter a palavra "pirata" escrita no traseiro daquelas calças ridículas. É bom que só ganha a outra metade dos quatrocentos *depois* de chegarmos em Ysiir.

– Eu não sabia que o dinheiro que Mercurio nos deu ainda dava para tanto.

– E não dá – reconheceu Ash. – Mas podemos resolver a questão depois de chegar. O *Canto da Sereia* já saiu do porto. Esse navio está indo para o nosso destino, e não sobrou nada para barganharmos passagem em outro. Por isso, ou arriscamos aqui ou começamos a marchar pelo aqueduto rezando por um milagre. E, considerando que roubamos o hábito que estou vestindo do varal de um convento, não sei se as divindades vão estar de bom humor conosco.

Senhor Simpático, no seu poleiro em cima da porta, começou a lamber a pata translúcida.

– *...toda essa empreitada seria infinitamente mais fácil se, hum, não sei, pudéssemos ficar invisíveis pelo resto da viagem...*

Mia olhou irritada para o passageiro.

– É veraluz, Senhor Simpático. Mal consigo esconder a mim e a Jonnen com esses malditos sóis no céu. Mas obrigada por me fazer sentir ainda pior com a nossa situação.

– *...de nada...* – ele ronronou.

Mia voltou os olhos para a porta por onde o corsário havia saído.

– Nosso capitão parece ser esperto – murmurou.

– TALVEZ ESPERTO DEMAIS – comentou Tric.

– Não existe isso, na minha experiência.

Mia se encostou numa das redes com um gemido que a fez se encolher. Sentou-se e começou a morder os lábios, pensativa, travando uma batalha perdida com as pálpebras pesadas.

– Mas Ash tem razão – disse afinal. – Não temos muita escolha. Acho que devemos arriscar no *Donzela*. Se Jonnen e eu ficarmos longe de vista, e você conseguir lidar com as cantadas dele por algumas semanas, acho que estaremos seguros.

– *...tenho certeza de que a dona järnheim vai lamentar cada minuto da atenção...*

Ashlinn ignorou o gato de sombras sobre a porta e olhou preocupada para Mia. A garota tinha desabado em uma rede, com a cabeça caída, ninada pelos sussurros da água contra o casco. Parecia prestes a desmaiar de cansaço. Do convés vinham os sons da tripulação do *Donzela*, o arco-íris de obscenidades proferidas por Joãozão e o canto das velas desfraldadas. O cheiro de sal e mar empesteava o ar.

Jonnen ainda estava de pé no canto, com Eclipse em sua sombra.

– Você o machucou, Faz-Rei? – perguntou baixo.

Mia olhou nos olhos escuros do irmão; a sombra de Julius Scaeva pairava entre ambos. Ela levou um longo momento para responder.

– Não.

– Quero ir para casa – disse o menino.

– E eu quero uma caixa de cigarrilhas e uma garrafa de vinho d'ouro grande o bastante pra me afogar nela – suspirou Mia. – Nem sempre temos tudo o que queremos.

– Eu *tenho* – ele protestou.

– Não mais. – Mia correu a mão pelos olhos e abafou um bocejo. – Bem-vindo ao mundo real, irmãozinho.

Jonnen apenas a olhou de cara fechada. Eclipse se espichou da escuridão aos pés dele e juntou-se à silhueta do menino na parede, escurecendo-a ainda mais. Sem o demônio em sua sombra, ele provavelmente estaria histérico àquela altura. Mas, apesar de tudo pelo que passara, a criança estava até indo bem.

Ainda assim, Ashlinn não gostou do jeito como o menino encarava Mia.

Com raiva.

Faminto.

– *...O QUE VOCÊ QUER...?* – rosnou Eclipse.

– *...uma rodada rápida de bolinhos e bifes...?* – propôs Sr. Simpático.

– *...SEMPRE A MESMA COISA, FEDORENTO...?*

– *...sempre, vira-lata...*

A loba de sombras voltou os não-olhos para o resto dos hóspedes.

– *...SOU MESMO OBRIGADA A ACREDITAR QUE ESSE BICHANO TOSCO E SEU SENSO DE HUMOR PRÉ-ADOLESCENTE É UM FRAGMENTO DE UM DEUS DESPEDAÇADO...?*

– Calem-se os dois – interrompeu Ashlinn.

– O plano agora é simples – Mia disse enquanto abafava outro bocejo. – O Ministério está com Mercurio. Até o resgatarmos, Scaeva e eu estamos num impasse. – Ela deu de ombros. – Então temos que o resgatar.

– Mia, Mercurio vai estar na Montanha Silenciosa – disse Ashlinn. – O coração do poder da Igreja Vermelha nesta terra. Guardada por Lâminas da Mãe, o próprio Ministério e sabe-se lá que abismo mais.

– É – concordou Mia.

– Além do mais, tenho certeza de que não preciso te lembrar que pegaram Mercurio para chegar a *você* – continuou Ashlinn, erguendo a voz. – Admitiram que *querem* que você vá lá procurar por ele. Para deixar mais óbvio, só se colocassem uma leva de cortesãs liisias de luxo no topo da montanha cantando "Isto é *obviamente uma armadilha*".

Mia abriu um sorriso débil.

– Amo essa música.

– Mia... – Ashlinn gemeu exasperada.

– Ele me acolheu, Ashlinn. – Seu sorriso morreu. – Depois que me tomaram tudo, ele me deu um lar e me protegeu mesmo sem ter nenhum motivo no mundo para fazer isso. – Ela levantou os olhos brilhantes para a garota. – Ele é família. Mais família do que quase qualquer um no mundo. *Neh diis lus'a, lus diis'a.*

– Quando tudo é sangue...

– Sangue é tudo – confirmou Mia.

Ashlinn apenas balançou a cabeça.

– Mia... – ensaiou Tric.

– A Montanha Silenciosa fica em Ysiir – ela interrompeu. – Temos que ir para lá de qualquer jeito. Então vamos maneirar um pouco com essa história de destino, que tal?

– Você aceitou, então?

– Ainda estou longe de tomar uma decisão – ela disse, esticando as pernas na rede com um gemido baixo. – Mas viajar na direção certa é o bastante por enquanto.

– O Ministério vai saber que estamos chegando – comentou Ash, já de pé para ajudar Mia a tirar as botas manchadas de sangue. – A Montanha Silenciosa é uma fortaleza.

– É – ela concordou, mexendo os dedos doloridos do pé.

– Então como, pela Mãe, você acha que vai conseguir entrar e resgatar Mercurio? – perguntou Ash enquanto arrancava a outra bota. – Quanto mais sair viva de novo?

– Pela porta da frente – respondeu Mia com um suspiro fundo ao finalmente se recostar e se render ao cansaço.

– A porra da porta da frente? – rosnou Ash. – Da Montanha Silenciosa? Você precisa de um exército para entrar lá!

Mia fechou os olhos.

– Eu sei de um exército – ela murmurou. – Um pequeno exército, em todo caso...

– Pela Mãe, que baboseira é essa? – Ash se enfureceu.

A rede começou a balançar e ninar a garota cansada. O caos e o banho de sangue das últimas viragens, as epifanias e profecias, as promessas quebradas e as ainda por cumprir: tudo parecia finalmente recair sobre ela. À medida que as rugas de preocupação se suavizavam em seu rosto, a cicatriz na bochecha torceu levemente seu lábio, criando a ilusão de um sorriso. O peito dela subia e descia no ritmo das ondas.

– Mia? – chamou Ash.

Mas a garota já tinha dormido.

A voz de Jonnen soou baixa em meio ao silêncio.

– O que é "pré-adolescente"?

CAPÍTULO 9
TORPOR

Ela sonhou.

Era uma criança sob um céu cinzento como um adeus. Caminhava sobre águas tão paradas que pareciam pedra polida, vidro, gelo sob seus pés descalços. A superfície estendia-se até onde a vista alcançava, perfeita e infinita. Um menisco sobre a torrente do eterno.

A mãe caminhava à sua esquerda. Uma mão segurava uma balança desajustada. A outra segurava a de Mia. Ela usava luvas longas de seda preta que brilhavam com um tom secreto e iam até os cotovelos. Mas, quando Mia olhou melhor, viu que não eram luvas, que gotejavam

tiptiptip

tiptiptip

na pedra/vidro/gelo sob elas, como sangue de um pulso aberto.

O vestido da mãe era escuro como o pecado, como a noite, como a morte, pontilhado por um bilhão de focos de luz. Brilhavam por dentro, e a luz aparecia pelo tecido, como os furinhos em uma cortina contra o sol. Ela era bela. Terrível. Os olhos escuros como o vestido, mais fundos que o oceano. A pele era pálida e brilhante como as estrelas.

O rosto era o de Alinne Corvere. Mas Mia sabia, daquele jeito que as pessoas sabem em sonhos, que aquele não era seu rosto real. Porque a Noite não tinha rosto.

E, do outro lado do cinza infinito, ele as esperava.

Seu pai.

Estava todo de branco, tão brilhante e cortante que fazia os olhos doerem. Mas ela o olhava mesmo assim. Aproximou-se com a mãe e ele retribuiu o olhar, três olhos fixos nela, vermelho e amarelo e azul. Ele era belo, ela tinha que admitir – belo de doer. Seus cachos pretos eram salpicados com leves toques grisalhos nas laterais. Os ombros largos e a pele bronzeada contrastavam com o branco-neve das vestes.

Tinha o rosto de Julius Scaeva. Mas Mia sabia, daquele jeito que as pessoas sabem em sonhos, que aquele homem também não era seu pai de verdade.

Quatro moças estavam ao redor dele. Uma coroada com chamas, outra envolta em ondas e a terceira vestindo apenas o vento. A quarta dormia no chão, trajando folhas de outono. O trio desperto encarava Mia com uma malícia amarga e franca.

– Marido – disse a mãe.

– Esposa – respondeu o pai.

Todos permaneceram em silêncio, os seis, e Mia seria capaz de ouvir o coração batendo no peito, se tivesse coração.

– Senti sua falta – suspirou a mãe, enfim.

O silêncio cresceu, absoluto e ensurdecedor.

– É ele? – perguntou o pai.

– Você sabe que é – respondeu a mãe.

E Mia quis falar com eles, para dizer que não era ele, mas ela. Mas, ao baixar os olhos, a criança viu a coisa mais estranha espelhada na pedra/vidro/gelo sob seus pés.

Viu a si própria, como ela própria se via: pele alva, cabelo escuro e comprido caindo sobre os ombros magros e os olhos de um branco ardente. Mas, assomando às suas costas, havia uma figura cortada em trevas, escura como o vestido da mãe.

A figura observava-os com seus não-olhos, sua silhueta tremendo e mudando feito uma chama sem luz. Línguas de fogo escuro ondeavam em suas costas e no topo de sua coroa, como uma vela acesa. Na testa, havia um círculo de prata. E, como um espelho, o círculo captava a luz das vestes do pai e a refletia numa luminescência tão brilhante quanto os olhos de Mia.

Ao olhar dentro daquele círculo único e perfeito, Mia compreendeu o que era o luar.

– Jamais a perdoarei por isso – disse o pai.

– Jamais pedirei perdão por isso – respondeu a mãe.

– Não tolerarei rivais.

– E eu não tolerarei ameaças.

– Sou maior.

– Mas eu vim primeiro. E espero que sua vitória vazia lhe sirva de consolo nas noites frias.

O pai baixou os olhos para Mia, com um sorriso escuro como um hematoma.

– Gostaria de saber qual é o meu consolo nas noites frias, pequena?

Mia olhou de novo para o seu reflexo. Viu o círculo alvo em sua testa se partir em mil cacos reluzentes. A sombra sob seus pés se despedaçou, espalhando-se em todas as direções em linhas enlouquecedoras que se agitavam e emergiam em formas de gatos e lobos e serpentes e corvos e nada. Tentáculos escuros como tinta brotaram das costas dela como asas, e navalhas de escuridão cresceram em cada dedo. Ela podia ouvir os gritos ficarem cada vez mais altos.

Por fim, se deu conta de que a voz era a sua própria voz.

– Os muitos eram um – disse a mãe. – E serão de novo.

Mas o pai balançou a cabeça.

– Você é minha filha, em todos os sentidos possíveis.

Ele ergueu um peão preto na palma ardente da mão.

– E você vai morrer.

LIVRO 2

LUZ MORREDOURA

Capítulo 10

Infidelidade

Mia acordou ofegante e quase caiu da rede.

As escotilhas estavam fechadas, como permaneceram nas duas viragens anteriores. A cabine estava recoberta pela mesma penumbra que a preenchera desde que zarparam dos Baixos, balançando sobre os movimentos suaves do mar aberto. Quase três viragens depois do *magni*, ela ainda sentia dor em partes do corpo que jamais imaginara ter e precisava de mais umas sete viragens de sono.

Sono de verdade, quer dizer.

Sonhos. Sonhos de sangue e fogo. Sonhos de cinza infinito. Sonhos com sua mãe e seu pai, ou com coisas com os rostos deles. Sonhos com Furian, morto por suas mãos. Sonhos com sua sombra cada vez mais escura até que Mia deslizava para dentro dela e a sentia subir pelos lábios e entrar nos pulmões. Sonhos de estar deitada de costas observando o céu ofuscante, com as costelas abertas, enquanto gente minúscula rastejava por suas entranhas como larvas num cadáver.

– Mais pesadelos?

A voz enviou um calafrio por sua espinha, então a fez se sentir culpada por isso. Ela lançou um olhar furtivo para Ashlinn, que dormia na rede ao lado. Em seguida, voltou-se para o defunto sentado no canto, como fazia desde que começaram a navegar no Mar do Silêncio. Tric estava sem capuz e de pernas cruzadas, com as espadas de ossário no colo e as mãos escuras descansando espalmadas sobre as lâminas.

Deusa, ele ainda era bonito. Não com a beleza rústica e telúrica que tinha antes, mas uma beleza com um quê de escuridão. Esculpida em alabastro e marfim. Olhos escuros, pele pálida, e uma voz tão profunda que ela a sentia no meio das pernas quando ele falava. Uma beleza de príncipe, envolta em trajes de noite e serpentes. Uma coroa de estrelas ensombrecidas na fronte.

– Desculpe. Acordei você?

– EU NÃO DURMO, MIA.

Ela piscou, surpresa.

– Nunca?

– NUNCA.

Mia tirou o cabelo do rosto e pôs as pernas para fora da rede com o mínimo de ruído possível. Quando se sentou, os curativos sobre os cortes repuxaram as cascas das feridas. Não conseguiu evitar um estremecimento de dor. Aqueles olhos de breu acompanhavam cada movimento.

Ela mataria por um cigarro. Por ar fresco. Por uma merda de banho. Fazia duas viragens que eles estavam presos ali, e a tensão começava a desgastar a todos.

Jonnen era um nó de fúria e indignação, contido apenas pela presença constante de Eclipse em sua sombra. Ele passava horas emburrado e amuado, arrancando pedaços da própria sombra e jogando-os contra a parede, como a tinha jogado nos olhos de Mia na necrópole. Eclipse pulava na bola de sombras como um filhote, o que fazia Jonnen sorrir, mas o sorriso desaparecia assim que ele pegava Mia olhando para ele.

Ela sentia como ele a odiava. A raiva e a confusão dele.

Não podia culpá-lo.

Ashlinn e Tric eram outra fonte de preocupação: a tensão entre os dois era tão espessa que seria possível cortá-la e servi-la com o suposto "guisado" que eles comiam toda virada. Mia sentia as nuvens se juntando para formar uma tempestade capaz de esconder os sóis. E, verdade seja dita, ela não tinha ideia de como agir. Em outros tempos, poderia ter conversado com Tric a respeito disso. Mas ele não era mais o mesmo.

Ela não soubera o que sentir quando pôs os olhos nele pela primeira vez – alegria e culpa, alívio e tristeza. Contudo, depois de algumas viragens em sua companhia, percebia que os traços permaneciam os mesmos, mas o preenchimento não fora feito com todas as mesmas cores de antes. Podia sentir a escuridão nele, a mesma escuridão que ela sentia sob a própria pele. Chamando. E, sim, assustadora, mesmo com Sr. Simpático em sua sombra.

Mia baixou a cabeça, rios de cabelo preto comprido caindo pelos lados do rosto como cortinas. O silêncio era espesso como neblina.

– Desculpe – ela balbuciou afinal.

O defunto inclinou a cabeça de lado, os nós de sal movendo-se como cobras sonâmbulas.

– PELO QUÊ?

Mia mordeu os lábios, à procura de pálidas e débeis palavras que, de alguma maneira, pudessem fazer as coisas parecerem bem. Mas nunca soube resolver o quebra-cabeça que eram as pessoas. Sempre fora melhor em cortar as coisas do que as juntar.

– Pensei que você estivesse morto.

– MAS EU DISSE – ele respondeu – QUE ESTOU.

– Mas... pensei que nunca o veria de novo. Que você tivesse partido para sempre.

– O QUE ESTÁ LONGE DE SER UMA CONVICÇÃO IDIOTA. ELA ME ESFAQUEOU TRÊS VEZES NO CORAÇÃO E ME EMPURROU DA BEIRA DA MONTANHA.

Mia olhou para Ashlinn por cima do ombro. A bochecha sardenta pousada nas mãos, os joelhos encolhidos, os cílios compridos tremelicando com os sonhos.

Amante.

Mentirosa.

Assassina.

– Cumpri a promessa que fiz a você – ela disse a ele. – Seu avô morreu gritando.

Tric inclinou a cabeça.

– AGRADEÇO, MOÇA BRANCA.

– Não… – Ela balançou a cabeça, a voz ficando mais fraca à medida que um nó se formava na garganta. – Por favor, não me chame assim.

Ele voltou os olhos para Ashlinn. Levou uma mão cor de noite ao peito e esfregou, como que se lembrando da pontada da lâmina.

– O QUE ACONTECEU COM OSRIK, ALIÁS?

– Marius o matou – respondeu Mia. – Afogado na piscina de sangue.

– ELE TAMBÉM GRITOU?

Mia viu o irmão de Ashlinn desaparecendo sob uma enchente vermelha na viragem em que os luminatii invadiram a Montanha. Os olhos arregalados de medo. A boca escarlate.

– Ele tentou – disse afinal.

Tric apenas assentiu com a cabeça.

– Você deve me achar uma vaca insensível – ela suspirou.

– VOCÊ ACHARIA ISSO UM ELOGIO.

Mia levantou os olhos, pensando que ele estaria com raiva. Mas deparou com seus lábios curvados num sorriso tênue, a sombra de uma covinha na bochecha. Por um momento, o semblante de Tric a fez lembrar-se daquilo que ele fora um dia. Daquilo que tiveram juntos. Mia encarou aquele rosto sem sangue, aqueles olhos de tinta escura, e encontrou por trás deles o rapaz belo e ferido que ele tinha sido, sentindo o coração pesar como chumbo.

– VOCÊ A AMA? – ele perguntou.

Mia olhou de novo para Ashlinn. Lembrou-se do toque dela, do cheiro dela, do gosto dela. O rosto que ela mostrava ao mundo, duro e vil, e a ternura que mostrava somente para Mia, somente nos braços de Mia. Derretendo-se em sua boca, com poesia na língua. Uma era um reflexo obscuro da outra, ambas movidas pela vingança e pela vontade de fazer coisas com as quais a maioria nem ousava sonhar.

Coisas maravilhosas.

Coisas terríveis.

– É...

– COMPLICADO?

Ela concordou com a cabeça, devagar.

– Mas a vida é sempre complicada, não é?

Uma risada sem alegria escapou dos lábios dele.

– EXPERIMENTE MORRER.

– Prefiro evitar, se puder.

– A MORTE É A PROMESSA QUE TODOS CUMPRIMOS. CEDO OU TARDE.

– Cumpro a minha mais tarde, se não te incomodar.

Os olhos dos dois se encontraram, preto contra preto.

– NÃO INCOMODA.

O toque de sinos pesados cortou a conversa na metade e tanto Tric como Mia levantaram os olhos na direção do convés do *Donzela*. Ela ouviu gritos abafados, botas correndo sobre as tábuas, vagos ecos de alarme. Com um salto, Ashlinn despertou e se sentou.

– Que foi? – perguntou, esfregando o rosto com o antebraço.

Mia já estava de pé, os olhos fixos nas tábuas sobre suas cabeças.

– Não parece bom, seja lá o que for.

Mais sinos. Um vaga e ininterrupta sequência de palavrões criativos e chocantes. Com passos leves, Mia seguiu até a escotilha, abriu a trava de madeira e deixou entrar um feixe ofuscante de veraluz. Jonnen levantou a cabeça da rede e, forçando a vista, correu os olhos turvos pela cabine. Senhor Simpático reclamava em seu poleiro sobre a porta.

Mia piscou ante o brilho dolorido e, já com Ashlinn ao seu lado, espiou pela escotilha assim que seus olhos se ajustaram. Do outro lado do vidro, por cima do vaivém das ondas, ela avistou no horizonte distante velas com bordados em dourado.

– É um navio de guerra itreyano... – balbuciou Ashlinn.

Mia olhou para cima.

– Nossos anfitriões não parecem muito animados.

– ...*PELO CONTRÁRIO, PARA MIM, ELES PARECEM BEM ANIMADOS*...

– ...*ah, bravo, andou treinando piadinhas...?*

– ...*NEM TODOS PRECISAM TREINAR, BICHANO. HÁ QUEM SEJA INTELIGENTE*...

Ashlinn mergulhou a cabeça num barril de água em que se lavavam para afugentar o sono e improvisou uma trança no cabelo.

– Vou subir para conversar.

– Melhor ir com ela, irmão Tric – disse Mia. – Fico aqui com Jonnen.

O defunto se levantou devagar. Com os olhos sem fundo fixos em Ashlinn, embainhou as lâminas de ossário sob as vestes e cobriu o rosto com o capuz.

– DEPOIS DE VOCÊ, IRMÃ.

Ash calçou as botas que usava desde que tinha se infiltrado na arena de Godsgrave e amarrou o gládio na perna. Enfiou o hábito religioso pela cabeça, vestiu a coifa e virou para a porta.

– Cuidado, hein? – avisou Mia.

Ash deu um sorriso torto, se inclinou e deu um beijo nos lábios dela.

– Você sabe o que dizem: o que não me mata me faz correr para caralho.

A vaaniana passou pela porta da cabine num fru-fru de tecido branco. Mia evitou olhar para Tric quando ele foi atrás.

– Bom – suspirou Cal Corleone –, como minha antiga professora dona Elyse disse quando completei dezesseis anos, "Me fode com carinho e depois me fode com força".

Kael Três-Olhos se espichou na gávea.

– Eles estão sinalizando, Capitão!

– É, já vi! – respondeu Cal, agitando a luneta não mão. – Obrigado!

– Essas putinhas coçadoras de cu também estão chegando perto – resmungou Joãozão ao lado dele na amurada.

O capitão balançou a luneta na cara de Joãozão.

– Isto aqui funciona, sabia?

– Capitão? – veio uma voz.

Cal olhou por cima do ombro e deu com Sua Não-Tanta-Santidade atrás dele no convés; seu cão de briga de dois metros a seguia. O ar da veraluz ficou um pouco mais gelado, e um calafrio incontrolável percorreu a espinha do corsário.

– Melhor ficar lá embaixo, irmã – ele disse. – É mais seguro.

– Quer dizer que não estamos seguros aqui?

– Não é bem…

A irmã estendeu o braço, tomou a luneta da mão de Cal e a encostou no olho, mirando-a para o horizonte.

– Não é a marinha comum de Itreya – disse. – É um navio luminatii.

– Bem observado, irmã.

– E parece que estão armados com canhões arquêmicos.

– Repito, minha luneta funciona, obrigado.

A freira baixou o instrumento e olhou Cal nos olhos.

– O que querem?

Cal apontou para o sinalizador vermelho que os luminatii dispararam contra o céu.

– Querem que paremos.

– Por quê? – perguntou o guarda-costas grandalhão.

O bom capitão piscou, surpreso.

– Escute, como você faz isso com a voz?

A irmã devolveu a luneta.

– Os luminatii costumam parar navios aleatórios no meio do oceano sem nenhum motivo aparente?

– Bom… – Cal esfregou o solado da bota no convés. – Não, não costumam.

A freira e o guarda-costas trocaram olhares desconfortáveis.

Joãozão cochichou pelo canto da boca:

– O Antolini deu a dica para eles, será?

– Ele não faria isso comigo, faria?

– Você pegou a mulher dele, capitão.

– Só porque ela pediu com jeitinho.

– O trapaceiro do Flavius prometeu matar você se o visse de novo – lembrou o pequeno enquanto tragava seu cachimbo de osso de dragão. – Talvez tenha resolvido ser criativo.

– Bom, eu devo um dinheirinho pra ele, mas isso não é motivo pra me dedurar aos luminatii.

– Você deve uma *fortuna* para ele. E também pegou a mulher *dele*.

Cal Corleone arqueou uma sobrancelha.

– Você não tem mais o que fazer?

O pequeno correu os olhos pelo corre-corre no convés principal, na proa e lá em cima, nos mastros. Deu de ombros e abriu seu sorriso prateado.

– Não muito.

– Se aproximando cada vez mais rápido, capitão – avisou Kael da gávea.

– Capitão – começou a irmã. – Receio que tenha de insistir...

– Desculpe, irmã – interrompeu o corsário com um suspiro. – Mas não vamos parar.

– Não vamos?

– É um navio de guerra luminatii, capitão – observou Joãozão. – Não sei se o *Donzela* consegue ir mais rápido do que eles.

– Ah, que falta de fé – disse Cal. – Dê a ordem.

– Certo, certo – o pequeno suspirou.

Joãozão deu as costas para a amurada e berrou com a tripulação.

– Muito bem, seus engole-porra! Vamos correr! Icem cada centímetro de vela disponível! Se tiverem uma camisa velha ou um lenço sujo de esperma, quero que amarrem nalgum mastro também! Vamos, *vamos!*

– Capitão... – insistiu a irmã.

– Fique tranquila, irmã. – Cal sorriu. – Conheço os oceanos e conheço meu navio. Estamos numa corrente ligeira, e os ventos da quasinoite vão começar a beijar nossas velas do jeito que beijei a esposa de don Antolini. – O capitão ergueu a luneta com um sorrisinho. – Esses paus-mandados de Aa não vão relar um dedo em nós.

O primeiro tiro de canhão voou por cima da água e errou a proa deles por uns trinta metros. O segundo aterrissou a uns seis metros da popa, perto o bastante para chamuscar a tinta. E o terceiro caiu tão próximo que Cal podia ter feito a barba nele.

O navio dos luminatii estava paralelo ao *Donzela*, com as velas de fios dourados estufadas. Cal podia ver o nome da embarcação escrito em uma grossa letra cursiva proa abaixo.

Fiel.

Os canhões estavam prontos para soltar outra saraivada de fogo arquêmico – os três tiros anteriores foram apenas um aviso, e Cal não considerou suas chances contra um quarto. Além disso, tendo em conta o que o *Donzela* escondia em seu porão, um bom beijo do velho *Fiel* seria o bastante.

– Parem, todos! – disparou o capitão. – Icem a bandeira branca.

– Parem, seus esmerdados inúteis! – urrou Joãozão do tombadilho. – Parem, todos!

– Ah, sim – murmurou a irmã Ashlinn ao lado dele na amurada. – Você conhece mesmo os oceanos e seu navio, capitão...

– Sabe, boa irmã – Cal rebateu, voltando-se para ela –, minha primeira impressão quando nos conhecemos era muito favorável, mas devo dizer que, quanto mais a conheço, menos gosto de você.

O guarda-costas cruzou os braços e caçoou.

– TEMOS QUE TOMAR UMA JUNTOS ALGUM DIA...

Eles estavam em águas profundas demais para poderem lançar a âncora do *Donzela*, de modo que, depois de baixarem as velas, deixando só a principal contra o vento, a tripulação pouco podia fazer além de esperar que o *Fiel* os abordasse pela lateral. Cal assistiu à aproximação do enorme navio de guerra com um crescente frio na barriga. Das laterais da embarcação luminatii despontavam canhões arquêmicos fabricados pelo Colégio Férreo, e o convés estava repleto de marinheiros itreyanos.

Os homens vestiam cotas de malha e armaduras de couro, todas com o emblema dos três sóis gravado no peitoral. Portavam gládios e escudos leves de madeira, ambos ideais para combates corpo a corpo no convés de navios inimigos. Além disso, sua tripulação era duas vezes maior do que a do *Donzela*.

Em cima do convés de popa, Cal avistou meia dúzia de luminatii com armaduras de ossário e mantos vermelho-sangue; os penachos do elmo, da mesma cor, agitavam-se com a brisa marítima. O líder deles era um centurião alto com barba pontuda, penetrantes olhos azuis-cinzentos, e o semblante de um sujeito desesperadamente necessitado de uma punhetinha[11].

– Malditos paus-mandados – resmungou o capitão.

– É – disse Joãozão, pondo-se ao lado dele. – Que a Senhora Trelene afogue todos.

– Vai dar tudo certo – murmurou Cal, mais para si mesmo do que para o imediato. – Está bem escondido. Teriam que desmontar o casco para encontrar.

– A não ser que saibam exatamente onde procurar.

Cal arregalou os olhos para o imediato.

---

11 Dois mendigos de cobre em média nos prostíbulos dos portos, com uma cervejinha de brinde se o dono da casa estiver generoso no dia.

– Será que alguém teria…

O pequeno acendeu o cachimbo de osso de dragão com uma pederneira e tragou pensativo.

– Eu *disse* pra você não pegar a mulher de Antolini, capitão.

– E eu disse para *você* que ela pediu com jeitinho – retrucou Cal, em seguida, acrescentou em tom mais baixo: – Com *muito* jeitinho, na verdade.

– Você acha que esses luminatii vão ser educados assim? – ironizou Joãozão enquanto os via se prepararem para a abordagem. – Porque parecem bem dispostos a foder com a gente, isso é certo.

Cal estremeceu quando ganchos foram arremessados no *Donzela* e arrastados pela amurada, riscando a madeira. Enquanto seu navio era puxado para perto do *Fiel* por manivelas de maquinaria, a tripulação luminatii dependurava sacos cheios de palha nas laterais para amortecer o impacto. Quando finalmente os dois navios se tocaram com um baque pesado, foram atados com cordas bem firmes, e uma prancha foi estendida para ligar o conquistador ao conquistado.

O centurião Punheta, carrancudo, observava tudo do castelo de popa.

– Sou o centurião Ovidius Varinius Falco, da segunda centúria da terceira coorte da Legião Luminatii – ele anunciou. – Por ordem do Imperador Scaeva, tenho autorização de embarcar no seu navio e procurar contrabando. A sua cooperação é…

– Sim, sim, venham, camaradas – disse Cal, abrindo o mais bastardo dos sorrisos e tirando o tricórnio antes de fazer uma vênia. – Nada a esconder aqui! Apenas limpem os pés antes, por favor.

O corsário murmurou por cima do ombro.

– Melhor descer, irmã. As coisas vão…

Cal olhou para Joãozão e piscou surpreso ao notar o espaço vazio onde antes estavam a garota e seu guarda-costas.

– Abismos, mas aonde eles foram?

Capítulo 11
Incendiário

Os luminatii espalharam-se pelo *Donzela* como pulgas nos pelos do peito de uma vovó liisia.

A busca foi feita meticulosamente em cada área do navio, e era óbvio que o centurião Falco já havia lidado com traficantes: ele encontrou com facilidade os três contrabandos de mentira que Cal usava para despistar as autoridades. Felizmente, e apesar das teorias da conspiração de Joãozão, os invasores não chegaram nem perto de encontrar os contrabandos verdadeiros, e a carga oculta de Cal continuou a salvo. Mas, à medida que acompanhava Falco nas buscas e respondia às suas perguntas da maneira mais polida possível, o corsário logo chegou a uma conclusão bastante perturbadora.

Os paus-mandados não estavam interessados em contrabando – estavam à procura de pessoas. E, tendo a consciência aguda de que a freira que transportava era tão freira quanto ele era sacerdote, o corsário ficou preocupado que sua última refeição fosse vazar pelas calças.

– E esses são seus únicos passageiros? – perguntou Falco.

– Sim – respondeu Cal, com o punho já erguido para bater na porta da cabine. – Não costumamos transportar cargas vivas.

– Quando e onde embarcaram?

– Godsgrave. Umas viragens atrás. Compraram passagem até Ysiir.

O centurião acenou de leve com a cabeça, e Cal bateu com força na porta.

– Irmã? – chamou, quase cantando. – Está em condições de abrir?

Alguns correligionários no serviço da Luz Bendita gostariam de lhe fazer umas perguntas.

– Entrem – veio a resposta.

Cal abriu a porta e encontrou a vaaniana já de pé, com as costas contra a parede e as mãos na frente do corpo como uma penitente.

– Perdão, irmã... – Cal começou.

– Abra caminho, plebeu – disse Falco, afastando-o bruscamente para entrar na cabine.

O centurião tirou o elmo emplumado, ajeitou o cabelo suado e escorrido e curvou-se respeitosamente diante da freira. Seus olhos cinzentos como aço fugiram por um instante para o guarda-costas no canto e os músculos do seu maxilar ficaram tensos. O grandalhão não emitiu qualquer ruído.

– Perdoe-me, boa irmã – disse o luminatii. – Sou o centurião Ovidius Varinius Falco, comandante do navio de guerra *Fiel*. Por ordem do nosso imperador, Julius Scaeva, devo revistar este navio e, por conseguinte, esta cabine.

A garota manteve os olhos baixos, numa demonstração convincente de modéstia, e assentiu uma vez com a cabeça.

– Não é preciso desculpar-se, centurião. Por favor, faça a sua revista.

O centurião acenou com a cabeça para seus quatro subordinados. Eles entraram na cabine com os olhos abaixados por respeito, todos tão confortáveis no dormitório da freira quanto uma freira de verdade estaria num vale-tudo de cais. Com cuidado para não invadir demais o espaço da irmã, ambos começaram a revistar baús e barris, batendo nas tábuas do assoalho e da parede em busca de ocos. Falco, por sua vez, mantinha os olhos no grandalhão no canto do cômodo, mas o sujeito permanecia imóvel.

Cal ficou observando com um nó no estômago. Escutava os marinheiros entrarem nas outras cabines mais para o fim do corredor, e nenhum deles parecia muito delicado. Com o maxilar tenso, abraçou a si próprio.

Esse lugar está mais frio que as partes de uma freira de verdade...

– Perdoe-me, irmã – disse Falco de repente. – Devo confessar que muito me estranha vê-la em... companhia tão exótica.

– Não vejo nada de errado nisso, bravo centurião – disse a irmã, com os olhos ainda fixos no assoalho.

– Posso perguntar o que faz nesta embarcação?

– Pode, nobre centurião. – A moça ajeitou as vestes volumosas que esvoaçavam com a brisa da escotilha aberta. – Mas, como informei ao nosso bom capitão, minha missão requer a máxima discrição. A madre superiora ordenou-me que não falasse disso com ninguém, nem mesmo com nossos irmãos na Luz. Em nome da minha honra, devo suplicar humildemente o seu perdão e guardar o silêncio que prometi.

Falco fez que sim com a cabeça com um brilho nos olhos cinzentos.

– Claro, boa irmã.

Os luminatii terminaram a revista e se voltaram para o centurião.

– O menino não está aqui – relatou um deles, de maneira bem desnecessária.

O centurião vasculhou a cabine mais uma vez com os olhos. Mas, aparentemente satisfeito, embora talvez com não pouca curiosidade, fez uma mesura para a irmã.

– Perdoe nossa intrusão, boa filha. Que Tsana guie sua mão.

A irmã ergueu os três dedos com um sorriso paciente.

– Que Aa o abençoe e guarde, centurião.

– Viu? – Cal abriu um sorriso de orelha a orelha, derretendo-se de alívio por dentro. – Tudo certo e às claras, hein, colegas? Deixem-me acompanhá-los até a porta.

Falco se virou, pronto para sair, seus homens logo atrás. Mas um pequeno nó se formou nas entranhas de Cal quando o homem se deteve de repente. Uma leve ruga apareceu na testa do centurião ao olhar para os pés da garota.

Seus olhos cinzentos cintilaram à luz fraca da cabine.

– Minha irmã é casada com um sapateiro – ele declarou.

A vaaniana inclinou a cabeça.

– Perdão?

– É – confirmou o homem. – Casou com um sapateiro. Faz quatro anos.

– Eu… – A garota piscou em aparente confusão. – Fico… muito feliz por ela.

– Eu não – desdenhou Falco. – Ele é mais grosseiro do que fezes de porco, o meu cunhado. Sabe muito de botas, porém. Na verdade, tem um contrato com os editorii de Godsgrave. Todos os guardas da arena usam calçados feitos por ele.

O centurião apontou para o couro manchado de sangue que despontava por baixo da veste sacra da garota.

– Usam botas como estas.

Então várias coisas aconteceram em rápida sequência, uma mais surpreendente do que a outra. Primeira coisa: a moça berrou "MIA!" a plenos pulmões na direção da escotilha. O que, dada a situação, Cal achou bem estranho.

Segunda: a freira, num gesto rápido, arremessou uma faca que tinha debaixo da manga e puxou um gládio sabe-se lá de onde. A faca cravou-se na garganta do luminatii mais próximo e, enquanto o homem caía para trás com um jorro de sangue, a moça investiu contra o centurião com a espada, o rosto contorcido numa careta.

Terceira: o grandalhão no canto tirou o capuz e revelou um rosto pálido de cadáver, olhos de demônio e nós de sal de… bom, Cal não fazia a mais puta ideia, mas *eles se mexiam sozinhos*. O sujeito tirou de baixo da roupa os dois volumes com o formato suspeito de espadas, que no fim eram mesmo espadas.

Espadas de ossário.

Por fim, e provavelmente mais estranho: quando a garota desferiu um golpe cruzado contra o arrogante pescoço do centurião Ovidius Varinius Falco, da segunda centúria da terceira coorte da Legião Luminatii, uma sombra em forma de gato saltou para fora de suas volumosas vestes com um miado que não era deste mundo, seguido por um garoto de nove anos, alarmado, amordaçado e de pulsos atados.

Falco, por sua vez, estava pronto para o golpe pelo menos, e puxou a espada de aço-solar da bainha com uma prece a Aa. A espada acendeu-se numa chama ofuscante e aparou a lâmina da moça. A moça berrou "MIA!" mais uma vez, os três legionários restantes gritaram e sacaram os gládios, Cal cuspiu um palavrão e, quando deu por si, a cabine já era puro caos.

Os legionários eram bem treinados e obviamente acostumados a combater em espaços estreitos. Mas, quando avançaram para fatiar a moça, o sujeito grande atacou – sua lâmina de ossário cortou uma cota de malha como faca na seda e decepou o braço de um deles na altura do ombro. O sangue jorrou pela cabine enquanto o homem caía aos uivos.

O grandalhão não era tão ágil, porém. Parecia ter uma força cruel, mas era lento. O terceiro legionário contra-atacou e abriu um corte fundo em seu braço. Com uma prece a Aa, o quarto deu um passo à frente e o furou na barriga.

O grandalhão não caiu. Nem cambaleou. Com a mão preta, agarrou o pulso do legionário e puxou a lâmina ainda mais para dentro da própria barriga, arrastando o soldado estupefato junto. Fechando a outra mão na garganta do homem, torceu seu pescoço, que se partiu com um estalo de galho úmido.

A boa irmã Ashlinn e Falco estavam travados em combate, lâmina contra lâmina, e o homenzarrão forçava a moça para trás com seu ardente aço-solar. Mas, quando ele levantou a espada, o som de uma explosão estrondosa rasgou o ar de fora para dentro, despedaçando o vidro das outras escotilhas e espalhando o fedor amargo de fogo arquêmico no ambiente. Falco e Cal se deram conta quase ao mesmo tempo de que o tiro tinha vindo do *Fiel*, e o centurião virou a cabeça por um instante na direção do seu barco. E esse instante bastou à boa irmã.

A ponta da espada dela encontrou o pescoço do homem e abriu sua garganta de um lado a outro. O centurião caiu para trás numa torrente de sangue, enquanto o menino assistia com olhos arregalados de terror ao seu corpo ainda não inteiramente morto bater no assoalho. A coisa parecida com um gato de sombras disparava de um lado para outro da cabine miando e chiando, o cadáver ambulante bateu o último legionário contra a parede e o enforcou com suas mãos escuras, e Cal Corleone sentiu o cheiro da coisa mais terrível que um capitão pode sentir a bordo do próprio navio.

Fogo.

Então, fez o que qualquer homem sensato faria na sua pele.

– Foda-se – disse.

E saiu correndo.

Disparou pelo corredor até o convés, onde a luz dos sóis e o fedor da fumaça o atordoaram por alguns instantes. O convés do *Donzela* estava abarrotado de tripulantes correndo de um lado para outro sob as ordens de Joãozão:

– Cortem essas malditas cordas! Arranquem esses ganchos, seus burros de pau murcho! Molhem a porra das velas! Vamos arrancar daqui, seus miolos moles pegadores de vovozinhas! Vamos embora!

Cal viu que o *Fiel* estava pegando fogo, tanto as velas como o casco. A popa, que alguém tinha dado um jeito de explodir, cuspia fumaça preta. O navio adernou e começou a encher-se rápido de água. Marinheiros e legionários em chamas mergulhavam no mar, o fogo arquêmico e o comum devoravam a madeira, e o convés era um caos absoluto. Observando e tentando compreender o que acontecia de fato naquele navio de guerra combalido, Cal Corleone pegou-se boquiaberto de admiração.

– Quatro Filhas...

Primeiro pensou tratar-se de um truque da luz ou da sombra. Depois, forçando a vista, viu que, entre as chamas e brasas, era possível distinguir...

Uma garota?

Ela se movia como música. Girando e ziguezagueando, tinha pele alva, olhos estreitados e cabelo comprido, preto como as penas de um corvo. Empapada de sangue até o sovaco, empunhava numa mão uma espada longa de ossário; na outra, um escudo roubado. Diante dos olhos de Cal, ela saltou para o convés da popa e avançou contra um luminatii. O homem soltou um palavrão e levantou sua lâmina de aço-solar. Um lobo do que pareciam ser sombras subiu pelas escadas, rosnando com a boca aberta. Cal empalideceu ao perceber que conseguia entender o que o animal dizia.

– *...CORRAM...!* – ele rugiu com uma voz de inverno. – *...CORRAM, TOLOS...!*

A garota ergueu a mão e o luminatii soltou um grito antes de recuar trôpego como se tivesse sido cegado. Com um golpe de espada, ela cortou sua mão fora do punho antes mesmo de ele cair; em seguida, jogou o escudo fora e pegou a espada de aço-solar no chão do convés. E, quando se enfiou em meio ao restante da tripulação aterrorizada, acompanhada pelo lobo que uivava por sangue, com as duas lâminas reluzindo nas mãos, Cal notou algo de conhecido nela. Algo que lhe trazia à mente o cheiro de sangue e areia, o gosto dos lábios receptivos de uma moça, o cambista que o chamou de tarado idiota quando ele foi apostar tudo na...

– Sangue e abismo – balbuciou.

Outra explosão chacoalhou o *Fiel*. A madeira estalava, os mastros se partiam. Cal se deu conta de que o paiol de munição arquêmica tinha sido incendiado e o navio estava se despedaçando de dentro para fora. Soldados e marinheiros caíam no mar ou tentavam dar saltos desesperados para o *Donzela*, só para serem derrubados pelos saleiros sob as ordens de Joãozão. Cal observou, estupefato, a garota cortar os estais que prendiam o mastro da mezena; sua espada atravessava as cordas grossas e recobertas de piche como se fossem teias de aranha. Ela se abaixou quando o vento fez o mastro tombar com um estalo arrastado na direção do *Donzela*. Em seguida, subiu na tora caída e correu por ela como um gato até saltar, com o rosto retorcido de esforço, a distância cada vez maior entre o *Fiel* e a *Donzela*.

Ela quase não conseguiu. A espada de ossário voou da sua mão e caiu ruidosamente aos pés de Cal no convés quando sua dona bateu na amurada da popa, enquanto a espada de aço-solar roubada caiu no mar. A moça quase teve o mesmo destino, mas deu um jeito de se segurar; as unhas arranharam a madeira e as veias da mão saltaram quando ela conseguiu se segurar num bloco pesado. Puxando o corpo para cima, ela conseguiu passar uma perna pela amurada e se jogar no convés. Com o peito arfante, tossiu e escarrou.

– Me fode com carinho – balbuciou Cal – e depois me fode com força.

Tirando uma mecha empapada de sangue da boca, a moça levantou os olhos para ele. O capitão agora segurava a espada de ossário dela nas mãos, o cabo tingido de vermelho. A sombra da garota se contorcia e ondulava, e o lobo que tinha instilado pânico nos luminatii e seus homens se materializou entre eles. Com o pelo eriçado, o animal falou com uma voz que parecia sair de baixo das tábuas do assoalho.

– ...*PARA TRÁS*...

A voz gelou a barriga do corsário, e o olhar da moça só intensificou o frio. Era como se o medo fosse uma coisa real que escorria da sombra da garota para a dele. Cal ouviu passos na escada atrás de si. Sentiu, então, um frio já conhecido nas costas. Ouviu sua tripulação juntar-se na parte de baixo do navio, com porretes e espadas a postos, um pouco inebriada da carnificina e talvez querendo mais. Joãozão os mantinha sob controle, mas uma palavra bastaria para que tudo recomeçasse.

– Mia? – ele ouviu uma voz chamar atrás de si.

– Está tudo bem, Ash – respondeu a moça, sem tirar os olhos de Cal.

– Você é a Corvo – ele disse com a voz trêmula. – Dos Falcões do Colégio

Remus. A Bela Sanguinária. Salvadora de Temporal. – Ele lambeu os lábios e se esforçou para firmar a voz. – Você matou o grão-cardeal Francesco Duomo.

Ela olhou para ele. Tinha uma cicatriz e uma marca de escrava no rosto sujo de sangue e fumaça. Os olhos eram escuros como a veratreva e rodeados de sombras.

– Sou – foi tudo o que disse Mia.

Tomando cuidado para não assustar ninguém, Cal Corleone pôs a espada de ossário no chão, com a delicadeza de quem manuseia um recém-nascido. E, inclinando-se para a moça, ofereceu-lhe o mais bastardo dos sorrisos junto com a mão trêmula.

– Bem-vinda ao *Donzela de Sangue.*

CAPÍTULO 12

VERITAS

Foi a refeição mais constrangedora de que Mia já participara na vida.

O bom capitão estava sentado numa ponta da mesa em sua cabine, com uma camisa elegante de veludo talvez um pouco aberta demais. Joãozão, o imediato, sentava-se ao seu lado, equilibrado sobre uma pilha de almofadas. Senhor Simpático estava apoiado nos ombros de Mia, sentada na outra ponta da mesa, e Eclipse estava aninhada a seus pés. Ashlinn sentava-se à sua esquerda, Tric à direita, e Jonnen de frente para Joãozão para completar o conjunto.

Ash descartara os trajes de freira e agora vestia uma calça preta de couro com uma camisa vermelha de veludo. Tric ainda usava a túnica escura, embora com o capuz para trás, expondo seu belo rosto pálido, os olhos pretos e os nós de sal que se moviam numa brisa que ninguém mais podia sentir. Mia ainda vestia a saia e as botas de couro dos gladiatii, mas o capitão tinha sido gentil e lhe emprestado uma de suas camisas de seda preta para substituir a túnica de sangue. Ela logo se deu conta que o canalha gostava mesmo de camisas bem abertas, de modo que precisava se inclinar para a frente com cuidado para evitar visitas inesperadas de olhos sem convite.

O oceano sussurrava e roçava contra o casco do navio, e o sobe e desce suave do *Donzela* sobre as vagas fazia as louças de barro tilintarem. A luz dos sóis invadia o ambiente pelas janelas decoradas, e o Mar do Silêncio estendia-se diante deles num esplendor azul.

O silêncio ao redor da mesa não tinha nem um pouco dessa beleza.

O bom capitão havia posto uma mesa farta e parecia determinado a impressionar Mia, embora ela não entendesse bem por quê. Depois do medo inicial, ele logo se acostumou com a ideia de que ela era sombria e assumiu com facilidade o papel de anfitrião charmoso. Enquanto serviam os aperitivos, mantinha a conversa viva com histórias sobre seu navio e suas viagens. Tinha uma lábia tão boa que parecia estar bebendo puro mel. Mas logo ficou claro que a maior parte do público não estava no clima para assistir à sua interpretação de canalha charmoso. O papo furado de Corleone engasgou e morreu. E, à medida que a entrada ia dando lugar ao prato principal, a mesa afundou num silêncio constrangedor.

Cal Corleone limpou a garganta.

– Alguém quer mais vinho?

– Não – disse Ashlinn, com os olhos em Tric.

– Não – disse Tric, com um olhar fulminante para Ashlinn.

Mia já estava no terceiro copo. A bebida era de uma boa safra, um vinho encorpado que deixava um sabor defumado na língua. E, apesar de preferir vinho d'ouro – Albari, se possível, mas qualquer um servia –, não era grosseira a ponto de perguntar ao bom capitão se ele tinha uísque. O vinho a deixaria bêbada com a mesma facilidade, e as viragens de confinamento na cabine pareciam ter deixado todos à flor da pele. Por isso, a intenção era se embebedar o quanto antes.

– Então – tentou novamente Corleone –, como vocês se conheceram?

Silêncio.

Longo como anos.

– Estudamos juntos – respondeu Mia afinal.

– Ah, é? – Corleone sorriu, intrigado. – Escola pública, Colégio Férreo, ou...

– *...numa escola para aspirantes a assassinos dirigida por uma seita mortífera...*

– Ah. – O capitão lançou um olhar para o gato de sombras e acenou com a cabeça. – Professores particulares, então.

– Alguns de nós se tornaram mestres nisso – disse Tric, com os olhos fixos em Ash. – Em assassinato, quero dizer.

– Não deveria surpreender ninguém – ela respondeu. – Foi para isso que treinamos.

– Uma faca na mão de um amigo é sempre surpreendente.

– Não deveria ser, se esse amigo acha que vem antes da família.

– Errrr... – Corleone gaguejou.

Mia esvaziou o copo.

– Passe o vinho, por favor?

Corleone passou e logo apareceu um grumete com o prato principal, que começou a servir. Comida de qualidade, ainda mais para quem estava a bordo de um navio: cordeiro fumegante, com verduras quase frescas e um molho de alecrim que fez Mia salivar apesar da tensão no ambiente. Quando Corleone começou a destrinchar o assado, a carne macia praticamente caiu sozinha do osso.

– Vi você ganhar daquela sedosa nos jogos de Temporal – disse Joãozão a Mia, com a boca cheia. – Ganhei um dinheirão do caralho por sua causa. Que moça foda.

– Quatro Filhas, Joãozão – censurou Cal. – Vamos segurar os palavrões na mesa, hein?

– Caralho – ele disse, mordendo os lábios. – Perdão.

– De novo?

– Caralho. Desculpe. Merda... *CARALHO*...

– Não, tudo bem – disse Mia, recostando na cadeira e curtindo a vertigem do álcool. – Eu *fui* foda. Espero que você tenha gasto o dinheirão em alguma coisa maravilhosa para caralho.

O pequeno sorriu com seus dentes prateados e ergueu o copo.

– Ah, gostei de você.

Mia retribuiu o gesto e secou seu copo com um gole.

– E você, jovem don? – perguntou Cal, voltando-se para Jonnen e mudando de assunto. – Por acaso gosta de navios?

– Não fale comigo, cretino – respondeu o menino enquanto brincava com a comida.

– Jonnen – repreendeu Mia. – Não seja grosseiro.

– Não vou ficar de conversa fiada com esse salteador sem lei, Faz-Rei – disparou o menino. – Além do mais, quando voltar para o meu pai, vou cuidar para que esse vilão seja enforcado.

– Bom... – Os lábios de Corleone tremeram de leve. – Eu...

– Não ligue para ele – disse Mia. – É um merdinha mimado.

– Sou o filho do imperador! – estrilou o menino.

– Mas nem por isso não vai apanhar! Então, tenha modos, porra!

Mia fulminou o menino com o olhar e os dois travaram uma batalha silenciosa.

– Ah... – tentou Joãozão. – Mais vinho?

– Sim, por favor – disse Mia, estendendo o copo.

Um silêncio mais confortável instalou-se na mesa depois disso, quando todos começaram a comer. A sombria tinha passado os últimos oito meses se alimentando das várias sopas e bebidas questionáveis do Colégio Remus; essa era a primeira refeição decente que fazia desde que conseguia lembrar. Ela devorava a comida e tinha que tomar ainda mais vinho para fazer seus bocados audaciosos descerem. O cordeiro estava delicioso, quente, perfeitamente temperado, e as verduras crocantes e picantes. Até Jonnen parecia gostar.

– Não vai comer, Don Tric? – perguntou Corleone. – Posso pedir para a cozinha preparar outra coisa se isso não o agrada.

– OS MORTOS NÃO PRECISAM DE COMIDA, CAPITÃO.

– Mas insistem em sentar-se à mesa – resmungou Ashlinn de boca cheia.

– *COMO É?*

– Passe o sal, anão – exigiu Jonnen.

– Ei! – Mia socou a mesa. – Ele não é anão. É pequeno!

– Não! Eu é que sou pequeno – o menino disse com um sorriso presunçoso, apontando para Joãozão com o garfo. – *Ele* é um anão. E eu vou ser maior amanhã.

– Agora chega! – exclamou Mia, pondo-se de pé. – Vá para o quarto!

– Como? – ele perguntou. – Sou o filho d...

– Não me importa porra nenhuma de quem você é filho. Você é um convidado nesta mesa e não pode falar assim com as pessoas. Quer ser tratado com respeito, irmãozinho? Então comece a tratar os outros com educação. Porque respeito se *conquista*. Ninguém te deve porra nenhuma! – Mia inclinou-se para a frente e fechou a cara. – Agora. Vá. Para. O. Quarto!

O menino encarou a irmã e apertou os olhos. As sombras ao seu redor começaram a tremer e agitar-se como chicotes, refletindo o ódio no olhar. Alguns talheres começaram a balançar na mesa.

– Mia? – perguntou Ash.

– *...MIA...?*

Num piscar de olhos, as sombras se tornaram pontas afiadas como facas e se dirigiram para a garganta dela. Mia fechou a cara, firmou o queixo e tirou as sombras do controle do irmão com apenas um pensamento. Ele estava furioso, claro. Mas ela era mais velha. Mais forte. E muito, muito mais avançada. Tomar o controle das sombras era literalmente como tirar o brinquedo de uma criança. Com um movimento da cabeça e um golpe de sua vontade, ela fez as sombras voltarem para sua forma habitual.

– Vou sorrir quando vir você na forca, Faz-Rei! – sibilou o menino.

– Pegue uma senha e entre na fila, irmãozinho – ela respondeu. – No meio-tempo, vá para o quarto antes que eu te mande para lá com um chute.

Os lábios trêmulos do menino admitiram a derrota. Com as bochechas róseas de ódio e sem mais nenhuma palavra, ele partiu para a cabine, batendo os pés e fechando a porta com tudo.

– Eclipse, pode ficar de olho nele? – sussurrou Mia.

– ...*COMO SÓ OS SEM-OLHOS CONSEGUEM*...

A loba de sombras saiu de baixo da cadeira de Mia e desapareceu de vista. Mia soltou de novo o corpo no assento, apoiou os cotovelos na mesa e segurou a cabeça com as mãos.

– Pequeno? – perguntou Joãozão no silêncio que se seguiu.

– Perdão – se desculpou Mia, gesticulando com a mão. – Se é ofensivo.

Joãozão se inclinou para a garota e piscou.

– Quer casar comigo, dona?

– Entre na fila, pequeno – sorriu Ashlinn, apertando a mão de Mia.

– Só não lhe dê as costas – disse Tric. – Ashlinn não gosta de concorrência.

– Pela porra da Mãe Sombria! — exclamou Ash, batendo o garfo na mesa; as três viragens de tensão finalmente levaram a melhor sobre ela. – Você precisa aproveitar todas as oportunidades de me dar uma punhalada?

– Interessante escolha de palavras, dado o que você fez comigo.

– Chama-se ironia, querido Tric – resmungou Ash. – Uma velha técnica do teatro. Pensei que você fosse especialista em drama, pelo jeito que fica repetindo isso toda hora.

– Repetindo?

– É, está um pouco demais, não acha?

– Você me *matou!* – gritou Tric, erguendo-se num salto.

– Fiz o que precisava ser feito! – berrou Ashlinn, levantando-se também. – Você mesmo disse que a Igreja Vermelha se perdeu! Bom, estou tentando derrubar a Igreja há muito mais tempo do que *todos* vocês! Sinto muito que tenha precisado morrer, mas as coisas são assim! E eu te esfaqueei como amiga, caso você tenha esquecido. Pela frente, não pelas malditas costas. Não posso desfazer isso, então que caralhos quer de mim?

– Uma pontada de arrependimento? Um fiapo de remorso? Que você entenda um pouquinho o que tirou de mim?

– Remorso é para os fracos, Tric – disse Ash. – E arrependimento é para os covardes.

– Você não tem nada por dentro, não é? Nem um fiapo de consciência ou...

– Ah, para o abismo com tudo isso...

Ash empurrou o prato para longe e se virou para a porta.

– Ashlinn... – chamou Mia.

– Não, que se dane – ela disparou. – Foda-se isso e foda-se ele. Não vou ficar sentada aqui aguentando merda por causa de uma coisa que *todos* nós fizemos. Somos todos mentirosos. Todos matadores. Sangue e abismo, você fez o juramento de Lâmina da Igreja Vermelha, Tric. Diferente de Mia, você *passou* na iniciação. Então não sente aí bancando a porra da vítima quando você tem suas próprias vítimas no chão!

A porta bateu pela segunda vez quando Ashlinn saiu.

A sala ficou em silêncio. Mia brincou com o copo de vinho, correndo o dedo pela borda. As palavras de Ash ecoavam em sua cabeça, acompanhadas da lembrança da última prova da Igreja Vermelha. A Reverenda Mãe Drusilla a chamara. Havia apenas uma simples tarefa entre ela e a iniciação.

Mia ouviu passos arrastados nas sombras. Viu duas Mãos recobertas de preto arrastando uma figura que se debatia. Um garoto. Mal chegado à adolescência. Olhos arregalados. Bochechas manchadas de lágrimas. Amarrado e amordaçado. As Mãos o arrastaram para o centro da luz e o forçaram a se ajoelhar diante de Mia.

A garota olhou para a Reverenda Mãe. Aquele sorriso doce de matrona. Aqueles olhos idosos e gentis, enrugados nos cantos.

– Mate este garoto – disse a anciã.

Apesar das bravatas, Mia fracassara no desafio. Recusara-se a tirar a vida de um inocente. Agarrara-se aos últimos fiapos de moral que lhe restavam. Mas Tric estava no banquete de iniciação quando Ashlinn traiu a Igreja.

O que, claro, significava que ele *não tinha* fracassado.

– Acho que vou tomar um ar – ele disse.

– Você não precisa respirar – apontou Mia.

– Vou tomar mesmo assim.

– Tric...

A porta se fechou silenciosa à sua saída.

Joãozão e Corleone trocaram olhares de soslaio.

– Mais vinho? – ofereceu o capitão.

Mia respirou fundo e suspirou.

– Foda-se, por que não...?

Ela pegou a garrafa, reclinou-se na cadeira e apoiou os pés na beirada da mesa polida do capitão, para em seguida dar um gole lento e longo direto no gargalo.

– Seus companheiros de viagem são... interessantes, Corvo – comentou Corleone.

– Mia – ela corrigiu enquanto limpava a boca. – Meu nome é Mia.

– Cal – ele se apresentou.

– Esse é o seu nome verdadeiro? – ela perguntou, olhando desconfiada para ele.

– Não – ele sorriu. – Você não pode saber o meu nome verdadeiro.

– O que você vai me dar se eu adivinhar?

Ele fez um gesto largo como que abarcando todo o navio.

– Tudo o que pode ver aqui, dona Mia.

A garota correu a mão pelos olhos, então rosto abaixo, e por fim suspirou de novo. Sua cabeça parecia pesada demais para o pescoço. A língua, grande demais para a boca.

– Pode nos deixar em Temporal – ela disse. – Se puder nos devolver algo das duzentas pratas, agradecemos. O que você achar justo.

– Você quer que eu chute vocês do *Donzela?* – O corsário franziu a testa. – Por que faria isso?

– Bom, vejamos – suspirou Mia, contando nos dedos. – Eu trouxe dois demônios e um defunto para dentro do seu navio. Tanto meu irmão como eu somos sombrios. Ele é ainda o filho sequestrado do imperador, de modo que provavelmente todas as legiões de Itreya estão atrás dele. Envolvi você e sua tripulação no assassinato de um punhado de luminatii, com a tripulação deles, e na destruição do navio em que estavam. – Ela inclinou a cabeça para trás, tomou o resto da garrafa e a jogou no chão. – E bebi toda a porra do seu vinho. – Ela soluçou e lambeu os lábios. – Um bom vinho, aliás...

– O nome do meu irmão era Niccolino – disse Corleone.

– Belo nome – comentou Mia.

Como se aquele fosse um sinal, Joãozão deslizou para fora da cadeira e deixou a sala discretamente. Mia viu-se a sós com o saqueador, exceto pelo gato de sombras, ainda dependurado em seu pescoço.

Corleone se levantou devagar, caminhou até um armário de carvalho e pegou mais uma garrafa de excelente vinho tinto. Com uma faca afiada, cortou o lacre de cera e tornou a encher o copo de Mia. Em seguida, voltou para o seu assento e ficou acalentando a bebida.

– Nicco era dois anos mais velho do que eu – ele disse, tomando um gole. – Crescemos em Godsgrave, no Pequeno Liis. Ele, eu e a nossa mãe. Meu pai foi mandado para a Pedra Filosofal quando éramos pequenos. Morreu no Descenso.

Mia estreitou os olhos de leve.

– Minha mãe também morreu naquela Pedra.

– Mundo pequeno.

– Vou beber a isso – ela disse, tomando um gole longo na tentativa de não pensar na veratreva em que morrera Alinne Corvere.

– Nossa mãe era devota – disse Corleone depois de dar um gole também. – Uma filha temente de Aa. Íamos para a igreja toda viragem. "Meninos", ela dizia. "Se vocês não acreditam nele, por que ele vai acreditar em vocês?" – Corleone tomou outro gole lento e longo da garrafa. – Meu irmão cantava. Tinha uma voz de deixar uma ave-lira para trás. Então o bispo da nossa paróquia o recrutou para o coral. Isso já faz uns vinte anos, veja. Eu tinha doze anos, Nicco catorze. Ele ensaiava toda viragem. – Cal riu e balançou a cabeça. – Sua cantoria pela casa me deixava louco. Mas me lembro que a mãe ficou tão orgulhosa que chorou o tempo todo na primeira missa dele. Chorou como um bebê. Mas depois Nicco parou de cantar. Como se sua voz tivesse sido... roubada. Disse para a mãe que não queria mais ser do coral. Que não queria ir para a igreja. Mas ela respondeu que seria uma vergonha ele desperdiçar o dom que Aa tinha lhe dado. "Se você não acredita nele, por que ele vai acreditar em você, Nicco?", ela falou. E o fez voltar. – O saqueador tomou outro gole, apoiando os pés na mesa. – Uma quasinoite, ele chegou do ensaio tremendo. Chorando. Perguntei o que tinha acontecido. Ele não falou. Mas tinha sangue. Sangue na roupa de cama dele. E eu corri e chamei a mãe. Disse Mãe, Nicco está sangrando, Nicco está sangrando", e ela veio correndo e perguntou o que tinha acontecido. – Corleone balançou a cabeça, os olhos perdendo o foco. – Ele disse que o bispo o tinha machucado. E ela não acreditou. Perguntou por que ele mentia assim. E depois bateu nele.

– Mãe Sombria... – balbuciou Mia.

– Ela não conseguia entender... uma coisa dessas. Não entrava na cabeça dela. Mas é uma coisa horrível, dona Mia, quando aqueles que deveriam amar você mais que tudo te entregam para os lobos.

Mia baixou a cabeça.

– É.

– Nicco pulou da Ponte das Promessas Quebradas quatro viragens depois. Tinha enfiado um monte de tijolo dentro da camisa e passou uma semana debaixo d'água até o acharem. O bispo apareceu no funeral, rezou uma missa na lápide dele. Abraçou a minha mãe e disse que tudo ia ficar bem. Que o Onividente a amava. Que ele tinha um *plano*. E depois se virou para mim, pôs a mão no meu ombro e perguntou se eu gostava de cantar.

Mia tentou falar, mas a voz lhe fugiu.

Corleone a olhou nos olhos.

– O nome do bispo era Francesco Duomo.

O queixo de Mia caiu até a ponta das botas. Sua boca se encheu de bile e as pálpebras se umedeceram com lágrimas. Ela sabia que Duomo merecia a morte que ela lhe dera na arena, mas, Deusa, não sabia que merecia tanto.

Corleone se levantou devagar, deu a volta na mesa e, ainda olhando--a nos olhos, pôs um saco de dinheiro conhecido na frente dela.

– Você fica nesse navio até a porra da viragem que quiser.

CAPÍTULO 13
CONSPIRAÇÃO

Mercurio estava sentado no escritório do cronista Aelius, com o nariz enterrado naqueles que chamava de **"OS LIVROS"**.

Era assim que ele pensava neles agora. **"OS LIVROS."** Letras maiúsculas, em negrito, sem enfeites. Aspas. Talvez um sublinhado. Mas ele tinha certeza *disto*: pensar naqueles volumes como "uns livros" ou "Uns Livros" ou mesmo **"UNS LIVROS"** era negar, em todos os sentidos verdadeiros e reais, o que eles eram.

Livros incríveis.

Livros impossíveis.

Livros que explodiam sua cabeça, livros-monstros.

"OS LIVROS."

A carranca do velho tinha se tornado um traço tão permanente do seu rosto nas últimas viragens que mudar de expressão agora até doía. Os olhos azuis-claros percorreram com cuidado a página em que estava lendo cada frase, cada palavra, seguindo com o indicador torto e manchado para acompanhar o movimento dos olhos pelas linhas.

Ele estava quase no fim do segundo volume, com o coração acelerado.

E, com um último suspiro, o Incaído caiu.

Mia sentiu uma martelada na espinha. Um pico de sangue nas veias, um arrepio na pele, cada terminação nervosa ardendo. Ela caiu de joelhos, o cabelo esvoaçando numa brisa fantasma, a sombra torcendo-se em linhas enlouquecidas e irregulares sob si, Sr. Simpático, Eclipse e mil outras formas rabiscadas nos desenhos sobre a pedra. A fome dentro dela estava saciada, o desejo eliminado, o vazio repentina e violentamente preenchido. Uma ruptura. Um despertar. Uma comunhão pintada em vermelho e preto. E, com o rosto voltado para o céu, por um instante, um átimo só, ela viu. Não um campo infinito de azul ofuscante, mas uma escuridão sem fundo. Escura, inteira e perfeita.

Repleta de minúsculas estrelas.

Pendendo sobre ela no céu, Mia viu um globo de luz pálida brilhar. Como um sol, mas não vermelho ou azul ou dourado nem ardendo com um calor furioso. A esfera era de um branco fantasmagórico, emanando uma luminância pálida e projetando uma sombra comprida a seus pés.

– *Os muitos eram um.*

– Corvo! Corvo! Corvo! Corvo!

– *E serão de novo.*

Mercurio reclinou-se na cadeira, tragando a cigarrilha.

– Isto está me dando dor de cabeça – resmungou.

– Requer uns contorcionismos mentais, não é?

O cronista Aelius trabalhava duro para reencadernar alguns dos exemplares mais surrados e gastos da biblioteca com capa nova e couro gravado à mão. De vez em quando, fazia uma pausa para tragar a cigarrilha e soltar uma névoa cinzenta com cheiro de morango no ar, antes de retomar o trabalho com os dedos ágeis e uma agulha feita de ossário reluzente. Com os dois velhos fumando, o ar do escritório parecia mais uma sopa, e o cinzeiro sobre a escrivaninha de mogno do cronista estava repleto de bitucas apagadas.

– Contorcionismo? – indignou-se Mercurio. – Contorcionismo é para gente do circo e cortesãs, Aelius. Isto aqui é completamente novo.

– Você conhece muitas cortesãs caras, então? – perguntou Aelius.

Mercurio deu de ombros.

– Quando era jovem.

– Tem alguma história boa? Faz tempo que eu não...

– Se quer sacanagem barata – Mercurio suspirou, apoiando a mão no primeiro d'**"OS LIVROS"** –, a baixaria começa no primeiro volume, página trezentos e cinquenta e cinco.

– Ah, eu sei – riu o cronista. – Capítulo vinte e dois.

Mercurio virou-se para Aelius com uma cara ainda mais fechada.

– Você leu essas páginas?

– E você não?

– Pelos dentes da Fauce, claro que não! – Mercurio quase se engasgou com a fumaça da cigarrilha. – Ela é quase minha... Não quero pensar nela fazendo... *isso*.

O velho esticou o corpo na cadeira e deu uma tragada selvagem na cigarrilha. Tinha passado as últimas viragens fazendo o máximo para se familiarizar com **"OS LIVROS"**, mas não estava fácil. Para escapar da desconfiança de Drusilla e das Mãos que a velha mantinha atrás dele na Montanha Silenciosa, suas visitas à biblioteca de Nossa Senhora do Bendito Assassinato precisavam ser curtas: só o tempo de umas cigarrilhas com o velho cronista, um papo, e fora. Não ousava tirar **"OS LIVROS"** do ateneu com receio de que revistassem seu quarto. Assim, estava limitado a lê-los em pequenos trechos. Já estava quase terminando o segundo volume das crônicas.

Era muito estranho ler as aventuras de Mia, os pensamentos íntimos dela e, o mais bizarro de tudo, o próprio papel dele no conto. Folhear aquelas páginas era como ver a si próprio refletido num espelho sombrio, só que esse espelho estava apoiado contra suas costas em vez de pendurado na sua frente. Assim, enquanto lia sobre si mesmo, quase sentia olhos espiando por cima do seu ombro ao mesmo tempo.

– Mas, abismos, como isso é possível? – ele perguntou, girando na cadeira para encarar Aelius. – Como esses livros podem existir? Estão contando uma história que ainda não acabou. E o meu nome está aqui, mas nunca escrevi essa porra.

– Exatamente – respondeu Aelius, com a cabeça apontada para o ateneu além das paredes de pedra preta do seu escritório. – É isso que este lugar é. Uma biblioteca de mortos. Livros que foram queimados ou esquecidos eras atrás ou que nunca tiveram chance de existir. Estes livros *não* existem. É por isso que estão aqui. – O cronista sacudiu os ombros magros e deu uma tragada. – Lugar engraçado esse aqui.

O silêncio recaiu sobre a biblioteca da Mãe Sombria, pontuado pelo urro distante de um único verme na escuridão.

– Você leu a introdução de novo? – perguntou Aelius em voz baixa. – Com cuidado?

– Li – murmurou Mercurio.

– Hmm – ruminou o defunto.

– Veja, não significa porra nenhuma.

Aelius inclinou a cabeça, os olhos de um azul leitoso cheios de pena. Voltou as páginas com bordas vermelhas do primeiro **"LIVRO"** até o começo e começou a ler em voz alta:

...estejam cientes desde já que as páginas em suas mãos falam de uma garota que está para o assassinato assim como o maestro está para a música. Que fez com os finais felizes o mesmo que uma serra faz com a pele.

Ela própria está morta, palavras que tanto os perversos como os justos dariam os olhos da cara para ouvir. Deixou atrás de si as cinzas de uma república. Uma cidade de pontes e ossos caída nas profundezas...

– Já li tudo isso – reclamou Mercurio. – Não significa nada.

– É a história dela – respondeu Aelius com calma. – E é assim que acaba. "As cinzas de uma república." É um bom final, Mercurio. Melhor do que a maioria.

– Ela tem dezoito anos. Não merece final *nenhum* ainda.

– Desde quando "merecer" tem alguma importância?

O velho acendeu uma cigarrilha com os dedos retorcidos, aumentando a neblina de fumaça cinzenta no escritório.

– Muito bem, cadê a porra do terceiro, então?

– Hein? – perguntou Aelius.

– Estou quase terminando o segundo – disse Mercurio com um tapa na capa preta de lobo. – E ambos mencionam um terceiro. Nascimento, vida e morte. Então, cadê?

Aelius deu de ombros.

– Sei lá.

– Você não procurou?

– Para quê? – replicou Aelius, surpreso.

– Para descobrirmos como acaba! Como ela morre!

– E de que vai adiantar isso? – questionou o cronista com a testa franzida.

Mercurio se levantou com um suspiro dramático e, apoiado na bengala, começou a andar em círculos.

– Se soubermos o que vai acontecer, talvez possamos ajudá-la, e as coisas não acabem como está escrito *aqui.*

A bengala de Mercurio desceu sobre o primeiro **"LIVRO"** com um *poft* seco.

– E quem disse que você é capaz de mudar alguma coisa?

– Bom, quem diz que não? – rebateu o velho.

– Quer mesmo ver o futuro? – perguntou Aelius. – Para mim, isso é mais uma maldição. Melhor lamentar o que poderia ter sido do que aquilo que você sabe que vai acontecer.

– Nós não *sabemos* nada! – esbravejou Mercurio.

– Sabemos como todas as histórias acabam, metido. Até a dela.

– Ainda não. – Mercurio balançou a cabeça. – Não vou deixar.

Aelius voltou a se apoiar na mesa, soltando mais uma nuvem cinzenta de morango no miasma da sala. Mercurio correu a mão trêmula pelo cabelo.

– Ler tudo isso... – ele disse. – Dá uma sensação errada... uma sensação...

– De que é grande demais? – perguntou Aelius.

– É.

– A sensação de ser um deus, talvez?

Mercurio cruzou os braços finos como gravetos sobre o peito ainda mais fino. Não conseguia se lembrar de já ter se sentido tão velho.

– Malditos deuses...

– Você tem um papel a desempenhar em tudo isso – disse o defunto. – A Mãe trouxe você aqui por um motivo. Fez com que eu encontrasse estes livros, e os mostrasse para você, por um *motivo.*

– Um fio condutor frágil demais para sustentar esse peso da porra.

– É só o que ela consegue fazer de onde está – suspirou Aelius. – Um empurrãozinho aqui, um cutucão ali. Usando o pouco poder que ganha da fé que ainda temos nela. E agora está mais difícil. Antes, o pessoal que dirigia este lugar acreditava de verdade. Para os fiéis que o criaram séculos atrás, isto aqui tinha significado. A Mãe tinha poder de verdade aqui. Mas agora?

– Palavras vazias – murmurou Mercurio. – Paredes pintadas de ouro, não de vermelho.

– A Mãe faz o pouco que pode com o pouco que tem. Mas o equilíbrio entre Luz e Noite não vai ser restaurado pelas mãos das divindades – explicou o cronista, então apontou para as mãos do próprio Mercurio, retorcidas e manchadas de tinta. – Vai ser restaurado por essas.

– Não vou levantar nem um dedo se for para acelerar o fim de Mia.

Aelius soltou a fumaça e lançou um olhar pensativo para ele.

– As primeiras coisas ficam por último, jovenzinho – ele disse. – Você não precisa ler a biografia inteira para saber aonde ela irá agora.

– É – disse Mercurio. – Vai se jogar num mundo de merda em chamas.

– Então, quando ela chegar, é melhor estarmos prontos. – Aelius deu de ombros. – Caso contrário, não vamos precisar nos preocupar com o fim da história dela, pois vai acontecer aqui mesmo, nos corredores desta montanha.

– E o que podemos fazer? – resmungou Mercurio enquanto esfregava o braço dolorido. – Já estou a meio caminho da morte, e você já chegou lá. Não consegue nem sair desta porra de biblioteca. O que nós dois podemos fazer de bom para ela?

Aelius se debruçou sobre o segundo **"LIVRO"** sobre a mesa. Bordas em azul-celeste, lobo na capa e couro tão escuro que parecia sugar a luz para dentro de si. Ele lambeu o polegar e começou a folhear as páginas. Por fim, quando parou onde queria, girou o exemplar na direção de Mercurio e bateu o dedo no texto.

O velho olhou bem para as palavras, sentindo o coração acelerar.

Ele baixou os olhos para as mãos enrugadas.

– Certo – suspirou. – Vou falar com eles.

A sala cheirava a sangue.

Sangue antigo e fragmentado em minúsculos flocos pretos. Havia tantos anos entre ele e o sangramento que o odor era só uma promessa quebrada. Velho e escuro, endurecido até formar uma casca entre as pedras do piso. Alguns respingos amargos aqui e ali, curvados e separados feito nata, eram rodeados pelo fedor de podridão. Mas, por cima de tudo, forte como ferro e carregado de sal, emanando das portas abertas em brisas invisíveis até permear o andar inteiro...

Sangue. Fresco, novo, maduro.

A piscina era triangular, escavada fundo na pedra, e o vermelho dentro dela se agitava e ondulava como a superfície de um mar tempestuoso. Glifos de feitiçaria cobriam as paredes escarlates, com mapas das maiores metrópoles da República: Godsgrave, Galante, Carrion Hall, Farrow, Elai. O Velho Mercurio também enxergava outras cidades ali. Cidades esmagadas pelo calcanhar do tempo, tornadas ruínas e pó. Cidades tão velhas que poucos ainda se lembravam do nome delas. Mas o orador Marius se lembrava.

Ele estava no ápice do triângulo, de joelhos. Pele pálida como osso, cabelo branco despenteado, um fino roupão vermelho jogado sobre o torso liso. Calças de couro preto perigosamente baixas. Descalço.

Havia uma garota diante dele, com as pernas levemente abertas, inclinada para trás feito uma muda de árvore na tempestade. Pequenos suspiros de prazer escapavam de seus lábios, e seus cílios delineados borboleteavam. Ela vestia um traje preto de Mão, aberto na frente e grudado à pele pelo próprio sangue dela. O vermelho-rubi jorrava de um corte escuro entre seus seios nus, fluindo barriga abaixo e além. Numa das mãos ela segurava uma faca manchada de sangue. Na outra, os cabelos de Marius.

O orador Marius estava ajoelhado diante dela, as mãos agarradas às suas nádegas e o rosto enfiado entre suas coxas. Gemidos de prazer saíam do seu âmago enquanto ele lambia, chupava, sugava. Sua língua afiada vibrava, seu corpo esbelto tremia. A garganta se movia a cada gole, a cada bocado vermelho e trêmulo. Quando criança, Mercurio tinha visto lobos famintos despedaçarem um cordeiro. Os sons que faziam ao matar e os sons que o orador fazia ao beber eram muito parecidos.

A tecelã Marielle estava sentada no canto da sala, observando o irmão alimentar-se. Trajes escuros pendiam sobre seu corpo curvado e o capuz baixo cobria seus traços horrendos. Mechas de cabelo loiro e branco caíam das sombras do capuz, junto com uma fina tira de saliva que escapava dos lábios deformados. Uma mão retorcida estava em volta do pescoço, a outra entre as pernas.

Marius tirou a boca das pétalas cobertas de sangue da garota, arfando como um homem quase afogado. Seu rosto e seus dentes estavam tingidos de escarlate e fios vermelhos escorriam por sua garganta. A garota estremeceu, acariciando o rosto de Marius com a reverência de uma sacerdotisa perante seu deus. Pedindo-lhe que não perdoasse seus pecados. Dizendo que preferia o castigo.

– *Mais* – ela gemeu, puxando-o de volta para si.

– Estou interrompendo? – perguntou Mercurio.

Marius focou o olhar com dificuldade e deixou escapar uma risadinha resfolegada. Ainda trêmulo, cambaleando feito um bêbado, girou a cabeça como uma cobra-cega em busca da luz. Ao ver Mercurio à porta, o sorriso em seus lábios ensanguentados se desmanchou. O olhar se tornou fulminante, enquanto um fio de baba escarlate pendia do seu queixo.

– *Sim* – ele e Marielle disseram.

– Não deviam ter deixado a porra da porta aberta, então – respondeu o velho.

Ele manquitolou sala adentro, batendo a bengala contra a pedra preta e úmida. Fazia um calor desconfortável embaixo da Montanha, nos aposentos dos feiticeiros, e Mercurio sabia que subir as escadas na volta, com aqueles joelhos de merda, seria uma agonia. Ele suava como um tinteiro com a agulha seca havia três viragens. As pernas doíam feito umas desgraçadas. O braço esquerdo ainda mais.

– Para fora, moça – disse o velho para a garota sangrada e ofegante.

Fechando parcialmente a túnica encharcada, a Mão ainda conseguiu dar um olhar feio para Mercurio, apesar de parecer prestes a desmaiar de hemorragia.

– Vamos – ele insistiu, apontando a porta com a bengala. – Acabou a foda. Tem pelo menos três colegas seus atrás de mim. Talvez um deles possa sugerir uma maneira melhor de gastar seu tempo sem ser na companhia desses pervertidos do caralho.

A garota lançou um olhar para Marius, que assentiu com a cabeça.

– Aqui, menina – sussurrou Marielle, chamando-a com os dedos retorcidos.

Cambaleando um pouco, a garota caminhou até a tecelã. Marielle levantou a mão deformada e a brandiu em frente ao peito ensanguentado da jovem, que estremeceu e suspirou. Quando ela se virou, Mercurio viu que a ferida profunda feita pela faca tinha se fechado como se nunca tivesse existido.

O velho mordeu os lábios, obrigado a admirar a habilidade da feiticeira. Embora fosse incapaz de manipular a própria carne horrenda, Marielle conseguia moldar as outras como um oleiro manipula o barro. Não havia uma única marca no corpo da Mão.

A tecelã sabe o que faz.

– Recupera as forças, doce criança – murmurou Marielle pelos lábios partidos e ensanguentados. – E, então, volta a visitar-nos.

Com um último olhar venenoso para o bispo de Godsgrave, a moça fechou a túnica encharcada e se retirou. Marius estendeu a mão quando ela passou, bêbado demais de sangue para se despedir com palavras.

Mercurio olhou para o corredor por onde ela se retirou e viu outras duas Mãos que Drusilla mantinha atrás dele, ambas à espreita na escuridão. Próximas o bastante para que ele tivesse a consciência de ser observado – para que soubesse que a *Senhora das Lâminas* o observava –, mas nenhuma com coragem suficiente para adentrar os aposentos do orador sem convite.

Um sujeito teria que ser muito burro para fazer isso.

Ele mostrou os nós para aquelas sombras e depois bateu a porta na cara delas.

Marius se levantou, passando a mão ensanguentada pelo cabelo como se tentasse levantar a cabeça, que aparentava estar pesada demais para o pescoço. O roupão tinha escorregado dos ombros, e Mercurio pôde ver os sulcos e as reentrâncias de músculos sob o tecido. Parecia uma estátua exposta à entrada do Senado, cinzelada pelas mãos do próprio Onividente. Mas o velho sabia que foram as mãos da irmã de Marius, não as de Aa, que tinham dado ao orador de sangue aquela perfeição impossível. E, apesar do poder que os irmãos possuíam, Mercurio continuava a achar aquilo tão fodido quanto sempre.

Marius enfim redescobriu a capacidade de falar. Com os olhos vermelhos cintilando, voltou-se para Mercurio.

– Tua súplica deve ser desesperada ou teu juízo deve estar ausente, bispo, pois interrompeste a refeição de um orador de sangue.

Mercurio permaneceu na base do triângulo, observando Marius do outro lado da piscina.

– Bom? – insistiu o orador. – Não tens nada a dizer?

Ele apontou a bengala para o meio das pernas do orador.

– Só estou esperando o volume diminuir um pouco. É um tamanho impressionante, mas faz a gente se distrair.

– Vieste atrás de discórdia, bom Mercurio? – perguntou Marielle depois de se levantar da cadeira e se pôr ao lado do irmão. – Estás tão exausto assim do fardo da vida? Pois digo-te em verdade que sou capaz de exaurir-te ainda mais antes de retirar o fardo dos teus ombros.

– Já mereceste a ira da Senhora das Lâminas – apontou Marius. – Acaso teus inimigos são tão comuns a ponto de desejares outros de melhor qualidade? Posso alimentar-me do sangue dos anciãos para suprir minha mágica com a mesma facilidade com que me alimento do sangue dos jovens. E ainda tenho fome, velho.

– Dentes da Fauce, vocês dois falam muita merda – resmungou Mercurio.

Marius curvou os dedos. A piscina se agitou e tentáculos de sangue emergiram da superfície, lisos e reluzentes. Eram pontudos como lanças, semissólidos e afiados como agulhas. Serpentearam devagar ao redor do bispo de Godsgrave, espalhando seu fedor de sangue no ar e tremendo de ansiedade.

– "Tens uma dívida de sangue a receber, pequeno corvo" – entoou Mercurio. – "E com sangue será paga."

Os tentáculos se detiveram a poucos centímetros da pele do velho.

Os olhos de Marius se estreitaram até parecerem rasgos em seu belo rosto.

– Repete estas palavras.

– Você me ouviu, porra – disse Mercurio. – Foi o que disse a Mia, não foi? Na última vez em que a viu na Montanha? "Duas vidas salvaste na viragem em que os luminatii puseram seu aço-solar contra a garganta da Montanha. A minha e a da minha amada irmã. Saibas, pelas quasinoites vindouras, que não importa quão profundas e turvas sejam as águas em que te encontres: em questões de sangue, tu poderás contar com a promessa deste orador."

Marius trocou um olhar com a irmã e voltou a encarar Mercurio.

– As palavras que pronunciei destinavam-se apenas ao ouvido dela – ele murmurou, irado.

– Não havia ninguém nos nossos aposentos quando o voto foi feito – disse a tecelã. – Exceto eu, meu amado irmão, a sombria e seus passageiros. Como o repetes com tanta exatidão, bom Mercurio, como se fosses o sexto onde havia somente cinco?

– Não importa como sei – retrucou Mercurio. – Apenas que sei. Você tem uma dívida com ela, Marius. Deve a ela sua vidinha torta e miserável. Fez uma promessa. E Mia agora navega águas mais profundas e escuras do que nunca.

– Bem o sabemos – disse Marielle.

– Como? – Mercurio quis saber, aguçando o olhar.

Marius deu de ombros preguiçosamente.

– Scaeva enviou uma carta de sangue ordenando que a Senhora das Lâminas mandasse todas as capelas da República no encalço da nossa pequena sombria. Um filho roubado que quer de volta. Quanto àquela que o roubou…

– Todas as capelas – balbuciou o velho.

Mercurio sentiu um frio nas entranhas ao imaginar o número absurdo de Lâminas à caça de Mia agora. Mesmo depois do expurgo causado pelos luminatii e a traição de Ashlinn Järnheim, ainda seriam dezenas. Todos formados nas artes da morte pelos melhores assassinos do mundo.

– Com que porra de dinheiro Scaeva consegue bancar isso?

– Pobre Mercurio – ronronou Marielle. – Que silenciosos devem ser teus dias sozinho no quarto.

– Scaeva conquistou o título de imperador – explicou Marius – e, com ele, todo o dinheiro dos baús do exército de Itreya. Logo, Drusilla recostará sua cabeça num travesseiro de ouro.

O velho firmou o queixo.

– Aquela puta conspiradora…

– Nenhuma Lâmina jamais chegou a ser a Senhora por meio de gentileza, velho.

Mercurio esfregou o braço esquerdo. Sentia uma dor abominável no peito.

A merda em que Mia está é ainda maior do que eu imaginava...

– Então – disse ele afinal, encarando os olhos escarlates de Marius –, a Igreja inteira está contra Mia agora. Qualquer Lâmina que o Ministério puder encontrar. A questão é saber se suas palavras são mais do que simples palavras, orador. Qual o peso de uma promessa numa casa de ladrões, mentirosos e assassinos?

– Não somos ladrões – disparou Marius. – *Merecemos* nossa mágica. Arrancadas das areias da antiga Ysiir, a muito custo, e pagas com angústia viragem após maldita viragem.

– Mentirosos tampouco – murmurou Marielle, envolvendo a cintura do irmão. – Porém, matadores sim. Isso somos. Chama-nos de uma coisa e descobrirás a verdade de outra, bom Mercurio. A verdade lenta e dolorosa.

– Quanto à lealdade, o que dizer? – O feiticeiro retribuiu o abraço da irmã e limpou o sangue da boca. – A nossa não pode ser comprada com ouro, isto é certo. E estas paredes a têm em muita conta desde a queda de Cassius. Mas é perigoso contrariar o Ministério, Mercurio. E uma promessa a tua pequena sombria não me fará ir além disso.

– E eu nem a isso. – Marielle sorriu. – Minha dívida com a tua protegida já foi paga.

– Não nos arrastamos por sangue e fogo para arrancar os segredos da Lua do pó da antiga Ysiir para depois vê-los desperdiçados com...

– Calma, calma. – Mercurio franziu a testa. – Que merda você disse?

Marius estreitou o olhar.

– Sangue e fogo eram...

– A Lua, seu pervertido do caralho. A parte da Lua.

– Era ele, a Lua, que ensinava a feitiçaria ysiiri – disse Marius, com a cabeça de lado e os olhos cintilando na penumbra. – Um deus morto, eras atrás, e toda a magia deste mundo se foi com ele.

– Nossas artes não passam de fragmentos de verdades maiores

– sussurrou Marielle. – Para sempre tiradas deste mundo. Recolhidas nos escombros há muito enterrados nas areias da antiga Ysiir.

O velho olhou para os irmãos, sentindo o coração disparar.

– E se eu dissesse a vocês que Mia tem alguma coisa a ver com essa maldita história de Lua? Sombria. Os passageiros. E se eu dissesse que ela sabe o caminho para a Coroa da Lua?

– Que loucura é essa? – perguntou Marielle.

– É, pode ser loucura – disse o velho. – Mas juro pela Mãe Sombria, pelo Onividente e pelas quatro santas Filhas que Ashlinn Järnheim tem o mapa para a Coroa da Lua gravado nas costas com tinta arquêmica. A tinta vai desaparecer caso ela morra. Morra, por exemplo, enquanto estiver protegendo Mia.

Os irmãos trocaram um olhar, então olharam de novo para Mercurio. Os olhos vermelhos cintilavam na luz baixa. A piscina de sangue de Marius começou a agitar-se como um mar de tempestade. A respiração de Marielle ficou tão carregada que se tornou quase um chiado.

– O que acham? – Mercurio estendeu a mão. – Querem me ajudar a manter essa dupla viva? Ainda têm uma promessa a cumprir, afinal.

Marius olhou para a palma virada para cima e tomou um fôlego profundo e trêmulo. Então, sem dizer nada, envolveu a mão de Mercurio com seus dedos grudentos de sangue. Sem hesitar, Marielle cobriu a mão do irmão com a sua própria, retorcida e pustulenta.

O velho olhou para os feiticeiros e assentiu com a cabeça.

– Muito bem, então. Parece que temos uma conspiração.

CAPÍTULO 14

REENCONTROS

– Mas que lugar de merda! – declarou Sidonius.

– Não é tão ruim – disse Cantespadas.

– *É*, sim – esbravejou o outro. – Os ratos são do tamanho de cachorros, a madeira está cheia de cupins, e uma ponta de cigarrilha basta para incendiar esta merda inteira.

– Irmão – suspirou a dweymeri –, se você se lembrar que uma semana atrás estava à espera da execução numa cela mijada embaixo da arena de Godsgrave, acho que vai sentir o vento contra seu rosto com uma disposição mais animada.

– Estamos dentro de casa, Cantespadas – disse Sidonius, apontando um dedo na direção dos vários buracos na parede do teatro. – *Não era* para sentirmos a porra do vento.

Fazondas abriu um par de cortinas mofadas e marchou para o palco. Seu pé atravessou uma das tábuas podres e afundou. Depois de puxar a bota de volta, ele olhou para os companheiros com uma alegria louca no rosto tatuado e barbudo.

– Não é *grandioso*? – perguntou, sem fôlego.

Sidonius soltou um suspiro. Sua impressão era de que a prisão embaixo da arena tinha acontecido numa vida passada, não na semana anterior, como dissera Cantespadas. Os últimos meses pareciam um sonho – do qual ele poderia acordar a qualquer momento e perceber que ainda estava acorrentado, ainda gladiatii e escravo.

Quando o venderam para o Colégio Remus ao lado de Mia Corvere, Sidonius não fazia ideia de que aquela garota estava destinada a mudar sua vida. Ele tinha servido ao pai dela, Darius, na Legião Luminatii, e tentara proteger a vida dela com a própria nas areias ardentes. No final, tinha sido Mia quem o salvara; a ele e aos outros Falcões de Remus, depois de tramar um plano que garantiu sua vingança contra os homens que destruíram sua família e que, ao mesmo tempo, libertou seus companheiros gladiatii da servidão.

A bochecha de Sid ainda doía por conta da visita ao Colégio Férreo de Alvatorre quatro viragens antes, onde ele e os outros Falcões entregaram as vermelhas que a traficante de escravos Bebelágrimas lhes tinha fornecido. O velho e encarquilhado arquemista à entrada esquadrinhara os *chartum liberii*[12] por um tempo insuportável. Carniceiro parecera prestes a cagar nas calças. Mas Bebelágrimas devia a vida a Mia Corvere e, como prometido, a papelada da traficante passou na inspeção.

Sid e os outros submeteram-se um a um às mãos do arquemista e, depois de uma rápida agonia, o ex-legionari e gladiatii viu sua bochecha livre da marca de escravo pela primeira vez em seis longos anos.

Seguiram-se três quasinoites de comemorações. Com parte do dinheiro que o Velho Mercurio lhes deu, os ex-Falcões de Remus trataram de encher a cara. A última lembrança que Sidonius tinha da bebedeira era de um lugar cheio de fumaça em algum ponto do bairro da luz vermelha de Alvatorre; ali, enterrou a cabeça entre um par de seios muito lindos e muito caros, e declarou que só se levantaria se o próprio Aa descesse para puxá-lo. Enquanto isso, Carniceiro passava pela sala completamente nu carregando todas as açucaradas que conseguia equilibrar[13].

---

12 *Chartum liberii* são a meta da existência de qualquer escravo da República de Itreya. Também chamadas de "vermelhas" por causa da cor do pergaminho usado na sua confecção, indicam que seu portador – graças às próprias economias, à misericórdia de seu dono ou a um edito governamental – conquistou a liberdade.

Quase impossíveis de falsificar por conta dos processos arquêmicos do Colégio Férreo, as vermelhas são um bem extremamente valioso. Um mercado clandestino florescente se formou em torno de sua obtenção e revenda, de modo que fornecedores espertos têm a perspectiva de enriquecer muito rápido. Os fornecedores que não são espertos têm a perspectiva de serem vendidos como escravos pela vida inteira juntamente com parentes, amigos, colegas, família, animais de estimação e pessoas que lhe devem dinheiro. Afinal, a escravidão azeita a máquina da República inteira.

Se vocês fodem com o sistema, nobres amigos, preparem-se para serem fodidos por ele.

13 Cinco no total. Seis, se você contar a que estava pendurada nas costas.

Sid não se lembra, sob *circunstância alguma*, de qualquer conversa a respeito da compra de um teatro. Assim, na quarta viragem de liberdade, quando Fazondas o acordou com um chacoalhão animado um pouco depois dos sinos da meiada e o forçou a retirar, relutante, a cara dos seios, Sid ficou bastante surpreso ao descobrir que era um dos proprietários de um monte de lenha velha situado perto das docas de Alvatorre e chamado de Odeum.

Não gostou muito.

– Conseguimos uns carpinteiros que chegam no meio da semana – dizia Fazondas com a voz quase trêmula de emoção. – Consertamos o palco, trocamos as portas. Vai ficar que nem novo. Depois anunciamos vagas para atores. Posso ser o diretor, Sid e Canta trabalham na parte da frente, Carniceiro tem um rosto de bastidores. Felix e Albanus podem... – O grandalhão fez uma pausa e coçou a cabeça coberta de nós de sal grossos. – Mas *onde* estão Felix e Albanus?

– Felix foi para a casa da mãe – respondeu uma Bryn ainda muito bêbada da galeria no andar de cima.

– E Albanus parecia todo derretido pela pequena Belle que nos trouxe até aqui – complementou Cantespadas enquanto esfregava a cicatriz horrível no braço, que ganhara no *magni* daquela mesmíssima cidade, dois meses antes. – Pensando agora, nem me lembro de ver Albanus descer da carroça...

– Bom, eles sabem onde nos encontrar – disse Fazondas, com um sorriso de orelha a orelha e a voz grave de barítono na altura do teto. – No mais grandioso teatro que a cidade de Alvatorre jamais verá!

Bryn soltou um viva bêbada da galeria, deixou cair a garrafa de vinho d'ouro ainda pela metade, soluçou um palavrão, e desabou de bunda no chão.

– *Tá zuzu bem* – avisou.

Sidonius levou as mãos à cabeça, agachou-se e suspirou.

– Caralho.

– Sei que pode não parecer a melhor coisa – disse Canta com

delicadeza. – Mas você sabe que Fazondas sempre sonhou em ser dono de um teatro. Olhe para ele, Sid. – A mulher espichou a cabeça na direção do enorme dweymeri, que caminhava pelo palco murmurando um solilóquio. – Está feliz feito porco na merda.

– *Zuz… hic… bem…* – avisou Bryn de novo para quem quisesse ouvir.

Sid correu a mão pelo cabelo raspado.

– Quanto dinheiro sobrou?

– Uns cem, cento e pouco. – Canta deu de ombros.

– Só isso? – gemeu Sidonius.

– Você pagou por um par de peitos muito caro, Sid.

– Vai se foder, não ponha a culpa em mim – vociferou o itreyano. – Depois de seis anos na areia, mereço uma racha. E não fui eu quem gastou uma fortuna da porra neste ninho de rato de teatro!

Cantespadas estremeceu de leve.

– Tecnicamente, foi.

A ex-glatiatii sacudiu o contrato de compra e venda diante de Sid e, por baixo de manchas de vinho, cerveja e outras substâncias menos identificáveis, o itreyano conseguiu distinguir um rabisco completamente bêbado que talvez pudesse passar por sua assinatura.

– Bom, um quinto de fortuna, mesmo assim – precisou Cantespadas.

– Caralhooooooo!

– Já sei qual vai ser a nossa primeira peça – disse Fazondas. – *O triunfo dos gladiatii.*

– Ondas, dá para calar a *porra* da boca? – urrou Sid.

– Não estou sentindo, *hic*, meus pés! – gritou Bryn.

Carniceiro se levantou dos bancos quebrados da fileira de trás, esfregou a cara de torta amassada e olhou ao redor com olhos embaçados:

– Isto aqui é… um teatro?

– É – alguém disse por trás dele. – E é lindo.

Sidonius se levantou ao som da voz, tomado por um pico de

adrenalina. A figura no limiar estava envolta num manto comprido e usava um cachecol ao redor do rosto. Mas, ainda que fosse cego e surdo, Sid a reconheceria em qualquer lugar. O rosto dele se abriu num sorriso idiota ao mesmo tempo que Fazondas berrou do palco:

– *COOOOORVO!*

Sid já estava correndo, pegando a garota nos braços e erguendo-a em meio a gritos. Cantespadas se jogou nos dois, abraçando-os, Carniceiro entrou no meio, e por fim Fazondas chegou como um terremoto, agarrando os quatro de uma vez e pulando em círculos.

– Sua *vadia* maravilhosa! – gritou Sid.

– Soltem-me, seus brutamontes do caralho!

Mas não adiantou. Não a soltariam antes de saborearem um pouco mais, antes de Bryn descer da galeria e se unir ao abraço, antes de Fazondas limpar o nariz na manga e Cantespadas conter as lágrimas e antes de todos terem uma chance de simplesmente parar, respirar e recordar o que aquela garota lhes tinha dado.

Não apenas suas vidas.

Mas a *liberdade*.

– Sangue e abismo, como você nos achou aqui? – perguntou Canta.

– Fui conferir o primeiro puteiro que vi. – Mia deu de ombros. – Depois, foi só seguir a trilha de vômito.

Fazondas riu.

– Que abismos você faz aqui, pequeno corvo?

O sorriso dela se desfez. Mia correu os olhos pelo teatro, observando os buracos na parede, os estofados comidos por traças, as teias de aranha grossas como cobertores nos caibros. Então balançou a cabeça, o sorriso de volta como se nunca tivesse ido embora.

– Só queria saber se vocês tinham chegado bem.

Sidonius lançou um olhar para Cantespadas. A mulher retribuiu com os olhos brilhando.

– Então? – falou Corvo. – Quem preciso degolar para conseguir uma bebida aqui?

Ashlinn viu Tric na proa. O vento acariciava seus nós de sal como um amante.

A tripulação do *Donzela* dava espaço de sobra ao rapaz, e os poucos que precisavam se aproximar faziam o sinal de Aa antes e depois, além de trabalhar mais rápido do que qualquer capitão pediria. Ash sabia que Cal Corleone tinha ordenado a seus saleiros que tratassem Mia e seu grupo como convidados de honra no *Donzela Sangrenta*. Mas marinheiros são gente supersticiosa, mesmo nas melhores circunstâncias, e a presença de um sem-lume no meio deles, caminhando com pés terrenos, era recebida pela tripulação tão bem quanto por Ash.

Ela ainda conseguia sentir a leve resistência enquanto afundava a lâmina no peito dele. O sangue morno vazando nas mãos. A borrifada vermelha na bochecha quando afundou a lâmina mais fundo no pulmão dele, impedindo-o de fazer qualquer coisa além de olhá-la confuso...

– *...hrrk.*

– *Desculpe, Triquinho.*

...enquanto ela o matava.

– Como vai, Triquinho?

Ele a olhou de soslaio e depois voltou o concentrar-se na baía de Alvatorre. Ashlinn tinha voltado do mercado com os braços cheios, depois de gastar metade do dinheiro que sobrara com itens de "primeira necessidade". Os molhes e o paredão estavam repletos de marujos e mercenários, pescadores e fazendeiros, que negociavam no cais. As grandes arcadas do aqueduto estendiam-se sobre a baía e voltavam no sentido da Cidade das Pontes e dos Ossos. Nos montes, Ash distinguia vastos labirintos de jardim[14]. As gaivotas entoavam serenatas umas às outras no céu de veraluz, mas Ashlinn notou que o brilho estava um pouco menor do que na viragem anterior.

Os sóis maiores, Saan e Shiih, começavam a descer; tanto o vermelho furioso do Vedor como o amarelo túmido do Observador baixavam na direção do horizonte. Saai permaneceria por um tempo depois que os outros olhos do Onividente descessem completamente; o Conhecedor projetaria sua luz azul e pálida por sobre a República. Mas, em seguida, certa como a morte e os impostos, viria a veratreva.

Apoiada na amurada ao lado de Tric, Ashlinn achou que o frio que emanava da pele do garoto estava diminuindo com a luz dos sóis. Talvez fosse sua imaginação, ou um efeito da magia que o tinha devolvido à vida, mas quando ela forçava a vista, conseguia enxergar o mais tênue quê de cor na pele dele. Seus movimentos estavam um pouco mais graciosos, e a voz soava cada vez menos como a de um instrumento imortal da Deusa e mais como a do Tric que Ash conhecera.

Mas ela ainda se arrepiava perto dele. Ainda era tomada por calafrios.

---

14 Construídos pelo rei Francisco III para distrair suas muitas amantes (e esconder suas aventuras amorosas da noiva, Annalise), os labirintos verdes de Alvatorre são um dos tesouros da cidade. Eles se estendem por quilômetros sinuosos, e nos anos que se seguiram à queda da monarquia, tornaram-se um lugar comum para amantes transarem como se não houvesse amanhã.

Um infame ministro da igreja de Aa, Marcos Suitonius, tentou conquistar uma cadeira no Senado com uma plataforma de defesa da "reforma moral". Depois de reclamar que "não se podia jogar uma pedra nos labirintos sem matar um fornicador", prometeu acabar com os romances que ocorriam com tanta energia ali. Infelizmente, sua campanha pelo "retorno aos valores familiares" foi interrompida bruscamente quando o descobriram metendo num açucarado nos próprios labirintos que ele se propunha a moralizar. Assim, até a viragem de hoje, o lugar permanece um santuário onde qualquer cidadão da República é livre para foder à vontade com o parceiro que escolher.

Ah, o amor.

– Queria saber como a nossa garota está se saindo no recrutamento do seu pequeno exército.

– Você devia estar de olho em Jonnen.

Ela inclinou a cabeça na direção do garoto, sentado sobre uma bobina de corda grossa perto do mastro principal. Estava mascando um nó-de-açúcar que ela tinha lhe comprado e brincando de jogar uma bola de sombras para Eclipse.

– Ele está bem ali – disse Ash, jogando as tranças de guerra para trás. – E faça o favor, não sou escrava doméstica. Não me diga o que devo fazer.

Ele se virou para ela. Os olhos escuros como breu pareciam dois buracos e a palidez exangue era como um verniz sobre a beleza que havia por baixo. Ah, ele era bonitão quando vivo, com certeza. Maçãs do rosto altas, cílios compridos, ombros largos e mãos espertas. Podia ser mesmo um predador de garotas, se não tivesse sido predado por uma delas.

– Imagine como Mia se sentiria se acontecesse alguma coisa com ele.

– Não preciso imaginar, Tric. Eu *sei*.

– E o que você sabe dela, Ashlinn?

– Sei que é suave como a seda – afirmou Ash encarando aquela escuridão sem fundo. – Úmida como o orvalho de verão e doce como os morangos. – Então acrescentou em um tom mais baixo: – Rígida feito aço antes de gozar, e macia como uma nuvem depois. Encharcada em meus braços como uma chuva de primavera.

Ele se moveu, embora não tivesse nem a metade da velocidade que demonstrara na necrópole. Sua mão envolveu a garganta dela um segundo inteiro depois de ela encostar a espada no pescoço dele, posicionando a ponta onde a jugular de Tric deveria pulsar. Não fazia ideia se aquilo lhe causava dor. Tinha estado na cabine quando os soldados de Itreya perfuraram seu braço e sua barriga. Ele não sangrara. Não caíra. Ash se perguntava o quanto teria de golpear para detê-lo.

A voz dela saiu rouca.

– Ti-tira a mão... de m-mim.

– Melhor não me provocar, Ashlinn.

– J-já fiz bem mais que isso... lembra?...

Ele apertou ainda mais o pescoço dela, os nós de sal levantando-se como serpentes despertas. Os sóis podiam estar indo embora, e ele podia estar mais próximo do que já fora, mas ainda era lento. No entanto, Deusa, como estava forte. Os dedos pareciam ferro gelado na pele dela. Ash apertou ainda mais a lâmina contra o pescoço dele. Jonnen passou a observar os dois com uma fagulha de inteligência e malícia nos olhos escuros.

– O mapa – ela disse, com um sorriso. – L-lembra?

Ele a segurou por mais um instante antes de soltar com um empurrão que quase a fez cair para trás. Ela manteve a lâmina erguida enquanto esfregava a garganta. Sorriu.

– Você sempre foi uma bichinha mesmo.

– Esse mapa nas suas costas some quando você morrer, Ashlinn – disse Tric, assomando sobre ela. – Mas dá para machucar muito sem matar.

– Viu, agora sim – ela disse, com uma piscada para o rapaz. – Um pouco de ferro e fogo, é disso que eu gosto. Mas sou mais corajosa que você, Triquinho. Mais rápida e mais bonita e a garota que nós dois amamos acabou na *minha* cama, não na sua. – Ela batucou no cabo da espada com os dedos. – Eu ganhei. Você perdeu. Então fique longe dela, certo?

– Você é tão insegura assim? – ele perguntou. – Tem tanto medo de ela te largar que precisa declarar que é sua com uma espada na mão?

– Eu não declaro nada – rebateu Ashlinn. – Ela não é minha. Ela é *dela* mesma. Mas você é louco se achar, ainda que por um segundo, que não estou disposta a me sujar de sangue para ser a única ao lado dela quando isso tudo acabar. Entendeu? – Ashlinn baixou a espada e deu um passo à frente. Sua cabeça dava na altura do peito dele. Sua voz saiu como um sussurro mortal. – Faça o que precisar fazer. Luas, Mães, não ligo nem um pouco. Mas se eu farejar outra coisa por trás, se eu *desconfiar* de que essa besteira de Anais está colocando Mia em risco, vamos descobrir se defuntos podem morrer de novo. – Ela deu um passo para trás, sem desviar os olhos dos dele. – Se precisar, arranco os três sóis do céu para manter Mia segura, ouviu? Eu mato o próprio *céu*.

Ela soprou um beijinho para Tric, deu meia-volta e foi embora.

Os Falcões escolheram uma taverna fumarenta perto das docas e beberam como se a Mãe Sombria fosse sair atrás deles na viragem seguinte. Mia permaneceu curvada, com o capuz baixo para esconder a marca de escrava na bochecha direita e a cicatriz feia na esquerda. A parte da cidade onde estavam tinha mais criminosos que a Pedra Filosofal, mas ela era uma gladiatii renomada, a garota que matara a serpente-cuspideira e, agora, a assassina mais procurada da República.

Não era bom arriscar.

Ela bebeu com parcimônia e tragou as cigarrilhas de merda que vendiam no balcão. Mais ouvia do que falava. Fazondas contava seus planos para o teatro, Bryn falava do *magni* e Carniceiro falava de cada uma das açucaradas que tinha fodido desde a chegada a Alvatorre. Mia ria alto e sofria por dentro e, ao longo das horas seguintes, foi se dando conta devagar de que nunca devia ter ido ali. De que, depois daquela viragem, nunca mais os veria.

Eles tinham lutado e dado o bastante. Ela não podia lhes pedir mais nada, muito menos que a seguissem até a Montanha Silenciosa para resgatar um homem que mal conheciam. Só considerar a ideia já tinha sido egoísta. Então, ela parou de pensar totalmente. Decidiu só aproveitar a companhia deles. E, quando soou a nona badalada, levantou-se para ir ao banheiro, prometendo que ia voltar.

Após escapar pela porta dos fundos da taverna alguns instantes depois, baixou ainda mais o capuz para se proteger da maldita luz dos sóis e enveredou por uma rua estreita rumo às docas. Senhor Simpático esvoaçava pela parede ao lado, silencioso como um rato morto.

– *...aonde vamos?...* – ele perguntou afinal.

– Voltar para o *Donzela*. Eles zarpam às dez badaladas, lembra?

– *...parece que esquecemos nosso exército...*

– Vamos ter que dar um jeito sem eles.

– *...mia, sei que se importa com...*

– Não vou fazer isso, Senhor Simpático – ela cortou. – Achei que podia, mas não posso. Então, vamos esquecer.

– *...você não vai conseguir sozinha...*

– Eu disse para *esquecer*.

O gato de sombras se materializou nos paralelepípedos diante dela, fazendo-a parar.

– *...se quer um cachorrinho que vire de barriga para cima quando você se irritar, melhor trazer eclipse da próxima vez. eu vou falar o que penso, se não se importa...*

– E se eu me importar?

– *...vou falar mesmo assim...*

Mia suspirou, apertando o nariz.

– Tudo bem, vá em frente.

– *...eu temo por você...*

Mia quase riu, mas então o sentido das palavras a atingiu, ressoando em sua cabeça como sinos de catedral. Ela se deteve, envolta pelo cheiro de lixo e de sal, pelo vento da baía que agitava o manto nos seus ombros, por um frio repentino e terrível.

– *...conversei com eclipse sobre isso, mas eclipse nunca questiona; é como aquele em quem ela se aninhava antes, que também nunca questionava. mas você sempre questionou, mia, e, por isso, eu também...* – O não-gato olhou para trás, para a baía e o navio à espera deles. – ... *e questiono o que você quer disso tudo, e por que o quer. vejo que uma metade de você, a que veio atrás de sidonius e dos outros com plena consciência de que vai morrer se lutar contra a montanha em desvantagem, está em guerra com a outra, a que não teme a morte de jeito nenhum, e questiono se o que tiramos de você não é uma coisa de que precisa agora mais do que nunca. porque você* devia *estar com medo...*

– Não é questão de ter medo, é questão de certo e errado – ela disparou. – Não estou com defeito. Não tente me consertar.

Apesar de o demônio feito de sombras não ter olhos, Mia os imaginava estreitados agora.

– Você os viu, Senhor Simpático. Como estavam felizes. Mãe Sombria, o Ondas parecia uma criança na porra da Grande Partilha. E viu o jeito como Bryn olhava para ele? Eles têm uma vida agora. Têm uma oportunidade. Quem sou eu para exigir que abram mão disso?

– *...não exija, peça. é o que fazem os amigos...*

– Não – ela disse, seca. – Não devíamos ter vindo aqui. Vamos dar outro jeito.

– *...mia...*

– Eu disse não.

Passando por cima do gato de sombras, Mia avançou até a boca da viela, rumo às badaladas na baía e o cheiro de mar. Deu uma última tragada naquela cigarrilha de merda, soltou uma nuvem cinzenta e a amassou na sola da bota. Depois, tocando as sombras com dedos hábeis...

– Vai embora sem se despedir? – perguntou Sidonius.

Ela se virou e deu com ele encostado na parede. Olhos azuis brilhantes, cabelo raspado outra vez, pele de bronze fundido. A marca que lhe deram quando o expulsaram da Legião Luminatii ainda estava visível: a palavra COVARDE, gravada com uma lâmina quente em seu peito. Mia não se lembrava de ter visto uma mentira maior na vida.

Canta estava ao lado dele, com os nós de sal batendo no chão e as intrincadas tatuagens que cobriam cada centímetro do corpo reluzindo à luz dos sóis. Fazondas assomava por trás, o peito largo como um barril, barba trançada, nós de sal pretos e tatuagens caprichadas no rosto. Bryn estava ao lado dele, amarrando o coque louro e observando Mia com seus olhos azuis e alertas.

Carniceiro mijava furtivamente numa parede.

– É – ela disse. – Desculpe. Perdi a noção do tempo. Meu navio zarpa às dez campanadas.

– Por que veio aqui, Mia? – perguntou Sidonius.

– Já disse – ela respondeu, serena como uma brisa de outono. – Queria ver se vocês estavam bem. Já vi que estão, então pronto. Vou embora.

Deu meia-volta para partir, então sentiu a mão dele em seu braço. Girou, rápida como o vento, e soltou-se. Em seguida, puxando um punhado de sombras com mais facilidade e rapidez do que teria feito algumas semanas antes, desapareceu perante o olhar intrigado dos ex-gladiatii.

Forçou a vista para enxergar além dos borrões, Passando para uma sombra mais no fim da rua,

e depois para outra

mais distante.

Apesar da cabeça em parafuso com os sóis ardentes no céu, ela se manteve de pé. Por fim, contente porque não conseguiriam segui-la, começou a tatear o caminho adiante, cega para o mundo, à espera dos sussurros familiares que a guiariam de volta para o *Donzela*.

Só que ninguém sussurrava.

– Senhor Simpático?

Ela piscou surpresa, estendendo as mãos ao redor à procura do amigo. Então, percebeu que ele não a tinha acompanhado.

– Senhor Simpático?

Mia tirou o manto, voltando para a saída da viela a uns trinta metros de distância. E ali estava ele, uma fita de escuridão aos pés dos gladiatiii, balançando o rabo enquanto falava. Mia sentiu uma pontada de raiva no peito e gritou:

– Não *ouse!*

O não-gato a ignorou e, quando ela finalmente voltou correndo pelos paralelepípedos até onde estavam os Falcões, todos a encaravam como se ela fosse outra pessoa. Havia frustração em seus olhos. Preocupação. Talvez até raiva.

– Senhor Simpático, cala essa porra de boca!

– *...não tenho boca, muito menos porra...*

Mia tentou dar um chute na cabeça do não-gato. O pé passou pelo demônio sem lhe fazer qualquer mal, claro, mas ela chutou de novo mesmo assim.

– O que você falou para eles?

– O que você estava com vergonha de pedir – esbravejou Cantespadas.

– Seu merdinha! – berrou Mia, dando outro chute no não-gato. – Eu disse que daríamos um jeito!

– *...eu disse que você não conseguiria sozinha...*

– A decisão não era sua!

– *...não, é deles...*

– Seu filho da puta desgra...

– Mia – chamou Sidonius com calma.

– Sid, desculpe – ela disse, correndo os olhos pelos Falcões. – Me desculpem, todos vocês. Tive essa ideia, mas depois pensei melhor e vi que não devia ter tido. Essa luta não é de vocês, e não tenho direito de os arrastar para ela. Não deixem de gostar de mim por eu...

– Mia, claro que eu vou ajudar – falou Sid.

– É – concordou Cantespadas. – Minha espada é sua.

Bryn cruzou os braços e disse em tom ameaçador:

– Sempre.

Lágrimas despontaram nos olhos de Mia, mas ela as segurou e balançou a cabeça.

– Não. Não *quero* a ajuda de vocês.

– Corvo, você salvou a nossa vida – argumentou Cantespadas, com a cabeça inclinada na direção de Sr. Simpático. – E se o demônio diz a verdade, a sua corre mais risco agora do que as nossas jamais correram. Não seríamos ingratos se te abandonássemos à própria sorte depois de tudo o que fez por nós? Que agradecimento seria esse?

– E o teatro? – questionou Mia.

Fazondas deu de ombros e abriu um sorriso triste.

– Vai estar lá quando voltarmos.

– Não. Não quero.

– Mia, você arriscou a vida por nós – disse Sidonius. – Tudo pelo que lutou estava por um fio, mas ainda assim você arriscou tudo para nos dar a liberdade. E agora quer dizer o que podemos e não podemos fazer com ela?

– Pode apostar – ela esbravejou. – Vocês me devem a vida? Pois vão viver essa vida, caralho. Querem me agradecer? Agradeçam contando de mim para os seus netos.

Ela deu meia-volta e fulminou o gato de sombras com o olhar.

– Vamos embora. *Agora.*

– *...como quiser...*

Começaram a caminhar pela rua quando ouviram Cantespadas fingir um bocejo.

– Sabe, o último copo de vinho d'ouro subiu direto pra cabeça – ela comentou. – Acho que preciso de uma caminhada no porto para clarear as ideias.

– É – disse Bryn. – Eu bem que podia dar um passeio pelo cais.

– Tomar um ar – concordou Sid, quase cantarolando. – Acho que vou também. Talvez reserve um cruzeiro.

Mia parou abruptamente, deixando os ombros caírem.

– Ouvi dizer que Ysiir é ótimo nesta época do ano – disse Fazondas, já a ultrapassando.

– Nunca estive em Ysiir – comentou Bryn, com os dedos enfiados na cinta.

– Hmmm... – resmungou Cantespadas com um biquinho. – Nem eu, e falando nisso...

Mia os observou caminhar pela rua na direção do mar, os olhos ardendo com lágrimas novamente. Os gladiatii pararam no fim da viela e voltaram-se para ela, que olhava para o chão com raiva.

– Você vem? – chamou Sidonius.

Ela olhou para o não-gato a seu lado na sarjeta. A traição doía como uma facada no peito. Ele sempre a questionara, sim, e a confrontara quando achava que ela estava sendo burra. Mas nunca tinha ido contra ela desse jeito. Nunca tinha agido tão na contramão do que *sabia* que ela queria.

– Nunca me arrependi tanto de ter te encontrado como agora.

– *...é um fardo que carregarei com alegria para manter você viva...*

Ela o fulminou com o olhar de novo, balançando a cabeça.

– Se alguma coisa acontecer com eles, juro que não vou perdoar você.

O gato de sombras a encarou com seus não-olhos. Seu rabo estremeceu.

– *...sou parte de você, mia. antes de te conhecer, era um nada sem forma, em busca de sentido. a forma que uso nasceu de você, o meu modo de ser veio de você. e se preciso fazer o que você não faria, faço. pelo menos você vai estar viva para me odiar...*

Ela olhou para o céu, conforme os sóis baixavam no horizonte.

Outra pessoa talvez tivesse medo ao pensar no que estava por vir.

Daria as costas e fugiria correndo.

Mas, como sempre, Mia Corvere continuou.

Capítulo 15

Finesse

– Benino – disse Mia.

– Não – respondeu Cal.

– Bertino, então. Você tem cara de Bertino.

– Não – recusou Cal, franzindo a testa. – E o que é cara de Bertino?

– Fala a primeira letra – insistiu Mia. – É *B*, certo?

– Nada de dicas, dona Mia. Já disse.

– Você precisa me dar *alguma coisa* – ela forçou.

– Não preciso dar nada – retrucou o capitão, arqueando uma sobrancelha. – Apostei a porra do meu barco que você não ia conseguir adivinhar o meu nome. Por que, por Trelene, te ajudaria?

– Por que está cansado do mar e quer se estabelecer num lugar cheio de verde?

– O cu de um porco que eu quero – desdenhou o corsário. – Até o sangue nas minhas veias é azul como o mar.

Fazia três viragens que eles tinham deixado Alvatorre navegando em ondas ligeiras. Seu destino ficava do outro lado do Mar de Espadas, na costa de Ysiir: a cidade de Última Esperança. A partir daquele porto decrépito, fariam uma caminhada pelas Ruínas Sussurrantes até a Montanha Silenciosa. Mia não fazia ideia das condições em que a Igreja Vermelha mantinha Mercurio, nem de como poderia tirá-lo das garras dela. Mas, apesar de não admitir para muitos, ela amava aquele homem mais do que ninguém desde seu pai – e, agora, mais do que qualquer homem no mundo. Preferiria morrer a deixá-lo apodrecer lá.

A costa acidentada de Liis estendia-se para o sul e os picos brancos de Itreya para o norte. O *Donzela* avançava rápido pelas ondas. Os antigos Falcões de Remus passavam a maior parte do tempo na proa, desfrutando os borrifos do mar contra o rosto.

Sidonius era uma visão impressionante, com a pele bronzeada reluzindo à luz dos sóis, o cabelo escuro raspado e os olhos azuis como os de um bebê. Sempre que possível, o grandalhão itreyano ficava de olho em Mia; sua lealdade a Darius Corvere o fizera protegê-la quando ambos eram Falcões, e essa lealdade não tinha diminuído desde então. Com Sid a bordo, Mia sentia que tinha outra rocha na qual se apoiar. Seu irmão mais novo era um merdinha insuportável e, se pudesse ter um irmão mais velho, teria escolhido Sid.

Fazondas não se fazia de rogado para ajudar no convés. Como a maioria dos nativos dweymeris, crescera em meio a navios e conhecia o mar como o próprio reflexo no espelho. O ex-ator destacava-se da tripulação pela altura e brindava os saleiros de Corleone com inúmeras canções na sua voz de barítono, capaz de fazer um sedoso chorar. Mia ainda se sentia culpada por afastá-lo do antigo sonho de ser dono de um teatro e prometeu a si mesma garantir que ele voltasse quando tudo acabasse.

Cantaespadas também sabia se virar em um navio, mas mantinha-se na popa, observando as ondas azuis com olhos escuros. Todos os dweymeris tatuavam o rosto quando atingiam a maioridade, mas cada centímetro da pele de mogno de Canta estava coberto com padrões intrincados – relíquias do tempo que ela passara estudando para sacerdotisa. Mia ainda achava estranho imaginar aquela mulher rezando num templo em algum lugar. Canta era uma das melhores guerreiras do colégio, uma maravilha nas areias. Contudo, a ferida no antebraço que ganhara na batalha com a sedosa parecia incomodá-la...

Bryn também parecia incomodada, e Mia sabia o motivo: Byern, seu irmão, morrera nas areias alguns meses antes. Ela se mantinha perto de Fazondas, conversando e o vendo trabalhar, e a presença do dweymeri parecia afastar suas preocupações. Bryn era vaaniana, como Ash, e dura como aço, a melhor arqueira que Mia já conhecera. Mia ficava feliz por tê-la ali. Contudo, ainda temia que aquela missão louca terminasse com Bryn e o resto dos camaradas numa cova ao lado de Byern.

Dos cinco Falcões, só Carniceiro ficou enjoado no navio, mas, como ele tinha mijado no mingau de Mia quando se conheceram, ela viu algo de justiça na situação. O grandalhão liisio nunca fora a melhor espada do colégio, mas o que lhe faltava de habilidade, sobrava em coragem, marra e um palavreado impressionante. Ele se mantinha a estibordo, onde as chances de o vômito voltar na sua cara eram menores, xingando as deusas e Fazondas, já que o ex-ator parecia divertir-se demais com seus problemas estomacais.

Em geral, os ex-gladiatii pareciam adaptar-se bem à vida no mar.

Em outras partes do convés, porém, as coisas não eram tão pacíficas. Ashlinn e Tric rodeavam-se como serpentes prestes a dar o bote. Embora guardassem distância um do outro depois que Corleone deu uma cabine para cada um, a tensão entre os dois pareceu aumentar após a parada em Alvatorre. Mia ainda não tinha chegado a uma conclusão sobre o que sentia a respeito do retorno de Tric, mas estava claro que Ashlinn era um poço de suspeita e franca hostilidade.

Mia e Sr. Simpático também não trocavam uma palavra desde Alvatorre. Havia dias ele não entrava em sua sombra.

Por mais furiosa que estivesse com a traição, sentia a falta dele.

E assim Mia ficava ao lado do timão com o capitão do *Donzela Sangrenta*, jogando seu novo jogo favorito e regozijando-se com o toque fresco do vento no rosto. Depois de meses no Colégio Remus ou em celas debaixo de arenas, mesmo uma simples brisa já era uma bênção. E tentar ganhar o navio do capitão era melhor do que se preocupar com os problemas a bordo dele.

– Há uma tempestade na nossa direção – afirmou Cal Corleone.

– É – ela murmurou, baixando os olhos para o convés. – Eu sei.

– Não, estou falando de uma tempestade de verdade – ele disse, apontando um dedo para uma medonha mancha escura a leste. – Estamos navegando bem pra cima dela.

Mia forçou a vista na direção apontada.

– É feia?

– Bom, não deve matar ninguém, mas vamos ter umas viragens bem duras. – O corsário abriu o mais canalha dos sorrisos. – Então, dona Mia, se quiser se beneficiar da banheira na minha cabine, melhor fazê-lo logo.

– Bem que eu poderia – ela ponderou.

– Esplêndido. Eu levo o sabonete.

– Permita-me sugerir também umas talas para os seus dedos quebrados – ela acrescentou, com um sorriso no canto da boca. – E um pouco de gelo para as suas bolas esmagadas.

Corleone respondeu com um sorriso largo, tirando o tricórnio. Era astuto feito raposa em galinheiro e malicioso feito cão sarnento. Mas, apesar da cara de pau, ela não conseguia deixar de gostar do patife. Corleone apreciava uma paquera, mas o seu jeito brincalhão deixava claro que isso não passava de um jogo para ele, assim como adivinhar o nome dele era um jogo para ela. A história do seu irmão ainda pairava no ar, junto à lembrança do assassinato de Duomo. Ao olhar nos olhos do pirata, Mia tinha a impressão de ter feito um aliado para a vida inteira.

– Vou pedir para o grumete acender o forno arquêmico e ligar a água. – Corleone deu uma piscadela. – Se precisar de alguém para lavar suas costas, é só cantar.

– Vai se foder – ela riu, mostrando os nós dos dedos.

– Ah! – Ele levou a mão ao peito, como se estivesse magoado. – Essa parece ser a única opção disponível, dona Mia. Por ora, pelo menos.

– A esperança sobrevive em cada suspiro...

Ela desceu as escadas do convés de popa até as cabines. Jonnen estava sentado num canto com Eclipse, entretido com sua brincadeira favorita. O garoto juntava punhados de sombra e os lançava pelo assoalho, e Eclipse pulava em cima deles como uma filhotinha atrás de um osso. Jonnen às vezes desviava as sombras para longe da boca do demônio, e ria quando ela errava – mas sua risada parecia ser de puro divertimento, não de escárnio.

Contudo, interrompeu a brincadeira quando Mia desceu as escadas, e seu sorriso sumiu. Ela respirou fundo e se sentou ao lado dele de pernas cruzadas. Ashlinn tinha feito compras em Alvatorre, onde gastara quase todo o dinheiro deles, mas tinha encontrado uma boa calça de couro, preta e justa, e um par de botas de pele de lobo para Mia. Duas viragens antes, ela tinha jogado sua saia de gladiadora no mar com uma pequena prece de agradecimento.

O melhor de tudo, porém, foi que ela voltou com...

– Cigarrilhas? – perguntou o garoto com um olhar desgostoso. – Precisa mesmo?

– Preciso – confirmou Mia, botando uma na boca e acendendo com a pederneira nova.

– Minha mãe diz que só meretrizes e tolos fumam.

– E qual dos dois eu sou, caro irmão? – ela perguntou em meio a uma baforada cinzenta.

O menino a olhou, apertando os lábios.

– As duas coisas, talvez?

Eclipse se materializou nas tábuas entre os dois e apoiou a cabeça no colo de Mia.

– ...*VOCÊ NÃO DEVIA FALAR COM ELA ASSIM, JONNEN*...

– Falarei com ela como quiser – afirmou o menino.

– ...*LEMBRA-SE DO QUE CONTEI SOBRE O MENINO QUE CONHECI? CASSIUS*...?

– Sim. – O menino fungou, com um olhar de soslaio para a loba.

– ...*ELE SEMPRE DIZIA QUE SANGUE MANCHA MAIS DO QUE VINHO. SABE O QUE ISSO QUER DIZER*...?

Ele balançou a cabeça.

– ...*QUER DIZER QUE AS PESSOAS DA FAMÍLIA PODEM MAGOAR VOCÊ MAIS DO*

QUE QUALQUER OUTRA PESSOA. ISSO É PORQUE ELAS SÃO MAIS IMPORTANTES DO QUE QUALQUER OUTRA PESSOA. APESAR DE MIA NÃO DEMONSTRAR, VOCÊ A MAGOA QUANDO FALA ASSIM COM ELA...

– Ótimo – ele disparou. – Eu não gosto dela. Não queria estar aqui. – Ele olhou para as águas azuis além da escotilha. – Quero ir para casa.

– Vamos passar lá daqui uma semana, mais ou menos – disse Mia, espichando a cabeça na direção da costa de Itreya. – O Ninho do Corvo.

– Essa não é minha casa, Faz-Rei.

– *...LAR É ONDE ESTÁ O CORAÇÃO, MENINO...*

Mia bateu no peito e sorriu.

– Isso explica o meu peito vazio.

– *...BOBAGEM...* – rebateu Eclipse. – *...VOCÊ TEM UM CORAÇÃO DE LEÃO...*

– De corvo, talvez. – Ela acariciou a loba com as pontas dos dedos. – Sombrio e ressecado.

– *...VOCÊ VERÁ COMO ISSO É MENTIRA ANTES DE O FIM CHEGAR, MIA. PROMETO...*

Mia sorriu e deu uma tragada lenta para desfrutar o calor da fumaça nos pulmões. Olhou Jonnen de esguelha. Seu irmão. Um estranho. Era inteligente, com certeza: tinha a educação dos melhores tutores da República combinada com a inteligência afiada de Alinne Corvere e a astúcia de Julius Scaeva. Pelo jeito de se portar, pelo jeito de falar, Mia desconfiava de que seria mais inteligente do que ela própria quando crescesse. Havia um veio de crueldade nele, provavelmente aprendido com o pai. Mas ela também era cruel, Mia ponderou. Jonnen ainda era seu sangue, sua família. A única que lhe restava, a não ser que contasse o desgraçado que ela iria matar. E, depois de tantos anos sem ninguém, ela se pegou ansiando por um laço de verdade com o irmão.

– Lembro-me da quasinoite em que você nasceu – ela contou ao menino. – Lá no Ninho do Corvo. Eu era um pouco mais velha que você.

A parteira me levou para te conhecer, e a mãe me deixou segurar você. E você começou a berrar... simplesmente berrar, como se fosse o fim do mundo. – Mia balançou a cabeça. – Sangue e abismo, que pulmões você tinha. – Outra tragada, os olhos fixos na fumaça. – A mãe disse para eu cantar para você – ela continuou. – Disse que, apesar de você estar de olhos fechados, reconheceria a irmã. Então cantei. E você parou de chorar. Como se alguém tivesse puxado uma alavanca dentro da sua cabeça. – Ela balançou a cabeça. – Que coisa louca.

– Minha mãe não canta – Jonnen disse. – Ela não gosta de música.

– Ah, não, ela adorava – insistiu Mia. – Costumava cantar o tempo todo e...

– Minha mãe se chama Liviana Scaeva – interrompeu o menino. – Esposa do imperador.

Mia sentiu o sangue subir à cabeça. Suas têmporas começaram a palpitar. Contra sua vontade, seu rosto se fechou numa careta de raiva. Ela soltou a fumaça como se cuspisse fogo.

– Sua mãe se chamava Alinne Corvere – disse. – *Vítima* do imperador.

– Mentirosa! – esbravejou o menino.

– Jonnen, por que eu iria...

– Você é mentirosa! *Mentirosa!*

– E você é um peste do caralho – estourou Mia.

– Criminosa – ele disparou. – Ladra. *Assassina.*

– Tal pai, tal filha, acho.

– Meu pai é um grande homem! – gritou Jonnen.

– Seu pai é um escroto.

– E sua mãe é uma meretriz!

Mia precisou de toda sua força de vontade para não levantar a mão contra ele.

– ...*MIA*...

Ela se pôs de pé, a paciência já em chamas. Tremia de raiva. Quis morder a língua, mas teve receio de que o sangue enchesse sua boca e a sufocasse. Conversar com o menino era como dar cabeçadas numa parede de tijolos. Tentar penetrar a carapaça dele era pior que destravar uma fechadura com dez travas. Ela não tinha nem experiência nem talento para ser irmã mais velha. Assim, como de costume, a frustração abriu a porta para deixar o gênio à solta.

– Eu estou tentando, Jonnen – ela disse. – Pelos dentes da Fauce, estou tentando. Se você fosse outra pessoa, já o teria mandado para o mar com um chute na bunda pelo que acabou de dizer. Mas *nunca mais* fale dela desse jeito de novo. Ela amava você. Entendeu?

– Tudo que ouço, Faz-Rei – ele retrucou –, são mentiras saídas da boca de uma assassina.

Ela respirou fundo. Baixou a cabeça. Fechou os olhos.

– Espero que goste mais de tempestades agora do que quando era bebê – ela disse, voltando a encará-lo. – Uma das grandes está vindo na nossa direção. E dessa vez, se ouvir você chorando na hora de dormir, não vou aparecer para cantar.

– *Odeio* você – sibilou o menino.

Ela jogou a cigarrilha no mar, soltando fumaça.

– Tal pai, tal filho.

A banheira parecia mais um barril de bronze.

Estava parafusada ao chão nos aposentos de Corleone, numa extensão do dormitório, que por sua vez estava ligado à cabine principal. A primeira coisa que Mia pensou ao vê-la foi onde o saqueador sentaria caso ela tivesse aceitado a proposta dele de trazer o sabonete. Ela conseguiria se espremer lá dentro com um pouco de esforço, mas o negócio estava longe de ser digno de um palácio.

A dita "banheira" tinha mais cara de balde.

Ainda assim, a água fumegante chegava por canos vindos do forno arquêmico lá embaixo, nas galés. E, depois de se despir e afundar no calor, Mia compreendeu por que Corleone prezava aquela extravagância.

– Mãe Sombria do caralho – ela gemeu. – Isto aqui é muito *booooooom*.

Depois de algumas manobras desastradas, mergulhou a cabeça e descobriu que, se apoiasse as pernas na borda, conseguiria manter quase o corpo todo debaixo d'água. Recostada, molhou um pano e o pôs sobre o rosto. Com outra cigarrilha acesa, soltou um suspiro cinza de contentamento, ao som do canto do mar lá fora.

– Bem que *eu* podia ser pirata – murmurou na fumaça que pairava acima dos lábios. – Basta, imbecis! Icem as gaiolas. Baixem o coiso da mezena, seus macacos comedores de porcos…

– Ah, a solidão – disse uma voz.

Mia tirou o pano do rosto e viu Ashlinn apoiada contra a porta. A garota vestia um espartilho de osso de dragão por cima de uma camisa vermelha, calça de couro e botas de cano que subiam até a coxa. Tinha comprado ervas em Alvatorre para tirar a tintura do cabelo, que caía solto sobre os ombros como uma cascata dourada.

– Em duas não é solidão – disse Mia.

Ash correu o dedo pelo batente da porta.

– Posso sair se você quiser.

– Não. – Mia sorriu. – Pode ficar.

O rosto de Ashlinn se iluminou. Ela entrou no banheiro e fechou a porta. Como não havia onde se sentar, montou no barril. Em seguida, arrancou a cigarrilha da boca de Mia para poder lascar um beijo em seus lábios. Mantendo o rosto perto, roçou o nariz no dela, fazendo cócegas leves.

– Oi – sussurrou Ash.

– Oi – respondeu Mia.

Ash se inclinou para mais um beijo, suave, cálido e arrebatador. Os lábios da garota se abriram, convidativos, e Mia a sentiu estremecer quando suas línguas se tocaram com a leveza de plumas. Ela suspirou na boca aberta de Ash, levantando a mão para acariciar sua bochecha à medida que o beijo ficava mais intenso. Afogou-se nele, sem qualquer vontade de parar para respirar, buscando o lábio de Ash quando as bocas se separaram lentamente.

Ao abrir os olhos, viu o rosto de Ash a centímetros do seu. Os lábios se tocaram quando a garota sussurrou:

– Você beija como mata, Mia Corvere.

– E como é?

– Com *finesse*.

Mia sorriu e Ashlinn a beijou de novo, e de novo, e de novo, numa dúzia de toques leves espalhados por seu rosto como pétalas de rosa.

– Senti sua falta – suspirou Mia.

– Quanto?

– Não sei bem como medir. – Mia franziu a testa. – Meio metro, talvez?

– Vai se foder.

– A banheira é pequena demais pra isso.

– Odeio você.

– Estranho. Eu odeio todo mundo *menos* você.

– Sente-se direito – disse Ash, sorrindo depois de mais um beijo. – Vou lavar as suas costas.

Ashlinn saiu de cima da banheira para que Mia pudesse se endireitar, descansando a cabeça nos braços e se inclinando para a frente. Então sentou-se atrás dela, com uma perna de cada lado do barril. Mia não conseguia ver o que ela fazia, mas logo sentiu mãos quentes e ensaboadas em seus ombros, o cheiro de madressilva e campanas-solares no ar. Ash apertou os polegares contra seus músculos doloridos, desfazendo os nós de tensão como se preparasse a massa de um pão.

– Ai, Mãe Sombria, que... *maravilha*... do caralho – gemeu Mia.

Ela fechou os olhos e deixou as mãos de Ashlinn silenciarem tudo por um instante: sua frustração com Jonnen e sua raiva com Sr. Simpático;

suas preocupações com Sid e os outros e a perspectiva que os esperava do outro lado do oceano, em Ysiir; Mercurio e a Lua e sua maldita coroa.

Ash também guardava silêncio sobre Tric, embora ambas sentissem a questão pairar no ar entre elas como um floco de neve. Mas Mia era inteligente demais para mencionar o assunto, abrindo uma porta que arruinaria o primeiro momento que tinham a sós desde o *magni*.

Em vez disso, preferia sentir na nuca aqueles lábios que faziam seu corpo arrepiar-se.

– Você pode sair da banheira – sussurrou Ash. – Se ela não é grande o bastante para nós duas.

– Mais um minuto – ela respondeu, retraindo-se enquanto Ash trabalhava num nó especialmente tenso. – Deusa... continue...

– Suas feridas estão duras como maquinaria, amor.

– É duro ser a matadora mais procurada da República.

Mais um beijo. Uma mordidinha na orelha.

– Posso fazer você relaxar.

Mia sentiu as mãos de Ash deslizarem para a frente para acariciar devagar os seus seios. Os dedos correram macios sobre a pele, fazendo-a formigar. Ela sentiu a respiração acelerar, um frio tomar a barriga e um tremor percorrer seu corpo até as entranhas. Com a pele toda arrepiada, um suspiro suave escapou de seus lábios quando os beijos de Ash fizeram cócegas em seu pescoço e as mãos da garota começaram a deslizar, uma até o bico do seio, já rígido, brincando com ele, a outra num rastro espiral, longo e agonizante, para baixo. Para baixo. Por cima das costelas, por cada centímetro da barriga que se enrijecia, contornando o umbigo com círculos leves de uma corrente arquêmica intermitente.

– Mais? – sussurrou Ash, os lábios brincando com a orelha dela.

Mia se perguntou se aquilo seria correto. Ainda sentia um pouco de culpa por causa do sem-lume lá em cima, no convés, talvez, ou por causa da briga com o irmão ou ainda porque ela não devia estar curtindo aqueles momentos quando se encontrava em águas tão perigosas. Mas as mãos de Ash afundaram na água e um fogo subiu por dentro dela, derretendo hesitações com cada toque delicado no meio das pernas.

De tirar o fôlego.

De enlouquecer.

– Mais – suspirou.

Ela sentiu a outra mão de Ashlinn subir, enlaçando-se em seu cabelo. Gemendo, deixou-se ser puxada para trás, expondo o corpo enquanto o vapor depreendia-se de sua pele e as coxas estremeciam. Os lábios de Ash mais uma vez encontraram seu pescoço e a mão entre as pernas começou a mexer-se, firme, em círculos pequenos que tocavam os acordes que a amante conhecia tão bem. Mia jogou as mãos para trás, entre suspiros, agarrou o cabelo de Ash e apertou a garota com mais força contra seu pescoço. Havia algo de ilícito naquilo – sentir o corpo vestido de Ash contra o seu, completamente nu. Uma rendição que a fazia tremer.

– Ah, me fode – ela balbuciou, movendo o quadril. – Me *fode*.

– Mais? – sussurrou Ash em seu ouvido.

Os lábios roçando a pele.

Os dentes mordiscando o pescoço.

Os dedos dançando.

– Mais – ela suplicou.

Sentiu a outra mão juntar-se à primeira, na frente e atrás. Mia esticou ainda mais os braços para agarrar a bunda de Ashlinn, puxando a si mesma mais para dentro das pernas dela. Sentiu os dedos de Ashlinn acariciando, massageando, cantando em seus lábios e botão. O tempo congelado e ardente à luz de um sol escuro. Gemidos escapavam de seus lábios enquanto os olhos se reviravam cada vez mais, à medida que os toques da amada a levavam às alturas, fazendo-a voar e a aproximando de uma imolação sombria.

– Sim – suspirou Ashlinn.

– Sim – gemeu Mia. – Sim, porra. *Sim*.

Ela jogou a cabeça para trás e sentiu-se incendiar, a boca aberta, todos os músculos rijos, os nervos em brasa cantando. As mãos de Ashlinn continuaram a mover-se, esfregando, prolongando o contentamento trêmulo e latejante. Mia gritou e puxou Ashlinn para si, estremecendo, fora de si, sem fôlego nos pulmões e sem sangue nas veias.

Os movimentos de Ash foram ficando mais lentos, passando a uma tortura doce e leve até Mia baixar o braço, apertar a mão dela e segurá-la contra si.

– Chega – suspirou. – Deusa, chega.

Ela sentiu os lábios de Ashlinn se curvarem num sorriso e outra mordidinha no pescoço.

– Nunca – cochichou Ashlinn. – Jamais.

Ela se levantou devagar e estendeu a mão para Mia.

– Venha comigo, linda.

Capítulo 16

Tempestade

A tempestade caiu algumas horas depois.

Elas estavam uma nos braços da outra, na cabine de Mia, pele contra pele enquanto soavam os trovões e os mares encrespavam-se e o *Donzela* subia e descia e subia de novo. Mia ficou contente pelo barulho; os trovões e o vento abafaram os gritos de Ashlinn. Manter o equilíbrio com a agitação das águas mostrou-se um desafio, mas elas estavam determinadas. Transaram no chão e contra a parede e na rede também, antes de finalmente desabarem num emaranhado ofegante. A rede balançava de um lado para o outro – dessa vez com o movimento do navio, não dos seus corpos – e as tábuas do assoalho gemiam.

O cabelo de Mia estava úmido de suor e o corpo de Ashlinn escorregava contra o seu. O perfume doce da garota pairava no ar. Mia sentia o gosto de Ashlinn nos lábios junto com o açúcar do papel da cigarrilha e a inebriante ardência avermelhada da fumaça na língua.

– Não sinto as pernas – cochichou Ashlinn.

Mia riu com a cigarrilha na boca e deixou escapar a fumaça pelos lábios.

– Não me culpe. Foi você que pediu mais.

– Não consegui resistir. – Ash se aninhou ainda mais nela. – E você gosta quando eu imploro mais.

Que a Deusa a perdoasse, mas ela gostava mesmo. Por mais exausta que estivesse, só imaginar a súplica da garota fazia seu corpo se arrepiar. A doce rendição de Ash em seus braços e o triunfo melífluo que Mia sentia ao fazê-la derreter-se com seu toque a inebriavam. Com um sorriso no rosto, piscando, Mia respirou a fumaça de cravo, no doce contentamento de ter aquela garota em seus braços e só em seus braços.

A verdade é que seria fácil pensar que Mia e Ashlinn eram farinha do mesmo saco. Uma dupla feita de cuspe e fogo e movida pela vingança, afiadas, duras e, ai, talvez mesmo cruéis. Mas Ash era diferente quando elas estavam a sós. Mais suave. Estava como a seda para o aço de Mia. Todas as muralhas que erguia para o mundo desmoronavam como pó. Havia partes de si que reservava apenas para Mia, segredos revelados na escuridão, sussurrados sem palavras. Uma linguagem de doces suspiros e olhares compreensivos, de lábios macios e dedos delicados.

Um relâmpago luziu atrás do vidro da escotilha (trocado na parada em Alvatorre). Os trovões soavam no céu e nuvens carregadas estendiam-se pelo horizonte. Mia, porém, ainda sentia os três sóis à espreita, como um peso de chumbo nos ombros ou uma dor na nuca. Ódio sobre ódio.

Ela correu os dedos pela curva suave dos quadris de Ashlinn, então por suas costas, sentindo-a estremecer e suspirar em seus braços. Ash era um banquete para seus sentidos, com toda a certeza: bela, esbelta, loura. Mas os olhos de Mia foram atraídos pela tatuagem na pele da amante. O mapa roubado a mando do cardeal Duomo mostrava uma trilha sinuosa através de uma cadeia de montanhas em forma de lua crescente, com instruções escritas na língua da Ysiir antiga. Depois de correr os olhos pela tinta, Mia encontrou o destino entre as pequenas e sedutoras depressões na parte de baixo das costas de Ash. Estava marcado por uma caveira sombria e sorridente, o que não augurava nada bom a quem chegasse à misteriosa Coroa da Lua.

Isso, claro, a fez pensar em Tric e em tudo o que ele tinha contado quando estavam à beira do lago sob Godsgrave. Aa e Niah. A guerra entre Luz e Noite. O fragmento da alma de um deus morto alojado na alma de Mia. Ela pensou no defunto sozinho em sua cabine, ouvindo a tempestade enquanto ela se trancara na cabine para transar com a assassina dele. Uma pontada de culpa penetrou seu coração.

Ashlinn tinha arriscado a vida por Mia incontáveis vezes durante os desafios do *magni*. Com exceção de Mercurio e seus passageiros, tinha sido a única pessoa com que Mia pudera contar durante aquelas viragens sombrias. Quanto ao que Ashlinn fizera na Montanha Silenciosa depois da iniciação – a traição terrível e sangrenta –, Mia estaria mentindo se dissesse que não compreendia a garota ao menos um pouco.

O pai de Ashlinn tinha criado a filha para ver a corrupção da Igreja Vermelha. E embora seus motivos tivessem sido egoístas – embora Torvar Järnheim tivesse transformado os filhos em armas para derrubar o Ministério devido à invalidez causada por seu serviço à Igreja –, Mia compreendia isso também. Mais ainda, compreendia por que Ashlinn tinha obedecido.

Ele era sua família.

Quando tudo é sangue, sangue é tudo.

A verdade é que Mia não era diferente. Não era melhor do que Ash.

Não era uma heroína motivada pela crueldade e injustiça da República. Era uma assassina, motivada pelo puro e ardente desejo de vingança. Scaeva, Duomo e Remus a feriram, e ela queria revidar. Se alguém entrasse no seu caminho, ela eliminava a pessoa de um jeito ou de outro. Ashlinn simplesmente tinha feito a mesma coisa.

Só que umas das pessoas que ela eliminara era amigo de Mia.

Seu confidente.

Amante.

E, um ano depois, Mia caíra na cama com Ashlinn.

Havia um quê de falta de compaixão nisso, Mia sabia. Na época tinha sido fácil racionalizar a decisão: qualquer viragem durante o *magni* podia ser a última, então precisava se apegar a qualquer consolo que pudesse encontrar. Tinha uma dívida com Ashlinn. Uma afinidade sombria. E, pela Deusa, sentia atração por Ashlinn.

Tric estava morto. Tinha partido. Nunca mais voltaria.

Mas agora...

Embora o toque dos lábios de Ash deixasse Mia quase tonta; embora só pensar nela, mesmo agora, estirada e saciada, fizesse ondas de cálido prazer subirem pelas coxas, parte de Mia – provavelmente a parte que Sr. Simpático ocuparia – ainda desconfiava da garota em seus braços. Mia pensou no que o gato de sombras lhe dissera em Alvatorre. Perguntou-se se aquilo que ele lhe tirava – o medo e todo o espectro de emoções que nasciam dele – não eram coisas que ela devia prezar em vez de descartar.

– Onde você encontrou? – ela perguntou.

– Hein? – murmurou Ash, levantando a cabeça.

– O mapa – disse Mia, contornando o desenho com a ponta do dedo. – Onde estava?

– Num templo antigo – suspirou Ash antes de enterrar a cabeça entre os seios de Mia outra vez. – Em Ysiir. – Ela se encolheu ao sentir as carícias de Mia nas costas. – Gostoso. Continue.

Mia tragou a cigarrilha e soltou uma nuvem cinza no ar. Os trovões continuavam lá fora.

– Que tipo de templo?

– Em ruínas. Dedicado a Niah. Por quê?

– Quem fez? Faz séculos que o culto a Niah foi proibido.

Ash tornou a levantar a cabeça. Sua voz continha uma nota de cautela.

– Não sei. Era velho. Velho e escondido. O mapa estava esculpido em rocha vermelha, nas montanhas do norte. Perto do litoral.

– E foi Duomo quem mandou você atrás dele, certo? Com outros, você disse.

Ashlinn a encarou por um longo instante antes de responder. As ondas quebravam contra o casco e a tempestade era cada vez mais sombria e feroz lá fora.

– Éramos dez. Um bispo do ministério de Aa chamado Valens. Um bando de capangas que incluía um liisio chamado Piero e dois itreyanos, Rufus e Quintus. Não me lembro do resto. Acho que Duomo não confiava nos luminatii, por isso todos deviam ser mercenários. Havia também uma cartógrafa vaaniana chamada Astrid. E eu.

– O que aconteceu com eles?

– Morreram.

Mia deu uma tragada longa, semicerrando os olhos por causa da fumaça.

– Como?

– Que diferença faz?

– Você matou todos?

– E que diferença faz se matei?

Mia deu de ombros, encarando os olhos azuis-celestes da garota.

– Rufus morreu picado por uma víbora-das-rochas. Valens e quase todos os outros morreram no templo. – Ash viu que Mia arqueava a sobrancelha e suspirou. – Havia... umas coisas lá, Mia. Na câmara do mapa. Parecidas com os vermes do ateneu da Igreja Vermelha, mas... menores. Mais rápidas. – Ash balançou a cabeça e estremeceu. – Atacaram enquanto Astrid copiava o mapa. Piero e os mercenários tentaram salvar o sacerdote, e todos acabaram cortados em tiras. Foi... feio. Só Astrid e eu conseguimos sair, e por pouco.

– E o que aconteceu com Astrid?

– Eu a matei – disse Ash, seca. – Ela trabalhava para Duomo e eu não confiava nela. Então cortei sua garganta na viragem em que tatuei o mapa. Está feliz agora?

Os raios serpenteavam no céu. Os trovões chacoalhavam o *Donzela* até os ossos.

– Por que está se sentando? – perguntou Mia. – Por que está na defensiva?

– Por que você está me perguntando isso agora?

– Porque não tive chance antes. – Mia deu de ombros. – Quero saber onde as peças se encaixam. Se vamos até essa Coroa da Lua...

– Você está pensando nisso a sério? – interrompeu Ash.

Mia deu outra tragada profunda.

– Ainda não sei se estou pensando nisso a sério, Ash.

– Não gosto disso, Mia – esbravejou Ashlinn. – Toda essa conversa de luas despedaçadas e deuses em guerra e sei lá mais o quê. Tudo isso me cheira mal. Não confio em Tric. Gostaria de mandá-lo para bem longe.

– Bom, você já o empurrou de um precipício, se bem me lembro.

Ash piscou, surpresa.

– Ah, que lindo! A assassina mais infame de Itreya está me dando um sermão sobre a ética do assassinato. É sério?

Mia falou devagar, abordando o assunto com o máximo de delicadeza possível.

– Ele era seu amigo, Ashlinn...

– Ele não era meu amigo – retrucou Ash. – *Não existem* amigos na Igreja de Nossa Senhora do Bendito Assassinato. Também não matei nenhum cordeirinho desgarrado. Ele era um servo de uma seita assassina que eu estava tentando destruir. Matou uma criança inocente para assumir seu lugar entre as Lâminas de Niah, Mia. E não sou hipócrita a ponto de culpá-lo por isso. Mas não é porque ele tem um queixo atraente que não era um assassino. Igual a mim. E igual a *você*.

Mia olhou nos olhos de Ashlinn. As muralhas estavam de pé outra vez, a suavidade extinta, e o fogo que ela cuspia a cada viragem subia rapidamente aos lábios. Apesar de adorá-la, Ash não se furtava de enfrentar Mia. Punha o dedo nas feridas que ninguém ousava tocar, penetrando o cerne da questão. E tinha atingido o alvo. A verdade que Mia não podia refutar.

Como posso culpá-la por fazer algo que já fiz mais de cem vezes?

– Meu irmão *morreu* no ataque à Montanha Silenciosa – continuou Ash. – E nunca choraminguei por isso. Jamais perguntei se você tinha alguma coisa a ver com isso.

– Eu não matei Osrik, Ash – disse Mia, pega desprevenida. – Foi Marius.

– *Não é essa a questão* – replicou Ash. – Não perguntei porque *não importa*. Seja lá o que você tenha feito, foi o que precisava ser feito. Remorso é para os fracos, Mia. E arrependimento, para os covardes. O que você fez permitiu que estivesse aqui nos meus braços agora. E isso justifica suas ações. Não vou deixar uma baboseira sobre as luas e os sóis tirarem isso de nós.

Mais um trovão, como se a Senhora das Tempestades estivesse ouvindo a conversa escondida. Mia piscou com a luz dos relâmpagos, enquanto as sombras bruxuleavam nas paredes. Deu outra tragada na cigarrilha e soltou mais uma nuvem cinza no ar.

– Estou tendo sonhos, Ashlinn – confessou. – Todas as noites. Vejo minha mãe e meu pai. Só que *não são* minha mãe e meu pai. Eles brigam por minha causa. E, quando olho para o meu reflexo, vejo alguém atrás de mim. Uma figura feita de chamas escuras, com um círculo branco marcado na testa.

– O que isso quer dizer?

– Não faço ideia. Por isso quero ver o tabuleiro inteiro.

– Não quero me sentir uma peça num jogo de tabuleiro – disse Ashlinn, com uma ponta de desespero na voz. – Não quero mais jogar esse jogo. Vamos salvar Mercurio, matar Scaeva e depois fugir de tudo isso, ir para algum lugar calmo e longe, bem longe. Você e eu. – Ela fez uma careta. – Acho que Jonnen pode vir também, se o peste aprender a moderar aquela língua. Mas vai ter o próprio quarto.

– É assim que você imagina o final? – perguntou Mia, com a cigarrilha pendendo dos lábios. – Enfurnada num chalé? Com flores à janela e fogo na lareira?

Ash confirmou com a cabeça.

– E uma cama grande de penas.

– Sério? – Mia deu uma tragada longa, fechando os olhos por causa da fumaça. – Nós? *Eu?*

– Por que não? – perguntou Ash. – Meu pai construiu uma casa às margens dos Três Lagos, a norte de Ul'Staad. Crescem tantas malvas-rosas e campânulas-solares lá que o vale todo fica perfumado. Você tem que ver. O lago é tão calmo, é como um espelho do céu.

– Eu... – Mia balançou a cabeça. – Não sei se nasci para uma vida assim.

Ash baixou o olhar e sua voz saiu num sussurro.

– Você quer dizer uma vida comigo?

– Quero dizer... – Mia suspirou enquanto tentava encontrar palavras para os pensamentos. – Quero dizer que nunca nem *pensei* no que fazer depois disto. Nunca imaginei um momento em que a minha vida não fosse esta. É tudo que tenho sido faz oito anos, Ash. É tudo que existe para mim.

Ashlinn se aproximou e a beijou, acariciando seu rosto, com força e ternura.

– *Não é* tudo o que existe – sussurrou.

Mia olhou nos olhos de Ashlinn e os viu brilharem com lágrimas, refletindo os relâmpagos que rasgavam o céu escuro lá fora.

– Eu te amo, Mia Corvere – disse a garota. – Tudo o que você é. Mas você é bem mais do que suas metas. Sei que talvez não consiga enxergar uma vida assim para si mesma, mas ela pode acontecer, se quiser. Não vou dizer que você merece. Você é uma ladra, assassina e uma babaca da porra.

Mia não conseguiu conter o sorriso.

– Verdade.

– Mas é por isso que eu te adoro – suspirou Ash. – E quanto mais vivo, mais percebo que a vida não é uma questão de mérito. As bênçãos e as maldições caem sobre ricos e pobres do mesmo jeito. Justiça é ilusão. Quem não quer, não conquista nada, e quem não luta pelo que tem, fica sem nada. Por isso é que temos que *lutar*. Fodam-se os deuses. Foda-se tudo. Vamos pegar o mundo pela garganta e fazer com que nos dê o que queremos. – Ash a beijou de novo, sentindo o gosto de lágrimas ardentes nos lábios. – Porque eu quero *você*.

Ela não esperava contrapartida; não era do tipo que fazia declarações só para a outra pessoa papagaiá-las. Não era insegura. Não testava ninguém. Sabia o que sentia e confiava em Mia o bastante para dizê-lo, e isso era tudo. Mia gostava disso nela.

Mas a amo?

Ash encaixou-se ao lado dela, envolveu-a em seus braços e apertou.

– Não há nada que eu não faria por você, para te ver segura, para te ajudar a sobreviver. – Ash balançou a cabeça e fungou para conter as lágrimas. – Nada.

– Eu sei – sussurrou Mia, com um beijo na testa dela.

– Quero ficar com você para sempre – suspirou Ash.

– Só para sempre?

– Para sempre e sempre.

Mia permaneceu acordada por um bom tempo depois de Ash adormecer.

Imaginando um lago tão calmo que parecesse um espelho do céu.

Observando as trevas no céu onde brilharia um globo pálido.

Ouvindo a tempestade cantar.

E pensando.

Estava piorando.

O *Donzela de Ferro* tinha quase trinta metros de carvalho maciço e cedro reforçado e fora feito para cortar o mar como o bisturi de um boticário. Mas a maré subia com os ventos, uivando e rangendo como uma fera descontrolada. O navio era jogado de um lado para o outro como um brinquedo; pelo visto, a Senhora das Tempestades e a dos Oceanos estavam furiosas. Sem Sr. Simpático, o medo de Mia triplicava a cada onda gigantesca: uma subida tortuosa seguida por uma parada agonizante e frágil, então uma descida de dar nós nas entranhas e um impacto que parecia o fim do mundo.

Um momento de pausa. E depois tudo recomeçava.

Por horas. E horas. Sem fim.

– Sangue e abismo! – exclamou Ashlinn.

A rede delas estava pendurada de través para balançar melhor e acompanhar o movimento do *Donzela*, mas, apesar da exaustão das duas, era impossível dormir. A tempestade piorava a passos largos, os ventos uivavam e os trovões explodiam como se estivessem bem em cima delas. Mia se viu forçada a rolar para fora da rede e pôr a calça e as botas. O estômago estava gelado. As mãos, trêmulas.

– Fique aqui – ela disse a Ash.

– Aonde você vai?

– Falar com Corleone. Descobrir que porra está acontecendo.

Apesar do medo, ela se agarrou no batente da porta para sair da cabine, cambaleado com os chacoalhões do mar. Depois de fechar a porta, avançou por um corredor iluminado por luzes arquêmicas, tateando as paredes para se equilibrar. Um membro da tripulação que estava descendo, todo encharcado por baixo da roupa de lona, se espremeu para abrir passagem, murmurando um pedido de desculpas. Mia notou que as tábuas do assoalho estavam molhadas pela água da chuva e do mar, que escorria pela escada. Ao passar pela cabine dos Falcões, ouviu Carniceiro ainda vomitando as tripas e Bryn xingando o Onividente e todas as Filhas dele. Bateu à porta e Sid botou a cabeça para fora alguns instantes depois.

– Tudo bem aqui? – perguntou Mia.

– B-b-bem... para caralho – gemeu Carniceiro, com a cara amassada toda verde.

– Estamos bem – disse Sid, acenando com a cabeça e agarrando-se ao batente para não cair com a onda que acabava de atingir o navio. – Carniceiro não tem mais nada para vomitar, coitado. E você, como está?

– Sobrevivendo. Vou subir para falar com o capitão. – Ela lambeu os beiços e respirou fundo. – Vocês todos sabem nadar, certo?

– Sim – confirmou Fazondas.

– Sim – disseram Bryn e Cantespadas.

– Caral... *huuurrrrhhg*! – disse Carniceiro.

– Acho que isso é um sim – disse Sidonius com um sorriso.

– Fiquem alertas – recomendou Mia. – E não tranquem a porta.

– Somos gladiatii, Mia – disse o grandalhão itreyano. – Todos já olhamos a morte nos olhos mais vezes do que conseguimos contar. Não temos medo.

Ela deu um tapa no ombro de Sid e acariciou a bochecha dele. Correu os olhos por aqueles homens e mulheres que lutaram a seu lado nas areias, dando-se conta de que também eram sua família. E, apesar de tudo, percebeu como estava feliz por tê-los consigo.

Com um aceno, Mia se despediu e foi cambaleando sobre o chão instável até a escadaria. Agarrou-se ao corrimão e se esforçou para subir ao convés sem cair.

A tempestade era ensurdecedora e a chuva caía como lanças. Mia sentiu-se pequena diante da cena: as muralhas de água que se erguiam à frente e atrás, o cinza plúmbeo e túmido do mar. O coração saltou no peito com os raios que partiam o céu, o uivo faminto e sem boca do vento que vinha acompanhado pelos palavrões ofuscantes de Joãozão. À frente, marujos dependurados nas vergas escorregadias tentavam prender uma vela que se soltara das amarras, equilibrando-se em cabos finos e trabalhando a mais de trinta metros de altura com uma corda encharcada e lonas alagadas. Um escorregão, um tropeço, e era convés ou água – o fim da linha em ambos os casos.

– Que porra veio fazer aqui? – perguntou Corleone quando ela subiu para o convés de popa.

O capitão estava molhado até os ossos, com a sobrecasaca empapada e a pena do tricórnio murcha. O timão estava amarrado para não se soltar, e o capitão se amarrara a ele, prendendo-se como um molusco muito bonito.

– Achei que tivesse dito que essa tempestade não ia matar ninguém! – ela berrou.

– Confesso que posso ter subestimado o entusiasmo dela! – ele gritou de volta, sorrindo.

Mia, que não encontrou ânimo para retribuir o sorriso, berrou com todo o fôlego para se fazer ouvir em meio ao vento ensurdecedor:

– Vamos morrer?

– Não se eu puder impedir! O porão está cheio e nos mantém estáveis, nossas velas de tempestade estão içadas, e temos os melhores saleiros deste lado das Mil Torres! – Corleone deu uma piscadela. – Além disso, talvez eu me sinta impelido a revelar meu nome verdadeiro se estivermos prestes a morrer!

– É Gherardino? – Mia se esforçou para gritar. – Ou Gualtieri?

– E os nomes com *B*?

– Ahá! – ela urrou. – Então *começa* com *B*!

Ele abriu um sorriso largo e balançou a cabeça.

– Preciso confessar uma coisa!

– Nós *vamos* morrer?

– O motivo pelo qual não quis parar para os luminatii! Eles procuravam você e seu irmão, mas pensei que estavam atrás da carga do *Donzela!*

– E qual seria essa carga?

– Umas vinte toneladas de sal arquêmico![15]

Os olhos de Mia quase saltaram das órbitas.

– *Quê?*

– É – confirmou Corleone.

– Você está me dizendo que navegamos com vinte toneladas de material altamente explosivo debaixo de nós?

– Bom... – Cal deu de ombros de leve. – Talvez quase vinte e uma!

– No meio de uma tempestade com *relâmpagos*?

– É emocionante, não é? – Corleone riu alto. – Não tema. Está tudo

---

15 O sal arquêmico é uma variante sólida do combustível que alimenta muitas das maravilhosas maquinarias de Itreya, como os Andantes de Guerra e as grandes engrenagens debaixo das arenas da República, bem como objetos mais prosaicos, como pederneiras e lanternas arquêmicas.

O combustível é reduzido ao estado sólido por meio de processos perigosos, e o sal em si é altamente volátil: é proibido produzi-lo fora do Colégio de Ferro. Contudo, seu rendimento por quilo é cinco vezes maior do que o do combustível líquido, o que quer dizer que os contrabandistas têm a oportunidade de lucrar cinco vezes mais se estiverem dispostos a carregar uma bomba em seus navios.

Um famoso incidente ocorreu com um navio chamado *Janota de Ferro,* prestes a zarpar de Pontassol com a terrível carga de quarenta toneladas de sal arquêmico. Na quasinoite anterior à partida, um marinheiro bêbado desesperado por tabaco decidiu desafiar a estrita ordem do capitão para "não fumar, porra" e se escondeu no porão para uma cigarrilha rápida. A explosão resultante foi ouvida até em Temporal.

Ainda hoje nas tavernas dos portos podemos ouvir a expressão "estourar o Janota" ser usada para descrever uma merda especialmente grande.

bem acondicionado. O casco teria que rachar para que um raio atingisse o sal, e nenhuma tempestade é tão forte assim!

– Eu achava que só os mercadores do Colégio de Ferro pudessem transportar essa bosta!

Cal a encarou por um longo instante.

– Você já percebeu que sou *pirata*, não é?

Ele tirou a pena encharcada dos olhos e sorriu feito um louco, sem demonstrar qualquer medo perante aquela demonstração de força ao seu redor. Quando os relâmpagos iluminaram os olhos do homem, Mia entendeu por que a tripulação o seguia. Ao vê-lo rir em meio ao caos ao redor, do perigo sobre eles, com as mãos firmes no timão, se viu endireitando o corpo apesar das circunstâncias.

– Volte para baixo, dona Mia! – ele gritou. – Deixe que eu e meus saleiros cuidamos disso. Vá consolar aquela sua loira gritadora!

– Você nos ouviu?

– Pelas Quatro Filhas, eu teria que estar surdo ou morto para não ouvir! – ele gritou. – A propósito, parabéns. Belo desempenho!

Mia sentiu as bochechas arderem mesmo com o frio da tempestade.

– Não se preocupe – ele berrou. – Moça ou rapaz, quem você pega no meu navio é problema seu. Não me importa nem um pouco com quem você fode. Mas se precisar de companhia...

Mia se pegou rindo apesar do medo.

– Vai se *foder*!

– Bom, graças a esta tempestade, a boa notícia é que essa não é a minha única opção agora!

Inflada pela confiança de Cal, Mia decidiu parar de atrapalhar o capitão. Com cuidado, foi até o tombadilho, forçando a vista em meio à chuva e apertando o corrimão. O navio balançava com a ventania, e Mia quase caiu duas vezes, o coração disparado ao olhar para o lado e encontrar os dentes do mar. Levantou os olhos para os homens ainda brigando com a vela solta em cima do mastro e perguntou-se por que alguém debaixo dos sóis ia querer ser marinheiro.

Então o viu.

Era apenas uma silhueta contra o cinza de aço do oceano, quase perdido sob as águas que saltaram para o convés quando o navio mergulhou depois de mais uma onda. Estava de pé na proa com os braços estendidos, a cabeça jogada para trás, os longos nós de sal empapados de mar.

– Tric? – ela chamou baixo.

Outra onda arrebentou contra a proa. Toneladas de água congelante escoaram pelo convés e pelas laterais do navio, mas ele permaneceu de pé em meio ao caos como uma rocha. Estava longe demais para que ela pudesse chamá-lo, e o restante da tripulação parecia ocupada demais com a tempestade para prestar atenção a preocupações menores. Mia começou a avançar pelo convés, tendo que segurar na amurada para não morrer quando outra onda arrebentou no convés. Joãozão a viu e gritou um aviso, mas ela o ignorou. Seguiu avançando quase que às unhadas – agarrando-se com as mãos cada vez mais frias, as pontas dos dedos quase azuis, a pele ainda mais branca –, além do mastro principal e dos traquetes, até estar perto o bastante para gritar:

– Que abismo está fazendo?!

Ele virou a cabeça um pouco para trás, depois tornou a olhar para o mar, ainda com os braços estendidos. As mangas da túnica encharcada tinham descido pelos braços, e Mia conseguiu ver as estranhas manchas pretas que iam dos dedos aos cotovelos.

– Rezando!

– Para quem? – ela berrou. – Pelo quê?

– Para a Mãe! Pedindo para ela acalmar a Senhora dos Oceanos e a Senhora das Tempestades!

– De que porra está falando?

– Essa tempestade não é normal! – ele gritou. – É a ira das

deusas. Elas sentem a minha presença, e a sua. Sabem quem você é e para onde vai!

– Mas por que se importam? – ela berrou em meio às trovoadas.

– São filhas de seu pai! Se a Senhora das Tempestades quebrar o nosso mastro, ficaremos à mercê da Senhora do Mar! – Ele se virou e cravou os olhos mortos e escuros em Mia. – E a Senhora dos Oceanos não tem misericórdia! – Ele a dispensou com um gesto. – Para baixo! De nada adiantam lâminas afiadas e uma língua mais afiada ainda! A única arma desta guerra é a fé, e você não a tem para poder lutar!

– Você está...

– *Vá!*

Mia se afastou. Toda a confiança que Corleone tinha inspirado dissolveu-se sob aquele olhar abissal. Tric voltou-se de novo para o mar, espalmando as mãos escuras. Outra onda abateu-se contra a proa e Mia tropeçou com um grito. Mas, assim que a água baixou, viu que ele ainda estava lá, arraigado ao chão como que por magia, com as vestes grudadas ao corpo como algas presas a um corpo afogado. Ela olhou ao redor para o monte de gravetos e lona que era o *Donzela*, tudo o que havia entre ela e a morte. De repente, sentiu-se uma coisa pequena e assustada, pega em algo maior do que conseguia imaginar. A imagem do peão na palma de Scaeva irrompeu sem convite em seus pensamentos, e as palavras do imperador ecoaram em sua mente:

Se enveredar por essa estrada, minha filha, vai morrer.

Cravando as unhas azuladas na madeira, Mia seguiu em frente através da arrebentação e dos uivos do vento e do frio de gelar os ossos, voltando pelo convés até finalmente chegar às escadas que levavam para as entranhas do navio.

– Dentes da Fauce – ela murmurou, tremendo.

O navio gemeu como que em resposta, as tábuas agonizando. Ela conseguia ouvir Cal berrar com Joãozão, e Joãozão com a tripulação, suas vozes quase engolidas pela tempestade. Mia seguiu pelo corredor na direção da sua cabine, pingando e perguntando-se onde estaria Sr. Simpático. Não sabia em que canto ou fresta escura estaria escondido, mas o queria de volta para tirar aquela sensação.

É o medo que evita que a escuridão nos devore. É o medo que nos impede de entrar num jogo que não temos nenhuma *esperança de vencer.*

Ela deteve-se diante da sua cabine, mas olhou para a porta oposta à sua – a porta de Jonnen, fechada e trancada. Uma luz tênue escapava pelo vão e sons baixos emergiam por trás do canto ensurdecedor dos trovões. De repente, se deu conta do que estava ouvindo.

Choro.

Ela engoliu em seco. Lembrou-se das palavras ásperas que dissera e seu peito se encheu de arrependimento. Ele era um merdinha odioso. Um peste mimado. Um arrogante grosseiro e ingrato. Mas era só uma criança. Seu irmão. Seu sangue.

Alguns instantes de trabalho precário com a gazua escondida no salto da bota de pele de lobo bastaram para abrir a tranca e, logo em seguida, a porta. Ela tirou o cabelo encharcado dos olhos e espiou dentro da cabine. Viu o irmão encolhido no canto, enfiado entre um baú pesado e a parede, abraçando as pernas. Eclipse estava diante dele, falando com a voz mansa, mas parecia que nem a loba de sombras era capaz de aplacar o medo do menino. As bochechas de Jonnen estavam molhadas de lágrimas; os olhos, arregalados e aterrorizados.

– Irmão? – chamou Mia.

Ele levantou a cabeça, firmando o queixo.

– Vá embora, Faz-Rei – disparou, com os olhos faiscando.

Mia suspirou e entrou na cabine, pingando água do mar. Com passos firmes sobre as tábuas do assoalho, avançou até sentar-se diante dele. Depois de uma pausa constrangedora, afastou o cabelo do rosto e estendeu as mãos frias para tomar as dele. Surpreendentemente, o menino não as puxou de imediato.

– Ainda com medo de tempestades?

– ...*SINTO MUITO, MIA. ELE NÃO ME DEIXOU ENTRAR EM SUA SOMBRA, MAS NÃO QUERIA QUE EU CONTASSE PARA VOCÊ*...

Mia acariciou as costas de Eclipse, grata pelo vínculo que a loba de sombras estabelecera tão rápido com o irmão. Embora a própria Mia fosse claramente a pessoa menos querida de Jonnen sob os três sóis, o menino e o demônio se tornaram parceiros no crime depois de meras semanas de convivência. Ao pensar nisso em meio à tempestade ribombante, Mia compreendeu o motivo.

Eclipse sente saudades de Cassius.

E Jonnen a faz lembrar-se dele.

Mia olhou para o irmão e assentiu para si mesma. Era um menino extraordinário, ela tinha que admitir, apesar de toda a inimizade entre eles. Sentiu o peito encher-se de admiração pelo fato de ele ter escolhido enfrentar a tempestade sem que a passageira devorasse seu medo.

– Um homem precisa se garantir, não é?

O garoto a encarou furioso com aqueles olhos escuros tão parecidos com os do pai. Tão parecidos com os dela.

– Mas você não precisa ficar só, sabia? – Mia apertou as mãozinhas dele. – Sou sua irmã, Jonnen. Estou aqui se você precisar.

Ele umedeceu os lábios. A voz saiu tão baixa que ela quase não ouviu com as ondas e os trovões e a chuva torrencial.

– Faz... faz muito barulho.

– Eu sei – ela disse. – Está tudo bem, irmão.

– Vamos afundar? – ele perguntou com um sussurro.

O *Donzela* despencou de mais uma onda e tremeu até as estruturas. Os caibros rangiam e o mar rugia e os trovões estouravam, e Mia pensou em contar uma mentira para acalmar o menino. Mas, embora não tivesse experiência no cargo, mentir não parecia ser algo que uma irmã mais velha faria.

– Talvez – ela admitiu. – Espero que não.

– Eu... eu não sei nadar muito bem.

– Eu sei. – Ela apertou mais uma vez a mão dele. – E não vou deixar você se afogar.

Ele a encarou; seus olhos pretos refletiam pontinhos da luz arquêmica da lanterna. Mia conseguia enxergar a mãe deles em Jonnen. O pai também. Porém, mais do que ambos, via *ele*: o bebezinho chorão que ela tinha segurado nos braços naquela quasinoite no Ninho do Corvo. Ainda conseguia ouvir a voz da mãe, cansada e ofegante depois do parto, os olhos brilhando com um amor ardente e impossível ao contemplar o filho e a filha.

Cante para ele, Mia. Ele vai reconhecer a irmã.

Assim, sentindo-se uma completa idiota, baixando a cabeça para que o cabelo molhado cobrisse o rubor das suas bochechas marcadas pela tatuagem de escrava e a cicatriz, Mia levantou a voz e cantou a canção que a mãe tinha ensinado, como fizera naquela quasinoite.

Nas horas tristes, as mais escuras,

Se o vento sopra frio nas alturas,

Se os sóis se apagam e vem a veratreva,

Eu ainda voltarei para você, meu amor.

Sempre voltarei para você, meu amor.

Ela correu a mão pelo rosto e balançou a cabeça.

– Você tem razão – admitiu, rindo. – Pareço mesmo uma harpia ganindo por comida...

Ela sentiu uma leve pressão. Um breve aperto em sua mão. E, ao olhar os olhos do garoto, viu que ele já não estava chorando.

– Tenho uma ideia – ela balbuciou, fungando. – Quer dormir no meu quarto? Assim, se alguma coisa acontecer, vou estar bem perto...

Jonnen apertou os lábios. Estava claro que queria aceitar e que era orgulhoso demais para admitir. Mia tentou outra tática.

– Também estou com medo. Dormiria melhor com você lá.

– Bom – ele disse afinal. – Se *você* está com medo...

– Vamos – ela disse, pegando o cobertor do menino e o ajudando a levantar-se.

O navio ondeava e balançava enquanto eles caminhavam pelo corredor até a cabine de Mia. Ela bateu à porta, enfiando a cabeça para dentro. Ashlinn se balançava na rede, com os olhos no teto e uma expressão preocupada. Ao ver Mia, sorriu, abriu o cobertor e estendeu os braços.

– Venha, linda.

– Vista-se – sibilou Mia. – Jonnen vai dormir aqui com a gente.

– Sério? – Ash franziu a testa e olhou em volta. – Merda, me dá um minuto.

Mia passou o irmão para dentro assim que Ashlinn desceu da rede e deu as costas para a porta. O menino manteve as mãos unidas diante do corpo e espiou com curiosidade a tatuagem nas costas da garota, que se abaixava para pegar a anágua e cobrir a pele nua. Mia tirou a calça e a camisa ensopadas e ficou apenas de anágua, relativamente seca. Depois de subir na rede com Ash, fez uma pilha de cobertores por cima delas e chamou Jonnen.

– Pode vir, está tudo bem.

O menino hesitou, mas com o medo da tempestade ainda em seus calcanhares, correu pelas tábuas e se jogou nos braços de Mia. Ela enrolou um segundo cobertor em volta dos ombros dele e sofreu com os joelhos e cotovelos pontudos do menino enquanto se acomodava. Mas, enfim, ele encontrou uma espécie de conforto. Eclipse se aninhou aos pés de Mia e suspirou na penumbra.

– ...*JUNTOS*...

Mia envolveu o irmão com um braço e a garota ao seu lado com o outro. Ash se encolheu contra ela e seus corpos se encaixaram com perfeição, a respiração da garota contra o cabelo de Mia. Ela beijou a testa dela e, depois de uma pausa pesada feito chumbo, arriscou um beijo no cocuruto de Jonnen. O menino não reagiu, mas ela achou que sua respiração ficou mais fácil e seu corpo menos tenso.

Julgou que já era um começo.

Suspirou fundo. Talvez as duas pessoas com quem ela mais se importava no mundo estivessem em seus braços. Eram seu centro. Sua família. O motivo de ela ter lutado e sangrado todo esse tempo. De arriscar toda e qualquer coisa...

Será que também poderia viver por eles?

Mia olhou para o teto.

Imaginando um lago tão calmo que fosse como um espelho do céu.

Observando as trevas no céu onde brilharia um globo pálido.

Ouvindo a tempestade cantar.

E pensando.

CAPÍTULO 17
PARTIDAS

Quase não chegaram a Galante.

A tempestade prolongou-se por uma semana inteira e, embora nenhum relâmpago tocasse os explosivos no bojo do *Donzela*, o oceano fez o máximo para levar todos para um túmulo no mar. Seis membros da tripulação foram perdidos para as profundezas, varridos do convés ou puxados do cordame. As velas do mastro principal e da mezena tinham se rasgado como um saco de estopa podre e o mastro de traquete quase quebrara na base. Ao longo de toda a semana, Cal Corleone se manteve no timão, como se quisesse manter o navio inteiro graças à sua determinação. Contudo, Mia suspeitava de que não fora o capitão, mas outra figura no convés que se mostrou a diferença entre a vida e a morte de todos.

Um defunto.

Ele não saiu da proa durante as sete viragens. Os lábios moviam-se numa oração silenciosa à Mãe, pedindo-lhe que insistisse com as Filhas para que parassem, implorando por calmaria e misericórdia. Mia não sabia ao certo se a Mãe tinha ouvido ou as Filhas obedecido, mas, quando o *Donzela* entrou aos trancos na baía de Galante – rachado e ensanguentado, mas ainda inexplicavelmente à tona –, ela subiu até a proa e se apoiou na amurada ao lado de Tric.

Ele segurava a madeira, o rosto emoldurado por uma cortina de nós de sal encharcados. O vento ainda rangia e rosnava atrás deles, a água era um mar de retalhos de espuma branca e a garoa caía num véu fino.

Ele ainda tinha uma beleza sombria, com a pele lisa e pálida e os olhos pretos como breu, mas Mia era capaz de jurar que estava mais corado agora. Uma fraca brisa de vida soprava sua pele, e havia algo novo no seu jeito de se mover. Ashlinn tinha comentado com ela quando estavam a sós na cabine: quanto mais se aproximavam da veratreva, mais... vivo Tric parecia. Talvez fosse algum tipo de feitiçaria, algo de que nunca ouvira falar nem encontrara em livros, mas até que fazia sentido. Se o poder da Noite havia trazido Tric de volta à vida, o garoto podia mesmo parecer mais vivo à medida que a veratreva se aproximava.

Mia perguntava-se o que Tric era de verdade. Que magia havia nele, que mistério? E quanto se pareceria com o velho Tric quando os sóis finalmente sumissem?

– O QUE ESTÁ FAZENDO? – ele perguntou, espiando-a com o canto dos olhos.

– Só observando – ela respondeu.

Ele assentiu e voltou-se para a joia branca que era a baía de Galante. A Cidade Portuária das Igrejas era um misto peculiar das arquiteturas liisia e itreyana, com minaretes altos e cúpulas graciosas, jardins de teto e telhados altos de terracota, habitada por centenas de milhares de pessoas que circulavam pelas ruas. Os sinos das catedrais ecoavam por sobre as ondas, dobrando em uníssono de hora em hora. Mia tinha passado oito meses servindo a capela da Igreja Vermelha ali sob a bispa Decimani, e conhecia a cidade como um bebum conhece a garrafa.

– Foi aqui que nos conhecemos – ela disse. – Bom... que nos conhecemos de novo. Eu tinha acabado de matar o filho de um senador, se não me falha a memória.

– Eu me lembro. Você usava vestido vermelho. E tinha um dardo na bunda.

Ela abriu um sorriso e afastou as mechas sopradas pelo vento.

– Não estava no meu melhor momento.

– Parecia mais que ótima para mim.

O sorriso se desfez. Um silêncio constrangedor envolveu os dois como uma mortalha. Uma gaivota solitária cruzou o céu com um canto lamentoso.

– Aquilo... – Mia balançou a cabeça e tentou mudar de assunto. – Aquilo que você disse durante a tempestade, sobre as Senhoras dos Oceanos e da Tempestade... era sério? Sobre elas... saberem?

– Você tem uma pederneira?

Mia se surpreendeu com a pergunta esquisita.

– Tenho.

– Me dê.

Ela enfiou a mão no bolso da calça e sacou o bloquinho de metal queimado. Era um dispositivo simples: pedra, pavio, combustível arquêmico. Dois sacerdotes de prata numa barraca da feira.

– Só não deixe cair lá embaixo, hein?

Tric pegou a caixinha nas mãos, penando um pouco com a pedra. Aqueles dedos já tinham sido habilidosos como as patas de um gato, hábeis e flexíveis e ligeiros. Mia sentiu outro frio na barriga ao lembrar que, por mais bonito que estivesse, e por mais que a veratreva se aproximasse, ali à luz dos sóis o garoto ainda não era quem costumava ser. Mas, após alguns momentos, ele acendeu o fogo e ergueu a pederneira diante dela.

O vento uivava, a chuva caía. Aquela língua de fogo estreita já devia ter se apagado por completo. Mas não: Mia viu a chama entre eles cintilar e crescer, ficando mais quente. Apesar do vento que açoitava suas costas, o fogo se alongava na direção dela, enfrentando a ventania. Como se...

...como se *quisesse* queimá-la.

– A Senhora da Terra dorme, como faz há eras – disse Tric. – Mas enquanto você buscar a Coroa da Lua, Tempestade e Oceano e Fogo serão seus inimigos. Essas Senhoras são filhas de seu pai, Mia. Foram criadas para odiar tanto a mãe como o irmão. E, portanto, você.

Ao ver aquele dedo de fogo esticado na sua direção, faiscando e chicoteando, uma ponta de medo frio penetrou suas entranhas.

– Todas as peças começaram a se mover. Quanto mais perto você estiver da Coroa, mais elas tentarão impedi-la. – Tric balançou a cabeça, torcendo os lábios. – Tinha a esperança de que chegaríamos mais longe antes de nos detectarem. Mas todos os três olhos de Aa ainda estão no céu. Não é à toa que o chamam de Onividente.

– Você está dizendo que se formos para o mar de novo...

– As Senhoras vão tentar nos deter novamente.

– Mas Ysiir e a Montanha Silenciosa ficam do outro lado do Mar dos Lamentos. – Ela franziu a testa. – Não podemos andar daqui até Liis. Precisamos viajar de navio.

Tric olhou para a baía diante deles, então para o mar às costas deles.

– Podemos viajar por terra por um tempo – sugeriu. – Seguir para o leste, pela costa. Pedir a Corleone que leve o *Donzela* para o outro lado do Cabo Norte sem nós nem a ira das Senhoras. Assim faltará apenas um pequeno trecho de água pelo Mar dos Lamentos até Ysiir. Corremos o risco da ira das gêmeas, mas uma semana é melhor do que três.

Mia balançou a cabeça. Ainda não tinha decidido se acreditava em toda aquela besteira de deuses e deusas, nem se buscaria a Coroa. Mas parecia que as divindades haviam tomado sua própria decisão, e ela estava começando a perceber como três deusas unidas podiam atrapalhar a sua vida.

– QUANTO MAIS PERTO DA VERATREVA – disse Tric, como se lesse seus pensamentos –, MAIS FORTE VOCÊ FICARÁ. VOCÊ SABE DISSO.

Ela assentiu, lembrando-se do poder que brandira no massacre de veratreva, passando de uma sombra a outra da cidade de Godsgrave como uma criancinha salta poças d'água, despedaçando a estátua de Aa diante da Basílica Grande com a escuridão líquida. Só a Mãe sabia do que ela seria capaz agora que era mais velha e tinha o fragmento que estivera em Furian dentro de si.

E ela sentia, conforme os sóis desciam rumo ao horizonte – lenta, mas inevitável, que a escuridão dentro dela ficava mais profunda. Agitava-se.

Eram sombras atrás dela, esperando o momento de desfraldarem-se à luz moribunda.

– MAS VOCÊ ESTÁ VULNERÁVEL AGORA – continuou Tric. – E É *AGORA* QUE ELAS VÃO TENTAR ATACAR. DEVEMOS SEGUIR COM CAUTELA. E POR TERRA É MAIS SEGURO.

Mia soltou um suspiro, mas assentiu.

– Certo. Vou falar para Corleone nos encontrar em Amai. Certeza que eles estarão mais seguros sem a gente a bordo?

– NADA É CERTO QUANDO LIDAMOS COM AS DIVINDADES – disse Tric. – MAS O FOCO DELAS É VOCÊ, MIA. VOCÊ É UMA AMEAÇA AOS OLHOS DE AA.

– Acho que vamos ter que comprar uns cavalos – ela reclamou, cuspindo no convés. – Eu odeio cavalos.

Tric sorriu, aprofundando as covinhas nas bochechas brancas.

– EU LEMBRO.

Ela o olhou por um momento. Sua voz saiu como um sussurro ao vento:

– Do que mais se lembra?

Ele inclinou a cabeça, olhando-a de um modo que fez seu coração doer.

– DE TUDO – respondeu.

– Quais são as novidades, Corvo?

Mia se virou e deu com Sidonius e Cantespadas atrás de si. Fazondas e Bryn estavam a estibordo, e o grandalhão apontava para a cidade e apresentava os pontos mais famosos à vaaniana. Atrás deles, Carniceiro estava dependurado na amurada, embora não tivesse mais nada para vomitar. Cantespadas encarou Tric com franca desconfiança, e Mia se perguntou o que uma mulher que tinha estudado para o sacerdócio achava da presença de um sem-lume entre eles. Sidonius, por sua vez, mantinha os olhos fixos em Mia.

– Precisamos viajar por terra – ela disse a todos. – A novidade é que arranjei mais dois problemas. Como se não bastassem os ministros de Aa, os luminatii, os legionários de Itreya e a Igreja Vermelha, aparentemente a Senhora das Tempestades e a dos Oceanos também não vão com a minha cara.

– Não… diga – ofegou Carniceiro. – Já vomitei meus dois… pulmões e uma das bolas desde que entramos neste penico do caralho.

– Dobre a língua, rato de mijo – veio uma voz. – Ou corto sua outra bola fora.

Joãozão encarava os gladiatii com os punhos apoiados no quadril. O imediato e o capitão tinham se juntado ao grupo na proa quando o *Donzela* começara a se aproximar da Cidade Portuária das Igrejas. Joãozão estava encharcado até os ossos e com cara de poucos amigos, fumando o cachimbo de osso de dragão pelo canto da boca. Corleone, por sua vez, parecia exausto depois de uma semana de constante batalha no timão. Suas roupas estavam grudadas ao corpo como pelos de um rato afogado, mas o fogo de seus olhos não tinha diminuído nem um pouco.

– Por acaso ouvi que você vai nos deixar? – ele perguntou a Mia.

Ela confirmou com a cabeça.

– Por um tempo. Minha presença a bordo está pondo você e seus homens em perigo.

– Besteira, aquilo não foi nem uma brisa. – Cal bateu o pé no convés. – Meu *Donzela* é firme como a terra.

– Precisamos pelo menos pedir para alguém dar uma olhada na porra do mastro do traquete – disse Joãozão. – Está com uma rachadura mais funda que a xoxota da minha tia Pentalina. As bombas do esgoto estão cambaleando feito cão sarnento de três pernas, e só quem tem cérebro de esperma não rec…

– Sabe – suspirou Cal, interrompendo seu imediato –, para um sujeito com uma rola de jumento, você até que imita bem uma velha[16].

Joãozão riu, mordendo o cabo do cachimbo entre os dentes de prata.

– Quem te contou que sou bem-dotado?

– Sua mãe fala enquanto dorme.

– Vamos viajar por terra – disse Mia com um sorriso. – Assim vocês

---

16 A bem da verdade, essa expressão sempre me pareceu bastante curiosa. Embora a equipagem dos jumentos seja especialmente impressionante para um pequeno, de acordo com os anais de zoologia do Colégio de Ferro, as proporções do jumento são irrisórias perto das de outros membros da fauna itreyana.

O dragão branco, por exemplo, o maior predador marinho de Itreya, tem em média sete metros de comprimento, e seu arpão do amor pode chegar a quase setenta centímetros, numa proporção de 10:1. O búfalo preto de Liisia costuma ter mais de dois metros de altura, e seu cetro pode chegar a quase um metro, numa proporção próxima a 2:1. (Curiosidade: os fazendeiros liisios costumam guardar os pênis dos reprodutores desnecessários que matam. Depois, deixam o órgão secar e o dão para os cachorros. Esse aperitivo animal é chamado de "pau de búfalo".)

A imagem de uma lula-chicote, o terror coberto de ganchos que habita o Mar das Estrelas, pode ficar ainda mais medonha quando sabemos que seu fazedor de nenês tem o mesmo comprimento de seu corpo (e, sim, também ganchos de alto a baixo). Mas o grande vencedor dessa disputa de séculos, o senhor das espadas, o *capan de phalli capanni*, é ninguém menos que a humilde craca. O almirante submerso dos machos de craca pode estender-se até cinquenta vezes o tamanho do corpo.

Para dar uma ideia de proporção, seria como se um homem de dois metros tivesse um falo de duzentos.

Agradeçam seus deuses, senhoras e nobres amigos.

Agradeçam a porra dos deuses.

vão ter tempo para os reparos, e ainda podem nos encontrar em Amai. – Ela olhou para Tric. – É mais seguro para todos nós.

– É.

Corleone franziu a testa.

– Vocês já estiveram em Amai?

– Não – respondeu Mia.

– Não – ecoou o defunto.

O capitão e seu imediato trocaram um olhar desconfortável.

– Eu… – Carniceiro gemeu do parapeito – … ff-ui criado lá…

– Infância feliz? – perguntou Joãozão.

– Na verdade, não. – O gladiatii limpou os lábios e se endireitou, gemendo sobre as pernas bambas.

– Ouvi falar do lugar – comentou Cantespadas. – Cidade perigosa.

– Perigosa? – desdenhou Joãozão. – É o poço mais fundo de canalhas, ladrões e assassinos deste lado do Grande Sal. O lugar inteiro é um enclave de piratas. E não do tipo "canalha encantador", mas do que estupra e mata a sua família inteira.

Corleone confirmou com a cabeça.

– É a sede do trono de Sua Majestade Einar Valdyr, "o Curtidor", Lobo Sombrio de Vaan, Flagelo dos Quatro Mares, Rei dos Mandriões.

Sidonius piscou.

– Existe um rei dos piratas?

Cal fechou a cara.

– Claro que existe. Como você acha que a pirataria funciona?

– Sei lá. Eu pensei que vocês formavam uma espécie de coletivo autônomo ou coisa assim.

– Que porra de coletivo autônomo o quê – rebateu Joãozão, olhando Sid de alto a baixo. – Que merda de governo burro é esse? Deve ser um caos da porra.

– Sim, é um caos – concordou Corleone. – Aqui nós trabalhamos com um sistema, camarada. Não é porque somos piratas que somos saqueadores sem lei.

Sid pareceu estupefato.

– Mas é *exatamente* isso que pirata significa![17]

– Tudo bem, que seja – bufou Mia. – Existe algum jeito de ir de Liis até Ysiir sem atravessar o Mar dos Lamentos?

– Não – respondeu Corleone.

– Há algum porto grande mais perto de Última Esperança do que Amai?

– Não – respondeu Joãozão.

– Certo. Vamos parar de idiotice e começar a caminhar, então?

---

17 Na verdade, não. Como a maioria das profissões em Itreya, a pirataria é um ramo de atividades altamente regulamentado. A Marinha itreyana faz parte de uma máquina militar impressionante, nobres amigos, capaz de esmagar qualquer corsário isolado com facilidade. Mas os Quatro Mares são muito vastos, e é um pouco complicado estar em todos os lugares ao mesmo tempo.

A verdade é que não importa o que você tenha, sempre haverá um desgraçado querendo te roubar. E isso vale sobretudo para esses sujeitos com um gosto especial por álcool, tapa-olhos e frases terminadas em "camaradas".

Desde a Batalha de Quebramar, a ideia de mútua colaboração passou a ser bem aceita nos meios bucaneiros de Itreya. Contudo, logo se descobriu que um governo anárquico não funcionava de forma alguma para um bando de babacas ladrões. Como todos tinham espaço, todos se sentiam no direito de expressar a própria opinião, e, sim, embora todos tenham o direito de ter uma opinião, tecnicamente todos também têm direito de dar uma cagada por dia, mas isso não significa que eu queira saber dela.

Por mais estranho que pareça, a solução foi encontrada na monarquia. E não numa monarquia de "pompa e circunstância", mas numa monarquia de "eu sou o rei e esses caras reconhecem, então faça o que eu mando ou você e todos os seus entes queridos vão ser cortados em pedacinhos e jogados aos dragões".

Com a autoridade centralizada veio um belo acordo com a Marinha de Itreya. A Marinha aceitou que determinado número de navios fosse pilhado anualmente, desde que os piratas concordassem que, caso essa quota fosse ultrapassada, policiariam a si mesmos e poupariam a Marinha de vasculhar os Quatro Mares atrás dos criminosos.

Parece uma solução sensata para mim, camaradas.

– sugeriu Mia. – Lido com Sua Majestade Einar Sei-lá-o-quê, Flagelo de Não-sei-onde, quando chegarmos em Amai.

Era óbvio que o plano de Mia não era muito do agrado de Corleone, mas, sem qualquer alternativa real para oferecer, o corsário acabou por concordar com um encolher de ombros.

– Vamos precisar de suprimentos – disse Sidonius. – Cavalos e arreios. Armas. Armadura.

– Podemos comprar os pangarés – disse Mia. – Mas vai sobrar pouquíssimo dinheiro.

– Temos o uniforme daquele idiota luminatii e dos caras que você matou na sua cabine – apontou Cal. – Quatro legionários e um centurião. Aço, escudos, couro e cota.

– Pode ser – disse Sidonius. – Disfarçados de soldados, diminuímos as chances de problemas com traficantes de escravos e gente do tipo durante a jornada por terra. Vamos ter que nos desfazer dos uniformes quando chegarmos, claro. Mas já fui da legião e sei falar como eles se toparmos com algum militar no caminho até Amai.

– Parece que você vai ser o nosso líder, centurião – disse Mia, com uma saudação.

O grupo concordou e, sem perder mais tempo, pôs-se a juntar seus parcos pertences. Quando o *Donzela* aportou em Galante, já estavam todos reunidos no convés. Sidonius e os Falcões ainda vestiam a roupa comum de algodão que compraram depois de ficarem livres. Ashlinn estava parada com Jonnen, carregando no ombro o pequeno saco com os itens "de primeira necessidade" comprados em Alvatorre. Eclipse entrou na sombra do menino, deixando-a escura o bastante para dois. Tric tinha finalmente saído da proa e esperava na prancha de desembarque.

– Que as Filhas cuidem de você e dos seus, Mia – disse Corleone.

– Espero o exato oposto – ela disse com um sorriso ao apertar a mão do pirata.

– Vamos fazer reparos e contornar o cabo. Acho que ainda chegaremos antes em Amai, mas esperamos vocês lá. Cuidado quando entrar na cidade. Fique longe dos saleiros, mantenha a cabeça baixa e não chame atenção para si. Vá direto para a taverna.

– Conheço uma capelinha linda para Trelene na praia, dona Mia – disse Joãozão com um sorriso de prata. – A proposta de casamento ainda está de pé.

– Obrigada, vocês dois – ela sorriu. – Azul acima e abaixo.

– Acima e abaixo – ecoou Corleone, retribuindo o sorriso.

– Bartolomeo? – Mia levantou o dedo, pensativa. – Não, não... Brittanius?

O corsário apenas sorriu ainda mais largo.

– Vejo você em Amai, mi dona. Cuidado na caminhada.

O capitão e seu imediato foram cuidar dos seus afazeres enquanto os companheiros de Mia marchavam pela prancha de desembarque um a um. Baixando o capuz, a Lâmina contemplou a Cidade das Igrejas. Galante era sede de uma capela da Igreja Vermelha: eles corriam risco enquanto permanecessem ali. Mia estava ansiosa para se pôr a caminho; pensava em Mercurio nas mãos do Ministério e rezava à Mãe para que ele estive bem, na medida do possível.

Sentiu um leve calafrio descer pela espinha. Uma forma tênue como uma sombra se materializou a seu lado na amurada e começou a lamber sua pata translúcida.

Ela manteve os olhos na baía.

– Vai vir comigo?

– *...sempre...* – respondeu Sr. Simpático.

O vento uivava no espaço entre ambos, faminto como um lobo.

– *...ainda está com raiva...?*

Ela baixou a cabeça. Pensou em quem e no que era, e por quê. Nas coisas que a motivavam e nas coisas que a formaram, a ela e àqueles que a amavam.

Apesar de tudo.

Ela fechou a cara, estendeu o braço e correu os dedos pelos não-pelos do não-gato.

– Sempre – sussurrou.

Mia odiava os cavalos quase tanto quanto os cavalos a odiavam. Chamara o único pelo qual já sentira um remoto afeto de "Bastardo" e, embora o animal tivesse salvado sua vida, não podia dizer que *gostava* dele de verdade. Os cavalos sempre lhe pareceram uns bichos idiotas e desengonçados, e o fato de todos os que conhecera demonstrarem uma repulsa instantânea por ela não ajudava a mudar essa impressão.

Sempre se perguntara se eles simplesmente sentiam seu desgosto inato. Mas, ao ver os cavalos do estábulo de Galante reagirem à presença do irmão com o mesmo nervosismo que exibiam perto dela, começou a achar que o comportamento tinha a ver com a escuridão que corria em suas veias e a profundidade de sua sombra no chão. Os três sóis ardentes no céu martelavam sua cabeça como um punho raivoso mesmo através de um cobertor de nuvens de tempestade. A sensação de vazio, de falta, persistia quando ela olhava para o irmão.

Ela se perguntou se Jonnen sentia o mesmo. Se talvez seria por isso que, aos poucos, o menino começava a demonstrar mais simpatia por ela.

Mais simpatia do que esse babaca liisio demonstra por Bryn, pelo menos...

– Dou cem pratas pelos sete – disse a vaaniana. – Mais a carroça e a ração.

– Vai cagar, menina – desdenhou o cavalariço. – Cem? Talvez três.

O grupo estava numa estrebaria lamacenta na parte leste de Galante, o mais longe possível da capela da Igreja Vermelha. Tinham adquirido suprimentos no mercado: comida e bebida, um bom arco de freixo e três aljavas cheias de flechas para Bryn. E agora Bryn estava plantada na lama e na merda, correndo os dedos pelo arco nas costas com uma vontade óbvia de usá-lo.

O cavalariço era uns dois palmos mais alto do que a garota. Vestia um traje cinza imundo e um avental seboso de couro cheio de ferraduras e martelos. Tinha o olhar lento dos sujeitos que consideravam seios um empecilho evidente, embora belo, para o raciocínio.

– Cem – insistiu Bryn, cruzando os braços. – É o que valem.

– Ah, especialista, hein? São puros-sangues liisios, garota.

A ex-equillai do Colégio Remus, uma das melhores *flagillae* a dar o ar da graça nas arenas, fez uma cara de enfado.

– *Aquele* é puro-sangue – disse, apontando para o maior dos eunucos. – Mas é itreyano, não liisio. *Ela* é puro-sangue – Bryn apontou para a égua –, mas tem pelo menos vinte e cinco anos e aguou uma vez nos últimos dois anos. O resto são cavalos de corrida que já passaram do auge e pangarés que não servem nem para o carniceiro. Por isso pode enfiar essa história de puro-sangue onde o Onividente não vê.

O homem enfim levantou os olhos das tetas de Bryn até o rosto dela.

– Cento e vinte – ela disse. – Mais a carroça e a ração.

Ele fechou ainda mais a cara, mas acabou por cuspir na mão.

– Fechado.

Bryn torceu o nariz, fungou e cuspiu um bocado de catarro na palma da mão, apertando a do cavalariço com um *squish* molhado enquanto olhava o imbecil nos olhos.

– Fechado – ela disse. – Babaca.

O cavalariço nem tinha terminado de limpar a mão com um lenço quando eles selaram os animais. Mia corria os olhos pelas ruas ao redor à procura de rostos conhecidos. Poderia ter escondido a si mesma e a Jonnen sob o manto de sombras, claro, mas os agentes da Igreja Vermelha provavelmente reconheceriam Ashlinn também, e ela não conseguia esconder os três. Por isso, se valeu do treinamento de Mercurio: mantinha-se nas sombras e embaixo dos beirais, com o capuz o mais baixo possível enquanto inspecionava a multidão. Ashlinn estava por perto, vigiando os telhados. Sabia tão bem quanto Mia que aquela cidade era da Igreja Vermelha e que a bispa Decimani e suas Lâminas estariam à caça deles. Mas, apesar de toda a vigilância da Igreja, o grupo parecia ter passado despercebido até o momento. Com sorte, conseguiriam deixar a cidade antes de o azar chegar e de a tempestade desabar.

– Prontos? – perguntou Sidonius.

Mia piscou, olhando para a caravana: uma carroça cheia puxada por dois cavalos de tração cansados mais meia dúzia de eunucos e éguas, cada um com um ex-gladiatii em trajes militares por cima. Sidonius liderava a formação, esplendente na armadura de ossário de centurião, ainda que a chuva deixasse a pena vermelha do elmo caída. Fez Mia lembrar-se do pa...

...Ah, Deusa...

Nem sei do que chamá-lo agora...

– Sim, senhor – ela respondeu, forçando um sorriso.

Ajudou o irmão a subir na carroça, então observou Ash fazer o mesmo e se apoiar nos sacos de mantimentos com o capuz baixo para cobrir o rosto. Só Tric permaneceu a pé, mantendo uma boa distância dos cavalos: Mia notou que eles arregalavam os olhos e se agitavam quando ele chegava perto demais. Ela subiu para o assento do cocheiro ao lado de Jonnen. Um trovão explodiu nos céus, fazendo o menino estremecer, e a chuva começou a engrossar conforme relâmpagos já lambiam os céus. Ela ergueu o capuz do manto novo dele e ofereceu as rédeas ao garoto para afastar a tempestade dos pensamentos dele e as preocupações dos dela.

– Quer conduzir? – perguntou.

Ele a olhou com cautela.

– Eu... eu não sei como.

– Eu ensino – ela disse. – Vai ser fácil para um garoto esperto como você.

Com um estalar do chicote e um incentivo, a carroça começou a se mover. Mia e os companheiros avançaram pelas ruas de Galante sobre paralelepípedos e placas, passando por fachadas de mármore e colunas caneladas e edifícios de vários andares rumo aos portões orientais. A estrada os aguardava e, depois dela, Amai. E, além de Amai, o Mar dos Lamentos, as Ruínas Sussurrantes de Ysiir, seu mentor e sabe-se lá quais perversidades a Igreja inventaria. Mas, por ora, simplesmente aproveitou a companhia do irmão, que instruía com carinho, e sorriu à medida que a diversão do menino aumentava. Sentiu Ashlinn, sentada atrás de si, tocar de leve sua cintura. Baixou a mão e apertou a da vaaniana.

Manteve os olhos no garoto que caminhava diante deles.

Seguiram na direção dos portões e, dali, pela estrada aberta.

Outro estrondo de trovão. A chuva golpeava as telhas.

Duas figuras de pé num telhado, à sombra de uma chaminé, observavam a caravana com olhar aguçado.

O primeiro voltou-se para o segundo, as mãos falando o que a boca não podia.

informe decimani

O segundo sinalizou que sim e saiu pelos telhados.

Shiu permaneceu de pé na chuva, com os olhos azuis nas costas dos traidores.

Assentiu com a cabeça.

logo

CAPÍTULO 18

CONTOS

– A Senhora das Tempestades é uma vaca irritada – murmurou Mia.

Era a segunda viragem da jornada; a Cidade Portuária das Igrejas já tinha ficado para trás. Eles seguiam para o leste pela costa. Ao sul, viam terras agrícolas. Ao norte, o mar encapelado. A chuva só piorava, transformando a estrada num chiqueiro. Os cavalos estavam em estado deplorável e os cavaleiros ainda pior. Sidonius guiava a coluna com o manto e a pluma de centurião cor de sangue empapados. Tric caminhava em paralelo com o itreyano, mas afastado do grupo para não assustar os cavalos. Na primeira quasinoite de acampamento, o defunto teve que subir numa árvore para os bichos se acalmarem, então era bom que ele não precisava dormir.

A boa notícia, pelo menos para Mia, era que a veraluz tinha acabado. Embora ainda sentisse o azul ardente de Saai e o calor túmido e vermelho de Saan por trás das nuvens, a diminuição da claridade e o alívio fresco nos ossos indicavam que Shiih tinha finalmente desaparecido do horizonte, levando consigo um terço do ódio implacável de Aa.

Menos um sol para martelar suas costas. Um sol mais próximo da veratreva.

E então…

– Quanto falta para Amai? – perguntou Bryn.

Carniceiro simplesmente balançou a cabeça.

– Um bom trecho ainda, irmã.

– Estou mais molhada que noiva nas núpcias.

A queixa de Bryn foi recebida com grunhidos de concordância gerais. Cantespadas, cavalgando ao lado da carroça, torcia a chuva dos nós de sal. O rosto amassado de Carniceiro parecia mais sombrio do que as nuvens no céu. O ânimo de todos parecia enterrado na lama sob os cascos dos cavalos, mas Sidonius tinha sido o segundo lanceiro dos luminatii por anos antes da escravidão no Colégio Remus, e Mia logo viu que ele sabia como manter alto o moral de um grupo na estrada.

– A primeira mulher com quem fui para cama era de Amai – ele soltou de repente.

– Ah, é? – Carniceiro se animou.

– Conte – pediu Bryn com um sorriso malicioso.

Sidonius correu os olhos pelo grupo, deparando com um coral de acenos e murmúrios.

– Bom, o nome dela er…

– Calma, calma, calma – interrompeu Mia.

Ela tapou os ouvidos do irmão com força. Jonnen, por sua vez, continuou segurando as rédeas e apenas pareceu confuso.

– Muito bem, continue – disse Mia. – Queremos todos os detalhes.

– O nome dela era Analie – contou Sidonius enquanto trovões estouravam no alto. – Tinha se mudado para Godsgrave quando criança. Virou freguesa da minha mãe, que era costureira. Era um pouco mais velha do que eu…

– Espere um pouco. Quantos anos é "um pouco"? – perguntou Cantespadas.

– Uns… oito? – Sid deu de ombros. – Dez?

– Quantos anos *você* tinha? – perguntou Fazondas, incrédulo.

– Dezesseis.

– Braaaaavo! – exclamou Ashlinn, aplaudindo devagar dentro da carroça.

– Sortudo do caralho – comentou Mia com malícia. – Ela deve ter te comido *vivo*.

– Posso contar a porra da história ou não?

– Pode, pode – ela assentiu, revirando os olhos.

– Certo – continuou Sid. – Então, eu sabia que ela gostava de mim, mas como era um cabaço, não sabia o que fazer. Felizmente, Analie tomou a iniciativa. Eu costumava fazer as entregas da minha mãe, e uma viragem, quando cheguei no palazzo de Analie, ela atendeu a porta vestindo… bom, nada.

– Direta e reta – disse Cantespadas, ainda torcendo o cabelo. – Gosto disso.

– Aí ela me puxou para dentro, deitou no divã do hall de entrada e mandou eu começar a trabalhar. Bom, como sou educado, obedeci. E estávamos lá, uns dez, doze segundos no processo, quando me dou conta de que tenho dois problemas urgentes. O primeiro era que eu me empolguei demais, como a maioria dos caras quando vai comer o doce pela primeira vez, e já estava a uns três segundos de finalizar a apresentação... O segundo problema era que a porra da porta da frente começou a abrir. Acabou que Analie era casada, e o marido tinha chegado de surpresa.

– Sangue e abismo – riu Bryn. – E o que você fez?

– Bom, eu me virei para lidar com o segundo problema no exato segundo em que o primeiro problema se resolveu.

– Não... – sussurrou Mia.

– Sim. – Sid bateu as mãos. – Saiu feito um dardo de balestra.

– Nem fodendo – disse Carniceiro, boquiaberto. – Você não...

Sid assentiu com a cabeça.

– Bem no olho do desgraçado...

Urros divertidos se ergueram do grupo, ecoando ao longo da estrada lamacenta, mais altos que os ventos da tempestade. Um fazendeiro que trabalhava num campo próximo se virou para olhar, perguntando-se o porquê daquela algazarra. Mia ria tanto que quase caiu do assento da carroça; teve de agarrar-se desesperadamente à cabeça do irmão.

– O que é tão engraçado? – murmurou o menino.

Ela destapou um ouvido e cochichou:

– Conto quando você crescer.

– O que você fez? – Cantespadas perguntou para Sidonius.

– Corri que nem uma lebre, o que mais? – respondeu Sid. – Disparei pela porta completamente pelado e tomei o caminho de casa. Para a minha sorte, a porra tinha deixado o lobo cego demais para caçar, de modo que esta lebre aqui viveu para transar mais uma viragem.

Mais gargalhadas generalizadas. Carniceiro balançava a cabeça, descrente, enquanto Mia enxugava as lágrimas com a manga encharcada da camisa.

– Ainda são os melhores quatorze segundos da minha vida – suspirou Sid.

– Na primeira vez que fiz um homem gozar com a boca, a porra me saiu pelo nariz – disse Bryn.

– Como é que *ê*? – perguntou Mia, surpresa.

– Juro pela luz – confirmou a vaaniana. – Quase sufoquei. Passei semanas sentindo aquele cheiro. Mas a gente riu disso depois. Ele até me comprou um lenço para a Grande Partilha.

Outra onda de gargalhadas estourou no grupo em sincronia com a trovoada. Carniceiro arfava como se tivesse corrido uma maratona; Cantespadas jogava a cabeça para trás e para frente, fazendo as tranças dançarem.

– E você, Canta? – perguntou Bryn com malícia.

– Ah, minha primeira vez foi um desastre – ela disse, rindo e puxando o capuz molhado outra vez. – Pela Mãe Trelene, vocês não querem saber. Especialmente os rapazes.

– Ah, põe pra fora – disse Ashlinn, batendo os pés na carroça.

– É, vamos lá, Canta – riu Sid. – Não existem segredos na areia.

A dweymeri balançou a cabeça.

– Tudo bem, então. Depois os rapazes não podem botar a culpa em mim se tiverem pesadelos. – Então baixou a voz, como se fosse contar uma história de terror. Um trovão explodiu no céu como um mau agouro. – Era um garoto de Farrow. Um garanhão forte chamado Jogapedras. Fazia meses que eu estava de olho nele. O rosto era uma pintura; a bunda, um poema. Estávamos na praia para a celebração da Festa do Fogo, e tinha fogueiras até Quebramar. Tudo lindo. *Romântico*. Depois de ele beber o bastante para ter coragem de chegar, e eu para ter coragem de aceitar, vamos atrás das dunas e começamos. Agora, eu estava bem longe de ser a primeira dele. Ele já tinha passado por algumas antes. Era capaz de durar um pouco mais do que o nosso Sid Balestra aqui.

– Você me magoa, dona – gritou Sid da primeira fila.

Carniceiro soltou um assovio.

– Bem na porra do *olho*...

– Bom – continuou Canta enquanto um arco branco ofuscante rasgava o céu. – Eu fui ganhando confiança conforme a coisa ia e então, com o apoio dele, subo para uma cavalgada. Começamos num ritmo *rápido*, e era bom demais. Lá estava eu quicando, toda leve e despreocupada, quando ele desencaixa numa subida minha. Quando desci, caí bem em cima e quebrei o pau dele quase no meio.

– *DEUS*, não! – gritou Sid, se encolhendo.

Fazondas olhou para Cantespadas horrorizado.

– Caralho! Isso não pode acontecer, pode?

– Ô se pode – confirmou a mulher. – Sangue para todo lado. Deviam ter ouvido os gritos dele.

– Mãe Sombria – riu Ashlinn, cobrindo a boca.

– Não! – Carniceiro apontou um dedo para ela. – Isso NÃO é engraçado.

– É um pouco engraçado – disse Mia com um sorrisinho.

Enquanto isso, Bryn estava quase caindo do cavalo de tanto rir, Fazondas mantinha uma expressão de horror silencioso e Sid estava encolhido em agonia fingida.

– Não, não. Caralho, Canta, por que você foi contar essa história?

– Eu avisei! – ela gritou ao som de outro trovão.

– Vou ter pesadelos!

– Também avisei!

– No *meio*! – balbuciou Fazondas.

– Quase – ela confirmou. – Parece que levou mais de um ano pro negócio se endireitar sozinho. Claro que ele nunca mais me deixou chegar perto para conferir.

Cada homem do grupo estava meio inquieto na sela, enquanto as mulheres gargalhavam.

– Não me lembro da minha primeira vez – disse Carniceiro. – Meu pai e meu tio me levaram para uma casa de prazeres quando eu tinha treze anos. Tinha tanta fumaça que nem me lembro da cara da moça... Na verdade, pensando bem agora, acho que nem vi a cara dela...

– Eu quebrei o nariz do garoto na minha primeira vez – revelou Ashlinn de repente.

Mia franziu a testa.

– Com o punho ou...?

– Não. – Ashlinn apontou para o meio das pernas. – Sabe... Sentei nele... com muita empolgação.

– Ah... – Mia completou a cena na cabeça. – Ah, *certo*...

Ashlinn fez que sim com a cabeça.

– Mesmo assim, ele não parou. Aquele era guerreiro.

– Os garotos de Vaan – suspirou Bryn, nostálgica.

– E você, Ondas? – perguntou Sid, sem parar de rir. – Alguma catástrofe na primeira vez?

– Receio que não – respondeu o grandalhão.

O grupo inteiro fez silêncio; até a tempestade pareceu dar uma trégua. Mia e todos se viraram para encarar o dweymeri enorme. Fazondas era um pedaço de carne – nada feio, e com uma voz que chegava até as partes baixas dela. Não dava para acreditar que...

– Você não...? – ela perguntou. – *Nunca?*

Ele negou com a cabeça.

– Estou esperando a mulher certa.

Todas as garotas trocaram olhares. Todas, exceto Bryn, que apenas aproximou sua montaria da de Fazondas e abriu um sorriso para o homem.

– E você, Corvo? – perguntou Carniceiro.

– Nenhum desastre. – Mia deu de ombros, tirando o cabelo empapado dos olhos e tremendo de frio. – Apesar que... eu fui *matar* um homem logo em seguida.

– Hmmm – ruminou Cantespadas. – É estranho, mas a sua cara.

Mais gargalhadas. Sidonius olhou de lado para Tric, que passou o tempo todo caminhando em silêncio, com lama até os tornozelos. Como bom comandante que não queria deixar o garoto se sentir excluído, respirasse ou não, o itreyano limpou a garganta.

– E você? – perguntou. – Alguma calamidade na primeira aventura?

– NÃO – ele respondeu simplesmente. Seus olhos negros foram e voltaram rapidamente para Mia. – NENHUMA. ELA ERA MARAVILHOSA.

Um trovão estourou como se esperasse a deixa, e com ele a chuva começou a vir mais forte. Era o aguaceiro mais pesado que Mia já tinha visto. Jonnen estava encolhido ao seu lado, tremendo nas botas. O vento era um monstro que mordia e uivava; arrancava os capuzes da cabeça deles e atravessava as roupas encharcadas com suas mãos gélidas. Ela teve dificuldade para se lembrar do calor escorchante da arena meras semanas antes. Precisou enfiar as mãos por baixo das axilas para esquentá-las.

– Isso é *sacanagem*! – rugiu Bryn, pegando o arco e disparando uma flecha contra as nuvens. – *VACA!*

Com os olhos apertados por causa do temporal, Sidonius inspecionava os campos ao redor deles.

– Podíamos bater numa dessas fazendas – berrou Fazondas enquanto dava uns tapinhas no peitoral de soldado com a gravação dos três sóis. – Dizer que estamos numa missão oficial e esperar passar o pior sentados em torno de uma lareira quente e agradável.

– E ele? – perguntou Cantespadas, apontando para Tric. – Até o camponês mais tosco digno do próprio forcado vai tentar queimá-lo na fogueira num piscar de olhos!

– Ele está com uma aparência mais viva ultimamente, não está?

– perguntou Carniceiro com um olhar para o defunto. – Mais corado talvez? Ou só eu que acho?

– Lá! – gritou Sid.

Mia olhou na direção apontada pelo itreyano. Através do manto da chuva, conseguiu avistar uma ruína no topo de um morro distante. Era uma torre de guarnição. As muralhas estavam rachadas a ponto de desmoronar, a ponte levadiça estava quebrada e a alvenaria esmagada pelas mãos do tempo. Parecia ter sido construída durante a ocupação itreyana, quando o Grande Unificador, Francisco I, marchou pela primeira vez com seus exércitos sobre Liis para desafiar o poderio dos Reis Magos. Uma relíquia perdida de um mundo antes em guerra.

– Bela vista dos campos! – berrou Sid. – Se tivermos sorte, o porão ainda estará seco!

– Os cavalos bem que precisam de um descanso – gritou Bryn. – Essa lama cansa demais.

Mia olhou para a estrada à frente e o céu cinzento acima deles.

– Muito bem, então – concordou. – Vamos dar uma olhada.

A torre era composta por três andares de pedra quebrada coroados por um esporão de calcáreo afiado.

Tempos antes, Mia imaginou, aquele lugar talvez fosse habitado por legionários experientes. Homens que atravessaram as ondas sob o estandarte dos três sóis com conquista no coração e sangue nas mãos. Mas agora, séculos depois que as legiões e o rei que os comandava caíram, a torre finalmente começava a desmoronar também. A área talvez tivesse sido limpa na época da construção, mas a natureza tinha reconquistado a colina e infiltrava-se na própria torre, rompendo a pedra e derrubando as paredes de um modo que nem os guerreiros dos Reis Magos conseguiriam fazer.

A torre tinha uns vinte metros de largura. Uma parede tinha caído, expondo a construção à chuva e ao vento, mas a outra metade da alvenaria ainda estava firme. Arcos amplos no térreo sustentavam os andares superiores, acessados por escadarias frágeis, bem como para o porão, infelizmente alagado e tomado pela vegetação. No centro do piso havia um velho forno de chão coberto de folhas apodrecidas.

O grupo se apinhou no térreo, relativamente protegido da tempestade, enquanto os cavalos foram amarrados do lado de fora, com a carroça. O céu estava cinza feito chumbo e a luz dos sóis tinha diminuído. Mia sentia o poder dentro de si agitar-se de leve, como seu sangue depois de muitas cigarrilhas. A ponta dos dedos vibrava. A ponta da língua formigava. Ela perguntou-se como seria quando os dois sóis remanescentes deixassem o céu.

No que ela se tornaria.

– VOU INSPECIONAR AS IMEDIAÇÕES – informou Tric.

– Certo – concordou Sidonius. – Ondas, olhe na parte de cima.

– Os dois – prometeu o grandalhão, acenando com a cabeça. – Bem abertos.

– Vou com você – se ofereceu Bryn, já pegando o arco.

Cantespadas olhou para Mia e Ashlinn e as três trocaram um sorriso malicioso. Começaram a tirar as coisas da carroça e estocar a comida em um lugar seco, enquanto Carniceiro e Sidonius vasculhavam a torre em busca de algo que pudessem queimar. Os caibros já haviam apodrecido fazia tempo, mas, quando as garotas terminaram seu trabalho, os dois tinham juntado lascas e folhas secas suficientes para alimentar um fogo baixo no forno de chão.

– Certo – disse Sidonius. – Vamos ver se lembro como faz.

O itreyano puxou a espada de aço-solar tomada do centurião luminatii que Mia matara no *Donzela*. Empunhando-a com as duas mãos, murmurou uma prece ao Onividente. Então houve um som curto e agudo, como uma respiração, e a lâmina de Sid se incendiou.

– Sangue e abismo – exclamou Carniceiro, apertando os olhos por causa da luz[18].

– Impressionante – sorriu Canta. – Sempre me esqueço que você foi luminatii de verdade, Sid.

– Não é tão impressionante assim – disse Sid, enfiando a espada no material que juntaram. – Mas poupa o combustível da pederneira.

As lascas e folhas logo pegaram fogo e começaram a queimar. Carniceiro, com um sorriso que parecia dividir no meio sua cara de torta amassada, gesticulou para chamar Jonnen.

– Venha se esquentar, menino – disse o liisio. – O velho Carniceiro aqui não morde.

Mia olhava o aço-solar com uma leve desconfiança, mas já tinha lutado com luminatii e as espadas deles nunca tiveram o mesmo efeito sobre ela que uma Trindade abençoada. Assim, tomando a mão de Jonnen, Mia o levou até a pequena fogueira, que já ardia intensamente. Quando se aproximou, as chamas na espada de Sid ficaram ainda mais fortes e a madeira úmida começou a estalar. E quando ela sentou Jonnen no chão...

– Quatro Filhas – balbuciou Carniceiro. – Vejam só isso...

O fogo estava tentando pegá-la. Línguas de chama se espichavam do forno e da espada de Sid como dedos bruxuleantes. Mia lançou um olhar

---

18 A espada de aço-solar é a arma tradicional da Legião Luminatii e entregue a todos a partir da patente de segundo lanceiro. O segredo de sua produção é extremamente protegido, e os ferreiros luminatii precisam ter vinte anos de serviço fiel à legião antes de aprender a arte.

Em teoria, apenas os mais devotos membros da legião de Aa podem fazer o aço se acender, mas a verdade é que nem todos os membros dos luminatii são burros fanáticos sem senso de humor. Se algum de vocês pensa em unir-se à legião, nobres amigos, saiba que não há limites para a diversão de quem tem uma espada que pega fogo com apenas uma ordem.

Só não deixe seu superior pegá-lo usando a espada para secar roupa ou acender a cigarrilha de uma dona e estará tudo certo.

para Ashlinn e depois de novo para a fogueira. Passou para o outro lado do forno e viu que as chamas a seguiam, inclinando-se como mudas de árvore numa tempestade, independentemente da direção do vento.

– Caralho – resmungou Sidonius.

– Merda – sussurrou Ashlinn.

– É – concordou Carniceiro. – Que merda do caralho.

Mia olhou para o fogo e para a tempestade lá fora. As Senhoras das Chamas e das Tempestades faziam questão de demonstrar seu rancor contra ela, e um lampejo de raiva se acendeu em seu peito. Não tinha pedido essa ira, nem para se envolver nessa maldita disputa. Mas lá estava ela, encharcada até os ossos, impossibilitada de navegar e até de se esquentar em volta de uma fogueira animada.

– Não tenho medo de um pouco de chuva ou vento – ela disse. – Nem de uma merda de faísca.

Ela enfiou a mão na calça, sacou uma cigarrilha e a estendeu para que Sid a acendesse com a lâmina. Mas as chamas deram o bote como uma serpente, brilhantes e ferozes, e ela soltou um xingamento enquanto puxava a mão para não se queimar.

– Vá com calma, Mia – aconselhou Sidonius.

– *...talvez devêssemos fazer o máximo para não atrair ainda mais a inimizade das filhas...* – Senhor Simpático se materializou no alto dos arcos, com a cabeça inclinada. – *...elas já parecem bem irritadas conosco...*

– *...PELA PRIMEIRA VEZ, O PULGUENTO E EU ESTAMOS DE PLENO ACORDO...*

– *...nesse caso, pode fumar o quanto quiser, mia...*

Eclipse soltou um suspiro. Sidonius tirou a espada do forno ainda aceso e a embainhou para extinguir as chamas. Mia sentiu os olhos dos companheiros sobre si à medida que eles despertavam para a estranheza do que acontecia. Já tinham visto muita coisa no mundo, e nenhum dos Falcões de Remus costumava abraçar superstições cegas, mas não podia ser fácil aceitar tudo aquilo. Essa era a vida de Mia e mesmo ela penava para fazer a situação entrar na cabeça. Só a Deusa sabia o que se passava na mente deles...

Ainda assim, depois de olhar para Sidonius e com o pragmatismo que a sustentara ao longo de três anos nas areias, Cantespadas começou a passar uma corda pelas arcadas para que todos pendurassem suas roupas molhadas. Carniceiro enfrentou a chuva e voltou com mais madeira de fora para secar perto do fogo. Sidonius, enquanto murmurava algo sobre os "perímetros", saiu para a tempestade para acompanhar Tric num passeio de reconhecimento. Depois de amarrar a corda, Canta gesticulou para Jonnen.

– Entregue esse manto, menino – disse. – Ou acabará morrendo.

O menino obedeceu calado. Mia notou que ele tremia de frio, com os trajes molhados grudados no corpo.

– Já manejou uma espada, homenzinho? – perguntou Carniceiro.

– Não – ele respondeu baixo.

Carniceiro sacou o gládio, correndo os olhos pelo gume.

– Quer aprender?

– Carniceiro, não! – disse Mia. – Ele é pequeno demais para isso.

– Besteira. Eu tinha um menino dessa idade e ele sabia usar uma espada.

Mia piscou, surpresa.

– Você tem um filho?

O homem olhou para a espada e deu de ombros.

– Não mais.

O coração de Mia foi ao chão.

– Minha Deusa, Carniceiro, eu...

– Além disso, ele é irmão de Corvo – interrompeu o liisio com um sorriso torto, desviando do assunto com mais perícia que já demonstrara na arena. – Se ele quer estar à altura dos feitos da irmã nas areias, é melhor começar a aprender agora, certo?

– Eu não...

– Não sou pequeno. – O menino se levantou, com a velha arrogância retornando à superfície. – Na verdade, sou alto para a minha idade. E meu pai disse que tudo que um homem precisa ganhar é a força de vontade que os outros não têm.

Mia mordeu o lábio e se lembrou das palavras de Scaeva em seu escritório. Com a Trindade girando e queimando sua mão, o imperador permanecera em pé, falando, enquanto ela estava estirada no chão encolhida de dor.

Pai...

– Acho que não tenho resposta para isso – suspirou.

Carniceiro abriu seu sorriso de dentes separados e gesticulou para que Cantespadas lhe jogasse sua espada. Mia observou de soslaio enquanto o liisio ensinava ao irmão o básico sobre posicionamento, empunhadura e tática ("Na dúvida, sempre ataque o saco"). Pelo menos aquilo manteria Jonnen em movimento e aquecido, mas a verdade era que parte dela queria proteger o menino do seu mundo.

De toda a merda e dor nele.

Ash estava sentada à beira do fogo e Mia se acomodara um pouco atrás para não se queimar. As chamas ainda se espichavam em sua direção, mas não com a mesma ferocidade de quando ela estava perto. Cantespadas se agachara entre as duas, com as mãos estendidas para se aquecer. Mia viu a terrível cicatriz no braço em que a mulher brandia a espada, que ela tinha ganhado na batalha com a sedosa em Alvatorre. Por causa da ferida, a dweymeri quase tinha sido vendida pela domina, e Mia não conseguiu segurar a pergunta.

– Como vai a recuperação?

Cantespadas olhou para ela, a luz do fogo bruxuleando sobre sua pele tatuada.

– Devagar.

– E para segurar a espada?

A mulher torceu os lábios e franziu a testa.

– Nada a temer quanto a isso, Corvo.

Mia balançou a cabeça e sorriu.

– Jamais.

Cantespadas observou as chamas por um momento, claramente com um conflito no peito.

– Então, o desalmado – disse afinal. – O defunto. Qual é a dele?

– É nosso amigo. – Mia lançou um olhar para Ashlinn. – Bom... meu amigo, acho.

– O que você quer dizer com desalmado? – perguntou Ash.

– Quero dizer que ele não é nada além de carne e ossos, moça. – Cantespadas tocou o peitoral. – Aqui está vazio. Por que ele está viajando com vocês?

– É... – Mia balançou a cabeça e olhou para o fogo. – É uma longa história.

– Aquilo que Carniceiro falou é verdade, sabe? – Cantespadas olhou para a chuva lá fora, como que receosa de que Tric estivesse ouvindo. – Eu também notei. Ele está mais corado agora do que em Alvatorre. E o ar em volta dele está menos frio.

– É a luz dos sóis, acho – replicou Mia. – Ele fica mais forte conforme ela fica mais fraca. Igual a mim. Mas não tenha medo, Canta. Ele foi mandado de volta para nos ajudar.

Cantespadas arqueou a sobrancelha negra e balançou a cabeça.

– Passei sete anos estudando ao pé das suffis de Farrow, garota. Aprendi sobre todos os deuses e todas as crenças debaixo dos sóis. E te digo uma coisa: os mortos não ajudam os vivos. Só atrapalham. E não voltam a não ser que tenham questões não resolvidas. O que morre deveria ficar morto.

Mia olhou para Ashlinn e deu com a garota a encarando com um olhar de "Eu avisei". Mas Ashlinn teve a presença de espírito de ficar calada.

– Ele é meu amigo, Cantespadas – suspirou Mia. – Salvou a minha vida.

– Olhe nos olhos dele, Corvo – disse Canta. – A cor renovada das bochechas ou a agilidade recente dos passos não importam. Os olhos são as janelas da alma e, para ser sincera, olhar nos dele é como encarar um cômodo vazio.

Sidonius voltou de repente da tempestade, pingando dos pés à cabeça feito um condenado. Tirou o elmo e o manto encharcado e começou a se sacudir feito um cachorro.

– Quatro Filhas, está mais forte que tinteiro com abstinência... – Ele correu os olhos pelo interior da torre, notando a tensão no ar. – Que houve?

– Nada – disse Mia. – Onde está Tric?

– Ainda fazendo ronda. – Sid se agachou diante da fogueira e esticou as mãos para a chama. – Foi para o sul conferir os arbustos. Farejando o ar feito um cão de caça. Sujeito estranho.

– É – murmurou Ashlinn com um olhar para Mia. – Mortalmente estranho.

– Ei, Sid – chamou Carniceiro. – Venha aqui mostrar para o menino aquele giro bacana que você faz. Aquele que abriu a barriga do urso-de-foice em Alvatorre.

– Ah, o viuveiro? – Sid abriu um sorriso largo e passou as mãos na cabeça. – Não sei se o jovem cônsul está pronto para ele.

– Eu consigo – insistiu Jonnen. – Veja.

O menino golpeou o ar com o gládio, uma, duas vezes, a sombra dançando na parede junto aos passos desengonçados de uma criança de nove anos depois de cinco minutos de treinamento.

– Impressionante – sorriu Sidonius. – Muito bem, vou ensinar. Mas você tem que prometer que só vai usar em caso de extrema necessidade. Dá para matar um sedoso com esse golpe.

O itreyano se levantou, contornou o fogo e começou a mostrar o movimento para Jonnen. Mia assistiu à dupla por um tempo com um sorriso triste nos lábios. A verdade era que aquela pequena pausa, com amigos e família ao seu redor, era o mais perto de uma vida normal a que ela chegara nos últimos oito anos. Perguntou-se como poderia ter sido a sua vida – o que poderia ter hoje se tudo não tivesse sido tirado dela e o que daria para voltar ao jeito que era antes. Mas logo desviou o olhar do fogo e o fixou na tempestade lá fora. Viu as árvores balançarem com a força do vento e os relâmpagos cortarem o mar de nuvens escuras no céu.

Escuras como as mãos dele.

Como os olhos.

Antes castanhos...

– Um cômodo vazio – murmurou Mia.

– O que você disse, amor? – perguntou Ash.

Mas Mia não respondeu.

CAPÍTULO 19

CALMA

Bryn estava próxima o bastante de Fazondas para sentir o calor do corpo dele.

Na dúvida se devia se aproximar mais.

A verdade é que ela sempre tivera uma queda por ele. Mãos grandes, ombros largos e uma voz que *fazia* coisas com ela. Mas não havia chance desse tipo de aproximação sob o olhar vigilante do executus do Colégio Remus, e em todo caso o dweymeri grandalhão parecia um pouco ambíguo com relação a ela. Por isso Bryn sempre mantivera os sentimentos num quartinho no canto da mente, e só os deixava sair quando estava a sós na cela durante a quasinoite e o desejo de coçar-se crescia demais para ser ignorado.

Mas agora...

...agora eles estavam livres.

Livres para fazer o que quisessem.

Os últimos dois anos de luta e sangue nas areias lhe tinham mostrado como era fina a linha que os prendia à vida. A perda do irmão, Byern, ainda era uma ferida recente, e Bryn se perguntava se algum dia voltaria a sentir-se completa de verdade. Mas ela sabia que só os burros não aproveitavam as oportunidades quando possível, e lá estava a sua, bem diante dela. Desde que Fazondas revelara que estava "à espera da mulher certa", o peito de Bryn ardia com a vontade de contar para ele como o achava doce. Forte demais para ser ignorada, mesmo que ela quisesse.

E eu não quero.

– Não vejo droga nenhuma nisso tudo – resmungou o grandalhão.

Seus grandes olhos castanhos examinavam os campos que os rodeavam. As árvores e rochas estavam cobertas por uma cortina cinza de frio, chuva e vento. Gotículas límpidas como joias desciam por sua pele lisa e escura, pingando dos seus nós de sal e da sua barba. A tatuagem intricada no rosto dele parecia um enigma a ser desvendado.

– Estamos numa tempestade, é normal – ela concordou.

Burra, burra.

Pense em alguma coisa esperta para dizer, mulher.

– Você está com frio? – ela perguntou, esperançosa.

Fazondas balançou a cabeça, os olhos ainda no espaço cinzento. Um relâmpago irrompeu nos céus sobre a torre abandonada e iluminou a vegetação agitada lá embaixo, as pedras fendidas e as ruínas à espreita. Por um instante, a luz foi forte como a dos sóis, as sombras se intensificaram e o mundo piscou.

Bryn se aproximou e tocou de leve o braço dele.

– *Eu* estou com frio – declarou com o que esperava que fosse uma voz atraente.

– Pode descer – sugeriu Ondas, antes de se virar para observar os campos ao sul. – Sinto o cheiro de fogueira lá embaixo. Eu fico de guarda aqui.

As sobrancelhas de Bryn subiram quase até o cabelo. Fazondas mantinha total indiferença; simplesmente vigiava os arredores enquanto cantarolava alguma coisa em seu tom de barítono profundo como o oceano. Ela apertou os lábios e fechou a cara, pensativa – ou pelo menos *tentando* pensar. O jeito como aquelas notas doces como caramelo vibravam nas suas partes baixas não ajudava muito.

Certo. É hora de um ataque frontal.

– Ondas – ela suspirou. – Eu *não quero* descer.

– Não?

– Não – ela disse, com a mão na cintura. – Quero que você me esquente.

O grandalhão se voltou para ela. As sobrancelhas uniram-se com uma lentidão glacial.

– Sério?

– Quatro Filhas! – ela exclamou, exasperada. – Não é à toa que você nunca chegou nos finalmentes! Como eu poderia deixar mais óbvio pra você? Será que te agarrar pelas orelhas e lascar um beijo na sua boca ajudaria a esclarecer as coisas?

O grandalhão abriu um sorriso tímido.

– Eu... acho que não seria ruim...

Ela o encarou por mais um instante, vendo os olhos dele dançarem de alegria e o sorriso revelar-se devagar. Então o agarrou pelo peitoral, ficou nas ponta dos pés e apertou os lábios contra os dele.

No começo ele riu, o peito largo subindo e descendo sob as mãos dela. Mas logo o riso parou, os lábios dele amoleceram contra os dela, e o peito subia e descia por outro motivo. Bryn deixou o arco cair para enroscar as mãos nos nós de sal dele, então envolveu as pernas em sua cintura. Ele apoiou as costas dela contra o parapeito; as mãos grandes e fortes a seguraram pela bunda e a levantaram como se ela fosse feita de plumas. Bryn o apertou entre as coxas, sem parar de roçar a língua na dele, sentindo o calor da sua pele permeá-la até os ossos.

Ele afastou os lábios e ela suspirou. A chuva continuava a cair como se o céu chorasse, mas as batidas do coração dela estavam mais altas que os trovões.

– Eu não... – Ele piscou de novo, surpreso, com um sorriso largo de verdadeira alegria. – *Sério?*

– Ai, Filhas – ela riu. – Você vai dar trabalho.

– Vou tentar não ser um peso – ele prometeu.

– Chega de falar, idiota – suspirou Bryn enquanto acariciava sua bochecha. – Tem coisa melhor pra você fazer com a boca.

– Não sei bem o que você...

A lâmina rebrilhou prateada, reluzente como os relâmpagos no céu. Atravessou o peitoral de Fazondas até chegar ao peito, penetrando seu coração e enchendo seus pulmões de sangue num piscar de olhos. Ele tentou falar, mas só conseguiu tossir e salpicar o rosto de Bryn de pontinhos vermelhos. Ela tomou fôlego para gritar no instante em que outro trovão estourou no alto, e o som agudo de uma segunda lâmina subindo por sua axila perdeu-se em meio ao estrondo.

Bryn sentiu o aço perfurar seu peito. Sentiu o corpo cair. Foi amparada por mãos leves, mas com uma força terrível; elas a conduziram até o chão de pedra com toda delicadeza, como uma mãe faria com um bebê. O céu continuava chorando. Ela levantou os olhos e viu uma figura vestida com gibão e calça pretos, seus lábios retorcidos como se estivesse chupando os dentes. Era um dos garotos mais lindos que ela já vira. Pele alva e olhos de um azul intenso.

Ele se ajoelhou diante de Fazondas, que jazia ao lado dela no chão, ergueu a faca reluzente e cortou sua garganta de orelha a orelha. Simples e rápido. Bryn tentou gritar, mas sua boca estava cheia de sangue. Sangue salgado, grosso, que a impedia de respirar, quanto mais de falar.

Que frio.

Borbulhando nos lábios.

Os lábios que ele estava beijando momentos antes.

Que frio.

O garoto lindo voltou-se para ela.

Quero que você me esquente.

E levou um dedo até os lábios, como se pedisse para ela se calar.

Tudo aconteceu num piscar de olhos.

Mia estava recostada em Ash, com a cabeça apoiada no ombro da garota e as pálpebras pesadas de sono. Carniceiro ainda ensinava Jonnen, com um sorriso de incentivo enquanto o menino ensaiava posições e golpes. Cantespadas estava sentada à beira da fogueira e Sid encarava as chamas. Foi quando Mia ouviu um levíssimo ruído no andar de cima.

Um ruído de aço.

Ela levantou os olhos ao mesmo tempo que Sidonius. Os dois se entreolharam.

– Ondas? – chamou Sid.

Mia se levantou no ato.

– Bryn?

Um pequeno objeto caiu junto com as gotas de chuva, a alguns metros deles.

Pequeno.

Redondo.

Branco.

– Vidro-falso!

O globo explodiu com um tchuuuu úmido que encheu o andar de baixo da torre com uma nuvem sufocante de vapor branco. O gosto pesado, grosso e arquêmico na ponta da língua disse a Mia de imediato do que se tratava.

Desmaio.

Um sedativo preparado por Mataranhas na Montanha Silenciosa. Uma boa respirada e…

Sem pensar, sem respirar, Mia tocou as sombras das ruínas fora da torre e, num instante, fechou os olhos e

passou

para fora

da nuvem branca

até a escuridão e a chuva lá fora. Puxou a espada de ossário da bainha e se virou, agachada, com o cabelo esvoaçando atrás de si na tempestade. Dali, avistou algo no último andar da torre, um braço de pele escura pendendo da beirada, um coque louro empapado de sangue.

Não...

A raiva fervilhou no peito e o mundo arrastou-se, parecendo quase parar. Cada segundo dividia-se em milhões de cacos reluzentes. Cada gota de chuva caía pela escuridão ao redor como uma joia única e perfeita que descia vagarosa, refulgindo numa clareza tão súbita e estonteante que vinham à mente como diamantes.

Formas em trajes escuros moviam-se pelos arbustos, saindo das sombras e das rochas fendidas. Ela reconheceu Remillo e Violetta dos tempos da capela de Galante; ambos costumavam sair para beber com ela nos fins de semana. Arturo, de rosto matreiro, emergiu de trás de uma parede; ele pegava cigarrilhas com ela na época em que estava tentando parar. Shiu, o mudo, estava em cima das ameias, o garoto que a ajudara a passar na prova de Mataranhas nos tempos de acólita. E lá estava ela também, magra como um dedo, ligeira, o cabelo castanho e curto grudado à testa, movendo-se como um dragão pela água: Decimani em pessoa.

Lâminas, todos.

Os Falcões, Ashlinn e Jonnen estavam já todos desmaiados.

Cinco contra ela sozinha, então.

Não, sozinha não.

Ela olhou para escuridão sob seus pés.

Muitos.

Um brilho de relâmpago, o rugido da tempestade, uma ágil sombra escura movendo-se pelo clarão. Ela

passou

primeiro para Arturo,

o mais forte e cruel. Saltou pela escuridão sob ele, enterrou a lâmina – tchuuuuu – em seu peito. Uma bolha de sangue, um jorro escarlate, ossário rompendo pele e músculo e osso e vermelho, vermelho, vermelho, dançando com a chuva. Ela torceu a lâmina, sentiu as costelas estalarem ao puxá-la de volta, e se virou para vê-lo cair.

Um grito furioso soou no alto – o belo Shiu empoleirado como um pássaro, com os olhos azuis assassinos brilhando à luz dançante. Ela esticou os dedos na escuridão sob si, linda e profunda, rasgou um pedaço como vira Jonnen fazer, e venceu o espaço para cegar aqueles belos olhos azuis

– *...atrás...*

cochichos ao ouvido da sombra que não era gato, mas que eram seus olhos na nuca. Moveu-se ligeira, rolando para a frente quando a faca zuniu por cima da cabeça, perto o bastante para ouvi-la cortar a chuva em meio às trovoadas. Ela girou enquanto Violetta lançava mais e mais, todas afiadas, escuras de veneno, sem necessidade de Desmaio agora que o pequeno Jonnen estava estirado sonhando e

sonhando

(com céus escuros e um milhão de estrelas e um globo brilhante no meio) dedos alvos recurvados em garras e sombras escuras recurvadas por cima e ao redor das botas de Violeta como cobras famintas e

Mia passou

para a

a sombra da

árvore ao lado

de Violeta e cravou a espada bem na barriga da mulher, pelo lado, e torceu, cortando por fora e por dentro e por fora de novo. Violetta curvou as costas, boquiaberta, enquanto suas tripas escapavam, quentes e reluzentes, em nós de rosa e vermelho.

– Caralho...

– ...*MIA*...

Ela se jogou para trás e a lâmina de Decimani passou por seu queixo. Então rolou na terra em direção à torre, com o cabelo nos olhos, areia na língua, o rugido das multidões na arena aos ouvidos

CORVOCORVOCORVO

mas isso foi em outra viragem

quando as coisas eram simples e a Lua não tinha nome e o pai dela ainda era

Meu...

Decimani recuou o punho, portando o aço escuro e reluzente, uma mão e não dez, mas, ai!, bastaria. Eclipse se levantou com um urro no muro partido por trás da mulher, o medo como uma ponta de frio na ventania, um formato de sombra, uma sombra mais profunda do que Mia imaginara, do que jamais sonhara, mas uma sombra uma *sombra*

uma SOMBRA

mesmo assim.

E Mia percebeu que não precisava passar pela sombra do inimigo, ou da árvore, ou da pedra; em vez disso, podia passar pela loba que também era de sombras. Ela estendeu a mão e

passou

através de

Eclipse

em vez de

sair pela pedra

atrás da boa bispa para acertar o golpe com um barulho úmido, os dentes à mostra, cuspindo ódio, o ossário cruzando o ar e a chuva e quase separando a cabeça de Decimani do pescoço.

Vermelho nas mãos.

no rosto,

na língua, aguado, doce como cobre na tempestade, profundo o bastante para se afogar e ainda não era o bastante

nunca era o bastante

era?

um risco de dor branca e aguda na coxa, o brilho de uma lâmina carregada de veneno. Mia arfou e se virou, Remillo atirou outra que varou o espaço onde ela estivera um momento antes, agora vazio.

Passou

pela sombra

sob seus pés

e saiu na sombra

em forma de gato atrás dele, com a espada levantada, as duas mãos no cabo, os olhos vermelhos de rubi no cabo observando tudo, observando a lâmina fatiar o homem no meio das pernas e deixá-lo caído e gritando partido ao meio.

Vermelho nas mãos.

Nas mãos já escorregadias de sangue, desse sangue que manchava sua roupa, que também vazava do ferimento que ele tinha feito, enquanto o veneno pulsava no coração e trovejava nas veias.

Quatro de cinco fora, mas ainda não era o bastante.

Lenta demais.

– ...*mia*...!

Virou-se para ver Shiu aterrissar, belo e silencioso.

LENTA DEMAIS.

– ...*MIA*...!

e acertar o calcanhar bem na nuca dela.

Luz branca.

Créc.

Dor.

Poft.

E tudo escuro.

Outra trovoada, a chuva golpeando a pedra feito uma marreta na bigorna.

Uma figura solitária, de pé, com punhos cerrados e olhos quase fechados, assomava-se sobre a garota caída de cabelo espalhado como uma auréola quebrada. Piscando. Ferida e inconsciente.

– ...*para trás*... – chiou o não-gato.

– ...*VOCÊ NÃO VAI TOCAR NELA*... – rosnou a não-loba, pondo-se entre a garota e a figura.

Shiu ignorou ambos, avançou por cima deles e agarrou Mia pelo cabelo. Com o rosto indiferente e pálido, o garoto a arrastou pelas pedras de volta ao abrigo da torre. Largou-a no chão ao lado dos companheiros inconscientes, com cuidado para não deixar que a cabeça dela batesse com muita força contra as pedras.

– ...*vagabundo maldito*...

– ...*VOU MATAR VOCÊ, DESGRAÇADO*...!

O garoto olhou para a loba de sombras e talvez seu rosto tenha ficado um pouco mais pálido, seu passo mais vacilante. Ele saiu da torre de olho nos demônios, então virou-se para examinar o massacre. As outras Lâminas de Galante estavam espalhadas pelas ruínas, sangrando ou feridas. Violetta estava de joelhos, o sangue descendo como um rio rubro por entre os dentes enquanto ela tentava colocar as tripas de volta no corpo. Ela levantou os olhos para Shiu enquanto ele caminhava até onde jazia a bispa Decimani.

– Sh... Shiu... – ela gorgolejou. – M... me ajuda...

O garoto a ignorou também. Silencioso feito a morte, abaixou-se diante da bispa morta e do estrago que Mia fizera em seu pescoço. A cabeça de Decimani ainda se prendia ao corpo por uma fina tira de músculo e pele, apesar de a coluna cortada em dois. Shiu revistou aqueles escombros humanos e finalmente encontrou um cordão de couro, que arrebentou.

Na ponta do cordão pendia um frasco prateado.

– Shi... Shiu... – suplicou Violetta.

O garoto marchou de volta à torre e à luz intermitente do fogo. Os passageiros de Mia ainda estavam ao redor da garota, chiando e rosnando, mas ele não lhes deu nenhuma atenção. Em vez disso, ajoelhou-se diante das chamas e segurou o frasco prateado contra a luz. Depois de romper o lacre de cera escura, despejou o conteúdo, grosso e escarlate, na pedra.

Em seguida, usando o dedo como pena, começou a escrever na poça.

Quatro Lâminas mortas.

Menino e traidores capturados.

Conselho.

Ele lançou um olhar para a chuva lá fora. Viu trovões explodirem no céu e Violetta afundando em uma poça das próprias tripas e merda. Balançou a cabeça em menosprezo.

fraca

Então o sangue começou a mover-se.

Shiu voltou sua atenção para ele, à espera de instruções. O vitus pertencia a Marius, e todo bispo tinha uma quantidade dele que usava para enviar e receber cartas de sangue. Marius sabia qualquer coisa que estivesse escrita ali. Mas não parava por aí: como o sangue ainda estava ligado ao orador mesmo a distâncias impossíveis, ele era capaz de manipulá-lo com a mesma facilidade com que manipulava o sangue das piscinas.

Shiu observou o sangue mover-se como mercúrio sobre a pedra úmida, formando quatro letras em vermelho vivo.

REZA

O belo assassino franziu a testa. Lançou outro olhar para a tempestade, com o rosto perfeito cheio de rugas, à procura do sentido da instrução de Marius.

Rezar?

Pela Mãe, o que o orador queria dizer com aquilo?

Shiu voltou a espalhar o sangue na pedra para escrever de novo.

Não compreendo

O sangue se moveu, transformando-se num tentáculo lustroso que se enroscou no dedo do garoto. Shiu puxou a mão, mas o sangue foi junto, enrolando-se como uma serpente e subindo pela manga da camisa.

O rapaz se levantou com os olhos arregalados de susto; sentia o sangue escalar seu antebraço, o ombro e então o pescoço. Tentou tirá-lo com as mãos, ofegante por instinto, conforme aquele fio vermelho subia pelo queixo e pelos lábios e entrava na boca aberta.

– *Mmmmmmm* – ele gemeu, os lábios arreganhados mostrando as gengivas vazias.

Uma bolha de sangue se formou em sua garganta. Ele tentou respirar, mas só engasgou e tossiu. Levou as mãos ao pescoço e recuou trôpego, quase caindo na fogueira. Acabou saindo para a chuva, com as mãos ainda no pescoço, o sangue vazando do nariz e o rosto pálido ficando vermelho. Começou a girar à procura de...

A lâmina atravessou sua cabeça como um machado na lenha. O cérebro e o crânio caíram no chão quando ele desabou sobre as pedras partidas. Tric pisou nas costas do rapaz e puxou a cimitarra de ossário, em seguida enfiou a outra espada no coração de Shiu e *torceu*, só para garantir.

Um relâmpago rasgou os céus como mãos reluzentes e furiosas saindo das nuvens.

Mãos escuras abertas com as palmas para cima.

– Escuta-me, Niah – disse o defunto. – Escuta-me, Mãe. Esta carne, o teu banquete. Este sangue, o teu vinho. Esta vida, este fim, minha oferta a ti. Leva-o para perto de ti.

– *...já era hora de você aparecer...*

Tric se voltou para o gato de sombras que, sentado sobre um muro quebrado, lambia a pata translúcida. A loba de sombras, ao lado de sua dona, lançou um olhar para o garoto.

– *...UM POUCO ATRASADO PARA FAZER UMA ENTRADA DRAMÁTICA...*

– Meu objetivo não era fazer drama – replicou o defunto. – Matei Shiu o mais rápido que pude.

– *...ele já estava morto...* – suspirou o não-gato.

– ...*VEJA*...

Tric embainhou as espadas e olhou para o que restou do crânio de Shiu. Entre os fragmentos de osso e cérebro, captou uma ponta de movimento. Um fio estreito de sangue que subia – contra a chuva e contra a gravidade – até o gibão do cadáver para formar uma pequena poça.

O sangue penava para se manter junto, cada vez mais diluído pela chuva. Mas, antes de perder-se por completo e escorrer junto com os restos de Shiu, conseguiu dispor-se em formas simples.

Quatro letras que formavam um nome.

NAEV.

Livro 3

Uma casa de lobos

Capítulo 20
Separados

Frio.

Essa foi a primeira sensação de Mia. Um frio que se impregnava nos ossos. Uma pedra cutucando suas costas. Também fria, dura e úmida.

Ela levantou a mão e tentou se mexer.

Dor.

Na cabeça. Nas costas. Na perna. Os dedos tocaram a testa e um gemido escapou dos lábios. A luz do ambiente estava forte demais para abrir os olhos.

– Fique quieta – disse uma voz. – Você pode ter uma concussão.

Mia abriu os olhos apesar da dor e viu um garoto que um dia talvez tivesse amado. Trovões ressoaram, intensificando a dor na cabeça. Ela estremeceu com o lampejo dos raios e voltou a fechar os olhos. O clarão continuou por trás das pálpebras, enquanto retalhos de lembranças começavam a surgir em meio ao brilho evanescente.

Sombras.

Lâminas.

Sangue.

– Shiu – ela resfolegou, sentando-se.

Sentiu as mãos de Tric nos ombros, surpreendentemente quentes. Ouviu-o murmurar para que ela se deitasse, mas não quis saber – nem do toque delicado, nem da voz profunda como o mar, nem da dor feito cacos de vidro – e se pôs de pé num salto, respirando fundo e forçando os olhos a se focarem. Forçando a mente a lembrar-se.

A torre. Ainda estavam na torre. Sid, Canta, Carniceiro e – Deusa! – Ash e Jonnen estavam todos deitados em volta da fogueira. Por um instante terrível e abissal, ela pensou que estivessem mortos, que todos tinham partido e não restava mais ninguém. Uma perspectiva terrível demais para enfrentar, sombria demais para encarar. Mas então viu o peito deles subir e descer devagar. Com um calafrio, Eclipse uniu-se à sombra dela e tirou seu medo.

– *...ESTÁ TUDO BEM, MIA...*

– Não – ela murmurou. Seus olhos encontraram os corpos, caídos e imóveis. – Não está.

Tric os havia posto de lado com suas fortes mãos escuras – longe dos outros, mas ainda assim protegidos da chuva. O chão de pedra sob eles estava coberto de sangue, e a garganta de ambos, aberta quase até o osso.

– Bryn – ela balbuciou. – O-Ondas.

– FOI RÁPIDO – disse Tric. – ELES SENTIRAM POUCA DOR.

– Ai, Deusa – ela resfolegou, caindo de joelhos ao lado deles.

Estendeu a mão trêmula para os dois, com os olhos cheios de lágrimas. Tocou a bochecha de Bryn e afastou uma mecha do rosto de Ondas. Lembrou-se da alegria do grandalhão ao falar de sua vida no teatro e da melodia de suas canções, que tornavam as viragens no colégio muito mais toleráveis. Lembrou-se também das palavras de Bryn sobre suportar o insuportável nas areias. Como a esperança sobrevivia em cada suspiro.

Só que Bryn já não podia mais suspirar.

– *...sinto muito, mia...*

Ela arregalou os olhos com o sussurro; suas pupilas dilataram-se de raiva. Levantou o rosto para a forma que se materializava na parede à frente. A forma de gato. A forma que ele roubara quando ela era criança, imitando o amado bicho de estimação que o justicus Remus tinha matado diante dela. A forma de algo conhecido. Algo reconfortante. Algo que a fizesse ignorar a terrível verdade de que ele não tinha qualquer forma.

A raiva era tão boa.

Quando ela estava com raiva, não precisava pensar.

Quando ela estava com raiva, só precisava *agir*.

Ferir.

Odiar.

– Seu desgraçado – ela murmurou.

– *...eu sinto muito...*

– Seu filho da puta! – ela berrou. – Eu falei pra você que isso ia acontecer! Falei que não queria os gladiatii aqui! E agora? Olha a merda que *você* fez!

– *...a lâmina que os matou não era minha...*

– Eles não estariam aqui se não fosse você! – ela urrou. O ódio fervilhava cada vez mais, ardendo até ela própria tornar-se puro ódio. – Seu merdinha egoísta! Eles estão aqui por culpa sua! Eles *morreram* por culpa *sua*!

– *...mia, eles escolheram estar aqui...*

– Claro que escolheram, seu desgraçado! Prefeririam parar de respirar a deixar de pagar uma dívida! E você sabia disso, e mesmo assim abriu essa porra de boca! – Ela se levantou e bradou mais alto que os trovões. – Você sempre vê com mais clareza, não é? Você *sempre* sabe o que é melhor!

– *...e se eles não estivessem aqui? o que teria acontecido? o instante que você teve de alerta foi o bastante para inverter as chances da batalha. sem isso, talvez todos estivessem mortos...*

– Você não sabe isso! – ela urrou. – Você não sabe *nada*!

– *...sei que eles estavam aqui porque amavam você, mia. como eu amo...*

– Amor? – ela disparou. – Você não *me ama* porra nenhuma, você nem sabe o que é amor!

O não-gato sacudiu a cabeça, a voz aveludada saindo cheia de pesar.

– *...isso não é verdade. sou parte de você. e você é tudo que sou...*

– Besteira! – ela gritou enquanto os relâmpagos rasgavam o céu. – Você é um sanguessuga. Um parasita do caralho! Só me ama pelo que dou a você, e só!

– *...mia...*

– Quero que você vá embora, ouviu?

O não-gato inclinou a cabeça, estremecendo de leve. E pela primeira vez desde a viragem que se conheceram, pela primeira vez desde que ele falara na escuridão da sombra dela, pela primeira vez em tantos anos e quilômetros e assassinatos, soou assustado.

– *...o que quer dizer com isso...?*

– Quero dizer pra você ir pra longe de mim! – ela esbravejou, com cuspe voando e muco descendo pelo nariz. – Volte para Godsgrave e entre de novo na escuridão de onde saiu. Encontre outra pessoa para acompanhar. Não quero mais você perto de mim!

– *...mia, não...*

Ela permaneceu parada de punhos cerrados, com os pés numa poça de sangue dos amigos e a cabeça latejando em ritmo com o coração. A vista daqueles corpos e a lembrança da risada de Bryn e do sorriso de Ondas enquanto desfilava naquele teatro decrépito encheram suas entranhas de cacos de vidro e os olhos de lágrimas ardentes.

Eclipse se materializou entre ambos, falando em uma voz baixa e triste.

– *...TALVEZ VOCÊ DEVESSE IR...*

– *...ah, sempre podemos contar com você, vira-lata, para dar conselhos fora de hora e que ninguém pediu...*

– *...ELA DISSE PARA VOCÊ IR EMBORA...*

– *...você não tem direito a opinião aqui. faz oito anos que ando com ela, e você chegou faz umas viragens. agora, dobre a língua antes que eu a arranque...*

– *...NÃO ME PROVOQUE, PULGUENTO...*

– *...então não me atrapalh...*

– *CHEGA!*

Mia ergueu a mão e golpeou o ar entre eles, arranhando a escuridão de que ele era feito. O gato de sombras gemeu e tremeu, e uma neblina escura e fina espalhou-se na parede atrás dele e evaporou. Ele desapareceu e tornou a aparecer nas ruínas do andar de cima.

– Vá embora! – ela urrou.

– *...mia, não...*

– Vá!

– *...mia...*

– *VÁ!* – ela gritou, levantando a mão de novo.

E com um olhar final

Um suspiro baixo

– *...como quiser...*

Ele sumiu.

Mia tornou a cair de joelhos, abraçando a si mesma para conter os soluços. De todas as mortes que vira dadas ou recebidas, aquelas doíam mais do que a maioria. Eram seus amigos. Gente que a amava. Pessoas por quem arriscara tudo e que arriscaram tudo por ela. Todos aqueles meses no colégio, sangrando, vivendo e lutando juntos, para no fim acabarem ali, numa torre arruinada no meio do nada.

Tinha sido tudo à toa.

Ela sentiu um toque delicado no ombro.

– ELES ESTÃO NO LUME AGORA – murmurou Tric.

Os trovões chacoalhavam o céu. Lágrimas amargas enchiam os olhos dela.

– Você acha que isso deixa as coisas mais fáceis? – ela sussurrou.

– LÁ É QUENTE. CHEIO DE LUZ, AMOR E PAZ.

Ela baixou a cabeça, contorcendo o rosto na tentativa de conter o choro. O vento estava mais frio do que ela se lembrava de já ter sentido. As mãos do destino, ainda mais frias. Contudo, Tric não estava falando apenas lugares-comuns; ele tinha estado mesmo do outro lado do véu que separava a vida da morte. E se *existia* alguma paz ali...

– O que eles verão? – ela suspirou, levantando os olhos para ele. – O que *você* viu?

O defunto olhou para a tempestade, elevando os olhos da cor da noite até as nuvens que ondulavam cinzentas no céu. Mais estouros de trovão; Mia estremeceu de frio. Ele levou um longo momento para responder.

– Quando acordei depois de cair, estava num lugar sem nenhuma cor. A Montanha Silenciosa erguia-se atrás de mim, envolta em uma noite perpétua. Mais à frente, bem longe, avistei uma fogueira luminosa. Senti seu calor na pele. E, ao redor dela, vi o rosto de todos que já amei e que tinham partido deste mundo. – Ele suspirou baixo. – Eu sabia que pertencia àquele lugar. Que tudo ficaria bem quando me sentasse ao lado deles. É lá que estão Bryn e Fazondas. Quentes e seguros e longe de tudo isso. Juntos.

– Então, por que você... – Ela fungou e tentou firmar a voz. – Por que você não ficou lá se era tão maravilhoso assim?

– É que... – O garoto balançou a cabeça. – Eu não posso falar disso.

– Tric. – Mia tomou a mão dele, surpreendendo-se ao encontrá-la quente. Se antes ele era duro como uma rocha, agora sua pele era macia onde seus dedos escuros como o breu encostavam nos dela, brancos feito leite. – Conte. Por favor.

Ele ainda perscrutava o céu. A chuva formava gotas em seu rosto como se ele fosse uma das belas estátuas do fórum. Então, por fim, ele encarou Mia com os olhos negros marejados de tristeza.

– Porque olhei para todos aqueles rostos – ele disse –, os rostos que eu amei, mas não vi aquele que eu mais amava.

Mia sentiu um nó nas entranhas, o ar fugir dos pulmões.

– Voltei por sua causa – ele continuou, os olhos brilhando com uma luz negra. – Foi esse o presente que a Mãe me ofereceu. Ela não tinha força suficiente para me trazer pessoalmente. Só podia me mostrar o caminho. – Ele estendeu a mão manchada de preto. – Precisei abrir meu próprio caminho através das paredes do abismo. Foi por isso que abri mão do meu lugar diante do Lume. Não foi pela chance de recuperar o equilíbrio do mundo ou restaurar a

Lua ou fazer justiça. Nada disso me importa. – Ele apertou a mão dela e a levou contra o peito. Mia se surpreendeu ao sentir batidas fortes contra a palma. – Mas faria mil acordos com a Noite em troca de mais um momento com você. Morreria mil mortes e desafiaria todos só para tê-la nos braços mais uma vez.

O mundo inteiro fez silêncio. O mundo inteiro parou.

– Tric, eu…

– Eu amo você, Mia. E, se a Noite quiser, vou amar para sempre.

– Mia?

A voz de Jonnen arrancou Mia daquele momento, trazendo-a de volta para o frio, a umidade, a dor e o sangue. Mas ela se deteve por mais um instante nas piscinas escuras que eram os olhos de Tric, sentindo a mão contra os músculos do peito dele e lançando um olhar de soslaio para Ashlinn, triste e pensativa.

Partida ao meio.

– Mia? – gemeu Jonnen novamente.

– Está tudo bem, irmão – ela disse, dando as costas para Tric. – Estou aqui.

Ela foi em direção ao menino, com a cabeça ainda latejando, o corpo dolorido e a perna sangrando sob uma tira de pano escuro que sem dúvida fora atada por Tric. Ao contornar a fogueira, viu as chamas saltarem para ela famintas, então se ajoelhou ao lado do irmão com um chiado de dor e o tomou nos braços.

Ele ainda estava grogue por causa do Desmaio, com os olhos injetados e o rosto pálido. Mas Eclipse tinha entrado em sua sombra para acalmar os medos do garoto, e Mia conhecia o suficiente de venenos para saber que ele estaria completamente recuperado em cerca de uma hora, mais rápido do que os adultos, que só agora começavam a se mexer.

Mia agradeceu à Deusa por estarem todos reunidos e que a ordem de levar Jonnen com vida se sobrepôs ao desejo dos assassinos de ver todos mortos. Lembrou-se da batalha, do sangue trovejando nas veias, da força que corria em seu sangue. Nunca tinha sentido aquilo antes; nunca tinha sido tão fácil, tão rápido, manejar as trevas. Isso não se devia apenas ao fato de o céu contar agora com apenas dois sóis. O novo fragmento da Lua dentro dela – antes de Furian, agora seu – a tinha feito ser *mais*.

Ela não conseguiu não pensar em Cleo, a autora do velho diário que o cronista Aelius encontrara nas profundezas da biblioteca. A única pessoa que dera a Mia pistas verdadeiras sobre o que era ser sombria, depois de passar a vida juntando os pedaços espalhados de Anais e cair sem completar o quebra-cabeças que agora cabia a ela resolver de alguma forma.

O diário falava de uma criança dentro de Cleo. Dos pecados da Mãe.

Teria algo a ver com o fracasso dela?

E o que aconteceu com aquela mulher?

Seria sua filha?

Filho?

Tric a observava através do véu da chuva. Sua declaração ainda ressoava nos ouvidos de Mia, mais alta que a tempestade que se abatia lá fora.

– Como está a sua cabeça? – ela perguntou a Jonnen.

– Dolorida – ele choramingou.

– Está tudo bem, amor. Estou aqui. Quando tudo é sangue…

– …sangue é tudo – ele balbuciou.

Ela o apertou e beijou sua testa, sentindo um frio na barriga ao pensar em tudo que poderia ter acontecido.

Então veio aquela sensação estranha. A pele arrepiando-se, o nó na boca do estômago. E a ausência de um gato que não era gato. Uma peça faltante de si mesma. Mas uma enxurrada de ódio preencheu o vazio, e ela agarrou-se ao sentimento com força, desesperada, como um náufrago na tábua que o levaria à salvação, deixando a raiva amarga e ardente preenchê-la.

A Igreja Vermelha lançara seus dados, mandando cinco de seus melhores assassinos e esvaziando a capela de Galante para derrubá-la.

Tinham fracassado. E agora...

Agora a Deusa é minha testemunha nesta porra...

Haveria vingança.

— Naev.

– Foi o que o sangue disse.

Eles tinham se reunido em torno do fogo, ainda doloridos e debilitados por causa do Desmaio. Fazondas e Bryn jaziam frios sobre o chão de pedra. Os olhos dos Falcões remanescentes ardiam com uma chama parecida com a que havia no peito de Mia.

– Mas quem é Naev, caralho? – quis saber Carniceiro.

– Uma amiga – respondeu Mia. – Ela é Mão, ou seja, uma discípula que trabalha na Montanha Silenciosa a serviço da Igreja. Eu salvei a vida dela.

Mia lembrou-se de ver a mulher ao pé de sua cama, passando uma faca pela palma da própria mão, fazendo o sangue fluir e empoçar no chão.

"Ela salvou a vida de Naev. Então agora, Naev deve. Sobre o próprio sangue, à vista da Mãe Noite, Naev jura."

– E ela faz magia com sangue? – perguntou Sidonius.

– Não, quem faz isso é Marius – respondeu Ashlinn, torcendo a boca. – Ele e a irmã Marielle são feiticeiros, mestres das artes antigas de Ysiir, e mais fodidos da cabeça do que qualquer par de gêmeos que você jamais vai conhecer. – Ela estendeu as mãos na direção do fogo, curvando os dedos. – Aquele desgraçado matou meu irmão.

– Depois de vocês dois terem traído a Igreja Vermelha – emendou Tric.

– Se eu quisesse ouvir um cuzão, iria ao banheiro, Triquinho.

– Dá para parar? – disparou Mia, já perdendo a paciência. – Por favor?

– Certo – disse Cantespadas. – E esse mago de sangue, Marius, é seu aliado, Corvo?

Ela deu de ombros.

– Eu salvei a vida dele. Mas não posso dizer que ele é o desgraçado mais confiável do mundo. A irmã também não, por sinal.

A forma de Eclipse tremia na parede sob a luz dançante do fogo.

– *...ELE MATOU SHIU, MIA. EU VI. ENQUANTO VOCÊ E OS OUTROS ESTAVAM À MERCÊ DELE, O SANGUE DE MARIUS DERRUBOU O GAROTO...*

– E agora o sangue de Marius está nos mandando para essa Naev – disse Sid.

Mia assentiu.

– Ela cuida dos suprimentos para a Igreja. Organiza uma caravana que vai e volta entre Última Esperança e a Montanha Silenciosa. Será que estão trabalhando juntos?

– Mas por quê? – perguntou Ashlinn.

– Não sei – ela suspirou. – Mas pelo menos sei que estou no caminho certo. Vamos chegar em Amai e depois atravesso o mar até Última Esperança. De lá, posso cavalgar até a Montanha Silenciosa e salvar Mercurio. Como planejado.

– Espere. – Sidonius franziu a testa, unindo as sobrancelhas escuras. – Como assim *você* vai para Última Esperança? E o resto de nós?

– Vocês voltam para Alvatorre – disse Mia. – Corleone pode levá-los. Jonnen vai ter de vir comigo, e acho que não tem como convencer Ashlinn a ir embora. Mas você, Canta e Carniceiro estão liberados.

– O caralho que estamos – retrucou Carniceiro. – Vamos com você até o fim.

– Não – disse Mia, com a voz tremendo de raiva. – Não estão. Vocês já pagaram a porra da dívida, certo? Ondas e Bryn morreram por isso, e não quero mais sangue em minhas mãos. Vocês me deixam em Amai.

Sid apenas fechou ainda mais a cara.

– Mia, posso ter sido expulso da legião, mas ainda fiz um juramento a Darius Corvere. Não estava presente na morte do seu pai, mas...

– Ele não é meu pai, Sid! – cortou Mia, erguendo-se num pulo. – Nem parente é! Sou filha de Julius Scaeva, entendeu? Sou filha do homem que *matou* Darius Corvere!

– Sangue e abismo – balbuciou Sidonius.

– Você é *filha* daquele desgraçado? – perguntou Carniceiro, atônito.

– Sou – ela respondeu, seca. – O homem que tento matar há oito anos é o homem que me deu a vida. E se isso já não fosse um "foda-se" dos deuses, descobri que tenho o pedaço de um *deus* morto dentro de mim, e que herdei essa porra de Scaeva também! Ah, e por acaso o último garoto com quem transei foi assassinado pela última garota com quem transei, e depois a Mãe da Noite o ressuscitou pra me ajudar com o já mencionado problema do Deus, e o babaca que degolou Ondas e Bryn era meu amigo! Eu sou um *veneno*, entenderam? Um *câncer*! Qualquer coisa que chegue perto de mim morre. Então saiam de perto antes que morram também!

– Você não pode se culpar por isso, Mia – disse Sidonius.

– Não! – ela avisou. – Nem *tente*.

– Não é culpa sua.

– Foda-se, Sid! – ela disparou, com os olhos cheios de lágrimas. – *Olhe para eles!*

– Culpar a si mesma pelas ações dos outros é como culpar a si mesma pelo tempo – ele respondeu, com os olhos nos cadáveres de Fazondas e Bryn. – E, sim, vou chorar pelos dois como choraria por um irmão e uma irmã. Mas apanhar faz parte da vida. E tem mais, Mia: os melhores lutadores que conheci eram também os mais feios. Nariz quebrado, desdentados, orelha de couve-flor. Porque a melhor maneira de aprender a vencer é *perder*.

– Eu não quer…

– Guerreiros bonitos são uns merdas na arena. Você só sabe como é bom respirar depois que alguém quebra suas costelas. Só se dá valor à alegria até alguém te fazer chorar. E não faz sentido se culpar pelos chutes que a vida dá em você. Só pense no quanto doeu e no quanto você não quer mais sentir essa dor, e isso vai te ajudar a fazer o necessário para vencer na próxima. – Sid cruzou os braços e assumiu uma expressão grave. Lá fora, os trovões continuavam. – Não me importa quem comeu a sua mãe. Não vou abandonar você.

– Nem eu – disse Cantespadas.

– É – concordou Carniceiro. – Eu também não.

Mia baixou a cabeça, com lágrimas ardendo nos olhos. Esfregou o rosto e tomou um fôlego fundo e trêmulo. Tentou pensar numa forma de fazê-los desistir, mas conhecia Sid e os outros bem demais para saber que eram teimosos feito mulas, e sua promessa era tão sólida como a pedra sob seus pés. Ela podia ir embora, mas eles a seguiriam. Podia se esconder com Jonnen sob o manto de sombras e sair correndo, mas assim deixaria Ash e Tric para trás...

Ela sentou-se de volta – perto da fogueira, mas não o bastante para se sentir aquecida. E, sem uma palavra, balançou a cabeça em consentimento.

– Certo – afirmou Sid. – Então vamos encontrar essa Naev e ver o que ela diz.

– Ainda temos que atravessar o Mar dos Lamentos – recordou Ash.

– São seiscentos quilômetros de Amai até Última Esperança – disse Cantespadas em voz baixa. – Com a Senhora dos Oceanos e a Senhora das Tempestades tentando nos afogar a cada centímetro do trajeto.

– Bom, a gente queima essa ponte quando chegar lá – suspirou Sid, passando os dedos pela cabeça. – Parece que vamos ter de ficar aqui até Nalipse se entediar ou os sóis queimarem algumas dessas nuvens.

– Vocês deviam tentar dormir um pouco – disse Mia em voz baixa.

Todos olharam para ela, desconfiados e inseguros.

– Todas as Lâminas que eu conhecia da Capela de Galante já estão mortas – ela disse. – Duvido que haverá mais alguma em nosso encalço por enquanto. Mas, Tric, será que você poderia vigiar lá de cima, só para garantir?

O garoto fez que sim com a cabeça; sua declaração de amor ainda pairava entre eles como uma pergunta à espera de resposta.

– Posso.

– E você? – perguntou Ash. – Também precisa dormir, Mia.

– Eu vou – ela concordou. – Acordo Sid daqui a algumas horas e descanso um pouco.

– Você não vai fazer nenhuma idiotice enquanto estivermos dormindo, vai? – perguntou Sid. – Como fugir às escondidas pela tempestade, como uma ladra, e nos abandonar.

– Vocês sabem aonde vou – ela disse, balançando a cabeça. – Simplesmente me seguiriam.

– Com certeza – disparou Sidonius.

– Então durma um pouco, Sid.

Todos ainda estavam um pouco tontos por causa do Desmaio, de modo que não foi preciso muito para convencê-los a voltar a deitar ao redor da fogueira. Ashlinn aninhou-se de costas para Mia, e Jonnen encolheu-se por perto também. Sid permaneceu acordado por uma hora ou mais, fingindo dormir enquanto a observava com os olhos semicerrados.

Mia simplesmente olhava o fogo.

A madeira que eles tinham trazido antes, molhada de chuva, já estava quase completamente seca, e as chamas ardiam fortes, emanando um calor que ela pouco sentia. Tric rondava pelos andares superiores, lançando um olhar para ela de vez em quando com seus olhos sem fundo.

Mia continuava a olhar o fogo.

Atiçava o fogo dentro de seu peito, sentindo-o como uma coisa viva. Preocupava-se com os amigos, agradecida por terem escolhido ficar com ela apesar de tudo. Estava cansada, dolorida e com medo. Mas, sobretudo, estava cansada de toda aquela merda. De Scaeva e da Igreja. De gente ferida por sua causa. De sempre estar em desvantagem, de sempre ser pega desprevenida. Ela rumava para o fogo, isso era certo. Seguia direto para uma casa de lobos. Mas, verdade seja dita, gostava da ideia. Porque, além da fúria, também sentia a escuridão crescer dentro de si. Lembrou-se do ódio empoçado debaixo de Godsgrave, a ira de um deus caído, uma raiva que esteve com ela a vida inteira.

Anais.

A figura dos seus sonhos, feita de chamas escuras, coroada com um círculo prateado. Assassinada pelo pai. Com a mãe aprisionada no Abismo por toda eternidade.

O pai de Mia também tentara matá-la. Aprisionara sua mãe na Pedra Filosofal, para definhar e morrer. Ela não podia deixar de ver os paralelos entre a sua vida e a do Deus-Lua caído. As semelhanças estavam bordadas na tapeçaria ao seu redor, desdobrando-se como um destino. Mas a diferença era que Mia não morrera quando o pai tentara matá-la. Não tinha caído na terra e se partido em mil pedaços. Não quebrara. Não desmoronara. Em vez disso, tornara-se mais forte. Não era ferro nem vidro.

Era aço.

"Tudo o que você é? Tudo que se tornou? Fui eu *que dei. A minha semente plantou você. As minhas mãos forjaram você. É o meu sangue, frio como gelo e escuro como breu, que corre nas suas veias."*

Ela enxergava a verdade disso, mas não era algo que ele viveria para lamentar. Mia também enxergava a verdade das palavras de Sid: era preciso apanhar para descobrir a dor e nunca mais querer senti-la.

Nunca mais quero me sentir assim.

Ela cravou os olhos nas chamas, acesos com sua oração.

Sua promessa.

Pai.

Quando o último sol cair.

Quando a luz morrer.

Você morre também.

Capítulo 21

Amai

– Que cheiro é esse? – perguntou Jonnen, torcendo o nariz.

Na ponta da fileira, Sidonius pressionou cada narina com o dedo para soprar um fio de ranho por vez.

– Esgoto.

– E peixe – acrescentou Cantespadas.

– E MADEIRA – disse Tric. – PICHE. COURO E ESPECIARIAS. SUOR E MERDA E SANGUE.

– Que nariz você tem – brincou Sidonius.

O olhar de Ashlinn cruzou com o do defunto, mas ela não disse nada.

– Chegamos – disse Carniceiro enquanto se espreguiçava na sela. – Amai. Dá para sentir o cheiro a quilômetros de distância. É por isso que chamam a cidade de O Cu de Liis.

Fazia duas semanas sofridas que eles cavalgavam sob um constante chuvisco. A Senhora das Tempestades havia se acalmado depois de uma ou duas viragens, amainando a tempestade numa garoa deprimente e contínua que deixou todos úmidos até o osso. Era como se a Deusa estivesse poupando forças, à espreita como uma serpente para atacar assim que Mia voltasse ao mar. Pelo menos, a jornada por terra tinha ficado mais fácil.

Não tiveram mais nenhum problema na estrada. Os cidadãos por que passaram tratavam logo de abrir caminho para o centurião Sidonius e seu pequeno destacamento, e os poucos soldados com que cruzaram apenas gesticularam saudações entediadas e continuaram sua marcha. O grupo passava as quasinoites em qualquer abrigo que encontrasse e, quando não havia abrigo, apinhavam-se sob a proteção da carroça. Tric rondava as imediações, vigilante, e Carniceiro continuava treinando Jonnen na lança (o menino já tinha melhorado bastante e aprendia assustadoramente rápido), enquanto Mia andava em círculos dentro da própria cabeça. Pensava em Bryn, em Ondas, em Mercurio e Marius e Marielle, na puta da Drusilla e no desgraçado do Scaeva e em tudo que os dois tinham tomado dela.

Em breve, ela prometeu a si mesma. *Em breve.*

Mas, primeiro, ela precisava vencer o oceano entre eles.

– Você disse que cresceu em Amai – ela comentou com Carniceiro enquanto ajeitava a bunda, já formigando, no assento. Jonnen ainda tinha as rédeas na mão, e olhava a estrada com atenção.

– É – ele confirmou. – Zarpei aos catorze anos.

– Zarpou? – perguntou Cantespadas. – Pensei que você odiasse navios.

– Odeio. Mas quando você vive num lugar como este, não tem muita escolha. Não ia trabalhar na porra de alguma taverna ou numa barraca nem fodendo.

Ashlinn franziu a testa.

– Então se tornou pescador e...?

– Pescador? – ofendeu-se Carniceiro. – Devia socar a sua cara, menina. Você acha que um pescador seria capaz de matar Caelinius de Caneleira no soco diante de vinte mil pessoas? Ou abrir a barriga de Marcinio do Bosque Vazio como se fosse um peixe?

– Sim – respondeu Sid. – Um pescador é capaz de abrir a barriga de um homem como se ele fosse um peixe, Carniceiro.

– Eu era pirata, seus babacas do caralho – explodiu o liisio.

– Mas... – Mia arregalou os olhos. – Você teve *enjoos*, Carniceiro. Vomitou durante toda a viagem de Alvatorre a Galante.

– Bom, eu era um pirata ruim, não é? – lamentou o homem. – Como acha que acabei na porra da escravidão?

– Ah… – Mia acenou com a cabeça. – Na verdade, faz todo o sentido, por incrível que pareça.

– A questão é que cresci aqui – continuou Carniceiro. – Conheço a cidade tão bem quanto conheço as mulheres.

Ash levantou a mão.

– *Não* – chiou Mia.

– Certo – disse Sid. – Então, o que devemos esperar do Cu de Liis? A propósito, vocês deviam achar um nome melhor para ela, sinceramente.

– É o covil de assassinos, estupradores e ladrões mais perigoso que você vai encontrar na vida – respondeu Carniceiro. – Se você não é salgado, melhor ter cuidado onde pisa. A vida vale menos que um açucarado de meio cobre aqui.

– Salgado?

– É, marujo – explicou Carniceiro. – Membro da tripulação de um navio. Se você é marujo, é salgado. Senão, é gentinha da terra firme. Os piratas seguem um código, sabia? As Seis Leis do Sal. A primeira é Fraternidade. Vejamos… – O homem encheu o rosto imprestável de rugas enquanto fazia um esforço para se lembrar. – "Cospe, xinga, mata, mas se ele conhece o gosto do sal, teu irmão será." Em outras palavras, você pode odiar outro pirata, mas, no porto, ambos estão juntos e acima da ralé de água doce.

– E se for uma mulher? – perguntou Canta.

Carniceiro piscou, surpreso.

– Hein?

– Se for uma mulher pirata. Como uma mulher pode ser seu irmão?

– Eu vou lá saber, porra? – resmungou Carniceiro. – Não fui eu que escrevi essa merda.

– Como eles sabem quem é salgado e quem não é? – perguntou Sidonius.

– Alguns têm tatuagens – explicou Carniceiro, dando de ombros. – Ou cicatrizes. Outros usam o símbolo do navio enquanto estiverem no porto. Os piores são conhecidos apenas pela reputação.

– Certo – disse Mia. – E quais são as outras regras?

Carniceiro coçou o cabelo curto.

– Bom, tem uma chamada Domínio. Basicamente, aquilo que o capitão fala no convés do próprio navio é a palavra de Deus. E tem outra chamada Fidelidade, que diz respeito à cadeia de comando. A tripulação segue o imediato, o imediato segue o capitão e o capitão segue o rei. – O liisio fez um bico, pensativo. – Sempre me esqueço do nome da quarta. Herdade ou Heresia, ou coisa assim...

– Ainda não consigo acreditar que os piratas têm a porra de um rei – murmurou Sid.

– Pois acredite – insistiu Carniceiro. – E reze ao Onividente e às Quatro Filhas para não cruzar com esse desgraçado. Filho de chacal, dizem. Bebe o sangue dos inimigos numa caneca feita com o crânio do próprio pai.

– O pai dele morreu trepando com o chacal ou depois? – perguntou Mia.

– Deve ter sido uma farra daquelas... – debochou Ashlinn.

– Vai tirando sarro, Corvo – disse o liisio. – Mas o Carniceiro de Amai não teme nenhum homem nascido de mulher. Einar Valdyr me dá vontade de sujar as pantalonas.

– Desde quando você se refere a si mesmo na terceira pessoa? – perguntou Mia. – E desde quando veste pantalonas, aliás?

– Ah, vai se foder.

– O rei Einar Valdyr[19] afundou o *Impávido* – disse Jonnen. –

---

19 Brincadeiras à parte, Einar Valdyr, "o Curtidor", Lobo Sombrio de Vaan, Flagelo dos Quatro Mares, é o 107º rei a sentar-se no Trono dos Mandriões e, sem dúvida, um dos desgraçados mais brutais na história de Itreya.

Seu primeiro assassinato foi o do irmão mais velho, Hakon, que ele cometeu com uma frigideira na tenra idade de doze anos, embora seja importante saber que aos dez já tinha jogado o irmão mais novo, Jari, para um bando de cães, deixando-o desfigurado e mutilado. Dizem que ele ainda decapitou o pai na mesma viragem em que decepou a língua da mãe. O único homem que tentou confirmar o boato, seu ex-imediato Oluf Dahlman, foi mantido vivo três meses sob tortura

E afundou o navio *Crente* três meses depois. E o *Fogo da Filha* no verão seguinte.

Mia olhou para o irmão com a sobrancelha arqueada.

– Estudei os mais infames inimigos de Itreya ano passado – ele explicou. – Tenho uma memória...

– ...afiada como espada – completou Mia com um sorriso. – É, eu sei.

Cantespadas suspirou.

---

quase constante (Valdyr costumava arrastar o homem para suas festas e bater nele com correntes incandescentes a fim de divertir os convidados). Desde então, nunca mais ninguém ousou perguntar isso a ele.

Valdyr foi vendido como escravo aos dezesseis anos e passou dois anos invicto nos circuitos gladiatiis de Vaan, lutando pelos Lobos de Tacitus; foi lá que o chamaram de Lobo Sombrio pela primeira vez. Estava a caminho do *venatus magni* sob os cuidados de Augustus, filho de Tacitus, quando o navio foi atacado por um pirata liisiano chamado Giancarli. Valdyr matou dezessete homens de Giancarli durante a luta, o que deixou o pirata tão impressionado que ele chamou o escravo para fazer parte da sua tripulação. Valdyr aceitou e logo abriu a garganta do antigo dono. Dizem que enfiou o pau na ferida de Augustus enquanto ele se engasgava com o próprio sangue.

Sim, você leu direito.

Em doze meses, Valdyr já tinha matado Giancarli e tomado o navio do homem. Tornou-se temido depois de afundar três trirremes da Marinha itreyana, e fomentou a reputação de combatente sanguinário que preferia invasões a canhões. Foi mais ou menos nessa época que começou a arrancar os rostos dos capitães que matava e costurá-los num sobretudo de couro que, dizem, agora é tão comprido que precisa de gente para carregar a cauda quando Valdyr caminha. Esse hábito rendeu um novo epíteto para Valdyr: "o Curtidor".

Depois de cinco anos de pirataria, e na avançada idade de vinte e três anos, Valdyr assassinou o 106º rei dos piratas, Cospe-Sal do Clã Lançamar, e se sentou no Trono dos Mandriões. Há cinco anos governa sem rivais os piratas de Itreya. A simples visão de seu navio de ébano, o *Espectro Sombrio,* basta para fazer um mercador comum cagar até as tripas. As estimativas mais recentes põem o número de assassinatos de Valdyr em torno de 423 homens, mulheres e crianças.

Desculpem, nobres amigos. Sei que geralmente tento botar um pouco de humor nestas notas de rodapé. Contudo, acreditem em mim quando digo que esse desgraçado não é nada engraçado.

– Bom, se a Mãe Trelene quiser, Corleone estará à nossa espera no porto. É só baixar a cabeça, encontrarmos a taverna e pensarmos no próximo passo.

– Com a barriga cheia de vinho – disse Sidonius. – Diante de uma lareira crepitante.

– Eu apoio – afirmou Ashlinn.

– É – disse Carniceiro. – Nem a Mãe da Noite e toda sua morte maldita vão poder me segurar.

Mia olhou para o dweymeri calado que caminhava ao lado deles na estrada.

Tric não esboçou qualquer reação.

O cheiro era insuportável.

Mia não conseguia descrevê-lo apenas como fedor, embora sem dúvida houvesse um fedor no meio do cheiro. O porto de Amai estava incrustado nas margens do Mar dos Lamentos como um carrapato na mão de lutador. O aroma de peixe morto, matadouros e merda de cavalo pairava no ar da cidade misturado com algumas notas do mar.

Mas, por baixo disso, havia outros odores. O perfume de mil especiarias: mima, incenso, lótus negra[20]. O cheiro quente de tortas frescas e roscas doces. O aroma de carne assada, guloseimas fritas em azeite de oliva, frutas frescas e bagas maduras. Porque, apesar de tripulados por assassinos, cada navio chegava ao porto de Amai com algo para vender. E Mia percebeu que, além de ser um paraíso de brutos, desgraçados e saqueadores, Amai era algo mais.

Um mercado.

Eles tinham tirado as roupas de soldado; Carniceiro avisara que adentrar a cidade com as cores de Itreya seria pedir confusão. Além disso,

20 É, eu sei que só citei três. Use a imaginação, espertinho.

a armadura de ossário de Sidonius valia uma fortuna luminosa e com certeza chamaria a atenção numa cidade de ladrões. Eles só mantiveram a cota de malha e as espadas; o resto esconderam na carroça, embora Mia ainda carregasse a espada de ossário na cintura.

A cidade era amuralhada, mas os portões amplos de ferro estavam escancarados e sem guardas; parecia que o rei Valdyr estava pouco se fodendo para quem entrava ou saía. À medida que se aproximava do centro da cidade, Mia ia ficando cada vez mais impressionada com as multidões. Gente de todas as cores, formas e tamanhos: dweymeris altos e de pele marrom; itreyanos brancos de cabelo escuro; vaaninanos loiros de olhos azuis; e por toda parte, por toda parte mesmo, liisios de pele oliva com cachos pretos e vozes musicais.

– Este é o país da nossa mãe – ela disse a Jonnen. – Você não fala liisio, fala?

– Não – respondeu o garoto, olhando a multidão ao redor.

– Ouça – ela sorriu, respirando fundo. – Parece poesia.

– Ensine-me uma palavra, então.

Mia olhou-o nos olhos.

– De'lai.

– De'lai – ele repetiu.

– Isso – ela aprovou. – Muito bem.

– O que quer dizer?

– Irmã – ela sorriu.

O menino voltou a contemplar as ruas lotadas, guardando os pensamentos para si e conduzindo a carroça. Tric ia à frente, e a multidão instintivamente abria espaço para ele à medida que avançava pela avenida molhada de chuva. Mia corria os olhos pelas pessoas, com os nervos à flor da pele. Começou a perceber certos padrões na multidão: cores e grupos que se tornavam óbvios depois que se aprendia a procurar por eles. Homens com lenços brancos bordados com caveiras no braço. Outros tinham uma sereia tatuada no pescoço, e outros ainda exibiam cicatrizes triangulares nas bochechas. Funcionavam como brasões ou os selos de família. Os homens portavam-se como camaradas, todos armados e todos aparentemente além dos limites do perigo.

– Salgados – ela murmurou.

– É – confirmou Carniceiro, ao lado dela. – Os donos da quebrada. Esses aí vestidos em pele de lobo são os homens de Valdyr, chamados de *wulfguard*. Ele os espalha pela cidade inteira.

Mia notou o grupo de que Carniceiro falava: um quarteto de sujeitos grandes com ar rude, todos com uma pele de lobo sobre os ombros. Mas, embora os corsários entre a multidão demonstrassem arrogância, havia bem pouca confusão à vista para uma cidade supostamente infestada de desgraças – só algumas pancadarias, manchas de sangue e poças de vômito na rua. Mia perguntava-se se Carniceiro não tinha exagerado: ela amava aquele feioso, mas o homem não costumava deixar suas boas histórias serem atrapalhadas pela verdade. Com exceção de um bando de meninos de rua vadiando perto da carroça (que Ash espantou com um floreio da faca e a promessa de capar o primeiro que se aproximasse mais) e um sujeito arremessado do segundo andar de um prédio enquanto passavam, a falta de emoção chegava a ser quase frustrante. Mia e os companheiros logo se viram diante da joia cintilante que era a baía de Amai.

Embora a Senhora das Tempestades tivesse coberto os céus com seu véu, a vista ainda era de tirar o fôlego. Os navios eram de todo tipo e formato: caravelas com suas velas quadradas, carracas com seus três mastros, galeras imponentes com centenas de remos nas laterais e *balingers* que se moviam tanto por remo como por vento. As figuras de proa representavam dragões ou leões ou mulheres com cauda de peixe; nas velas, havia desenhos de ossos cruzados, caveiras sorridentes ou laços de forca.

Os olhos de Mia pousaram sobre a maior embarcação do porto – umas das maiores que ela vira na vida, a bem da verdade. O gigantesco navio de guerra tinha pelo menos cinquenta metros de comprimento e quatro mastros imponentes que se erguiam ao céu. Estava pintado da cor da veratreva, da proa à popa, e o nome aparecia na frente em elegantes letras brancas.

Espectro Sombrio.

– O que são aquelas coisas? – perguntou Cantespadas.

– São as Torres Talhadas – respondeu Ashlinn em voz baixa. – Estão espalhadas por Liis. Era nelas que os Reis Magos castigavam seus escravos e torturavam seus prisioneiros.

Carniceiro arqueou a sobrancelha.

– Como você sabe disso?

– Meu pai teve de fazer uma oferenda em Elai. – Ash baixou ainda mais a voz e concentrou o olhar nos pináculos. – Conseguiu o assassinato, mas foi pego na fuga. Os Sacerdotes Leprosos o torturaram nas torres por três semanas, como antigamente. Arrancaram seu olho. Cortaram suas bolas.

Carniceiro e Sidonius ajeitaram-se na sela, desconfortáveis. Mia estendeu a mão para trás e tomou a de Ashlinn. Viu que ela tinha um ar assombrado.

– Ele morreu lá? – Cantespadas perguntou com delicadeza.

Ash negou com a cabeça.

– Escapou. O corpo, ao menos. Mas parte dele ficou lá pelo resto da vida. Foi o que o fez se afastar da Igreja Vermelha.

– Sinto muito – Canta disse. – Deve ter sido difícil de assistir.

– Não foi fácil.

Mia apertou a mão de Ash e entrelaçou os dedos nos dela. Então, lançou um olhar para Tric; viu que o garoto as observava com uma expressão pétrea. Torvar Järnheim havia criado os filhos para serem armas contra o Ministério – a traição de Ashlinn e do irmão quase derrubara a Igreja Vermelha e tinha custado a vida de Tric.

Torvar já estava morto, assassinado pela Igreja. Mia podia ver pesar na expressão de Ashlinn ao contemplar aquelas torres, reflexos sombrios do lugar em que seu pai se perdera. Um silêncio perturbador instalou-se no grupo, interrompido quando Carniceiro se endireitou na sela e forçou a vista na direção do porto.

– Não estou vendo o *Donzela de Sangue* – murmurou.

– Nem eu – disse Sidonius.

Mia sentiu uma pontada desconhecida de medo, que abafou com dentes cerrados, tentando não pensar no buraco em forma de gato em seu peito. Ela sabia que Cal já devia estar lá àquela altura; se eles haviam tido tempo de vir por terra desde Galante, ele com certeza tivera tempo de vir por mar. Uma passada de olhos pelos navios aportados, porém, bastou para confirmar que a donzela de velas vermelhas de Corleone não estava por perto.

– Talvez estejam ancorados em uma parte mais distante do porto – ela arriscou. – Esses cais parecem lotados.

– É – concordou Cantespadas. – Vamos nos ater ao plano. Onde Cal ficou de nos encontrar?

– Ele disse que nos veria na taverna – respondeu Mia.

Sid correu os olhos pelas docas.

– Não quero ser o cara que dificulta, mas por acaso aquele pilantra não foi um pouco mais específico? Porque já avistei umas vinte tavernas daqui.

Carniceiro abriu um sorriso de orelha a orelha.

– Sigam-me, nobres amigos.

Mia lançou outro olhar para Tric, mas o garoto concentrava-se nos mares tempestuosos adiante. Assim, depois de apertar mais uma vez a mão de Ashlinn e receber em troca um débil e grato sorriso, ela se voltou para o porto. Carniceiro os conduziu rua abaixo pelas docas lotadas, em meio ao fedor de peixe velho e de esgoto recente, felizmente mais fraco agora que os ventos da quasinoite o empurravam para o mar. Perambularam por uma sequência de bocas de tinta, casas de prazeres e covis de bêbados. Passaram por altares a Trelene e Nalipse, repletos de cálices com sangue, pedaços de animais e velhas moedas enferrujadas. Viram cegos mendicantes e bebuns e transeuntes e meretrizes. Por fim, chegaram a um estabelecimento grande e até ajeitado de frente para o mar.

A placa à porta dizia apenas A *TAVERNA*[21].

– Gostei – comentou Mia.

Depois de ganhar uma gorjeta de Sid, um garoto tomou conta das montarias. Os sete companheiros exaustos da estrada saudaram os seguranças com chapéus imaginários e entraram na taverna pulsante e lotada. O balcão era amplo e variado, contendo mil garrafas e os ecos de mil histórias de viagem. As paredes exibiam escritos de mil mãos feitos com tinta e carvão e chumbo; eram declarações e piadas e poemas e tudo que havia entre esses extremos:

Deixei meu amor, deixei o coração, com a promessa de voltar.

Pilinius tem um pinto de craca.

Quem foi o desgraçado que pegou a minha cerveja?

Sim

SIM

O tigre escapou

– Escolham a mesa – disse Carniceiro. – A primeira rodada é por minha conta.

– Quanta generosidade – sorriu Mia.

---

21 Uma das tavernas mais bem-sucedidas de Liis e, de fato, de toda a República. O fundador da casa, Giovanni "Vermelho", era um corsário que teve o bom senso de empregar seus ganhos ilícitos para abrir um botequim (em vez de gastá-los em botequins alheios) ainda na época em que Amai não passava de dois cais podres e um estábulo. Os anais do Colégio de Ferro também registram que foi o responsável pela mais exitosa campanha publicitária de todos os tempos.

Giovanni concluiu que não era necessário ter dançarinas ou boa cerveja ou decoração elegante para vencer os competidores; bastava um nome que até mesmo o mais mijado, trôpego e zonzo dos inebriados fosse capaz de lembrar.

Na dúvida, façam o simples, burros.

– É, é – o liisio concordou. – Olha, vocês me emprestam um dinheiro? Vou pagar.

Mia suspirou e tirou alguns cobres da bolsa. Tric avançou entre a multidão e o grupo foi atrás; como as pessoas nas ruas, os fregueses abriam espaço diante dele. Encontraram uma mesa no lado do salão que dava para o porto, ainda com canecas vazias por cima e poças com o cheiro suspeito de mijo por baixo. Contudo, o grupo estava tão cansado e com tanto frio que não se importou. A mesa ficava próxima do fogo e protegida da chuva. Depois de duas semanas no lombo do cavalo, já era um milagre.

Acomodaram-se nos assentos, com Jonnen espremido no meio deles. Tric pegou um banco vazio no balcão lotado e sentou-se à beira da mesa a fim de vigiar melhor. A taverna era um emaranhado de conversas amistosas e debates acalorados, recusas inebriadas e propostas aceitas, histórias mentirosas e mentiras mortais. Um trio de menestréis sentava-se num canto próximo à lareira. Um tocava lira, outro tambor e o terceiro cantava as letras mais indecentes que Mia já ouvira na vida[22].

Carniceiro logo voltou com uma bandeja cheia de canecas de cerveja e as depositou diante de cada um deles, inclusive Jonnen.

– A que beberemos? – perguntou Cantespadas.

– À Senhora das Tempestades? – propôs Sidonius. – Talvez ela se acalme um pouco.

Carniceiro ergueu o caneco.

– O vinho pode beijar o cálice frio. Um homem pode beijar sua mulher e dizer tchau. A rosa beija a borboleta, mas vocês, amigos, podem beijar meu pau.

---

22 Um clássico das cervejarias conhecido por "O chifre do caçador", em que o caçador do título, Ernio, recebe várias lições de uma série de moças sobre as vantagens de possuir um enorme...

Ah, melhor deixar para lá.

– E se bebêssemos aos amigos ausentes? – sugeriu Mia, levantando a caneca.

– É – concordou Ashlinn. – Aos amigos ausentes.

– VIVER NO CORAÇÃO DE QUEM DEIXAMOS É NUNCA MORRER – disse Tric.

Mia olhou para o garoto e murmurou em concordância. Ash assentiu com a cabeça de má vontade. O grupo bateu os canecos e bebeu, exceto Jonnen (que encarava a bebida com a suspeita que merecia) e Tric (que nem olhou para a sua).

– Então, onde está o porra do Corleone? – perguntou Sid depois de limpar a boca.

– A minha cara está vermelha? – quis saber Carniceiro.

– Não, está normal – respondeu Sid.

– Então ele não está no meu cu.

– Melhor a gente não explorar demais o universo de coisas que já estiveram no seu cu, Carniceiro – disse Mia.

– Por falar nisso, a sua mãe mandou um oi – replicou o homem sorridente.

– Como é? – ela alertou, arqueando uma sobrancelha. – Deixe minha mãe fora disso.

– Só repeti o que o seu pai disse – riu o liisio.

Mia não conseguiu conter a gargalhada. Ela mostrou os nós para o ex-gladiatii, que afastou sua mão com um tapa e ergueu de novo a caneca.

– Saúde, sua vaca linda.

Mia soprou um beijo para ele e deu outro gole.

– Vocês todos têm uma boca *imunda* – resmungou Jonnen.

O grupo bebeu em silêncio, contente de ouvir o burburinho da taverna e a canção dos menestréis no canto. Na hora em que o trio chegou à sétima estrofe[23], as canecas de todos já estavam vazias. Ashlinn correu os

---

23 Nela, Ernio aprende que tentar chupar o próprio chifre é uma completa… Ah, melhor deixar para lá.

olhos pela mesa, sem dizer nada, com uma pergunta silenciosa no rosto. E como não houve recusas, saiu para pegar mais uma rodada.

– Na primeira vez que fiquei bêbado – contou Sidonius –, fiquei mal e me vomitei todo.

– Eu caí no mar e quase morri afogada – disse Cantespadas.

– Eu me casei – disse Carniceiro.

– Ganhou – declarou Mia enquanto acendia a cigarrilha.

Jonnen afastou a cerveja com as duas mãos.

– Bom garoto – sorriu Mia, beijando a cabeça do irmão.

– Preciso de um banho – resmungou Cantespadas. – E de uma cama.

– É, podíamos arranjar uma hospedaria por aqui – disse Sid. – Com sorte, Corleone talvez só esteja uma ou duas viragens atrasado.

– E com azar? – perguntou Carniceiro.

Sid não sabia responder, nem Mia. Ela continuou tragando a cigarrilha, sentindo o beijo do cravo na língua e perguntando-se o que fariam se Corleone não chegasse. Tinham dinheiro, mas não o bastante para comprar passagem para sete. Ainda não tinham solução para o problema das Senhoras das Tempestades e dos Oceanos. E, depois de olhar ao redor pela Taverna, não avistou muita gente em quem confiaria da mesma maneira que confiara no capitão do *Donzela de Sangue*. Agora que tinha tempo de observar com calma, conseguia captar algo do que Carniceiro falara: um sorriso de prata, a lâmina de uma faca, os hematomas no canto da boca de uma das atendentes. Havia uma corrente subterrânea de violência no ambiente. Uma crueldade que permeava os ossos da cidade.

Tric se levantou devagar, baixou o capuz e escondeu as mãos escuras nas mangas.

– Vou dar uma volta pelos atracadouros e falar com o capitão dos portos – disse. – Talvez alguém tenha notícias do atraso do *Donzela*.

– Não quer descansar? – perguntou Mia. – Aquecer-se um pouco à beira do fogo?

– Só há uma coisa no mundo que pode me aquecer, Mia – ele respondeu. – E não é uma lareira no salão de uma taverna de porto. Volto logo.

Ela o observou partir, sentindo os Falcões trocarem olhares a seu lado. Lembrou-se da sensação do coração palpitante dele sob sua mão. Cantespadas saiu para conversar com alguém sobre os quartos disponíveis, enquanto Carniceiro e Sid mantinham os olhos em suas canecas vazias. Mia fumou em silêncio, apenas observando o ambiente. Parecia haver ali uma mistura de cidadãos comuns, salgados, piratas com roupas coloridas confraternizando com a tripulação de outros navios, jogos de azar, bebidas, e de tempos em tempos alguém acompanhava algumas das passagens mais indecentes de "O chifre do caçador". Parecia haver alguma comemoração de aniversário ou celebração do gênero lá em cima, no mezanino. Mia ouviu o barulho de louça quebrando, gargalhadas e...

– Tira a *porra* da mão de mim!

A voz de Ashlinn.

– Cuide de Jonnen – ela pediu para Sid ao se levantar.

– O que...

– Cuide dele.

Mia avançou pela multidão aos empurrões até ver-se num semicírculo de gente ao redor do balcão. Ashlinn estava bem no meio, com uma bandeja suja, canecos vazios e poças de cerveja a seus pés. Três rapazes estavam diante dela, todos com sorrisos lascivos de dentes amarelados. Usavam sobretudos, chapéus de couro e uma corda de forca atada em volta do pescoço.

Salgados, com certeza.

Ash – com os punhos cerrados e fúria estampada no rosto – dirigia-se ao mais alto do grupo, um sujeito mal saído da adolescência, que tinha cabelo ruivo escorrido e usava um monóculo para tentar exibir um ar senhoril.

– Se puser a mão em mim de novo, filho da puta – ela esbravejou –, vai ter que aprender a jogar sem os dedos.

O sujeito riu.

– Que feio, flor. Só estávamos brincando.

– Vai brincar sozinho, punheteiro.

Mia furou a roda de observadores entretidos e tomou Ash pela mão.

– Venha, vamos.

– Ah, e quem é essa? Será que já não vi você? – Monóculo se voltou para inspecionar os círculos gêmeos marcados na bochecha de Mia. – Qual é seu nome, escrava?

– Ash, vamos – disse Mia, puxando a amante.

Os dois outros salgados fecharam o caminho. A multidão se espremeu mais ainda, obviamente interessada na cena. Mia sentiu uma fagulha lenta de raiva acender-se no peito e abafar o medo. Tentou apagá-la antes que virasse um incêndio. Sem Sr. Simpático em sua sombra, tinha a opção de ser mais cautelosa. De ceder ao medo. Sabia que arrumar confusão não terminaria bem.

Controle-se.

– Perguntei o seu nome, garota – insistiu Monóculo.

– Não queremos briga, mi don – disse Mia, voltando-se para o rapaz.

– Bom, mas arranjaram mesmo assim. – O sujeito se aproximou ainda mais, irado. – A tripulação do *Enforcador* não é de aguentar desaforo de mocinhas da terra firme, certo, companheiros?

Os dois atrás dele cruzaram os braços e resmungaram uma confirmação.

Controle-se...

– A não ser que... você saiba de um jeito de fazer as pazes.

Um sorriso se desenhou no canto da boca de Monóculo.

CONTROLE...

Ele baixou a mão devagar e a pôs no seio de Mia.

Certo, que se foda!

O joelho dela atingiu as bolas dele feito um meteoro caindo na terra. Um bando de gaivotas alçou voo do campanário de uma catedral próxima e todos os homens num raio de quatro quarteirões se encolheram em seus assentos. Mia agarrou o pescoço do sujeito e bateu a cabeça dele na beirada do balcão com um *créc* úmido e perturbador, que inspirou um murmurinho de horror entre os presentes. O sujeito desmoronou com os lábios quase moídos, deixando os restos de quatro dentes presos na madeira.

Um dos piratas tentou agarrar Mia, mas Ashlinn acertou um direto em sua garganta que o fez cambalear para trás de olhos arregalados, engasgando. Ela pulou em cima dele, pegou uma das canecas do chão e começou a esmagar seu rosto com ela. O outro capanga lançou mão da arma mais próxima – no caso, uma garrafa de vinho –, que estilhaçou no balcão para dar às garotas o conhecido "sorriso de Liis"[24]. Mas, quando foi dar um passo à frente, Mia curvou os dedos e prendeu as botas dele na própria sombra.

O sujeito tropeçou para a frente e Mia o ajudou: segurou-o pelas orelhas e meteu uma joelhada em sua cara. Outro estalo fantasmagórico ecoou quando o nariz do sujeito foi amassado como uma linguiça estourada. Mia deu um chute em suas costelas só para garantir, e o gesto foi retribuído com mais um estalo.

Ash encerrou os trabalhos com o caneco, então se voltou para Mia com o peito arfante e um sorriso selvagem no rosto. Mia lambeu os lábios, sentindo o gosto de sangue, e desviou dos olhos da garota para contemplar as pessoas ao redor. Ela apontou para os próprios seios com dedos ensanguentados.

– Proibido tocar sem autorização.

Uma das serventes começou a aplaudir. As pessoas na taverna se

---

24 Garantia de um riso de orelha a orelha, nobres amigos!

entreolharam e encolheram os ombros. Os menestréis retomaram a música e todos voltaram a beber. Mia pegou a mão de Ash e tirou a garota de cima do corsário caído. Ash encostou nela, ainda um pouco sem fôlego, e a olhou dos lábios aos olhos.

– Gostaria de autorização para tocar, por favor.

Mia deu um tapa na bunda da garota, sorridente. Cantespadas abria caminho entre as pessoas e Sidonius vinha logo atrás com Carniceiro, que segurava Jonnen pela mão. Os três se juntaram no salão lotado e trocaram palavras cochichadas.

– Acho que já atraímos atenção demais para uma quasinoite – resmungou Sid.

– Melhor ir para outro lugar? – perguntou Ash. – Para evitar uma atenção excessiva?

– É – disse Carniceiro. – Não dá para mexer com os salgados nesta cidade. É melhor procurarmos outra estalagem, o mais longe possível daqui sem sair de Amai.

– Mas Corleone ia nos encontrar aqui – lembrou Sid.

– Podemos deixar um recado para Tric com o porteiro – disse Mia. – Ele não dorme mesmo. Pode esperar aqui e ficar de olho na chegada de Cal.

– *Se* ele chegar – resmungou Carniceiro.

Mia inspecionou a gente ao redor, captando alguns olhares atravessados. A adrenalina explodia nas veias depois da briga; o coração disparava. A ausência de Sr. Simpático a deixava vazia e Eclipse ainda cavalgava a sombra de Jonnen. Assim, ela estava sozinha com seu medo. Medo de retaliações. Medo do que aconteceria se Corleone os deixasse na mão. Medo por Mercurio, por Ash, pelo irmão, por si mesma.

Ela olhou para o sangue em suas mãos e se deu conta de que elas tremiam.

– Vamos sair daqui – disse.

Capítulo 22

Víboras

Marius estava faminto.

Já tinham se passado duas horas desde sua última refeição, um gole profundo no meio das coxas ensanguentadas de uma jovem Mão sem nome (mas eram todas sem nome, não?), ouvindo o coração da moça bater em sincronia com sua língua, rápido como as asas de um pássaro contra a gaiola das costelas. O pulso dela latejara vermelho na sua boca, *tum tum tum*, tão doce e quente que ele poderia ter engolido a garota inteira.

Mas ele bebeu demais. Ficou enjoado depois, cuspindo manchas escarlates nas palmas brancas como osso, ajoelhado e trêmulo. A perfeição da sua tortura jamais cessava de lhe causar maravilha e asco em igual medida, e o fato de ele próprio a ter escolhido tornava tudo ainda mais amargo e cruel. Ele sabia o preço que teria de pagar por esse poder. Sabia o tributo que cobrava a magia havia muito enterrada sob a calamidade na Antiga Ysiir. Para ter poder sobre o sangue, precisava ser escravo do sangue, assim como Marielle era escrava da carne.

O sangue era o único sustento do orador, mas também seu purgante. Beber demais lhe causava um enjoo terrível. Beber de menos o deixava com uma fome terrível. Era uma tortura constante, perfeita e sanguínea.

Qual o preço do poder?

– Notícias? – perguntou Solis.

Os aposentos do Reverendo Pai situavam-se no alto da montanha, ao fim de estonteantes escadas estreitas e espiraladas. Desde que recebera o cargo de Drusilla, Solis não mudara quase nada na decoração do lugar.

Havia uma escultura em vidro arquêmico no teto e tapetes de pele alva no assoalho. As paredes eram brancas. Sobre uma escrivaninha rebuscada, empilhavam-se papéis e livros; estantes abarrotadas ocupavam todo o perímetro do escritório.

Atrás da escrivaninha, a parede tinha centenas de nichos com lembranças dos dias de assassina de Drusilla: joias e armas e outras bugigangas tomadas das vítimas. Havia ainda um brilho de prata ali: centenas de frascos de sangue, selados com cera escura. Mas o único troféu que Solis guardava de seu passado era um par de algemas enferrujadas e manchadas de sangue que pendia do alto da parede.

– Quantos mataste, Último? – perguntou Marius com um sorrisinho nos lábios.

– Quê? – perguntou Solis.

Marius lançou um olhar para o Reverendo Pai. Queixo pesado. Mãos pesadas. Marielle tinha curado suas queimaduras, mas não podia fazer o cabelo crescer. As sobrancelhas de um louro cinzento agora não passavam de sombras, e a barba antes pontuda tinha sido reduzida a um parco tufo. A túnica escura estava agarrada aos músculos do braço, as mangas arregaçadas até os cotovelos para mostrar as cicatrizes gravadas nos antebraços. Trinta e seis mortes em nome da Mãe, cada uma delas inscrita na canção macia da pele. Mas...

– No Descenso – disse Marius, acenando a cabeça na direção das algemas enferrujadas. – Enquanto abrias caminho na Pedra Filosofal à base de socos e pauladas, com a liberdade por meta. Quantos mataste? – Ele inclinou a cabeça. – Ressentes o nosso novo imperador por isso, por acaso? Foi Julius Scaeva que teve a ideia de esvaziar a Pedra pelas mãos de seus moradores, não?

– Notícias de Galante? – insistiu Solis, ignorando a pergunta.

– Nenhuma ainda – mentiu Marius com o mesmo sorrisinho nos lábios.

– Nenhuma? – perguntou Mataranhas.

Marius desviou os olhos das algemas na parede e os voltou para os outros membros do Ministério. Estavam sentados em semicírculo em volta da mesa do Último, um trio de assassinos com uma quantia de mortes que faria a Mãe sorrir.

Isso, claro, se eles tivessem qualquer interesse pela Mãe da Noite.

Primeiro Mataranhas. Pele acastanhada e nós de sal enrolados em coques elegantes sobre a cabeça. Trajava, como sempre, verde-esmeralda, e ouro, também como sempre, ao redor do pescoço. O cidadão itreyano médio jamais tocaria em uma moeda de ouro na vida; Mataranhas, no entanto, transbordava do metal. Os cordões em seu pescoço poderiam comprar uma propriedade ao norte de Valentia. Os anéis nos dedos poderiam libertar metade dos escravos de Temporal. Ela usava bem a máscara severa de Shahiid de Verdades, mas era a pior do Ministério em esconder seu amor ao dinheiro. Como uma gralha, decorava o ninho da própria carne. A vaidade expandia-se franca pela superfície da pele escura.

Em seguida, Mouser, com seu cabelo escuro e despenteado, seu rosto jovem e seus olhos de velho. Mouser, com propriedades espalhadas por toda a República, cada uma delas com um retrato de si mesmo em tamanho real no saguão e um quarto repleto de roupas de baixo femininas, quase como uma floresta. Marius sabia que ele tinha pelo menos sete esposas, embora tivesse certeza de que havia mais. Só a Mãe sabia quantos filhos havia gerado. Para Mouser, a melhor maneira de encontrar a imortalidade era pela descendência. E descendência, claro, demandava dinheiro.

Por fim, a bela Aalea. Vestido vermelho-sangue, lábios vermelho-sangue, pele alva como a neve. Era a mais devota dos três. Fazia apenas alguns anos que era Shahiid de Máscaras, desde a morte do shahiid Thelonius[25]; ainda não tivera tempo suficiente para ser totalmente corrompida pelo dinheiro. Mas Marius notava que o processo já havia começado. Os vestidos

25 Asfixia autoerótica, caso estejam curiosos.

feitos pelas maiores costureiras da República. As casas de prazeres compradas em Godsgrave e Galante. Seu grandioso palazzo em Alvatorre e as festanças que promovia ali, com escravos jovens e viris, potes de tinta e acres de pele.

Poder.

Corrupção.

Porque não pagaram nada por ele, entendem. Nenhuma oferenda. Nenhum sofrimento. Não havia uma dor perene no estômago nem a hediondez do próprio reflexo para lembrá-los do preço a pagar pelo poder que detinham. E por isso o empunhavam sem pensar. Sem cuidado. Crentes de que tinham servido bem à Mãe e agora podiam se sentar para colher uma merecida fortuna após uma vida de servidão.

Saciados com dinheiro de sangue. Uma serenidade assassina.

Todos eles, indignos.

– Orador? – chamou Aalea, com a sobrancelha esculpida à perfeição arqueada.

– Hmmm? – perguntou Marius.

– Não ouviu nada da capela de Galante? – Os olhos envoltos em delineador escuro brilhavam na penumbra. – A bispa Decimani partiu há cinco viragens, não?

– Sim. – Marius começou a percorrer as estantes de Solis, correndo o dedo pelas lombadas. Era significativo que o Último ainda os mantivesse ali; queria passar uma impressão de homem culto, embora a cegueira não lhe permitisse ler nem mesmo uma palavra. – Mas não ouvi nem senti qualquer palavra de Decimani desde que deixou a Cidade Portuária das Igrejas.

Isso era um fato, pelo menos. Aalea tinha um incrível talento para farejar mentiras. Mas Marius era capaz de dançar em torno da verdade a quasinoite inteira sem jamais correr o risco de tocá-la.

– Estranho – murmurou Mouser. – Decimani não é desleixada.

– Nem aqueles que a acompanhavam – comentou Mataranhas. – Todos Lâminas afiadas.

– Quem dera pudéssemos ter enviado mais. – Solis cofiava o resto de barba que a bomba-caixão de Ashlinn lhe deixara. – Mas temos poucos e preciosos assassinos restantes.

– Quem dera você tivesse simplesmente acabado com a nossa pequena Corvo em Godsgrave, Reverendo Pai – disse Mouser. – Assim nos pouparia trabalho.

Marius sorriu ao notar o lampejo nos olhos cegos de Solis.

– O que disse?

Mouser conferiu as unhas.

– Só disse que você, como chefe de um rebanho de assassinos, parece ter uma dificuldade enorme para matar pessoas.

– Cuidado, ratinho – alertou Solis. – Cuidado para essa sua língua não ser arrancada da boca. Eu disse que a garota recebeu ajuda.

– É, de um sujeito que voltou do Lume, né? – Mouser batucou os dedos no cabo da sua espada de aço-negro[26]. – Confesso que, se eu cruzasse com alguém como o nosso bom cronista nas ruas de Godsgrave, talvez cagasse nas calças também.

– Já disse – esbravejou Solis, levantando-se da cadeira – que o salvador de Corvere não se parecia com Aelius. O cronista não consegue nem sair da biblioteca. Já aquela coisa caminhava para onde queria e cortou

---

26 Aço-negro, também chamado de falso-ferro, era um metal maravilhoso criado pelos feiticeiros ysiiri antes da queda de seu império. Dizem que o metal era forjado a partir de fragmentos das próprias estrelas, que às vezes caíam do céu noturno. Os feiticeiros astutos iam atrás desses pedaços de estrela e criavam com eles armas ímpares.

O aço-negro jamais perdia o corte nem enferrujava, e podia ser amolado até um fio impossível. Uma fração desse material valia uma pequena fortuna; um grama dele era bem mais valioso do que ossário.

Como Mouser conseguiu pôr as mãos numa espada inteira feita disso ninguém sabe. Se eu fosse de apostar, porém, apostaria que ele não seria capaz de mostrar um contrato de compra e venda.

um esquadrão de soldados itreyanos em pedaços. Mais uma palavra de discordância da sua parte e vou mostrar quanta dificuldade tenho para matar pessoas.

– Cresçam, vocês dois – suspirou Mataranhas.

– Ah, sim, lá vem o conselho da professora favorita dela – provocou Solis. – Não foi você que deu o primeiro lugar da sala para ela, Mataranhas? Ela não era a estrela da sua disciplina? A traição dessa putinha já nos custou mais caro do que qualquer outra na história da Igreja, e foi *você* que possibilitou que ela se tornasse Lâmina.

– E você vai ver essa traição castigada – retrucou a mulher sem perder a calma. – Já prometi diante da Mãe da Noite e prometo diante de vocês agora. Vou ter minha vingança de Mia Corvere. A última coisa a tocar seus lábios será o meu veneno. Não duvide, Solis.

– Refira-se a mim como Reverendo Pai, shahiid – rosnou Solis.

Marius assistia o drama que se desenrolava com o mesmo sorrisinho nos lábios. Tudo tão tedioso. Tão prosaico. Assim eram as coisas, imaginou. As víboras sempre se voltavam umas contra as outras na falta de ratos.

– O que Mercurio conversou com você? – perguntou Drusilla.

O orador manteve-se impassível ao encarar a Senhora das Lâminas por trás dos cílios esbranquiçados. A mulher estava na frente da sala, inspecionando as centenas de frascos prateados nos nichos. Cada um deles continha um tanto do sangue de Marius, que era distribuído a bispos, Mãos e Lâminas a fim de que escrevessem à Montanha. Mesmo a dez metros de distância, o orador sentia cada gota deles.

– Mercurio – repetiu Drusilla. – Ele desceu a seus aposentos uma semana atrás. Conversou com você e sua irmã por um bom tempo, segundo me informaram.

– Escapar da Montanha: eis o que o bom Mercurio deseja. – Marius deu de ombros. – E eu sou uma das saídas. Também tinha palavras, as mais exclusivas, para descrever minha… fome.

Marius encarou Drusilla com um brilho nos olhos cor-de-rosa. Também sabia para onde ia o dinheiro dela – onde gastava a lenta fortuna que amealhava depois que o falecimento de Lorde Cassius deixou a Igreja sob seu total controle. Sabia quanto ela tinha a perder e por que se aferrava com tanto desespero ao que construíra.

– Você devia matar Mercurio e acabar logo com isso – resmungou Solis.

– Minhocas vivas atraem mais peixes que as mortas – rebateu a Senhora das Lâminas. – Se a nossa pequena Corvo ficar sabendo que Mercurio foi assassinado, talvez não a vejamos mais.

– E como ela vai saber o que se passa dentro destas paredes? – perguntou Mataranhas.

Drusilla balançou a cabeça.

– Não sei, mas ela parece ter jeito para isso. O imperador foi claro: ninguém toca em Mercurio até o herdeiro de Scaeva ser devolvido.

– Talvez ele ainda se iluda com a ideia de que a filha vai juntar-se a ele. – especulou Mouser.

– Ela não é burra – comentou Aalea, encolhendo os ombros delicados. – Há muito a ganhar ao lado de Scaeva agora. Mia pode aceitar a oferta.

– E você tem a esperança de que ela aceite, não? – esbravejou Solis. – Para que a vida dela seja poupada. Você sempre teve uma fraqueza por essa garota. E pelo seu antigo mentor.

– Tenho muitas fraquezas, Reverendo Pai – respondeu Aalea, fria. – E você tem o direito de perguntar a respeito de zero delas.

– Não importa – interrompeu Mataranhas, com os olhos em Drusilla. – Não podemos confiar em Mercurio. Devíamos ao menos trancá-lo no quarto.

– Não – negou Drusilla. – Quero dar a esse desgraçado corda para se enforcar.

– Com todo o respeito, Senhora – disse Mouser. – Mas Mercurio é um dos homens mais perigosos desta Montanha. Tem certeza de que seus sentimentos por ele não estão...

– Você se aventura num terreno *extremamente* delicado, shahiid – disparou a Senhora das Lâminas. – Escolheria as próximas palavras com o máximo de cuidado se fosse você.

– Se não há mais nada para mim... – suspirou Marius.

– Nós o entediamos, orador? – perguntou Drusilla, seca.

– Perdão, Senhora. – O feiticeiro curvou-se. – Mas sinto fome.

Drusilla lançou mais um olhar venenoso para Mouser antes de voltar toda a atenção para Marius.

– Compreendo. E não quero atrasar sua refeição. Mas, antes de sair, precisamos tratar de um último assunto.

– Então, Senhora, tratemos com presteza.

– Como Mia Corvere deu cabo do último dublê do imperador Scaeva, será necessário outro. Informe sua irmã de que necessitaremos dos serviços dela.

Marius sentiu uma pontada de entusiasmo nas veias.

– Acaso Scaeva virá para cá?

– A não ser que a situação tenha mudado – respondeu a Senhora das Lâminas. – Fui informada de que Marielle é incapaz de criar simulacros sem a presença do imperador.

O orador de sangue deu de ombros preguiçosamente.

– É o que ocorre com todo artesão. Com o modelo presente, o artista é capaz de pintar um retrato mais preciso. Se o trabalho de minha amada irmã deve enganar o Senado, ou a esposa de Scaeva, então sim – sorriu Marius –, seria prudente que o imperador se dispusesse a posar.

– Muito bem – replicou Drusilla. – Informarei quando ele deve chegar.

– Como quiseres – disse Marius, contendo um bocejo.

O orador deu meia-volta e retirou-se dos aposentos do Reverendo Pai com um giro de seda vermelha, tomando todo o doce tempo do mundo. Seus pés descalços não faziam qualquer ruído nas escadas e seus lábios pálidos ainda estavam torcidos num sorrisinho.

Ele sentia os olhos de Drusilla sobre si enquanto descia.

— Irmão meu, amado irmão.

Marius encontrou Marielle na sala de rostos, lendo à luz arquêmica. Debruçava-se sobre um livro do Ateneu, marcando o avanço pelas páginas com os dedos retorcidos e pustulentos, mas levantou os olhos quando o irmão adentrou sua câmara, com o roupão de seda aberto sobre o peito.

Os olhos vermelhos brilharam de alegria ao vê-lo, mas ela conteve o sorriso para não reabrir os lábios. Tinham levado semanas para cicatrizar da última vez.

– Irmã minha, amada irmã – ele retribuiu a saudação.

Marius baixou o capuz dela com carinho e lhe deu um beijo na cabeça de madeixas loiras esparsas e sebosas. Ela virou o rosto para longe dele, envergonhada.

– Não olhe para mim, irmão.

Marius tocou sua bochecha rachada e inchada e ela voltou seu rosto para ele. Um pesadelo de pele estragada e chagas abertas. Sangue e pus e podridão até o cerne. Grossas camadas de perfume, mas não suficientes para ocultar a doçura da decadência, a ruína dos impérios na carne dela.

Ele a beijou nos olhos. Nas bochechas. Nos lábios.

– És linda – sussurrou.

Ela apertou a mão que ainda segurava seu rosto e abriu um sorriso de leve. Então ele lhe deu as costas, com as mãos atrás do corpo, para olhar os rostos na parede. Olhos vazios e bocas abertas, cerâmica e vidro e argila e papel machê. Máscaras mortuárias e máscaras de Carnivalé e antigas máscaras de pele e ossos. Uma galeria de rostos, belos e horrendos e tudo o que havia entre ambos.

– Quais são as novas? – balbuciou Marielle.

– Decimani e Lâminas mortos, todos. Nossa pequena sombria,

ilesa. – Marius deu de ombros. – Ou quase. E nosso imperador deve chegar logo de Godsgrave, para que tu esculpas o rosto dele em outro tolo.

– Covarde – suspirou Marielle.

– Sim – concordou Marius.

– Aquela vaca, Naev, está a postos?

Marius arqueou a sobrancelha.

– Sim. Mas não tenhas ciúmes, irmã minha. Ela não tomará teu lugar. Naev é somente um instrumento.

– Um instrumento que usavas muito e muitas vezes, amado irmão, em quasinoites passadas.

– Naev dava-me prazer – suspirou Marius. – E depois, tédio.

– Naev ainda te ama.

– Então é tão tola quanto as demais.

Marielle abriu um sorriso sombrio e deixou escorrer a baba dos lábios.

– Achas que Drusilla suspeita de nós?

Marius deu de ombros.

– Logo, isso não importará. O tabuleiro está posto, as peças começaram a mover-se. Os livros em poder de Aelius apontarão o caminho. E, quando tudo chegar ao fim, teremos céus escuros e a lua no alto, como o cronista prometeu.

Marius correu os dedos pela luminária sobre a mesa de Marielle: uma mulher esbelta com cabeça de leão, segurando um globo sobre as palmas. Tinha origem ysiiri e milênios de idade.

– Pensa, amada irmã – ele suspirou. – Nossa mágica não passa de um pálido reflexo do que *eles* sabiam de verdade. Que saberes não serão nossos quando ele voltar a brilhar no céu? Que torturas não serão aliviadas, que segredos não aflorarão, quando deixarmos para trás as praias sempre iluminadas pelos sóis e voltarmos a viver em equilíbrio?

Marius sorriu enquanto corria os dedos pelo rosto da estátua.

– Não há sombra sem luz – disse Marielle. – O dia à noite conduz.

Marius assentiu com a cabeça.

– Entre o breu e o que reluz...

– *Há o cinza* – ambos concluíram.

– Quando a Mãe Sombria retomar seu lugar no céu – disse Marius –, o que fará com a podridão desta sua casa? E com todos que lucraram com ela sem fé?

– Logo saberemos, irmão.

Marielle enlaçou os dedos nos dele, o sorriso prestes a rebentar os lábios. Ele beijou as costas de sua mão e o pulso, também com um sorriso sombrio.

– Logo.

Aelius jamais encontrara os limites da biblioteca.

Tinha procurado uma vez. Caminhara pelo escuro entre as estantes, percorrendo a floresta de madeira escura e lustrosa, feita de folhas de pergaminho e papel e couro. Encontrou livros gravados em peles que ainda sangravam, livros escritos em línguas jamais inventadas, livros que olhavam para ele quando ele os olhava. Perambulou pelos corredores por viragens sem fim, com apenas um ou outro verme por companhia, deixando atrás de si uma trilha fina de fumaça açucarada.

Mas nunca encontrou o fim. Depois de sete viragens de buscas, finalmente se deu conta de que nada naquela biblioteca poderia ser encontrado se não quisesse. Então parou de procurar.

Ele subiu para o mezanino empurrando um carrinho vazio e parou à porta de seu escritório para acender outra cigarrilha. Viu mais livros amontoados na pilha de DEVOLUÇÕES, trazidos de volta durante a quasinoite pelos novos acólitos que treinavam na Montanha.

Soltou um suspiro cinzento, abaixou-se com um rangido da coluna e, com os dedos manchados de bile, pegou os livros e reverentemente os colocou no carrinho.

– O trabalho de um bibliotecário jamais termina.

Ele vasculhou o colete à procura dos óculos e conferiu os bolsos da calça, depois da camisa, até finalmente perceber que eles estavam na sua cabeça. Com um sorriso tenso, entrou no escritório tragando fundo a cigarrilha.

– "Uma garota que está para o assassinato assim como o maestro está para a música"?

Drusilla levantou os olhos do volume que estava lendo, um livro com bordas vermelhas e um corvo preto gravado na capa. Os lábios estavam curvados num sorriso sem alegria.

– Deusa, ele se acha mesmo um grande prosador, não?

– Todo mundo é um crítico. – Aelius meteu a cigarrilha na boca e deu de ombros. – Mas, sim, algumas das metáforas são um pouco forçadas.

– Graças à Deusa ele não fala como escreve. Se fosse pretensioso assim ao abrir a boca, já o teria matado anos atrás.

O cronista olhou a Senhora das Lâminas de alto a baixo.

– A que devo a honra da visita, jovem Silla? Há eras não a vejo aqui.

– Acreditava mesmo que eu não descobriria o que vocês dois estavam tramando? – ela perguntou, fechando o livro. – Acha que sou cega ou apenas rezavam para eu não perceber?

– Não sabia se você conseguiria enxergar aqui embaixo do alto do seu trono.

– Há quanto tempo você sabe? – perguntou Drusilla.

O cronista balançou a cabeça.

– Não entendi bem o que quer dizer, moça.

Drusilla puxou uma adaga comprida e aguçada da manga da túnica.

– Para que isso? – perguntou Aelius. – Precisa depilar o peito de novo?

Drusilla enfiou a ponta cruel da faca numa pilha de livros aleatórios de história e romance sobre a mesa de Aelius. A lâmina varou a capa de couro do primeiro exemplar e perfurou as páginas por baixo. O cronista estremeceu ao ver que o livro ferido não era outro senão *Nas coxas*[27], um dos seus preferidos.

Em algum lugar na escuridão da biblioteca, um verme de livros rugiu.

– Eu não faria isso de novo se fosse você, moça – avisou Aelius.

– Acho que dei o recado – rebateu Drusilla enquanto puxava a lâmina de volta.

O cronista baixou os olhos para a mão. Havia um buraco aberto nela, do mesmo tamanho e formato daquele que Drusilla abrira no livro. Aelius olhou para a Senhora das Lâminas através do novo buraco na mão, ao passo que ela apoiou a ponta da adaga sobre outra capa.

– Acho que sim – disse o velho fantasma.

– Há quanto tempo você sabe? – Drusilla batucou os dedos no corvo que adornava a capa da crônica. Aelius percebeu que ela também havia folheado o segundo volume. – A garota. Há quanto tempo?

O cronista deu de ombros.

– Desde um pouco antes de ela chegar aqui.

– E não pensou em me avisar?

---

27 O último volume de *As seis rosas*, uma série absurdamente popular e espetacularmente pornográfica. Trata-se de um relato da vida, da época e das estarrecedoras acrobacias sexuais de seis cortesãs da corte de Francisco X. A série era biográfica e citava vários membros proeminentes da nobreza, assim como o próprio rei.

O conteúdo era tão excitante (dizem que o cardeal Ludovico Albretti sofreu um infarto enquanto lia a emblemática cena do bordel no volume três) que a publicação do quinto volume provocou uma rebelião enorme nas ruas de Godsgrave. A série foi declarada ilegal pelos ministros de Aa e, por pressão da rainha Ilse, o rei concordou em banir os livros; contudo, convém ressaltar que Francisco X até gostava da história e só fez isso por causa da esposa.

A autora, Laelia Arrius, foi condenada à prisão perpétua na Pedra Filosofal e infelizmente não chegou a terminar a série. Daí a presença do último volume na biblioteca dos mortos.

Eu mesmo apenas dei uma lida por cima. A parte da política é um pouco sem graça. A baixaria, porém, é campeã.

– Que vontade súbita de ouvir meus conselhos, não é? – ironizou Aelius. – Há mais de uma década você não põe a porra do pé aqui.

– Eu sou a Senhora das Lâminas e a Igreja Vermelha é...

– Não venha querer me ensinar o que este lugar é ou não é, caralho – disparou Aelius. – Conheço tudo isso melhor do que *qualquer um* de vocês.

– Não quero diminuir sua contribuição, cronista, mas os tempos...

– Contribuição? – bradou Aelius. – Eu *comecei* esta merda!

– Mas *os tempos mudaram!* – completou Drusilla, pondo-se de pé. – Você pode ter criado a Igreja a partir do nada, certo. Mas isso foi *séculos* atrás, Aelius. Milênios. O mundo que você conheceu virou pó. Depois de todo o seu serviço à Fauce, ela houve por bem tirá-lo do Lume séculos depois da sua morte. E para quê? Para fazer de você um general? O Senhor das Lâminas permanente que conduziria o rebanho dela a novas alturas? Não! – Drusilla empurrou a pilha de livros sobre a mesa, mandando-os para o chão. – Ela fez de você um *bibliotecário!*

Na escuridão, outro rugido de verme. Dessa vez mais perto. Aelius deu uma tragada longa e intensa na cigarrilha, com a brasa refletida nos olhos e os dedos manchados de tinta.

– Não provoque um bibliotecário, moça. Conhecemos o poder da palavra.

– Poupe-me – desdenhou Drusilla. – Onde está o terceiro?

– O terceiro o quê?

– O terceiro volume! – Drusilla deu um tapa na capa das duas primeiras crônicas. – Nascimento! Vida! Onde está a morte?

– À sua espera logo ali nas estantes se continuar castigando os livros.

– *Onde*? – sibilou Drusilla.

O cronista entortou a cabeça e soltou uma nuvem cinza no ar.

– Sei lá. Nunca procurei. Não encontramos nada nesta biblioteca que não queira ser encontrado.

– Isso, bom cronista, é só a mais recente das suas suposições imbecis.

Drusilla agarrou os dois volumes das Crônicas da Quasinoite e passou depressa pelo cronista, os olhos azuis chispando de raiva e impaciência. Aelius ainda captou algo do aroma de rosas nos cabelos compridos e, sob ele, um cheiro vago de chá e morte. A Senhora das Lâminas caminhou até as portas imponentes do Ateneu e as abriu de par em par, com um olhar fulminante para as Mãos que a esperavam do lado de fora. Dezenas de Mãos. Talvez cem. Com trajes pretos e bocas fechadas, à espera das ordens como cordeiros obedientes.

Não era para ser assim.

Esta era para ser uma casa de lobos, não de ovelhas.

– Vocês vão vasculhar cada centímetro desta biblioteca – ela instruiu. – Cada estante, cada prateleira. Não machuquem os livros e os vermes não machucarão vocês. – Ela ergueu os dois primeiros volumes no ar e os exibiu para os servos. – Encontrem a terceira crônica desta série. O autor é Mercurio de Liis. Que a Mãe tarde a encontrá-los. E quando encontrar, que os cumprimente com um beijo.

As Mãos se curvaram e, sem dizer nada, se espalharam pelos corredores.

Drusilla voltou-se para Aelius, ainda segurando os dois volumes.

– Não se importa se eu tomar estes dois livros emprestados, não é, bom cronista?

O velho fantasma correu os olhos pelas Mãos na floresta de madeira escura, feita de folhas de pergaminho e papel e couro. Apagou a cigarrilha contra a parede e suspirou.

– Vou pegar um cartão de devolução.

CAPÍTULO 23

GUERRA

Mia sonhava.

Um céu cinza como o momento em que você descobre que o amor acabou.

A água como um espelho sob seus pés, um céu perpétuo de horizonte a horizonte.

A respiração fria como a luz das estrelas, o peito subindo e descendo como sua mãe e seu pai nos céus. Logo chegaria a noite. Hora de ela ascender ao trono e observar a escuridão estender seu vestido pelos céus.

Ela estaria cheia esta noite. E linda. Refletindo a luz do pai, trazendo o dia às trevas, devorando o medo e sorrindo enquanto eles caminhavam pela noite, impávidos.

Tudo em equilíbrio.

– Não tolerarei rivais – disse uma voz.

Ela abriu seus não-olhos.

Julius Scaeva alteava-se diante dela, com uma faca na mão.

– Perdoe-me, filha.

E a faca desceu.

Mia abriu os olhos.

As cortinas estavam fechadas, mas ela conseguia ouvir as ondas pesadas contra a praia rochosa, o vento entre as pedras, as gaivotas gritando seus lamentos na chuva. O sonho era um eco recente na cabeça – o mesmo que tivera toda quasinoite desde Godsgrave. O pulso estava acelerado, o coração latejando. Era surpreendente que as batidas contra as costelas não tivessem acordado o irmão.

Ela se virou para o menino ao seu lado na cama, com os olhos fechados e o rosto sereno. Afastou uma mecha perdida da testa dele e imaginou o que estaria sonhando. Invejava-o por parecer escapar das estranhas visões que infestavam seus sonhos. Se tudo o que Tric dissera fosse verdade, havia um pedaço de Anais dentro de Jonnen também. No entanto, ele dormia feito um bebê.

Ela se perguntava o motivo.

Quase ouvia a resposta de Tric.

Porque você é a escolhida da Mãe.

Ela se sentou na cama, tirou o cabelo do rosto e respirou fundo. A estalagem em que estavam hospedados se chamava Maria Azul e, a bem da verdade, era um pouco melhor do que a Taverna. Ash reservara o maior quarto disponível e lá se foram os sete escada acima, todos juntos por motivos de segurança.

Sid e Carniceiro deitaram-se no chão, envoltos em montes de cobertores. Ash estava aninhada nas costas de Mia na cama. Uma pequena lareira estava acesa, fornecendo calor e um confortável tom de uísque ao quarto. Havia pinturas da vida no mar pelas paredes, barcos em molduras de madeira grosseira. Cantespadas estava sentada numa cadeira de balanço, com a espada no colo e os olhos escuros na porta. Ela olhou para Mia e disse em uma voz suave:

– Você teve pesadelos.

– Sonhei com a verdade – sussurrou Mia.

– Ah, pior ainda.

Mia esfregou o rosto e encarou a dweymeri.

– Com o que você sonha, Canta?

A mulher respirou fundo e suspirou.

– Na maioria das vezes, com os homens que matei. Com os amigos que perdi. Com a sensação da areia sob meus pés. Você sabe como era. Viveu essa vida. Ela fica com você, mesmo no sono. – Ela olhou para Mia e sorriu como se fosse contar um segredo. – Mas, de vez em quando, se me esforço muito, consigo mudar de sonho.

– Mudar? – perguntou Mia. – Para o quê?

– Em vez de pensar na areia da arena, penso na areia da praia de Farrow. Imagino que estou caminhando numa praia branca e luminosa e que as ondas estão beijando meus tornozelos. Sinto o cheiro do mar e camarões assados numa fogueira, e a luz dos sóis na pele. – Cantespadas sorriu. – Você devia tentar. Quando dormir de novo, assuma o controle do sonho e faça com que seja o que você quiser. Ele é seu, afinal.

Mia correu os olhos pelo quarto e suspirou.

– Quer que eu fique de guarda um pouco?

Canta fez que não com a cabeça.

– Sid acabou de me acordar. Você devia dormir mais.

Com cuidado, Mia se desembaraçou do irmão e de Ash para calçar as botas de pele de lobo. Levantou-se, alongou-se, passou a bainha da espada por cima do ombro e caminhou silenciosa até a porta. O fogo se esticou em sua direção quando ela passou, mãos de chamas que tentavam pegá-la. Mia cuspiu nelas.

– Vou fumar – cochichou. – Se precisar, é só gritar.

A dweymeri fez que sim e continuou balançando na cadeira com as mãos na espada. Mia saiu pela porta, silenciosa como um gato, os passos quase um suspiro no assoalho sem carpete. Ela avançou até o fim do corredor e saiu na varanda com vista para o porto. O vento estava cortante e a chuva ainda caía, de modo que ela precisou de três tentativas para acender a cigarrilha. Soltou uma nuvem de cinza e cravo e apertou os olhos contra a fumaça. Observou as águas escuras como aço lamberem os cais e os navios atracados, até que seus olhos foram além das Torres Talhadas e seu emaranhado de cipó-navalha para pousarem sobre a Taverna no cais. Pensou no garoto pálido sentado à lareira do lugar com a paciência dos mortos.

"A ÚNICA ARMA NESTA GUERRA É A FÉ."

Mia balançou a cabeça. Ainda não sabia ao certo no que acreditar, nem onde encontraria fé no meio de tudo aquilo. Lembrou-se das palavras de Tric na torre em ruínas; da confissão de que ele abrira mão de seu lugar ao Lume para voltar para ela. Isso a deixava triste e assustada, mas também, sim, um tanto excitada. Havia um fascínio em sentir-se tão desejada, em saber que tinha tanto poder sobre um garoto que desafiara até a morte para estar a seu lado.

Lembrou-se de como era senti-lo dentro dela. Das mãos dele em sua carne. Perguntou-se como seria tocá-lo agora. Beijá-lo. Transar com ele.

Lambeu os lábios, sentindo o gosto do açúcar no papel da cigarrilha, a fumaça que fazia sua língua formigar. Juntou as coxas, enfiou a mão pela frente da calça e saboreou a necessidade. Contemplou a estrada diante de si e perguntou-se onde terminaria exatamente. Onde gostaria que terminasse. A pele de mármore e os olhos de veratreva e os dedos ágeis descendo e descendo...

– Certo, já chega – ela resmungou.

Deu a última tragada na cigarrilha e a esmagou no chão. Afastou do rosto o cabelo bagunçado pelo vento, entrou e fechou a porta para que o vento cortante e gélido não a acompanhasse. Perguntava-se se deveria descer para conferir...

Uma silhueta escura a agarrou, uma mão no pescoço, outra tentando segurar seu pulso. Ofegante, Mia se jogou contra a parede, a mão livre à procura da espada enquanto aquele corpo rijo pressionava o seu e os lábios cálidos beijavam sua bochecha, então o pescoço. Um vislumbre de cabelo loiro. Uma nota de perfume de lavanda.

– Ash? – ela sibilou. – Sangue e abismo, eu poderia ter...

Ash a calou com um beijo, os lábios apertados contra os dela, as mãos entrando por debaixo da camisa para traçar linhas prazerosas de fogo nos seus quadris e nas costas. O coração de Mia ainda martelava de susto quando as mãos de Ash desceram pela calça e apertaram sua bunda. Ela afastou a boca das mordidinhas de Ash.

– Que abismo está fazendo? – sussurrou.

– Estava esperando você escapar para uma cigarrilha. – Ash sorriu enquanto ajeitava uma mecha do cabelo de Mia. – Sabia que você estaria louca por uma. Mas acabei dormindo. Você quase fugiu de mim, sua vaca.

– Se queria uns amassos no corredor, era só pedir.

– Nada de pedir – disse Ash. – Eu pego.

Ela deu outro beijo em Mia, com a boca aberta e profunda como as trevas. Mia suspirava à medida que as mãos da garota deslizavam por sua barriga, entrando pela frente da calça onde sua própria mão estivera alguns instantes antes. Um gemido leve escapou de seus lábios quando Ashlinn beijou seu pescoço, mordiscando e fazendo-a tremer e relaxar contra a parede. Suas pernas se abriram um pouco e o coração disparou outra vez, mas não de susto.

Os lábios de Ashlinn roçaram sua orelha.

– Tem outro quarto para nós.

– Quê?

– Quando reservei o primeiro. Só pra essa quasinoite.

Mia riu baixo.

– Sua puta esperta.

– Estou querendo você desde quando arrancou os dentes daquele desgraçado, Mia Corvere – sussurrou Ashlinn. – Fico toda excitada quando vejo você ganhar.

Mia gemeu ao sentir os dedos de Ashlinn se moverem bem no meio de suas pernas.

– Mas e…

– Seu irmão está com Canta e os outros – cochichou Ash, roçando os lábios no pescoço dela. – Todos bem seguros. Podem ficar sem você por uma ou duas horas. Só a Deusa sabe quando vamos ter outra chance.

Ash subiu a mão por dentro da camisa de Mia e começou a traçar levíssimos círculos nos seios dela, contornando os bicos cada vez mais rígidos em movimentos espiralados. O hálito da vaaniana chegava ao pescoço de Mia com uma urgência quente enquanto os dedos realizavam uma mágica ofuscante no meio das pernas dela.

– Quero você – sussurrou Ash.

– Ai, Deusa…

– *Quero* você.

Mia enroscou os dedos nos cabelos de Ash e a puxou para um beijo ofegante, com as bochechas rubras e o corpo contra a parede. Apertou Ash contra si, respirando forte naquela escuridão trêmula. Cada pensamento, cada inimigo, cada medo desaparecia de sua cabeça nos suspiros que escapavam pela língua unida à dela.

– Também quero você…

As duas transaram como se fosse uma guerra.

Guerra, sangue e fogo.

Quase não deu tempo de chegar no quarto. A chave chacoalhava nas mãos de Ash enquanto Mia apertava-a por trás, beijando sua nuca e enterrando as unhas em sua pele. Fecharam a porta com tudo e Mia empurrou Ash contra ela. A vaaniana ria, mas logo o riso se transformou num gemido resfolegado quando Mia avançou em seu pescoço. Apertando os lábios contra aquela pele ardente, sentiu o pulso de Ash latejar sob os dentes, sob a língua. Ash subiu as mãos pelas costas dela, por baixo da camisa, acariciando, provocando. Mas Mia segurou seus dois pulsos e de novo a imprensou contra a porta, esfregando-se nela com beijos e mordidinhas no pescoço.

Com o peito arfante e lábios torcidos num sorriso cruel, Ash a empurrou. Mia cambaleou para trás e Ash se jogou nela; as duas caíram na cama, emaranhadas sobre o colchão. A respiração de Ash acelerava cada vez mais à medida que arrancava as calças de Mia, com os olhos brilhando de volúpia. Mia ergueu a camisa de Ash, puxou a garota para si e beijou, lambeu, chupou e suspirou em adoração. Mas Ash a fez se deitar de novo, segurou as mãos dela contra o peito e enfim conseguiu abrir sua calça e descê-la até os joelhos. Mia empurrou Ash e as duas começaram a lutar, rir, xingar e morder, coradas e ofegantes, os músculos retesados, nenhuma a fim de ceder. Boca na boca, línguas dançando juntas enquanto uma despia a outra numa batalha torturante, enlouquecedora, peça a peça, a pele suada, e cada bota ou botão uma pequena vitória.

Os beijos de Ashlinn eram famintos, raivosos, enquanto os corpos se apertavam um contra o outro e as duas rolavam pela cama, maravilhosamente nuas. Mia abriu as pernas e gemeu, com as costas arqueadas, conforme os dedos de Ash desciam e começavam a se mover ritmados, hipnóticos, melodiosos, uma sinfonia em seus lábios inchados. A mão de Mia tateou, passou pelo volume dos seios de Ash e desceu pela barriga até a umidade quente e escorregadia.

– Ai, Deusa – suspirou Mia.

– Ai – ofegou Ash. – Vai.

Ela gemeu quando os dedos de Mia entraram, curvaram-se e provocaram. *Ai, que calor aqui dentro.* O fogo a fazia estremecer. Ash jogou a cabeça para trás e gemeu, as mãos em sincronia com o ritmo extático de Mia, os quadris movendo-se em uníssono. Mia apertou a boca contra o pescoço de Ash, enroscando os dedos nas tranças douradas e longas, mordiscando a pele, roçando contra a mão. O toque de uma produzia chamas na outra, cada carícia trêmula, quente, mais quente, mais, *mais*, até o *isso, isso, isso, vai* do incêndio. Ash gritou, o cabelo caído no rosto, abafando o gemido de Mia esmagando-a entre os seios. Uma luz soturna estourou por trás dos olhos de Mia, mais brilhante que a veraluz, e ela jogou a cabeça para trás à medida que o fogo a consumia, a sacudia, a deixava sem ar.

Mia tirou os dedos e traçou linhas de fogo pelo campo de batalha que era a pele de Ashlinn. Ela os pôs na boca para saborear o gosto da amante, sentindo-se inebriada. A boca de Ash encontrou a de Mia outra vez e a garota gemeu ao sentir o próprio gosto. As duas se entregaram a um beijo infinito. Ash envolveu Mia em suas pernas longas, apertou e começou a traçar espirais arquêmicas nos quadris e costas dela, até a nuca, fazendo descer calafrios que vibravam até a ponta da espinha e faziam tremer suas coxas.

Mia queria possuir a garota. Possuir e ser possuída. Cada pedaço dela, cada segredo doce e desesperado, cada curva suave e ângulo sombrio.

Mais.

Queria *muito* mais.

– Me beija – sussurrou, acariciando a bochecha de Ashlinn.

– Estou beijando – respondeu Ash.

– Não – disse Mia, afastando-se para olhar nos olhos da amante. – Me *beija*.

A respiração de Ashlinn ficou mais rápida e a garota se arrepiou com o pensamento. Mia enxergava seu desejo, a volúpia latejante e desesperada em seu olhar, igual à dela. Ash a beijou de novo, enfiando a língua em sua boca e curvando os lábios num sorriso malicioso.

– Me obriga – sussurrou.

Mia abriu um largo sorriso e empurrou Ashlinn no colchão, segurando as mãos dela em cima da cabeça. A garota suspirou quando Mia começou a plantar uma centena de beijos em seus lábios e seios, a mão mais uma vez escorregando para baixo, para o meio das pernas, roçando os lábios úmidos. Então Mia se pôs de joelhos e avançou e a cabeça de Ashlinn ficou no meio de suas pernas. E devagar

devagar

– Ai, Deusa! – suspirou Ash.

Mia se abaixou na boca de Ashlinn.

– Isso – ela gemeu ao sentir a língua de Ashlinn traçar círculos ardentes, cada vez menores até entrar. Sentiu os dedos enterrados nas nádegas. Seu quadril começou a mexer-se por conta própria, seus dedos começaram a correr pelo próprio corpo, roçando a pele e os bicos dos seios. As coxas começaram a tremer, os olhos a piscar. A língua e os dedos de Ashlinn acendiam seu corpo, explorando seu ponto fraco, a chama oculta que crescia em seu interior.

Mia abriu os olhos e viu a amante sob si. Quis também provar, não apenas ser provada. Ash gemeu quando ela baixou a cabeça para o meio de suas pernas, abraçando seus quadris e afundando a língua. Sentiu o sabor do mais doce néctar na boca que se movia em sincronia com a dela, e cada gemido fazia o corpo de Mia vibrar e devolver a vibração e Ashlinn gemer de novo.

O combate cessou. A batalha foi vencida. As duas se tornaram uma canção. Um dueto perfeito, velho como o tempo, profundo como a escuridão entre as estrelas. Não faziam guerra, mas amor, doce e profundo e perfeito, com mãos e lábios e corpos, suspiros e gemidos e arrepios, pele com pele com pele. Prolongaram a agradável tortura o máximo que puderam, pingando de suor, sem fôlego, tremendo, ardendo, afinadas. Não queriam que terminasse. Nunca. Jamais.

E por fim,
depois de uma era de contentamento,
absolutamente perdida no tempo,
quando enfim se soltaram e se deixaram ir,
uma garota sussurrou o nome da outra.

CAPÍTULO 24

MAJESTADE

Mia ainda estava nua quando chutaram a porta.

Acordou ao som de passos pesados, arrepiando-se. Ainda estava pegando a calça quando a bota despedaçou a madeira e a porta tombou para dentro soltando-se das dobradiças. Num segundo, já tinha se levantado e rolado pelo chão para desembainhar a espada de ossário. Ash puxou a espada que havia embaixo do travesseiro e ficou em pé na cama, a pele sardenta nua, a arma empunhada.

Quatro homens assomavam no limiar, todos com peles escuras de lobo sobre os ombros.

Wulfguard.

O da frente era um vaaniano quase tão alto quanto Tric e belo como uma cama espaçosa repleta dos melhores açucarados: cabeleira loira, barba dividida em sete tranças e uma cicatriz comprida que rasgava seu rosto de alto a baixo, mas não conseguia estragar o quadro.

– São elas? – ele perguntou.

Mia olhou para o corredor e sentiu uma pontada no peito ao avistar um rosto conhecido emoldurado por cabelo ruivo escorrido, com um monóculo ainda diante do olho roxo.

– Essha meshmo – balbuciou o homem entre os lábios arrebentados. – A faca qui me quebo os dentchis!

Mia ouviu Cantespadas gritar do corredor e Sidonius xingar.

Jonnen...

Ela deu um passo à frente, nua como veio ao mundo, pronta para fazer aqueles desgraçados sofrerem mais do que nunca. Os homens se espalharam no quarto, as mãos no cabo das espadas. O fato de ainda não terem desembainhado as armas fez Mia pensar que eram ou muito burros ou *extremamente* confiantes.

O líder encarou Mia com um brilho nos olhos verdes.

– Sua majestade Einar Valdyr, o Lobo Sombrio de Vaan e Flagelo dos Quatro Mares, requer sua presença perante o Trono dos Mandriões. Se vocês acreditam nos deuses, é melhor começarem a rezar – ele anunciou, em seguida lançou um olhar para Ashlinn, ainda de pé na cama com a espada na mão. – E se têm roupa, é melhor vesti-la.

– Solte-me, facínora! – Mia ouviu Jonnen gritar. – Meu pai vai mandar flagelá-lo e jogá-lo aos cães!

– Canta? – chamou Mia com o coração na boca.

– Oi! – ela ouviu a mulher berrar.

– Está tudo bem? Jonnen...

– Eles estão segurando o menino – avisou a mulher. – Mas ele está bem.

– Não estou bem! – ele berrou. – *Solte-me*, cretino! Sou filho do...

– Se quiser que acabemos com esses desgraçados é só dizer, Corvo! – berrou Carniceiro.

– Se fosse você, eu não daria essa ordem – aconselhou o homem da cicatriz. – Essa espada fica bem na sua mão, mas você não tem para onde fugir. E se o rei Einar ficar sabendo que *tentaram* fugir, as coisas vão piorar ainda mais para você. – Ele balançou a cabeça. – Você está muito fodida, garota.

Com a cabeça a mil, Mia xingava a si mesma de idiota. Era capaz de matar aqueles homens, sem dúvida, mas talvez Jonnen estivesse com uma faca no pescoço. Ela jamais se perdoaria se ele fosse ferido antes que pudesse alcançá-lo. Ela estava pelada, os amigos em menor número, não fazia ideia de onde estava Tric e ainda desconhecia a cidade.

Paciência, disse a si mesma.

Ela examinou o vaaniano com cuidado. Autoridade natural. Uma confiança discreta. Inteligente. Seus homens não conseguiam tirar os olhos do corpo das garotas, mas os dele mantiveram-se o tempo todo nos de Mia.

– Qual é o seu nome, senhor?

– Ulfr Sigursson, *wulfguard* e imediato do *Espectro Sombrio.*

– Por acaso o seu rei costuma enviar o imediato para prender baderneiros?

– Só quando está entediado – respondeu Sigursson. – E a má notícia para você, moça, é que ele tem estado muito entediado ultimamente.

Mia lançou um olhar para Ashlinn, ainda de pé na cama.

Esse é o perigo, ela se deu conta.

O perigo de ter gente querida. De ter uma família e amá-la. Ela baixava a guarda perto deles. Eles a deixavam vulnerável. Seus inimigos podiam usá-los contra ela. Mercurio. Ashlinn. Jonnen. Sid e os Falcões. Se estivesse sozinha, como no começo, bastava uma sombra e ela escaparia. Se estivesse sozinha, poderia matar esses quatro como se fossem cordeirinhos e fugir. Se estivesse sozinha…

Mas estaria sozinha.

Ela olhou nos olhos de Ashlinn.

E de que adiantaria tudo isso se estivesse sozinha?

Mia curvou os dedos como garras e encarou Sigursson. As sombras do quarto começaram a se mover, esticando-se na direção do homem aguçadas como facas. O cabelo dela começou a esvoaçar, tocado por uma brisa fria como a luz das estrelas e que só atingia a ela. Diga-se em favor do corsário que ele não tremeu. Acabou, porém, por puxar a espada.

– Quem é você? – perguntou, com os olhos apertados.

– Vamos com você, Ulfr Sigursson – disse Mia. – Mas se você ou seus homens tocarem em mim ou meus amigos de forma inapropriada, mato você e todos os seus entes queridos. Compreendido?

Sigursson sorriu e enfim a olhou de alto a baixo.

– Meus homens seguem as minhas ordens. E você não tem cacife para hastear minha vela, mocinha. – O homem se abaixou e jogou as calças de Mia na cabeça dela. – Agora, vista a porra da roupa.

Uma fortaleza de pedra os esperava no fim das docas.

Erguia-se direto da água com uma muralha parecida com a face dos penhascos. Era de calcário, redonda feito um tambor, com uma crosta de algas e cracas rodeando a parte em contato com a água. No alto da maior torre, uma bandeira verde tremulava; as bordas eram prateadas e no centro havia um lobo preto com garras ensanguentadas. Nas muralhas, uma centena de forcas exibiam os corpos de homens e mulheres. Alguns mortos, outros vivos, a maioria num estado intermediário.

– Estamos fodidos – murmurou Carniceiro. – *Fodidos*...

Sigursson caminhava à frente enquanto a *wulfguard* escoltava os prisioneiros. Mia e seus companheiros tinham sido desarmados; restava apenas a pequena adaga escondida na sola de sua bota esquerda. Sigursson carregava a espada de ossário dela como se fosse um brinquedo novo. Sid ganhara um olho roxo e um lábio partido quando a *wulfguard* invadiu seu quarto, por isso tinha uma crosta de sangue no queixo. Ash caminhava perto de Mia, e Mia carregava Jonnen nos braços. Mesmo com Eclipse em sua sombra, o menino tremia. Ela o apertou forte e deu um beijo na bochecha dele.

– Vai ficar tudo bem, irmão.

– Quero ir para *casa* – ele disse, à beira das lágrimas.

– Eu também.

– Você nunca deveria ter me trazido para um lugar desses.

Mia viu as portas largas do forte, encimadas por pontas de ferro, abrirem-se de par em par diante deles.

– Não me sinto a melhor das irmãs neste momento, pode ter certeza.

Ela tentou procurar rotas de fuga, sombras pelas quais passar, oportunidades de cobrir-se com o manto e sumir. Conseguiria levar Jonnen. Talvez Ashlinn também, com um pouco de esforço. Mas Cantespadas, Carniceiro e Sid...

Um medo invadiu suas entranhas. Um medo como gelo, como vermes. Medo pelos que amava. Queria que Eclipse voltasse para ajudá-la a lidar com ele, mas isso deixaria Jonnen sozinho e só a Deusa sabia como ele se comportaria então. E sem Sr. Simpático – ah, sangue e abismo, como ela sentia saudades dele –, Mia teria que lidar com o medo sozinha. Abrir caminho através do frio e do tremor, da lembrança de Bryn e Ondas mortos e estirados no chão. Teria que pensar, pensar, *pensar* em como iam sair dessa situação...

Ela ouviu berros e gargalhadas enquanto percorriam o longo corredor ladeado por lanternas arquêmicas rumo às entranhas da fortaleza. Mais membros da *wulfguard* estavam parados diante de outro par de portas grandes. Os homens cumprimentaram Sigursson e lançaram um olhar de tédio para Mia e os companheiros. As portas eram de carvalho, gravadas com relevos sinistros de dragões, lulas-de-gancho, arraias e outros terrores das profundezas. O vento da quasinoite uivava pelo interior do forte como um lobo solitário, e o frio fez a pele de Mia arrepiar-se.

– Onde abismos está Tric? – cochichou Ashlinn.

– Não faço ideia – sussurrou Mia em resposta. – Espero que não muito longe.

As portas se abriram.

O salão tinha quase sessenta metros de comprimento e um formato circular semelhante ao de um anfiteatro. Três anéis concêntricos de madeira erguiam-se nas bordas, como as arquibancadas das arenas. Os anéis estavam repletos de marujos e marinheiros, numa aglomeração de chapéus de couro e tricórnios, sobretudos e gravatas plissadas, couro, cicatrizes no rosto e dentes de prata. Havia ainda cachimbos fumegantes e lâminas reluzentes e sorrisos selvagens. Todos ali eram piratas.

No centro do salão havia uma grande piscina natural; tinha sido aberta diretamente no calcário do chão e dava para o mar. As águas eram azuis, levemente turvas, e ondeavam suavemente. A uns dois metros da superfície da água, havia uma série de fios de ferro esticados a uns dois palmos de distância cada um, formando uma rede. A multidão gritava e torcia ao redor da estrutura, pois sobre a rede dois homens duelavam.

Um dweymeri esbelto e um liisio corpulento, ambos sem camisa. Estavam armados com espadas de madeira, o que Mia achou um pouco estranho. O fio das armas consistia numa fileira de cacos de obsidiana, que cortavam muito bem; os dois homens sangravam de uma ou duas feridas, e o sangue pingava na água. Mas, a não ser que um golpe acertasse uma artéria de jeito, seria difícil alguém morrer ali.

– O que é isso? – perguntou Sidonius em voz baixa.

– Embate – explicou Carniceiro. – Quinta Lei do Sal. Julgamento por combate.

– Fodam-se o sal e a lei dele – cochichou Ash. – Quem é aquele sujeito?

Mia seguiu o olhar da garota. No anel mais alto de todos, separado dos demais, avistou uma cadeira imponente. Suas costas era um timão com doze malaguetas largas, mas o navio de onde ele saíra devia pertencer a gingantes. O resto do assento era trabalhado em corais e ossos humanos alvejados, esculpidos e torcidos no formato dos terrores das profundezas. Das pontas pendiam uma centena de enfeites, curiosidades e quinquilharias; algumas Mia reconheceu por causa dos salgados que vira circulando pelas ruas de Amai. Uma corda com nó de forca. Uma luva de couro vermelho. Um trapo branco bordado com a cabeça de morte.

Tributos, ela concluiu.

Um homem sentava-se refestelado no trono, com uma perna apoiada preguiçosamente nas costas de um jovem escravo de quatro diante dele. Um calafrio desceu pela espinha de Mia quando o examinou, um estremecimento involuntário que ela não conseguiu evitar. Os olhos delineados eram do verde mais penetrante que ela já vira, como esmeraldas quebradas e afiadas até virarem facas. A pele era bronzeada por anos de luz dos sóis. O cabelo loiro, rapado nas laterais, descia do topo da cabeça numa longa trança. A barba também era trançada e o queixo era largo. O rosto era coberto de sardas e uma dúzia de cicatrizes. O peito musculoso estava nu, e dos ombros pendia um sobretudo feito de rostos humanos curtidos, costurados uns nos outros. O casaco era tão longo que se arrastava no chão.

– Aquele é Einar Valdyr – cochichou Carniceiro, claramente aterrorizado.

– No Trono dos Mandriões – sussurrou Mia de volta.

A *wulfguard* os conduziu para um dos lados da piscina. Mia trocou um olhar com Ash e notou que a garota estava tensa, mas pronta. Enquanto os homens combatiam sobre os fios, Mia inspecionou o ambiente à procura de saídas e sombras. Havia pelo menos duzentos corsários ali, com mais trinta membros da *wulfguard* e o próprio Valdyr. Lutar não era opção. E as portas fechadas atrás deles tornavam a fuga um sonho distante.

A multidão urrou, fazendo Mia voltar os olhos para o duelo: o dweymeri tinha conseguido arrancar mais sangue do oponente, uma ferida nova no ombro do liisio que pingou sangue nas águas sob ambos. Os fios vibravam como as cordas de uma lira conforme os homens dançavam e atacavam. O dweymeri trocou de cabo para evitar a espada do inimigo, que golpeou no vazio. Foi então que o liisio perdeu o equilíbro e começou a bambear. O dweymeri esticou-se, quase caindo, para acertar um golpe rápido no joelho dele. O mais baixo gritou, perdeu o apoio e, enquanto a plateia se levantava urrando ainda mais alto, escorregou por entre os fios e atingiu a piscina abaixo num grande esguicho.

O marujo dweymeri gritou triunfante. O liisio subiu à superfície em pânico, tentando nadar até uma das extremidades. Mia viu Valdyr mover-se pela primeira vez, levantando-se do trono e parando na beira de sua plataforma para ver melhor. Debaixo d'água, uma sombra comprida e escura fez o estômago de Mia se revirar.

O liisio chegou até a beirada da piscina, mas o nível da água era baixo e as paredes, altas demais para que pudesse escalar. Ele tentou saltar para cima. Foi quando Mia conseguiu vislumbrar seu rosto: pálido e aterrorizado. Então, bem diante dos olhos dela, um tentáculo longo e cheio de ganchos levantou-se brilhante da água, enroscou-se na garganta do homem e o puxou para baixo.

Mãe Sombria, um leviatã[28].

---

28 O leviatã é um temível predador dos oceanos de Itreya e inimigo natural dos dragões. Possui quatro tentáculos cheios de ganchos, um bico afiado e quatro olhos grandes e redondos. Essas feras podem ser encontradas tanto em águas rasas como nas profundas, e costumam ser caçadas por sua tinta, que é ao mesmo tempo um pigmento indelével e um alucinógeno potente. Os dweymeris usam a tinta para as tatuagens faciais e para seus ritos de passagem, ao passo que o resto da República a usa para ficar bem louco.

A tinta pode ser usada como intoxicante de três maneiras: bebida, inalada ou injetada. Seus vários efeitos estão resumidos num adorável poeminha que as crianças de Godsgrave costumam cantar quando brincam de pular corda ou coisa parecida:

Sons de golpes. Gritos entrecortados. A água ficou vermelha e a multidão vibrou. No alto, Valdyr bateu palmas, jogando a cabeça para trás numa gargalhada. Os rostos no casaco dele faziam Mia se lembrar daqueles sob Godsgrave, gritando eternamente. Ela viu que os olhos do rei estavam brilhando e seus dentes tinham sido lixados para ficar pontudos.

Certo, tudo bem. Eu acreditaria que um chacal pariu esse desgraçado.

– As Filhas falaram! – ele rugiu.

O silêncio abateu-se pelo salão como um martelo, e cada homem e mulher presente calou-se por completo. Valdyr permaneceu de pé e estendeu os braços. Sua voz saiu grave e estrondosa.

– Minha Senhora Indomável, está satisfeita?

Uma mulher de trinta e poucos anos deu um passo à frente no segundo piso. Ela tinha o cabelo loiro preso numa trança e não usava delineador nos olhos nem pintura na boca.

– *Indomável* está satisfeita, meu rei – ela disse, curvando-se com um sorriso.

– Meu Senhor Rubro Livre, está satisfeito?

Um itreyeano barbado com uma cicatriz feia e um sobretudo vermelho com botões de bronze se curvou. Tinha uma expressão amarga como se tivesse comido uma tigela de merda de cachorro.

– *Rubro Livre* está satisfeito – ele disse. – Meu rei.

– Ótimo, que alívio da porra – disse Valdyr, voltando para o trono. Apoiou os pés em cima do escravo outra vez, recostou-se no assento e cofiou a barba trançada. – Agora, mais alguém tem alguma disputa? Ou posso voltar para o meu vinho?

Cheiro para acordar,
Fumo para surtar,
Agulha no desespero,
E logo vem o enterro.
Que pestinhas mais mórbidas, não é?

– Majestade!

Um liisio de dentes tortos e cabelo ruivo e ralo, com um gato de aparência venenosa pendurado no pescoço, deu um passo à frente e se curvou. Ele tinha um nó de forca no pescoço como se fosse uma gravata, igual aos sujeitos que Mia e Ash tinham espancado na véspera.

– Meu Senhor Enforcador – respondeu Valdyr sem olhar para ele. – Fale.

– O assunto que comentei hoje cedo, majestade – disse o homem enquanto dirigia a Mia um olhar que só podia ser classificado de "ávido". – A *wulfguard* está de volta.

– Certo, certo. Quais são as notícias, Sigursson? – perguntou Valdyr.

– Seis capturados, Capitão – respondeu o homem ao lado de Mia. – Pegos na Maria.

– E o sétimo?

Como se tivessem esperado a deixa, as portas se abriram com tudo e meia dúzia de guardas do rei entraram no salão, surrados e ensanguentados, arrastando uma figura que se debatia. O coração de Mia saltou e ela chegou a dar meio passo à frente, mas foi contida por Ashlinn.

– Tric...

Ele estava envolto em correntes e debatia-se feito uma cobra. Tinham arrancado sua túnica preta e gasta e o deixado apenas com a calça por baixo; as correntes de ferro enferrujadas chegavam a cortar sua pele. A *wulfguard* o jogou no chão, e os nós de sal do garoto agitaram-se pelo piso de pedra. Um vermelho de raiva insinuava-se em suas bochechas, e um borrifo de sangue manchava sua pele.

– O desgraçado matou Pando, Trim e Maxinius – declarou um dos capangas, cujo nariz estava amassado feito purê. – Quebrou as pernas de Donateo como se fossem dois gravetos. Esfaqueei o filho da puta três vezes no peito e ele não caiu. Quase nem *sangrou*.

– Tric, fique quieto – avisou Mia.

– MIA...

Um dos membros da *wulfguard* foi até Tric e lhe deu um chute na cabeça.

– Calado, seu chupa-rolas dos abismos!

Valdyr baixou o olhar para o dweymeri que se debatia no chão, com os olhos verdes apertados.

– Capitão? – Sigursson ergueu a espada de ossário de Mia. – Posso me aproximar?

Valdyr grunhiu sua autorização e chutou uma escada de cordas na beirada da plataforma. Foi então que Mia percebeu que aquele homem ficava num lugar inacessível para qualquer pessoa no salão. Os únicos caminhos até ele eram uma porta trancada a cadeado atrás do Trono dos Mandriões e a escada de corda que ele tinha acabado de jogar ao imediato. Ela correu os olhos pelo lugar e viu pelo menos cinquenta homens que pareciam capazes de degolar os próprios filhos em troca de meio cobre. Sentiu de novo aquela corrente subterrânea de violência, despontando agora nos olhos presentes conforme se voltavam para seu rei.

Nenhum homem ou mulher aqui ama Einar Valdyr, com exceção talvez da tripulação dele.

O rei dos piratas permanece no trono graças ao medo...

Sigursson subiu a escada, cochichou no ouvido do rei e depois lhe entregou a espada de ossário. Os olhos delineados de Valdyr enfim encontraram os dela, e Mia teve que se esforçar para não desviar o rosto. Mesmo a trinta metros de distância, era capaz de sentir o poder que ele irradiava. Uma intensidade selvagem, sanguinária, que transformava em simples crianças os homens ao redor dele. Ele exercia uma atração, isso era inegável. Mas uma atração que deixaria hematomas na pele e sangue nos lençóis.

Valdyr a encarou por um instante longo e silencioso, os lábios aos poucos curvando-se num sorriso faminto.

– O que me diz, Senhor Enforcador? – falou afinal. – Que compensação pede?

– Essa puta de água doce quebrou os dentes do meu garoto – disse o homem de dentes tortos, apontando com a cabeça a boca estropiada de Monóculo. – Ela é dele por direito. E a loira também. – Em seguida, gesticulou para Jonnen. – E eu fico com o pirralho por conta do ultraje.

– Fica, Draker? – sorriu Valdyr, com um lampejo dos dentes pontiagudos.

– Se o rei quiser, claro – disse o capitão, baixando a cabeça.

Valdyr voltou os olhos para Monóculo, a língua pressionada num dente incisivo.

– Você deixou mesmo essa fracote bater em você, menino? Eu teria vergonha se fosse da minha tripulação.

Monóculo baixou os olhos, corando, enquanto uma onda de risinhos varria o ambiente. Valdyr levantou a espada de Mia, correu os olhos verdes e argutos pela lâmina de alto a baixo e depois examinou Mia da mesma forma. Seu sorriso fez a barriga dela gelar.

– Eclipse – ela sussurrou. – Esteja pronta.

– ...SEMPRE...

Mia lançou um olhar para Canta, Sid e Carniceiro.

– Corremos para a piscina natural e dali vamos para o mar. Aquela coisa na água é melhor do que as coisas aqui.

– Certo – concordou Sidonius.

– *Fodeu...* – murmurou Carniceiro.

O rei Valdyr olhou para Monóculo e começou a saraivada:

– Você não saberia o que fazer com um brinquedo desses nem se eu te desse, homenzinho. – Ele olhou para Mia de novo. – *Eu* fico com essa de cabelos de corvo. Você pode ficar com a loira, Draker. Mas eu botaria uma mordaça e umas algemas nela antes de deixar seu filhote chegar perto. Pode ficar com o menino também, se quiser. – Então Valdyr gesticulou para Tric, ainda estirado no chão de pedra. – Levem esse para Aleo dar uma olhada. Mandem a dweymeri e o liisio para as Torres Talhadas.

– Uma onda preguiçosa agitou a piscina. – Deem o grandalhão para Dono. Faz semanas que ela não come um itreyano.

O coração de Mia estava acelerado; as sombras ao redor começavam a ondular.

– Segure-se em mim – ela sussurrou na orelha de Jonnen. – Cegue qualquer um que se aproximar.

– Eu… vou tentar…

Mia apertou a mão de Ashlinn.

– Fique perto de mim, amor.

Ela não fazia ideia do que fazer com Tric. Não fazia ideia do que fazer com o leviatã à espera deles na piscina. Não sabia nem se chegariam à água e para onde iriam se alcançassem o mar. Suas únicas armas eram a navalha no salto da bota e as sombras que serpenteavam e ondeavam à sua volta.

Ela sentiu um membro da *wulfguard* segurar seu ombro.

Cerrou os punhos.

– Esperem! Esperem! – veio um grito. – Que disputa é esta?

O bando de saqueadores perto da porta abriu caminho e Mia sentiu uma lufada estonteante de alívio. O recém-chegado abriu o mais canalha dos sorrisos e prostrou-se tão baixo que mesmo o mais educado membro da corte de qualquer Francisco, do I ao XV, ficaria envergonhado.

– Majestade – ele disse.

Cal Corleone deu uma piscadela de lado para Mia e sussurrou:

– Desculpe o atraso.

CAPÍTULO 25

HERANÇA

– Ora, ora, ora. O senhor Donzela de Sangue.

O Rei dos Bastardos sorriu para Corleone como os dragões sorriem para os filhotes de foca.

– Bom vê-lo, velho amigo.

O tom de Valdyr não permitiu que Mia se iludisse a respeito da amizade dos dois: Valdyr certamente não tinha amigos, velhos ou novos, assim como um kraken-de-areia não teria um cachorrinho de estimação. Mas seu alívio em ver Corleone aterrissar no salão ainda não tinha se dissipado.

O capitão vestia o traje de costume: calça de couro preta perigosamente apertada e uma camisa de veludo preta aberta um pouco demais, com a pena do tricórnio num ângulo jocoso. Ao lado dele, Joãozão estava com calça de couro preta, uma camisa azul de seda liisia vibrante e o cachimbo de osso de dragão na boca.

– Meu rei – disse o capitão, tirando o chapéu e curvando-se de novo. – Meu coração canta ao vê-lo tão bem. Por acaso o senhor emagreceu?

– Que abismo você quer, Corleone? – esbravejou Sigursson.

– Uma palavra e um pouco mais antes de vocês jogarem minha tripulação na água.

– Tripulação? – Sigursson arqueou a sobrancelha. – Que besteira é essa?

– Esses cães são salgados – disse o capitão, apontando para Mia e os outros prisioneiros. – Entraram para minha tripulação em Godsgrave quando partimos depois dos jogos. E vocês aqui tratando todos como peixes de água doce.

– Salgaaaaados? – Valdyr arrastou a palavra como se a saboreasse e apoiou-se no parapeito com os dentes lixados à mostra num sorriso. – É mesmo?

– Juro pela luz, Majestade. Que o Onividente faça meu instrumento apodrecer se eu estiver mentindo.

– Um conto para confundir e maravilhar. – O rei alargou o sorriso e pressionou a língua contra um canino aguçadíssimo. – Sobretudo porque o *Donzela* acabou de aportar, e estes sete chegaram a Amai ontem.

– Eu os mandei por terra de Galante – disse Corleone. – Tinha negócios no interior.

– Mentira pra boi dormir – protestou Draker, afastando o ralo cabelo ruivo da testa.

Corleone inclinou a cabeça.

– Você está dizendo que conhece a tripulação do meu navio melhor do que eu, Enforcador? Quando foi a última vez que pôs o pé no meu convés?

– Quando peguei sua mãe – vociferou o capitão.

– Ah, é? Mande meus cumprimentos a ela – rebateu Corleone. – Ela me falou que espera que você não esteja ainda envergonhado. Acontece até com os melhores homens, parece.

Gargalhadas e risinhos ecoaram pelo salão. O capitão do *Donzela* se voltou de novo a seu rei.

– Majestade, esses sete fazem parte da minha tripulação. Todos salgados. Não podem ficar de joelhos nem no chiqueiro, nem na piscina.

– Sete? – Valdyr ergueu uma sobrancelha. – Até o menino?

– Grumete. – Corleone abriu outro sorriso sem-vergonha, doce como mel e suave como a seda. – O último caiu no Mar do Silêncio.

– Trágico.

– Joãozão pensou o mesmo, com certeza. Ele tem curtido um pouco a pederastia.

O imediato do *Donzela* tirou o cachimbo da boca para protestar.

– Eu…

– Mesmo assim, um membro da sua tripulação arrancou os dentes do meu filho – disparou o capitão do *Enforcador*. – Alguém tem que me compensar.

Corleone olhou para o rapaz de monóculo, estremeceu ao notar sua boca estropiada e, em seguida, aproximou-se para inspecionar melhor. Então, virou-se para Valdyr e ergueu um dedo.

– Posso ter um momento, grande rei, para conversar com a minha gente? Não falo com eles desde Galante. Estive navegando um pouco atrás da maré.

Valdyr voltou a se sentar no trono, ergueu a espada de ossário de Mia e sorriu como um gato que ganhou leite, roubou a vaca e ainda transou duas vezes com a leiteira.

– À vontade.

Corleone voltou-se para Mia e seus companheiros e escondeu, com seu sorriso charmoso, a urgência fatal de sua voz.

– Certo. Estou perigosamente perto de ser assassinado de um jeito *horrível* pra caralho. Por isso, se um de vocês quiser me atualizar a respeito do abismo que andaram fazendo desde que chegaram, eu agradeceria.

– Assassinado? – Cantespadas olhou para o Rei Mandrião e franziu a testa. – Ele só sorri desde que você chegou.

– Quanto mais Valdyr sorri pra você, mais perto está a sua morte – disse Cal. – Ele está a duas palavras de cortar minha garganta e foder a ferida.

– Que nojo – sibilou Ashlinn.

– É, o último que passou por isso deve ter achado também.

– Tric, você está bem? – perguntou Mia.

O garoto ainda estava acorrentado e estirado no chão, mas levantou os olhos e fez que sim com a cabeça.

– ESTOU, MIA.

– Veja, não quero parecer mal-educado, mas *foda-se ele* – disse Corleone. – E a não ser que vocês queiram acabar tão mortos quanto o sem-lume aqui, precisam me dizer o que, *em nome de Aa*, fizeram.

– Aquele idiota de monóculo pôs a mão nas minhas tetas – respondeu Mia simplesmente. – E eu quebrei a cara dele. E de dois amigos dele. Ash ajudou.

– Foi empolgante – emendou Ashlinn.

Mia cutucou o braço dela para fazê-la se calar.

– Você por acaso pediu que a tal mão fosse posta nos seus – os olhos de Corleone desceram pelo corpo dela – *apetrechos* em algum momento?

Mia franziu a testa e encarou Cal.

Intensamente.

– Certo. – Corleone assentiu com a cabeça. – Eu precisava perguntar. – O capitão voltou-se para a assembleia e estendeu os braços. – Meus salgados contam que o tratamenesto ignóbil dispensado ao Drake Júnior aqui foi a merecida reação a uma aproximação tão indecorosa quanto indesejada – anunciou, dando de ombros. – Para mim, parece ser uma simples disputa entre marujos, que certamente não é nada para pertur...

– É mentchira! – balbuciou Monóculo através dos lábios arrebentados.

Corleone olhou-o de soslaio.

– Como?

– Ele disse que é mentira! – disparou Draker. – Os meus garotos me contaram a verdade. Dizem que essa merdinha mentirosa pediu para ficar com eles e ficou nervosinha quando recusaram.

– E você acreditou? – perguntou Mia, surpresa. – É mentiroso ou burro, capitão?

– Olha a boca, puta.

– Puta? – Mia fez que sim com a cabeça. – Então é burro.

– Tinha um monte de testemunhas na taverna – apontou Ashlinn. – Se nós...

– *Chega!*

O urro cortou o ar, afiado e luminoso. Todos os olhos se voltaram para a plataforma. Valdyr estava sentado ereto no Trono dos Mandriões, com a espada de Mia cravada no chão de madeira e uma mão cheia de cicatrizes e calos apoiada no cabo.

– Draker – ele disse –, se está ofendido, invoque um Embate. Se não, cale a porra da boca antes que eu te faça de mulherzinha e queime seu navio no mar.

O capitão do *Enforcador* deu um passo involuntário para trás, mas em seguida fulminou Mia com um olhar.

– Certo – resmungou o homem. – O *Enforcador* exige um Embate.

Mia cochichou para Carniceiro pelo canto da boca:

– É aquela coisa de julgamento por combate?

– É.

Corleone levantou a mão.

– Agora, va...

– Eu aceito! – gritou Mia.

Um coro de gritos e comemorações levantou-se dos anéis. Capitães e tripulação brindaram com suas canecas e bateram os pés para manifestar sua alegria com a perspectiva de mais derramamento de sangue.

– Merda – suspirou Corleone. – *Meeeeeerda.*

– Que houve? – sussurrou Mia. – Eu já arranquei os dentes desse desgraçado. Acha que não consigo pular nuns fios e derrubar esse merda na água?

– Você não vai lutar com Drake Junior – explicou Corleone. – Foi o *Enforcador* que lançou o deságio. O *navio*. Ou seja, o capitão pode escolher seu melhor salgado para cortejar você. Ele não vai mandar o filho e herdeiro para a luta, porque você poderia tomar a parte de Júnior no navio pela Herança.

– Herança! – exclamou Carniceiro, logo em seguida abaixando a voz. – Era *isso*! Essa é a lei de que eu não lembrava! Sabia que começava com *H*.

– Mas que porra é Herança? – cochichou Mia.

– Quarta Lei do Sal – respondeu Cal. – Regula a propriedade adquirida por meios... criminosos.

– Hein?

– Butim, moça – disse Joãozão. – É a lei do butim e do direito a conquistar. *Seja nos Quatro Mares ou na terra seca, quem toma a vida de um homem, toma tudo que ele era.* Matou um homem? A bolsa dele é sua. Matou um capitão? O navio dele é seu. Se você matar Draker Júnior, qualquer coisa que o pai tenha legado a ele é sua.

– Vamos ver se eu entendi – disse Sid. – Vocês criaram mesmo uma lei que incentiva um pirata a matar o outro para ficar com as coisas dele?

– Bom, e o que você queria? – questionou Joãozão, olhando Sid de alto a baixo. – Deixar qualquer vagabundo desdentado botar as mãos sebosas nas coisas de um homem que cai duro? Ou deixar que o *governo* faça isso? Acho uma receita para o caos.

– É – concordou Corleone. – Assim, tudo fica entre os navios. Já repeti: não é porque somos piratas que somos saqueadores sem lei.

– E eu também já repeti – resmungou Sid – que é *exatamente* isso que significa "pirata", porra.

– Quem toma a vida de um homem, toma tudo que ele era – murmurou Mia.

– Exato – disse Corleone. – Por isso não vão mandar um homem com muitas posses para lutar com você. E ele provavelmente vai dar qualquer coisa que *tenha* para o capitão ou os companheiros antes do combate.

Mia olhou para o outro lado do salão e viu um homem do tamanho de uma montanha, com um nó de força no pescoço, escrevendo num pedaço de pergaminho. Quando terminou, entregou o documento ao capitão e este o enfiou dentro do sobretudo. Então ele começou a descer pela escada até o centro do salão. Era dweymeri, grande feito uma carroça, com nós de sal curtos no alto da cabeça. Os bíceps eram mais grossos que as coxas de Mia, ao passo que o rosto era repleto de belas tatuagens e retalhado por terríveis cicatrizes reunidas durante toda uma vida de batalha.

Sigursson desceu da plataforma do rei e pôs-se diante de Mia para entregar uma espada de madeira com cacos de obsidiana.

– Que a Mãe Trelene guarde você, garota. Que a Senhora Tsana guie sua mão.

– Muito bem – ela murmurou.

Mia conduziu Jonnen até Ashlinn e a beijou ardentemente nos lábios.

– Não me vá morrer – avisou Ash.

– Um plano razoável.

– E por acaso você tem um plano?

Mia chupou os lábios e fez uma careta.

– Estou trabalhando nele.

As garotas se beijaram de novo até Corleone ser obrigado a pigarrear.

– Tem alguma coisa que você queira deixar para alguém ou…

Mia virou-se e encarou o capitão.

– Certo – ele disse, com a voz falhando. – Precisava perguntar.

Mia deu um beijo na testa de Jonnen.

– Vou precisar de Eclipse. Só um pouco, certo?

O garoto assentiu devagar com a cabeça, em seguida olhou para o oponente de Mia. O homem girava a espada no ar como se ela fosse uma extensão do próprio corpo, produzindo uma brisa após cada golpe. Seus músculos brilhavam como aço escovado à luz baça do forte.

– Lembre-se do que o pai diz – recomendou Jonnen.

– Sim – Mia disse. – Vou lembrar.

– Boa sorte, *de'lai* – ele disse baixo.

Era a primeira vez que ele a chamava de irmã. A primeira vez que reconhecia que eram família. E – apesar da situação e da morte à espreita soprando seu bafo frio na nuca dela – Mia sorriu. Piscou para diminuir a ardência nos olhos enquanto sentia seu amor por aquele merdinha criar um nó na sua garganta. Ela o abraçou e beijou suas bochechas, derretendo-se quando ele passou os braços pelo pescoço dela e retribuiu o carinho.

Então se virou, respirou fundo, e pegou a espada da mão de Sigursson.

– Eclipse? – ela chamou.

Sigursson arregalou um pouco os olhos ao ver o demônio sair da sombra de Jonnen. A loba deu uma volta nos pés de Mia, escura como a veratreva, antes de desaparecer em sua sombra, escura o bastante para três.

– Mas que porra você é? – perguntou o imediato.

Mas ela já estava de olhos fechados. Respirou fundo, sentindo o medo derreter-se dos ossos à medida que sua passageira o devorava por inteiro. Em questão de segundos, já não era mais a garotinha assustada que dançava sobre navalhas. Era uma destruidora. Forjada nas sombras, com o sangue da noite correndo pelas veias e o caco de um deus caído ardendo escuro no peito.

Indestrutível.

– Eclipse, vá para onde eu disser, certo?

– ...COMO QUISER...

Ela marchou até a beira da piscina. Sigursson voltou-se para a assembleia e sua voz ecoou pelo salão:

– Petição de Embate! *Enforcador* desafiou, *Donzela de Sangue* respondeu! Lutem até cair, e que as Filhas tenham misericórdia das suas almas!

Mia baixou o olhar para a água, distinguindo a sombra escura do leviatã encolhido nas profundezas sob a rede de fios. Devia ter ao menos dez metros. Um caçador de águas fundas, já gordo e maligno pelo sangue dos homens e mulheres que Valdyr lhe atirava.

O oponente de Mia tirou as botas e a camisa. Seu torso era ondulado de músculos e recoberto de tatuagens em cada centímetro: a maioria de mulheres e peixes, embora algumas parecessem combinar ambos. Para não ficar para trás, Mia arrancou a própria camisa e a jogou para o lado de qualquer jeito. Houve alguns aplausos esparsos quando o público percebeu que ela não usava nada por baixo.

Olhos nos meus peitos, desgraçados, não nas minhas mãos.

Em seguida, ela arrancou as botas, não sem antes torcer o salto esquerdo e esconder a pequena adaga na palma da mão. Então pulou em cima dos cabos, fechando os dedos dos pés para se segurar. O aço vibrava sob ela como as cordas de algum grande e terrível instrumento que emitia as primeiras notas de uma música de sangue e ruínas. O dweymeri também subiu, e o impacto ondulou pelo aço e fez Mia cambalear. O homem sorriu, pisando forte na rede de novo para desequilibrá-la, e então ficou numa perna só, abrindo os braços para exibir sua postura perfeita.

Mia movimentou-se com cuidado pelos fios. Baixou mais uma vez os olhos para as águas azuis e frias dois metros abaixo e viu a sombra colossal volteando impaciente. Os saqueadores ao redor urravam e batiam os pés, lembrando-a de seus tempos de arena. A sedosa. A serpente-cuspideira. O caos do *venatus magni*. A adoração do público, o aplauso cantando em suas veias em uníssono com sua pulsação, e o medo... bom, medo era uma coisa com que apenas seu adversário precisava preocupar-se.

Mas aquelas viragens tinham ficado para trás. Ela não lutava mais para a torcida.

Ela lutava para si. E para os poucos que amava.

– Qual o seu nome, senhor? – ela perguntou.

– Dobraferros – ele respondeu.

Mia estendeu a espada e soltou-a na água sob os dois.

– Com licença por um minuto, Dobraferros.

Ela ergueu a adaga que brilhava entre os dedos.

– Eclipse?

Apontou para a plataforma lá em cima. E a loba de sombras saiu da sua sombra e desapareceu, e Mia

passou

do fio

para cima,

pela loba de sombras,

agora materializada na

escuridão aos pés de Valdyr, com um salto. Montou no colo do pirata e afundou a adaga na garganta dele. O Rei dos Mandriões gemeu, arregalando os olhos verdes e aguçados. Mas, quando enfim ergueu a mão para afastar a assassina, a adaga já tinha acertado mais três vezes o seu pescoço,

chin

chin

chin,

e jatos de sangue escorriam da lâmina de Mia e se arqueavam no ar, enquanto os presentes piscavam confusos quando ela desapareceu e então perceberam que ela estava montada sobre seu soberano, com o punho enroscado nas tranças de sua barba enquanto mutilava sua garganta já rasgada,

chin

chin

chin,

sob gritos de terror e ultraje. Ela continuou, com o rosto retorcido e os dentes à mostra, sangue nos lábios, no pescoço, nos seios, sangue quente e grosso que vinha com os engasgos e escarros e golpes frustrados do rei, que tentava agarrá-la, de músculos retesados e dedos curvados. Mas o sangue, o sangue,

chin

chin

chin,

já se esvaía aos jorros e borbotões, peito nu abaixo e pelo trono enquanto ele tentava se levantar, brigando até o fim, mas ela continuava, abraçando-o com as pernas feito uma amante enquanto ele escouceava, e esfaqueava, esfaqueava e esfaqueava. Até que ele parou de lutar, parou de socar e chutar e respirar, e o último suspiro saiu num sopro borbulhante, o toque final não passando de uma carícia. Suas mãos a soltaram e os olhos subiram e pararam, mas ela não,

chin

chin

chin,

e passou o antebraço no rosto, molhado de suor e sangue, a boca apenas uma linha tênue quando parou de esfaquear para serrar, as mãos trêmulas com o esforço de separar músculos e cartilagem e ossos, enquanto Sigursson urrava, subindo afoito pela escada de cordas para socorrer seu capitão. Mas, quando ele chegou, Mia já tinha terminado. Com os tendões saltando do pescoço, ela forçou o corpo para trás. Ao som de estalos úmidos e rasgos molhados, arrancou seu troféu sangrento do pescoço que o sustentava.

A cabeça de Einar Valdyr rolou pelo assoalho, passou pelo parapeito da plataforma e desceu ao piso central do salão, deixando uma trilha de sangue. Quicou uma vez antes de cair na piscina e desaparecer num giro escarlate. Mia pegou o corpo decapitado de Valdyr pelo colarinho do sobretudo macabro, jogou-o para fora do Trono dos Mandriões e o empurrou para a frente com um chute no traseiro. O escravo de Valdyr estava de joelhos, completamente atônito, escorregando na poça de sangue. Os presentes nos anéis inferiores estavam tão horrorizados quanto impressionados, assistindo boquiabertos a Mia, que virou de frente e sentou-se no trono, seminua, coberta de sangue até os cabelos longos e escuros que mal escondiam suas vergonhas.

Ela apoiou os pés descalços sobre o cadáver decapitado de Valdyr, ainda sofrendo espasmos. Enfiou a mão trêmula no bolso de trás da calça e sacou sua surrada caixa de cigarrilhas. Eclipse materializou-se sob seus pés, com as presas à mostra e o pelo eriçado.

Na beira da plataforma, Sigursson a encarou em completa descrença.

– *Quem caralhos é você*? – quis saber.

Mia recostou-se no trono e pôs a cigarrilha nos lábios.

– Bom – ela disse, limpando o sangue do rosto. – Se entendi direito essa história de Herança... acho que você pode me chamar de "Majestade".

Capítulo 26

Promessas

Mia tinha vestido o sobretudo de Valdyr, mas recusava-se a lavar o sangue dele do corpo.

Acomodara-se numa cadeira alta na ponta de uma mesa comprida, já com crostas vermelhas na pele de porcelana. À sua direita, sentavam-se Cal e Joãozão, que pareciam ter envelhecido vinte anos nos últimos dez minutos. Também à direita, de pé, estava Tric, de peito nu e olhar irado. Sem a túnica, Mia viu as feridas recentes no corpo dele: os cortes na barriga e no braço, mais três ao redor do coração. Era possível enxergar que a vida voltava a seu corpo; ela tinha certeza de que vira um brilho de sangue nos ferimentos recentes. Mas os braços dele ainda estavam manchados até os cotovelos de uma cor escura como a noite, e os olhos cintilavam como a piscina de sangue divino sob Godsgrave.

Sid, Cantespadas e Carniceiro estavam ao redor da cadeira de Mia, enquanto Ash se sentava à esquerda dela, com Jonnen no colo. O menino, quando a viu logo depois de ela ter massacrado Valdyr, apenas a olhou com um sorriso e disse:

– Muito bom, de'lai.

Na outra ponta da mesa estava Ulfr Sigursson, com um pouco de palidez sob a beleza. Os outros membros da *wulfguard* estavam reunidos ao redor dele, vestidos de preto e tensos como a corda de um arco, deixando entrever seu choque e seu desejo de morte.

Mia escutava o caos na câmara do outro lado da porta – os berros dos capitães uns com os outros no Salão dos Mandriões, brigas, vagos palavrões e vidros quebrando.

Os olhos de Mia estavam cravados nos de Sigursson, frios e impassíveis. O sangue coagulava na pele dela, no cabelo, nos cílios e debaixo das unhas. Todas as lições aprendidas com a shahiid Aalea ecoavam agora em sua cabeça. Ela sabia que os próximos sessenta segundos determinariam por completo sua relação com aquele homem. Que, no fundo, aquilo não passava de um jogo para ver quem piscaria primeiro. A primeira pessoa a falar demonstraria sua fraqueza. Seu medo. Ela apenas observava as engrenagens girarem por trás dos olhos do homem, ex-mão direita do rei que ela acabara de matar e agora, aparentemente, seu imediato. Nunca que ela piscaria primeiro.

Quem toma a vida de um homem, toma tudo o que ele era.

Seu navio. Sua tripulação. Seu trono.

Mia supunha que o emprego de imediato do Rei dos Mandriões tinha alguns benefícios – Sigursson provavelmente detivera um poder de causar inveja nos outros corsários da cidade. Imaginou ainda que fazer parte da tripulação de Valdyr significaria estar no topo daquela pilha de estrume que era Amai. Ao correr os olhos pelos homens do outro lado da mesa, Mia teve a certeza de que faziam cálculos mentais.

Se me aceitarem agora, mantêm seu lugar no topo da montanha.

Se me rejeitarem, deixam que um dos capitães lá fora tente ficar com o trono.

Ou um deles me mata.

Eclipse rodeava devagar a *wulfguard*, escura como as peles sobre os ombros deles. A sala era iluminada por lanternas arquêmicas nas paredes, e Mia deixava as sombras tremerem e curvarem-se. Sua própria sombra esticava-se sobre a mesa na direção dos homens de Valdyr e tentava tocar Sigursson com mãos translúcidas.

Um deles tenta *me matar, pelo menos.*

O caos florescia no salão do outro lado. Os gritos ficavam mais altos e a agitação crescia. Cada minuto gasto ali era um minuto a mais para as chamas ganharem corpo e se espalharem. Cada minuto ali era um minuto a mais em que a *wulfguard* arriscava tudo o que tinha. O ar na sala estava pesado como ferro, o cheiro de sangue impregnava a atmosfera, sobretudo perto de Mia. Que permaneceu sentada.

Encarando.

Esperando.

Um dos saqueadores enfim estourou:

– Não podemos apenas…

– Fecha essa boca antes que eu enfie meu pau dentro dela – cortou Sigursson.

Mia encarou o homem, permitindo-se um pequeno sorriso no canto dos lábios.

Sigursson apoiou os cotovelos na mesa e suspirou.

– Quer a camisa de volta?

Pisque.

– Não – ela disse, subindo a gola do sobretudo de Valdyr. – Isto aqui já me esquenta.

– Suas ações nos meteram em águas perigosas, garota.

– Meu nome é Mia Corvere – ela disse, ainda sem piscar. – Lâmina da Igreja Vermelha. Campeã do *venatus magni*. Escolhida da Mãe Sombria e Rainha dos Mandriões. *Nunca mais* me chame de garota.

Sigursson recostou-se na cadeira, fazendo-a estalar. Então correu os olhos pelos homens da *wulfguard* e esfregou o queixo.

– Você já fez parte da tripulação de um navio?

– Não.

– Já atacou alguma embarcação como pirata?

– Afundei um navio de guerra luminatii chamado *Fiel* umas semanas atrás. Mas, tecnicamente, foram eles que atacaram primeiro, então não sei se conta.

Sigursson olhou para Corleone, que confirmou com a cabeça.

– Você sabe fazer uma volta fiel ou um lais de guia? – perguntou o homem. – Sabe a diferença entre navegar à bolina e navegar ao largo, entre a mezena e o mastro principal? Sabe usar um sextante, ajustar as velas ou ler uma carta náutica?

– Não – admitiu Mia.

– Você não é maruja porra nenhuma, é?

– Não. – O sangue seco nos lábios dela rachou com seu sorriso. – Mas *sou* rainha.

– Por enquanto.

Tric se inclinou para a frente, apoiou as mãos largas e escuras no tampo da mesa, e fulminou o imediato com um olhar. As sombras se esticaram e tremeram, e um rosnado longo e grave subiu das tábuas do assoalho.

– *...CUIDADO COM AS AMEAÇAS, WULFGUARD, VOCÊ ESTÁ LIDANDO COM LOBOS DE VERDADE AGORA...*

Mia voltou a recostar-se na cadeira, correu os dedos pelo colo nu e desceu-os pelo peito incrustado de sangue.

– Tenho uma proposta para você, Ulfr Sigursson.

– Não vejo a hora de ouvir – ele respondeu.

– Preciso atravessar o Mar dos Lamentos. E uma tempestade se aproxima.

Sigursson balançou a cabeça.

– Essa chuvinha vai passar em...

– Uma tempestade se aproxima – insistiu Mia. – Por isso preciso do maior navio. O mais forte. O navio com mais chances de sobreviver à tempestade que vai despencar assim que eu entrar nessa porra de mar. E o *Espectro Sombrio* dá conta, não dá?

Sigursson acenou com a cabeça, devagar.

– É o navio mais poderoso dos Quatro Mares. Não foi construído, mas cuspido do buraco maldito da Mãe Sombria[29].

---

29 A natureza maldita dos... atributos femininos de Niah... é objeto de certo

– E vai ser meu presente a você – disse Mia.

Sigursson franziu a testa, interessado.

– Me leve para o outro lado do Mar dos Lamentos e o *Espectro Sombrio* é seu. O Trono dos Mandriões é seu. – Ela mexeu na gola do sobretudo. – Dou até esse lindo casaco de couro, se você quiser. Ou você tenta me matar, Ulfr Sigursson, e eu te mostro como é ser parido por Niah de verdade.

O homem olhou para o defunto ao lado dela. Eclipse agora rondava por trás do imediato. A sombra de Mia esticava-se na direção dele, o cabelo revolto como que por uma brisa, a mão estendida para ele, acariciando sua bochecha e o fazendo estremecer.

Ele engoliu em seco.

– Você é amaldiçoada?

– Sou filha da escuridão entre as estrelas – ela respondeu. – Sou o pensamento que faz os desgraçados deste mundo acordarem suando à quasinoite. Sou a vingança de cada órfã, de cada mãe assassinada, de cada filho bastardo. – Mia inclinou-se para a frente e olhou o homem nos olhos. – Sou a guerra que você é incapaz de vencer.

Ela empurrou a cadeira para trás e se levantou devagar. Satisfeita por ter encontrado um meio-termo com ele, deu a volta na mesa, deixando a ponta da espada de ossário roçar o chão e abrir um sulco no piso de madeira. O sobretudo enorme arrastava-se no chão como a cauda do vestido de uma noiva ímpia. Parando à metade da mesa, ela estendeu a mão manchada de sangue.

– Você me dá a praia de Ysiir, eu te dou um trono – ela disse. – Ou pode me desafiar e descobrir exatamente o que deixa os outros tão amedrontados.

---

debate entre os teólogos. Entre a gente comum, porém, a perversidade da imortal genitália de Niah é tida como certa, de modo que os xingamentos com ela são tolerados e mesmo incentivados calorosamente pelos ministros da igreja de Aa.

Ulfr Sigursson olhou uma vez mais para a *wulfguard*. Os olhos de Mia jamais vacilaram. Por fim, devagar, o vaaniano grandalhão levantou-se num ruído de couro e circulou a mesa com passos fortes. E parou diante dela. Eclipse surgiu entre os dois e começou a rosnar baixo. A luz piscou e o vento sussurrou e as sombras gargalharam.

Mia apenas encarava.

Sou a guerra que você é incapaz de vencer.

Ulfr Sigursson apoiou um joelho no chão e apertou os lábios contra as costas ensanguentadas da mão dela.

– Majestade – ele disse.

— Não vou abandonar você – disse Ashlinn.

– Vai – respondeu Mia. – Vai, sim.

O vento do Mar dos Lamentos soprava para o litoral, frio como o medo nas entranhas de Ashlinn Järnheim. Ao redor dela, a tripulação do *Donzela de Sangue* carregava suas coisas pela prancha para dentro do navio atracado. Os outros estavam juntos ao pé da rampa, todos menos Carniceiro e Jonnen, que aproveitavam o tempo livre para treinar com um par de espadas de madeira que o ex-gladiatii tinha feito com as próprias mãos. Eclipse pulava de um lado para outro entre eles, com latidos de apoio ao garoto.

– Mia – ela reclamou –, sem chance.

– Ashlinn, não faz sentido vocês todos embarcarem comigo – rebateu Mia. – As deusas ainda querem o meu sangue. Podemos ir separadas até Última Esperança, encontramos Naev lá, e partimos juntos para a Montanha Silenciosa. Trelene e Nalipse não estão interessadas em nenhum de vocês. Querem a mim. – Ela lançou um olhar para Corleone. – Não é, Cal?

– Mal tivemos ondas na viagem até aqui – confirmou o pirata. – Azul acima e abaixo.

– Aliás, obrigada por aparecer afinal – disse Mia. – Você foi vender aquele sal arquêmico no porão do *Donzela* ou parou pra aproveitar a vista pelo caminho?

O homem coçou o cocuruto, um pouco envergonhado.

– Tivemos um probleminha com...

– Vaginas – completou Joãozão. – Muitas, na verdade.

– Ótimo – sorriu Mia. – Battista? Bertrando?

Corleone apenas sorriu, mas Ashlinn sentiu o peito encher-se de raiva.

– Mia, pare de enrolar – ela disse, puxando-a pelo braço. – Estou falando sério.

– Eu também – respondeu Mia. – As Senhoras querem *me* matar. Vão poupar energias para o *Espectro*. Por isso, vocês partem agora no *Donzela* e nós vamos esperar seis viragens e ir atrás. Quando chegarmos, você já vai ter bronzeado essas tetas lindas nas praias de Última Esperança.

– *Se* você chegar.

– A chance é maior com Sigursson e a tripulação dele. O *Espectro* tem quase duas vezes o tamanho do *Donzela*. É feito pra aguentar o pior que o mar tem a oferecer. Mas não posso levar Jonnen para a tempestade comigo, e preciso de alguém pra cuidar dele enquanto eu estiver ausente. Quem vai fazer isso? Carniceiro? Que a Mãe o guarde, mas ele não é o melhor dos modelos.

Ashlinn olhou para o ex-gladiatii, que tinha feito uma pausa no treino com Jonnen para enfiar a mão dentro da calça, ajustar o saco e soltar um arroto mais alto que um trovão.

– Muito bem, menino, vamos subir essa guarda...

Ash balançou a cabeça e tentou argumentar mais uma vez.

– Mas e aí, você pretende atravessar o Mar dos Lamentos num navio lotado de piratas sanguinários? Viu quem era Valdyr. Só a Deusa sabe que tipo de desgraçados ele aceitava na tripulação.

– Acho que faço uma ideia – suspirou Mia.

– Você não vai resgatar Mercurio se esses babacas cortarem sua garganta e jogarem o cadáver para os dragões. Não vou te deixar sozinha com gente assim.

– Não vou estar sozinha. Tric vai comigo. Ele não dorme, não come, não se afoga. Que guarda-costas melhor eu posso ter durante uma tempestade no mar?

Se as palavras tinham a intenção de consolar, acabaram realizando o efeito oposto. Os olhos de Ashlinn saltaram para o defunto que, como sempre, estava parado perto o bastante para escutar. Tinha arranjado uma camisa para repor a que os piratas rasgaram, e usava sua calça de couro e suas botas pesadas. Parecia uma estátua, com as espadas de ossário cruzadas nas costas, observando o tempo todo as pessoas ao redor. Lindo como um assassinato perfeito. Mas, quando Ash olhou para ele, seus olhos pretos como tinta faiscaram. Infinitos. Indecifráveis.

– Mia... – suplicou Ashlinn. – Não confio em Tric.

– Mas eu confio em *você* – retrucou Mia. – Jonnen é a única família que me resta com que me importo. E estou pedindo pra você cuidar dele. Isso quer dizer alguma coisa, não?

Ashlinn a olhou nos olhos, já à beira das lágrimas. Podia sentir suas paredes desmoronarem, o ferro e o fogo que ela mostrava para o mundo desfazendo-se ante a perspectiva de abandonar a garota que amava. A separação era uma pedra em seu peito. Uma facada. Ela jogou os braços em volta de Mia e enterrou o rosto no cabelo dela. Beijou seus lábios, suas bochechas, seu nariz, em seguida encostou a testa na dela.

– Prometa que vai me encontrar lá – sussurrou Ash. – Prometa que vai voltar para mim.

– Promessa é coisa de poeta.

– É *sério*. Não aceito perder você.

– Você sabe o que dizem – sorriu Mia. – É melhor amar e perder que...

– Quem disse isso nunca amou alguém como eu te amo.

Com essas palavras, Mia a olhou nos olhos. Deusa, como ela era linda. Ali, contra os amargos ventos da despedida, suspirando tão baixo que o coração de Ash doía.

– Andei pensando – disse Mia. – Aquela casa nos Três Lagos que você comentou. Flores na janela e fogo na lareira.

Ash fungou.

– E uma cama grande de penas.

– Andei pensando e... – Mia levantou os olhos para os céus cinzas como o chumbo. – Talvez.

Ash apertou a mão dela, sentindo um frio na barriga e um pequeno e frágil sorriso curvando os lábios. Era mais do que ela tinha se permitido esperar. Só de imaginar tudo o que poderiam se tornar, de sonhar com tudo o que poderiam vir a ter...

– Talvez?

Mia olhou para ela e assentiu com a cabeça. Uma mecha comprida de cabelo preto como um corvo estava caída sobre o rosto, e seus olhos eram escuros e profundos como o Abismo.

– Cuide dele por mim.

Ash engoliu em seco e esfregou os olhos para conter as lágrimas.

Ela precisa que eu seja forte agora.

– Cuido. Prometo.

Respirando fundo e endurecendo os nervos, Ash acompanhou os outros até a rampa. O *Donzela* balançava suavemente no porto. Um a um, eles subiram e se enfileiraram na amurada do navio, de onde podiam ver Mia e Tric. Ash e Jonnen estavam de mãos dadas e esperaram até o último momento para embarcar. O menino levantou os olhos para a irmã mais velha e apertou os lábios, com os olhos marejados.

– Lembre-se de ter modos – recomendou Mia. – Não seja um pestinha.

– Lembre-se do que o pai disse – ele respondeu. – Não morra.

Mia sorriu.

– Belo conselho, irmãozinho.

Ashlinn observou o garoto morder os lábios e baixar a cabeça. Por fim, ele abraçou a irmã rapidamente, apertando o rosto contra a roupa de couro dela. O coração dela derreteu-se ao ver o menino abrir-se e o abismo entre os dois ir se fechando devagar. Por um instante, quis agarrá-lo e esmagá-lo com a irmã num abraço, como na quasinoite em que dormiram juntos por causa da tempestade. A ideia do que poderiam vir a ser depois que tudo aquilo acabasse voltou-lhe mais uma vez à cabeça. Todos juntos. Uma família de verdade.

Mas o fim veio tão rápido quanto o começo. Antes mesmo de Mia ter uma chance de retribuir o abraço, Jonnen já a tinha soltado e puxava Ashlinn para o navio.

Num último beijo – rápido, desesperado e amargo –, Ash chupou o lábio inferior de Mia. Então Jonnen a arrastou rampa acima, sem nada mais a dizer. Ash juntou-se aos outros na amurada e Mia soprou-lhe um beijo e correu os olhos pelos amigos que se despediam.

– Cuide deles para mim, Sid! – gritou a garota.

O itreyano grandalhão fez que sim e bateu o punho fechado contra o peito.

– Não tema.

– E nunca esqueça.

Eles zarparam pelo mar azul, com as velas rangendo e Joãozão xingando como se cantasse uma velha música favorita. Ashlinn permaneceu na amurada. O vento secava suas lágrimas, enquanto seus olhos viam a garota no cais ficar menor e menor… Mia levantou a mão e Ashlinn acenou. Jonnen estendeu os braços. Ashlinn o levantou, segurando firme, para que ele pudesse ver melhor.

– Não tema, criança – ela disse. – Tudo vai ficar bem.

O menino suspirou e balançou a cabeça devagar.

– Não, não vai.

— Sangue e abismo, que esforçados, não?

Mercurio estava no mezanino do grande Ateneu com a língua nublada pela fumaça da cigarrilha.

A Mão não respondeu.

Parecia ser uma garota de vinte e um anos, talvez vinte e dois – de algumas levas antes de Mia, em todo caso. Vestia-se como todos os outros: trajes pretos da cabeça aos pés, silenciosa como um túmulo. Depois de descobrir e examinar os primeiros dois volumes das Crônicas da Quasinoite, a Senhora das Lâminas ordenou que as Mãos que acompanhavam Mercurio deixassem de lado toda sutileza. Agora, três ficavam atrás dele o tempo todo: a moça, sempre a poucos metros de distância; uma itreyana mais velha, talvez na casa dos trinta, e um dweymeri, alto e calado, que costumava ficar mais longe.

Nunca falavam. Nunca respondiam às perguntas que Mercurio lhes fazia. Simplesmente o seguiam como sombras sem voz nem alma. O ancião não ouviu mais nada de Marius e Marielle desde que Drusilla encontrara os livros; obviamente, os irmãos concluíram que a discrição era a melhor forma de coragem quando a Senhora das Lâminas estava no campo de batalha.

Mercurio e Aelius estavam, mais uma vez, por sua conta.

O que quer dizer que Mia também está…

– Faz quanto tempo que estão fazendo isso? – perguntou Mercurio.

Aelius gritou do escritório.

– Quase três semanas.

– Quantos mortos?

– Só dois – respondeu o cronista, saindo para o mezanino com os dedos enganchados nos bolsos do colete. – Não sei bem o que aconteceu, para ser sincero. Os infelizes simplesmente sumiram. Acho que foram levados por um verme, embora também ache que ninguém seria burro a ponto de estragar alguma página aqui.

Mercurio cutucou a Mão ao lado dele com seu cotovelo ossudo.

– Aposto que está feliz de Drusilla ter posto você para me pajear em vez de ficar se fodendo lá embaixo no escuro, hein?

A Mão não respondeu.

Mercurio soltou um suspiro de fumaça e viu Aelius enfiar os dedos manchados de tinta por trás da orelha para sacar outra cigarrilha, que acendeu com uma pederneira lustrosa. Os olhos úmidos do cronista estavam fixos na floresta de estantes e livros, seguindo os pequenos fachos de brilho arquêmico que se moviam pela penumbra com as silhuetas das Mãos que os erguiam.

A busca era metódica. Eles marcavam cada corredor examinado com giz vermelho e espalhavam-se cada vez mais. Contudo, as estantes da biblioteca morta não estavam dispostas em fileiras retas; formavam um labirinto retorcido, mais complexo e sem sentido do que o mais cruel labirinto de jardim. Se no começo mantinham-se bem próximas, as Mãos que Drusilla encarregara da tarefa de encontrar a terceira crônica já tinham se dispersado, e suas luzes piscavam esparsas na penumbra silenciosa e infinita. Só a Mãe sabia o quanto tinham avançado nas últimas três semanas, mas a verdade é que o giz vermelho já estava em falta nessas viragens.

– Que merda de trabalho – resmungou Mercurio.

– Perda de tempo – suspirou Aelius. – Nada aqui é encontrado se não *quiser*. E que abismo ia fazer a Mãe querer…

A voz do cronista vacilou. Uma série de rugas formaram-se acima de suas sobrancelhas alvas e deliberadamente rebeldes. Mercurio seguiu o olhar de Aelius até a biblioteca e viu um ponto de luz arquêmica pular loucamente, como se a pessoa que o carregasse estivesse correndo.

– O que seria isso? – especulou.

Em questão de minutos, uma Mão surgiu no campo de visão dos dois, com o capuz caído para trás e as bochechas avermelhadas por causa do pique. Era um homem, que contornou as estantes e disparou rampa acima até o mezanino a toda velocidade. Mercurio viu que tinha um livro na mão. Encadernação em couro preto. Páginas com bordas pretas e manchas brancas, como estrelas no céu da veratreva.

– Sangue e abismo – balbuciou Aelius.

– Você não acha que...?

A Mão cruzou as portas do Ateneu sem parar, mas Mercurio conseguiu ver de relance a figura gravada na capa de couro preto.

Um gato.

O velho trocou olhares com Aelius, olhos azuis cravados em leitosos.

A terceira crônica.

– Merda.

O velho voltou-se para a Mão ao seu lado e bateu a ponta da bengala no chão.

– Melhor irmos embora, não?

A Mão não respondeu.

Mercurio retirou-se da biblioteca. Aelius o observou sair, detendo-se um pouco diante do limiar que jamais cruzaria. Os passos do velho eram rápidos e o pulso latejava nas veias. Ele seguiu a Mão que corria pelas escadas espiraladas, por sua vez seguido por uma, duas, três outras Mãos. Mercurio apressava-se na escuridão cantante. O coral fantasmagórico parecia mais baixo, mas talvez essa impressão fosse causada pelas batidas do seu coração, que pulsavam aos ouvidos e empurravam suas costelas. Logo perdeu o fôlego e amaldiçoou as incontáveis cigarrilhas que fumara na vida, perguntando-se por que não poderia ter arranjado uma forma menos debilitante de caçoar da sociedade, da decência e da mortalidade em geral.

Ainda assim, continuou, com os joelhos gemendo, o braço esquerdo doendo (cada vez mais ultimamente) e o suor brotando na pele já vermelha. Perdeu a Mão com o livro de vista, mas sabia bem aonde o sujeito iria. A luz filtrada pelos vitrais jorrava escada abaixo, e Mercurio arfava quando entrou no Salão dos Elogios. Tocou primeiro a testa, depois os olhos, depois os lábios ao passar trôpego diante da imponente estátua da Mãe.

Espero que você saiba o que está fazendo...

A jovem moça que era uma das Mãos de Drusilla acabou ficando com pena de Mercurio quando a situação dele piorou: os joelhos do velho pediam misericórdia e os pulmões ardiam de um fogo sombrio dentro do peito frágil. A garota passou o braço pela cintura dele para lhe dar um pouco de apoio durante a subida. Ele continuou e continuou, os lábios secos, a respiração quente, o coração em chamas. Não havia tantas escadas assim quando ele era jovem, com certeza. O ar não era tão carregado. Mas por fim ele chegou, resfolegando e caído, na porta dos aposentos de Reverendo Pai.

– Caralho, tenho que parar de fumar – arfou.

Ele entrou sem bater e deu com Solis sentado à sua mesa e a Mão exausta que tinha feito a descoberta diante dele. Mataranhas estava de pé ao lado do Reverendo Pai, vestida toda de verde-esmeralda e ouro reluzente. A severa Shahiid de Verdades estava debruçada no livro aberto e lia em voz alta:

O sangue penava para se manter junto, cada vez mais diluído pela chuva. Mas, antes de perder-se por completo e escorrer junto com os restos de Shiu, conseguiu dispor-se em formas simples. Quatro letras que formavam um nome.

Mataranhas se endireitou e cravou um dedo envenenado na página.

NAEV.

Solis voltou os olhos cegos para a Mão diante dele.

– Fale para Marius avisar a Senhora das Lâminas imediatamente.

A Mão curvou-se.

– Avisar o quê, Reverendo Pai? – perguntou o rapaz, curvando-se baixo.

O sorriso largo de Solis iluminou seus olhos leitosos.

– Que a pegamos.

O chá estava um pouco quente demais.

Drusilla estava sentada numa cadeira de balanço num jardim verdejante, inalando o perfume das flores. As campânulas-solares desabrochavam, e a lavanda e a veleira também exibiam seus vestidos. A luz de dois sóis brilhava contra as paredes do palazzo, esquentando seus ossos e banindo o frio remanescente da Montanha Silenciosa. Cyprian e Magnus brincavam ali perto, e o riso de ambos era música para os ouvidos dela.

Mas o chá estava um pouco quente demais.

Ela estalou os dedos. Uma escrava liisia alta com uma impecável toga branca deu um passo à frente para botar uma dose de leite de cabra na xícara. A anciã provou – muito melhor – e a mandou de volta para a sombra com um olhar mudo. Drusilla recostou-se na cadeira, fechou os olhos azuis-claros e deu um suspiro leve e satisfeito.

Então ouviu um grito, seguido por um choro angustiado.

– Cyprian, trate bem seu irmão! – ela avisou. – Ou nada de doce depois da ceia.

– Sim, vó – foi a resposta contida.

– Mãe?

Drusilla abriu os olhos e viu Julia diante de si em trajes de seda vermelha. Um joalheiro dweymeri estava atrás da filha com um mostruário aveludado repleto de itens caros. Julia ergueu um cordão rebuscado e coberto de rubis até o pescoço e depois o trocou por uma gargantilha de ouro mais discreta com uma única joia, maior.

– O primeiro? Ou o segundo? – perguntou Julia.

– Ocasião?

– O Baile do Imperador, claro.

– Querida, ainda faltam semanas para a veratreva…

– Não existe excesso de preparação, mãe – respondeu a filha em tom empertigado. – Se Valerius quer um assento pelo bairro liisio, temos que impressionar.

– Não consigo imaginar que as chances do seu marido no Senado seriam prejudicadas por sua escolha de joias, querida. O imperador me disse que o assento está garantido.

Julia suspirou e examinou mais uma vez cada colar.

– Talvez eu fique com os dois.

– Ouviu alguma coisa do seu irmão? Ele vem para a virada?

– Ele vem para cá, sim. Com aquela medonha Cicerii. – Julia torceu os lábios de desgosto. – Receio que ele vá anunciar seu noivado em breve.

– Ótimo – aprovou Drusilla. – Ele já está na idade de cuidar de seu futuro. A família é a coisa mais importante do mundo, querida. Se o seu pai e eu ensinamos uma coisa para vocês, é essa.

Julia correu os olhos pelos jardins palacianos e suspirou de leve.

– Sinto saudades dele.

– Eu também. Mas a vida é para os vivos, amor.

Julia sorriu, abaixou-se e deu um beijo na testa de Drusilla antes de voltar para o palazzo. As catedrais de Godsgrave começaram a repicar as cinco campanadas, e o doce som dos sinos ecoava pelo bairro medular. A anciã levantou o olhar para a terceira Costela, pensando se deveria comprar um apartamento ali para o filho como presente de casamento. Foi então que o frasco prateado em seu pescoço começou a tremer.

Ela levou a mão até ele, na esperança de estar enganada, rezando por mais umas horas de paz... mas não. O frasco tremeu de novo sob sua mão. A anciã suspirou e pôs a xícara de chá de lado. Tirou o frasco do pescoço, quebrou o lacre de cera preta e derrubou seu conteúdo sobre a mesinha ao lado da cadeira de balanço. O sangue empoçou-se, grosso e vermelho sobre madeira lustrada.

E, por conta própria, começou a separar-se em formas.

Letras.

Drusilla uniu as letras em palavras. E depois as palavras numa carta. Seu velho e gasto pulso acelerou de leve.

Cyprian correu até ela sem fôlego, os olhos acesos com um sorriso.

– Venha brincar com a gente, vovó.

– Outra viragem, meu lindo – ela suspirou.

A Senhora das Lâminas levantou-se devagar e inclinou-se para beijar a testa do neto.

– A vovó precisa trabalhar.

Capítulo 27

Alimento

Ser rainha dos piratas não era bem o emprego que Mia tinha imaginado.

Talvez tivesse lido muitos contos espalhafatosos de meio cobre no seu quartinho sobre a loja de Mercurio, mas nos trinta ou quarenta segundos que usara para pensar a respeito do posto antes de matar Valdyr, ela imaginou que a rainha pirata... bom, pirateava. Que haveria capas e espadas e donzelas rechonchudas, dependurando-se de lustres com uma faca entre os dentes. Mas já na segunda viragem do seu reinado, Mia Corvere chegou a uma conclusão frustrante.

– Estou morta de tédio – ela suspirou.

– Eu avisei – disse Ulfr Sigursson. – Valdyr já estava meio louco por causa disso.

– Valdyr usava um sobretudo de rostos humanos, Ulfr – disse Mia com as botas sobre a mesa. – Acho que *meio* é um pouco generoso.

– Por falar nisso – disse o imediato, olhando-a de alto a baixo –, quer que eu encontre roupas que sirvam melhor em você?

Mia olhou seu reflexo na janela. Tinha lavado o sangue de Valdyr da pele e do cabelo, mas ainda usava o sobretudo do ex-monarca, que pendia de seu corpo esguio como uma mortalha. Usava uma calça de couro que se agarrava às pernas e ao quadril, botas de pele de lobo nos pés e a espada de ossário na cintura, à mão. Ela tinha tomado banho e penteado o cabelo preto e comprido, repicando a franja para deixá-la parecida com os dentes de uma faca afiada. Os círculos gêmeos da escravidão na bochecha vermelha e a cicatriz horrenda na esquerda emprestavam uma crueldade sombria ao rosto pálido. O olhar era escuro como o carvão, duro como ferro. Não aparentava ser uma rainha que muitos fossem amar.

Mas também não aparentava ser uma rainha que fosse causar temor nos outros.

– Não, estou bem assim – ela respondeu a Ulfr. – Deixa a maioria das pessoas nervosas.

– Quer uma camisa para usar por baixo, pelo menos? – perguntou o homem. – Às vezes, quando você se mexe, os seus...

– Não – ela respondeu antes de acender uma cigarrilha. – As minhas tetas também deixam as pessoas ansiosas.

– Como quiser – disse o imediato, fungando. – Confesso que eu mesmo nunca as achei muito atraentes.

Eles estavam no último andar de uma alta torre de calcário na fortaleza dos piratas. Janelas de vidro colorido davam para o Mar dos Lamentos, e uma lareira grande e chamuscada queimava com lenha de carvalho-roxo e preenchia a sala com um calor perfumado. O chão estava coberto de peles de lobo; as paredes, com mapas dos mares próximos; a escrivaninha comprida de carvalho, com pergaminhos, rolos e cartas. Como ia abdicar do cargo dali a um punhado de dias, Mia não se deu ao trabalho de inteirar-se de nada daquilo. Contudo, aparentemente, o trabalho do antigo rei tinha mais a ver com papelada do que ela esperava.

Ela olhou para o seu imediato, todo de preto e com sua pele de lobo. A expressão dele estava entre a cautela e o cavalheirismo.

– Como estão meus súditos fiéis? – ela perguntou, soltando fumaça.

– Bom, *Obelisco* e *Canela* estão tramando uma rebelião contra você – suspirou Ulfr. – Só que Marcella e Quintus se odeiam feito veneno, por isso acho que a coalisão não vai durar muito. *Golias, Imperium* e *Coveiro* falaram contra você no Salão dos Mandriões hoje mais cedo, mas são peixes pequenos. Os navios com mais tripulação estão esperando para ver o que você faz. Valdyr os fazia cagar as calças. Por isso, ser a vadia que arrancou a cabeça dele dá a você um pouco de... solenidade.

– E a *wulfguard*? – perguntou Mia, tragando a cigarrilha. – Como vai a minha tripulação?

– Por enquanto, me seguem. E eu sigo você. Embora esteja certo de que você saiba disso tanto quanto eu. – Sigursson cofiou uma trança da barba loira e comprida. – Ou acha que eu não notei?

Mia arqueou a sobrancelha.

– Notou?

– Minha sombra, majestade – disse o homem, olhando para os próprios pés. – Parece mais preta ultimamente. Já ouvi todo tipo de histórias sobre sombrios durante as minhas viagens. Fico feliz por ver que nem todas eram mentira.

Mia recostou-se na cadeira e sorriu.

– Ele é esperto, Eclipse.

– ...*É*... – veio a resposta da sombra do homem. – ...*GOSTO DISSO NELE*...

– Eu também. – Ela olhou o belo vaaniano de alto a baixo. – *Gosto* de você, Ulfr.

– Queria poder dizer o mesmo, majestade – ele respondeu com uma careta.

– Bom, só precisa me tolerar por mais umas viragens e depois se livra de mim de uma vez por todas. – Mia alargou o sorriso e soprou fumaça no ar entre os dois. – Mas, caso pense em se livrar de mim antes, posso confirmar mais alguns mitos sobre os sombrios para você.

Para demonstrar, ela

passou

até

a janela

para observar as ondas na praia quebrarem contra as rochas, enquanto as gaivotas voavam em círculos no céu cinzento. Então, levou a cigarrilha aos lábios, tragou fundo e deixou as sombras da sala animarem-se, agitarem-se e aproximarem-se dela, delicadas como um velho amante.

– Você pode ir – ela disse, sem olhar para o imediato. – Peço para Eclipse avisar se eu precisar de você. Se achar que vai ajudar, informe aos capitães do *Obelisco* e do *Canela* que você pretende me assassinar no mar. Se não bastar, posso pensar em outra maneira de calar a boca deles. Só que será uma maneira mais permanente.

Sigursson se virou na direção dela, os olhos verdes cintilando.

– Sim, sim, majestade.

– Azul acima e abaixo, Ulfr.

O saqueador fez uma leve mesura e se retirou. Eclipse o seguiu sem um ruído. Mia permaneceu à janela, com a testa apoiada no vidro, olhando para o mar. Pensou nos lábios de Ashlinn. Nos olhos de Jonnen. Na carranca de Mercurio. Sentiu um buraco em forma de gato no peito como se fosse uma ferida aberta.

Onde será que ele está?

Será que está bem?

Deusa, que saudade dele.

– Que frio – ela suspirou.

– VOCÊ SEMPRE PODE VESTIR UMA CAMISA – disse Tric.

Ela virou-se com um sorriso para o dweymeri pálido que estava calmamente diante do fogo.

– Acabaria com a minha estética de Vadia Assassina. – Ela estremeceu ao ajustar o casaco no corpo. – Mas, sim, talvez eu vista. Este couro velho parece uma lixa nos meus melões.

Com os lábios curvados num sorriso, o garoto olhou para a porta por onde Sigursson saíra.

– Confia nele?

– Não tanto quanto gostaria. Mas Eclipse está de olho nele. E ele parece conseguir manter a *wulfguard* no cabresto. Só precisa aguentar por mais um punhado de viragens para ganhar um navio e um trono de graça. Acho que podemos contar com a ganância dele para atravessar o mar. E se não for por ganância, pode ser por medo.

– Você *é mesmo* medonha algumas vezes, Moça Branca – disse Tric, evocando a velha brincadeira. – Outras, é simplesmente aterrorizante. – O sorriso no rosto dele se desfez. – Desculpe. Sei que não gosta quando chamo você assim.

Ela deu as costas para a janela e olhou para ele. Apoiou-se contra a parede sobre as mãos unidas atrás das costas.

– Eu *gosto* – ela confessou em voz baixa. – É por isso que me magoa.

Ele permaneceu calado. Apenas a observava, com uma beleza nova, escura, realçada pelo brilho cálido do fogo. Ainda era pálido, com a pele lisa e dura, mas, a poucas semanas da veratreva, não parecia mais uma estátua de alabastro. Mia teve a impressão de que havia uma pulsação no pescoço dele, debaixo da curva do queixo, perto das linhas firmes da garganta, descendo pela ponta de músculo que se insinuava na gola da camisa.

Ela desviou o olhar. Chupou os lábios.

– Andei pensando.

– Lá vem.

Ela riu com ele e jogou uma mecha de cabelo para trás da orelha.

– Quando chegarmos à Montanha, a nossa prioridade vai ser, claro, resgatar Mercurio. Mas as Lâminas que nos atacaram naquela torre não são as últimas que a Igreja pode lançar. Elas vão continuar vindo até cortarmos fora a cabeça da serpente.

Tric desviou os olhos do fogo e a encarou.

– DRUSILLA.

– Sim – confirmou Mia. – E o Ministério também.

– MATE O PASTOR E AS OVELHAS SE DISPERSARÃO.

– Não – ela corrigiu. – Mate o pastor e as ovelhas seguirão *você*.

Tric apertou os olhos.

– E O SENTIDO DISSO?

– O sentido é que andei pensando desde que botei esta porra de sobretudo horrível. O povo segue quem lidera com determinação. Tem a ver com uma coisa que meu pai disse. "Para conquistar o verdadeiro poder você só precisa ter a determinação para fazer o que os outros não fazem." – Ela deu uma longa tragada na cigarrilha e soltou uma nuvem cinza no ar. – Por isso – concluiu –, não vou só matar a Senhora das Lâminas. Vou *ser* a Senhora das Lâminas.

– SEU DESTINO É MAIOR DO QUE ISSO, MIA.

– É o que você diz. Mas vai ser difícil cumprir esse destino se algum babaca cortar meu pescoço enquanto durmo. Se eu matar Drusilla e o Ministério, nenhuma Lâmina viva teria coragem de me desafiar. E a Igreja não vai me caçar se eu for a pessoa que decide quem ela caça. É como Ashlinn disse: "Quem não luta pelo que tem, fica sem nada". Por isso eu vou lutar.

– ASHLINN.

O nome saiu da boca dele como uma faca, cortando o ar para cair de ponta no trecho de assoalho entre ambos.

– Você vai ter que se acostumar com a presença dela, Tric.

– NÃO POSSO DEIXAR DE NOTAR QUE VOCÊ A MANDOU EMBORA. E EU AINDA ESTOU AQUI.

– Não se iluda. Ela e eu estamos juntas agora.

Ele abriu os braços como que mostrando a sala.

– NÃO ESTÃO, NÃO.

– Você sabe o que eu quero dizer.

– NÃO – ele disse. – NÃO SEI. VOCÊ NÃO ME RESPONDEU QUANDO PERGUNTEI SE A AMAVA.

– Porque não é da sua conta.

Ela viu uma faísca de raiva arder terrivelmente naqueles olhos sem fundo dele. Os músculos do pescoço se retesaram; as mãos escuras que já haviam explorado o corpo dela cerraram-se. Ela podia sentir a força e a rapidez cruéis que a Mãe tinha dado a ele e que impregnavam cada linha de seu corpo. Mas ele olhou para ela e, devagar, a raiva começou a ceder e a tensão a se desfazer. Ele engoliu em seco e voltou-se para o fogo. Com as duas mãos apoiadas na lareira e o rosto emoldurado pelos nós de sal, ele apenas encarava as chamas de cabeça baixa.

– COMO PODE DIZER ISSO?

Ela o observou olhando o fogo, ao som dos estalos da madeira, do canto do mar lá fora e das batidas do próprio coração que doía contra as costelas.

– VOCÊ PENSA EM NÓS DE VEZ EM QUANDO, MIA? – ele perguntou.

– Claro que penso.

– QUERO DIZER *NÓS*. AQUELAS VEZES... JUNTOS.

A tensão faiscava entre os dois, fazia os lábios dela curvarem-se nos cantos. Ela sentia, vibrando nas pontas do dedo, pulsando sob sua pele. O desejo. Dela por ele. Dele por ela. Nada nem ninguém no meio.

– Penso – ela admitiu, o coração disparando.

– JÁ PENSOU ALGUMA VEZ NO QUE PODERIA TER SIDO?

– Não foi você que me disse para deixar o passado morrer?

– NÃO FOI VOCÊ QUE ME DISSE QUE ALGUMAS VEZES ELE NÃO MORRE?

– Foi – ela concordou. – Às vezes é preciso matar.

– COMO ELA ME MATOU.

Mia respirou fundo. Desencostou-se da janela e caminhou devagar sobre as peles de lobo espalhadas no chão. Quando chegou ao lado dele na lareira, pôs-se a vigiar as chamas que se inclinavam na direção dela como garras.

– ELA ME MATOU, MIA – disse Tric. – TOMOU TUDO O QUE EU ERA.

– Eu sei. E sinto muito.

– COMO VOCÊ PODE FICAR COM ELA DEPOIS DISSO?

Mia olhou para as chamas. Irritada, sentiu seu gênio inflamar-se: não gostava de ser questionada sobre as pessoas com quem ia para a cama e por quê. Eram escolhas suas. Pertenciam a *ela* mais do que quaisquer outras. Mas Tric também tinha ido para a cama com ela. Na verdade, fora a primeira pessoa com quem aquilo tivera algum significado. E, dadas as circunstâncias, Mia compreendia por que um pedido de explicações não lhe parecia absurdo. Pelo menos, ele tinha esperado até os dois ficarem a sós.

– Ash se parece comigo – Mia declarou. – Quando quer alguma coisa, pega. Não dá satisfações a ninguém. É forte, é corajosa e é bonita para caralho. E num mundo assim, isso é raro demais. – Mia passou a mão no cabelo e suspirou. – Percebo o egoísmo nisso, ir para a cama comigo mesma. Mas também é mais do que isso. Ash me enfrenta. Ela me empurra para a frente. Ela pega o mundo pela garganta e aperta. Mas quando estamos sozinhas, me lembra de tudo que há de bom. É delicada, é doce, é tudo que não sou. – Ela enfiou a cigarrilha na boca e soltou um suspiro. – Na primeira vez que nós… uma com a outra… Ash e eu estávamos no fio da navalha. Qualquer viragem podia ser a última. Eu pensei na minha vida, nos rumos que ela seguiu. Vi que nunca tinha tido qualquer controle, e quis alguma coisa só minha. Minha escolha. – Mia deu de ombros. – Então, escolhi Ash.

– MAS VOCÊ NÃO SE ARREPENDE? NEM MESMO AGORA?

– Não. – Ela balançou a cabeça. – Acho que *preciso* de alguém como ela. Estar com ela... me mostra que existe mais nisso tudo além do sangue. Porque eu *quero* que exista. Mas é tão difícil me lembrar de vez em quando. – Mia tragou fundo a cigarrilha, saboreando a fumaça quente no peito. – É como se eu estivesse dividida ao meio, sabe? As duas partes do todo. Uma metade é só... escuridão. Ódio. Ela odeia o mundo e tudo o que há nele. Só quer destruir tudo com um sorriso no rosto. Já a outra metade pensa que talvez exista alguma coisa pela qual valha a pena lutar. E alguma coisa pela qual valha a pena viver depois. – Ela olhou para as chamas. Pensou no fogo adiante e no que ela deixara para trás. – Minhas duas metades estão em guerra dentro de mim. E vou alimentar a que vencer.

Mia passou um longo tempo encarando a lareira. Observava as línguas de fogo consumirem tudo diante deles, deixando só cinzas. Perguntava-se se ela também era assim. Se, quando tudo terminasse, só sobraria isso.

Ela olhou para Tric. Ele olhava para ela.

– Vai ficar me olhando assim? – ela questionou. – Diga alguma coisa.

– DIZER O QUÊ? QUE COMPREENDO? QUE DESISTO? – O garoto balançou a cabeça e olhou nos olhos dela. – VOCÊ DIZ QUE QUEM NÃO LUTA PELO QUE TEM, FICA SEM NADA. POIS EU AFUNDEI AS MÃOS NA ESCURIDÃO ENTRE AS ESTRELAS POR VOCÊ, MIA. DEI AS COSTAS PARA A LUZ E O CALOR DO LUME PARA ESCALAR O ABISMO POR VOCÊ. NÃO FIZ ISSO PARA FICAR EDUCADAMENTE DE LADO E ASSISTIR À GAROTA QUE ME MATOU FICAR COM A GAROTA QUE EU AMO.

– Bom, você não tem muita escolha, tem?

– NÃO TENHO?

Ele se voltou para Mia e ela conseguia sentir seu desejo. Estava esculpido no contorno dos lábios. No calor do olhar. Lento como as eras, longo como os anos, Tric levantou a mão até o rosto dela. Ela ficou tensa, mas não se encolheu. Com os lábios apertados, sentiu o polegar dele descer pela cicatriz da sua bochecha. O calor da lareira o tinha tocado e enriquecido o novo ímpeto de vida da sua pele, de modo que sua carícia era cálida como a luz do fogo. Ela sentiu as entranhas formigarem, os lábios se abrirem, a respiração acelerar.

– Não... – ela avisou.

– POR QUE NÃO? – ele sussurrou.

– Porque eu estou falando que não.

– MAS NÃO SE AFASTA.

– Nunca trema, Tric.

– DIGA QUE NUNCA ME AMOU, MIA.

A mão dele escorregou pela bochecha dela, aproximando-se dos lábios e, embora Mia soubesse que devia fazê-lo parar, cada pedacinho de pele que ele tocava parecia incandescer.

– DIGA QUE NÃO ME AMA AINDA.

Ele se aproximou e pôs a outra mão no rosto dela. Assim, tão próximo, ela conseguia sentir o fogo dentro dele, aquela escuridão ardente em seu peito. E, por mais estranho que parecesse, por mais errado que parecesse, ela se sentiu *atraída* por aquelas chamas ocultas. Feito um ímã. Como se elas a puxassem. Era o poder da deusa, da Mãe Sombria que dera à luz o fragmento de Deus dentro dela, vasto como os céus e profundo como o oceano, sombrio como o coração que agora batia no peito dela. Ela achava que os olhos de Tric fossem apenas uma escuridão vazia, mas de perto – perigosamente, maravilhosamente perto – era possível ver que estavam cheios de minúsculas faíscas de luz, como as estrelas de um céu noturno.

Lindos.

– EU NEGUEI A MORTE POR VOCÊ – ele suspirou, aproximando-se ainda mais. – E MORRERIA DE NOVO POR VOCÊ. MATARIA POR VOCÊ. ARRANCARIA AS ESTRELAS DO CÉU PARA FAZER UMA COROA PARA VOCÊ. VOCÊ É O MEU CORAÇÃO. MINHA RAINHA. FARIA QUALQUER COISA QUE ME PEDISSE,

Mia. – Ele segurou o colarinho do sobretudo dela e começou a tirá-lo, um centímetro de cada vez, dos ombros nus dela. – Peça para eu parar.

Ela não devia – Deusa, ela não *podia* deixar isso acontecer. A imagem de Ashlinn ardia em sua mente, mas dentro do peito, no meio das pernas, outra coisa ardia, um fogo sombrio. Mia não sabia se era por causa da afinidade noturna entre eles, da beleza sobrenatural que agora ele possuía, ou da simples vontade de ter de novo aquele amante que ela pensara ter perdido para sempre e que agora estava bem à sua frente como se esculpido pelas mãos da Noite em pessoa, mas ao olhar nos olhos dele, ao olhar o contorno dos seus lábios abertos, ela se deu conta de que o desejava.

Que a Deusa a ajudasse, mas desejava...

O casaco foi ao chão.

– Peça para eu parar – ele disse.

Mas ela não pediu. Não disse uma palavra sequer. E logo ele começou a beijá-la, e seus braços a envolveram e a apertaram contra si, e a única coisa que Mia podia fazer era lembrar-se de respirar. As mãos dela passaram a mover-se por conta própria, deslizando pela suavidade rija daqueles braços e daqueles ombros. Ele a levantou do chão e as pernas dela se fecharam ao redor da cintura dele. O beijo ficou mais intenso, profundo o bastante para se afogar. Calafrios começaram a descer por sua espinha à medida que a língua dele roçava a dela e o calor do fogo e da chama sombria dentro dele faziam seu corpo arrepiar-se. Os lábios de Tric eram macios como sempre, o corpo emanava o mesmo calor. A boca tinha gosto de fumaça e o cheiro dele era o perfume de folhas secas queimando. Ela suspirou quando os lábios dele se separaram dos dela e desceram por seu pescoço num rastro ardente de beijos.

Não posso fazer isso...

Os lábios dele baixaram mais e passearam pelo colo dela, como gelo e fogo ao mesmo tempo. A pele de Mia acendeu-se com aquela chama sombria dentro de seu peito, entre suas pernas, mais quente quando a boca dele chegou ao seu seio e o chupou, quando a língua dele brincou com seu bico túrgido. Ela jogou a cabeça para trás, suspirando, enroscou os dedos nas sombras tênues do cabelo dele para puxá-lo para si, para fazê-lo continuar, para sentir os dentes dele, sim, sim, a cabeça girando, o peito arfando, o corpo à flor da pele.

– Ah, Deusa...

Não posso deixar isso acontecer...

Ele afundou sobre as peles do chão, levando-a consigo sem esforço. As pernas de Mia ainda estavam envoltas nele; a lareira parecia mais luminosa ao seu lado. Logo ela estava em cima de Tric, seminua, a língua dentro da boca dele, as mãos dele na cintura dela. Deusa, ela queria chupá-lo. Transar com ele. Sentia o pulso dele sob suas mãos, esfregava-se contra aquela rijeza impossível que sentia entre as pernas dele, contornava com os dedos as ondulações dos músculos do peito e da barriga dele. Gemia como ele, mexendo o quadril, estremecendo com a sensação do corpo dele contra o seu, com a consciência de que não havia quase nada entre ambos. Volúpia por dentro. Desejo pela escuridão dentro dele. Uma fome como a veratreva, nascida num preto jamais tocado pela luz, tão vasto e vazio que ela se perguntava se ele seria capaz de preenchê-la. Mas Deusa...

Ah, doce e misericordiosa Deusa, ela queria que ele tentasse.

Ela estava se perdendo nele – no seu toque, no seu gosto, nas formas familiares refeitas pela Mãe da Noite. Estava reduzida a seu desejo por ele, ansiava por ele, queria esquecer e lembrar por um breve momento, queria apenas gozar e perder-se no gozo, com ele dentro dela.

Perder.

É melhor amar e perder que...

"Quem disse isso nunca amou alguém como eu te amo."

As palavras soaram em sua cabeça.

Ela lembrou-se da expressão da garota ao dizê-las.

Da garota *dela.*

Duas metades em guerra dentro de mim.

As mãos dele no corpo dela, os lábios dele na pele dela.

E vou alimentar a que vencer.

– Não – ela falou baixo.

Ele se sentou, os dedos correndo pelas costas dela, a boca nos seios dela, as mãos de tinta escura segurando seus quadris e a movendo...

– Tric, chega – ela disse baixo. – Temos que parar.

Ele levantou o olhar para ela, um olhar que brilhava de volúpia. A interrupção parecia rasgá-la ao meio. O desejo era real como uma dor física. Ardia feito fogo nas veias. A sala esquentava, esquentava.

– Mia...

De repente, Mia viu um lampejo na lareira ao lado deles e sentiu um calor escorchante e maligno. Boquiaberta, assistiu a uma labareda pular do fogo e atacar suas roupas e a pele sobre a qual estavam deitados. Rolou para trás com um palavrão enquanto o fogo se alastrava pelo tapete num piscar de olhos.

Era uma chama faminta, furiosa, mais intensa do que deveria ser. Corria sobre a pele de lobo na direção dela. Tric se levantou em um salto, virou o tapete e começou a pisar nele como se fosse uma cobra para abafar a chama. Mia correu para sua mesa e pegou uma garrafa d'água. Tric continuou a pisar e chutar, então jogou a pele na lareira, onde ela fechou-se sobre si e escureceu. Com outro palavrão, Mia jogou a água sobre o assoalho que ainda ardia. E, embora tenha se agitado, atacado e brigado, o último foco de fogo extinguiu-se.

A sala encheu-se de fumaça preta e de um súbito silêncio. O coração dela latejava no peito enquanto procurava queimaduras na pele e no cabelo. O medo a invadia, tomando o lugar da volúpia que lhe consumira com tanto ardor uns segundos antes...

– Você está bem? – perguntou Tric, olhando-a nos olhos, cheio de preocupação.

– Estou – ela disse, afastando-se. – Só chamuscada.

– MIA, EU...

Ela sentiu um frio repentino que a lembrou de que estava seminua. Uma claridade gélida e cristalina irrompeu em meio à torrente de desejo e ela se abaixou, pegou o sobretudo e vestiu-se. Fechou-o bem para proteger-se do frio. O coração saltava no peito. As pernas tremiam.

– Acho melhor você ir – ela disse.

– MIA, DIGA QUE NÃO ME AMA – ele pediu, dando com um passo na direção dela.

– Tric, não me faça...

– DIGA QUE NÃO ME QUER.

– Não posso! – ela esbravejou, afastando-se mais. – Porque *quero*! Mas no meio de tudo isso há alguns instantes de acerto e uma vida inteira de erros. – Mia balançou a cabeça, surpresa com as lágrimas em seus olhos. – *Desculpa*. Sinto muito pelas coisas terem acontecido desse jeito. Sinto muito por não termos tudo o que queremos. Porque quero você, Tric, que a Deusa me ajude, mas quero. Só que a verdade é que, por mais que queira você, quero ficar com ela ainda mais.

Ele deu mais um passo na direção dela e ela mais um para trás. Quando ele estendeu a mão, Mia viu a agonia em seus olhos. Toda aquela história era injusta e cruel. Ela queria gritar. Queria xingar os deuses. Amaldiçoar a vida e o destino que a tinham conduzido até aquele momento e aquela escolha terrível. Porque, não importava o que ela fizesse ou o que escolhesse, alguém que amava sairia ferido.

Eu sou um veneno, entenderam? Um câncer...

Alguém sempre saía ferido.

– Sinto muito – ela repetiu. – Mas não podemos fazer isso. *Eu* não posso. Ela é importante demais para mim.

– ENTÃO VOCÊ A AMA DE VERDADE – ele sussurrou.

– Acho... – Mia levantou os olhos marejados para ele. – Acho que sim.

Ele baixou a mão. Baixou a cabeça. Seus ombros desabaram, suas pernas começaram a tremer e ela quase podia ver seu coração despedaçar-se dentro do peito, partir-se em dois pela maldita mão dela. Ele fechou os olhos e apertou os lábios. Sua cabeça tremia. Mas uma lágrima – uma única lágrima, traiçoeira e sombria como a noite – conseguiu fugir por debaixo da pálpebra. Escorreu bochecha abaixo, passando por uma covinha até o queixo. Mia pegou-se chorando também. Deu um passo à frente, com um murmúrio de pena, desesperada para melhorar as coisas, tirar a mágoa dele, corrigir a situação de algum jeito.

– Não chore – ela disse, roçando um dedo na bochecha dele. – Por favor.

Ele se afastou como se a pele dela queimasse, deu-lhe as costas e saiu sem dizer nada. Não bateu os pés ou a porta, mas Mia teria preferido que tivesse ficado furioso. Em vez disso, afastou-se calmamente, silencioso como as trevas. Como seria a relação dos dois de agora em diante era uma questão em aberto.

Mia teve certeza de ouvir as chamas da lareira rirem dela.

Olhou para os dedos que enxugaram a lágrima de Tric.

Estavam escuros como seus olhos.

Como a noite.

Como o coração na porra do seu peito.

Ela desabou diante do fogo cheio de ódio. Ficou observando as chamas consumirem tudo ao redor e deixarem somente fumaça e cinzas.

Perguntou-se se ela também não seria isso.

Perguntou-se se só lhe restaria isso quando tudo chegasse ao fim.

CAPÍTULO 28

ÓDIO

– Não sei com que abismo você está preocupado.

Ulfr Sigursson baixou a luneta e se apoiou na amurada para olhar as águas. O vento na popa era firme e empurrava-os através da espuma branca da água. O *Espectro Sombrio* cortava o mar como a flecha atirada por um mestre em direção a um belo horizonte.

– Vamos esperar que você não descubra – respondeu Mia.

Havia duas viragens que estavam no Mar dos Lamentos, e a Senhora das Tempestades e a dos Oceanos não tinham dado as caras desde que partiram de Amai. O *Espectro Sombrio* tinha zarpado cercado pelos convenientes festejos: muitos dos "súditos" de Mia tinham se reunido para vê-la partir em sua primeira viagem, e a maioria dos moradores da cidade apareceu para espiar a garota que tinha matado Einar Valdyr e tomado seu trono.

Todo o tipo de boatos exóticos tinha se alastrado durante as seis viragens em que ela se isolara no Salão dos Mandriões, e Eclipse, durante suas incursões quasinoturnas pelas tavernas, ouvira uma dúzia de histórias sobre como Mia matara o rei pirata. Alguns diziam que era magia. Outros, que ela o desafiara para um duelo e arrancara seu coração com as próprias mãos – ou que rasgara seu pescoço com os dentes durante um banquete e comera seu fígado cru[30]. A versão favorita de Mia era a que dizia que ela tinha seduzido Valdyr e cortado fora a virilidade dele – que agora usaria como uma espécie de amuleto.

Ela, porém, evitara todos os festejos, embarcando no navio sob seu manto de sombras. Ao olhar para os capitães e os marujos que apareceram para se despedir, contou pelo menos uns vinte que matariam a própria vó com alegria em troca de uma chance de derrubá-la. Pareceu-lhe uma

---

30 Nunca façam isso, por mais impressionante que possa parecer a seus futuros colegas. A carne crua não só é mais difícil de digerir e menos nutritiva como também está repleta de maus líquidos.

Antes de banquetear-se com a carne dos inimigos, nobres amigos, sempre reservem um tempinho para cozinhá-la.

escolha muito mais sensata simplesmente aparecer no convés e receber o burburinho surpreso da multidão de pé na proa, com o tricórnio abaixado sobre o rosto e um ar sinistro.

A quasinoite já caía na segunda viragem deles no mar, e os dois sóis desciam cada vez mais rumo ao descanso de veratreva. Saan já estava quase desaparecendo por completo, incendiando o horizonte com seu brilho vermelho. Saai ainda cintilava sobre eles – o escarlate e o azul colidiam no céu e ardiam num violeta fraco, uma visão bela e majestosa. Mia conseguia sentir a veratreva esgueirando-se cada vez mais perto. A luz sombria ardia em seu peito e no garoto a seu lado.

Tric manteve-se vigilante, sempre à distância de um braço. Montava guarda à porta de sua cabine durante seu sono. Protegia suas costas quando ela se virava. Mesmo depois da discussão, nunca esteve a mais do que uma palavra de distância. Mas a verdade era que tinham trocado pouquíssimas palavras desde que quase...

...quase.

Mia não sabia como resolver aquilo. Não sabia o que fazer para melhorar a situação. Ela tinha seus próprios problemas – uma pilha enorme deles que chegava ao céu. Mas, quando respirava mais calma, percebia a dor dele, ardendo como aquele fogo interior, e não conseguia não a sentir também. Sabia como aquilo tudo era injusto. Como o que ele sentia por ela era profundo.

O que ela não sabia era o que Tric ia fazer agora que sabia que ela jamais seria sua.

O amor quase sempre enferruja e vira ódio ao ser regado pelo desprezo.

Será que ainda posso confiar nele de verdade?

Será que posso confiar nele perto de Ashlinn?

– Não há sinal de nuvens de tempestade – informou Sigursson depois de inspecionar mais uma vez o horizonte. – Navegação tranquila daqui até Ysiir, aposto meu navio.

– O navio ainda não é *seu*, Ulfr – disse Mia. – E eu garanto a você, ele vai penar. Cuide para que Iacopo e Cão fiquem de olhos bem abertos na gávea. Diga a Justus para manter o fogo apagado lá embaixo. Comida fria até aportarmos. As Senhoras vão vir atrás de nós, não se iluda. E vão trazer o Abismo junto.

O vaaniano olhou sua capitã de alto a baixo com uma leve ruga na bela testa.

– Permita-me perguntar, rainha, o que fez para irritá-las tanto?

– NÃO É PROBLEMA SEU – vociferou Tric. – PREOCUPE-SE APENAS EM LEVAR-NOS ATÉ ÚLTIMA ESPERANÇA.

– Não venha me dizer quais são meus problemas, garoto – rosnou Sigursson.

– NÃO VENHA ME CHAMAR DE GAROTO, MORTAL – rebateu Tric.

Sigursson o olhou nos olhos, apertou os lábios e endireitou os ombros. O vaaniano era imediato de uma das tripulações mais perversas dos Quatro Mares: um bando de assassinos e bárbaros que espalhava terror por onde passava. Agora que os conhecia mais de perto, Mia tinha consciência de que Valdyr tinha formado um grupo de desgraçados implacáveis. O melhor ali certamente tinha cometido estupros em todos os portos. O pior provavelmente torturava e matava crianças por diversão.

Mas embora o *Espectro* e sua tripulação parecessem ter saído do Abismo, Tric *estivera* no Abismo de verdade. O dweymeri era mais alto do que o vaaniano. Pálido e musculoso, mantinha a mão sempre no cabo da espada de ossário. Seus olhos refletiam a Noite que ele vira pessoalmente. Os dois se encararam e o defunto não piscou. Não tremeu.

Se o imediato tinha a intenção de intimidar o dweymeri, acabou profundamente frustrado.

Ele voltou-se para Mia e curvou-se em reverência.

– Rainha.

E, dando meia-volta, foi cuidar de seus afazeres.

Mia observou com atenção enquanto o homem se retirava.

Mantinha os olhos nele desde que zarparam, e sabia que Sigursson não tinha qualquer carinho por ela. Tê-lo por perto era viver perigosamente. Mesmo assim, não conseguia deixar de admirá-lo.

Podiam ser bárbaros e desgraçados, mas os homens do *Espectro* conheciam bem o próprio navio e, sobretudo, sabiam que Mia logo sairia dele. Tinham medo dela, sim: ela deixava Eclipse à mostra ao seu lado, bem como Tric, a fim de alimentar esse medo. Contudo, eles também *gostavam* de Sigursson. Ele era determinado. Inteligente. Não era fanfarrão nem palhaço. Um homem mais vil teria sido tomado por um orgulho tolo ao ver seu capitão ser assassinado. Mas Ulfr sabia que tinha pouco a ganhar, e tudo a perder, se fizesse oposição a Mia. Por isso, tinha engolido o orgulho e dado tempo ao tempo enquanto sonhava com o trono à sua espera quando aquilo tivesse terminado.

– Ele dará um bom rei quando voltar a Amai – comentou Mia.

– *Se* VOLTAR A AMAI – replicou Tric.

Mia virou-se para o garoto com um leve frio na barriga.

– Você sabe o que vem pela frente, não é?

Tric assentiu e olhou para o horizonte ardente.

– ESTES VENTOS TÃO FAVORÁVEIS SÓ SERVEM PARA NOS LEVAR PARA AS ÁGUAS MAIS PROFUNDAS, MAIS LONGE DA SEGURANÇA DA TERRA. AS SENHORAS ESTÃO REUNINDO FORÇAS. CONSIGO SENTIR.

Mia sentiu sua sombra ondear, e a sombra de uma loba saiu do escuro do convés.

– *...EU TAMBÉM SINTO, MIA. ELAS ESTÃO VINDO ATRÁS DE NÓS...*

Mia olhou para o fim do mundo, o cabelo revolto na brisa.

– VOCÊ JÁ ACREDITA? – perguntou Tric. – NO QUE É? NO QUE PRECISA SER?

Ela lambeu os lábios e sentiu o gosto do sal.

A verdade é que também sentia. Do mesmo jeito que sentia a escuridão dentro de si crescer à medida que os sóis baixavam. Do mesmo jeito que notava uma cor nova na pele de Tric e uma força nova dentro de si. Ao mesmo tempo, a história que ele contara debaixo de Godsgrave parecia loucura. Uma fantasia de deuses assassinados e almas partidas. Mas a maldade que ela sentia no céu, nas águas, a lembrança das chamas queimando o tapete em direção a ela, os pesadelos que infestavam seu sono... Era cada vez mais difícil negar.

Existia algo *imenso* em tudo aquilo, ela tinha certeza agora. Algo maior que qualquer um deles. Fogo, Tempestade, Mar. Luz e Escuridão. Mia sentia todos eles, como um peso cada vez maior sobre suas costas. Como uma sombra que se erguia para encontrá-la.

A ÚNICA ARMA NESTA GUERRA É A FÉ.

Ela tinha abandonado sua fé anos antes. Parara de rezar para Aa na viragem em que percebeu que nem toda a devoção do mundo traria sua família de volta. Mesmo quando estava a serviço da Mãe Sombria, mesmo nas entranhas da Montanha Silenciosa, não acreditava de verdade em qualquer divindade, pelo menos não em divindades que se *importassem* de fato. Uma divindade que soubesse quem ela era, que a julgava importante, que fosse mais do que palavras vazias e nomes ocos.

E agora? Luas e coroas e mães e pais e todo o resto?

Eu acredito nisso de verdade?

Mia balançou a cabeça para afastar os deuses e as deusas. Independentemente do que Tric e Eclipse sentiam, independentemente da consciência cada vez mais nítida dentro de si, a verdade é que ela tinha questões mais mundanas com que se preocupar.

Mercurio precisava dela.

Ele estava em perigo por sua causa. Tinha sido seu pai depois que o mundo lhe tomara o anterior. Quando ela rezara para Aa, foi Mercurio que a salvara. Mas a questão era maior do que a dívida dela para com ele; Mia amava aquele velho resmungão. Sentia saudades do cheiro das cigarrilhas dele. De seu humor mórbido e de sua boca suja. Daqueles olhos azuis-claros que pareciam nascidos para fulminar as besteiras dela e atingirem seu coração.

Scaeva tinha alegado que ela devia tudo o que era a ele. Mas a verdade era que, se ela tinha uma dívida com alguém por torná-la quem era, por aquilo de que *gostava* em si mesma, esse alguém era Mercurio. Então, olhou para o mar que os separava – as centenas de quilômetros de azul em cima e embaixo que logo ficariam turvos de fúria. Àquela altura, já não importava no que ela acreditava. Deuses e deusas. Pais e mães. Qual a importância desse papo de divindades e destinos? Do que ela era ou deveria ser?

Só importava o que ela ia fazer.

O que ela sempre fizera.

Lutar. Com tudo que tinha.

Então se inclinou na amurada e cuspiu no mar.

– Venham me pegar, suas putas.

A tempestade veio na quarta viragem da jornada.

Mia estava na cabine quando ouviu os primeiros gritos vindos da gávea; dormia um sono leve e tentava mudar os próprios sonhos como Cantespadas havia ensinado. Ela tinha os mesmos dois toda quasinoite: Aa e Niah com o rosto de seus pais, cercados pelas Quatro Filhas, discutindo sob o céu infinito. Essa cena se desfazia para dar lugar a Scaeva de pé sobre ela, com uma faca na mão:

"Perdoe-me, filha."

Então ela acordava *de verdade*, transpirando e arfando. Mas naquela quasinoite, antes de a faca descer, um grito perfurou seu sonho e ela se ergueu na escuridão teimosa da cabine. Esfregou os olhos e franziu a testa, pensando que talvez tivesse imaginado o barulho. Até ouvir o grito de novo, seguido por sinos de alarme no convés do *Espectro*.

Encontrou Tric vigiando a porta do dormitório como sempre. Juntos, subiram para o convés e encontraram Sigursson na popa. Um amontoado de nuvens carregadas no canto do mar vinha na direção deles como cavalos sedentos, tapando o céu ensolarado como se puxasse uma cortina. Sigursson estava com a luneta no olho, observando boquiaberto a escuridão se aproximar, mais rápida do que qualquer tempestade normal. Quando se virou, Mia achou ter visto uma pontada de preocupação no verde penetrante de seus olhos.

– Tempestade à frente? – ela perguntou.

– É – ele confirmou.

– Feia?

Ele olhou de novo para o horizonte sombrio. Examinou o céu.

– É.

Seu imediato marchava pelo convés berrando ordens com uma voz de ferro. Mia observou a tripulação obedecer aos comandos, movendo-se feito maquinaria, com apenas uma ou duas olhadas maldosas para ela. O vento já se fazia sentir nos rostos, empurrando-os para longe de Ysiir, e o *Espectro* sacudia para trás e para a frente no vendaval, tentando avançar rumo ao seu destino. Mia ouviu palavrões e canções, a água levantando-se e batendo contra o casco, e o vento uivando à medida que o céu se escurecia cada vez mais. Trovões cortavam o horizonte ao longe, rasgos de branco ofuscante contra o véu de escuridão profunda. O mar passava de azul para cinza-chumbo, e dentes de espuma mordiam o casco do navio.

Então, com um trovão de chacoalhar os ossos, a chuva começou.

Gélida. Cortante feito navalha. Mia apertou o casaco de Valdyr ao redor do corpo, a camisa por baixo já molhada. O vento derrubou seu tricórnio e soprou seu cabelo no rosto. Ela fixou os olhos no horizonte leste, como se pudesse fazer o navio avançar com sua força de vontade. Eclipse estava em sua sombra, devorando seu medo crescente perante a força reunida ao redor deles. Um grito entrecortado soou na gávea:

– Sangue e abismo, vejam isso!

Mia olhou para o homem e viu que ele apontava para a água abaixo.

No começo, não enxergou nada a não ser a maré pontiaguda, como presas do oceano. Mas depois, sob aquelas ondas cinzas e escuras, ela avistou sombras – longas e serpenteantes, avançando rápidas logo abaixo da superfície e cercando o navio. Olhos sombrios e dentes de navalha e pele da cor de ossos velhos.

– Dragões brancos – disse Tric.

– Mãe Sombria – balbuciou Mia.

Dezenas. Talvez centenas. Os maiores tinham dez, talvez doze metros de comprimento. Cada um era uma máquina de músculos e tendões com a boca cheia de espadas. Nenhum era grande o bastante para causar estragos no *Espectro*, mas Mia sabia que dragões brancos eram caçadores oportunistas que nunca nadavam em bandos. E a visão de dezenas dos desgraçados infestando as águas ao redor deles bastou para deixar cada homem no convés de cabelo em pé. Com a mesma certeza que sentia a chuva sobre a pele e o vento no cabelo encharcado, podia sentir o medo que perfurava o coração dos marujos. Como se a velocidade da tempestade não bastasse, aquele era um sinal certo de que nada naquela viagem era o que parecia ser. De que todos faziam parte de algo definitivamente… não natural.

Ela olhou para o mar revolto. Depois para a frente, encarando as nuvens de tempestade que corriam na direção deles. Ao longo de sua jornada, ela sempre tinha ido ao encontro de cada inimigo, de cada adversário, com uma lâmina ou um frasco de veneno na mão. Tinha matado homens. Mulheres. Senadores e cardeais e gladiatii e Lâminas. Gente tão diferente entre si como as trevas são diferentes da luz. Mas cada um deles, *todos* eles, tinham uma característica em comum.

Eram mortais. Carne e osso e sangue.

Pela Deusa, como vou lutar contra isso?

– Preciso ir – disse Tric.

– Ir? – Mia sentiu uma pontada de medo apesar da presença de Eclipse. – Aonde?

O garoto a olhou de soslaio. Mesmo com a mágoa entre os dois, o sangue e os anos, ela viu um brilho de divertimento naqueles olhos de meia-noite.

– PARA A FRENTE – ele respondeu com um gesto para a proa. – REZAR.

– Ah – ela sorriu. – Entendi. E isso vai ajudar?

– NÓS, DWEYMERIS, TEMOS UM DITADO. REZE PARA A DEUSA, MAS REME PARA A PRAIA.

– O que quer dizer que não dá para confiar nela nem um pouco.

– O QUE QUER DIZER QUE AINDA ESTAMOS BEM LONGE DA VERATREVA. E QUE OS PODERES DA MÃE AQUI SÃO FRACOS. MAS ELAS AINDA *SÃO* FILHAS DELA. – Tric deu de ombros enquanto um trovão explodia nos céus. – REZAR NÃO CUSTA NADA.

– Certo – ela concordou. – Só tome cuidado para não cair na água, hein?

Ele abriu um sorriso doce e triste.

– NÃO VOU ABANDONAR VOCÊ – ele disse. – NÃO IMPORTA O QUE ACONTEÇA. NUNCA SE ESQUEÇA DE QUE TE AMO, MIA. E, SE A DEUSA QUISER, VOU AMAR PARA SEMPRE.

Ele deu as costas para ela e desceu as escadas, a camisa já grudada na pele, o contorno dos músculos marcado no veludo e no couro pretos. Mia sentiu uma dor no peito ao vê-lo caminhar até a proa e plantar-se ali feito uma árvore antiga, com as mãos escuras alçadas ao céu e a cabeça jogada para trás. Os trovões retumbavam e os raios luziam, e a chuva se abatia em jatos frígidos, como flechas de gelo alvejadas contra o coração sombrio do *Espectro*. As velas estufavam até o limite, o casco gemia, as cordas e os cabos vibravam com a ventania intensa. As ondas vinham cada vez mais altas; ainda não eram as terríveis muralhas de água que Mia vira a bordo do *Donzela*, mas elas chegariam. Não havia qualquer sinal de terra no horizonte. Eles ainda estavam a viragens de Ysiir. Viragens de uma guerra que ela não sabia como travar. Uma guerra em que ela não podia entrar com sua espada.

Indefesa.

Inútil.

Um dos membros da *wulfguard* olhou para Mia e fez um sinal para se proteger do mal.

– Talvez eu não devesse ter chamado as deusas de putas, Eclipse – ela murmurou.

– ...*NÃO TEMA*... – veio a resposta da sua sombra. – ...*ESTOU COM VOCÊ*...

Mia tirou o cabelo empapado do rosto, balançando a cabeça.

– Bem que eu queria...

– ...*EU SEI*... – a loba de sombras suspirou. – ...*POR INCRÍVEL QUE PAREÇA, TAMBÉM SINTO SAUDADES DELE*...

– Acha que ele está bem? Onde quer que esteja?

O demônio virou os não-olhos para o horizonte.

– ...*ACHO QUE VOCÊ DEVERIA GUARDAR SUAS PREOCUPAÇÕES PARA NÓS, MIA*...

Ela olhou para o pretume que se formava no alto, ouvindo o navio ranger, gemer e suspirar. Era apenas um cântico de cordas e velas e homens de alto a baixo, um pequeno pedaço de madeira à deriva no mar faminto, cercado de presas de água e osso.

Ela correu as mãos pela amurada escura e cochichou para o navio:

– Aguente firme, amigo.

Relâmpagos partindo o céu ao meio.

Chuva como lanças atiradas do coração do paraíso.

Trovões chacoalhando sua espinha como os passos de gigantes devoradores.

Caos

completo

e absoluto.

A tempestade já durava uma viragem inteira, e sua fúria não se comparava a nada que Mia tivesse visto. Se a tempestade que caíra sobre o *Donzela* no Mar de Espadas a impressionara, a crueza do poder que se manifestava agora quase a cegava e ensurdecia. As nuvens estavam tão escuras e carregadas que parecia possível estender a mão e tocá-las. Os trovões soavam tão alto que se faziam sentir na pele. As ondas eram como penhascos, imponentes carrancas de água repletas de dragões brancos. Eram mais altas do que árvores e abriam vales tão profundos e sombrios que podiam ser confundidos com o próprio Abismo.

Cada subida do navio lembrava a escalada de uma montanha; cada queda, um momento de terrível leveza seguido de um impacto de quebrar os ossos. Quatro marujos já tinham sido perdidos para a tempestade: arrancados dos mastros pelo vento agressivo ou tragados pelas ondas para as profundezas. Seus gritos foram apenas sussurros em meio aos uivos da tempestade, e as bocas à espera logo os calaram. O pretume estendia-se por cima deles a perder de vista.

Mia tinha se retirado para sua cabine: ficara no convés enquanto pôde, mas sem conhecimentos náuticos e sem uma contribuição para dar, sentiu que só atrapalhava. Tric conseguia se manter imóvel na proa, mas as ondas que quebravam contra o convés do *Espectro* certamente arrastariam Mia para a perdição se a pegassem. Por isso, ela ficou sentada na sua rede, sentindo os trancos e saltos, ouvindo as tábuas rangerem e estalarem e perguntando-se quanto tempo mais seu navio aguentaria.

As sombras ao redor dela moviam-se como coisas vivas. Eclipse rondava a parede, uma silhueta escura recortada contra a luz das lanternas arquêmicas. Mia não ousava fumar – não queria arriscar nem mesmo uma faísca. Com as Senhoras da Tempestade e do Oceano tão iradas, como saber o que faria a Senhora do Fogo, se tivesse oportunidade? Assim, concentrava-se na penumbra ao redor. Na escuridão no céu e dentro de si.

Ainda sentia o calor dos dois sóis, a força maldita de Aa golpeando a pele. Mas ali, sob as espessas nuvens de tempestade enviadas pela filha dele, estava quase tão escuro quanto a noite. A luz do Onividente tinha sido acobertada. A maldade dele, enfraquecida. Mia estava quase totalmente escondida de seus olhos e sentia seu poder crescer por dentro em consequência. Não era um poder tão temível como o da veratreva, quando ela reduzira a Pedra Filosofal a ruínas. Mas era poder.

Um poder que ela resolveu testar – para descobrir o seu verdadeiro alcance agora que estava escondida dos olhos de Aa, e usar a única arma que chamara de sua nessa guerra. A espada de ossário pendia na bainha dependurada num gancho da parede. A escuridão ondulou. Com um gesto, ela fez as sombras carregarem a lâmina através da cabine até sua mão aberta. Apertou os olhos em concentração e, com a delicadeza de um amante, tentáculos de treva viva mantiveram sua rede firme, apesar do caos ao redor. Assumiu o controle da própria sombra, esticou-a pelo chão e

passou

para o canto da cabine,

por dentro dela,

depois por Eclipse

e de volta

para a rede, tudo num piscar de olhos. Aparecia e desaparecia pelo cômodo como uma assombração de conto de terror. Sua respiração começou a acelerar, seu peito se encheu de maravilha e seus lábios se curvaram com uma alegria sombria. Eram os dons que ela usara antes: passar de uma sombra a outra ou usar a escuridão como extensão das mãos. Mas nunca tinha sido tão fácil, a força das sombras jamais tão potente. Contudo, a resposta era óbvia. Ao tentarem matá-la, escondendo a luz de seu pai, as Senhoras da Tempestade e dos Oceanos também tornavam Mia…

Mais forte.

Ainda assim, ela duvidava que sua força recém-descoberta serviria de consolo para seu navio ou sua tripulação, ou que poderia fazer muito contra a tempestade que se abatia sobre eles. O *Espectro* desceu de novo nas ondas com a madeira estremecendo em agonia. Os raios luziam pelas escotilhas – um novo clarão em intervalos de segundos –, projetando uma luz vacilante dentro da cabine. Outro trovão balançou o berço dos céus, mais alto do que nunca, e Mia não conseguiu deixar de se encolher. Perguntava-se se o navio ia aguentar, se a tripulação ia suportar, quanto tempo faltava para...

Sinos.

Gritos.

Ela levantou os olhos na direção do convés, perguntando-se o que teria acontecido. Então houve um impacto estrondoso a bombordo, como uma martelada do próprio Aa. O navio tombou de lado e, se não fossem as sombras que seguravam a rede, Mia teria sido arremessada. A escuridão a manteve firme enquanto o casco estalava, os gritos aumentavam e o navio balançava forte. Foi quando ela se deu conta...

Alguma coisa nos acertou.

Com um olhar, ela fez as sombras abrirem a porta da cabine e

passou

para o corredor

e para alto

da escada até o tombadilho. O *Espectro* chacoalhou de novo e houve mais gritos entre os trovões, o estalo de madeira rompendo, maldições contra Aa e todas as suas quatro filhas. Ela forçou a vista para enxergar além do véu da chuva e viu formas vagas movendo-se abaixo, no convés. O navio balançou mais uma vez, então uma onda enorme arrebentou na proa e ameaçou tragá-los enquanto uma saraivada de relâmpagos rasgava as nuvens e iluminava a cena perante os olhos arregalados de Mia.

– Mãe Sombria... – ela balbuciou.

Tentáculos. Do tamanho de uma caravana. Pretos por cima e brancos por baixo, com ventosas e ganchos pontiagudos. Seis erguiam-se de cada lado do convés, envolvendo o *Espectro* num abraço terrível. Mia viu um dos membros gigantescos golpear com estrondo o mastro do traquete e mandar meia dúzia de piratas aos gritos para o convés e, dali, para a água.

– *Leviatã!* – veio o urro de aviso.

Ela olhou para a popa e viu Sigursson no timão berrar para a tripulação:

– Cortem os tentáculos ou ele vai nos puxar para baixo!

Os homens mais corajosos puxaram as espadas e começaram a golpear a fera, desesperados e aterrorizados. Não passavam de moscas tentando perfurar a pele da criatura. Mas, com Eclipse em sua sombra, Mia não hesitou de medo.

Passou

para lá

num instante

e desceu a espada em um golpe com as duas mãos no cabo. O tentáculo tinha a largura de um barril e a dureza de couro curtido, mas a lâmina de ossário o atravessou feito manteiga. Houve um jorro de sangue escuro, grosso e salgado, e Mia sentiu um tremor num dos lados do *Espectro*. Os outros tentáculos enlouqueceram e começaram a esmagar, chicotear, apertar e despedaçar a amurada. Um deles arrancou o mastro do traquete na base com um *craaaaaaack* ensurdecedor. Os marujos caíram urrando nas águas revoltas e na boca dos dragões brancos. As cordas se partiram e os cabos se soltaram, fazendo um emaranhado de velas e mastro desabar no convés. O *Espectro* começou a pender para bombordo em meio aos gritos da tripulação e o estrondo da tempestade.

Uma onda enorme quebrou na lateral quando Mia passou

de novo

para o

convés de proa, onde

Tric também usava suas espadas de ossário para cortar os membros do leviatã que se agitava ali. A força do garoto era impressionante – o poder da Deusa da escuridão libertado por completo pela primeira vez. Mia perdeu o fôlego ao vê-lo assim: recoberto de sangue escuro e água da chuva, os músculos esculpidos em pedra branca. Com um golpe giratório – a água caindo, os nós de sal esvoaçando –, ele cravou as lâminas em outro tentáculo, que depois jogou no mar com um chute selvagem. Toneladas de água entravam no convés, e só a força das sombras impediu Mia de ser varrida com mais três membros da tripulação. Tric, porém, permanecia imóvel como uma montanha. Ela cortou mais um tentáculo que se ergueu para agarrá-la e ficou encharcada de sangue até os ossos, apoiando as costas nas de Tric.

– Acho que não devia *mesmo* ter chamado as deusas de putas! – ela gritou.

– TALVEZ NÃO!

– O *Espectro* não vai aguentar muito mais! Sua reza não adiantou muito!

– REME PARA A PRAIA, MIA!

– Então me ajude!

– SEMPRE!

Lado a lado. Costas contra costas. Os dois lutaram juntos como nas viragens em que treinavam no Salão das Canções. Estavam mais velhos, mais duros, mais tristes, com anos e quilômetros e as próprias muralhas da vida e da morte entre si. Mas ainda giravam e moviam-se como parceiros numa valsa sombria e sangrenta, e Mia lembrou da primeira dança deles, anos antes em Godsgrave. Tinha sido conduzida e aninhada por aqueles braços, dera voltas e mergulhos enquanto eles a embalavam e o mundo ao redor tornava-se nada. Agora, as lâminas moviam-se como uma só coisa enquanto lutavam para abrir caminho pelo convés, decepando e golpeando e girando sob a chuva. As águas despencavam do alto e ela se apoiava nele; o navio pendia para um lado e ele se pressionou contra as costas dela com mais força. Era um pêndulo em perfeito equilíbrio, as lâminas balançando de um lado para outro num arco reluzente e afiado.

Um tentáculo desceu zunindo, mas Eclipse se materializou seis metros adiante no navio, e Mia, agarrando Tric pela mão,

passou

ambos

para

a loba de sombras bem quando vinte toneladas de músculo e ganchos de osso abateram-se sobre a parte do convés onde estiveram um instante antes. Os olhos de Tric estavam brilhando com o frenesi, mas ele permanecia altivo às costas dela em meio ao caos, selvagem e indomável, invencível às mãos da morte. Os trovões eram como tambores; a tempestade, uma canção infinita. Com gotas de chuva e sangue no rosto, ele lançou um olhar para trás e sorriu só para Mia. E parte dela quis viver naquele instante para sempre.

Sigursson descera do convés de proa à base de golpes de espada, cercado por um destacamento da *wulfguard*. A lâmina de Mia era como um relâmpago, os gládios de Tric como as facas de um abatedouro, e ambos abriam uma trilha de sangue escuro que era lavada pela chuva e pelas ondas. Luz branca e trovão, o ronco das águas e a fúria das tempestades, o poder de duas deusas e mesmo assim, *mesmo assim*, não era o bastante. Quando a espada de Mia partiu um sexto tentáculo em dois, quando o sangue caiu mais forte do que a chuva, o leviatã estremeceu e escouceou e, por fim, soltou o *Espectro*.

Mais uma onda arrebentou no estibordo e os jogou de lado. Mas os timoneiros aguentavam, de costas curvadas e músculos tensionados. A espinha do *Espectro* torceu-se a ponto de quebrar, mas o navio resistiu e, devagar, endireitou-se. O mar ainda estava revolto, a tempestade ainda rugia, os céus ainda estavam pretos como a noite. Mia e Tric permaneceram de costas um para o outro, as lâminas pingando sangue escuro no convés principal. Sigursson reuniu-se com meia dúzia de salgados. Com as peles de lobo encharcadas, todos olhavam irados para sua rainha e capitã.

– Essa tempestade não é deste mundo! – um gritou.

– Eu disse que essa filha da puta é amaldiçoada! – outro berrou.

– Ela atraiu a fúria das Filhas sobre nós!

Mia sabia que marujos costumavam ser supersticiosos. Sabia que corria perigo agora, dentro do navio e fora dele. Depois de quatro viragens de castigo, de dragões brancos e leviatãs e ondas altas como montanhas, a tripulação já estava desmoralizada. Mas ela sabia que Einar Valdyr era um capitão e rei que governava pelo medo, e Mia Corvere aprendera a cor do medo aos dez anos de idade.

– Pensei que vocês fossem a tripulação mais dura dos Quatro Mares! – ela esbravejou. – Mas só vejo vocês chorarem feito bebês desmamados!

– Ela vai ser a nossa morte, Sigursson! – berrou um salgado alto.

– Joguem essa garota no mar! – veio um grito. – As deusas vão nos deixar em paz!

Tric endireitou o corpo e suas lâminas brilharam ao clarão de um relâmpago. O *Espectro* ainda balançava forte e Mia olhou nos olhos do seu imediato e viu a maldade e o motim que fermentavam neles.

– Tenha colhões, Ulfr! – ela berrou com um olhar intenso para seu casaco de rostos. – Elas podem ser deusas, mas você tem muito mais a temer de mim!

A escuridão incendiou-se ao redor dela, e a sombra de cada homem começou a rastejar e contorcer-se no convés. Uma loba que não era loba surgiu por trás de Sigursson, com os pelos eriçados e os dentes escuros à mostra. O sem-lume ao lado de Mia firmou a mão no cabo ensanguentado das espadas. A escuridão em torno de Mia serpenteava. Um relâmpago partiu os céus, refletindo no mar e na chuva de modo a dar uma aparência incandescente ao ar ao redor da garota.

– Voltem para os seus postos, desgraçados sem bolas! – ela exigiu, erguendo a espada. – Ou eu mesma jogo vocês para os dragões!

A tempestade pareceu fazer uma pausa momentânea. Os trovões prenderam a respiração. Mia olhou Sigursson nos olhos e viu que ele tinha *medo*. Dela. Deles. De tudo aquilo.

A única pergunta era: quem ele temia mais?

Foi então que algo os atingiu – algo colossal, algo impossível, erguendo-se sob eles silente e vasto. Mia sentiu um impacto estrondoso. Ouviu o rugido da tempestade, as madeiras racharem e os gritos dos marujos sendo mandados pelos ares. O *Espectro* foi completamente erguido para fora d'água, e Mia só não perdeu o equilíbrio graças às sombras que a seguravam. Gigantescos tentáculos escuros ergueram-se da água e começaram a pressioná-lo pelos lados como um alicate esmagador.

Outro leviatã.

Era tão grande que ela mal acreditava no que via. Os tentáculos estavam incrustrados de cracas, compridos como anos. Cada gancho pálido e serrilhado tinha o tamanho dela. Um monstro saído dos contos mais inverossímeis, despertado pela Senhora dos Oceanos. Fustigado pelo ódio dela, emergia das profundezas com apenas um propósito: arrastar Mia para a escuridão sem fim dos abismos.

Os membros da besta abateram-se sobre o convés. Ele partiu as retrancas do mastro principal como se fossem gravetos. As velas foram rasgadas como se não passassem de pergaminho molhado e a madeira arrebentou como se fosse biscoito. O *Espectro* gemia, esticava-se quase ao ponto de quebrar. Mia voltou-se para a besta com as sombras a postos. Tric fez o mesmo, os olhos negros faiscando. A chuva caía feito facas.

Ulfr Sigursson se levantou do convés, pingando água do mar.

– *Wulfguard*! – gritou.

O imediato de Mia ergueu a espada. Um relâmpago cortou as nuvens.

– Matem essa filha da puta!

CAPÍTULO 29

DE PÉ

Bom, acabou-se a monarquia...

Mia não esperava que durasse muito, verdade seja dita. Tiranias sempre fracassam quando os homens não têm nada mais a perder a não ser a vida. Mas ela esperava estar ao menos um pouco mais perto da terra antes de a situação degringolar.

A ex-tripulação de Mia atacava por trás e os tentáculos do leviatã agitavam-se pela frente. Ela segurou a mão de Tric e

passou

para a popa,

aterrissando agachada ao lado do timoneiro surpreso.

Sigursson deu meia-volta, avistou-a em meio ao temporal e deu voz de ataque. A tripulação do *Espectro* parecia ter deixado o leviatã de lado e voltado toda sua atenção para a tarefa de matar sua rainha numa tentativa de apaziguar as Senhoras. Atacaram pelas escadas duplas que subiam – uma do bordo, outra do estibordo – até o convés de popa; suas espadas reluziam a cada novo relâmpago. Enquanto isso, a fera envolveu o *Espectro* com seus quatro tentáculos enormes, espremendo-o como tenazes colossais. As tábuas do baluarte do navio estalaram e vergaram sob a terrível pressão. O convés estremeceu como num terremoto, os homens rolaram degraus abaixo ou para fora do navio. Marujos revoltosos saltavam sobre os caídos, desesperados para cravar a espada em Mia e aplacar as deusas.

Tric, no alto da escadaria do bordo, desferiu um golpe cruzado com as espadas que rachou a cabeça de um homem ao meio e desceu até o tórax. Mia, na outra escada, enfiou a espada no peito de um marujo e o afastou com um chute que derrubou até os que vinham atrás. O convés chacoalhou de novo com o impacto de outra onda gigante. O *Espectro* pendia perigosamente para um dos lados; o peso dos mastros tombados na água somava-se à força do leviatã decidido a tragá-los para as profundezas. Mia despachou mais um amotinado com um golpe selvagem; sua mente estava em parafuso, o coração martelando no peito. Ao lutar contra a própria tripulação, deixava de lutar contra o monstro que despedaçava o navio. A água estava cheia de dragões. As ondas eram como torres. Se o *Espectro* morresse, morreriam todos.

Inimigos abaixo. Ao redor. Acima.

Essa é a minha vida...

– ...*MIA, CUIDADO...!*

Sigursson investiu escada acima com a espada e os dentes à mostra. Mia aparou o golpe em sua lâmina e jogou o homem de lado. Com um gesto, amarrou o imediato em sua própria sombra; tiras de escuridão agarraram-no pelos braços, pernas, pescoço e, apesar do esforço dele, ergueram-no no ar.

– Eu avisei o que aconteceria se você me desafiasse, Ulfr! – ela berrou.

Sigursson só conseguia gorgolejar sob o aperto das sombras que fazia saltar as veias de seu pescoço. Mia ergueu a mão e o alçou ainda mais alto sobre o convés, curvando os dedos quase como garras. Mais um trovão sacudiu os céus e se fez sentir em sua pele.

– Agora você vai ver o que os deixa com tanto medo!

Ela abriu a mão de repente e Ulfr foi esquartejado; pedaços do vaaniano voaram para todos os lados e seu sangue caiu como chuva. O *Espectro* balançou de novo nos tentáculos do leviatã num aperto que partiu tábuas e abriu uma rachadura no meio do navio num estouro tão alto quanto a tempestade. Tric cambaleou pelo convés até ela, empapado de sangue e água do mar. Mia o tomou nos braços e sua sombra manteve ambos firmes quando a proa se ergueu da água.

– *...MIA, NÃO PODEMOS CONTINUAR AQUI...!* – uivou Eclipse.

– ESTOU DISPOSTO A OUVIR SUGESTÕES! – berrou o garoto.

Mia percebeu que o *Espectro* estava condenado; o navio desfazia-se ao redor deles, a água entrava pelos lados, os mastros e a estrutura estavam quebrados. De um jeito ou de outro, eles acabariam no oceano. E, mesmo que as ondas não rebentassem sobre eles como martelos, ou que o mar não estivesse cheio de monstros das profundezas, a distância até Ysiir ainda seria impossível de vencer a nado...

"A ÚNICA ARMA NESTA GUERRA É A FÉ."

Um relâmpago luziu, no mesmo clarão rápido que tornava a penumbra mais clara do que o dia. As sombras ficavam mais bem definidas com cada raio; serpenteavam aos pés de Mia, estendendo-se profundas e soturnas nos grandes vales entre as ondas que desciam quilômetros e quilômetros dali até a terra. Mas Mia sentia a escuridão de cima, a escuridão de dentro. Pensou em um verso do velho poema ysiiri.

Não há trevas sem luz...

E por fim gritou para Tric:

– Segure-se em mim!

O garoto obedeceu, passando o braço com firmeza pela cintura dela. O *Espectro* estremeceu sob eles outra vez. O oceano subiu para os engolir à medida que o leviatã arrastava o navio e sua tripulação assassina para o seu destino.

– Eclipse, vá para onde eu indicar, certo?

– ...*COMO QUISER...*

– Vai.

Mia apontou para o mar cinza-ferro, as águas violentas, as ondas colossais cheias de dentes. O demônio desapareceu do lado dela e, segurando firme em Tric, Mia

passou

através

da água para as sombras

entre duas ondas gigantes. Ela sentiu-se sem peso por um instante, como se estivesse caindo. Sentia apenas o dweymeri nos braços e nada além da morte sob ambos. Mas, antes que caísse nas profundezas, ela

passou de novo

pelo oco

dos espaços tempestuosos

e por Eclipse,

unida

às sombras, acima e ao redor e dentro

e dali, num lampejo para a

onda,

para a loba e depois

loba

e onda

e de novo,

saltando pelo cinza férreo como uma pedra,

passando pela escuridão e
dançando pelas sombras.
As deusas
ao redor

aos gritos furiosos,

o Deus dentro dela

às gargalhadas sombrias,

o poder das trevas

nas mãos dela

enquanto a distância se desfazia

em nada,

enquanto as deusas rugiam

de raiva

até por fim,

depois de um século,

depois de uma era,

passo

a

passo trêmulo,

ela avistou

as praias brancas à frente

e pôs-se

a rir também,

o caco divino ardendo sombrio

dentro de si

e as areias ysiirii

à sua espera

e numa parte minúscula dentro de si

que ela só conseguia ver

com muito esforço,

afinal,

de verdade,

um começo

de

fé.

Eles caíram na areia molhada. As águas rasas alcançavam as coxas dela. Uma tira vermelha de praia arrasada pela tempestade estendia-se à sua frente. As conhecidas e mofadas fachadas de Última Esperança assomavam adiante, com nuvens escuras juntando-se acima e ondas ameaçadoras batendo por trás. A chuva estava em sua pele e cabelo e olhos, e o frio nos ossos. Tric estava de cócoras na ressaca e a olhava com espanto e admiração.

Um clarão de relâmpago rasgou os céus em fúria. As ondas arrebentavam e avançavam. As Senhoras da Tempestade e dos Oceanos, as gêmeas terríveis, tentavam agarrá-la com todo seu ódio. Mia ergueu-se, com Eclipse ao lado e as sombras agitando-se feito serpentes. Tirou o tricórnio encharcado, o cabelo do rosto, e riu. Os olhos brilhando. O coração quente com a chama sombria que queimava ali.

Elas atacaram com tudo que tinham.

Deram todo seu ódio.

Gastaram toda sua fúria.

Mia mostrou os nós para céu.

– Ainda estou de pé, suas putas.

Livro 4

As cinzas dos impérios

CAPÍTULO 30
POSSIBILIDADE

– Ai, caralho, não.

Quando Mia abriu a porta da taverna Novo Imperial de Última Esperança, não esperava braços abertos ou um desfile triunfal. Mas quando Daniio Gordo, o proprietário, levantou os olhos de seu balcão novo em folha e viu a Lâmina desalinhada e encharcada e seu companheiro sem-lume, o horror foi impressionante.

– Ai, *caralho*, não! – o taberneiro repetiu.

A trepidação de Daniio diante do retorno de Mia era compreensível: da última vez que ela estivera na taverna, tinha envenenado um destacamento de luminatii no seu salão e queimado o Velho Imperial por completo. Como forma de compensação, a Igreja Vermelha tinha patrocinado a reconstrução do lugar, e o *Novo* Imperial era um estabelecimento com um ar bem mais próspero que seu antecessor. Estava longe de ser uma vila medular, mas ao menos não havia manchas de sangue no chão nem ratos namorando nos caibros do teto.

Ainda assim, parecia que Mia não estava na lista de pessoas favoritas de Daniio.

– Não, não, não – o taverneiro rechonchudo implorou com as mãos levantadas em rendição. – Aa misericordioso, você não pode entrar aqui. Acabei de mandar pintar as paredes.

– Prometo que vou me comportar – disse Mia cruzando a porta.

– *Mia!*

Ela ouviu passos correndo, sentiu o cheiro de perfume de jasmim, e logo Ashlinn a agarrou num abraço sem fôlego. Os lábios da vaaniana encontraram os seus, que retribuíram os beijos. Por um instante, Mia se esqueceu de tudo e apenas desfrutou da sensação de ter sua garota nos braços. Estava ensopada até os ossos, congelada de frio e exausta demais até para dormir. Mas, por um instante, nada disso importou.

Sidonius se aproximou a passos largos para se juntar ao abraço, seguido por Cantespadas. Ao correr a vista pelo salão da taverna, Mia viu que estava cheio de saleiros do *Donzela Sangrenta,* falando baixo e bebendo muito. Cal Corleone sentava-se a uma mesa com Joãozão, Carniceiro e Jonnen; aparentemente, o trio ensinava seu irmãozinho a jogar Matarrei[31]. Mas os quatro

31 Talvez o mais antigo jogo de bebidas da história de Itreya, Matarrei já foi chamado de Mendigo. As regras do jogo são simples: um copo é posto no centro da mesa e cada jogador tenta acertar um mendigo de cobre dentro dele. Se conseguir, pode escolher outro jogador para tomar uma bebida.

O jogador escolhido tem direito a uma chance de "vingança" e pode tentar acertar a moeda no copo com sua mão ruim. Se acertar, o primeiro que escolheu é obrigado a beber *duas vezes*. Contudo, o primeiro a jogar também pode tentar a vingança e, se acertar, mais uma vez a dose é dobrada.

Como vocês podem imaginar, se os jogadores forem ambidestros, esses lances de vingança podem rapidamente acarretar uma quantidade enorme de bebida a ser consumida pelo perdedor. A maior duração de vingança registrada ocorreu entre don Cisco Antolini e o recém-coroado Francisco XI durante o grande baile de coroação do próprio rei. O mendigo acertou o copo repetidamente vinte e sete vezes, e foi o rei que acabou por errar o vigésimo oitavo lance.

Os matemáticos entre vocês já devem ter concluído que isso significava que o novo rei estava obrigado a beber 67.108.864 doses de vinho d'ouro.

Francisco XI não foi o rei mais inteligente a sentar-se no trono de Itreya, mas *era* um homem de palavra. Para não ver sua honra manchada perante a corte inteira, e contrariando conselhos da rainha, o monarca recém-coroado resolveu tentar. Chegou até o quinquagésimo sétimo copo antes de desmaiar e, apesar de todo o esforço dos boticários, acabou morrendo na viragem seguinte.

O reino de Francisco XI foi o mais curto na história da monarquia itreyana, mas vale notar que a maior parte dos cidadãos do país ficou tocada com o relato do seu fim, de modo que o nome do jogo passou de Mendigo para Matarrei em honra dele.

Perante a oportunidade de escolher entre o governo de um idiota honesto ou de um mentiroso competente, a maior parte do povo prefere o idiota.

levantaram a cabeça à entrada de Mia e Tric, e o rosto de Corleone se encheu de espanto.

– Me fode com carinho – ele balbuciou.

– E depois me fode com força? – perguntou Mia.

Cal a saudou com o tricórnio e abriu um sorriso largo.

– Bom ver você, minha rainha.

Mia fez uma vênia lenta de causar inveja a qualquer dona medular, seguida de uma piscadela para Joãozão. O irmão desceu da cadeira e, com o ar mais senhoril que conseguiu sustentar, atravessou o salão para envolver a irmã num abraço na altura da cintura. Ela estava encharcada até os ossos, mas não deu a menor importância; levantou o menino e o apertou forte, dando-lhe um beijo na bochecha. Jonnen reclamou e fez uma careta quando os lábios dela o tocaram.

– Você está fria.

– É o que dizem – ela reclamou.

– Solte-me, vadia – ele pediu.

Mia o beijou de novo, sorrindo enquanto ele se debatia em seus braços, então o pôs de volta no chão da taverna e deu um tapinha em suas costas. Os Falcões olhavam admirados para ela. Sidonius virou-se para Tric e apertou a mão escura de tinta dele.

– Achei que vocês não fossem conseguir – disse o itreyano. – A tempestade era monstruosa.

– É – disse Cantespadas, com um olhar de aprovação um tanto contrariado para Tric. – Muito bom, rapaz.

– NÃO FOI MÉRITO MEU – replicou Tric. – NÓS DOIS ESTARÍAMOS NO FUNDO DO OCEANO SE NÃO FOSSE MIA.

– Onde está o *Espectro Sombrio*? – perguntou Carniceiro.

Mia deu de ombros.

– No fundo do oceano.

Tric a olhava ainda admirado.

– Ela é mesmo a escolhida da Deusa.

– Sempre pareceu haver mais nela do que o olho enxergava – disse uma voz familiar.

Mia se virou e viu uma mulher esguia com o rosto envolto em um véu de seda preta. Cachos de loiro acobreado. Olhos escuros delineados. Silenciosa como um sussurro, já atrás dela.

– Naev!

Mia levantou a mulher nos braços, beijou suas duas bochechas. Naev retribuiu o abraço com carinho e um sorriso que brilhava nos olhos.

– Amiga Mia – disse a Mão. – Bom vê-la de novo. O orador Marius avisou da chegada dela. O Velho Mercurio manda seu amor.

– Você falou com ele? – sussurrou Mia, o coração enchendo-se de alegria.

Naev lançou um olhar afiado para o salão lotado do Imperial e indicou com a cabeça uma mesa num canto escondido. Avançando entre os homens de Corleone, o grupo chegou aos fundos da taverna e espremeu-se numa mesa em torno de Naev. Daniio Gordo apareceu com cervejas baratas e o mesmo olhar nervoso fixo em Mia.

A garota lhe soprou um beijo.

Assim que o taberneiro se retirou, Naev falou com a voz baixa e os olhos na porta.

– Marius mandou avisar Naev por carta de sangue – disse a mulher, apontando para o frasco de prata no pescoço. – O orador e a tecelã se uniram a Mercurio contra o Ministério. O cronista Aelius também está com eles. – Naev olhou para Mia. – Entre eles, pensaram numa maneira de ela entrar na Montanha e atacar.

– Mas precisamos agir agora, Mia – disse Ashlinn.

– É – concordou Naev. – As coisas estão caminhando rápido. O tempo é...

– Calma, calma – cortou Mia, balançando a cabeça. – Eu acabei de atravessar seiscentos quilômetros de mar e tempestade na base da pancada e vocês estão me falando que o orador e a tecelã se juntaram a nós numa conspiração para derrubar todo o Ministério da Igreja Vermelha. Posso pelo menos fumar a porra de uma cigarrilha para digerir a informação antes?

– Scaeva vai para a Montanha Silenciosa – cochichou Ash.

Mia sentiu um frio na barriga e firmou o queixo.

– Quê?

– Ashlinn fala a verdade – confirmou Naev. – O imperador precisa que Marielle produza uma nova réplica para tomar o seu lugar durante as aparições públicas. E ele precisa estar presente para que a tecelã crie uma semelhança convincente. Chegará à Montanha em questão de viragens.

– Todas as víboras no mesmo ninho – disse Ashlinn, apertando a mão dela. – É a nossa chance, Mia. Matar Scaeva. Destruir o Ministério. Resgatar Mercurio e acabar com isso tudo.

A pele de Mia arrepiou-se num pico de adrenalina que expulsou a exaustão e o frio. Com certeza Scaeva não viajaria sozinho até a Montanha. E, mesmo com números reduzidos, a Igreja Vermelha continuava sendo uma seita composta dos piores assassinos da República. Mas as entranhas da Montanha Silenciosa viviam em noite perpétua: a luz dos sóis jamais a tocavam. Ela estaria tão forte nos domínios da Mãe Sombria quanto esteve durante aquela tempestade. Talvez mais. E, com todos os seus inimigos no mesmo lugar e na mesma hora, só a algumas viragens de cavalgada através das Ruínas Sussurrantes de Ysiir...

Mia olhou para Naev e falou com uma voz tão afiada quanto o ossário em sua cintura.

– Conte-me tudo o que sabe.

Havia mais sussurros nas Ruínas do que Mia se lembrava.

Eles já viajavam havia três dias, e o calor do deserto ysiiri fazia o solo vibrar em ondas reluzentes. A Senhora das Tempestades abandonara os céus por enquanto; seu cobertor de nuvens escuras fora removido e agora revelava um olhar roxo e túrgido. Saan já estava pela metade no horizonte e Saai, cada vez mais próximo do descanso. Mas ali, no deserto, a temperatura ainda era sufocante.

Mia e seus camaradas seguiam no comboio de carroças da Igreja Vermelha. As Mãos que costumavam acompanhar Naev na busca de mantimentos não eram confiáveis o bastante para entrar na conspiração; assim, Naev os pusera para dormir com uma dose de Desmaio na virada anterior à chegada de Mia a Ysiir. Agora todos descansavam num quarto alugado no Novo Imperial, com cordas nas mãos, nos pés e na boca.

Mia tinha dito a Cal Corleone que ele não tinha obrigação de esperar pelo seu retorno. Como o *Espectro Sombrio* estava no fundo do Mar dos Lamentos e a amizade entre Cal e ela era conhecida de todos, o pirata decidiu voltar para Godsgrave e ficar na moita até que a guerra de sucessão do Trono dos Mandriões se resolvesse.

Quando eles estavam prestes a partir para as Ruínas Sussurrantes, o capitão curvou-se baixo, abriu o mais canalha dos sorrisos para Mia e inclinou o tricórnio.

– Se eu fosse de rezar, rezaria por você – disse. – Mas não sei se você iria gostar, por isso lhe dou isto. – O mandrião tomou delicadamente a mão de Mia e beijou seus dedos arranhados e inchados. – Que a sorte a acompanhe, minha rainha.

– Você não precisa mais me chamar de rainha, capitão – disse Mia.

– Eu sei – ele replicou. – E é exatamente por isso que chamo.

Joãozão abriu seu sorriso de prata e curvou-se baixo.

– Aquela proposta de casamento ainda está de pé, rainha Mia. Bem que eu gostaria de ser rei e dar ordens a este desgraçado para variar.

Cal deu os nós dos dedos para seu imediato e depois acenou para Mia com a cabeça.

– Azul acima e abaixo.

– Obrigada, amigo – sorriu Mia. – Benito? Belarrio?

Cal apenas abriu um sorriso malicioso.

– Minha lealdade tem limite, majestade.

O mandrião curvou-se mais uma vez e voltou para o mar.

Mia se perguntou se o veria de novo algum dia.

O grupo tinha partido logo em seguida, oito camelos puxando um comboio de quatro carroças pelo deserto ysiiri. Como não precisava dormir, Tric ia à frente, no assento do cocheiro; tinham poucos dias para chegar à montanha antes de Scaeva ir embora, e a presença sinistra do sem-lume impelia os animais à frente. Como odiava camelos quase tanto quanto odiava cavalos, Mia já tinha dado nome a todos na sua cabeça: Feio, Idiota, Fedido, Caolho, Cocô, Cabaço, Desdentado e, para o mais fedido e feio do bando, Julius.

Cantespadas viajava na carroça da frente, com Naev, e mantinha olhos vigilantes no horizonte. Carniceiro ficava perto de Jonnen sempre que podia – ainda treinava o menino com as espadas de madeira em toda parada para comer –, mas por ora ia com Sidonius na traseira, ambos se alternando para martelar um enorme aparato de ferro para afastar os krakens-de-areia.

Mia, Ashlinn e Jonnen viajavam na carroça do meio, poupados dos sóis pela cobertura de lona. Ash sentava-se ao lado de Mia, segurando sua mão. Jonnen estava de frente para as duas, com os olhos escuros fixos nos da irmã. Eclipse tinha voltado para a sombra do menino, e Mia notava que ele estava um pouco mais tranquilo. No entanto, apesar da tenra idade, Jonnen não era burro: tinha ouvido de passagem boa parte da conversa e sabia que o pai dele os esperava na Montanha Silenciosa. E tinha consciência de que as intenções de Mia para com o imperador estavam longe de ser gentis.

O menino passou as primeiras viragens à parte, treinando espada com Carniceiro e depois ficando quieto junto de Eclipse. Mas Mia percebia que ele estava acumulando alguma coisa, como uma represa velha que tenta conter águas torrenciais. Foi na terceira viragem, depois da virada, que ele finalmente falou:

– Você vai matá-lo.

Ela olhou nos olhos do irmão. Ashlinn cochilava com a cabeça no seu colo e ela ia juntando suas mechas douradas para refazer suas tranças com carinho.

– Vou tentar – respondeu Mia.

– Por quê? – perguntou Jonnen.

– Porque ele merece.

– Porque ele machuca as pessoas.

– Isso.

– Mia – disse o menino baixo –, você também machuca as pessoas.

Ela olhou para aqueles olhos grandes e escuros, à procura do coração por trás deles. Não era acusação. Nem censura. Não importava o que ela fosse, seu irmão não a julgava. Jonnen era pragmático, uma característica que Mia apreciava nele. Embora ele estivesse sendo mais carinhoso com ela ao longo das últimas semanas de viagem, ela se perguntava como teria sido a relação de ambos se não tivessem sido desgarrados antes de poderem conviver de verdade.

– Eu sei – ela disse afinal. – Machuco as pessoas o tempo todo. E essa é a charada, irmãozinho. Como você mata um monstro sem se tornar um monstro?

– Não sei – ele respondeu.

– Não dá – ela suspirou. – Não sou uma heroína de livro. Não sou uma pessoa para tomar de modelo. Sou uma babaca implacável, Jonnen. Uma vaca egoísta. Se você me ferir, eu firo você. Se ferir quem amo, mato você. É o meu jeito de ser. Julius Scaeva matou a nossa mãe. Matou o homem que eu chamava de pai. E não me importa o que eles fizeram para merecer. Não me importa que não eram perfeitos. Não me importa nem que talvez fossem tão ruins quanto Scaeva. Porque a verdade é que talvez eu seja pior do que todos eles. Então foda-se o que é certo e foda-se a redenção. Porque Julius Scaeva merece morrer mesmo assim.

– Então você também merece – ele replicou.

– Está pensando em tentar, irmãozinho?

Jonnen apenas a encarou. O balanço lento da carroça os embalava para a frente e para trás, e os tinidos da ferraria eram a única coisa que quebrava o silêncio.

– Eu...

Jonnen franziu a testa. Apertou os lábios. Ela enxergava a inteligência dele, tão aguda quanto a sua própria. Mas, no fim das contas, ele ainda era uma criança – perdida e arrancada de tudo o que conhecia. E Mia notou sua dificuldade para encontrar palavras.

– Gostaria de ter conhecido você melhor – ele disse afinal.

– Eu também. – Mia estendeu o braço e tomou a mãozinha dele nas suas. – E eu sei que sou uma irmã mais velha de merda, Jonnen. Sei que sou péssima nisso tudo. Mas você é a minha família. A coisa mais importante do mundo para mim. E espero que uma viragem você consiga ter por mim pelo menos metade do amor que tenho por você. Porque eu te amo muito.

– Mas você vai matá-lo mesmo assim – disse Jonnen.

– Sim – ela respondeu. – Vou.

– Não mate. Por favor.

– Preciso.

– Ele é meu pai, Mia.

– Meu também.

– Mas *eu* o amo.

Mia olhou o irmão nos olhos. Enxergou os anos perdidos entre eles, o amor que ele sentia pelo homem que o tomara dela. O erro, a podridão no centro de tudo aquilo. E, devagar, balançou a cabeça.

– Ah, Jonnen – ela suspirou. – Esse é só mais um motivo para ele merecer a morte.

Eles continuaram a viagem pelas Ruínas Sussurrantes no silêncio entre as batidas da ferraria de Sid. E embora os olhos do menino transbordassem de perguntas, ele não deu voz a nenhuma delas depois daquilo.

Os krakens-de-areia eram um risco perene, mas a Igreja Vermelha usava aquela rota para transportar seus mantimentos havia anos, e Naev os guiou por trilhas de rochas subterrâneas, pelos sopés de montanha desabadas e, por fim, pelos confins das montanhas no norte das Ruínas. Mia avistou um pináculo de pedra preta diante deles; apenas um dentre as dezenas daquela cadeia. Era simples. Modesto. O topo estava coberto de neve clara e reluzente. Mas o coração dela disparou ao vê-lo: era o coração do Ministério, o templo da Mãe, o berço do poder da Igreja Vermelha na República.

A Montanha Silenciosa.

Mia sabia que um antigo feitiço chamado Discórdia tinha sido jogado no pico anos antes: uma obraria para confundir visitantes indesejados. Mas Naev conhecia as palavras que manteriam a mágica inativa. Com vagar e firmeza, o comboio de carroças avançou pelas ravinas sinuosas e rochas caídas, cada vez mais perto do imponente pico de granito. As Ruínas Sussurrantes tinham ficado para trás havia muito: Sid e Carniceiro pararam com a ferraria e foram para a carroça do meio combinar com Mia e Ash o ataque iminente. Tric deixara as rédeas nas mãos de Naev e juntou-se ao grupo com Cantespadas para uma reunião em volta de um grande barril de carvalho.

– Certo – disse Mia. – Quando entrarmos, ficaremos quietos o máximo possível. Se alguém soar o alarme, todas as Lâminas e Mãos do lugar estarão atrás de nós como moscas na merda. Mas, se tudo sair certo, os desgraçados só vão descobrir nossa presença quase no fim. – Ela pegou um pedaço de carvão para desenhar um mapa complexo no assoalho da carroça. – Tric, Ashlinn e Naev sabem andar dentro da Montanha. Os outros vão atrás deles. O interior parece um labirinto, por isso olhem bem onde pisam. É fácil ser surpreendido no escuro. Tric, você, Sid e Cantespadas vão para os aposentos do orador. Protejam Marius e bloqueiem a piscina de sangue. Scaeva *não pode* escapar. Ash, você e Naev vão para o Ateneu resgatar Mercurio. Se não o encontrarem lá, provavelmente vai estar em seu quarto. Protejam-no com a própria vida e levem-no até o orador. Carniceiro, você e Eclipse ficam no estábulo para proteger Jonnen. Se tudo correr bem, encontro vocês quando acabar. Mas se der merda, cavalguem para Última Esperança o mais rápido possível e vão embora de navio.

Um homem mais idiota talvez reclamasse de ficar de babá, mas Carniceiro obviamente percebia a importância de proteger a família de Mia e a confiança que a garota punha nele.

– Pode deixar, Corvo. – Ele bateu o punho contra o peito. – Vou proteger Jonnen com a minha vida.

– E você? – perguntou Sidonius, claramente preocupado.

– Vou atrás do Ministério – disse Mia.

– Sozinha? – perguntou Ashlinn.

Ela confirmou.

– É a melhor maneira. Vamos chegar cedo. Drusilla provavelmente estará com Scaeva e Marielle, por isso vou deixá-los para quando estivermos todos prontos. Mas quanto a Solis e o Ministério, posso cortar fora a cabeça da cobra antes de ela descobrir que estou aqui.

– ...SOLIS QUASE MATOU VOCÊ DA ÚLTIMA VEZ QUE LUTARAM, MIA... – murmurou Eclipse.

– É – ela confirmou com um sorriso para Naev. – Mas são poucas as coisas que acontecem na Montanha sem o cronista Aelius saber. E ele me deu um presente para igualar a balança. – Ela olhou para o grupo e os encarou um a um. – Alguma pergunta?

Embora ela tivesse certeza de que cada um ali transbordava de dúvidas, os companheiros permaneceram calados. Ela acenou com a cabeça para eles, com uma consciência aguda do quanto tinham se arriscado por ela e da gratidão profunda que lhes devia. Apertou a mão de Sidonius, deu um abraço forte em Cantespadas, beijou a bochecha de Carniceiro. A caravana se aproximava da Montanha; todos vestiam trajes de Mão roubados e se agachavam nas carroças com as armas sob as vestes. O comboio tomou a direção de uma face de pedra lisa da Montanha Silenciosa, e Naev se levantou na carroça da frente com os braços abertos e pronunciou palavras antigas carregadas de poder.

Mia ouviu a pedra estalar e roncar, sentindo o cheiro oleoso de magia arquêmica. Cantespadas murmurou alguma coisa para si mesma e Jonnen ficou boquiaberto de admiração ao ver a pedra chapada se abrir. Uma brisa fraca beijou o rosto de Mia, então um chuvisco de poeira fina e pedregulhos caiu do alto quando a lateral da montanha se abriu.

A paisagem conhecida dos estábulos da Igreja Vermelha os aguardava: um retângulo amplo cheio de feno com os lados preenchidos por baias para cavalos de raça e camelos cuspidores, carroças e materiais de ferreiro, manjedouras e pilhas de caixas de mantimentos. O cântico de um coral fantasmagórico pairava no ar feito fumaça quando Feio, Idiota, Fedido, Caolho, Cocô, Cabaço, Desdentado e Julius puxaram as carroças para dentro. Mãos em trajes escuros apareceram para conduzir os animais a seus lugares. A iluminação que jorrava pelos portões abertos era a única luz dos sóis que já tocara as entranhas da montanha.

Mia sentiu sua sombra projetar-se para a escuridão de dentro.

Ela apertou a mão de Jonnen e viu que o garoto tinha a mesma sensação perante a escuridão. Sidonius estava tenso como aço na carroça da frente. Cantespadas, imóvel feito uma estátua. E, por fim, quando um grupo de Mãos saiu da penumbra para ajudar a descarregar, Mia e os companheiros puseram-se em ação.

O tinido agudo das lâminas. O brilho da luz arquêmica no metal escovado. Mia ouviu vários estouros quando os globos de vidro-falso voaram das mãos de Naev, desvanecendo em meio a um bando de Mãos numa nuvem de Desmaio e as fazendo cair inconscientes. Os Falcões moveram-se com rapidez, golpeando com o cabo ou a lâmina da espada. Mãos e trabalhadores do estábulo tombavam no chão estatelados e sangrando. Mia

passou

do interior da carroça

para o alto de uma escadaria

e interceptou uma Mão

que ia fugindo,

prendeu-a na própria sombra antes de a deixar inconsciente com um golpe. Uma luta breve. Um jorro de vermelho vivo. Em questão de instantes, os estábulos estavam sob o controle deles.

Tudo estava pronto. Cada um sabia sua tarefa. Olhos focados. Lâminas afiadas. Mia assentiu para cada um, dando um beijo rápido nos lábios de Ashlinn.

– Cuidado, amor – ela sussurrou.

– Você também – respondeu Ash.

Ela sentiu um olhar sombrio nas costas. Virou-se e deu com Tric.

– QUE A MÃE ACOMPANHE VOCÊ, MIA – ele disse.

– E a você – ela respondeu.

Mia olhou para os olhos cintilantes do irmão. Viu a dor e a incerteza dentro deles.

– Mando seus cumprimentos ao nosso pai – ela disse.

Em seguida, sumiu.

Mataranhas entrou na sala envolta em verde-esmeralda. O ouro ao redor de sua garganta reluzia à luz dos vitrais, refletindo-se nas garrafas e frascos e jarros que lotavam as paredes. Olhos escuros, lábios e dedos ainda mais escuros: manchados por uma vida inteira pela arte do veneno que ela tanto adorava. Não havia ninguém em toda Itreya que se comparasse a ela. Mataranhas tinha se esquecido de mais coisas da arte das Verdades do que a maioria das pessoas aprenderia na vida. A shaiid estava no salão, sentada em sua mesa de carvalho, ela moía um veneno composto de aranhas-azuis e o derivava em uma tigela de pedra.

Ultimamente, preparava novos venenos, sonhando em vingar-se de Mia Corvere. As palavras de Solis na última reunião do Ministério a tinham ferido mais do que ela gostaria de admitir. Tinha sido *ela* que apoiara Mia e permitira à garota tornar-se Lâmina. Jamais perdoaria sua ex-pupila por isso. E, embora não se possa dizer que a mulher tivesse uma honra a ser manchada, ela *tinha* paciência. E sabia que, cedo ou tarde, Mia lhe daria a chance de...

A shahiid piscou surpresa. Ali, sobre a mesa, viu uma sombra escorrer pelo carvalho lustrado, como a tinta de uma garrafa derramada. A sombra formou uma poça sob uma resma de pergaminhos, movendo-se como fumaça até unir-se em letras. Três palavras que fizeram o coração de Mataranhas disparar.

Atrás de você.

Uma lâmina comprida de ossário luziu na escuridão às suas costas. A garganta de Mataranhas abriu-se de orelha a orelha. Engasgando, com jatos de sangue saindo pela jugular e a carótida cortadas, a mulher empurrou a cadeira para trás e levantou-se cambaleando. Deu meia-volta, com a mão na ferida terrível, e deparou com uma garota onde antes não havia ninguém.

– M...mmm – ela gorgolejou.

Mia, ligeira, deu um passo atrás quando Mataranhas puxou uma das facas recurvadas em sua cintura. O aço descolorido estava embebido em veneno, mas o rosto da shahiid já estava pálido por causa da hemorragia e seus passos vacilavam. Ela se escorou na mesa, com os olhos arregalados de medo. O sangue jorrava da garganta aberta em intervalos regulares; cobria suas mãos, seu vestido, o ouro dos dedos e do pescoço. Tanto sangue.

Sangue demais.

– Pensei um bom tempo em como acabaria com você, Mataranhas – disse Mia. – Achei que seria poético dar cabo de cada shahiid com seu próprio talento. Aço para Solis. Veneno para você. No fim, decidi que era perigoso demais cutucá-la. Mas queria que soubesse que a matei primeiro porque a respeitava mais. Achei que isso pudesse lhe dar algum consolo, não?

Mataranhas caiu no chão de pedra, os olhos frios e sem vida.

– Não – suspirou Mia. – Pensando melhor, acho que não daria.

Mouser ouviu uma porta bater em algum lugar da sua sala.

Com uma ruga na testa bonita, levantou os olhos da armadilha de agulha que estava carregando. Sua oficina ficava escondida atrás de uma das muitas portas da sua Sala dos Bolos; era um lugar tranquilo onde brincava com trancas ou roupas. Naquele momento, usava peças de baixo femininas, por exemplo – a verdade é que sempre as considerou mais confortáveis.

Mouser se levantou da mesa, tomou sua bengala e manquitolou de volta à sala. As paredes estavam repletas de outras portas, que davam para um de seus guarda-roupas, depósitos ou, às vezes, lugar nenhum. Mesas compridas ocupavam toda a extensão da sala, cheias de engenhocas e bizarrices, cadeados e gazuas. A luz manchada de azul empoçava no chão de granito e refletia-se nos olhos escuros da garota à espera dele.

– Mia... – ele disse, com um frio na barriga.

– Você ajudou a tirarem minha família de mim, Mouser – ela disse. – E, anos depois, ainda teve a pachorra de me olhar nos olhos. De me dar conselhos. De fingir que era meu amigo. De onde vêm pedras como essa? Eu gostaria de saber.

A mão de Mouser desceu para a lâmina de aço-negro de Ysiir que ele sempre levava na cintura.

– Você sabe que aço-negro consegue cortar ossário, não é?

– Bela espada, shahiid – comentou a garota. – Ganhou ou roubou?

Como sempre, o sorriso de Mouser permanecia nos lábios como se ele estivesse planejando furtar algum talher.

– Um pouco de cada.

Mia sorriu também.

– Melhor não arriscar, então.

Ele não viu de onde partiu o tiro de balestra: num instante a garota estava de mãos vazias e, no outro, mirando seu peito. Mas, mesmo com as pernas ruins, o shahiid ainda tinha a agilidade dos gatos. Quando Mia atirou, ele soltou a bengala, agarrou a espada e a colocou na frente do corpo. Houve um tinido agudo e o dardo destinado a seu peito foi desviado.

Pelo menos, foi como a coisa se desenrolou em sua cabeça.

Mas, quando Mouser foi se mexer, descobriu que suas botas estavam presas firmemente ao chão. Tarde demais, ergueu a espada para aparar o tiro, mas o dardo o acertou, perfurando sua túnica, o corpete por baixo dela e, finalmente, seu peito.

Uma bolha de sangue estourou em seus lábios e ele dirigiu um olhar estupefato para os trinta centímetros de madeira e aço alojados em seu pulmão esquerdo. Levantou os olhos a tempo de ver Mia recarregar, e soltou o ar quando um segundo dardo atingiu seu peito, tirando todo equilíbrio de seus pés presos e, por fim, o derrubando de costas no chão. Ele atirou um punhado de facas enquanto caía, mas a garota tinha desaparecido, passado pelas sombras para reaparecer poucos passos à sua esquerda.

Ela pressionou a bota sobre sua mão quando ele foi pegar outra faca e mirou a balestra recarregada na virilha dele.

– Diga adeus a suas pedras, ratinho.

Solis abriu os olhos ao som do coral.

O Reverendo Pai levantou-se da cama, lavou o rosto e piscou os olhos cegos. Então, como sempre fazia, pegou uma espada de madeira e realizou seu treinamento. Depois de trinta minutos, seu corpo pingava de suor e sua respiração era ofegante. Com um sorriso, ele ouvia a canção da própria lâmina cortando o ar.

Satisfeito, vestiu sua túnica e sua bainha. Os olhos pálidos estavam abertos sem enxergar nada – no entanto, enxergavam tudo e muito mais.

O imperador Scaeva e a Senhora das Lâminas logo chegariam, e ele sabia que era melhor ficar apresentável. Avançando pelos longos e escuros corredores, acenou para a Mão à porta da casa de banho e adentrou em silêncio o cômodo vazio. Desafivelou o cinto e respirou fundo, como sempre. Desceu os dedos até sua preciosa bainha. O couro era gravado com um padrão de círculos concêntricos, bem parecido com o de seus olhos.

Devagar, ele a tirou da cintura, sentindo o mundo ao seu redor desfazer-se em trevas. Mais uma vez, estava cego como no dia em que nascera. Ele dobrou a túnica com cuidado e a pôs à beira da banheira ampla, escavada no chão, então apoiou sua cinta e sua bainha delicadamaente sobre ela. Pouquíssimos na Igreja conheciam o verdadeiro propósito daquele item, a mágica que pulsava nele. A feitiçaria da velha Ysiir gravada no couro levantava o véu de um mundo que, do contrário, estaria completamente oculto para ele.

Afundando na banheira quente, Solis fechou os olhos e jogou a cabeça para trás na água, permitindo-se boiar por alguns minutos.

Estava surdo, mudo e cego.

Era um hábito, e o Reverendo Pai não gostava de hábitos – eles deixavam um homem suscetível a emboscadas. Mas ele sempre se permitia aquele instante mínimo de paz e tranquilidade. Aquela era a Igreja Vermelha, afinal. O bastião do poder de Niah na terra.

Quem o tocaria ali?

Solis ergueu-se para a superfície, piscando a água para fora dos olhos leitosos. Sentiu o aroma do sabonete, do bordo queimando devagar no braseiro, da vela. Seus ouvidos eram mais aguçados que o nariz, mas ele só ouvia o crepitar da chama e o coral fantasmagórico na escuridão da Igreja. E, embora quase não tivesse visão, pois só captava a ausência de luz, não notou nada de estranho ao sentar-se na banheira. Talvez o cômodo só estivesse um pouco mais escuro do que o habitual.

Mais escuro...

– ...OLÁ, SHAHIID...

Diga-se em favor de Solis que ele não tremeu. Nem mesmo dignou-se a olhar em direção à loba de sombras. Ouviu um arranhar de bota no piso, captou um vago cheiro de suor por cima do bordo, e... o perfume de Mataranhas? Ele sabia quem estava lá, a alguns passos da banheira. Observando-o com seus olhos escuros e sombrios.

– Você.

– Eu – respondeu Mia.

Um fio gélido de temor insinuou-se dentro de Solis. Suas mãos dispararam para a túnica ao lado da banheira. Mas, embora seus dedos encontrassem o pano, ele se deu conta de que a sua bainha tinha...

Sumido.

– A verdade é que eu fiquei decepcionada quando descobri – disse Mia, sua voz agora mais distante. – Há um quê de romantismo na imagem de um espadachim cego. Mas era tudo mentira, não era? Tudo besteira. Como o resto desta porra de lugar.

O medo deixou suas entranhas frias. Ele levou a mão à túnica para pegar a adaga que sempre carregava escondida e não se surpreendeu muito ao notar que ela também tinha sumido. Ergueu-se da banheira numa nuvem de vapor e sentou-se nu na beirada. Estava tomando ar para gritar quando...

– Sua Mão está dormindo, aliás – a voz da garota veio do outro lado da sala. – Para o caso de você estar pensando em gritar por socorro.

– Gritar? – desdenhou Solis. – Você sempre se achou demais, garota.

– E você de menos – ela rebateu. – É por isso que me deixou treinar aqui, mesmo sabendo como a decisão podia acabar fodendo você? Achava mesmo que eu jamais descobriria o que todos vocês fizeram?

Ele inclinou a cabeça para ouvir melhor, atento ao som dos passos dela. Recuando pela banheira, tentou pôr as costas contra a parede. Mas ouviu um sussurro vago de pano junto ao crepitar da madeira no braseiro, e se deu conta de que ela estava...

Atrás de mim.

Ele atacou com as mãos esticadas, mas encontrou apenas ar.

– Bela investida, Reverendo Pai – ela disse. – Mas a pontaria... tsc, tsc, tsc.

Ela estava à sua direita, distanciando-se. Ele podia senti-la. Os anos de escuridão antes de encontrar seu Cinturão de Olhos, anos que passara trancafiado na Pedra Filosofal, irromperam em sua mente naquele momento. Ele tinha matado cem homens para ganhar a liberdade daquele poço, e isso cego como um cãozinho recém-nascido. Não precisou dos olhos para matá-los. Não precisava deles agora.

Mas ela é boa. Move-se silenciosa como a morte.

– É tudo mentira – ela sussurrou. – Os assassinatos. As oferendas. Escuta-me, Niah. Escuta-me agora. Toda essa baboseira. Isto aqui não era uma igreja, Solis. Você nunca foi uma santa Lâmina a serviço da Mãe da Noite. Você era uma puta.

Mantenha-a falando.

– Você esperava mais do que isso, é? – ele perguntou. – Engoliu as bobagens que Drusilla e Mercurio falaram? Que era a "Escolhida da Mãe"?

Um arranhar leve da bota dela.

Esquerda...?

– Quando você chegou, eu disse para eles que devíamos acabar com você – ele disse. – Avisei que chegaria a viragem em que você descobriria a verdade e mostraria a fedelha mimada e chorona que é. Sempre se achou melhor do que esse lugar. *Sempre.*

– Então por que não me matou? – ela perguntou.

Atrás agora...

– Cassius não queria saber disso – respondeu Solis. – Chamava você de "irmãzinha". Imaginava que havia algum parentesco na escuridão de vocês, embora não soubesse o que era. Ele se intitulava "Príncipe Sombrio" – desdenhou o shahiid. – Príncipe do quê?

– Por que você me odiava, Solis? – ela perguntou. – Não era apenas pela cicatriz que deixei no seu rosto.

Ele então percebeu como a faria tropeçar, parando-a pelo tempo necessário para conseguir botar as mãos em seu pescoço.

– Nunca odiei você, Mia – ele disse. – Só sabia que ia acabar assim. Sabia que você acabaria descobrindo que foi a Igreja Vermelha que capturou Darius Corvere e o entregou a seus carrascos. Sabia que a merda de Scaeva acabaria na nossa bota. – Ele inclinou a cabeça e sorriu. – Mas você nunca se perguntou?

– O quê?

Direita. Trás. Frente. Sem padrão.

Esperta.

– Quem entrou no acampamento de Darius Corvere? – perguntou Solis. – Quem o pegou com o amante e os entregou para a execução? – Solis levantou a mão esquerda. Correu os dedos pelas cicatrizes do antebraço. – Trinta e seis marcas. Trinta e seis cadáveres. Na verdade, já dei cabo de centenas. Mas só marquei as mortes pelas quais fui pago, em sangue e prata. Mesmo aquelas em que não precisei levantar a lâmina. – Ele correu o dedo por uma cicatriz perto do pulso. – Esta é pelo general Gaius Maxinius Antonius. – Um ruído no piso quando ela parou de se mover. – E esta é pelo Justicus Darius Corvere. – Solis voltou os olhos leitosos para a direção do leve suspiro dela. – Você...

E atacou.

Mia se mexeu, desviando rápida como as sombras – mas não rápida o bastante. Os dedos dele se fecharam no seu cabelo e apertaram forte; ele ouviu um ganido ao enroscar a mecha no pulso e puxá-la para si. Fechou os dedos ao redor do seu pescoço, com o rosto retorcido, a fúria fervendo no peito por ter sido cegado, caçoado e pego desprevenido por aquela merdinha.

Acertou o punho no queixo dela e a fez cambalear para trás. Puxou-a de novo para mais um soco. Golpeava-a como se ela fosse uma boneca de pano, os dedos afundando cada vez mais fundos na carne do pescoço. Ele tinha amolecido. Ficara previsível demais. Quando a putinha estivesse morta, ele ia...

Um golpe contra seu peito.

E outro e outro.

Eram como socos; ele achou até graça. Ela tinha dois terços da altura dele, metade do peso. Como se os punhos dela fossem feri-lo...

Mas então ele sentiu a dor. Quente e molhada, escorrendo pela barriga. Percebeu que ela não estava simplesmente batendo nele. É que a faca era afiada demais para ser sentida.

Ambas as mãos na garganta agora. Olhos cegos alargando-se à medida que a agonia se insinuava. Eles tropeçaram e caíram de volta na banheira. Quando bateram na água, ele sentiu a lâmina nas costas meia dúzia de vezes enquanto a estrangulava com toda a força que tinha. Já tinha matado uma dúzia de homens desse jeito. Tinha estado perto o bastante para ouvir a morte chiar em seus pulmões, sentir o fedor quando a bexiga se soltava com a morte.

Mas a dor...

Rolou e debateu-se na água. Era difícil segurar Mia. O sangue latejava nas orelhas; brotava da dezena de feridas no peito, nas costas, na lateral. Os braços estavam rígidos como ferro.

Ela está me matando.

Ao tomar consciência disso, Solis incendiou-se de ódio. De negação e fúria. Chutou, golpeou, debateu-se e xingou. Quando voltaram à superfície, os olhos cegos brilhavam. A dupla caiu contra um dos cantos da banheira; a coluna dela arqueada de maneira cruel, ele de rosto desfigurado. Ela ainda atacava – com palavrões, cusparadas, facadas no antebraço e no rosto, frenética.

Ele já não sentia as próprias mãos. Ainda a segurava?

Já não doía tanto. Impactos secos. Peito. Peito. Pescoço. Peito.

– Desgraçado! – ela gritava.

É

– Seu!

assim

– Desgraçado!

que

– Filho da puta!

acaba?

Ele sentiu os joelhos cederem. As mãos escorregarem do pescoço dela. A água estava quente, mas ele sentia muito frio. Tinha dificuldade para respirar. Dificuldade para pensar. Descendo pela banheira quente, fechou os olhos e jogou a cabeça para trás na água, permitindo-se flutuar por um punhado de minutos.

Será que ela viria a seu encontro agora? Será que o acolheria em seu seio e beijaria com lábios sombrios?

Ele já tivera fé alguma vez? Ou apenas gostava demais daquilo?

Mãe, eu...

Solis fechou os olhos ao som do coral.

E então afundou para...

— Basta! – disse Scaeva.

Drusilla levantou o olho das páginas, arqueando uma sobrancelha.

– Sim?

O imperador de Itreya franziu o cenho, fixando os olhos negros na Senhora das Lâminas. A dúzia de guarda-costas que o acompanharam até a montanha cercavam seu mestre, olhando para o livro nas mãos de

Drusilla como se fosse uma víbora prestes a atacar. Com sua toga púrpura esplendorosa e coroa de louros dourada, Scaeva foi mais convincente ao fingir não estar impressionado. Ainda assim, até ele considerava a crônica que a anciã lera em voz alta com surpresa e desconfiança. Ele levou os dedos aos lábios e fechou a cara.

– Acho que a senhora já deixou clara a questão.

Chamas crepitavam na lareira da sala, e Mouser remexia-se nervosamente na cadeira. O rosto de Mataranhas estava lívido, e mesmo Solis parecia desconcertado com a previsão da própria morte nas mãos de Mia. Drusilla recostou-se no assento e fechou a terceira Crônica da Quasinoite com cuidado, contornando com o dedo o gato gravado no couro preto.

– Precisamos detê-la, imperador – disse a Senhora das Lâminas, com a voz macia como seda. – Sei que é sua filha. Sei que está com seu filho. Mas, se tudo o que este livro diz é verdade, se Mia Corvere entrar na montanha, ganhará um poder com o qual nenhum de nós é capaz de competir.

– Mia não é a única sombria da história – retrucou Scaeva.

– Ah, nós bem sabemos – disse Drusilla, acariciando a obra. – A batalha entre vocês é espetacular, apesar de o relato estar um pouco forçado. Mas receio que as coisas acabem mal para o senhor. Quer que eu leia? Marquei a pági…

– Não, obrigado – respondeu o imperador irritado.

– Não compreendo – comentou Mouser. – A primeira página da primeira crônica diz que ela morre.

– E morre mesmo – disse Drusilla, batucando os dedos na capa do terceiro volume. – Depois de uma vida longa e feliz, cercada por aqueles que ama.

– Prefiro morrer – rosnou Solis – a permitir que aquela vadia tenha um final feliz.

– Essa crônica é bruxaria – disse Aalea, com os olhos no livro.

– Não – rebateu Drusilla, correndo os olhos por seu Ministério. – É uma crônica do futuro. Mas de um futuro que podemos *mudar*. Já estamos mudando, aqui e agora, com esta conversa. Estas páginas não foram gravadas na pedra. A tinta pode ser lavada. E temos uma vantagem sobre a jovem Mia.

– Ah, é? – perguntou Mouser.

– É – confirmou Drusilla. – Sabemos exatamente como e quando ela pretende entrar na montanha. E, tola como é, sabemos que traz o filho do imperador consigo.

Todos os olhos voltaram-se para Scaeva.

– Seria melhor partir para Godsgrave, imperador – disse Drusilla. – Deixe que cuidemos da sua filha desgarrada. É mais seguro para todos.

– Sua preocupação é tocante, senhora – respondeu Scaeva. – Contudo, perdoe-me a sinceridade, mas até agora os esforços de vocês para subjugar minha filha se mostraram bem pouco satisfatórios. E, se ela vem com meu filho para massacrar vocês, permanecerei para garantir que Lucius não seja ferido. *De forma alguma*.

– Pode confiar em nós quanto a isso, imperador. E em relação à sua filha? – A Senhora das Lâminas inclinou-se para a frente e encarou Scaeva com firmeza. – Sei que a queria capturada, Julius. Sei que queria torná-la sua arma e livrar-se de nós, os mercenários da Igreja Vermelha. – Scaeva levantou os olhos para Drusilla, que abriu um sorriso. – Mas o que este livro demonstra sem sombra de dúvidas é que Mia é perigosa demais para permanecer viva. A Igreja Vermelha continuará a servir seu império, como sempre fez. Vamos continuar sendo pagos pelos nossos serviços, como sempre fomos. E Mia Corvere vai morrer.

Scaeva coçou o queixo, fixando o olhar na crônica. A Senhora das Lâminas via sua mente trabalhando por trás dos olhos, dando voltas em planos dentro de planos, desembaraçando e recosturando.

Mas, por fim, como ela sabia que aconteceria, o imperador consentiu:

– Mia Corvere vai morrer.

Uma batida leve perturbou o silêncio do dormitório.

A carranca natural de Mercurio aprofundou-se e, com a cigarrilha na boca, ele olhou incomodado para a porta insolente. Tirando os óculos de armação de fio do nariz, pôs o livro de lado com um palavrão. Uma interrupção durante a leitura, na maioria das vezes, importunava pouco, mas agora ele estava a somente dois capítulos do fim de *Nas coxas*. O cronista tinha razão: a política era boba, mas a baixaria era *mesmo* de primeira classe. Faltando apenas vinte e duas páginas para terminar, o velho se viu surpreendentemente ansioso para descobrir se a gêmea má da condessa Sofia ia mesmo se casar com o arquiduque Giorgio e...

Toc, toc.

– O que foi, caralho? – rosnou o homem.

Ele ouviu a chave girar na fechadura e a porta abrir-se quase sem ruído. Mercurio estava certo de que veria alguma de suas malditas Mãos espichar a cabeça pelo batente. Ele tinha sido confinado ao seu quarto desde a descoberta da terceira crônica, e os pobres coitados que o vigiavam agora estavam num tédio de merda. Ontem, o dweymeri chegou até a perguntar se ele queria uma xícara de chá. Mas, em vez de um lacaio cabisbaixo da Igreja, o velho deparou com a Senhora das Lâminas em pessoa.

– Desde quando você bate antes de entrar?

– Desde quando me informaram sobre o que você tem lido – respondeu a anciã. – Prefiro não interromper seu encontro com a Dona Palma e seus cinco filhos.

– Você sempre foi pudica demais, Silla.

– E você sempre foi babaca, Mercurio.

O velho não conseguiu conter um sorriso.

– Por que está aqui?

Drusilla adentrou e fechou a porta. Ele podia notar por sua expressão que, apesar dos gracejos iniciais, ela não estava ali por diversão. A mulher sentou-se na cama e ele virou a cadeira para poder encará-la, apoiando os cotovelos nos joelhos.

– O que foi, Silla?

– Mia está morta.

O velho sentiu um aperto no peito como se o tivessem amarrado com correntes de ferro. O braço esquerdo começou a doer, as pontas dos dedos formigaram e o quarto começou a girar.

– Quê? – ele perguntou, sem fôlego.

Drusilla o olhou com evidente preocupação.

– Você está bem?

– Claro que não estou bem, porra! – ele disparou. – Ela está *morta*?

– Mãe Sombria, era uma figura de linguagem. O fato ainda não foi consumado.

– Caralho, dentes da Fauce! – Mercurio começou a massagear o peito, trêmulo de dor. O alívio percorreu seu corpo como uma chuva de primavera. – Você quase me fez ter a porra de um infarte!

– Quer passar no boticário?

– Não, não quero ver porra de boticário nenhum, sua puta desgraçada! – ele esbravejou. – Quero saber de que abismos você está falando!

– Scaeva autorizou a execução de Mia – disse Drusilla. – Sabemos exatamente como e quando ela vai entrar na Montanha. O destino dela está selado, o assunto está decidido. Sei quanto você gosta dela, por isso quis que ouvisse a notícia dos meus lábios.

– Você queria era *tripudiar*, isso sim – esbravejou Mercurio.

– Se você acha que sinto prazer em…

– Por que abismos você viria aqui senão por isso? – O velho piscou forte, esfregando o braço dolorido, e notou que suava frio. – *Claro* que sente prazer nisso, Silla! Sempre sentiu! Sempre sentirá!

– Você me conhece tão bem assim?

– Ah, se conheço! – confirmou Mercurio irado, estremecendo de dor ao dobrar os dedos da mão esquerda. – Melhor que qualquer homem a-antes ou depois. Vi você em sua melhor e em sua pior forma. Por que caralhos acha que terminei tudo entre nós?

Os olhos azuis da anciã faiscaram.

– Não dei a mínima quarenta anos atrás, Mercurio. E dou ainda menos agora.

– Alguns de nós vieram a este lugar por acreditarem. Outros, porque era tudo que tinham. Mas você? – Mercurio estremeceu de novo, apertando o ombro. – Você veio porque *gostava!* Você gosta de f-ferir, Silla. Nunca teve coração… – Ele piscou e levantou-se. – …c-coração…

O velho arfou e levou a mão ao peito. Apoiou-se na parede, derrubando o livro no chão junto com um jarro de vinho que se espatifou. Com o rosto torcido, moveu os lábios como se fosse incapaz de falar.

Drusilla levantou-se com os olhos arregalados.

– Mercurio?

O velho caiu de joelhos. Um ruído sem sentido escapou de seus lábios. Ele apertou as duas mãos contra o peito e amarfanhou o tecido da túnica. A Senhora das Lâminas esmurrou a porta e gritou, então suas Mãos correram para dentro do quarto. O velho caiu de cara na pedra, com o cheiro de vinho e urina nas narinas.

– Levem-no para o boticário! – rugiu Drusilla.

Mercurio sentiu braços fortes na cintura quando o dweymeri o agarrou e jogou por cima do ombro largo. Sua reação foi apenas um gemido e um piscar de olhos. Sentiu o ritmo de passos apressados e ouviu as ordens berradas por Drusilla em meio ao coral da Igreja. Não sentia mais dor, felizmente. Um longo fio de baba escorria dos lábios e ele gemeu mais algumas coisas sem sentido. Carregaram-no por corredores escuros e escadas espiraladas. Sua cabeça ia batendo contra as costas da Mão. Drusilla ia atrás, balançando a cabeça.

– Velho burro.

Ele respondeu apenas com um gemido e a Senhora das Lâminas suspirou.

– Isso é o que dá ter coração...

CAPÍTULO 31
REALIDADE

Drusilla deixou Mercurio no boticário.

Embora soubesse ser tolice, a Senhora das Lâminas sempre tivera carinho pelo bispo de Godsgrave e teria permanecido mais tempo ao lado de sua cama se pudesse. Infelizmente, ela tinha um massacre a supervisionar, e a maré do tempo não se deteria por sentimentalismos. Drusilla deixara o antigo amante adormecido, grisalho e magro, o peito exíguo subindo e descendo rápido como o de um passarinho ferido. Rosnou ordens severas de que ele deveria receber os melhores cuidados, chegando a sacudir uma serra de ossos na cara do chefe dos boticários para enfatizar sua seriedade. Depois, com um beijo frio na testa úmida de Mercurio, saiu para tratar do assassinato da garota que ele amava como uma filha.

Reuniu seu rebanho à sua volta, todos de preto, e repassou o plano mais uma vez por segurança. A estratégia estava montada, o caminho estava claro. Só precisavam esperar os convidados chegarem para dar início ao baile vermelhíssimo.

Os assassinos estavam à espreita na penumbra, envoltos pelo fedor da palha e dos camelos. Os estábulos da Igreja Vermelha jaziam sob eles em toda sua glória. Além das portas externas na lateral da Montanha que davam para as ruínas ysiiri, havia duas outras saídas da câmara: portas duplas no alto das paredes leste e oeste. Essas duas portas davam para o interior da Montanha e ficavam ao fim de escadas gêmeas com degraus lustrosos e corrimões de granito pesado. Ambas contornavam a parede por fora e acabavam por encontrar-se numa descida que conduzia até as baias e armazéns do andar inferior. Drusilla abrigava-se nas sombras perto da passagem oeste, ocultando facas compridas sob as mangas. Seus olhos azuis faiscavam no escuro, e sua mente afastava qualquer pensamento relacionado com Mercurio.

Scaeva estava à espreita logo atrás dela, cercado por guarda-costas com espadas à mão. Como era seu costume, o imperador estava perto da saída, pronto para fugir montanha adentro caso as coisas dessem errado de alguma maneira, mas próximo o bastante para assistir ao massacre. Sua serpente de sombras estava enrolada no pescoço do mestre, observando tudo com seus não-olhos.

Drusilla especulou distraída sobre o quanto o imperador se aprofundara em seus dons sombrios – e quão perigoso ele seria num lugar como a Montanha, onde a luz dos sóis jamais brilhara. Havia anos que ela o mantinha vigiado por espiões, e Scaeva jamais empregara seu poder sombrio. A Senhora das Lâminas não fazia ideia da extensão de seus poderes. Se não fosse pelo passageiro, nem acreditaria que ele era sombrio. Esses pontos desconhecidos o tornavam um homem perigoso. Quase tão perigoso quanto a filha tinha se tornado.

A diferença era, claro, que a filha dele não *pagava* Drusilla.

A Senhora das Lâminas não gostava do imperador, a bem da verdade. Respeitava sua inteligência. Admirava sua falta de escrúpulos. Mas o homem era ambicioso demais. Desejava demais o poder. Amava demais o som da própria voz. Vaidoso, vaidoso ao extremo. E, claro, Scaeva tinha poder sobre Drusilla, o que a fazia odiá-lo ainda mais.

Dinheiro.

Era impressionante a perversidade das garras prateadas do dinheiro.

O amor de Drusilla pela riqueza começara devido ao amor à família. Quem dizia que o dinheiro era a raiz de todos os males nunca vira a alegria nos olhos dos netos de Drusilla na viragem em que a avó lhes deu o primeiro pônei, nem ouviu o choro emocionado da filha quando Drusilla pagou todas as despesas de seu casamento sem hesitar.

Quem dizia que dinheiro não comprava felicidade obviamente nunca tivera dinheiro.

Drusilla angariara uma fortuna ao longo dos anos de serviço ao Ministério, e a maior parte dela saíra dos cofres de Scaeva. Mas o verdadeiro mal da riqueza era que muito nunca era o bastante. Por mais que a pessoa tivesse, ficava com a impressão de precisar de mais. Na sua cabeça, Drusilla ainda precisava de Scaeva. Quando o futuro de sua família estivesse assegurado, quando a riqueza deles estivesse completamente livre de ameaças, então talvez ela reavaliasse sua relação com o jovem imperador. Mas por enquanto...

– Lembre-se, Drusilla – murmurou Scaeva atrás dela. – Se um fio de cabelo de Lucius for tocado, seus netos pagarão o preço.

– Sabemos uma coisa ou outra sobre assassinato, Julius – respondeu Drusilla sem deixar entrever seu ódio frio. – Não tema.

A víbora aos pés de Scaeva sibilou, quase inaudível:

– *...Ele nunca teme...*

Na escadaria leste, Drusilla avistou Mouser, cercado por duas dezenas das Mãos mais talentosas, todas armadas com balestras pesadas. Os olhos velhos do Shahiid de Bolsos estavam focados na porta que dava para o deserto, e a mão segurava o cabo de sua espada de aço-negro.

Mataranhas estava no alto da escadaria central, com meia dúzia de Lâminas da Igreja ao seu lado. Corvere era simplesmente perigosa demais para ser subestimada àquela altura, e Drusilla convocara os melhores e mais mortais para acabar com ela: Donatella de Liis, Haarold e Brynhildr da capela de Carrion Hall, e até Acteon, o Sombrio, chamado de

Godsgrave. Solis também esperava com eles, espadas gêmeas nas mãos, olhos cegos voltados para o alto e a cabeça de lado. Era uma aposta arriscada juntar os melhores dentre os remanescentes assim. Mas, depois do fracasso de Decimani perto de Galante, Drusilla não podia mais arriscar. Mia vinha direto para o covil de lobos, afinal.

De nada adiantaria ter filhotes à sua espera.

Só Aalea parecia duvidar. Estava ao lado de Drusilla, com os olhos escuros arregalados e uma adaga luzindo na mão.

– Mercurio está bem? O boticário diss...

– Contenha-se, shahiid – sussurrou Drusilla. – Ele não é problema seu.

Aalea a encarou com os lábios apertados.

– Ele foi bom comigo quando eu não passava de uma acólita em Godsgrave. Se poss...

– Silêncio – sibilou Solis. – Eles estão chegando.

Drusilla sentiu o corpo formigar. Baixou a vista para os estábulos, ouviu o ruído da rocha e sentiu o cheiro oleoso da magia arquêmica no ar. Mataranhas murmurou sozinha e os guardas de Scaeva suspiraram admirados ao ver a parede abrir-se. Uma lufada suave de vento beijou o rosto de Drusilla e um chuvisco de poeira fina e pedregulhos caiu do alto quando a lateral da montanha se abriu. Por todo o estábulo, nas escadarias, dezenas de Mãos e Lâminas estavam a postos, imóveis, envoltas na escuridão. O coral fantasmagórico foi abafado durante a abertura das grandes portas pelo som da maquinaria que chiava e retumbava.

O comboio de carroças de Corvere parou à entrada. A paisagem conhecida dos estábulos da Igreja Vermelha os aguardava: um retângulo amplo cheio de feno com os lados preenchidos por baias para cavalos de raça e camelos cuspidores, com carroças e materiais de ferreiro, manjedouras e pilhas de caixas de mantimentos. Mas nas escadarias acima, encolhida nas sombras do ambiente, a morte pairava com o fôlego suspenso.

Tudo acontecia como esperado.

Drusilla forçou a vista para além da luz ofuscante dos sóis. As carroças de Corvere fungavam e cuspiam, arrastando sua carga para dentro. A Senhora das Lâminas viu uma figura em trajes de Mão no assento do cocheiro: o dweymeri meio morto, de ombros largos e cabeça baixa. Dava para ver outros por baixo das lonas: ela sabia, pela leitura da Crônica da Quasinoite, que Mia viajara na carroça do meio com Järnheim e o pirralho de Scaeva. Se não fosse a presença do garoto, o assunto seria bem mais simples.

Ainda assim, aquele estava longe de ser o primeiro assassinato da Senhora das Lâminas...

Drusilla olhou para Mataranhas com uma expressão de dúvida no rosto. A Shahiid de Verdades acenou com a cabeça, tranquila e confiante.

Os camelos puxando a carroça foram parando devagar.

E, a uma ordem cochichada, as Lâminas reunidas começaram o serviço.

Globos brancos. Pequenos, lisos. Dezenas, talvez centenas, como uma nevasca cintilando à luz dos sóis, foram atirados nos estábulos abaixo. Estouraram – *pfff, pfff, pfff* – em grandes nuvens onduladas de branco. Num piscar de olhos, a densa neblina de Desmaio preencheu os andares inferiores, adormecendo qualquer um que a respirasse. Drusilla ouviu gemidos abafados lá embaixo, junto à queda seca dos camelos contra o chão de pedra. O sussurro da nuvem grossa e pesada se assentando.

Em seguida, não ouviu mais nada.

As Lâminas e os shahiids olharam para ela. A anciã esperou por um longo e silencioso momento. Inspecionou do alto o miasma pálido e não encontrou qualquer sinal de movimento ou insinuação de perigo. Por fim, a Senhora das Lâminas acenou rápido com a cabeça.

Os melhores assassinos da Igreja Vermelha afivelaram máscaras de couro firmemente atrás da cabeça com a ajuda de Mataranhas. Os dispositivos tinham sido projetados pela própria Shahiid de Verdades: os olhos de quem os usavam ficavam cobertos por um visor de vidro, e um bocal de bronze filtrava o ar. Com a segurança das máscaras, as Lâminas da Igreja desceram até a neblina venenosa. Acteon, o Sombrio, era silencioso como a fumaça. Donatella de Liss, afiada como as espadas que portava. Solis esperava no alto da escadaria central, com as espadas desembainhadas. Aalea permaneceu ao lado de Drusilla, segurando o fôlego.

O vento soprou no vale e começou a carregar o Desmaio para fora pela lateral da Montanha. Através do véu cada vez mais exíguo, Drusilla observava seus assassinos descerem as escadas com cuidado até o estábulo. Ela não sabia ao certo se o defunto dweymeri era imune aos efeitos do Desmaio, de modo que Mouser e seu destacamento de Mãos estavam com as balestras prontas e os dardos flamejantes apontados para o sem-lume. Mas, em meio à serração minguante, a Senhora das Lâminas viu que a figura no assento de cocheiro estava caída e imóvel.

– Peguem o filho do imperador primeiro! – ordenou Drusilla. – Acabem com os outros.

– Tragam-me o meu garoto! – exigiu Scaeva.

Acteon, o Sombrio, confirmou com a cabeça e instruiu as outras Lâminas a cercarem a carroça do meio por meio de gestos. Solis apertou os olhos cegos, as Mãos no andar de cima firmaram suas balestras e Donatella de Liis cortou os nós que prendiam a lona à carroça. Com a respiração suspensa, Drusilla observou a Lâmina soltar a cobertura com um puxão.

Drusilla piscou. Havia figuras em trajes de Mão dentro da carroça, mas, em vez de caídas no assoalho, estavam sentadas. Além disso, e mais estranho ainda, havia um enorme barril bem no meio do veículo. Era de carvalho sólido, velho, pesado e manchado de sal. Letras grandes estavam gravadas a fogo na madeira.

SE ENCONTROU ISSO, POR FAVOR, DEVOLVA A CAL CORLEONE.

SE ROUBOU, PARABÉNS, NOBRE AMIGO.

O coração de Drusilla foi ao chão.

...Sal arquêmico.

– Afast...

A explosão rasgou os estábulos como um furacão de fogo azul e crepitante. Um rugido ensurdecedor derrubou Drusilla e deixou os guardas de Scaeva desnorteados. A Senhora das Lâminas protegeu os olhos contra o calor e viu a carroça, Acteon, Donatella e as melhores Lâminas remanescentes da Igreja serem incinerados. Solis foi arremessado contra a parede, chamuscado e ferido. Mataranhas caiu de joelho com um palavrão. Cinzas incandescentes subiram com a fumaça e dançaram pelo ar. O estrondo ecoou por todo o espaço, deixando os fiéis atônitos, ofuscados, atordoados.

– Dentes da Fauce, caralho! – tossiu Mouser.

Drusilla ouviu Scaeva puxar um fôlego forte. Ao virar-se para trás, viu que os olhos do imperador estavam arregalados. A víbora de sombras, enrolada nos ombros dele, lambia a fumaça sufocante com sua língua translúcida.

– *...Ela está aqui...*

Drusilla virou-se para os estábulos a tempo de ver o ar estremecer e uma não-luz ondear. Uma sombra em forma de loba materializou-se na metade da escadaria leste, rugindo como os ventos do Abismo. Perante os olhos estupefatos dela, uma figura escura saltou *para fora* da passageira e aterrissou no patamar em meio aos gemidos abafados das Mãos e bem ao lado do Shahiid de Bolsos. A figura se levantou sob a chuva de brasas e fumaça escura e traçou um arco reluzente no ar com sua espada alva.

– Mia...

A lâmina da garota zuniu no pescoço de Mouser, atravessando carne, cartilagem e ossos. A cabeça do Shahiid saltou do pescoço e caiu para os estábulos carbonizados abaixo. Mia agarrou a lâmina de aço-negro que escorregava dos dedos imóveis do cadáver e o mandou atrás da própria cabeça com um chute selvagem no peito. Então, com uma lâmina em cada mão, começou a entrar e sair das sombras como uma espécie de beija-flor sanguinário para fazer pedacinhos de qualquer um que portasse uma balestra.

– Mãe Sombria... – balbuciou Drusilla.

Aalea xingava diante do massacre. Um grito soou à entrada da Montanha. Em meio à torrente de fumaça, Drusilla avistou um punhado de figuras armadas com espadas invadirem o estábulo a partir do sopé da Montanha. Trapos encharcados em volta da boca os protegiam do Desmaio cada vez mais fraco e a anciã reconheceu todos do livro: Sidonius, o itreyano, e Cantespadas, a dweymeri. Ao lado deles, corria o sem-lume Tric, e a puta traidora Ashlinn. O idiota de Carniceiro e a traiçoeira Naev vinham na retaguarda, com o menino de Scaeva no meio.

Enquanto isso, na escadaria leste, Mia rasgava as Mãos de Drusilla com a espada e abria caminho Montanha adentro para os companheiros. A garota aparecia e desaparecia como uma assombração de uma virada de verão. Alguém atirou uma faca envenenada em seu peito, mas ela simplesmente sumiu; a lâmina enterrou-se no peito de outra Mão, que logo desabou. A garota passou pelas sombras e saiu por trás de quem lançara a lâmina, matando-o, então decepou as pernas de outro e mandou-o para o chão com jorros de sangue. Desviou de uma espada que foi girada contra ela e cortou na altura do cotovelo o braço que dera o golpe. Fez tudo isso sem desviar os olhos de Drusilla e do imperador atrás da anciã. Seu rosto estava recoberto de sangue. Os olhos, frios e vazios. Era como se todo aquele sangue, toda aquela morte, fossem um simples prelúdio do assassinato por vir.

Ao olhar naqueles olhos, Drusilla teve plena certeza de quem seria assassinado.

Apenas cadáveres restaram na escadaria leste, e num passo a garota de repente estava nos degraus logo abaixo de Drusilla. Seus companheiros corriam escada acima atrás dela, ultrapassando o ainda grogue Solis; Sidonius e Cantespadas passaram pelo shahiid como um raio e entraram pelas portas ao leste. Mia apontou uma espada pingando sangue na direção de Scaeva.

– *Pai!* – ela urrou.

Drusilla olhou para trás brevemente e viu o rosto do imperador empalidecer. Seus olhos saltaram da filha para o único filho, uma silhueta contra a entrada da Montanha. Mia enterrou a lâmina na barriga de outra Mão, que tombou para a frente num emaranhado de tripas. Então, começou a subir a escadaria oeste, sumindo pelas sombras para reaparecer ao lado de outra Mão, que matou quase sem ver. Seus olhos estavam cravados em Scaeva.

– *Corvere!*

O urro ecoou pelos estábulos. Ao pé da escada, o Reverendo Pai por fim ergueu-se depois da explosão. O traje de couro fumegava, e os restos de barba que tinham sobrevivido à bomba-caixão de Järnheim em Godsgrave tinham desaparecido por completo. Os olhos cegos ardiam de ódio enquanto ele erguia as espadas contra Järnheim e o defunto para contê-los.

A garota nem se dignou a olhar para trás. Contentou-se em deixar os companheiros darem cabo de Solis enquanto subia pela escada oeste com os olhos sombrios cravados nos do pai. Os gladiatii já tinham adentrado a montanha, e Järnheim e o defunto encaravam o Reverendo Pai, prontos para matá-lo e subir a escada leste atrás de Sidonius e Cantespadas. Dali, podiam enfiar-se pelo coração labiríntico da Montanha, encontrar os aposentos do orador por qualquer um de vários caminhos possíveis e impedir fugas por meio de Marius.

Com sombras que pendiam dos ombros como asas escuras, Mia aproximou-se. A loba de sombras vinha logo atrás com as presas macabras à mostra. Apenas Drusilla, Aalea e Mataranhas estavam entre ela e o pai agora. A Shahiid de Verdades atirou duas facas curvas envenenadas que estavam em sua cinta de ouro. A Senhora das Lâminas puxou as lâminas debaixo da manga e as segurou firme com as mãos idosas. Mas Aalea falou macio com sua língua mais afiada do que qualquer arma do arsenal:

– Solis matou Darius, Mia.

Os olhos negros da garota passaram do pai para a Shahiid de Máscaras. Seus passos vacilaram, seu queixo ficou tenso. Drusilla sentiu um breve alívio ao ver que as palavras de Aalea tinham penetrado o coração de Corvere. A garota acabou por voltar os olhos para Solis, que lutava contra dois uns degraus abaixo.

– Foi *ele* que capturou o Faz-Rei e Antonius no acampamento – sussurrou Aalea. – Foi ele que os entregou para dançar na forca para o divertimento das massas. Foi *Solis*, Mia.

Mia apertou os olhos. Solis atacava Tric e Ashlinn e os mantinha afastados. Scaeva retirava-se devagar pelas escadas, cercado por seus homens. O imperador estava quase ao alcance de Corvere. Havia apenas um punhado de homens entre Mia e seu troféu. Mas havia um motivo para Aalea ser a Shahiid de Máscaras na Igreja Vermelha e não era seu talento para maquiagem. Mesmo ali, com a presa à vista de Mia, Aalea conhecia as palavras exatas para manipulá-la, seduzi-la, fazê-la hesitar. Ao menos por um instante.

Ao menos por um fôlego.

– Venha me encarar, putinha covarde! – rugiu Solis.

– Ele matou o homem que você chamava de pai – sussurrou Aalea.

A garota apertou as mãos nos cabos das espadas. O fim estava a poucos passos de distância. Ainda assim, Drusilla viu o famigerado gênio entrar em ação, o ódio que levara a garota além de todos os limites da sobrevivência, que a fizera pisar em todos que surgiram em seu caminho. Drusilla viu a faísca desencadear labaredas vorazes no peito dela.

Com a loba de Cassius em sua sombra, Mia não tinha qualquer medo do fracasso, afinal.

Não tinha medo algum.

O que importavam alguns momentos a mais?

Mia lançou um olhar para Drusilla com uma promessa muda e, fechando a cara, voltou-se para o Reverendo Pai.

– Filho da puta! – vociferou.

– Mia, não… – Järnheim levantou a espada para o rosto de Solis. – Deixe que eu…

– Deixe que *eu*… – disse Tric.

– Não. – Corvere desceu as escadas com os olhos no shahiid. – Esse desgraçado é meu.

Drusilla deu um passo para trás. Depois outro. Sabia que Solis poderia ganhar a luta. Era um grão-mestre da espada, afinal. A Senhora das Lâminas ouviu os sinos da Igreja soarem em alarme, convocando as Mãos e os acólitos remanescentes para a batalha. Mas Mouser já estava morto, bem como os melhores assassinos da Montanha. Corvere já tinha massacrado algumas dezenas de fiéis sem levar nem um arranhão. E a verdade era que, embora Drusilla fosse a melhor assassina da Igreja Vermelha, suas viragens de glória já tinham ficado bem para trás.

Ela ouviu passos em retirada e viu a guarda de Scaeva fugir pela porta para o interior da Montanha: como esperado, o imperador abandonava até o único filho quando sua pele estava em risco. E ali, onde os sóis jamais brilhavam, a Senhora das Lâminas jamais se arriscaria a enfrentar sozinha a filha sanguinária daquele homem.

Assim como Scaeva, Drusilla deu meia-volta e correu.

Capítulo 32

Agora

As cinzas tinham gosto de bênção.

Mia estava nas escadas, ouvindo os passos fugitivos de Drusilla e os sinos da Igreja soando o alarme. Sentia o cheiro de carne carbonizada, de sangue, tripas e merda, e tudo parecia um agradável perfume. Os olhos ardiam com a fumaça e sua pele estava molhada e pegajosa de sangue. Scaeva já desabalava Montanha adentro. Qualquer garota normal temeria que ele escapasse. Qualquer garota normal temeria o fracasso de tudo aquilo por que trabalhara tanto. Mas não essa garota.

Qual é a diferença entre a coragem e a burrice?

Quem você seria, e como agiria, nobre amigo, se não tivesse *mesmo* qualquer medo?

Mia olhou para Ashlinn e Tric com um brilho nos olhos escuros.

– Vão ajudar Sid e Canta – ordenou. – Sigam o plano. Vão para os aposentos do orador e impeçam as fugas.

Ash olhou para Solis.

– Mia, você...

– Sem tempo para discussões. Vão!

A dupla trocou um olhar; eram opostos em tudo exceto no amor por aquela garota. Mia via o medo nos olhos deles – um medo que era incapaz de sentir com Eclipse na sua sombra –, mas os dois acabaram por obedecer. Ash disparou escada acima com Tric para encontrarem-se com Sid e Cantespadas nos aposentos do orador. Naev apagava as chamas provocadas pela explosão. Carniceiro vigiava Jonnen.

Mas Mia só tinha olhos para o Reverendo Pai.

As espadas pesavam em suas mãos, vermelhas de sangue. Mia deu dois passos na direção de Solis, que tinha os olhos fixos no teto. Sua pele estava chamuscada pela explosão, mas as mãos estavam firmes nas espadas. Os músculos eram reluzentes, os ombros largos como pontes, os bíceps do tamanho da cabeça dela. Os lábios dele retorceram-se de desdém.

– Então você *teve* coragem para me encarar. Estou surpreso.

Mia olhou para o irmão, então para as escadas.

– Eu podia matar você sem sair do lugar, Solis – ela disse simplesmente. – Podia fazer as sombras arrancarem cada membro seu. Podia fazer de um jeito em que as nossas espadas nem mesmo se tocariam. – Ela deu outro passo e ergueu a lâmina ensanguentada. – Mas *quero* que elas se toquem. Porque, da primeira vez que lutamos, eu era uma aprendiz. E, quando lutamos em Godsgrave, não estava em minha melhor forma. Mas agora? Nada de sombras. Nada de truques. Lâmina contra lâmina. Porque você ajudou a matar o homem que eu amava como pai. E vou matar você por isso, seu filho da puta.

O que quer que o shahiid fosse responder foi interrompido pela investida de Mia. A espada dela se moveu rápida como um raio; seus movimentos eram ofuscantes. O homem desviou e contra-atacou; o golpe zuniu perto da garganta de Mia. Ela girou, com o cabelo preto e comprido esvoaçando, e investiu contra a barriga de Solis. Eclipse corria ao redor dos dois, entre eles, rosnando e latindo. E ali, nos degraus ensanguentados da Igreja Vermelha, a batalha realmente começou.

A maioria das lutas até a morte acabam em questão de instantes, nobres amigos. Trata-se de um fato pouco conhecido, sobretudo por aqueles de vocês que gostam mais de ler sobre duelos de espada do que de participar deles de verdade. A verdade é que, quando alguém golpeia você com um pedaço afiado de metal, um único erro é suficiente para você encontrar o seu destino.

Mia sabia que Solis nunca a respeitara como acólita, como Lâmina, como oponente. Com Eclipse a seu lado, ela não temia. Esguia e musculosa, dura feito aço, Mia Corvere era integralmente a campeã do *venatus magni*. Mas Solis era mais alto do que ela. Sua envergadura era maior, assim como sua experiência. Além disso, com seu Cinturão de Olhos, enxergava todos os golpes em meio à chuva de brasas e fumaça. Quando Mia não passava de uma criança, ele já tinha matado centenas com as próprias mãos para escapar da Pedra Filosofal. Servira por anos a Igreja Vermelha como seu maior espadachim. Em todos os quesitos, julgava-se melhor do que Mia.

– Fracote inútil – ele esbravejou ao bloquear um golpe. Depois, atacou com força e quase decepou a cabeça de Mia. – Criança patética – disparou enquanto repelia outro ataque.

Mia gingava para trás, quase escorregando no chão ensanguentado. Desviava a espada dele e atacava com a sua. Esquiva. Golpe. Bloqueio. Investida. Logo seu pulso acelerou-se e o suor começou a arder em seus olhos. As espadas gêmeas de Solis cortavam o ar em desenhos hipnóticos e zuniam a cada golpe. Uma investida perfeita do shahiid quase abriu suas costelas. Um segundo golpe quase arrancou a espada da mão dela.

– Mia! – gritou Jonnen lá de baixo, dando um passo à frente, temeroso.

– ...CUIDADO, MIA... – rosnou Eclipse a seus pés.

Mia tomou um fôlego desconcertado enquanto os lábios de Solis curvavam-se num sorriso.

– Você me decepciona, garota.

Ao aparar mais um golpe devastador, ela começou a se dar conta da verdadeira força do inimigo – e de como pouco importavam sua agilidade e sua raiva num combate como aquele. Os braços do shahiid eram da largura das coxas dela. As mãos pareciam pratos. O homem era feito de músculos. Ele tinha um terço a mais de altura. O dobro do peso. Um único golpe, um único erro, bastaria para acabar com ela.

Por isso ela precisava acabar com ele antes.

Mia desviou de outro golpe de Solis, deu um salto e pegou impulso no corrimão da escadaria com um chute. Pairando no ar, ergueu a lâmina para descê-la com tudo – com toda a força e fúria – na cabeça do shahiid. Foi um movimento impressionante. Um movimento que faria o público suspirar maravilhado. Um movimento espetacular na arena. Um movimento que alguém com pressa faria na esperança de encerrar o combate contra um oponente mais forte. E Solis sabia de tudo isso. Porque, no fim, sua oponente era apenas uma fracote inútil. Uma criança patética. Uma *garota*. E ele era mais forte do que ela.

Felizmente, o mesmo não podia ser dito de suas lâminas.

Vejam, as espadas de Solis eram de aço liisio. O metal tinha sido martelado uma centena de vezes, afiado a ponto de cortar a luz dos sóis. Mas a espada de Mia pertencera a Darius Corvere, o homem que Solis ajudara a matar. O cabo tinha a forma de um corvo em pleno voo, o selo da família que Solis ajudara a destruir. E era feito de ossário, nobres amigos. Mais afiado que obsidiana. Mais forte que o aço.

E o erro de Solis foi subestimar aquela espada e quem a empunhava.

O shahiid torceu os lábios, levantou uma espada para bloquear o golpe e retraiu a segunda, pronto para abrir o ventre da garota. As armas encontraram-se com um tinido perturbador. Lâmina contra lâmina. Fio contra fio. Ossário afiado contra aço liisio reforçado. E o ossário venceu.

A espada de Mia cortou Solis em meio às faíscas que se levantaram quando a lâmina dele quebrou. O golpe atingiu o alvo, atravessou o ombro largo do homem e o peito abaixo, e o sangue jorrou. Solis gritou e seu golpe passou longe dela.

– Fracote inútil! – esbravejou Mia. Ela puxou a lâmina mais para baixo antes de soltá-la com um jorro vermelho. – Criança patética! – Com um golpe giratório, abriu as entranhas do shahiid. – Garota – disse, sorrindo.

As entranhas de Solis verteram e seus olhos cegos arregalaram-se.

– Mas fui eu quem derrotou você – disse Mia.

Ela chutou o peito do homem e ele caiu para trás, deslizando pelo próprio sangue até bater contra a parede. Segurando as tripas caídas, Solis tentou se levantar. Tentou falar. Tentou respirar. Mas, no fim, não conseguiu nada disso. E, com um espasmo vermelho, o Reverendo Pai desabou.

– É isso aí, caralho! – gritou Carniceiro de baixo, erguendo os braços. – COOORVO!

Mia agachou-se no chão de pedra cheio de sangue, apoiando uma mão para se firmar. Engolia em seco e tentava recuperar o fôlego. Tirou o cabelo do rosto para olhar para o gladiatii e Naev, então soltou um riso entrecortado.

– Ela está bem? – perguntou Naev de longe.

– Estou – respondeu Mia com esforço. – Mas não estou nem na metade ainda. Cuide dele para mim, hein?

Naev olhou para Jonnen e fez que sim com a cabeça.

– Com nossas vidas.

– Não tema, Corvo – disse Carniceiro.

– Eclipse, quero que você fique aqui também – arfou Mia. – Proteja meu irmão.

– *...COMO QUISER...* – veio o rosnado por baixo dela.

O demônio saiu de sua sombra e materializou-se diante dela na escada ensanguentada. Mia o olhou de alto a baixo, ainda resfolegando.

– Não vai me dizer que vou precisar de você para enfrentá-lo?

A loba de sombras encarou Mia com seus não-olhos, as orelhas agitando-se.

– *...VOCÊ NÃO VAI PRECISAR DE MIM. TEM UM CORAÇÃO DE LEÃO...*

– Lembro de você me dizer isso – disse Mia, abrindo um sorriso cansado. – Mas meu coração é de corvo, Eclipse. Sombrio e ressecado, lembra?

O demônio se aproximou e apertou o focinho contra as bochechas de Mia.

– *...VOCÊ VAI VER COMO ISSO É MENTIRA ANTES DE O FIM CHEGAR...*

O pelo da loba de sombras era um sussurro contra a pele dela. Mia quase o sentia, um veludo macio e fresco como a noite que a fez tremer, apesar do sorriso.

– *...VÁ ATRÁS DE SEU PAI, MIA...*

Ela assentiu em silêncio. E, retraindo-se com um pouco de dor, levantou-se.

– Mia? – chamou o irmão com voz vacilante.

Mas ela já tinha ido.

Drusilla correu.

Aalea disparava ao seu lado, apoiando a anciã com o braço. Mataranhas vinha por trás, mais devagar, em claro conflito entre vingar-se de Corvere e salvar a própria pele. Mas Drusilla sabia que os companheiros de Corvere entravam cada vez mais no interior da Montanha, liderados pela puta traidora que era Järnheim; se chegassem a Marius antes de Drusilla, sua única esperança de fuga estaria perdida. Por isso a Senhora das Lâminas corria pela escuridão sinuosa o mais rápido que suas pernas velhas podiam aguentar.

– Aonde vamos? – perguntou Aalea ao lado dela, sem ar.

– Até o orador – ela respondeu.

– Vamos fugir? – questionou Mataranhas.

– Vamos *viver* – rebateu Drusilla.

A anciã ouvia os guardas de Scaeva à frente, ao lado do imperador, movendo-se depressa pelas escadarias sinuosas. Mãos fiéis passavam correndo pela Senhora das Lâminas e as shahiids conforme desciam em direção aos estábulos, armadas com espadas e arcos. Jovens acólitos vinham logo atrás, a mais nova safra de recrutas da Montanha e sua segunda linha de defesa. Todos gritavam para a Senhora das Lâminas correr, correr, *correr*.

O coral da Igreja parecia mais alto, como se tivesse alguma urgência. Drusilla arfava, desacostumada a correr, sentindo a boca seca como ossos velhos.

Como chegamos a este ponto?

Ela tinha perdido Scaeva de vista, mas sabia que o imperador também ia para os aposentos de Marius. Buscaria fugir pelo único meio a seu alcance agora e deixaria aquele matadouro para trás.

Mas nada disso faz sentido.

Drusilla lera a Crônica da Quasinoite de capa a capa. Não deixara nada a cargo da sorte. Corvere e seus companheiros deveriam ter sido pegos completamente desprevenidos: o livro não contava nada do barril de sal arquêmico que ela carregava na carroça nem que ela suspeitava de qualquer armadilha.

Desde que Drusilla descobrira o papel de Marius e Marielle na trama, nenhum dos dois haviam tido condições de alertar Mia. Mercurio e Aelius não tinham meios sequer de *falar* com ela. Pela Mãe, como Corvere descobrira que Drusilla planejava uma emboscada? Se a crônica era mesmo a história da vida dela, se o terceiro livro era mesmo a história da morte dela...

Drusilla já ouvia o clangor do aço ao longe: os gladiatii de Corvere iniciavam sua dança fatal com os defensores da Montanha. Ouviu os gritos de Järnheim e as ordens de Sidonius. O coração da velha latejava contra as costelas. O ar queimava nos pulmões. Aalea sustentava seu peso, com o cabelo escuro grudado no suor da pele. Mataranhas ficava cada vez mais para trás. Drusilla perdeu os homens de Scaeva completamente de vista. Os joelhos doíam. Os ossos velhos estalavam a cada passo.

A Senhora das Lâminas percebeu que já estava velha demais para aquilo. Cansada demais. Todos aqueles anos de serviço à Mãe e lá estava ela – liderando uma igreja que desmoronava a sua volta. A senhora de um ministério despedaçado. Tantas tramas, tantas mortes, tanto dinheiro. Para acabar assim? Assassinada por um monstro que ela mesma criara?

Chegaram ao Salão dos Elogios. A estátua de Niah erguia-se diante delas. Nomes de mortos estavam gravados no chão sob seus pés e túmulos sem nome se espalhavam por todo lado. O tinido do aço e os gritos de dor aproximavam-se cada vez mais. Drusilla notou que Mataranhas as tinha abandonado em algum ponto na escuridão. Ela e Aalea estavam sozinhas agora.

Quase.

– Sabia que você viria por aqui.

Drusilla forçou Aalea a parar. Mercurio estava diante delas com seus trajes escuros, barrando a saída do salão. Seus olhos azuis demonstravam uma ternura penalizada. Na mão direita, o velho carregava a serra de ossos do boticário, que pingava de sangue.

– Você sempre foi uma criatura de hábitos, Silla.

– Você… – resfolegou Drusilla.

– Eu – respondeu o velho.

– Mas seu coração…

Mercurio abriu um sorriso triste e deu um tapinha no peito ossudo.

– Sou bom de mentira. Receio que não tão bom quanto você, mas duvido que alguém seja.

– *Você* fez isso – percebeu Drusilla.

Mas Mercurio balançou a cabeça devagar.

– Não posso levar muito mérito. Aelius fez quase tudo, na verdade. A terceira crônica foi ideia dele. Só me contou seu plano depois de ter escrito o livro.

O coração de Drusilla quase parou no peito frágil.

Aelius deu uma tragada longa e intensa na cigarrilha, com a brasa refletida nos olhos e os dedos manchados de tinta.

– Não provoque um bibliotecário, moça. Conhecemos o poder da palavra.

Os dedos manchados de *tinta…*

Não encontramos nada nesta biblioteca que não queira ser encontrado.

Ah, Deusa…

Ah, Mãe, como ela pôde ser tão cega?

Tudo aconteceu como era para acontecer.

Como *ele* quis que acontecesse.

Aquele traidor filho da puta…

– Deixe-nos passar, Mercurio – sibilou a Senhora das Lâminas.

– Você sabe que não posso, Silla.

Drusilla puxou uma faca envenenada da manga.

– Então vai morrer aí mesmo.

O bispo de Godsgrave manteve-se firme. Encarava Drusilla com a serra na mão e uma estranha tristeza nos olhos ao ver o que havia atrás dela.

– Não é comigo que você deveria se preocupar.

A Senhora das Lâminas cerrou os dentes, sentindo o coração martelar no peito. Pensou na filha, no filho, nos netos. Seus olhos azuis alargaram-se de medo.

– Por favor – ela murmurou.

Mercurio apenas balançou a cabeça.

– Sinto muito, amor.

Atrás dela, Ashlinn Järnheim e o defunto dweymeri entraram correndo no salão. Atrás deles, vinham os gladiatii de Corvere: Sidonius com uma espada flamejante de aço-solar, seguido por Cantespadas, ofegante. O quarteto estava tingido de escarlate, as lâminas gotejando o sangue dos fiéis da Igreja. Tudo aquilo desfeito, próximo ao fim.

– Não sei o que ela fará com você, Silla – disse o velho. – Não sei como está a esta altura. Mas, se fosse você, largaria esse espetinho no chão e me prepararia para me jogar aos pés de Mia e suplicar misericórdia.

Drusilla olhou para Aalea. Para Järnheim e as outras espadas ensanguentadas atrás de si. Para o velho diante dela e para a Deusa acima dela e para a Igreja que desmoronava a sua volta. O coral entoava seu hino alto na penumbra iluminada pelos vitrais.

A velha suspirou.

– Parabéns, amor – ela disse.

E, abaixando-se, pôs a lâmina no chão.

— Não tenha medo, rapaz. O velho Carniceiro vai proteger você.

Jonnen estava sentado nos degraus do estábulo, com o

queixo apoiado nos joelhos e a pele coberta de cinzas. Carniceiro estava de pé atrás dele, encarando a porta oeste. Naev estava na escadaria leste de espada na mão. Os degraus estavam cobertos de sangue e cadáveres. A fumaça subia dos montes de alimentos queimados e dos corpos carbonizados dos camelos. Com exceção do coral fantasmagórico, tudo era fumaça e silêncio nos estábulos.

O menino ouvia a batalha dentro da Montanha, mas os sons ficavam cada vez mais baixos. Os defensores da Igreja tinham caído na trama de Mia e sido pegos completamente de surpresa. Ele sabia que em algum lugar lá em cima sua irmã rondava a escuridão como um cão de caça. Sabia que ela abria caminho com a espada para chegar ao pai deles.

– A batalha diminui – avisou Naev da escada. – A vitória está à mão.

– Às mãos deles ou às nossas?

Naev pensou por um instante com a cabeça inclinada. O véu escondia seu sorriso, mas o menino o ouviu em sua voz:

– Nossas – ela respondeu.

Eclipse uma vez mais seguia na sombra de Jonnen, de modo que o garoto não tinha bem *medo*. Contudo, ainda lhe doía no peito a ideia do que podia acontecer dentro da Montanha. A verdade é que, apesar de todo o poder de Mia, ele não acreditava muito que ela atingiria sua meta. O pai deles tinha superado todos os obstáculos. Todos os inimigos. Tinha triunfado num jogo em que derrota era sinônimo de morte, e todos os seus opositores apodreciam em suas tumbas. Aos olhos de Jonnen, Julius Scaeva sempre parecera imortal.

Era um homem duro, sem dúvida. Nunca cruel, mas pesado como ferro. Sem piedade, como o mar. Lento para elogiar e rápido para criticar, com o objetivo de transformar o menino num homem capaz de administrar um império. Porque Scaeva sempre deixou uma coisa clara: apesar de ser seu filho, Jonnen precisaria *conquistar* o trono.

O menino estudava duro, sempre tentando impressionar. O carinho da mãe nunca falhava, mas era o desejo de ganhar o elogio do pai que fazia Jonnen continuar. Queria deixá-lo orgulhoso. Via em Julius Scaeva

– senador do povo, o cônsul, o imperador – o homem que queria ser uma viragem.

Até encontrar Mia.

Uma irmã que jamais conhecera. De que nunca ninguém nem tinha *falado*. Primeiro, achou que se tratava de uma mentirosa. Uma cobra e uma ladra. Mas Julius Scaeva não tinha criado um tolo, e nem toda negação da realidade do mundo era capaz de esconder a verdade do que a irmã lhe contara. A escuridão dentro de ambos cantava em uníssono. Era impossível negar o elo de sombras entre os dois. Eram parentes, sem dúvida. E ela era filha de seu pai.

Nas últimas viragens, o menino tinha começado a pensar em si mesmo como Jonnen. Mas sentia falta da família. Sentia-se perdido e sozinho. Eclipse tornava as coisas mais fáceis, mas não *muito fáceis*. Ele se sentia muito pequeno num mundo que de repente se tornara grande demais.

– Qual era o nome do seu filho, Carniceiro? – ele perguntou de repente.

O grandalhão o olhou do alto com algumas rugas de dúvida no rosto abatido.

– Hein?

– Uma vez você contou a Mia que tinha um filho – disse Jonnen. – Qual era o nome dele?

O ex-gladiatii olhou para a escadaria e apertou o cabo da espada com mais força, com o queixo tenso. O menino ouviu um sussurro na sombra:

– ...*JONNEN, CARNICEIRO PODE NÃO QUERER FALAR DESSAS COISA*...

O menino apertou os lábios. O liisio era um brutamontes, um grosseiro sem modos, um porco. Mas tinha um coração de ouro e sempre fora gentil. Jonnen se deu conta de que não queria magoar o homem.

– Sinto muito, Carniceiro – ele disse baixo.

– Iacomo – murmurou o homem. – O nome era Iacomo. Por que perguntou?

– Você… – Jonnen umedeceu os lábios, à procura das palavras certas. – Você já mentiu para ele?

– Às vezes – suspirou o homem.

– Por que fez isso?

Carniceiro correu a mão pelo moicano preto. Os sons da batalha escada acima estavam quase terminando agora. Ele levou um tempo para responder.

– Ser pai não é fácil – disse afinal. – Precisamos ensinar as verdades do mundo aos filhos para que eles possam sobreviver nele. Mas algumas verdades mudam você de um jeito que não há como voltar atrás. E, no fundo, nenhum pai quer que o filho mude.

– Então vocês mentem para nós?

– Às vezes. – Carniceiro deu de ombros. – Achamos que, se nos esforçarmos muito, vamos conseguir manter vocês como vêm ao mundo. Puros e perfeitos. Para sempre.

– Então vocês mentem para si mesmos também.

O grandalhão liisio sorriu e ajoelhou-se do lado dele. Estendeu a mão calejada de espada até a cabeça de Jonnen e acariciou seu cabelo.

– Você me faz lembrar do meu Iacomo – ele disse com um sorriso largo. – É um merdinha esperto.

– Se fosse esperto, não estaria nessa enrascada. Sinto-me inútil. Indefeso.

Do alto, Naev observou em silêncio o liisio puxar uma adaga da cintura e entregá-la ao garoto pela lâmina. Jonnen a tomou, sentiu seu peso, observou a luz dos sóis dançarem no gume. Eclipse se materializou ao seu lado para observar, com seus não-olhos, enquanto o garoto virava a lâmina de um lado para o outro.

– Indefeso agora? – perguntou Carniceiro.

– Um pouco menos – respondeu Jonnen. – Mas não sou forte como você.

– Não tema, rapaz. Com esse sangue que você tem nas veias? – Carniceiro deu uma risadinha e balançou a cabeça. – Você é forte por nós dois.

Mia disparava pelos corredores escuros com as sombras às costas.

Tinha chegado ao Salão dos Elogios e deparado com Mercurio de pé à porta, com uma serra ensanguentada na mão. Drusilla e Aalea estavam rendidas; a Senhora das Lâminas estava de ombros caídos, ao passo que a Shahiid de Verdades tinha os olhos arregalados de medo. Canta e Sidonius vigiavam a dupla, que estava a uma palavra errada da morte. Os olhos de Mia se encontraram com os de seu mentor por um brevíssimo instante. Ele sorriu. Mas ela não tinha tempo de conversar.

Continuou a correr.

Chegou às escadas que desciam para os aposentos de Marius e a saída de Scaeva. Tric e Ashlinn já desciam com tudo as escadarias, Ash um pouco à frente. Mas, saltando de sombra em sombra, Mia era ainda mais veloz. Já ouvia os homens do pai à frente, as botas pesadas ressoando contra os degraus, o pânico nas vozes ao incentivarem um ao outro. Com um tapinha no couro da traseira de Ash, Mia passou por ela e por Tric e

desceu

as escadas

sinuosas

diante deles

e mais abaixo

escuridão adentro,

sombras nas costas

e no cabelo,

com asas sombrias

que voavam mais ligeiras

que os passos dos guardas de Scaeva.

ela alcançou o mais lento deles e o matou num instante; as sombras agarraram o que estava ao lado do primeiro e o destroçaram. Mais à frente, ela viu de relance uma toga púrpura entre eles e sentiu o coração acelerar. Os demais guardas se viraram, dez no total, com as lâminas reluzentes e os olhos brilhantes.

Ela passou entre eles e foi matando um a um com sua espada, macabra como as sombras e rápida como um raio. Mas entre um golpe e outro, enquanto o ossário escrevia poemas vermelhos no ar, ela percebeu...

Percebeu...

Alguma coisa está errada.

Ela não o sentia. O enjoo conhecido. A fome ancestral. Os arrepios da presença de outro sombrio. Seu coração quase parou quando ela percebeu que a toga púrpura que perseguia estava com um dos guardas: outro engano de um mestre da arte, fácil de confundir na penumbra. Mia perguntou-se por um instante se Scaeva não estaria escondido em alguma sombra – mas mesmo que estivesse encolhido sob um manto de escuridão, ela o sentiria, da mesma forma que sentia o frio do medo tomar suas entranhas.

Deusa, ele não está AQUI.

Sentiu uma pontada de desespero no peito, furiosa por ter sido enganada, e rangeu os dentes. Bufava e golpeava, esquivava e passava, cortando os guardas dele, manchando o chão e a parede. No fim, com o peito arfante, mechas de cabelo preto como tinta grudadas à pele e a espada gotejando sangue, vasculhou a escuridão com os olhos ardentes semicerrados.

Mais passos para descer pelo corredor retorcido em pulsos quentes até enfim chegar aos aposentos de Marius. Saltando pela porta, viu o orador ajoelhado à beira da piscina de sangue com correntes grossas de ferro nos pulsos e nos pés. Runas escarlates brilhavam na parede e a luz era baixa e sanguínea. Os olhos de Marius estavam fechados e ele respirava devagar. À entrada dela, contudo, ergueu suas pupilas rosas.

– Olá, pequena sombria.

– Scaeva? – ela resfolegou.

O orador franziu a testa, confuso.

Merda.

Teria ele se escondido na penumbra enquanto seus guardas a faziam continuar a perseguição inútil? Acaso sabia algum truque das sombras? Será que já tinha escapado?

Será que tinha voltado?

Ah, Deusa…

Mia lançou um olhar para trás, para o corredor de onde viera.

O medo a gelou por dentro.

– Jonnen.

Jonnen franziu a testa ao sentir um nó no estômago.

Levantou os olhos para as escadas. Primeiro para a porta oeste, atrás de Carniceiro, depois para a escadaria leste, onde Naev montava guarda perto do corrimão, com a espada em mãos firmes. Seu coração batia cada vez mais rápido. Logo sentiu aquela fome estranha, insaciável. A sensação de que lhe faltava uma peça por dentro. À procura de outra igual.

– Mia? – ele perguntou esperançoso.

Naev voltou-se em direção ao menino com uma sobrancelha arqueada.

– Ela retornou?

– Não…

A mulher caiu de lado na escada, bufando surpresa com o impacto de algo pesado. Não havia sinal do que a atingira, mas ela bateu com as costas no corrimão, perdeu o fôlego e agitou os braços para se equilibrar. Algo golpeou de novo, com força, no peito, esmagando-a na balaustrada. A mulher gritou, arregalando os olhos.

– Naev! – gritou Jonnen.

Um terceiro golpe, brutal, bem no rosto. Com o nariz sangrando, Naev pendeu para trás, os dedos tentando agarrar o ar, e perdeu o equilíbrio. Com um gemido, a mulher caiu. Braços girando, trajes esvoaçando, o véu soltando-se do rosto aterrorizado enquanto ela despencava mais de dez metros até o estábulo. Seu corpo bateu na pedra com um estalo úmido.

– Sangue e abismo – balbuciou Carniceiro.

Eclipse rosnou ao lado.

– *...CARNICEIRO, CUIDADO...!*

O gladiatii levantou a espada e assumiu uma postura de defesa.

– Que mer...

Uma lâmina brilhou à pouca luz e a garganta de Carniceiro se abriu. O grandalhão cambaleou, levando a mão ao pescoço para conter a hemorragia e forçando a vista para enxergar a silhueta vaga e baça nos degraus diante de si. O gladiatii atacou com um palavrão engasgado e o gládio zuniu ligeiro. Jonnen ouviu um grito abafado; as sombras tremeram e o pai apareceu nos degraus. Havia um corte sangrento no antebraço do imperador, que não usava sua toga púrpura, só as vestes brancas de baixo respingadas de sangue.

Sussurro estava enrolada em seus ombros, dando botes na cara de Carniceiro enquanto o homem a golpeava por instinto. Mas a criatura era insubstancial como a fumaça e o aço não cortou nada. Segundos e energia preciosos desperdiçados.

Carniceiro resfolegava, mão e pescoço e peito empapados de sangue. Um joelho caiu no chão, dentes vermelhos ficaram à mostra. Jonnen viu o pai dar alguns passos escada acima com a adaga ensanguentada a postos. O estômago do menino revirava-se. Seus olhos encheram-se de lágrimas ao verem o grande gladiatii se levantar.

– C-corre, menino – chiou Carniceiro.

Eclipse materializou-se entre o menino e seu pai, rosnando.

– ...*JONNEN, CORRA*...

O menino desceu pela escada. Um, dois degraus. Carniceiro deu um passo vacilante à frente e tentou uma investida desastrada contra o imperador. Mas o sangue já lhe fugia aos montes, formando poças ao seu redor; a força e a técnica não adiantavam de nada. O pai de Jonnen desviou facilmente do golpe e deu mais um passo atrás quando o liisio tropeçou e caiu.

– Carniceiro! – gritou Jonnen, com lágrimas nos olhos.

– Ia-como... – gorgolejou o grandalhão. – C-co...

Eclipse lançou um olhar para trás, exibindo as presas.

– ...*CORRA*...!

O demônio saltou para cima do corpo caído de Carniceiro com a boca escancarada. Sussurro sibilou e atacou, afundando as presas macabras no pescoço da loba. As sombras se engalfinharam numa briga de rosnados e sibilos e rolaram escada abaixo. Eclipse grunhia e mordia, Suspiro cuspia e picava, e algo escuro respigava nas paredes como se fosse sangue. Jonnen deu outro passo para trás e quase escorregou no sangue de Carniceiro. Lágrimas escorriam por seu rosto. O horror esfriava suas entranhas.

– Meu filho.

Os passageiros continuavam a brigar, mas o menino simplesmente congelou. Apenas olhava o pai escada acima. Manchado de vermelho. Coroa de louros na fronte. Imperador de toda a República. Alto, orgulhoso e forte. Sempre determinado a fazer o que outros não fariam. Carniceiro jazia morto sobre as pedras diante dele, Naev estava estirada no andar de baixo: apenas mais dois corpos para a pilha.

– Pai…

O imperador de Itreya levantou a mão para chamá-lo.

– Venha, meu filho.

Jonnen olhou para as sombras dos dois na parede. O pai estendia as duas mãos para ele, com os braços abertos e acolhedores. Jonnen viu a própria sombra mover-se na direção dele e dar-lhe um caloroso abraço.

O menino em si, porém, permanecia imóvel. Com a adaga que Carniceiro lhe dera firme nas mãos, mantinha os olhos em Eclipse e Sussurro, que ainda brigavam nas escadas. Sangue escuro respingava entre presas à mostra, sibilos e rosnados.

– Sussurro, pare! – ordenou o menino.

– *…JONNEN, CORRA…!* – rosnou Eclipse.

Jonnen viu o pai apertar os olhos. O medo subiu por suas entranhas, esfriando suas veias. O imperador levantou a outra mão e curvou os dedos. As sombras se moveram como pontas afiadas, golpearam e atravessaram o flanco da loba.

– Não! – gritou o menino.

Eclipse uivou de dor e mais sangue de sombras jorrou. Scaeva cortou o ar com a mão e mandou o demônio voando contra a parede. Suspiro atacou e afundou mais uma vez as presas na garganta de Eclipse. Laços soturnos envolveram o corpo da loba de sombras, apertando, esmagando, enquanto as presas continuavam a entrar e sair sem parar.

– *…Você se arrepende de ter me insultado, cadelinha…?*

– …J-JONNEN…

– *…Está com medo de mim agora…?*

– Pai, faça-o parar! – gritou o menino.

Ele sentiu as lágrimas arderem nos olhos enquanto assistia a Eclipse debater-se cada vez menos. Sussurro apertava cada vez mais forte, afundando as presas cada vez mais fundo. Eclipse gania de dor, rolando e mordendo.

Com esse sangue que você tem nas veias? Você é forte por nós dois.

Jonnen levantou as mãos, curvou os dedos em garras e usou seus dons para agarrar a serpente pelo pescoço com mãos invisíveis. Bateu Sussurro contra a parede, onde a serpente ficou se sacudindo e sibilando, agitando o rabo e a língua.

– Lucius! – repreendeu o pai. – Solte-o!

O menino não soltou. Estava congelado. Aquela era a voz que reconhecia desde antes de falar, a autoridade que obedecia desde antes de andar. O pai que admirava, que queria deixar orgulhoso, a quem sempre quis ser igual quando crescesse.

A irmã o levara consigo. Tinha mostrado o mundo para ele. Eclipse vivera na sua sombra por meses, mantendo seu medo sob controle. O demônio o amara, com a mesma intensidade que amara outro menino, tão perdido e medroso como ele.

– ...CASSIUS... – ela ganiu.

Mas aquele era o homem que tinha criado Jonnen. Que o conhecia havia *anos*, não meses. O homem que ele temia, amava e imitava. O sol que brilhava em seu céu.

– Lucius, eu mandei soltar! – veio o grito.

E assim, embora lhe partisse o coração, Jonnen olhou para Eclipse além das lágrimas que queimavam em seu rosto. A sombra que conhecia quase tão bem quanto a própria. A passageira que levara consigo através de mares e tempestades. A loba que o amava.

– Eu... – Ele fungou, olhando para a faca em sua mão. – Não...

– Lucius Atticus Scaeva, eu sou seu *pai!* Obedeça!

E você pode odiá-lo por isso, nobre amigo. Pode julgá-lo um coitado fraco e imaturo. Mas a verdade é que Jonnen Corvere era só um menino de nove anos. E pai era apenas outra palavra para Deus em sua cabeça.

– Eu... sinto muito – suspirou Jonnen.

E devagar,

bem devagar,

ele baixou a mão.

Livre novamente, Sussurro atacou. Eclipse caiu, ganindo quando as presas macabras penetraram sua pele, vez após vez. Com lágrimas nos olhos, Jonnen ouviu gritos um pouco além do audível. A fome crescia dentro dele. Sussurro retorceu o corpo e enroscou-se na loba de sombras. Apertou. E, perante os olhos horrorizados do menino, Eclipse começou a sumir.

Foi ficando fraca.

Pálida.

Tênue.

– *...J-JONNEN...*

A loba diminuía aos poucos.

– *...C-CASSIUS...*

Até restar apenas a cobra.

Escura o bastante para dois.

– Lucius.

Soluços borbulharam na garganta dele, o horror e o luto em seu peito ameaçando sufocá-lo. Suas lágrimas pareciam queimar e desfocar o mundo inteiro quando ele levantou o olhar para a mão estendida do pai. Manchada de sangue. Respingada de preto.

– É hora de ir para casa, filho.

Os ombros dele desabaram. O peso de tudo aquilo era demais. Ele brincava de ser homem, mas a verdade é que era apenas uma criança. Perdida e cansada e, sem a loba em sua sombra, desesperada de medo. Sussurro arrastou-se pelo espaço entre ambos e entrou na escuridão aos pés dele. Começou a comer seu medo, como tinha comido a loba. Sem uma palavra, Jonnen soltou a adaga que Carniceiro lhe dera.

– Imperador.

Jonnen olhou para o alto da escadaria leste, de onde saíra a voz. Em meio às lágrimas, avistou uma dweymeri ofegante e coberta de suor. Estava vestida de verde-esmeralda, com lábios e olhos pintados de preto. O pescoço e os pulsos estavam envoltos em ouro, mas ela retirava os adornos e os jogava nos estábulos abaixo.

– Shahiid Mataranhas – disse o pai dele. – Está viva.

– Parece surpreso, imperador – respondeu a mulher enquanto tirava mais uma pulseira. – Se quer sair deste lugar, deveríamos viajar juntos.

– A Igreja Vermelha fracassou comigo, Mataranhas – respondeu o imperador. – Por que, pela sua Deusa, eu deveria levá-la comigo?

– Na verdade, eu pensava em levar você *comigo* – ela respondeu com um sorriso sombrio. – E não *fracassei* em nada. Assim, se estiver disposto a nos conduzir em segurança até os aposentos do orador, posso contar como matei sua filha para você.

O pai estreitou os olhos. Inclinou a cabeça. Ponderou a situação. Seu rebanho de assassinos estava praticamente destruído. A vingança sangrenta de sua filha contra a Igreja Vermelha estava praticamente completa. Contudo, embora o Ministério tivesse fracassado, o imperador de Itreya não era homem de jogar fora um martelo em boas condições apenas porque ele entortou um único prego. Dos fiéis de Niah, restava ainda uma matadora que ele podia usar.

Então, quase imperceptivelmente, ele assentiu com a cabeça.

A dweymeri desceu, atirando as joias que ainda restavam, e assumiu seu posto ao lado do imperador. As sombras ao redor escureceram e a voz do pai escureceu ainda mais.

– Venha, filho.

O menino olhou o homem nos olhos, escuros e profundos como os seus próprios.

O sol que brilhava em seu céu.

O Deus em seus olhos.

– Sim, pai – disse Jonnen.

E devagar, sem medo, o menino deu a mão para ele.

Marius aguardava em silêncio.

As correntes na cintura e tornozelos tornavam doloroso o ato de ajoelhar-se, de modo que ele estava sentado na beira da piscina, à espera de que a pequena sombria voltasse para libertá-lo. O orador podia cheirar sangue fresco no ar, senti-lo fluir desimpedido nos andares de cima. Era óbvio que o ataque da jovem Mia corria bem. De olhos fechados, ele respirava devagar à procura de calma – verdade seja dita, desde a viragem em que Drusilla descobrira sua traição, ele encontrara pouquíssima.

Quando a Senhora das Lâminas enviara emissários para seus aposentos e o informara que a conspiração de Mercurio e Aelius tinha sido descoberta, Marius ficara horrorizado. Mas quando lhe disseram que sua irmã tinha sido presa e seria mantida em cativeiro para garantir a cooperação dele até a morte de Mia Corvere, Marius foi consumido pela raiva.

Os emissários de Drusilla foram afogados em sua piscina de sangue. Os dois seguintes, que lhe trouxeram as orelhas cortadas de Marielle sobre uma almofada de veludo, foram despedaçados por lanças de vitus. Somente após uma viragem de fúria impotente ele percebeu que não tinha escolha senão obedecer. Drusilla tinha em seu poder a única pessoa que ele realmente amava. Ela tinha a única arma capaz de feri-lo de verdade.

Enquanto Marielle estivesse em poder deles, Marius seria seu escravo.

Por isso, deixara que o prendessem com correntes. Trouxera o imperador para a Montanha, como ordenado, assim como as Lâminas que Drusilla convocara para matar Corvere. Fingira-se de manso, assustado, na esperança de que a Senhora das Lâminas fosse tola o bastante para vir tripudiar e caísse em suas garras. Mas ela não veio.

Por isso, Marius aguardava agora. Por fora, era a perfeita imagem da calma. Por dentro, um nó cada vez mais tenso de ódio. As mãos estavam espalmadas nos joelhos, as pernas cruzadas. Apenas o líquido rubi na piscina traía sua agitação. Mia chegara até ele, ensanguentada e ofegante, só para descobrir que o pai a enganara e retornara para dentro da Montanha. Tinha partido pelos corredores labirínticos atrás dele, com os camaradas, infelizmente sem tomar o tempo para libertar Marius antes de sair. Uma descortesia, o orador pensou, mas cedo ou tarde, ela teria que...

– Orador.

Marius abriu os olhos, as entranhas fervilhantes de ódio.

– Imperador – sibilou.

Scaeva materializou-se ofegante nas sombras diante dele, com uma serpente de sombras no pescoço e o braço ferido envolto num trapo sangrento. Tinha um menino ao seu lado, pálido de medo: possivelmente, o filho. Mataranhas também o acompanhava, mas o ouro que costumava luzir em volta de sua garganta e de seus pulsos estava ausente. No entanto, Marius estava muito mais preocupado com a mulher desfalecida nos braços da shahiid.

Irmã amada, irmã minha...

Marielle tinha sido drogada e estava inconsciente. As pálpebras estavam caídas, as mãos atadas. Mataranhas segurava uma pequena faca dourada contra a garganta da irmã.

Marius apertou os olhos avermelhados. O sangue da piscina ganhou vida e longos chicotes ergueram-se da superfície como cobras, afiados como lanças, e se estenderam cada vez mais perto de Scaeva, do pirralho e da Shahiid de Verdades. Mas Mataranhas segurou Marielle com ainda mais força e apertou a adaga contra seu pescoço.

– Acho que não, orador – ela disse.

– Tua filha está à tua procura, Julius – disse Marius, com os olhos em Scaeva. – Esteve aqui um instante atrás. Se quiseres esperar mais um momento para recuperar o fôlego, tenho certeza de que ela voltará. A não ser que teu plano seja passar o resto da viragem numa brincadeira de esconde-esconde nesta escuridão.

– Transporte – disse o imperador, ignorando a farpa. – Para Godsgrave. Agora.

– A semente que plantaste veio a florescer por completo. Regada por teu ódio e agora desabrochada em ódio e vermelho. – Um sorriso pálido torceu os lábios do orador. – É por isso que eu não quis ter filhas.

– Basta – esbravejou Mataranhas. – Mande-nos para Godsgrave.

Marius voltou-se para a mulher.

– Deves ser tola se achas que vou mandar minha amada irmã contigo para Godsgrave, shahiid.

– Negue-se e vou mandar Marielle para a cova.

– Então morrerás.

– E sua irmã amada se juntará a nós, orador. Bem diante de seus olhos.

Marius olhou para a adaga contra o pescoço da irmã e curvou os lábios de desdém.

– Pensas que tua lâmina afiada basta para tirar sangue perto de alguém como eu, pequena aranha?

– As menores aranhas têm o pior veneno, Marius – respondeu a shahiid.

Marius estreitou os olhos e notou que a adaga que picava a pele de sua irmã estava levemente descolorida. Uma pequena gota do sangue de Marielle, brilhante como um rubi, vazou em volta da ponta.

– Meu veneno já começou a percorrer o caminho até o coração de sua irmã – disse Mataranhas. – E só eu sei a cura. Mate-nos e a matará sua também.

A shahiid curvou os lábios sombrios num sorriso. Tinha dado um xeque-mate e ambos sabiam. Ainda na Montanha, a filha de Scaeva acabaria por encontrar a Shahiid de Verdades e o imperador, não importava quantas vezes corressem de um lado para outro sob o nariz dela. E em seguida viriam suas mortes dolorosas. A verdade é que a dupla não tinha nada a perder, e Marius sabia que Mataranhas era implacável e vingativa o bastante para matar Marielle antes de morrer apenas por despeito.

Na verdade, ele sempre gostou disso nela.

Por isso, com os olhos ainda na irmã, o orador gesticulou sobre a piscina e disse com a voz calma como um lago:

– Entrai e sede bem-vindos.

– ...*Cuidado, Julius*... – sibilou a víbora de sombras.

Scaeva fixou o olhar em Marius.

– Sem truques, orador – ele alertou, com a voz fria e dura. – Do contrário, sua irmã morre. Eu juro.

– Creio-te, imperador. Do contrário, tu e os teus já estaríeis mortos.

– Entre na piscina, Lucius.

O menino olhou para o sangue e sentiu medo. Contudo, parecia temer mais o pai, de modo que desceu na piscina e afundou no vermelho. Scaeva foi atrás, mais devagar, e puxou o menino para junto de si. Mataranhas jogou a adaga envenenada no chão – nada que não tivesse conhecido o toque da vida poderia viajar e o estrago já tinha sido feito – e desceu no sangue com Marielle desmaiada nos braços.

– Se nunca tive razão para trabalhar para a tua ruína, agora tenho – disse Marius, com os dentes cerrados, encarando ambos. – Certa e líquida.

– Chega de falar, cretino – disse Scaeva. – Obedeça.

Marius teria adorado afogá-lo ali, varrê-lo num turbilhão de vermelho ondulante. Mas o filho de Scaeva estava ao lado do pai e, embora Mia pudesse perdoar Marius por roubar sua vingança ao matar o imperador, certamente jamais o perdoaria por afogar seu irmão junto.

Os olhos de Marius se desviaram para a irmã.

– Marielle? – ele chamou.

A irmã se moveu, mas não falou.

– Sempre irei atrás de ti – ele prometeu.

Mataranhas a segurou com ainda mais força.

– Meu veneno age rápido, orador – avisou.

Então, por fim, Marius rolou os olhos para cima e começou a murmurar. O calor do ambiente aumentou; o cheiro de cobre e ferro fervilhou no ar. Ele ouviu o menino respirar fundo à medida que o sangue começou a girar, agitando-se cada vez mais rápido conforme os murmúrios do orador se transformavam numa delicada canção de súplica. Os lábios de Marius curvaram-se num sorriso extático; seus dedos formigavam de mágica.

No último instante, ele abriu os olhos róseos e encarou Scaeva.

– Vou cuidar para que sofras por causa disso, Julius.

E, com um ruído oco, os três desapareceram no sangue.

CAPÍTULO 33
NASCENTE

Mia sentava-se na escada ensanguentada com a cabeça apoiada em mãos ensanguentadas.

Tinha quase conseguido. Tinha quase dado certo.

Quase.

O Ministério estava derrotado. As melhores Lâminas remanescentes da Igreja tinham morrido. A Montanha Silenciosa – sede da mais perversa seita de assassinos que a República já conhecera – estava agora em suas mãos.

Mas ele fugira em meio ao caos. Mais escorregadio que a víbora de sombras em seu pescoço, mais à vontade nas sombras do que ela suspeitara. Scaeva dera meia-volta, depois outra, enquanto Mia e os outros vagavam pelo labirinto de salas e corredores e escadarias à sua procura. Não apenas tinha levado seu prêmio como também escapado pelos aposentos do orador junto com Mataranhas.

Cortara a garganta de Carniceiro. Empurrara Naev para a morte. Deusa, Mia não achava possível, mas ele conseguira matar *Eclipse*: ela sabia, *sentiu* como uma pontada de agonia sombria enquanto corria pela penumbra. E para aumentar a dor, para alargar a ferida que ele abrira em seu coração ainda vivo, ele tinha roubado o filho de volta.

Ele levara Jonnen.

– Desgraçado – ela murmurava no escuro, as lágrimas descendo pela bochecha. – Filho da puta desgraçado.

– Vamos recuperar Jonnen, Mia – disse Ashlinn. – Eu prometo.

A garota sentava-se ao lado de Mia nas escadas do estábulo, com a mão ensanguentada apoiada na coxa. Sidonius estava ajoelhado ao lado do corpo de Carniceiro, fechando os olhos do liisio e dispondo o corpo em alguma espécie de repouso. Cantespadas, manchada pelo sangue dos defensores da Montanha, estava junto dele, murmurando uma oração. Tric ainda estava no andar de cima com Mercurio, no Salão dos Elogios. Ambos vigiavam bem Aalea e Drusilla.

Jonnen...

Mia balançou a cabeça. Sentiu o medo inchar no peito e a vontade de um passageiro, apenas para se descobrir vazia. Senhor Simpático tinha sido banido. Eclipse, destruída. Seu poder sem eles permanecia o mesmo, mas, pela primeira vez desde os dez anos, ela encarava uma solidão sem fim próximo. E apesar da garota a seu lado, dos aliados ao seu redor que tinham lutado e sangrado e morrido por ela, essa perspectiva a aterrorizava mais do que qualquer outra coisa de que pudesse se lembrar.

Assim, como sempre, ela recorreu a seu amigo mais antigo e mais querido.

O ódio.

Olhou para Carniceiro, estirado nos degraus, e sentiu a chispa acender. Olhou para Naev, caída no chão ensanguentado, e a sentiu inflamar. Pensou em Eclipse, agora apenas uma lembrança, e sentiu a labareda erguer-se. O incêndio de ódio imolou o medo e a alçou em asas de fumaça e brasa; ardia em seus pulmões quando ela cerrou os dentes e se levantou. Sua mente desviou-se do pai para outra pessoa.

A pessoa que a ferira quase tanto quanto ele.

A pessoa que *não* tinha escapado.

– Drusilla – ela disparou.

– Que a Deusa me ajude – suspirou Drusilla.

O Salão dos Elogios estava silencioso como seus túmulos. Os nomes dos mortos gravados no chão sob ela. As tumbas dos fiéis caídos nas paredes ao redor. O dweymeri meio morto ao seu lado com espadas gêmeas nas mãos. Drusilla tomou um susto ao ver a escuridão ondular diante de si, e Aalea apertou sua mão de nervoso. O frio tomou conta das entranhas da anciã quando viu uma figura escura sair da sombra da estátua da Mãe. Niah erguia-se sobre elas, esculpida em granito preto e lustroso, com algemas penduradas na cintura, espada numa mão e balança na outra.

Como ela me julgará?, perguntou-se Drusilla. *Qual será o terrível peso da minha insuficiência?*

– Mia – balbuciou Aalea.

– Boa quasinoite, mi donas – respondeu Corvere.

A lâmina comprida da espada estava incrustrada de sangue; os olhos de âmbar no cabo estavam tão vermelhos quanto os respingos na pele. O cabelo escuro enquadrava o olhar implacável. Drusilla se lembrou da primeira vez que pôs os olhos na garota, naquele mesmo salão. Jovem e pálida e verde como o mato. As mãos trêmulas com o saquinho de dentes.

– Diga o seu nome.

– Mia Corvere.

– Você jura servir à Mãe da Noite? Jura aprender a morte em todas as

suas cores e a levar em nome dela a quem a merecer e a quem não a merecer? Jura tornar-se uma acólita de Niah e instrumento terreno da escuridão entre as estrelas?

– Eu juro.

Naquele salão ela fora ungida. Nele estava a estátua a que ela fora acorrentada e flagelada por desobediência. O chão em que descobrira a verdade sobre a conspiração da Igreja. O coração de tudo.

A anciã soltou um suspiro frágil.

Deusa, se soubéssemos o que ela ia se tornar...

– Bom ver você de novo, pequeno corvo – disse Mercurio.

– Digo o mesmo, shahiid – respondeu a garota sem tirar os olhos da Senhora das Lâminas.

– Onde está Scaeva? – perguntou o velho.

Mia estreitou os olhos de fúria.

– Não está aqui.

Então o imperador fugiu.

Corvere falhou.

Aalea deu um passo lento à frente, com as mãos levantadas, a voz melíflua e um belo sorriso vermelho-sangue.

– Mia, meu amor, devemos pass...

A escuridão disparou, pontiaguda como uma lança, afiada como uma espada. Cortou a garganta de Aalea de orelha a orelha com perfeição. Os olhos escuros da mulher arregalaram-se, os lábios vermelho-sangue tossiram, a mão foi ao pescoço. Ela deu um passo cambaleante à frente, o rubi manchando a pele de leite. Com um olhar para a estátua da Mãe e os cílios delineados cheios de lágrimas, fez uma oração final muda – e caiu de cara sobre o chão de pedra ensanguentado. Sua língua de prata estava calada para sempre.

Drusilla olhou Mia nos olhos e viu o que a aguardava. Os dedos trêmulos de adrenalina e medo encontraram a adaga que ela mantinha entre os seios – no lugar em que o dweymeri tinha sido respeitoso demais para revistar. O garoto gritou ao ver o brilho do metal quando Drusilla atirou a adaga envenenada bem na direção da garganta da garota.

Corvere levantou a mão e esticou os dedos. A escuridão ao redor dela desabrochou como uma flor e tentáculos de sombras vivas agarraram a lâmina no ar. A garota baixou o queixo com um sorrisinho orgulhoso nos lábios ensanguentados. Com um gesto, a escuridão levou a faca aos pés de Drusilla.

– Esperava mais da Senhora das Lâminas – ela disse.

– Mia... – começou Drusilla com a garganta apertada.

– Faltam nomes – disse a garota.

Ela franziu o cenho em confusão.

– O quê?

Mia apontou para o chão de granito. Uma espiral, que agora brilhava com o sangue de Aalea, saía dos pés da estátua de Niah. Centenas de nomes. Milhares. Reis, senadores, legados, lordes. Sacerdotes e açucaradas, mendigos e bastardos. O nome de cada vida tirada a serviço da Mãe Sombria. De cada morte levada a cabo pela Igreja.

– Faltam alguns nomes.

Drusilla sentiu algo agarrar seus braços – forte como ferro, frio como gelo. Baixou os olhos e viu que tinha sido agarrada pelas sombras, tiras pretas que se enroscavam em seus punhos e cortavam sua pulsação. Aos gritos, foi puxada por uma força descomunal e jogada contra a base da estátua da Deusa. A cabeça zunia. O nariz sangrava. Ela mal sentiu as sombras erguerem seus braços e atarem seus punhos nas algemas nos trajes da Deusa.

– Solte-me! – ordenou, debatendo-se. – *Solte-me*!

A resposta de Mia foi fria como os ventos do inverno.

– Preciso ouvir uma história, Drusilla – ela disse. – E estou sem paciência para gravar os nomes faltantes no chão. Mas acho que seria bom gravá-los em algum lugar para recordar.

Drusilla sentiu as vestes sendo rasgadas. Sentiu a pedra fria da estátua contra a pele nua. O coração perfurado de terror. Ao olhar para trás, encontrou o rosto de Mercurio cheio de pena. Os olhos sombrios do defunto. A adaga envenenada que lançara, sendo erguida do chão pelas tiras escuras e frias.

– Não – ela arfou, tentando soltar os braços. – *Não!* Eu tenho família, tenho...

– Isto é por Bryn e Fazondas – disse Mia.

Drusilla gritou quando a faca começou a cortar suas costas. Doze letras, grafadas com aço envenenado bem fundo na carne. O sangue escorreu pela pele, quente e grosso. Os ombros rasgados gritaram em agonia.

– Mercurio! – ela berrou. – *Socorro!*

– Isto é por Naev, Carniceiro e Eclipse.

Drusilla debateu-se contra a pedra e soltou outro uivo, longo e agudo, até a garganta falhar. Já sentia a toxina da lâmina percorrer suas veias rumo a seu frágil coração. Mas, acima disso, sentia a dor ardente da faca escrevendo o nome dos mortos em suas costas.

– Isto é por Alinne e Darius Corvere.

Umidade quente. Agonia aguda. Profunda como os anos, mas diminuindo rápido. Um latejar lento, desacelerando com seu pulso. A Senhora das Lâminas relaxou o corpo, já sem forças para permanecer de pé. O veneno a puxava para a doce escuridão. Tentou pensar na filha. No filho. Lembrar-se do som das risadas dos netos brincando na luz dos sóis. Os olhos giravam para cima, e o sono a chamava de braços abertos.

– Fique comigo, Drusilla – veio uma voz. – Guardei o pior para o fim.

Uma pontada de dor ardente, na base da coluna, a trouxe de volta àquela odiosa luz para um último e odioso momento. Mia estava perto dela agora. Um frio sombrio emanava da escuridão ao redor da garota. Uma carícia final em sua bochecha.

– Isto é por mim – ela sussurrou. – A Mia que nunca existiu. A Mia que viveu em paz e se casou com alguém lindo e talvez estivesse com uma filha nos braços. A Mia que nunca conheceu o gosto do sangue ou o cheiro do veneno ou o beijo do aço. A Mia que você matou, Drusilla. Exatamente como matou os outros.

A Senhora das Lâminas sentiu uma pontada vibrante de dor no coração podre.

Um sussurro macio e soturno como a noite.

– Lembre-se dela – sussurrou a garota.

E então ela não sentiu mais nada.

O coral havia parado de cantar.

Mia não percebeu no começo. Não sabia ao certo quando o cântico havia cessado. Foi ao caminhar por dentro da Montanha, ela própria abatida por dentro, que notou o silêncio mortal que se instalara. Os acólitos e Mãos rendidos tinham sido trancados em seus aposentos ou presos com os boticários (Mercurio só tinha matado dois deles enquanto fingia estar doente, de modo que ainda restavam vários para cuidar dos feridos). Mas sem vozes nem passos nem o tradicional corre-corre pelos corredores, a Montanha estava quieta como a morte.

E o Ateneu ainda mais.

As grandes portas duplas se abriram com um leve toque de Mia. A escuridão à sua espera do outro lado – perfumada de pergaminho e tinta e couro e pó – parecia mais acolhedora do que qualquer outra. Ela entrou na biblioteca dos mortos, seguida pelos companheiros, com a espada de ossário do pai e a de aço-negro de Mouser embainhadas na cintura. E ali, apoiado no parapeito do mezanino ao lado do fiel carrinho de devoluções, estava o cronista de seu conto.

– Aelius – chamou Mia.

– Ah – sorriu o velho espectro. – Uma garota com uma história para contar.

Ele estava vestido como sempre: calça e um colete maltrapilho. Seus óculos incrivelmente grossos equilibravam-se no nariz adunco, e dois tufos de cabelo brotavam da cabeça careca. As costas eram curvadas como uma foice, e uma cigarrilha acesa pendia da boca. Ele parecia ter uns mil anos.

O que talvez não esteja longe da verdade.

Seu sorriso era acolhedor. Orgulhoso, até. E enquanto Sidonius e Cantespadas contemplavam admirados o Ateneu da Mãe Sombria, enquanto Tric, Ash e Mercurio observavam com curiosidade, Aelius levou a mão atrás da orelha, puxou uma de suas cigarrilhas extras sempre presentes, acendeu-a na sua e a ofereceu a Mia.

A garota aceitou, levou-a nos lábios e tragou fundo.

– Você tem coisa para caralho para me explicar – ela disse com uma nuvem cinza.

– Como estão Marius e Marielle? – ele perguntou.

– Marius está vivo – respondeu Mercurio. – Scaeva levou Marielle para Godsgrave.

Aelius acenou com a cabeça, soltando um grande anel de fumaça no ar. Mia soprou um menor, que passou por dentro do primeiro. Então olhou nos olhos azuis dele com os seus escuros.

– Estou esperando – ela disse.

– Em termos simples, eu sabia que você atacaria a Montanha meio no improviso – começou Aelius –, achando que conseguiria trazer o lugar abaixo sozinha. Diga o que quiser sobre não ter medo, mas a linha que divide a coragem da burrice é bem fina. E os seus passageiros costumam conduzir mais por esta última.

– Conduziam – disse Mia em voz baixa. – Não mais.

– É – suspirou o cronista com uma pluma de fumaça. – Meus sentimentos pela perda.

A voz de Mia saiu dura como o ferro. O sangue e as lágrimas tinham secado em seu rosto.

– Mas você dizia?

O cronista deu de ombros.

– Sabendo como você ia entrar aqui, precisávamos de uma maneira de igualar as chances. De deixar Drusilla em desvantagem, e atrair o máximo de Lâminas ao matadouro para que você pudesse dar cabo do que restou da Igreja com uma cajadada só. Imaginei que a velha puta viria xeretar a biblioteca cedo ou tarde e encontraria as primeiras duas partes da crônica. Principalmente porque Mercurio passava todo o tempo livre aqui.

Aelius deu uns tapinhas no carrinho de devoluções, que continha três livros empilhados. Um tinha páginas com bordas vermelho-sangue e um corvo na capa. O segundo tinha bordas azuis e uma loba. O último tinha páginas pretas respingadas de branco, com a gravação de um gato na capa.

Mia pensou em Sr. Simpático e sentiu uma pontada no coração. Queria ter algum modo de chamá-lo de volta, desfazer o que tinha feito...

– Então deixei Drusilla encontrar os livros – prosseguiu Aelius. – As primeiras duas partes relatam a história da sua vida. E, ao longo das semanas em que a Senhora das Lâminas mandou seus lacaios vasculharem as estantes à procura do terceiro volume... Bom, eu escrevi um terceiro volume.

O cronista tragou fundo a cigarrilha e soltou uma nuvem de fumaça.

– Tive que inventar algumas partes, claro. Mas, entre outras coisas, o livro revelava o seu "plano" para invadir a Montanha Silenciosa. Depois que os lacaios de Drusilla "descobriram" tudo, só precisei pedir para Marius avisar você através de Naev sobre a forma de invadir a Igreja *de verdade* e acabar com a festa de boas-vindas armada por Drusilla. – O cronista forçou a vista além do véu de fumaça depois de mais uma tragada. – Aliás, belo golpe com o sal arquêmico. Jamais teria pensado nisso.

– E isso foi tudo? – perguntou Mia.

– *Tudo?* – caçoou Aelius. – Moça, esse plano era tão astuto que podíamos pintar de laranja e soltar num galinheiro.

– Meus amigos morreram – ela disse. – E meu irmão foi sequestrado pelo maldito do meu pai.

– E *você*, minha cara, é a Senhora das Lâminas. Quem vai negar o título agora que o Ministério e as Lâminas mais afiadas morreram por suas mãos? A Igreja Vermelha está em pedaços. Seu inimigo fugiu para Godsgrave lambendo as feridas e limpando a merda da calça. E isso quer dizer que você está livre para ir atrás do destino do qual tem fugido como se fosse lepra desde que eu a coloquei neste caminho *três anos atrás*!

Mia lançou um olhar para Tric, encontrando aqueles olhos negros que brilhavam com um milhão de estrelas minúsculas.

– O diário de Cleo – ela sussurrou.

– A jovem Cleo – confirmou o cronista.

– Você sabia – ela disse, estreitando os olhos e dando mais uma tragada. – Do assassinato da Lua pelo Sol. Dos fragmentos da alma de Anais. Do sangue escuro sob Godsgrave. Dos sombrios. De tudo.

Aelius deu de ombros.

– É.

– E por que caralhos não me disse? – ela quis saber.

– O que eu disse da última vez que conversamos há dois anos, bem aqui nesta biblioteca?

Mia soltou um suspiro e tentou recordar.

– Que algumas lições são aprendidas, mas que as importantes são conquistadas.

– Eu precisava ter certeza sobre você – disse Aelius. – Tinha que *saber* do que você era feita. Cassius não servia. Os outros sombrios que encontrei ao longo dos anos nunca chegaram perto. Mas *precisamos* acertar desta vez, porque já tentaram unir os cacos de Anais uma vez e foi um desastre tão grande que este mundo quase acabou condenado a uma eternidade de luz do dia.

– Cleo – disse Mia.

– Sim, Cleo.

Mia olhou para Ashlinn. O medo que ela própria sentia no peito estava refletido nos olhos da amante. Ash percebia, bem como Mia, as engrenagens de um plano com incontáveis anos – talvez *séculos* – de preparação girando ao seu redor. Por um instante, Mia quis correr. Tomar Ash pela mão e dar as costas a todo aquele sangue e trevas. Elas podiam se esconder o mais fundo possível e buscar a felicidade onde conseguissem.

– Quem era ela? – ela se ouviu perguntar.

– Cleo? – Aelius deu de ombros. – Só uma garota, como qualquer outra na recém-fundada cidade de Godsgrave, exceto pelo pedaço da alma de Anais que se imiscuiu em sua alma. Casou-se jovem demais com um homem brutal, que matou no ano em que sangrou pela primeira vez. A questão era que o marido tinha um caco de Anais dentro de si também. Os sombrios eram mais numerosos naquela época, sabe? Os pedaços de Anais estavam espalhados por toda a República. – Aelius soltou outro anel de fumaça e fez uma pausa antes de retomar. – Depois da morte do companheiro de Cleo, Niah juntou todas as forças para aparecer à garota em sonhos. Disse a ela que era a "Escolhida". Que devia restaurar o equilíbrio entre Dia e Noite. Como era no princípio, como *devia* ser. E assim Cleo saiu em busca de outros sombrios. Ela os matou e consumiu a essência deles, tomando seus demônios e aumentando seus poderes. E sua loucura.

– Ela era louca?

– Com certeza chegou a isso no fim – suspirou Aelius. – Vamos deixar um pouco de lado o complexo de salvadora que ela tinha. A verdade crua é que não dá para passar a vida matando os outros e continuar como antes. Quando você lança uma alma na Fauce...

– Lança também um pedaço de si.

– E logo não resta nada – murmurou Ashlinn, com um olhar para Tric.

O cronista fez que sim e soltou mais fumaça com cheiro de morango.

– Cleo perambulou pela Cidade das Pontes e dos Ossos, depois pelo resto do país. Era atraída por outros sombrios e consumia todos os que encontrava. Incitada por Niah, juntava um fragmento cada vez maior da alma de Anais dentro de si. O problema é que outra coisa também ficava maior dentro dela.

– O bebê que ela menciona no diário – disse Mia.

– É – confirmou Aelius. – Então, já com a barriga pesada, já carregada de assassinatos, Cleo finalmente partiu para as ruínas de Ysiir em busca da Coroa da Lua, onde o fragmento mais brilhante e potente da alma de Anais a aguardava. Ela deu à luz, bem ali na Coroa. Sozinha, exceto pelos passageiros, pôs no mundo um menino que chorava e chutava. De cócoras, numa pedra nua e ensanguentada. Cortou o cordão umbilical com os dentes. Era esse o nível de sua determinação. De sua coragem. – Aelius balançou a cabeça e suspirou. – Mas, quando ela descobriu a verdade, tanto a coragem como a determinação falharam.

Um silêncio de morte preenchia o Ateneu. Mia jurava ser capaz de ouvir as batidas do próprio coração.

– Não entendi – ela disse.

– A Mãe Sombria queria que Cleo trouxesse seu filho de volta à vida – disse Aelius. – Mas lá, na Coroa da Lua, com o próprio filho recém-nascido no peito, Cleo descobriu as implicações de trazer Anais de volta dos mortos. Descobriu que o corpo que abriga a alma da Lua precisa perecer no renascimento dela. Que quem dá vida a Anais precisa abrir mão da sua própria.

– Para que a Lua vivesse…

– Cleo precisava morrer. Mas, veja, ela tinha um filho agora. Um menino que trouxera ao mundo com as próprias mãos. E ela própria era jovem ainda, com uma vida inteira pela frente. Sentiu-se traída em vez de escolhida. Amaldiçoou o nome de Niah. Decidiu permanecer na Coroa. E permanece lá até hoje. Retorcida pela loucura, sustentada pelos fragmentos de Anais que juntou e recusando-se a dá-los a outros.

– Que Trelene tenha piedade – sussurrou Cantespadas.

– Seu desgraçado do caralho – disparou Ash.

Mia se voltou para a garota e a viu fulminar Tric com um olhar.

– Você sabia, não é? – perguntou Ash, furiosa. – Você *sabia* dessa merda. Onde acabaria. O que custaria a Mia!

– Eu não conhecia a história toda – disse Tric. – Não sab...

– Besteira! – cortou a garota. – Você sabia o tempo todo!

– Ash, chega – disse Mia.

– Não, não chega! – berrou Ash, incrédula. – Você não pode dar vida à Lua sem abrir mão da própria vida, Mia! É isso que esse velho rançoso vem planejando há três anos? – Ela lançou um olhar venenoso para Aelius e empurrou o peito de Tric. – E este rato maldito estava levando você para a cova!

– Não me toque de novo, Ashlinn – disse Tric. – Estou avisando.

– Avisando? – desdenhou Ash. – Vamos lembrar do que aconteceu na última vez que...

– Certo, chega! – estourou Mia. – Os dois, basta!

O silêncio ecoou pela biblioteca. Em algum lugar da escuridão, um verme de livros rugiu. Mia olhou Aelius de alto a baixo, as engrenagens da sua cabeça dando voltas e mais voltas. Um espectro preso para sempre naquele Ateneu. O cronista da Mãe Sombria, uma alma sem-lume, para sempre aprisionada na Igreja de Nossa Senhora do Bendito Assassinato. Uma alma que ajudara Mia ao longo do caminho. Um diário surrado aqui. Uma palavra de conselho ali.

Ninguém conta histórias sobre os discípulos da Igreja Vermelha, cronista, Mia dissera certa vez. *Não existem canções sobre nós, nem baladas ou poemas. As pessoas vivem e morrem nas sombras aqui.*

Bom, talvez você não devesse estar aqui.

– Você é ele, não é?

Mia olhou no fundo daqueles olhos azuis-claros e aos poucos percebeu a verdade.

– Você é o bebê que ela pôs no mundo – ela insistiu. – Você é o filho de Cleo.

O cronista sorriu.

– Você é bem mais do que um rosto bonito e uma atitude de merda, hein?

Ela correu os olhos ao redor, confusa.

– Mas que merda está fazendo aqui, então?

– Pais e filhas. Mães e filhos. – O cronista deu de ombros. – Você conhece como poucos as complexidades das famílias. Minha mãe me criou na Coroa. As sombras eram minhas únicas companheiras. Eu poderia ter passado a vida inteira lá, sem jamais conhecer outra alma. Mas, quando fiquei mais velho, Niah começou a falar comigo. – Ele fez uma pausa e soltou mais um anel de fumaça. – Ela falava mais durante a veratreva. Começou a me enviar sonhos. A sussurrar quando eu dormia. Contou-me da traição de seu marido. Do assassinato de seu filho. E, ao longo dos anos, convenceu-me de que todos temos um propósito nesta vida, e que o da minha mãe era restaurar o equilíbrio dos céus. A Lua estava dentro de minha mãe quando fui concebido, e isso fazia de mim neto da Noite, pelo menos a meu ver. Então tentei convencer minha mãe de seu egoísmo. Que Aa tinha errado ao castigar sua esposa e matar seu filho. Que os céus precisavam de harmonia, e que Niah precisava de justiça. Mas os anos de solidão apenas aprofundaram o delírio de minha mãe. Ela não enxergava a razão… Assim, depois de anos, fui embora. Queria encontrar outra maneira de devolver à Noite seu justo lugar no céu. O culto à Mãe Sombria tinha sido proibido depois que ela fora banida, mas achei que, se conseguisse reanimar a fé em Niah, nossa devoção lhe daria forças para romper suas correntes. E assim, devagar, com muito trabalho, fundei uma igreja em seu nome.

– Você foi a primeira Lâmina – concluiu Mia.

Aelius deu de ombros.

– Tudo começou muito pequeno. Mas nós acreditávamos *de verdade* naquela época. Não havia assassinatos nem oferendas. Nós nos reuníamos numa capelinha no litoral norte de Ysiir. Ali, gravamos as lendas da Noite e da Lua nas paredes.

– O templo para onde Duomo nos enviou – suspirou Ash. – O lugar em que encontrei o mapa.

– É – confirmou Aelius. – Nosso primeiro altar, esculpido na rocha com nossas próprias mãos.

– Rocha vermelha – disse Ash.

– Igreja Vermelha – sussurrou Mia.

– Tudo ia bem – continuou Aelius. – A fé se espalhava. As pessoas ainda queriam acreditar na Mãe da Noite, apesar das mentiras que a igreja de Aa começou a contar sobre ela. Depois de mais ou menos uma década de culto, ao cair da veratreva, quando a Mãe estava mais perto da terra, ela teve força para nos conduzir a esta montanha. Um lugar onde as barreiras entre Noite e Dia eram menores. E foi aqui que começamos a florescer de verdade. Mas existe um ditado sobre as coisas boas... – Aelius tragou fundo e suspirou fumaça. – Havia alguns no rebanho que tinham uma visão diferente da minha. Que não cultuavam Niah como a Mãe da Noite, mas como Nossa Senhora do Bendito Assassinato. Enxergaram uma nova maneira de governar a Igreja. Uma maneira que poderia converter nossa devoção em dinheiro vivo e nossa piedade em poder terreno. – Aelius deu de ombros. – Então me assassinaram.

Mia piscou, surpresa.

– Você foi assassinado pelos seus próprios seguidores?

– É – confirmou o velho com uma careta. – Babacas.

– Deusa... – sussurrou Mia.

– Depois disso, tudo foi para a merda. A Igreja que fundei se transformou numa seita de assassinos. Tornou-se infame e poderosa, mas o poder de Niah, que tinha começado a florescer, esvaneceu com a podridão. Enquanto isso, Aa se fortalecia à medida que a fé nele se espalhava com os exércitos do Grande Unificador. As divindades são assim, sabe. Só têm o poder que damos a elas. A Mãe Sombria tinha gastado boa parte da sua força para criar este lugar e sobrava pouco. E, à medida que a Igreja Vermelha se preocupava cada vez mais com lucros e assassinatos e menos com verdadeira devoção, Niah ia enfraquecendo ainda mais. Quando finalmente teve força para me trazer de volta à vida, séculos já tinham se passado. A Igreja já estava completamente diferente. Mas ainda havia um fiapo nas sombras. Um pedacinho de fé verdadeira que ela podia usar para jogar um jogo ao longo de décadas. Um jogo em que ela movimentava alguns peões na veratreva, a cada três anos. À procura de outra escolhida. À procura de alguém que triunfasse onde Cleo fracassara. Até finalmente, finalmente... – O cronista olhou Mia nos olhos. – Aqui está ela.

– Não sou salvadora de ninguém – ela disse. – Não sou heroína.

– Ah, *besteira* – disparou Aelius. – Você sabe *exatamente* o que é. Veja as coisas que fez. As coisas que *faz*. Há três anos você molda o mundo com cada suspiro que dá. E não venha me dizer que não sentia que se tratava de algo mais do que vingança. – Aelius apontou para as duas primeiras Crônicas da Quasinoite em seu carrinho. – Eu li as duas, da primeira à última página, mais vezes do que posso contar. Você é mais do que uma mera assassina. Se aceitar de braços abertos, garota, pode ser a pessoa que vai consertar a porra do *céu*. – Aelius balançou a cabeça e lhe deu um olhar intenso. – Mas não podemos foder com tudo dessa vez. Resta muito pouco de Anais e, a cada pedaço que se perde, ficamos mais próximos da ruína. O pedaço dentro de mim, quando aqueles desgraçados me mataram. O pedaço em Cassius, quando ele morreu em Última Esperança. Talvez eu devesse ter ajudado você mais. Talvez devesse ter contado antes. Mas precisava saber que você tinha a determinação para levar isso a cabo, Mia. Até o fim. – O cronista olhou fundo nos olhos dela. – O fim *mesmo*.

– Scaeva ainda está com meu irmão – ela disse.

– É – replicou Aelius. – E, quando você conseguir chegar a

Godsgrave, já estará com um exército à sua espera. Mas se assumir o poder à sua espera na Coroa da Lua, quando a veratreva cair, vai ser capaz de resgatar seu irmão num piscar de olhos.

– E depois morrer.

O cronista inclinou a cabeça e deu de ombros.

– Todos morrem em algum momento. Pouquíssimos morrem *por alguma coisa*. Você é a Escolhida dela, Mia. É o certo. É o seu destino.

– Destino o caralho! – estourou Ashlinn, furiosa.

O velho espectro soltou um suspiro cinza.

– Você não faz ideia do que está falando, menina.

– Não me chame de menina, seu velho filho da puta! – vociferou Ash. – É fácil pra você falar sobre o que é certo quando não precisa fazer nenhum sacrifício, não é?

Aelius lançou um olhar irado para a garota.

– Nenhum sacrifício? – O cronista emproou o corpo, os olhos azuis incendiando-se de fúria. – Cento e vinte e sete anos, foi isso que sacrifiquei. Mais de *um século* apodrecendo nesta porra de Ateneu, algemado a estas páginas. Nem vivo nem morto. Apenas existindo e rezando para a pessoa certa aparecer. – Ele tirou a cigarrilha dos lábios e a ergueu diante de Ashlinn. – Sabe quantas vezes quis jogar uma destas nessas pilhas? Deixar tudo queimar comigo junto? Quero dormir, menina. Quero que isto acabe. Mas fiquei aqui à espera no escuro porque *acredito*. Pode ficar brava o quanto quiser. Pode tentar proteger sua amante o quanto quiser. Mas não *ouse* falar comigo de sacrifício. Nunca mais.

Mia olhou para o rosto dos amigos. Mercurio parecia abalado, Cantespadas e Sidonius, ao mesmo tempo maravilhados e amedrontados. Tric não demonstrava nada, como uma pedra, como os rostos ao redor do lago sob Godsgrave. Ashlinn estava simplesmente furiosa, olhava para Mia e balançava a cabeça devagar.

– Preciso pensar – suspirou Mia. – Preciso pensar nisso tudo...

– Os sóis estão prestes a repousar – disse Aelius, com os olhos mais uma vez sobre ela. – A veratreva se aproxima. Niah só consegue soprar vida em Anais quando os olhos de Aa estão fechados e, se perdermos esta chance, quem sabe como estará o império daqui a dois anos e meio? – O cronista apagou a cigarrilha na sola da bota e acenou com a cabeça. – Então não pense demais, hein?

CAPÍTULO 34

TIRAS

Cantespadas estava no Altar Celeste. A noite infinita pairava sobre sua cabeça.

A plataforma, escavada a fundo na lateral da Montanha Silenciosa, abria-se para o céu que lhe dava nome. Sobressaía da rocha e terminava numa queda aterrorizante que só era evitada por um parapeito de pau-ferro. As Ruínas Sussurrantes estendiam-se abaixo, mas acima, onde o céu devia arder com a luz dos sóis descendentes, Cantespadas via apenas escuridão – escuridão preenchida com um milhão de estrelas minúsculas.

Os bancos e mesas ao redor deles, antes ocupados por assassinos e servos da Mãe Sombria, estavam vazios. A Montanha Silenciosa fazia jus ao nome: o coral que a dweymeri ouvia quando eles invadiram o forte dos assassinos estava calado.

Sidonius sentava-se à frente dela, manuseando o primeiro volume das chamadas Crônicas da Quasinoite. Cantespadas lhe emprestara ao terminar, e o itreyano o lia entre as mordidas num frango assado que arranjara na despensa da Igreja Vermelha. Cantespadas lera a primeira crônica por cima e agora já estava na metade da segunda. Mas parou ao chegar no capítulo 24.

A batalha deles contra a sedosa.

– Sangue e abismo – murmurou Sidonius, folheando as páginas com os dedos engordurados.

– Em que parte você está? – perguntou Cantespadas.

– Ashlinn acabou de esfaquear Tric.

– Ah – disse a mulher. – Putinha sem escrúpulos.

– É – concordou Sid, fechando o livro e olhando para a capa. – Sabe, até que não é ruim. É só não ligar para as notas de rodapé e a caralhada de palavrões.

– Pois é – disse Cantespadas, meio desdenhosa, jogando uma longa trança por trás do ombro. – Dá pra ver que foi escrito por um homem.

– Como assim?

Cantespadas arqueou a sobrancelha e encarou o itreyano grandalhão.

– Você não acha que fica óbvio nas cenas de sexo?

– Até que achei algumas das putarias bem boas.

– Ah, não diga? – caçoou Cantespadas. – "Seios doloridos"? "Botão inchado"?

Sidonius piscou surpreso.

– Qual é o problema de botão inchado?

– Eu não tenho a porra de uma flor no meio das pernas, Sid.

– Bom, então que nome você usaria?

Cantespadas deu de ombros.

– Homenzinho no barco?

– Por que *caralhos* você chamaria uma parte da genitália feminina de "homenzinho"?

– Por causa da metáfora? – Canta deu de ombros de novo. – Remar é difícil. E seria bom que um homem se esforçasse mais debaixo dos lençóis para variar.

Sid abriu um sorriso malicioso e balançou a cabeça.

– Você é uma puta, Canta.

Cantespadas riu.

– Só agora você percebeu?

O itreyano gargalhou, encheu a taça da mulher de vinho e ergueu a sua.

– A que vamos brindar? – quis saber a dweymeri.

– A Carniceiro – declarou Sid. – Um desgraçado sem modos, boca suja, feio pra caralho que eu tinha a honra de chamar de irmão. Viveu e morreu de pé num mundo que tentou colocá-lo de joelhos. Que ele encontre sua família à espera junto ao Lume.

– É – concordou Cantespadas. – E que a gente não o veja de novo por um bom tempo.

– Um brinde a isso também – disse Sid, virando a taça.

Cantespadas esvaziou a sua também e estremeceu ao colocá-la de volta à mesa. O braço que ela usava para lutar doía terrivelmente. A cicatriz no antebraço era horrível; as belas tatuagens em sua pele estavam distorcidas e enrugadas em torno da ferida. Sidonius fingiu não notar, mas isso só a irritou ainda mais.

– Acho que preciso agradecer você – ela acabou por resmungar.

– Pelo quê? – murmurou Sid, fingindo ler.

– Pelo que fez quando lutávamos para sair dos estábulos – disse Canta. – No segundo lance de escadas, quando aquele desgraçado me atacou com a adaga. Ele teria acertado se não fosse você.

– Besteira – disse Sid. – Você já tinha se esquivado. Eu só estava sendo cuidadoso.

– Você só *salvou minha vida.* Foi isso que você fez.

Sid deu de ombros e permaneceu mudo. Canta soltou um suspiro e estremeceu de novo ao esticar o braço ferido.

– Nunca sarou direito depois que aquela sedosa me cortou em Alvatorre. Nunca mais teve a mesma força, nem a mesma velocidade. – Ela balançou a cabeça e seus nós de sal esvoaçaram. – A suffi me chamou de

Cantespadas quando minha mãe me apresentou em Farrow. Eu só tinha algumas viragens e já sabiam que seria uma guerreira. Mas que canção minha espada vai cantar agora?

Sidonius dispensou o comentário com um gesto.

– Não tenha medo. Vai sarar.

– Você *sabe* que não vai, Sid – ela rebateu. – Sabe que esse é o máximo de melhora que vou atingir. Sou uma guerreira que não consegue segurar uma espada. Estou mais para um risco, isso sim.

Sidonius inclinou a cabeça e a encarou com seus olhos azuis e brilhantes.

– Está mais para a melhor guerreira que conheço. Salvou minha vida um monte de vezes. Ainda é minha irmã na areia, *e fora dela*, e quando acompanharmos Mia até a Coroa, não vou querer outra pessoa ao meu lado.

– Então você acha que ela vai.

– Tenho certeza. – Sidonius olhou para escuridão do céu. – E ela também tem. Ela foi feita para uma coisa maior do que a vingança. Sempre foi.

– Ela parece estar com medo.

– Sim. – Sid suspirou e balançou a cabeça. – Mas não por muito tempo.

– Não posso ir com vocês. Sou tão útil quanto as bolas de um sacerdote com esse braço, Sid.

– Então lute com o outro – disse Sidonius, voltando a encará-la. – Lutar não é só segurar o aço. É usar o coração. A inteligência. A garra. Você está quilômetros na frente de qualquer um que conheço. E odeio desfazer suas ilusões sobre o clero de Itreya, Canta, mas fui luminatii por seis anos. Os sacerdotes usam as bolas bem mais do que você pensa.

Cantespadas riu e balançou a cabeça.

– Você é um bom homem, Sidonius.

O itreyano riu também.

– Só agora você percebeu?

Cantespadas olhou o homem de alto a baixo – coberto de cicatrizes de batalha e duro como ferro, com belos olhos azuis e um charme juvenil que nem todas as cicatrizes do mundo eram capazes de esconder por completo.

– É – ela disse baixo. – Acho que só agora. – Tornou a encher as taças dos dois e curvou os lábios, pensativa. – Se Mia seguir *mesmo* o conselho do bibliotecário louco e for atrás dessa maldita Coroa da Lua, você sabe que provavelmente vamos morrer lá, não sabe?

– Sei. – Sidonius deu de ombros e ergueu a taça. – Mas fazer o quê?

Canta acabou com seu vinho num gole só.

– Bom, já que vamos morrer… que tal uma aula de remo?

– Aula de remo?

Cantespadas arqueou a sobrancelha e lançou um olhar sugestivo para a própria cintura. Depois, pegou a taça e a jarra de vinho e se levantou, jogando os nós de sal para trás.

– Você vem? – perguntou.

Sidonius pareceu finalmente captar a ideia. O itreyano pôs o livro de lado, empurrou a cadeira para trás e abriu um sorriso malicioso.

– Primeiro as damas – disse.

– Humpf. Vamos ver, Sid Balestra.

– Eu insisto, mi dona.

E insistiu mesmo.

Mia não pensava.

Estava deitada no antigo dormitório, escondida sob uma pilha de travesseiros e peles macias. A luz suave de uma lâmpada arquêmica iluminava o ambiente. O silêncio deixado pelo sumiço do coral parecia imenso como a eternidade. Um fiozinho de fumaça subia da cigarrilha entre seus dedos. Era a quinta em uma hora, e os restos de suas vítimas anteriores estavam empilhados num cinzeiro ao lado da cama. Ela levou a cigarrilha aos lábios e tragou fundo, tentando não pensar no Ateneu. Na Coroa da Lua. Em Aelius. Scaeva. Naev. Carniceiro. Eclipse. No pobre Jonnen.

Não.

Não, ela não estava pensando nisso. Estava deitada na cama fumando à espera da sua garota. Mas a ampulheta ao seu lado já tinha deixado uma hora esvair-se devagar, e Ashlinn ainda não retornara da casa de banho. Mia começava a se perguntar se a outra não pretendia dormir no seu antigo quarto na ala dos acólitos.

Ela não queria passar a quasinoite sozinha.

Então a maçaneta foi virada, sua garota entrou e Mia sentiu todo o peso dos ombros sumir como que por mágica.

O cabelo de Ash, ainda úmido do banho, caía em madeixas de um louro escuro pelos ombros. Ela vestia um roupão de seda preta e franzia o cenho; deu apenas um olhar para Mia enquanto entrava e fechava a porta. Os olhos nublados tinham o tom do azul do céu logo após uma tempestade. Mas o coração de Mia ainda batia um pouco mais depressa quando a via – quando via a luz arquêmica brincar em sua pele, as sombras agudas e as curvas suaves e as pernas que subiam ao paraíso.

– Oi, linda – ela disse.

Mia abriu as cobertas de pele sem cerimônias. Estava quase nua por baixo. Madeixas compridas escorriam como rios escuros por sua pele pálida. Os lábios exalavam a fumaça da cigarrilha. Uma tira de sombras envolvia sua cintura e se fechava num belo laço que deixava algo para a imaginação.

– Gostou? – Mia sorriu ao passar as mãos no preto aveludado. – É o que as donas mais elegantes estão usando este ano.

Ashlinn a olhou de alto a baixo.

– Parece frio – ela disse.

Mia desceu as mãos pelos seios, pela barriga, cada vez mais baixo até o meio das pernas. Ela arqueou as costas de leve e suspirou mais alto.

– Não, está quente, Ash – ela disse baixo. – *Muito* quente.

Mia não queria pensar. Queria sentir. Queria transar. Só a perspectiva de transar já fazia o coração disparar. Jogar Ashlinn sobre a cama, dar e receber prazer, parar as engrenagens que giravam em sua cabeça e calar as perguntas e...

Mas Ashlinn permaneceu onde estava. Ao pé da porta.

– Vem, amor – disse Mia com os braços abertos.

– Não – respondeu Ash.

– Por favor – suspirou Mia. – *Quero* você.

Ashlinn apenas balançou a cabeça.

– Você não me quer.

– Como você pode...

– Você só quer evitar uma conversa, Mia.

Mia olhou a garota nos olhos. Seu gênio se inflamou por um momento.

– E sobre o que deveríamos conversar, Ashlinn?

– Ah, não sei, o preço das virgens em Vaan? – Ash agitou as mãos, incrédula. – Sobre que *caralhos* você acha que deveríamos conversar? Eu ouvi aquele velho filho da puta por uma hora e, apesar de todas as promessas e baboseiras, o melhor fim que ele tem pra te oferecer é a sua morte! Aelius quer que você se mate!

– Aelius quer restaurar o equilíbrio entre Noite e Dia.

– Porque não foi bom o bastante pra fazer isso sozinho!

– Desde que cheguei aqui – disse Mia –, cada passo que dei e tudo que fiz me apontou na direção da Coroa da Lua.

– Isso é besteira e você sabe.

Mia esfregou a testa, que já começava a doer, e suspirou.

– Não sei de nada.

– Não vou com você, se é isso que está pensando – afirmou Ashlinn. – Não vou dar o mapa nem ajudar você a se matar. Não posso.

– Já vi você pelada tantas vezes que decorei o mapa, Ash.

– Que as Filhas amaldiçoem você, Mia Corvere! – estrilou Ashlinn.

Mia suspirou e tornou a pegar a cigarrilha e a se cobrir com as peles.

– Sabe, não lembro de ter aula disso aqui, mas você tem um talento maravilhoso para acabar com o clima.

– Estou falando sério, Mia!

– E você acha que eu não estou? – ela berrou, perdendo a paciência. – Pensa que não sei o que está acontecendo? O que está em jogo? Passei uma hora aqui tentando não pensar no fato de que não sou capaz de arranjar um único motivo para fazer isso!

– Então não faça! – gritou Ash. – Foda-se Aelius! Foda-se a Lua, foda-se a Deusa, foda-se *tudo*! Não pedimos nada disso! A Igreja Vermelha está acabada, as Lâminas de Scaeva já se foram, e ele fugiu daqui feito um cachorrinho!

Ash se adiantou para sentar na cama. Agarrou a mão de Mia e a olhou bem nos olhos.

– Somos duas das melhores assassinas que sobraram em Itreya. Vamos para Godsgrave, cortamos o pescoço desse desgraçado, pegamos o seu irmão e acabou! Quem quer saber de porra de Anais, de equilíbrio ou das outras besteiras?

– Tem um pedaço dele dentro de mim, Ash – disse Mia com um longo e pesado suspiro. – Anais. Eu o sinto no meu coração.

– E eu? – Ashlinn pôs a mão no peito de Mia. – Não estou aí dentro também?

– *Claro* que está – sussurrou Mia, apertando os dedos dela.

– Eu te amo, Mia.

– Eu também te amo.

– Não, não ama. – Ash balançou a cabeça. – Se amasse, não estaria com tanta pressa para dizer adeus.

Mia sentiu as lágrimas despontarem nos olhos. Havia um oceano por trás delas.

– Não quero dizer adeus.

Ash acariciou a marca de escrava em uma das bochechas de Mia. Depois, a cicatriz na outra.

– Então fique. Fique comigo.

– Eu… eu quero…

Ashlinn lançou-se sobre Mia e os lábios das duas se encontraram num beijo desesperado. Mia fechou os olhos, sentiu o gosto das lágrimas, passou os braços pela cintura de Ash e a puxou para si. Elas se beijaram como nunca, agarradas uma à outra como se estivessem se afogando, como se estivessem à deriva num mundo de fogo e sóis e noite e tempestades – com todas as divindades contra elas, tentando separá-las.

O beijo terminou devagar. Ashlinn continuou abraçando Mia depois de seus lábios se separarem, como se temesse soltá-la. Enterrou o rosto no cabelo de Mia e apertou forte, falando baixo:

– *Fique comigo.*

Mia fechou os olhos e suspirou. Lutava pela própria vida.

– Não sei o que fazer – ela admitiu. – Não sei como consertar isso tudo.

Os lábios delas se encontraram de novo, mais suaves dessa vez. Por mais tempo e com mais doçura, cheios de uma necessidade alegre. Os dedos de Ash acariciaram as bochechas de Mia e se enroscaram em seu cabelo, e Mia suspirou ao sentir a língua da garota roçar a sua. O beijo ficou mais intenso e as mãos de Ashlinn começaram a descer – pelo pescoço, peito, passando pelos seios até chegar à tira em volta da cintura de Mia.

– Quero ficar com você para sempre – suspirou Mia.

– Só para sempre? – murmurou Ash, descendo.

Mia balançou a cabeça e fechou os olhos.

– Para sempre e sempre.

Ela sonhou.

Era de novo criança, sob um céu cinzento como o momento entre acordar e dormir. Caminhava sobre águas tão paradas que pareciam pedra polida, vidro ou gelo sob seus pés descalços, e estendiam-se até onde a vista alcançava.

A mãe caminhava ao seu lado, com uma balança desajustada na mão. Usava luvas de seda preta que brilhavam com um verniz secreto e subiam até os cotovelos. Seu vestido era escuro como o pecado, a noite, a morte, pontilhado por um bilhão de focos de luz que brilhavam por dentro. A luz atravessava o tecido como os furinhos de uma cortina contra o sol. Ela era bela. Terrível. Os olhos eram escuros como o vestido, mais fundos que o oceano. A pele, pálida e brilhante como as estrelas.

Como sempre, tinha o rosto de Alinne Corvere. Mas Mia sabia, daquele jeito que as pessoas sabem em sonhos, que aquele não era seu rosto real.

E como sempre, do outro lado do cinza infinito, seu pai e suas irmãs as esperavam.

Ele estava todo de branco, tão ofuscante que os olhos de Mia doíam. Mas ela o olhava mesmo assim. Aproximava-se com a mãe e ele retribuía o olhar, os três olhos fixos nela, vermelho e amarelo e az…

– Não – *disse Mia.*

– Não, chega disso.

Ela ouviu a voz de Cantespadas dentro da cabeça.

– Você devia tentar. Quando dormir de novo, assuma o controle do sonho e faça com que seja o que você quiser. Ele é seu, afinal.

Então ela parou. Mandou para longe a imagem do pai envolto em branco reluzente. Estava dentro da Montanha Silenciosa, afinal: o lugar onde a divisão entre o mundo real e o Abismo era mais frágil. Se ela queria falar, descobrir, saber, *essa era a sua melhor oportunidade. Então a criança cerrou os punhos e torceu o sonho para fazê-lo seu. O cenário parecia resistir; pedra/vidro/gelo sob seus pés ondulando como um lago. Mas era dela. A mente* dela. *Ela nunca tinha cedido nem um centímetro no mundo real, nem uma vez na vida.*

Por que abismos seria diferente ali?

A imagem do pai e das irmãs tremeram e depois sumiram por completo. Ela ficou a sós no vazio imenso com a Mãe da Noite, na fronteira entre o Abismo e o mundo dos despertos. A Deusa olhou para a filha e a escuridão de seus olhos continha milhões de minúsculas estrelas. E a garota já não era mais uma garota. Era a campeã do venatus magni. *A Rainha dos Mandriões. A Senhora das Lâminas.*

A guerra que você é incapaz de vencer.

– Certo – *disse Mia.* – *Precisamos ter uma conversa séria.*

Niah piscou, lenta como uma era glacial.

– *Fale, criança* – *ela disse afinal.*

– Veja, entendo que você teve a maior dificuldade para construir tudo isso – *disse Mia.* – Entendo o seu desejo de sair da prisão e de ter seu filho de volta. Mas você precisa compreender que não estou com muita vontade de morrer por isso.

A Mãe inclinou a cabeça e sua voz saiu cheia de tristeza.

– *Você teme.*

A garota fez que não.

– Pior. Eu amo.

– *Você pretende negar o que é?*

– Não – *ela respondeu.* – Isso *é* o que eu sou. Não sou heroína, mas uma vadia vingativa e egoísta. E nunca fingi ser outra coisa. Se você queria uma salvadora, talvez devesse ter escolhido uma garota que acredita que vale a pena salvar este mundo.

A Mãe Sombria se inclinou e a olhou nos olhos.

– *Então falemos de vingança, pequena* – *ela disse, erguendo a balança desajustada entre elas.* – *Por ciúmes, por medo, meu marido matou meu filho enquanto ele dormia. Sempre o obedeci. Só uma vez o desafiei e, ainda assim, por amor a ele. E por esse pecado, ele me atirou no Abismo. Matou a mágica na terra. Assassinou a luz da noite.*

– Meu pai tentou me matar umas dez vezes. – *A garota deu de ombros.* – Talvez seu filho devesse ter acordado mais cedo.

A Mãe piscou seus olhos negros e infinitos nos quais fervilhava uma fúria impossível. Por um instante, a imagem de Alinne Corvere tremeu e chacoalhou, como se não conseguisse manter a própria forma. E, por um segundo, Mia enxergou o que havia por trás dela, a monstruosidade que vira em livros quando criança, o horror que o Ministério de Aa pregava de seus púlpitos. Não era a Mãe da Noite nem mesmo Nossa Senhora do Bendito Assassinato. Era o vazio silente entre as estrelas. O preto infinito ao fim da vida.

A Fauce.

Eram tentáculos e olhos e garras e bocas abertas e salivantes. Vastas como o infinito. Sombrias como a eternidade. Mas os tremores pararam e a escuridão recuou e a garota voltou a olhar para o rosto da mãe. Finos lábios escuros. Olhos escuros e duros. O rosto de Alinne Corvere: a mulher que a censurava quando criança, que a mandava para cama sem jantar, que lhe dizia para nunca tremer, nunca temer, nunca esquecer.

– Você vai deixar o mundo nas mãos de um tirano? – perguntou a Deusa.

– Não – *respondeu a garota.* – Vou *matar* um tirano. E não vejo como conseguir isso se estiver morta.

A Mãe franziu a testa.

– Não falo de seu imperador de araque. Falo do Onivi...

– Eu sei do que você está falando. – *Ela levou as mãos à cintura.* – Sinto muito, de verdade. Sei que foi terrível o que Aa fez com você e seu filho. Mas será que essa família fodida de vocês não pode resolver as próprias merdas? Já tenho o bastante pra resolver da minha própria família.

A forma da Mãe vacilou de novo, as estrelas de seu vestido cintilando de agitação.

– Isto é mais importante que suas ridículas preocupações mortais, criança.

– Que pena que você precisa de nós, ridículos mortais, para resolver isso.

– Sou uma deusa. Antes da luz, antes da vida, existia a escuridão. Sou o princípio e o fim. Sou a primeira divindade. Não aceitarei não como resposta.

– Com todo respeito, não tenho medo de você. Você levou anos e toda sua força para pôr a porra de um livro na minha mão e começar a invadir meus sonhos. Você não me ameaça. Tem que me *convencer*.

– Este é seu desti…

– Me poupe – *ela disse, erguendo a mão.* – Não sou escrava do seu destino. Sigo o meu próprio caminho. Cometo meus próprios erros. E talvez este seja um deles. Mas é meu, porra. Porque a escolha é minha. Minha vida. *Meu* destino.

Tristeza e raiva preencheram a voz da Mãe.

– Você é egoísta como Cleo, então.

A garota deu um passo à frente e olhou naqueles olhos ardentes.

– Pensei que passaria a vida sozinha. Pensei que jamais encontraria um pouco de felicidade. Bom, agora encontrei e quero ficar com ela. Se isso é egoísmo, vou ser egoísta. Porque pelo menos terei amor. E *foda-se* você por tentar arrancar isso de mim.

A forma de Niah ondulou de novo; o horror de sua forma real tremeluziu abaixo da superfície. A escuridão do vestido se aprofundava tanto que Mia tinha medo de cair nele e se afogar.

– Ousa falar assim comigo?

A garota cerrou os dentes e não tremeu.

– É isso que me torna diferente da maioria das pessoas.

Mia olhou para os pés. No espelho do chão, viu um garoto entalhado na escuridão. A pele era escura como a veratreva. Línguas de fogo escuro ondulavam em seu corpo e no topo de sua cabeça como se ele fosse uma vela acesa. Asas escuras abriam-se em suas costas e, na fronte, havia um único círculo perfeito.

Alvo como a luz da lua.

Ela voltou a olhar para os olhos da Deusa.

– Sinto muito por ele, de verdade. E sei como é odiar o próprio pai. Mas consigo roubar meu irmão de volta sem a sua ajuda. Eu *não preciso* de você. Por isso você precisa me dar um motivo pra fazer isso. Não alguma besteira sobre destino ou justiça, mas um *motivo*. Do contrário, pode se virar com as suas merdas sozinha. – *Ela se virou*. – Enquanto isso, vou voltar para a cama.

A Noite permaneceu imóvel como uma pedra. Seu olhar fulminava as costas de Mia, que começou a caminhar rumo à manhã. As estrelas no vestido da Deusa acenderam-se com um fogo frio. Sua voz soou profunda e escura como o vazio:

– Posso pensar em alguns motivos, criança.

CAPÍTULO 35

CINZAS

Ash ainda sentia o gosto dela.

Sal e mel. Ferro e sangue. Com as pálpebras pesadas, ela passou a ponta da língua pelos lábios. Saboreou. Inalou. Suspirou. Contemplou a extensão escura além do parapeito do Altar Celeste e agradeceu a Deus ou à Deusa que colocara aquela garota em sua vida.

Mia.

Ash a deixara sonhando, nua sobre as peles. O cabelo espalhado em volta da cabeça como uma nuvem de tempestade. Com um beijo leve como uma pluma, Ash saiu da cama e vestiu o roupão preto. Fechou a porta, amarrou o cabelo louro e comprido atrás da cabeça e caminhou descalça pelo corredor para procurar uma bebida. A língua doía. A garganta estava seca. Dava sede satisfazer a campeã do *venatus magni*, a Rainha dos Mandriões e Senhora das Lâminas.

A Igreja estava num silêncio de morte. O coral fantasmagórico ainda não retornara, e as Mãos e os acólitos capturados estavam trancafiados sob os olhos vigilantes de Mercurio. Pouquíssimos tinham sobrevivido ao ataque, verdade seja dita, e todos juraram lealdade a Mia como líder da Igreja. Mas a nova Senhora das Lâminas insistiu para que ficassem presos mesmo assim, pelo menos por enquanto. Todo cuidado era pouco. A situação não podia ser tratada como nada além de uma pequena vitória. Scaeva tinha fugido da Montanha, levando Mataranhas consigo. Jonnen tinha voltado às garras do pai. A questão da Lua ainda estava pendente.

A história estava longe de acabar.

Ash estava agora no Altar Celeste, contemplando a escuridão além do parapeito e tirando um tempo para respirar. Aelius tinha dito que naquele lugar os muros entre o mundo e o Abismo eram mais frágeis. Que a noite perpétua que girava sobre a cabeça de Ash não era a verdadeira noite. Os bancos e cadeiras atrás dela estavam vazios. O ar, silencioso e parado. Ela tinha um copo de barro e uma garrafa de bom vinho d'ouro da despensa – calhou de ser um Albari, o favorito de Mia. Matou a sede com um gole ardente e lamentou perder o gosto da garota, que ia sumindo de sua língua. Olhou para aquele abismo e perguntou-se se ele a olhava de volta. Perguntou-se como seria a noite se a Lua voltasse ao céu.

Parte dela ainda tinha medo de que Mia mudasse de ideia ou que o cronista a convencesse daquela loucura. Mas o resto de Ashlinn Järnheim, a parte dela que conhecia Mia, confiava em Mia, adorava Mia, tinha a resposta.

Dane-se a Noite. Danem-se os sóis. Dane-se a Lua.

Mia Corvere queria viver.

Comigo.

Ash sentiu um sorriso desenhar-se nos lábios e fazer formigar seu corpo de alto a baixo. Ela pensou na casa que seu pai tinha construído em Três Lagos. Flores à janela e fogo na lareira.

E uma grande cama de penas.

Ashlinn nunca imaginara ter algo como o que tinha agora, nem em sonhos. Era filha de um matador, assim como o irmão Osrik, e Torvar Järnheim tinha criado os filhos à sua imagem. A infância dela envolvera roubos e violência e a promessa de uma vida de mortes a serviço de Nossa Senhora do Bendito Assassinato. Remorso era para os fracos. Arrependimento era para os covardes.

Ela se lembrou do dia em que o pai voltou do cativeiro em Liis e da oferenda que encerrou sua carreira de assassino. As mutilações sofridas nas Torres Talhadas de Elai o deixaram marcado para sempre – amargo para sempre. Pois, embora Marielle tivesse curado as feridas que Torvar recebera durante a tortura, a tecelã não era capaz de substituir os pedaços dele que tinham sido decepados.

O olho. A virilidade. A fé.

O pai de Ashlinn perdeu mais do que as bolas e a fé naquela oferenda. Nunca mais sorriu como de costume ao voltar para casa. Nunca mais beijou a esposa como de costume, nem abraçou os filhos como de costume. Nunca mais dormiu sem acordar aos gritos por causa de pesadelos. Algo dentro de Torvar quebrou-se em Liis e nunca mais voltou ao que era. E a Igreja Vermelha, apesar de todo seu poder e piedade, não conseguiu restaurar o que ele havia perdido.

Ashlinn odiava a Igreja por isso.

Por isso Torvar voltara seus filhos contra a Igreja – e eles abraçaram a causa. O homem os transformara em armas contra o templo que o deixara em ruínas, para destruir a casa da Deusa que falhara em protegê-lo. Tinham planejado tudo tão bem. Ela e Oz tinham chegado *tão* perto. Mentiram e roubaram, assassinaram Trazáguas, Carlotta, Tric: tudo para terem Lorde Cassius e o Ministério em suas garras. E, embora o fracasso tivesse terminado com a morte do irmão pelas mãos de Marius, nas últimas viragens, Ashlinn tinha visto tudo pelo que trabalhara finalmente acontecer.

O Ministério despedaçado e a Igreja Vermelha junto.

Torvar Järnheim teria orgulho da filha. E se ainda havia contas a ajustar com Marius, bom, isso poderia ficar para outra viragem. Pois a verdade é que, por mais que Ash amasse o irmão mais velho, ele era meio babaca.

Então agora Ash estava no Altar Celeste, contemplando a escuridão além da Montanha. A noite que não era noite de verdade. A Montanha silenciosa como um túmulo ao redor dela, o Ministério dormindo em suas tumbas sem nome. Ela tirou o laço do cabelo e um rio loiro escorreu pelos ombros. Queria curtir a liberdade. Serviu-se de outro copo de vinho d'ouro, que ergueu para a escuridão.

– Saúde, pai, seu velho miserável. E saúde, Oz, seu filho da puta catarrento. – Ela bebeu tudo e jogou o copo vazio no abismo. – Acabei com eles por vocês.

– Olá, Ashlinn.

O coração dela parou e suas entranhas gelaram. Sem qualquer expressão, Ash virou-se e deparou com ele. Alto e forte. Belo como uma estátua, esculpido pelas mãos da Mãe Sombria. Servo dela. Guia dela. O fluxo de algo semelhante à vida pulsava sob sua pele, mas os olhos ainda eram piscinas de veratreva, salpicados com o brilho das estrelas. Seus nós de sal moviam-se como numa brisa. Suas mãos eram sombrias como o assassinato.

O garoto olhava para ela. O silêncio entre os dois era profundo como os séculos. Ash se deu conta de que estavam no último lugar em que o vira vivo.

Naquele patamar, naquele lugar exato, ela o tinha matado.

– Como eu já disse, você tem um nariz e tanto, Triquinho. E não te quero farejando os pratos da entrada esta quasinoite.

– Por que vo… – hrrk.

– Oi, Triquinho – ela disse.

– Dificuldade para dormir?

Ela deu de ombros.

– Às vezes.

– Consciência pesada?

Ash balançou a cabeça enquanto calculava quantos passos precisava dar para chegar à escada. Devagar, foi escorregando a mão até a garrafa de vinho d'ouro.

– Nossa Mia tem apetite.

– Nossa Mia.

– Bom – ela deu um sorriso malicioso –, *minha* Mia.

O garoto suspirou, balançando a cabeça.

– Você se diminui, Ashlinn, tentando esfregar isso no meu nariz.

– Não preciso esfregar nada, Triquinho – rebateu Ash. – Eu *sei* que você sente o cheiro dela em mim. Fumaça e suor e aqueles lugares doces e secretos. Sei que você se lembra deles e sei que quer muito vê-los de novo. Esse seu nariz já deu problema demais.

Tric olhou por cima do parapeito – o lugar de onde ela empurrara seu cadáver depois de o matar a facadas. Ash sentia a força que irradiava dele, ali naquela casa de morte, tão próximo da veratreva e do Abismo que ele escalara. Ela o vira lutar durante o ataque à Montanha. O poder das trevas dentro dele estava no auge. O garoto movia-se mais rápido do que ela conseguia imaginar. Era mais forte do que ela jamais sonhara. Ceifava os que ousavam encará-lo como uma foice corta o trigo, como se fosse uma extensão da própria Nossa Senhora do Bendito Assassinato.

A garota sentiu frio. Percebeu o que o ar gelado provocava em seu corpo e como seu roupão de seda era extremamente fino. Passou um braço na frente dos seios e, com a outra mão, apertou firme a garrafa.

– O jogo que você joga é perigoso, Ashlinn – disse Tric.

– É o único tipo de jogo que vale a pena, Triquinho. Mas você não vai me matar.

Ele sorriu ao ouvir isso, mas seus olhos não demonstravam qualquer humor.

– E POR QUÊ?

Ashlinn o olhou de alto a baixo com um brilho nos olhos azuis.

– Porque lá no fundo, debaixo do assassinato e da merda, você tem um bom coração. Ah, você pode tentar esconder. Mas quase sempre faz o que é certo. – Ela sorriu de novo e inclinou a cabeça. – E assassinar uma garota em trajes de baixo não faz seu estilo.

– O GAROTO DE QUEM VOCÊ ESTÁ FALANDO MORREU, ASHLINN. – Tric estreitou os olhos de leve. – VOCÊ O MATOU.

– Por que vo… – *hrrk.*

Ashlinn piscou ao ver o punhal na mão dele. O brilho prateado da lâmina. Sentiu o golpe no peito e deu um passo trêmulo para trás, gemendo. A garrafa de vinho d'ouro caiu e se despedaçou no chão. Com a mão esquerda, ele a segurou pelo ombro e a manteve de pé. Com a mão direita, segurava a faca, apertando-a com força contra sua carne, bem em cima do coração.

Com o cabo.

Foi o bastante para deixar um arranhão. Nada mais. O bastante para mostrar que a poderia ter matado, se quisesse. O toque das mãos dele, escuras como a noite, era quente e pesado, como uma consciência culpada. Os olhos dele estavam cheios de fúria, e lágrimas escuras começavam a despontar sob as pálpebras. Seus lábios se retorceram e sua voz saiu carregada de ódio.

– QUERO MATAR VOCÊ. QUE A DEUSA ME AJUDE, COMO QUERO. QUERO PARTIR A PORRA DO SEU CORAÇÃO NO MEIO E ARREMESSÁ-LA NUMA VIDA SOMBRIA, COMO FEZ COMIGO. NÓS ÉRAMOS AMIGOS. EU *CONFIAVA* EM VOCÊ. E VOCÊ ME MATOU. SEM UM PINGO DE REMORSO NEM A PORRA DE UMA LÁGRIMA.

O coração de Ashlinn trovejava no peito; sua boca encheu-se do gosto de cinzas.

– Mas eu jamais faria nada que magoasse Mia. Porque eu a amo, Ashlinn. – Tric piscou e duas lágrimas escuras escorreram por suas bochechas pálidas. – E Mia ama você.

Ele soltou Ashlinn e se afastou. Voltou-se para o parapeito e apoiou os cotovelos nele, unindo as mãos diante do rosto. Os nós de sal caíram sobre seu rosto enquanto ele contemplava a escuridão. Era belo e miserável. Por causa dela.

Ash permaneceu congelada, com as mãos no peito. Ao olhar para ele, sentiu algo crescer dentro de si, superar as muralhas que tinha erguido contra o mundo e as fortalezas em que se escondia – aquilo que tinha tentado matar, pisotear até reduzir a nada, durante a vida que tinha tentado levar. Todas as lições de seu pai ressoavam em sua cabeça.

Remorso é para os fracos.

Arrependimento é para os covardes.

Mas era mentira e ela sabia.

Na verdade, sempre soube.

Sabia o que tinha tirado daquele garoto. Sabia o porquê. Extinguira tudo o que ele era e poderia ter sido. Sabia como devia ser difícil para ele retornar a um mundo tão mudado e ver a garota que amava nos braços da garota que o matara. E, embora ele tivesse todos os motivos do mundo para odiar as duas, para descarregar sua raiva e quebrar tudo ao seu redor, ele permanecia fiel. Leal a seu amor. Esse era o tipo de garoto que ele era.

Esse era o tipo de garoto que ela tinha matado.

– Desculpa – ela sussurrou.

Tric baixou a cabeça. Fechou os olhos.

Lágrimas quentes rolaram pelas bochechas de Ashlinn e seu lábio inferior começou a tremer. O calor da angústia era como uma enchente em seu peito, transbordando para os lábios num soluço amargo. Ela começou a soluçar quando as lágrimas a dominaram. Caiu de joelhos entre os cacos de vidro, na poça de vinho d'ouro, e abraçou a si mesma. As muralhas começavam a desmoronar.

– T-Tric... d-desculpa.

A Igreja estava em silêncio, exceto por seus soluços.

– Eu... eu queria poder voltar atrás – ela disse, com o rosto retorcido. – Queria que tivesse o-outro jeito. Éramos assassinos, t-todos e cada um. Fiz o que precisava fazer. Fiz pela minha família. Mas eu q-queria... que não tivesse sido você. Qualquer um menos você. E eu s-sei que é só uma merda de palavra-a. Sei que não significa n-nada agora. Mas... desculpa. – Ela balançou a cabeça e fechou os olhos. – Deusa, eu sinto *demais*.

Ela se abraçou com força na tentativa de conter a própria dor. As coisas que tinha feito, a pessoa que era... Era difícil acreditar que alguém pudesse amá-la naquele momento. Que tudo aquilo fazia algum sentido. O entusiasmo com a vitória, tão nítido momentos atrás, era agora um punhado de cinzas amargas na boca. Porque, quando a pessoa entrega alguém à Fauce, entrega um pedaço de si próprio junto. E logo não resta mais nada.

Fraca, ela ouviu o pai dizer. *Covarde*.

Ela sabia que essas palavras não eram verdade. Sabia reconhecer uma mentira. Mas ali, de joelhos, as palavras pareciam tão reais, tão afiadas, que a cortaram mesmo assim, fazendo-a sangrar. Com que facilidade um pai faz seus filhos triunfarem, nobres amigos. E com que facilidade é capaz de arruiná-los.

Ash ouviu uma bota pisar o vidro quebrado.

Sentiu uma mão cálida sobre o ombro.

Abriu os olhos e viu o garoto diante dela, apoiando um joelho no chão. Seu rosto belo e pálido era emoldurado pelas madeixas escuras como a noite. Seus olhos, tão profundos quanto a própria noite, eram salpicados com minúsculos pontos brilhantes. Ela sentiu um conforto estranho ao ver aquilo: mesmo em meio a tanta escuridão e a tanto frio, uma luz pálida ainda ardia.

– Você é uma filha da puta – disse Tric.

Ashlinn piscou, surpresa.

– E você é uma mulherzinha.

Ele riu – uma risada curta e nítida que realçou suas covinhas. Ash sentiu a boca mover-se num minúsculo sorriso que se misturava à dor amarga e ao gosto das lágrimas, ainda em seus lábios. Logo, começou a rir também, e o calor que a risada trouxe a seu peito conseguiu expulsar ao menos um pouco do frio ao redor deles. Ela secou as lágrimas e deixou a dor passar. Os dois se entreolharam, de joelhos, separados pela distância de um palmo e mil quilômetros. Ambos assassinos. Ambos vítimas. Ambos amantes e amados.

Talvez não tão distantes assim.

– Eu a amo de verdade – balbuciou Ash.

– Eu sei – ele sussurrou.

– Não há nada que não faria para ver Mia feliz.

– Nem eu.

– Eu sei.

Ash passou os braços pelos ombros de Tric e o puxou para um abraço delicado. No começo ele ficou tenso, rígido como pedra. Resistia com a raiva que ainda lhe restava. Mas, devagar, foi cedendo; fechou os olhos, apoiou a cabeça de leve no ombro dela e envolveu sua cintura. Sua pele estava quente, não mais a estátua insensível que aparentava ser, nem por dentro nem por fora. Os dois permaneceram abraçados no chão, de joelhos, rodeados por vidro quebrado, sob a cobertura do Abismo infinito.

Ficaram assim por uma era. Ao redor deles, o silêncio. Ashlinn deu um beijo suave, leve como uma pluma, na bochecha de Tric. Então recuou um pouco para olhá-lo nos olhos. Sentia o gosto das lágrimas deles nos lábios. Lágrimas sombrias e vinho d'ouro e a garota e o passado e as cinzas amargas entre eles.

– Eu...

Cinzas amargas.

Na língua.

Ela se encolheu.

– Eu...

– ASHLINN?

Ela tossiu. Levou a mão à boca. Sentia uma coceira seca na garganta. O gosto de fumaça na boca. Fez uma careta e levou as mãos ao pescoço. Sentiu uma dor na barriga. E tossiu de novo. Uma umidade pegajosa na mão. Olhou para baixo e o viu, vermelho e reluzente sobre sua pele.

– Ah, Deusa...

Ash já não sentia mais o gosto de Mia nos lábios.

Só conseguia sentir gosto de sangue.

— ASHLINN? Tric tomou a garota nos braços; mais fraca, ela tossiu outro escarro vermelho. Com os olhos arregalados, ele levou a mão escura ao rosto dela e a sacudiu.

– *ASHLINN!*

Ele olhou para a garrafa quebrada e o vinho d'ouro espalhado no chão. Aproximou-se, cheirou, e uma certeza terrível se formou dentro de si. Tinha sido tolo por não perceber antes. Estava concentrado demais nas próprias mágoas e no próprio ódio para tirar um momento para farejar a bebida. Mas agora sentia o cheiro, com a mesma certeza com que sentia o cheiro do sangue dela em suas mãos, nos lábios dela. O cheiro da morte que ela ingerira aos goles.

Sempisombra.

Insípido. Incolor. Quase inodoro. E um dos venenos mais tóxicos do arsenal de um assassino. Tric sabia que a toxina já rumava para o coração e os pulmões de Ashlinn. Tinha apenas alguns instantes. Se não o parasse...

Deusa...

Ele pegou a garota no colo e saiu correndo do Altar Celeste, rápido como a luz das estrelas, forte como a noite, as botas ecoando contra os degraus das escadas sinuosas. Sabia aonde ir. Enquanto apressava-se pela escuridão iluminada pelos vitrais, só podia cerrar os dentes e rezar para não ser tarde demais.

Ashlinn tossiu outro punhado de sangue, com o rosto retorcido pela dor.

– T-Tric...

Ele chegou ao patamar e saiu em disparada em direção à Sala das Verdades. Viu Mercurio sentado numa cadeira de balanço vigiando os dormitórios das Mãos e dos acólitos capturados, com uma cigarrilha pendendo preguiçosa do canto da boca. Quando o bispo avistou Tric disparando em sua direção com a garota ensanguentada nos braços, deixou cair a cigarrilha.

– Sangue e abismo – ele murmurou.

– CHAME MIA! – gritou Tric.

– Mas que...

– *CHAME MIA!*

O velho tomou a bengala e começou a correr com uma careta de dor. Ashlinn gemia e tossia, com os lábios e o queixo recobertos de sangue e as mãos apertando a barriga. Tric percorreu mais um corredor e desceu mais uma escada em espiral, a garota leve como uma pluma contra o peito. Por fim, chegaram a um par de portas altas, que ele abriu com um chute selvagem. Estavam na Sala das Verdades.

O ninho de Mataranhas.

Os vitrais projetavam uma luz baça e esmeralda, e os recipientes de vidro tinham todos os tons de verde, do claro ao jade escuro. Uma grande bancada de pau-ferro dominava o espaço, repleta de tubos e pipetas, funis e copos. As prateleiras nas paredes estavam lotadas com milhares de jarros e ingredientes.

Tric lembrava-se das aulas que tivera ali, a arte do veneno aprendida sob o olhar vigilante da shahiid. Não era mestre nela como Mia, que se movia entre venenos como um peixe na água, mas conhecia o básico. Sempisombra era uma toxina cruel, mas simples. Suas propriedades podiam ser neutralizadas por qualquer um de dezenas de reagentes: cardo-leiteiro, alcalésia, mastruz, creme de rosas, estaio, pó de semente de papoula-marrom, brilhante misturada com amônia ou uma solução de carvão com pó de espinho-preto.

Qualquer um serve.

Ash tossiu mais sangue entre gemidos de agonia.

– AGUENTA, ASHLINN! ASHLINN, ME ESCUTA!

Ele jogou os instrumentos de vidro para fora da bancada com uma braçada e deitou a garota com cuidado sobre o pau-ferro. Ash segurou as mãos escuras dele com as suas, já vermelhas por completo. Apertou forte e gemeu pelos lábios ensanguentados:

– Tri… Tric…

– VOU PEGAR O ANTÍDOTO, AGUENTA FIRME!

– Cardo-leitei…

– EU SEI, EU SEI!

Ele se voltou para as vastas prateleiras com suas fileiras infinitas de ingredientes: frascos e jarros e copos tapados com cera verde. Estavam perfeitamente dispostos em ordem alfabética pela severa Shahiid de Verdades e ele correu até a seção *C*, onde encontrou o pote de cardo-leiteiro. Mas o jarro estava vazio.

– MERDA…

– Tric…

– AGUENTA, ASHLINN!

O medo começava a inundá-lo como uma cachoeira de sombras; seu sangue trovejava nas veias. Ele foi até a seção *A* para pegar a alcalésia. Encontrou três frascos de vidro, todos rotulados, mas todos vazios. Com um xingamento, passou para os potes de amônia, mas eles…

...também estavam vazios.

O coração sombrio vacilou em seu peito. Ele começou a correr de uma prateleira para outra enquanto tentava ignorar os gritos de Ashlinn. Brilhante. Carvão. Creme de rosas. Espinho-preto. Todos os frascos, potes, tubos e urnas, tudo estava *vazio*. Ele despedaçava um frasco limpo e vazio de papoula-marrom no chão quando as portas se abriram com tudo. Mia apareceu de roupão preto, com os olhos arregalados e o cabelo bagunçado de sono.

Ash se encolheu e chamou com os lábios ensanguentados:

– Mi... Mia-a...

– Ashlinn?

– ELA FOI ENVENENADA!

– Com o quê? – perguntou Mia, voltando-se para Tric.

– SEMPISOMBRA! MEIO COPO MAIS OU MENOS!

– Bom, pega a porra do cardo-leiteiro! – berrou a garota, correndo até as prateleiras e o empurrando para o lado.

– ESTÁ VAZIO, MIA!

– Então a papoula! Ou...

– VAZIO! ESTÁ TUDO VAZIO!

– Não é possível! – esbravejou Mia enquanto vasculhava as estantes, com metade dos braços enfiada entre os potes. – Mataranhas mantinha esse lugar em perfeita ordem. Sem chance de ela ter...

– DEUSA, MIA...

Tric ergueu um jarro de mastruz, a última esperança de salvar a vida de Ashlinn. Diferentemente dos outros, o jarro tinha algo dentro. Algo escuro, grande e peludo, que o encarava com olhos sombrios e ocos. Uma bravata, um adeus vingativo da Shahiid de Verdades.

Uma aranha.

– Não – exalou Mia.

Mataranhas tinha envenenado o vinho d'ouro Albari na despensa antes de fugir e só a Deusa sabia o que mais. Uma última picada, uma última teia na esperança de pegar um corvo com sua bebida favorita. O veneno agia devagar o bastante para que eles tivessem tempo de revirar a sala, só para padecerem da tortura final de descobrir que a shahiid esvaziara os antídotos.

Puta desgraçada.

– Mi... Mia...

– Ashlinn?

Mia correu para o lado da garota, levantou-a e aninhou sua cabeça nos braços. Com lágrimas nos olhos, Ash estendeu uma mão ensanguentada para segurar a de Mia.

– Está d-doendo.

– Não, *não*...

Tric se apoiou na parede e observou horrorizado. Via a angústia no rosto de Mia enquanto ela vasculhava as prateleiras ao redor. Com os olhos arregalados e marejados, e uma mecha comprida de cabelo grudada no canto dos lábios trêmulos. Tric via as engrenagens da cabeça dela girarem enquanto ela repassava tudo o que sabia sobre venenos. Mia fora a melhor aluna de Mataranhas antes de sua traição. Uma das maiores envenenadoras que a Igreja tinha gerado. Com certeza havia *alguma coisa* que ela pudesse fazer...

– Não há na... – ela sussurrou ofegante, olhando para Ashlinn. Soluçou e correu mais uma vez os olhos pela sala à procura de qualquer esperança. – Nada...

Ash fez uma careta de dor, mas sorriu com os dentes vermelhos.

– A va-vadia me pegou.

– Não – disse Mia. – Não pegou.

Ash se contraiu de dor e levou a mão ensanguentada à bochecha de Mia:

– Eu... eu m... mataria o céu por você...

– Não! Não *ouse* se despedir de mim!

Ash fechou os olhos e gemeu, encolhendo-se ainda mais. Mia a agarrou e puxou contra o peito como se estivesse se afogando e só Ash fosse capaz de salvá-la. Suas lágrimas faziam escorrer o delineador preto pelas bochechas. Com o rosto torcido em agonia e horror, ela apertava sua garota contra o peito e recusava-se a deixá-la partir.

– Não – gemeu com a voz falhando. – Não, não, *NÃO*!

O último grito saiu como um lamento agoniado. As sombras agitaram-se e Tric percebeu que a escuridão da sala ficava mais intensa e os potes nas prateleiras começavam a tremer. Mercurio finalmente chegara, ofegante e vermelho, com Sidonius e Cantespadas logo atrás. Todos observavam horrorizados enquanto Mia abraçava Ashlinn e gritava, gritava e gritava como se o mundo estivesse acabando.

– Mercurio, me ajude!

O velho correu os olhos pela sala. Viu os frascos vazios. A jarra com a aranha.

– Mãe Sombria – ele sussurrou.

– Alguém *me ajude*!

Mia arfava, o corpo sacudido pela dor da perda. Ela apertou Ash ainda mais nos braços, com o rosto deformado por um ódio impotente, os dentes à mostra, os dedos curvados como garras. Mas, apesar de todo seu poder, de todos os seus dons, estava diante de um inimigo que não conseguia vencer. Agarrou-se a Ashlinn como se agarrasse a própria vida. Com o queixo apoiado na cabeça da amada, balançava para a frente e para trás.

– Para sempre, se lembra? – ela suplicou. – *Para sempre!*

– Des... desculpa...

– Não vá – implorou Mia. – Por favor, *por favor*. Não posso *continuar* sem você!

– Me be-beija – disse Ash com esforço.

Um soluço.

– Não.

Um suspiro.

– Por favor.

A expressão de Mia desmoronou, seus ombros caíram e um uivo triste fugiu pelos dentes cerrados. Ashlinn levou a mão trêmula mais uma vez até a bochecha dela, manchando-a de vermelho.

– *Por favor.*

E o que Mia poderia fazer, afinal?

Deixar sua amada partir sem se despedir?

Assim, com os olhos fechados, lábios abertos, agonia e dor e uma noite infinita no alto, Mia Corvere beijou seu amor. Sangue nas bocas. Lágrimas nos olhos. Uma promessa quebrada. Uma última carícia. As sombras serpentearam, a escuridão agitou-se, e cada jarro e pote e urna das prateleiras partiu-se quando os lábios das duas se encontraram pela última vez.

Um momento com a duração de uma vida. Uma eternidade vazia.

Juntas antes. Agora só.

Só para sempre?

Para sempre e sempre.

CAPÍTULO 36

BATISMO

Jonnen ainda sentia o gosto do sangue.

Fazia uma viragem completa desde que tinham deixado a piscina na capela da Igreja sob a necrópole de Godsgrave encharcados de vermelho. Cinquenta dos luminatii presentes ofereceram a ele, ao pai, à mulher chamada Mataranhas e à feiticeira Marielle uma escolta apressada pelas ruas movimentadas da cidade. A outra metade da centúria permaneceu na capela para garantir que nem Mia nem seus companheiros saíssem no encalço deles.

Jonnen tinha se perguntado se isso seria bom ou ruim, mas não conseguiu chegar a qualquer conclusão.

Assim que voltaram a seus aposentos na primeira Costela, Mataranhas levou a feiticeira consigo, só Aa sabia para onde. O pai foi tomar banho. Escravos rodearam Jonnen para esfregá-lo, cortar seu cabelo e vesti-lo com uma toga branca com detalhes em púrpura. Por fim, com mais graça do que o menino pensava ser possível depois da fuga ignóbil da Montanha, o pai o levou à sua mãe.

Ou pelo menos à mulher que se dizia sua mãe.

Liviana Scaeva chorou ao vê-lo e o apertou num abraço tão forte que ele pensou ter quebrado alguma costela. Ela louvou o Onividente e abençoou o nome de seu pai, puxando-o para perto com uma mão enquanto mantinha a outra no filho.

– Ah, Lucius – soluçou. – Meu Lucius querido.

E embora não tenha falado, o menino ouviu as palavras ecoarem em sua cabeça:

Meu nome é Jonnen.

Tiveram uma refeição surreal naquela quasinoite. Só os três, como não faziam havia eras. A mesa estava repleta das melhores comidas que ele experimentara em meses. Nada de guisados fajutos, mingau frio ou carne seca. Nada de comer numa cabana miserável ou numa ruína isolada. Nada de histórias licenciosas ou fumaça de cigarrilha. Em vez disso, aperitivos suculentos e assados fumegantes no ponto da perfeição e doces de mel que derretiam na boca. Pratos de porcelana impecável e talheres de prata e copos de cristal cantante de Dweym. A mãe até o deixou bebericar um pouco de vinho.

E Jonnen só sentia sabor de sangue.

Coitado de Carniceiro.

Coitada de Eclipse.

Ele já sentia saudades do liisio grandalhão, com sua boca suja e espadas de madeira. Sentia saudades da companhia da loba de sombras, de suas brincadeiras, do destemor que experimentava com ela em sua sombra. Mas ele tinha feito uma escolha. Lealdade ao pai. Fidelidade a Itreya. Aliança com a dinastia e o trono que um dia ele assumiria.

Ele tinha feito sua escolha.

E agora precisava viver com isso.

Sua mãe o colocou na cama. Abraçou-o por cinco minutos inteiros, como se temesse um novo sumiço. Jonnen passou uma quasinoite insone em lençóis imaculados. Com os olhos fixos no teto, pensava no que tinha feito. Então, na viragem seguinte, seu pai mandou chamá-lo.

Jonnen foi até ele escoltado por um destacamento de doze luminatii, fortemente armados e vestindo armaduras pesadas. Vigilantes como falcões-de-sangue e desconfiados de cada sombra. A nova tensão no ar o assustava, para ser sincero: estava tão acostumado a ter o medo devorado por Eclipse que tinha esquecido como lidar com ele. Enquanto esperava à porta do gabinete do pai, notou que suas mãos e pernas tremiam.

Pensou sinceramente que ia chorar.

– Pegue cinco centúrias dos seus melhores legionários – Jonnen ouviu o pai ordenar. – Esvaziem o sangue da piscina e ateiem fogo. Joguem sal arquêmico em cada pilar e batente e acendam quando estiverem a uma distância segura. Não quero uma pedra ou osso intacto na capela da Igreja Vermelha.

– Como quiser, imperador – respondeu um homem.

Jonnen ouviu passos fortes e um trio de centuriões luminatii marchou para fora do escritório do pai, resplendentes em suas armaduras de ossário e mantos vermelho-sangue. Fizeram uma mesura para ele ao passar e apressaram-se para cumprir as ordens do imperador. Apesar da escaramuça na Montanha, a maquinaria da República parecia completamente à mercê do pai de Jonnen.

Logo, ele ouviu a voz do pai mais uma vez.

– Entre, meu filho.

Jonnen olhou para os luminatii ao seu redor, mas nenhum moveu um músculo sequer. Obviamente, a audiência dele com o pai seria privada. Assim, com as pernas trêmulas, Jonnen adentrou o escritório.

O pai estava sentado no divã ao lado do tabuleiro de xadrez. Vestia uma toga púrpura comprida, e tinha acabado de fazer a barba e tomar banho. Sua aparência, como sempre, era imaculada. Mas havia leves sombras sob seus olhos, como se talvez ele também tivesse dormido pouco.

O olhar do imperador estava fixo na única peça sobre o tabuleiro: um peão preto. Ao lado, havia um punhal de ossário. Jonnen viu no cabo um corvo com olhos vermelhos de âmbar. Parecia o irmão mais novo da espada de Mia.

– Pai – disse o menino.

– Filho – respondeu o pai com um gesto para o divã à frente.

Jonnen avançou pelo assoalho do gabinete; o mapa do império estendia-se sob seus pés. Itreya e Liis, Vaan e Ysiir – tudo agora sob controle de seu pai. Já não se tratava mais de uma República. Era um reino em tudo menos no nome.

Ele sentou-se diante do governante de tudo aquilo.

– Onde está Mataranhas? – perguntou, olhando para os lados. – E a feiticeira?

O pai dispensou a pergunta com um gesto, como se repelisse um inseto.

– Tive um sonho a quasinoite passada – disse.

O menino piscou surpreso. Não era bem o que esperava.

– Com o que você sonhou, pai?

– Com minha mãe – ele respondeu.

– Ah – ele disse, sem saber ao certo o que falar.

– Estava vestida de preto – continuou o pai, ainda com os olhos na peça de xadrez. – Como nunca se vestiu na vida. Luvas longas, até os cotovelos. E ela falou comigo, Lucius. Uma voz fraca, como se saísse de muito longe.

– O que ela disse?

– Disse que eu devia conversar com você.

– Sobre o quê? – quis saber Jonnen.

– Mia Corvere.

Ah.

Isso ele esperava.

– Você diz a minha irmã – o menino pegou-se dizendo.

Ao ouvir isso, o pai finalmente levantou os olhos, e Jonnen ouviu um silvo baixo quando Suspiro se esticou para fora da sombra do imperador. A serpente encarou Jonnen com seus não-olhos e lambeu o ar com sua não-língua. Sussurro parecia mais sólido do que antes, feito de uma escuridão mais profunda, agora escuro o bastante para dois.

Jonnen ainda ouvia os ganidos de Eclipse quando…

– Então ela contou para você – disse o pai.

– Sim – confirmou Jonnen, sentindo a garganta seca e engasgada.

O pai inclinou-se para a frente com olhos brilhando.

– O que ela contou exatamente?

O menino engoliu em seco. Olhou nos olhos do pai, mas logo desviou o rosto.

– Mia disse que era sua filha. Gerada em Alinne Corvere.

Um longo silêncio preencheu o gabinete. As mãos de Jonnen estavam empapadas de suor.

– E o que mais? – insistiu o pai afinal.

– Ela disse…

A voz do menino vacilou. Ele balançou a cabeça.

– Sussurro – o pai falou.

– …*Não tenha medo, pequeno…*

A víbora de sombras serpenteou para a frente e derreteu-se na sombra de Jonnen. O menino suspirou ao sentir o demônio comer seu medo, engolindo-o aos bocados. Deixando-o ousado. Frio como aço. Ele voltou a encarar o olhar frio e sombrio e duro do pai – mas, dessa vez, não desviou o rosto.

– Ela disse que eu também nasci da dona Corvere – disse Jonnen em voz firme. – Disse que minha mãe não é minha mãe.

O pai reclinou-se no divã e pôs os olhos negros e cintilantes sobre o filho.

– É verdade? – perguntou Jonnen.

– É verdade – respondeu o pai.

Jonnen sentiu um nó no estômago. Uma dor no peito. Ele *sabia*. Lá no fundo, sabia que Mia não lhe contaria uma mentira dessas. Mas ouvir a confirmação…

Seus olhos arderam com lágrimas. Ele piscou na tentativa de afastá-las, infeliz e envergonhado.

– Ela *é* minha irmã.

– Eu ia contar – disse o pai. – Quando você ficasse mais velho. Nunca quis enganar você, meu filho. Mas algumas verdades precisam ser conquistadas com o tempo. E outras são apenas uma questão de perspectiva. Embora não tenha parido você, Liviana te ama como filho. Nunca duvide disso, nem por um instante, Lucius.

– Esse não é o nome que minha mãe me deu.

A voz do pai tornou-se forte como ferro.

– É o nome que *eu* te dei.

O menino baixou a cabeça. E, devagar, assentiu.

– Sim, pai.

O imperador de toda Itreya pegou o peão preto do tabuleiro de xadrez, embora os olhos de Jonnen estivessem fixos na adaga. O pai girou a peça nos dedos, para um lado e para outro, deixando a luz dos sóis refletir sobre o ébano. Lábios recurvados. Um longo silêncio se fez.

– O que mais ela contou? – ele perguntou afinal. – A sua irmã?

– Muitas coisas – balbuciou o menino.

– Por acaso ela falou o que pretendia fazer se seu ataque à Montanha desse certo?

Jonnen deu de ombros.

– Não, mas acho que sei o que ela faria.

– Diga, então.

– Ela vai tentar matar você de novo.

– E isso é tudo? Ela só quer me matar?

– Ela não gosta *mesmo* de você, pai.

O pai sorriu e balançou a cabeça.

– E os companheiros dela? A vaaniana? Os escravos da arena? O defunto que voltou da cova? O que você sabe deles? O que querem? Por que a seguem?

Jonnen deu de ombros.

– Parece que Ashlinn ama Mia. Acho que a segue por isso.

– E os gladiatii?

– Mia os resgatou da escravidão. Vão atrás dela por amor e lealdade.

– E o defunto? O dweymeri?

Jonnen murmurou algo consigo mesmo.

– Não escutei, filho – disse o pai, com uma raiva contida na voz.

– Eu disse que ele não a segue – respondeu Jonnen. – Na verdade, ele tenta guiá-la.

– Até onde?

O menino olhou para a peça de xadrez na mão do pai. Sentiu-se como ela naquele momento. Uma pecinha num tabuleiro grande demais. Seu tempo com Mia já parecia um sonho. Seus sentimentos por ela eram um emaranhado em sua cabeça: admiração, desprezo, afeto, horror. Talvez até amor. Ela era audaz, corajosa e colossal, e sabia que era importante. Que tinha um papel a desempenhar. Mas ele a conhecia havia apenas oito semanas, enquanto conhecia seu pai havia nove *anos*. E algumas lealdades não morrem facilmente, apesar do que contam os livros.

– A Coroa da Lua – Jonnen pegou-se falando.

O pai piscou os olhos escuros como o carvão, surpreso. O menino saboreou o momento: não era sempre que via o pai baixar a guarda.

– Minha mãe falou esse nome para mim – disse o imperador. – No sonho. E meu velho amigo cardeal Duomo estava à procura de um mapa para esse lugar ano passado. Acreditava que ali encontraria a chave mágica que acabaria completamente com a Igreja Vermelha. Mas, apesar dos esforços da minha filha, Ashlinn Järnheim o roubou.

– Roubou.

O pai apoiou os cotovelos na mesa, se inclinou para a frente e olhou Jonnen nos olhos.

– Quem ou o quê é a Lua, meu filho?

– Não posso contar, pai.

O pai pegou o punhal de ossário do tabuleiro de xadrez. Com os olhos cravados em Jonnen, passou a girar a arma nos dedos. Não disse uma só palavra. Mas o menino sentia a ira dele abater-se sobre sua pele como o calor da veraluz. Com um sibilo maligno, Suspiro deixou a sombra do menino, que, sem passageiro, voltou a sentir medo. Um medo que inundava suas entranhas de frio e fazia suas mãos tremerem. Medo da decepção. Da raiva. Da mágoa. O medo que só podia ser conhecido por um menino que olhou nos olhos do pai e viu o que poderia se tornar alguma noite.

– Não posso contar, mas... – Jonnen lambeu os lábios secos à procura da própria voz. – Posso te mostrar.

— ... E*xtraordinário...*

– É mesmo – suspirou o imperador.

Estavam bem abaixo da Cidade das Pontes e dos Ossos, diante de um lago macabro e reluzente. O ar era oleoso e grosso, carregado do fedor de sangue e ferro. Jonnen tinha explicado um pouco do que veriam lá embaixo, e os soldados dos fiéis não podiam descobrir que seu imperador era sombrio, de modo que os guardas luminatii permaneceram à entrada das catacumbas.

Jonnen, seu pai e Sussurro desceram pelas escadas de pedra escura até as trevas subterrâneas da cidade. A luz de uma única lanterna arquêmica, erguida pelas mãos do menino, era tudo que tinham para enxergar o caminho. Eles avançaram pelos túneis sinuosos da necrópole, seguindo pelo labirinto de rostos e mãos agitadas mais adiante. Pelo que pareceram horas, Jonnen os conduziu de memória através da escuridão solitária, sem errar uma vez sequer, até finalmente chegarem a uma câmara vasta e circular.

Agora estava ao lado do pai, observando as sombras deles esticarem-se perante os próprios olhos. Sussurro escapou da sombra de seu mestre, hipnotizado como Sr. Simpático e Eclipse tinham ficado. Ao redor, os belos rostos esculpidos nas paredes moviam-se, como na última vez que Jonnen estivera lá. O chão mexia-se sob as sandálias deles conforme mãos se estendiam em sua direção e lábios lhes dirigiam súplicas silenciosas. Jonnen compreendeu, então, de quem eram aqueles rostos.

Da Mãe deles.

Da *verdadeira* Mãe deles.

O ar incandescia de fome. Raiva. Ódio. Os rostos angustiados desciam para aquela profunda depressão, ao mesmo tempo conhecida e estranha, mal visível à luz pálida da lanterna. A beirada estava repleta de mãos e bocas abertas. E acumulado ali, reluzente e escuro, com uma superfície de veludo, havia um lago de sangue escuro.

O sangue de um deus.

– Acho…

O pai deu um passo hesitante à frente. Estendeu a mão e Jonnen viu a superfície do sangue reagir com uma ondulação.

– Acho que vi este lugar. No meu sonho.

– …*Aqui ele caiu*… – sibilou a serpente.

– Aqui ele caiu – repetiu o menino.

– E há mais disso? – O imperador, que antes olhava fixamente para o lago, finalmente virou-se para o filho. – Há mais disso à espera dela na Coroa da Lua?

– Não sei – ele admitiu com uma voz frágil e temerosa. – Mas Tric disse que ela precisava viajar para lá, para unir os fragmentos da alma de Anais.

– Por que viajar até as ruínas de Ysiir? – perguntou o pai. – Por que não tomar este poder bem aqui debaixo de Godsgrave?

– Os fragmentos neste lago não vão servir, pai – disse Jonnen. – Tric avisou Mia sobre isso. São o que restou da raiva da Lua. A parte de Anais que só quer destruir. Apodreceram aqui na escuridão por tempo demais. Mia não ousou tocá-los. Nem você deveria.

Os olhos do pai brilharam no escuro, cravados naquela maldade líquida. Ele cerrou os punhos. Frustrado. Agitado. Calculista.

– O mapa de Duomo. – O imperador voltou o olhar sombrio e penetrante para o filho. – O que Järnheim roubou. Você o viu?

Jonnen engoliu em seco. Ele amava o pai, de verdade. Admirava. Imitava. Invejava. Mas, sobretudo, ele o temia.

– Eu… vi – ele sussurrou.

– Sussurro – chamou o pai.

A víbora de sombras permaneceu calada, serpenteando à beira do lago.

– Sussurro! – esbravejou o imperador.

– *…Sim, Julius…?*

– Desde quando você matou o passageiro da minha filha, parece… mais escuro. – Os olhos sombrios de Scaeva inspecionaram a cobra de alto a baixo. – Você se sente mudado?

– *…Estou mais forte desde que consumi a loba, sim. Eu sinto…*

– A lenda é verdadeira, então? Quando destruímos um desses… fragmentos…

– *…Tomamos o fragmento para nós…*

O imperador olhou para o filho.

– E a minha filha *matou* outro sombrio?

Ele fez que sim com a cabeça.

– Pelo menos um.

– Então ela é pelo menos duas vezes mais forte do que eu.

Jonnen assentiu de novo e pôs-se a observar o pai contra a luz daquela lanterna solitária. Dava para ver que a mente dele trabalhava com a astúcia e a inteligência que lhe haviam permitido derrotar todos os seus oponentes. Que lhe haviam permitido construir seu trono sobre as ossadas de seus inimigos. E, aluno competente que era, o menino logo pôs a própria mente para trabalhar.

Na visão de Jonnen, a filha transviada impunha dois problemas ao pai. O primeiro: Mia poderia obter o poder existente na Coroa da Lua. O segundo: caso ela não conseguisse esse poder, continuaria mais forte que o pai mesmo assim, pois possuía dois fragmentos de Anais dentro de si. Se ela voltasse a Godsgrave na veratreva – o que era quase certo –, o imperador não teria chance em nenhum dos casos.

Scaeva contemplou a escuridão oleosa no lago; seu rosto parecia feito de pedra branca à luz arquêmica. Jonnen não se lembrava de já ter visto o pai com uma expressão daquelas. Ele parecia quase... com medo.

– Ela me mostrou isso por algum motivo – ele murmurou. – Esta é a resposta. Não se trata de um simples trono ou título. Não é obra dos homens, destinada à poeira e à história. Isto é atemporal. Imortal. – O imperador de toda Itreya acenou devagar com a cabeça. – Isto é o poder de um deus.

– *...À sua disposição, Julius...*

– É perigoso, pai – alertou Jonnen.

– E o que eu já te disse, filho? – perguntou o imperador. – A respeito da verdadeira maneira de tomar o poder? Um homem precisa de senadores para isso? De soldados? De ministros sagrados?

– Não – sussurrou Jonnen.

– Do que um homem precisa?

– Determinação – o menino ouviu-se dizer. – Determinação para fazer o que os outros não fazem.

Julius Scaeva, o imperador da República de Itreya, ficou parado naquela espécie de praia uivante, contemplando a piscina de ébano. Os rostos de pedras pareciam suplicar sem palavras. As mãos de pedra acariciavam sua pele. O sangue do Deus tremia de ansiedade.

– *Eu* tenho essa determinação – ele declarou.

E sem mais nenhuma palavra, adentrou o pretume.

– *...Julius...*

– Pai! – gritou Jonnen, com um passo à frente.

Não restou qualquer vestígio do imperador a não ser uma leve ondulação no líquido macabro e reluzente. O lago cintilou e agitou-se até que restou uma estranha não-luz brincando sob a superfície. O menino sentiu o coração disparar no peito e deu mais um passo à frente. Os rostos de pedra tinham parado. Até o próprio Aa parecia prender a respiração.

– Pai? – chamou Jonnen.

Um lamento além do audível. Um tamborilar na escuridão da mente. Jonnen piscou com força, cambaleou e levou as mãos às têmporas quando uma dor sombria começou a perfurar seu crânio. Os rostos de pedra abriram a boca e o volume do choro intensificou até fazer as próprias paredes tremerem. Suspiro recolheu-se sobre si com sibilos de agonia. Jonnen fez o mesmo, caindo de joelhos sobre os rostos no chão. As reverberações pareciam sacudir a câmara, a cidade, a própria terra, embora tudo ainda permanecesse parado.

Jonnen pegou-se gritando também, sentindo a atração de uma espécie de gravidade soturna. Ele olhou para o sangue do Deus na piscina onde o pai caíra. Suas entranhas se reviraram e seu coração disparou quando ele percebeu que o nível do líquido começou a baixar, como uma maré, escoando até...

Onde?

Ele não conseguia se mover. Não conseguia respirar. O fôlego para gritar já tinha acabado havia muito, mas ainda assim ele tentou, com os olhos arregalados, enquanto via o sangue baixar cada vez mais. Já era possível distinguir uma figura, agachada no centro da bacia. Um homem recoberto em preto reluzente. O sangue continuava a escoar, deixando as pedras completamente limpas; cada gota e respingo entrava pelos poros do homem, cujo corpo se transformava em figuras de pesadelos que desapareciam um instante depois. E, quando a gritaria chegou ao ápice, a forma moldou-se em algo que Jonnen conhecia.

– Pai?

Ele estava de joelhos no fundo da bacia. A cabeça baixa. Um joelho contra o fundo imaculado. O silêncio cobriu a câmara como uma mortalha.

– *...Julius...?*

O pai de Jonnen abriu os olhos e o menino viu que estavam absolutamente sombrios. Apesar da luz da lanterna, as sombras ao redor eram atraídas na direção dele. Jonnen viu a própria sombra esticar-se na direção da sombra do pai com as mãos abertas. O desejo e o enjoo e a fome dentro dele eram quase dores físicas.

Mas devagar, bem devagar, passou. Esvaneceu, como a luz dos sóis durante a veratreva. Jonnen via o pai tremer de esforço. Todos os músculos tensos. As veias no pescoço tão saltadas que pareciam prestes a romper-se. Mas, devagar, a sombra dos olhos diminuiu, reduziu-se às pupilas e revelou a parte branca.

– *A determinação* – ele suspirou, a voz estava marcada por um eco sombrio.

O imperador levantou as mãos. As sombras ao redor ganharam vida e se agitaram e torceram e esticaram e vibraram. A escuridão era uma coisa viva, que respirava.

– *A determinação de fazer o que os outros não fariam.*

– *...Julius...?* – perguntou Sussurro. – *... Você está bem...?*

O imperador cerrou os punhos com força. As sombras pararam de se mover e ficaram paralisadas como crianças que levaram uma bronca. O imperador baixou o queixo e sorriu.

– *Estou... perfeito.*

O ar vibrava. As sombras ondeavam. Sussurro saiu da beira do lago movida por algum instinto e aninhou-se na sombra de Jonnen. Mas, em vez de sentir seu medo diminuir pela presença do passageiro, o menino se viu ainda mais atemorizado. O horror da serpente transbordava nele.

Scaeva saiu do lago vazio. Jonnen olhou para baixo e viu que a sombra do pai estava absolutamente escura. Não escura o bastante para dois ou três ou mesmo dezenas. Era uma escuridão tão infinita que a luz parecia simplesmente morrer ao tocá-la. O menino ouviu um som distante e agudo, como uma panela no fogo.

Com os olhos semicerrados, o imperador enfiou a mão dentro da toga e sacou uma Trindade de Aa que pendia de uma corrente de ouro em volta de seu pescoço. A luz do símbolo sagrado ardeu nos olhos do menino. Era nauseante, ofuscante, e Jonnen começou a arfar e a recuar com uma mão em frente ao rosto para bloquear a terrível radiância. Com o estômago dando voltas, viu a pele do pai chiar e respingar onde tocava a Trindade, como um bife na frigideira, soltando fumaça pelo ar.

Com os dentes cerrados, Julius Scaeva concentrou-se nos sóis dourados na mão. Apertou forte, fazendo as veias do antebraço saltarem. Então, dobrou devagar os dedos até se fecharem. A Trindade implodiu como lata num torno, esmagada até virar um pedaço informe de metal nas mãos dele. Com os lábios curvados em desdém, ele jogou o objeto de lado, para as sombras mais distantes da câmara. Nas palmas das mãos, havia marcas de olhos queimadas.

– *Vamos voltar às Costelas* – ele disse. – *E você vai me desenhar o mapa de Duomo.*

– Sim, pai – balbuciou o menino.

O pai o encarou. Apesar do passageiro na sombra, Jonnen sentiu um fiapo perfeito de medo penetrar seu coração. A escuridão ao redor estremeceu e até sua própria sombra vibrou, como se estivesse tão amedrontada quanto ele. Quando levantou a cabeça para o pai, viu que o olhar dele estava repleto de fome.

– *Que bom que você tem uma memória afiada como uma espada, filho.*

Capítulo 37

Longe

Um coração partido e sangrento.

Quatro pessoas sob os olhos da Mãe.

Sete letras gravadas na pedra escura.

Ashlinn.

Mia estava no Salão dos Elogios com os olhos pousados sobre as letras que tinha entalhado no túmulo. O corpo de Ashlinn estava ali dentro, envolto num belo vestido branco tirado do guarda-roupa de Aalea. Houve apenas silêncio enquanto Mia depositava sua amada na terra e beijava seus lábios, frios como o coração em seu peito. Ela olhou aquele belo rosto imobilizado para sempre, para aqueles olhos fechados para sempre, para aquele suspiro roubado para sempre. Tentou convencer-se de que não sentia nada.

Ela fechou a porta do túmulo, sentindo que fechava também todos os futuros que tinha se permitido desejar. Todos os finais felizes com os quais se deixara sonhar. Apoiou a cabeça contra a rocha inflexível e soltou suas últimas esperanças num suspiro.

Já não lhe restava nada.

Nada mesmo.

Ela se virou para Mercurio e quase desmoronou com a pena nos olhos dele. Então desviou o olhar para Sid e Cantespadas, parados à distância de um toque. Havia tristeza na expressão deles – dor ao ver a dor dela e não poder oferecer qualquer conforto. Por fim, ela olhou para Tric, imóvel como a estátua da Mãe sobre eles, com sua balança e sua espada nas mãos.

Viver no coração de quem deixamos é não morrer nunca, ele lhe dissera.

Mas, na agonia do fim, será que amar valia a perda?

Mia baixou a cabeça e enterrou o rosto nas mãos. Perguntava-se o que viria a seguir.

Então veio a agonia.

Um fogo sombrio ardendo nos olhos injetados. Piolhos escuros rastejando na pele manchada de lágrimas. Ofegante, ela levou a mão ao coração e caiu de joelhos. As sombras ao redor rolavam, unhavam, mordiam. As paredes tremiam. A terra se abriu sob seus pés e tentava arrastá-la para a escuridão. Um gosto podre na língua. Um peso esmagador no peito. A sensação de afogar-se num líquido escuro como a meia-noite, o fedor de ferro e sangue. Por um instante, o mundo pareceu gritar tão alto que faria os tímpanos dela estourarem.

Então ela reconheceu a voz.

– Mia!

Chamas sombrias no coração. Asas sombrias nas costas. Céus sombrios sobre sua...

– MIA! – gritou Mercurio.

Ela abriu os olhos, ofegante e coberta de suor. Seu velho mentor estava agachado ao seu lado, abraçando-a e mantendo-a imóvel. O salão estava um caos, com túmulos destapados por mãos de sombras, velas votivas apagadas, a grande corrente de ferro na balança da Deusa partida em duas. Os olhos dos companheiros, pálidos de medo, estavam fixos nela.

– Ah, Mãe – suspirou Mia.

– Está tudo bem, pequeno corvo – disse Mercurio. – Está tudo bem.

– Não – ela resfolegou. – Não está...

Mia tentou recuperar o fôlego e acalmar o coração agitado.

– MIA? – perguntou Tric, dando um passo à frente. – O QUE HOUVE?

Ela continuou ajoelhada no chão de pedra, com o peito arfante e o cabelo grudado no suor recente sobre a pele. Levou as mãos às têmporas; sentia que seu crânio estava prestes a se partir ao meio. Uma dor sombria latejava atrás das costelas. O coração ainda trovejava, a barriga ainda estava cheia de um pavor frio, as sombras ao redor ainda tremiam de medo.

– Mia, o que foi? – perguntou Cantespadas.

– Ele fez mesmo – ela sussurrou.

– Fez o quê? – perguntou Mercurio. – Do que você está *falando*?

Mia só conseguiu balançar a cabeça.

– O idiota do caralho fez mesmo...

Eles se encontraram mais uma vez na escuridão faminta do Ateneu.

Aelius fumava como uma chaminé, mantendo os olhos cravados em Mia. Sidonius e Cantespadas, ainda em seus trajes puídos de couro, pareciam preocupados. Marius vestia seu roupão de veludo vermelho, ao passo que Mercurio, com suas vestes escuras de bispo, olhava para a garota com seus olhos azuis-claros. Tric, todo de preto, emanava um calor fraco que não a aquecia de forma alguma.

No centro, estava Mia.

Calça de couro preto e botas de pele de lobo. Uma camisa branca de seda e um espartilho de couro. Uma espada de ossário pendurada nas costas, e outra de aço-negro ysiiri presa à cintura. Uma cigarrilha acesa nos lábios para abafar o cheiro de sua garota na pele; uma garrafa de vinho na barriga para aplacar a dor; os fragmentos de um deus havia muito assassinado ardendo no peito. Todos a ouviam falar dos tremores escuros que percorreram seu corpo, da pontada de agonia em seu coração e do gosto de sangue negro na boca.

Então ela lhes contou o que isso queria dizer.

– Como podes ter certeza? – perguntou Marius.

– Eu sinto – ela respondeu num tom frio e morto. – Sinto como o chão sob meus pés. Scaeva consumiu o sangue do Deus morto acumulado debaixo de Godsgrave. Uniu os fragmentos debaixo da cidade em si mesmo.

– Então ele está condenado – disse Tric. – Os pedaços debaixo da Cidade das Pontes e dos Ossos eram uma fonte de poder, sim. Mas de um poder corrompido. Apodrecido.

– Então vamos deixar o desgraçado apodrecer também – rosnou Sidonius.

Ainda fumando, Mia voltou os olhos negros e vazios para Tric.

– Você me disse que o lago sob Godsgrave era feito dos pedaços da Lua que só queriam destruir. Toda a raiva de Anais, todo o ódio. A parte pustulenta. O que acha que vai acontecer com o homem mais poderoso de Itreya agora que ele tem isso dentro de si?

– Vai enlouquecer aos poucos – respondeu Tric. – Em vez de renovar o mundo, vai tentar aniquilá-lo. Seu governo será marcado pelo caos, ódio e assassinato.

Mia passou a mão pelo cabelo, preenchendo o vazio no peito com a fumaça da cigarrilha e o calor do vinho.

– Ele está com meu irmão – ela disse. – Preciso encontrar Cleo.

– Scaeva não tem para onde correr nem onde se esconder agora – esbravejou Mercurio. – Temos um feiticeiro. Um par de gladiatiis. Dois dos melhores assassinos da República e um sujeito que parece imortal. Podíamos simplesmente ir para Godsgrave e matá-lo na casa dele.

Sidonius acenou com a cabeça.

– Acho que é um plano melhor do que o seu suicídio.

Mia correu os olhos pelos presentes e, devagar, fez que não com a cabeça.

– Scaeva está além de qualquer um de vocês – ela disse baixo. – Vocês não podem me ajudar nisso.

– Você não sabe disso, pequeno corvo – disse Mercurio. – Nem *tentamos* ainda.

Em resposta, Mia simplesmente estendeu a mão, com a palma virada para cima. As trevas ao redor deles tremeram e moveram-se. Ela baixou o queixo, fechando os olhos injetados. Seu cabelo parecia levantado por uma brisa leve. Devagar, curvou os dedos como se fossem garras.

Sidonius soltou um palavrão, Mercurio perdeu o fôlego e Marius murmurou algumas palavras de poder. Todos na sala se viram envoltos em tentáculos de sombra que davam voltas em suas pernas e cintura. Mia moveu os dedos como uma manipuladora com suas marionetes, fazendo todos os companheiros soltarem um suspiro admirado ao se verem delicadamente suspensos no ar.

– Na veratreva de quando eu tinha catorze anos – ela disse –, reduzi a Pedra Filosofal a ruínas. Atravessei Godsgrave num piscar de olhos, fiz destacamentos de luminatii em pedaços com lâminas de escuridão viva, demoli a estátua de Aa em frente à Basílica Grande. Eu tinha *um único* pedaço de Anais dentro de mim. Só a Deusa sabe quantos havia naquele lago de sangue macabro. E a veratreva está próxima.

A escuridão soltou um suspiro e Mia abriu a mão. Com a delicadeza de uma pena que cai, os companheiros voltaram ao chão em segurança.

Ela olhou para Mercurio.

– Ele está com Jonnen, Mercurio.

– Ainda podemos resgatar o menino, ainda pode...

– Scaeva é mais forte do que eu agora. Do que todos nós. Na veratreva, ele ficará ainda mais forte. – Mia balançou a cabeça e deu uma tragada longa e amarga na cigarrilha. – Preciso igualar as chances. E esse poder só existe num lugar.

Um silêncio frio instalou-se no ambiente, até Sidonius pigarrear.

– Corvo... – Ele ergueu as Crônicas da Quasinoite. – Você já leu estes livros?

Mia olhou para os volumes com desdém.

– Eu teria que ser muito babaca para ler a minha própria biografia, Sid. Especialmente se ela tem notas de rodapé.

– A primeira página – insistiu Sid. – Ela diz como sua história acaba.

Mia deu outra tragada, soprando fumaça.

– Certo, pode contar – ela bufou afinal.

– Você reduz a República a cinzas – disse Sid.

– Manda Godsgrave para o fundo do mar – continuou Canta.

– Já vi que vem um "mas" em algum momento... – disse Mia.

– Você morre – contou Mercurio.

Mia olhou para seu mentor. O homem que a criara. Que lhe dera um lar e alegria depois que tomaram tudo dela. Ao notar as lágrimas brilhando nos olhos dele, as palavras de seu pai ecoaram na cabeça.

Se enveredar por essa estrada, minha filha, vai morrer.

– Você morre, Mia – repetiu Mercurio.

Ela permaneceu em silêncio por uma era, correndo os olhos pelos livros ao redor. Fileiras e mais fileiras de sombras. Todas aquelas vidas. Todas aquelas histórias. Contos de bravura e amor, do bem que vence o mal, de alegria e felizes para sempre. Mas a vida real não era assim, era? Pensou em olhos azuis de céu ensolarado e lábios que jamais provaria de novo e...

– Eu acabo com ele? – ela perguntou simplesmente. – Com Scaeva?

Mercurio olhou para os livros nas mãos de Sid e balançou a cabeça.

– As crônicas não dizem nada.

– Bom, pelo menos teremos um pouco de suspense no final, hein?

O antigo mentor apertou os olhos.

– Que ansiedade para o fim, não? Perdeu a garota e a esperança junto. É isso? Você lutou a vida inteira, Mia Corvere. A Deusa sabe que já passou por momentos terríveis como este. E superou. Lutando, não cedendo. Este não precisa ser o fim.

Mia soltou uma nuvem cinzenta e deu de ombros.

– Até a luz do dia morre.

Os companheiros se entreolharam, temerosos. O silêncio entre eles era tão escuro quanto a noite perpétua acima e a sombra agora instalada no coração de Mia.

Ela encarou Aelius com seus olhos negros e intensos.

– Parece que você conseguiu o que queria afinal, cronista. Acho que nos despedimos aqui.

Ele soltou um suspiro e assentiu com a cabeça.

– Acho que sim.

– Adeus, velho desgraçado. Obrigada por todas as cigarrilhas. – Mia torceu os lábios num sorriso vazio. – Mas vai se foder por toda aquela história de cálice envenenado do destino.

– Boa sorte, moça – disse o cronista com tristeza. – Não importa como acabe, você certamente terá uma história para contar.

Mia apagou a cigarrilha com a ponta da bota e olhou seu antigo mentor nos olhos. Era o homem que a tinha acolhido. Que a amava como filha. Que fora mais pai do que qualquer outro.

– Não faça isso, Mia – ele implorou. – *Por favor.*

– Não posso simplesmente deixar Jonnen com ele, Mercurio. O que eu seria se deixasse? No que pensei nesses oito anos além da minha família?

– Mas o mapa já era – ele disse. – Você nem sabe o caminho.

Mia fechou os olhos. Pensou em lábios carnudos e tranças compridas e douradas. Em curvas delicadas e sombras agudas e pele sardenta sobre lençóis amarrotados e empapados de suor. A visão era tão nítida em sua mente que tinha a sensação de que poderia tocá-la.

Uma imagem de que jamais se esqueceria enquanto vivesse.

– Eu me lembro do caminho – ela sussurrou.

— Pelo menos não estou a cavalo – suspirou Mia.

Ela jogou seus suprimentos nas costas do camelo, com o ombro dolorido pelo esforço. Sabia que uma jornada pelas ruínas mais longínquas seria mais perigosa do que enfiar a cabeça numa colmeia de vespas-carniceiras, e por isso a viagem de carroça seria uma opção muito mais sensata[32]. Mas a verdade é que pouquíssimas montarias tinham sobrevivido à explosão de sal arquêmico com condições de carregar alguma coisa. Destroços em chamas voaram pelos estábulos, deixando a maior parte das montarias aleijada ou morta. De todos os animais nas baias da Igreja Vermelha, apenas um escapou quase ileso como que por milagre.

O animal em questão bufou uma reclamação e encarou Mia com seus olhos cor de lama.

– Cala essa boca, Julius! – ela esbravejou.

Da escadaria, Sidonius e Cantespadas a observavam carregar a carroça.

– Quanto tempo de viagem? – perguntou Sid.

---

32 "Ai, caralho", vocês devem estar pensando. "Faz tempo que não aparece uma nota de rodapé. Onde foram parar? Será que o autor ficou com vergonha de ver os personagens do seu próprio livro falarem um monte de merda delas e se absteve até o fim do romance?"

Fodam-se, nobres amigos.

A vespa-carniceira é um inseto voador do deserto de Ysiir; tem listras pretas e vermelhas e é mais ou menos do tamanho de um polegar. Embora não seja comparável aos verdadeiros horrores das Ruínas Sussurrantes, como a serpente-cuspideira e o kraken-de-areia, não deixa de ser bem nojenta e chatinha. Suas picadas são extremamente dolorosas e, por incrível que pareça, o veneno de uma fêmea que carrega ovos também possui propriedades psicotrópicas. As criaturas picadas pelas futuras mães entram num estado de frenesi por causa da dor e são levadas a agredir a si mesmas e a quem estiver próximo numa tentativa de acabar com a agonia produzida pela toxina. Animais de rebanho costumam ser abandonados ou, na maioria das vezes, mortos pelo grupo, e mesmo vítimas humanas acabam dando cabo de si mesmas para escapar do sofrimento.

Quando isso acontece, a vespa-carniceira põe-se a trabalhar, depositando seus ovos na carcaça recém-morta. Ela deposita mais de cem crias, que chocam umas nove viragens depois em meio ao sangue azedo e à carne podre. Por isso o nome pouco criativo.

Aqui está. Outra nota de rodapé. E ainda há muitas de onde esta veio, seus desgraçados ingratos.

Se vocês são tão especialistas em literatura assim, podiam escrever seus próprios livros, não é?

Mia endireitou o corpo e passou o cabelo por trás da orelha.

– Calculo pelo menos umas duas semanas pelo interior das Ruínas Sussurrantes.

– A veratreva vai chegar logo – disse Sid, olhando-a nos olhos.

– De Última Esperança para Godsgrave são pelo menos oito semanas por mar – acrescentou Cantespadas. – E a Senhora da Tempestade e a dos Oceanos ainda querem você morta, pelo que sabemos. Mesmo se não encontrarmos uma morte horrível no deserto, como você planeja nos levar de volta para Godsgrave a tempo de cuidar de Scaeva?

– "Nós" quem?

Cantespadas franziu a testa e amarrou os nós de sal atrás da cabeça.

– Quem você acha?

– Você não vai comigo, Canta. Nem você, Sid.

– Um cu de porco que não – disse Sidonius. – Estamos com você até o fim.

– Todos nós.

Na escada estavam os dois últimos membros da hierarquia da Igreja Vermelha. Marius vestia calças de couro e uma túnica branca de seda fina. Também usava um chapéu de abas largas, óculos de azurita e luvas brancas – tudo obviamente para proteger sua pele da luz dos sóis. Ao lado dele estava Mercurio, que tinha abandonado os trajes de bispo em favor de uma calça e uma túnica bem mais práticas. Sua bengala ressoava forte no chão de pedra à medida que ambos desciam as escadas até o estábulo.

– Onde vocês acham que vão? – perguntou Mia.

– Contigo, pequena sombria – disse o orador.

Mia piscou os olhos.

– Não, não vão.

– Toda evidência aponta para o contrário – disse o velho mentor de Mia, jogando sua bolsa por cima do ombro.

– Mercurio – ela disse, apoiando uma mão no braço dele. – Você não pode vir numa jornada de semanas por um deserto infernal empesteado de mágica. Você tem oitenta anos!

– Sessenta e dois, porra! – resmungou o velho.

Mia apenas o encarou.

Mercurio levou as mãos à cintura, indignado.

– Ouça, pequeno corvo, eu já cortava gargantas por aí antes de você alcançar a altura do joelho de um cão sarnento...

– É *disso* que estou falando – interrompeu Mia. Correu os olhos por Sid e Canta, Mercurio e Marius, e balançou a cabeça. – Agradeço a intenção de vocês, de verdade. Só que, mesmo se eu quisesse que arriscassem a vida, não temos camelos suficientes para todos. Por acaso vocês vão andando até a Coroa?

– Se precisar – resmungou o velho.

Mia olhou para o bispo e o orador.

– Vocês dois são tudo que resta da hierarquia da Igreja. Se eu conseguir mesmo restaurar o equilíbrio entre Luz e Noite, vamos precisar de gente no comando que saiba de verdade o que a Igreja Vermelha deve ser. – Mia arqueou a sobrancelha para a bengala de Mercurio. – E, sem querer ofender, mas faz um tempo desde que vocês dois lutaram na linha de frente...

Marius começou a protestar.

– Tu podes precisar de...

– Sou a Senhora das Lâminas, não sou?

– És – respondeu o orador após um momento.

– Então vocês ficam aqui – ela determinou, com os olhos em Mercurio. – Se eu não voltar... se eu fracassar, vocês são os únicos que podem resgatar Jonnen e Marielle.

– Mas como você vai chegar em Godsgrave a tempo? – perguntou Canta.

– É – concordou Mercurio. – Scaeva destruiu a capela local e a piscina de sangue junto. Estamos cortados da capital.

Mia olhou para Marius.

– Nunca achei que a Senhora das Lâminas fosse o tipo de mulher que não deixa uma porta de emergência.

O orador assentiu devagar.

– Há outra piscina, no palazzo de Drusilla.

Mia correu os olhos pelos amigos, parando em Sidonius.

– Preciso que você faça isso por mim, se eu não voltar.

Sidonius respirou fundo, com os olhos brilhando.

– Por favor, Sid. Prometa.

O grandalhão suspirou. Mas por fim, como ela esperava, fez que sim com a cabeça. Porque, se Mia pudesse ter um irmão mais velho, teria escolhido Sidonius.

– Certo, Corvo. Eu prometo.

O peito de Mia estava vazio. O corpo inteiro formigava. Mas ela reuniu suas forças para sorrir agradecida, então apertou a mão de Sid e beijou sua bochecha.

– Não vou deixar você encarar isso sozinha – insistiu Mercurio.

– Não estou sozinha. – Mia voltou-se para o antigo mentor. – Nunca estive sozinha. Você está comigo desde que aquela pestinha mimada e sebosa invadiu sua loja e exigiu que comprasse o broche dela. Você salvou a minha pele aquela viragem. E, de alguma maneira, ainda que pequena, você está comigo desde aquele dia.

Mercurio fechou a cara, os olhos de gelo azul marejados.

– Nunca tive esposa – disse o velho. – Nunca tive família. Não parecia certo, com o meu trabalho. Mas… se eu tivesse uma filha…

– Você tem uma filha – disse Mia. Ela jogou os braços em volta do velho e apertou o mais forte que podia. – E ela te ama – sussurrou.

Mercurio fechou os olhos e lágrimas escorreram por suas bochechas. Ele beijou a cabeça da garota e balançou a própria.

– Também te amo, pequeno corvo.

– Sinto muito por ter de acabar assim – ela sussurrou.

– Ainda não é o último capítulo.

– Ainda não.

Mia recuou, deixando o colete de Mercurio um pouco úmido. Passou a manga da camisa sobre o nariz e jogou o cabelo molhado de lágrimas para trás da orelha.

– Se... – Ela apertou os lábios e respirou fundo. – Se eu não voltar... lembrem-se de mim, hein? Não só as partes boas. As partes feias e egoístas e reais também. Lembrem-se de tudo. Lembrem-se de *mim*.

Mercurio fez que sim com a cabeça. Engoliu em seco.

– Eu vou me lembrar.

Mia olhou para o interior da Montanha pela última vez. Ainda não havia nem um sussurro do coral fantasmagórico no ar; tudo era silêncio. Mas parecia adequado, por algum motivo. Ela fechou os olhos por um instante, deixando aquele silêncio, sobrenatural e jubiloso, percorrer seu corpo. Sentiu-o pinicar sua pele como se fosse música, descendo pela espinha, um cântico da escuridão entre as estrelas. Sentiu-o coroar seus ombros com asas negras. Desejar boa sorte. Dar um beijo de despedida. O coração doía pela falta de outra pessoa que fizesse isso. Por tudo que poderia ter sido...

Mia respirou fundo, sentindo um buraco em forma de gato no peito e todo o medo, a mágoa e a angústia que se infiltraram para preenchê-lo. Mas ela afastou tudo. Resistiu. Pensou no irmão, no pai, na mãe. Nas palavras que aprendera ainda aos dez anos. As palavras que a moldaram, que a governaram, que a arruinaram.

As palavras que a tornaram tudo o que era.

Nunca trema.

Nunca tema.

Nunca esqueça.

Ela deu um beijo na bochecha de Mercurio, despediu-se de Sid e Canta com um aceno e puxou o camelo pelas rédeas para conduzi-lo à luz moribunda dos sóis.

Daria tudo, sem ceder.

– Adeus, nobres amigos.

Tric a esperava fora da Montanha.

Os ventos das Ruínas Sussurrantes brincavam com seus nós de sal, que balançavam por cima de seus ombros largos. Seus olhos estavam fixos no horizonte leste. Tinha as espadas de ossário cruzadas nas costas e o corpo envolto em couro preto. Como sempre, parecia uma obra de arte que, inexplicavelmente, tinha sido posta sobre uma rocha isolada no meio do nada em Ysiir. Até que ele se mexeu; levantou uma mão escura de tinta e jogou uma trança caída em frente ao rosto para trás da orelha. Seus olhos eram de um preto sem fundo, salpicados com pontinhos de luz. O garoto os apertava para enxergar em meio à luz moribunda.

Saan já estava tão baixo que quase desaparecia no horizonte. Saai ainda se detinha no céu; era o Conhecedor, e distorcia o firmamento num tom terrível e solitário de violeta. Mas a veratreva se aproximava. Mais do que nunca, Tric estava mais próximo do que tinha sido. Ao caminhar até ele, Mia sentiu a escuridão acumular-se nos ossos.

– NÃO É JUSTO – ele suspirou. – NADA DISSO.

– Eu sei.

– EU TE AMO, MIA.

Ela suspirou.

– Eu sei.

Ele se voltou para ela, alto e belo e esculpido de mágoas.

– POSSO TE DAR UM BEIJO DE DESPEDIDA?

Mia piscou, surpresa. As palavras foram uma facada no peito.

– Você... não vem comigo?

Tric balançou a cabeça.

– VOCÊ NÃO DEIXARIA, MESMO QUE EU ME OFERECESSE. NO FUNDO

do coração, sabe que o que está à sua espera no deserto é só seu. Por mais que eu queira, não posso te ajudar a enfrentar o que está por vir. Mas sei que no fim você vai estar de pé.

– As crônicas deixavam bem claro que eu acabo na horizontal, não na vertical.

Ele apenas deu de ombros.

– Nada na vida é certo, principalmente o lugar e a viragem em que ela acaba. Nenhum livro, nenhum cronista, nem mesmo a Própria Deusa pode ver todos os fins. E o seu não precisa ser assim.

– Está dizendo que devo seguir em frente, sem ela?

– Sei como você a amava, Mia. Sinto muito.

Mia olhou para ele. O belo garoto que se arrastara através do Abismo por ela. O garoto que a amava a ponto de desafiar a morte para voltar para ela. A maioria das pessoas odiaria uma garota que as tivesse matado e roubado tudo delas. A maioria das pessoas comemoraria a morte dessa garota em vez de lamentá-la, enxergando uma oportunidade de reconquistar o afeto de Mia. De plantar rosas vermelhas sobre o túmulo da amante falecida.

Mas aquele garoto não era como a maioria.

– Eu sei – ela disse com o coração dolorido.

– O que eu te disse em Amai era verdade. Você *é* meu coração, Mia. É minha rainha. Eu faria qualquer coisa que me pedisse e qualquer coisa que não pudesse pedir. Não me importo de me ferir, só que você não seja ferida. E vou amar você para sempre.

– Eu também te amo – ela sussurrou.

– Mas não do jeito que a amava.

– Tric...

– Tudo bem. – Ele estendeu o braço para tocar seu rosto com a delicadeza da primeira neve do inverno. – Está bem longe de ser o ideal. Mas ainda me mantém aquecido.

– Eu queria... – Mia balançou a cabeça e apertou a mão dele contra sua bochecha. Perguntava-se quantas vezes mais seu coração seria capaz de despedaçar-se. – Queria ser duas.

– Você é, não se lembra? – Ele abriu um sorriso belo e sombrio. – Duas metades em guerra dentro de você. E a que vencer...

– É a que vou alimentar.

– Não se renda à tristeza, Mia. Não perca a esperança dentro de você. Mais do que tudo que é, mais do que a coragem, a astúcia, a raiva, você é a garota que acreditou. Por isso, deixe-me te dar um beijo de despedida. E depois siga em frente. E nunca olhe para trás.

Mia respirou fundo e o olhou nos olhos.

– Pode me beijar.

Tric tomou a mão dela. Seus olhos eram poços insondáveis, profundos como a eternidade. Ele correu o polegar pela sua pele, cheia de arranhões e cicatrizes, fazendo-a se arrepiar. Então, com os olhos cravados nos dela, levou a mão de Mia aos lábios e a beijou. Suave como uma nuvem.

– Adeus, Mia Corvere – ele disse, soltando sua mão.

– É isso? – ela perguntou.

– É isso – ele confirmou.

O vento sussurrava entre ambos, solitário e desejoso.

– Foda-se – ela bufou.

Mia o agarrou pelo colarinho e, na ponta dos pés, o puxou para lascar um beijo naqueles lábios perfeitos. Ele a tomou nos braços, pressionando o corpo contra o dela, abrindo a boca para a boca dela. Apertou-a com tanta força que ela achou que fosse quebrar. Foi um beijo estonteante. Um beijo infinito. Um beijo cheio de tristeza e arrependimento por tudo que poderiam ter sido, um beijo de amor e saudade de todas as coisas que tiveram, um beijo de alegria por tudo o que eram naquele instante – para sempre ligados por sangue e tinta, uma parte da história do outro num livro velho como o próprio tempo.

Ela não queria que acabasse. Não queria que fosse real. Não queria nada disso. Mas Mia Corvere sabia, mais do que qualquer outra pessoa, que às vezes não conseguimos o que queremos. Assim, ela recuou. Descansou a testa contra a dele por um momento a mais. Com as bochechas molhadas de lágrimas e as mãos no rosto dele, tirou uma mecha rebelde da frente daqueles olhos sem fundo e encarou a escuridão entre as estrelas.

– Adeus, Don Tric – ela sussurrou.

– ADEUS, MOÇA BRANCA.

– Lembre-se de mim.

– SEMPRE.

Ela montou em seu animal, olhando para o leste.

Secando as lágrimas dos olhos, continuou a jornada.

E não olhou para trás.

CAPÍTULO 38
MOMENTO

Os sussurros ficavam mais altos.

Ela já estava nas ruínas de Ysiir havia sete viragens, deixando atrás de si uma comprida e solitária trilha desde o oeste. As areias eram vermelhas como ferrugem ou sangue seco. O céu tinha um melancólico tom índigo. Saan estava a apenas algumas horas de desaparecer nos confins do mundo, um fio iluminando o horizonte num escarlate assassino. Saai logo desapareceria com seu gêmeo túmido, mas, por ora, o menor dos sóis ainda se aferrava à abóbada celeste, e o último olho do Onividente permanecia aberto.

Em breve, porém, Aa deveria abrir mão de seu controle dos céus.

A noite cairia.

E ele também.

Mia encarava o terreno com os olhos semicerrados por causa do vento cortante. Fazia tempo que suas lágrimas tinham secado. As infinitas rachaduras do chão ressequido à frente se abriam sobre a terra morta como uma teia de aranha escura. Ela já tinha avançado tanto que estava além da maioria dos mapas da República de Itreya. Nos limites do deserto a leste, havia um crescente de granito escuro conhecido por Montes Sombrios. A cadeia de montanhas se estendia ao sul em picos e pináculos afiados, como uma fileira de punhos de pedra que atacavam o céu. De acordo com o mapa na pele de Ashlinn, havia uma passagem estreita entre os Montes Sombrios que se abria para o Império Ysiiri do outro lado.

E ali estava a Coroa da Lua.

Mia não fazia ideia do que a esperava naquele lugar. Uma mulher mais poderosa do que ela, isso era certeza. Uma mulher que vivera sem qualquer outra companhia além das sombras desde antes do surgimento da República. Uma mulher tomada pela loucura, que odiava a Noite e vigiava zelosamente a coisa que seria capaz de resgatar o irmão de Mia e, ao mesmo tempo, acabar com as ambições perversas de seu pai.

A sua vingança.

O medo tornava a ausência de Sr. Simpático ainda mais aguda, e ela sentia saudades de Eclipse como uma parte de si que tivesse sido amputada e cauterizada. Pensava em como teria sido o fim da loba de sombras ao cair em defesa de Jonnen. Além da destruição do demônio, Mia ainda acrescentava a morte de Carniceiro e o assassinato de Ashlinn à crescente lista de motivos pelos quais Scaeva devia morrer.

E, pela porra da Mãe Sombria, ele ia morrer.

Mas primeiro...

Cleo.

Julius cuspia e urrava e bufava, mas Mia estava cansada demais para prestar atenção às afetações do camelo. Bebericando água morna de um cantil, sentia Saan cada vez mais baixo no horizonte às suas costas, a luz ao redor sumindo aos poucos. Mantinha sempre um olho vigiante nas areias à frente: os monstros subterrâneos não saíam de seus pensamentos. Por experiências passadas, sabia que as feras das Ruínas Sussurrantes eram inexplicavelmente atraídas e enfurecidas por sua manipulação das sombras. Se ela topasse com um kraken-de-areia ou uma serpente-cuspideira, sua história podia acabar antes mesmo de ela chegar à Coroa.

Era algo que ela não entendia – por que os predadores das Ruínas Sussurrantes sentiam tanta raiva de seu poder. Os versados nas lendas diziam que as monstruosidades daquele deserto tinham nascido dos poluentes mágicos liberados pela destruição do Império. Mas se Ysiir caíra quando o Deus da Lua foi derrubado pelo pai, talvez Anais, os fragmentos dentro dela e os horrores daquele lugar estivessem ligados de alguma maneira.

Ainda assim, podia ser pior. Além das monstruosidades das ruínas a que ela se dirigia, podia ainda ter que se preocupar com…

Julius urrou de novo, fungando e cuspindo. Mia murmurou alguns palavrões quando os ruídos do animal finalmente venceram a camada de insensibilidade ao redor de seu coração.

– Cala a boca, seu filho da puta feioso.

O camelo urrou mais uma vez; parecia gargarejar um galão inteiro de saliva. Bateu as patas, contorceu-se, sacudiu a cabeça. Mia suspirou e voltou-se em direção às cusparadas do animal. Ao longe, avistou uma nuvem que vinha do sul. Uma mancha no horizonte vermelho-escuro.

– Será uma tempestade? – ela se perguntou. – As Senhoras ainda estão bravas comigo…

Uma borrifada de saliva branca saiu da boca de Julius e Mia assentiu com a cabeça devagar. Duvidava que a Senhora das Tempestades tivesse pressa em cobrir o céu de preto de novo.

– É, você tem razão. Isso é outra coisa.

Ela enfiou a mão no alforje e pegou uma luneta comprida de bronze, que levou ao olho e apontou para a nuvem de poeira. Por um momento, teve dificuldade para focar na cortina vermelha em movimento, mas por fim avistou a luz moribunda dos sóis refletida na ponta das lanças, brilhando nos elmos com pluma...

– Me fode com carinho – ela murmurou. – E depois me fode com força.

Legionários de Itreya, marchando em formação rumo ao norte com os mantos tremulando ao vento. Fileiras e fileiras. Viu pelo estandarte que compunham a Décima Sétima Legião do sul de Ysiir. Todas as dez cortes, ao que parecia. Cinco mil homens. E embora fosse possível que o comandante tivesse apenas mandado seus soldados darem um passeio agradável à tarde por um pedaço estéril de terra que parecia saído de um pesadelo, Mia percebeu que marchavam em sua direção.

Em direção à Coroa.

Mas como, em nome da Mãe...

– Vista-se – sibilou Mia. – Jonnen vai dormir aqui com a gente.

– Sério? – Ash franziu a testa e olhou em volta. – Merda, me dá um minuto.

Mia passou o irmão para dentro assim que Ashlinn desceu da rede e deu as costas para a porta. O menino manteve as mãos unidas diante do corpo e espiou com curiosidade a tatuagem nas costas da garota...

– Jonnen – sussurrou Mia.

Ela não fazia ideia de como Scaeva tinha avisado a Legião de Ysiir sobre o seu destino. Mas ele tinha tomado o sangue do Deus – o poder de uma divindade caída vibrava em suas veias agora. Quem sabia quais eram os dons à sua disposição? No fim das contas, Mia concluiu que o *como* não importava muito agora. Ele tinha avisado e cinco mil paus armados e equipados estavam chegando para a foderem com tudo.

A pergunta era: o que fazer a respeito disso?

Ela olhou para os Montes Sombrios ao longe no oeste, lançou um olhar de desculpas para Julius e sacou sua chibata.

– Espero que você não me faça ter que usar isto.

— Mais rápido, seu feioso da porra, *mais rápido!*

Julius já escumava enquanto ela inclinava-se para a frente com as rédeas nas mãos, cavalgando tão depressa que os cascos do animal ecoavam secos sobre a terra rachada. A Senhora das Lâminas, campeã do *venatus magni* e Rainha dos Mandriões, tinha achado que poderia ganhar uma boa vantagem sobre a legião de modo a tornar qualquer perseguição inútil, mas não tinha contado com a corte de cavalaria. Já enxergava um grupo de batedores se estreitasse os olhos: vinte homens em cavalos rápidos, vindo em disparada do sul. Talvez não soubessem que o camelo à sua frente carregava a garota que buscavam, mas com certeza queriam conferir. A tentativa de fugir em disparada talvez não fosse a melhor maneira de diminuir a curiosidade deles, mas Mia tinha a esperança de conseguir superá-los.

O problema, claro, era que cavalos corriam mais que camelos.

– Nunca pensei que fosse dizer isso – ela desabafou –, mas sinto falta de Bastardo.

Infelizmente, o garanhão puro-sangue que ela tinha roubado dos estábulos de Última Esperança dois anos antes não estava em parte alguma, de modo que ela tinha que se conformar com seu animal cuspidor. Os batedores se aproximavam através da distorção do calor, levantando poeira. Ela tivera o cuidado de levar consigo uma das balestras no arsenal da Montanha; carregou-a com um dardo e esticou a corda.

Quando os soldados se aproximaram, o líder do grupo soprou uma nota longa e trêmula num chifre de prata. Mia viu que os homens vestiam armaduras leves de couro, portavam gládios na cintura e carregavam um pequeno arco na mão livre. O uniforme e as cristas dos elmos eram de um tom intenso de verde-folha, e o brasão da Décima Sétima, da mesma cor, estava bordado em seus mantos[33].

– Alto! – urrou o líder. – Pare em nome do imperador!

– Para o Abismo com seu imperador – resmungou Mia.

Ela ergueu a balestra e mandou ver. O capitão caiu com um dardo no peito e tombou da sela com um grunhido de dor. Os outros soldados gritaram em alarme e se dividiram como bandos de andorinhas, espalhando-se por todas as direções. Oito deles fecharam Mia por trás, enquanto outros oito a fecharam pela frente.

E então,

como um milagre silencioso às suas costas,

---

33 Sob o Imperador Julius Scaeva, as legiões de Itreya totalizam vinte e oito, e os soldados da Décima Sétima talvez sejam os mais infames depois da Sangrenta Décima Terceira, a renomada legião dos escravos.

Comandada por Caius "Decimus" Viridius (ele próprio ex-integrante da Décima Terceira), a Décima Sétima é a legião que age nas regiões mais distantes da civilização e, por conseguinte, da legislação de Godsgrave. Seu encargo é manter a paz numa terra quase totalmente selvagem que só faz parte da República no papel. Dada a vastidão do território, a legião mantém a ordem mais pela reputação do que pela presença física. E certamente não ganhou a tal reputação por beijar bebês e ajudar idosas a atravessar a rua com suas compras.

Por exemplo, depois de um aumento de impostos na cidade de Nuuvash, a população civil se rebelou e destruiu sua pequena guarnição de tropas itreyanas. Experiente na arte dos cercos de guerra, a Décima Sétima logo retomou a cidade. Mas Nuuvash era um entreposto comercial importante, e os soldados não podiam simplesmente passar sua população inteira no fio da espada. Assim, Viridius criou uma punição chamada de "loteria vermelha".

Todos os civis da cidade – homens, mulheres e crianças – foram divididos em grupos de cem e obrigados a tirar pedras de um saco. Quem tirasse uma pedra vermelha – um décimo dos participantes – era posto de canto. Os nove décimos restantes eram obrigados a apedrejar os sorteados até a morte ou seriam executados.

Não se sabe o número de mortos, mas uma coisa é certa: até a queda da República, o povo de Nuuvash jamais voltou a rebelar-se contra Itreya.

Mia sentiu o sol enfim sumir sob a beirada do mundo.

O céu escureceu: um azul-escuro substituiu o violeta baço. Restava apenas um olho de Aa no céu – apenas uma parte do ódio do Onividente restringindo seus dons. Ainda não era bem a veratreva. Seus poderes não estavam inteiramente livres.

Mas livres o bastante.

Mia olhou para trás e viu um legionário erguer o arco e mirar em seu coração. Por um instante, perguntou-se o que aconteceria se ela deixasse a flecha acertá-la – se a ponta conseguiria penetrar algo que já estava partido. Imaginou belos olhos azuis e um sorriso que lhe dava vontade de chorar. Então

ela passou

do lombo de Julius

para o cavalo do arqueiro. Agarrou o braço com o arco e o virou na direção de outro legionário. O homem xingou surpreso ao ver sua flecha cravar-se no pescoço de um companheiro e o derrubar da montaria. O arqueiro gritou em alarme, soltou o arco e tentou puxar o gládio. Seus companheiros berraram avisos e apontaram os arcos para Mia. E ela

passou

para o cavalo ao lado

e viu uma dúzia de flechas furar o cavaleiro anterior. Ele levou as mãos ao peito esburacado, soltou um grito engasgado e caiu na areia.

Sentada na frente de outro cavaleiro, que tapava a luz do sol, Mia puxou sua espada das costas e a enfiou no peito dele; o ossário rompeu a cota de malha como se fosse pergaminho seco. A reação veio na forma de uma saraivada de flechas, mas ela já tinha sumido, passando para a sombra de outro legionário e golpeando-o com a espada logo que emergiu. Uma flecha perdida atingiu um dos cavalos, e o coitado quebrou uma perna e matou seu cavaleiro ao desabar na areia. Os legionários gritavam de raiva e susto, sem saber como vencer uma inimiga tão ímpia.

– Mágica! – berrou um deles.

– Feitiçaria! – urrou outro.

– Sombria! – veio o terceiro grito. – Sombria!

Mia continuou seu trabalho sanguinário, passando por mais três cavaleiros e matando um atrás do outro com a espada. Era um trabalho sujo e brutal, executado tão de perto que ela via o medo nos olhos dos homens e ouvia seus pulmões chiarem ou soltarem um último suspiro ao morrer. O de sempre. As mãos já estavam tão vermelhas. Vermelhas demais para lavar. Ela sentiu vontade de rezar enquanto matava. A oração de Niah veio à mente de repente:

Escuta-me, Niah.

Escuta-me, Mãe.

Esta carne, o teu banquete.

Este sangue, o teu vinho.

Mas, no fim, Mia não disse nada. Mãos escarlates e olhos vazios. Os cavaleiros se espalhavam com gritos de alerta, seus cavalos relinchando de terror. Quando ela terminou, restavam apenas oito dos vinte que começaram. E, com o rosto salpicado de vermelho, Mia passou de um cavalo encharcado de sangue para Julius. Depois de limpar a lâmina da espada e a devolver à bainha, observou os soldados abandonarem a perseguição, com mais de metade dos companheiros morta ou ferida. Segurou as rédeas e estimulou o camelo a ir ainda mais rápido. Olhou para as mãos, grudentas e molhadas.

Deusa, que poder...

Ergueu os olhos para o céu azul, onde corriam tufos de nuvem. O calor diminuía agora que Saan tinha sumido, e o suor resfriava sobre a pele. O terceiro olho do Onividente ainda estava aberto, o último sol no céu, e pairava sobre as costas dela. Mas era tão certo quando a rotação do mundo que Saai logo baixaria para seu descanso.

E o que vai acontecer comigo?

O som de cornetas distantes e do trovejar de cascos cada vez mais próximos a despertou das especulações. Mia limpou as mãos no pelo de Julius e lançou um olhar para o sul. Viu que os batedores tinham voltado para a legião com o rabo entre as pernas. Mas agora, através do véu vermelho das areias vermelhas, uma nuvem de pó maior aproximava-se. Com os dedos ainda grudentos, ela pegou a luneta para inspecionar a situação.

– Merda – suspirou.

Aparentemente, o comandante da Décima Sétima não tinha aceitado bem o tratamento que ela dispensara a seus batedores. Mia avistou a cavalaria inteira da legião galopando do sul em sua direção: soldados com armaduras pesadas de ferro e couro encimadas por elmos reluzentes com plumas. Cada soldado portava lança, escudo, balestra e gládio. Os cavalos, cobertos de peças de couro fervido, levantavam uma muralha de areia à sua passagem.

Quinhentos cavalos.

Mia olhou para os Montes Sombrios, ainda a pelo menos três viragens de jornada. Voltou-se mais uma vez para a nuvem fervilhante de pó que vinha em sua direção, erguida por dois mil cascos apressados. Estava em campo aberto – deserto vazio à frente e atrás. Se roubasse o cavalo de um dos legionários mortos, deixaria todos seus suprimentos nas costas de Julius. Se tentasse vencê-los na corrida com seu camelo, acabaria ceifada como o trigo.

Julius urrou, estremecendo.

– É – ela resmungou. – Merda.

CAPÍTULO 39

INSONDÁVEL

Sem ter para onde correr. Sem ter onde se esconder.

A cavalaria da Décima Sétima aproximava-se, sacudindo o chão. As crinas dos elmos e os mantos compridos tinham a cor de folhas. Os cavalos eram pretos e vermelho-ferrugem, protegidos por grossas camadas de couro fervido. O reflexo do último sol em suas lanças era como a luz de um relâmpago. O som das patas era como o trovão.

– Talvez a Senhora das Tempestades ainda não tenha desistido de mim – ela resmungou.

Saai projetava seus raios longos do oeste. A sombra do camelo era uma mancha cor de lama que se esticava pelo chão rachado e sobre as dunas. Mas Mia tinha uma sombra de um escuro mais intenso, com bordas mais afiadas, escura o bastante para dois.

Teria sido mais simples vestir o manto de sombras e desaparecer por completo. Mas, se Jonnen contou detalhes do mapa e da Coroa a Scaeva, a Décima Sétima já conhecia seu destino. A infantaria não seria capaz de avançar com muita rapidez, mas Mia precisava lidar com eles de um jeito ou de outro. Assim, movimentou sua sombra, atirando-a pelas areias numa miríade de formatos e esticando-a na direção do odioso sol. Invocou a escuridão, como fizera da primeira vez que encontrara Naev, a primeira vez na vida que teve de fugir de...

Ali.

Mia avistou um rastro de terra fervilhante aproximar-se dela pelo oeste, como se algo colossal nadasse sob a areia. Olhou para o norte e viu mais dois fios convergindo em sua direção.

– Muito bem, desgraçados – ela murmurou. – Vamos dar um beijo neles.

Agarrou as rédeas e virou Julius para o ataque iminente da cavalaria. Ainda torcendo as sombras ao seu redor, focou nos cavaleiros a caminho. Avançavam em formação cerrada, com escudos erguidos e lanças apontadas para cima num matagal reluzente. Eram cinco fileiras sucessivas com cem cavalos de largura cada. Atrás delas, o estandarte verde-folha da Décima Sétima Legião tremulava aos ventos sussurrantes.

Mia inclinou-se para a frente, desejando que Julius corresse mais rápido. Adiante, um cavaleiro soou uma nota longa na corneta. Todos os homens da primeira e da segunda fileira baixaram as lanças. Outra nota da corneta e Mia viu que os membros da terceira e da quarta fileira erguiam seus arcos, prontos para soltar uma saraivada de duzentas flechas contra ela. Ela olhou para trás, enquanto as sombras se torciam e encolhiam ao seu redor, avistando as trilhas de areia fervilhantes que convergiam em sua posição. A mais próxima estava somente a dez ou doze metros de distância agora, oculta sobre a tempestade de areia que Julius levantava.

Cada vez mais perto.

Ao som de outra trombeta, as flechas pretas dos arqueiros cortaram o ar. Julius grunhiu quando Mia o puxou forte pelas orelhas para desviar da saraivada. E, com uma oração à Mãe nos lábios, invocou as sombras e envolveu a si e a seu animal.

O mundo virou uma neblina – não escura como era sob o brilho dos dois sóis, mas ainda um borrão. Julius avançava aos tropeços, meio cego, e Mia precisava segurar-se com dedos, coxas e dentes. Mas, para seu mérito eterno, o camelo, por mais fedorento e feio que fosse, não caiu. Tomado de pânico, desviou-se para o leste quando as flechas começaram a voar. Mia ouviu o impacto de centenas de flechas nas areias sobre as quais estava instantes antes. As flechas furaram o chão e a coisa que deslizava sob ele.

Ela ouviu mais uma corneta da cavalaria. O trovejar dos cascos diminuiu com a velocidade do grupo, frustrado com o desaparecimento dela.

E então...

– Que porra é...

– *Kraaaaaken!*

Mia desfez o manto de sombras e enterrou as unhas nos pelos de Julius enquanto olhava para trás. Uma dúzia de enormes tentáculos erguiam-se da areia agitada, cada um escuro, coriáceo e repleto de ganchos aguçados de osso. Atraído pela manipulação das sombras, perfurado dez vezes ou mais pelas flechas da cavalaria, o kraken-de-areia surgiu furioso do chão para atacar os homens que o feriram. A monstruosidade envolveu um tentáculo de ganchos no cavaleiro e no cavalo mais próximos e os puxou para seu bico.

Os outros cavalos entraram em pânico. O comandante da cavalaria berrou que seus homens atacassem. Mas, quando outro soldado gritou de medo e apontou para duas novas trilhas fervilhando sob a terra na direção da corte, estourou o caos absoluto.

Outro kraken irrompeu das areias ensanguentadas, maior que o primeiro. Atraído pelo sangue e pelos gritos, partiu meia dúzia de cavaleiros ao meio com um movimento dos tentáculos. Houve uma chuva de flechas e um uivo monstruoso de dor fez o chão tremer sob as patas de Julius. A poeira levantada formou uma nuvem fervilhante, onde areia e sangue jorravam por todos os lados. Mia viu o aço brilhar e silhuetas dançarem em meio à neblina, então ouviu uma nota de corneta anunciar a chegada de um terceiro kraken, que se levantou das areias vermelhas com um grito faminto e raivoso. Alguns cavaleiros fugiram, outros atacaram, muitos mais zanzaram num estado de caos e confusão. Tentáculos e espadas e lanças cortavam o ar, homens e monstros urravam, e o fedor de sangue e ferro pairava na nuvem crescente de poeira.

Mia retirou-se da chacina que tinha provocado, endurecendo o coração. À frente, através da poeira levantada pelo vento e da miragem do calor, divisava as sombras dos Montes Sombrios.

A Coroa da Lua a esperava do outro lado.

Apertando os calcanhares contra os flancos de Julius, Mia seguiu até ela.

Cinco viragens depois, ela estava de costas para o sol decadente, roendo as unhas. À sua frente, esporões de rocha vermelha despontavam em sopés quebrados e picos agourentos. Atrás dela, Julius esperava coberto por um véu de areia, com o queixo branco de saliva.

– Acho que é isso – ela murmurou.

O camelo grunhiu e soltou um quilo de merda no chão.

– Bom, não é que o mapa tenha sido feito por um exímio cartógrafo – resmungou Mia. – Foi copiado da parede de um templo milenar, depois recopiado em algum estabelecimento num beco imundo numa cidade no cu do mundo do litoral norte de Ysiir. Talvez não fosse cem por cento preciso.

O camelo fungou de novo, cheio de desdém.

– Cala a boca, Julius.

Aquela era a quinta passagem pelos montes que Mia tentava em cinco horas, e sua esperança estava em baixa. Cada um dos avanços anteriores tinha acabado em becos sem saída ou gargantas estreitas demais para permitir passagem. Com todas as tentativas desperdiçadas, ela tinha perdido completamente a vantagem sobre a Décima Sétima Legião. Ao olhar para o sul, via que os soldados estavam a poucas horas de marcha agora.

– Esses desgraçados não desistem fácil – ela murmurou.

Bom, ela *tinha* matado algumas centenas de homens da cavalaria. Ainda que não estivessem sob ordens do imperador, iriam caçá-la e matá-la por princípio agora. Mas, ao observar a horda de legionários que se aproximava, podia ver que o comandante não tinha mandado apenas a cavalaria pesada dessa vez. Tinha enviado *todo mundo*.

Atravessou o chão rachado com passos largos, segurou a sela do camelo e montou na sua corcova. O animal gemeu descontente, bateu os cascos e tentou tirar a garota das costas.

– Ah, cala a *boca*, Julius – bufou Mia.

Ela golpeou os flancos do animal com a chibata e o fez trotar em direção a um cânion entre dois picos escarpados. Mia pensou na possibilidade de armar uma emboscada para os soldados que a seguiam, mas logo descartou a ideia: o espaço entre os picos era largo o bastante para que uma legião inteira passasse lado a lado. Assim, apenas continuou a cavalgar. Um corvo solitário grasnava no alto, e logo ela começou a cismar com algo nas faces do cânion que a ladeavam.

Não eram como os penhascos próximos à Montanha Silenciosa. As rochas não tinham sofrido a ação do clima nem do tempo. As montanhas perto da Igreja passavam a impressão de serem antigas, envoltas pela poeira de eras. Estes montes, porém, pareciam… *novos*.

O solo inclinava-se para baixo como se fosse terminar numa depressão. E, à medida que avançava, Mia não conseguia se livrar da sensação de mau agouro que formigava na pele. Os ventos sussurrantes ficavam cada vez mais altos. Às vezes, ela distinguia algumas palavras entre as baboseiras sem sentido. Vozes que a faziam lembrar da mãe.

Do pai.

De Ashlinn.

Ela balançou a cabeça para clarear a mente. Sentia-se zonza, perdida. Parecia que cavalgava por uma neblina, embora a luz de um único sol ainda brilhasse às suas costas. Ela tomou um gole da água que levava no alforje e secou o suor da testa.

Tem algo errado aqui.

Magia, talvez. Os restos das obrarias ysiiri, despedaçadas e abandonadas com a queda do império. Mesmo depois de séculos e tantos anos sob o sol escaldante, a mancha parecia perdurar, como sangue que empapava a terra rachada. Mas ao menos ela sentia uma certeza nos ossos e no peito.

Este é o caminho certo.

Ela continuou avançando conforme o vento uivava e arranhava entre as rochas. As mãos e os pés formigavam, uma sensação vaga de confusão se insinuou em sua mente e uma comichão de suor desceu por sua espinha. Ela procurou concentrar-se no chão rachado à frente, mas desconfiou ter ouvido de novo a voz da mãe. Então sentiu o toque frio dos lábios de Tric nos seus quando se despediram, os dedos de Ashlinn entre suas pernas, a respiração dela em seus pulmões, sem saber o que era real e o que era lembrança. E sempre, a todo momento, sentia os ventos sussurrantes. Estavam tão próximos que eram como uma respiração suave roçando sua orelha e causando calafrios em sua pele.

Ela ouviu o casco de Julius fazer algo estalar. Olhou para o chão e viu que estava coberto de ossos antigos – ossos de homens e animais, quebrando-se a cada passo do camelo. Franziu a testa e piscou surpresa ao ver um crânio sem maxilar virar-se em sua direção, encará-la com olhos vazios e sussurrar:

Se enveredar por essa estrada, minha filha, vai morrer.

Mia contemplou o caminho à sua frente e viu que enfim ele se estreitava. Penhascos de rocha vermelha entrecortada erguiam-se dos dois lados. Ao olhar para o céu, foi tomada por uma sensação de vertigem e percebeu que não fazia ideia de quanto tempo se passara desde sua entrada no cânion. Suas mãos tremiam. Sua língua tinha ficado seca. O cantil estava quase vazio, embora ela não se lembrasse de ter bebido tanto.

Você vai

morrer.

À frente dela, nos dois lados da passagem, assomavam duas estátuas. Ambas eram esculpidas em arenito num formato humanoide, com os detalhes desgastados pelos anos. A da esquerda tinha sido partida ao meio na cintura e suas ruínas estavam espalhadas no chão. A da direita estava praticamente inteira: representava uma figura humana, sua base deixava entrever vagamente uma escrita estranha e a cabeça, coberta por um adorno comprido, era de gato. Isso a fez se lembrar da luminária na mesa de Marielle. Ela olhou para a espada de aço-negro de Mouser que levava na cintura: figuras humanas com cabeças de gato, um macho e uma fêmea, nus e enlaçados.

– Ysiir – ela murmurou.

Perdida no tempo. Perdida na memória. Tão pouco restava daquele povo – um punhado de bugigangas, migalhas de conhecimento. No entanto, já tinha sido uma civilização, um império. Tudo destruído numa calamidade nascida do ciúme e da raiva.

Ela desviou os olhos das estátuas para voltá-los uma vez mais à trilha que se abria à sua frente. Depois dos monumentos arruinados, o caminho se estreitava até se tornar uma passagem apertada. Uma fenda profunda na terra bifurcava-se mais à frente, ladeada por paredões de pedra. Graças ao mapa na pele de Ash, Mia sabia que, além da bifurcação, havia um labirinto de sulcos e rachaduras que se espalhava pelo deserto feito uma teia de aranha.

E depois dele...

Depois dele...

Depois...

Ela ouviu sua mãe cantar. Ouviu Ashlinn suspirar seu nome. Sentiu o cheiro da cigarrilha de Mercurio no ar. Viu os olhos do pai quando pediu que se juntasse a ele. O terror subiu pelo seu peito como uma maré sombria, uma enchente que ameaçava afogá-la.

Nunca trema.

Nunca tema.

Suas pernas doíam e seus pés estavam feridos. Há quanto tempo já caminhava? Viragens? Semanas? Não se lembrava de ter comido, mas sua barriga estava cheia. Não se lembrava de ter abandonado Julius, mas não via o camelo em parte alguma. Estava escurecendo, ela percebeu, como se os sóis estivessem finalmente descansando nos confins do mundo. Por um instante, ela foi tomada de pânico, pensando que tinha passado tanto tempo ali que já era veratreva. Mas bastou olhar para o céu para que visse uma faixa estreita de luz embaçada e sentisse o calor do último olho de Aa no céu. A Escuridão ainda tão havia assumido o controle.

– Está tudo errado – ela suspirou.

Ela estava perto.

Ela não devia estar ali.

Devia dar meia-volta e fugir enquanto podia.

Continuou seguindo por um labirinto de pedra vermelha e sombras cada vez mais intensas. Atrás de si, ouvia gritos longínquos e toques de trombetas; perguntou-se o que teria acontecido com os soldados que a perseguiram até aquele lugar abandonado. Perguntou-se por que vieram até ali.

Por que ela veio.

Olhou para baixo e viu sua sombra mover-se como um fogo sombrio, lambendo e roçando os ossos espalhados. Como mãos delicadas, davam leves puxões nas roupas dela, acariciando sua pele. Ela olhou para os próprios pés e viu o céu. Olhou para o céu e não viu nada. Sentiu Ashlinn nua em seus braços, com os lábios em seu pescoço. Sentia sua amada estremecer conforme ela contornava sua tatuagem com os dedos. A trilha que atravessava aquele lugar. Marcada em preto.

As rochas ao seu redor torciam-se, as sombras ondulavam, a luz brincava nos cantos e nas fissuras. Parecia que ela estava cercada de rostos lamentosos e garras sôfregas. A escuridão ficou mais intensa, insondável e perfeita. Mia fechou os olhos e percebeu que já não sentia nada: nem o solo sob seus pés, nem o pulso em suas veias, nem o vento em seu cabelo. A luz do último sol parecia tênue como uma vela distante, embora o céu sob seus pés ainda brilhasse.

Você não é minha filha.

Você é apenas a sombra dela.

A última coisa que você virá a ser neste mundo, garota, é heroína de alguém.

Uma garota com uma história para contar.

Tudo que ouço, Faz-Rei, são mentiras saídas da boca de uma assassina.

Quero que você vá embora, ouviu?

Eu mataria o céu por você.

As sombras esticaram-se na direção dela, cada vez mais próximas do nada que ela tinha se tornado. Mia baixou os olhos para a própria sombra e a viu escura, como piche, como cola; ela escorria por entre os dedos como cera derretida. Sentiu um cheiro vago de fumaça e poeira, o aroma de túmulos vazios. Algo estalava sob seus pés, seco e quebradiço, como se ela caminhasse sobre gravetos. Agudo como o grito dentro de sua cabeça.

– Ai, Deusa – suspirou Mia.

Uma desolação tão perfeita que ela não conseguia imaginar nada antes nem depois dela. Nenhuma luz. Nenhum som. Nenhum calor. Nenhuma esperança. Seus olhos se encheram de lágrimas.

– Ai, Deusa... Eu *sinto* a presença dela.

Mia repeliu a sensação. O medo. A tristeza. A perda e a dor. Estava tão perto que já sentia o gosto de outras coisas, podia estender a mão trêmula e tocá-las, arrancá-las da gaiola de costelas quebradas e torná-las suas: seu direito de nascença. Seu legado. Seu sangue e sua vingança. Sua promessa ao único que lhe restava.

O irmão.

Eu... eu não sei nadar muito bem.

Eu sei. E não vou deixar você se afogar.

Os penhascos ao redor estavam fragmentados, sulcados por fendas escuras e cheias de sombras. No chão rachado e nas paredes desmoronadas ao redor, ela percebia pequenos vestígios de civilização: um vago padrão de tijolos aqui, um fragmento de estátua ali. O solo que pisava com suas botas descia cada vez mais e ela notou uma tênue sugestão de pavimento, como se antes tivesse havido uma estrada, agora esmagada com uma fúria inefável e transformada em terra desolada.

Ela estava perto agora. Sentia a mesma atração que surgia na presença de Furian, de Cassius, do pai, mas multiplicada por doze, cem, mil vezes. Uma gravidade soturna. Uma ressaca sem fundo, ondulando sob a superfície fina como papel da realidade ao redor. O véu entre este e o outro mundo parecia fino e esgarçado. Algo maior e mais terrível esperava do outro lado. Algo parecido com um...

Lar.

Quando ouvira falar da Coroa da Lua pela primeira vez, imaginara algo sublime. Uma espécie de palácio. Uma fortaleza de ouro, talvez, reluzindo no topo de uma montanha inalcançável. Um pináculo de prata culminando numa coroa de estrelas. Em vez disso, tudo que via era desolação. Dissolução. Mia percebeu que adentrava uma enorme cratera aberta por um impacto que purgara o território de tudo exceto lembranças fragmentadas. Não havia quase nenhum vestígio do império que já florescera ali. Suas lendas, tradições, mágicas, canções e povo – tudo fora desfeito num instante. Um cataclisma que rasgara a própria terra e a deixara partida para sempre.

Ela seguiu pelo declive, cada vez mais para dentro. O vento agitava seu cabelo. Os sussurros ecoavam em seu ouvido. A vertigem crescia em sua cabeça. Tinha certeza de que ouvia a voz de uma mulher agora, discernível em meio ao burburinho informe e fantasmagórico. Então, além das passagens sulcadas e brechas destroçadas, com poeira na pele e aço nos olhos, Mia finalmente atingiu o centro da cratera ysiiri e viu com os próprios olhos, em toda sua glória em ruínas, o que estava procurando.

A Coroa da Lua.

Quase sorriu ao encontrar a resposta final ao enigma de sua vida. A última revelação de uma história escrita em tinta e sangue pela luz do poente e da aurora. No fim, depois de tantos assassinatos e quilômetros, era tão simples. Ela enxergava a cidade de Godsgrave na cabeça, como que do alto: os Braços da Espada e do Escudo, os Baixos, as imponentes e ossificadas Costelas. Ilhas despedaçadas, cortadas por um emaranhado de canais, mostrando-se ao mundo inteiro como um gigante caído de costas. Apenas um pedaço faltava.

E ali estava ele.

Nada de fortaleza de ouro ou pináculo de prata.

– Claro – murmurou Mia.

Um crânio.

Um crânio colossal e impossível.

Livro 5

Vestida de Noite

Capítulo 40

Destino

– A Coroa da Lua – sussurrou Mia.

Enterrada até as têmporas no solo fragmentado, tinha centenas de metros de altura e quilômetros de largura. O rosto estava voltado para o céu, com o desenho de um círculo na fronte vasta e depenada. Era de ossário, claro, como as Costelas, o resto das fundações de Godsgrave e a espada nas costas de Mia. Os últimos resquícios do corpo de Anais, precipitado dos céus por um pai que deveria ter amado seu único filho. O corpo atingira a terra com tanta força que a península de Itreya afundou no mar; sobre as ruínas, Aa ordenara que seus fiéis construíssem seu novo templo. Mas ali, no coração da civilização ysiiri, a cabeça cortada de Anais atingiu a terra com uma força inimaginável, dando cabo ao império que o adorava como Deus.

O crânio parecia solitário. Trágico. Um infanticídio esculpido em osso antigo.

Mia subiu pelas rochas partidas, escalando o sopé recortado da montanha. Um único corvo voava em círculos no céu, grasnando para ninguém. A poeira volteava e dançava ao redor de seus pés. A sombra dela apontava diretamente para o crânio, como a agulha de uma bússola apontava para o norte. O medo roía suas entranhas e apertava seu peito. Ela sentia a atração, puxando-a como uma fome que jamais conhecera.

Era como se tivesse passado a vida inteira incompleta e só percebesse isso naquele instante. Todos os fragmentos de sua breve existência pareciam insignificantes. Jonnen, Tric, Mercurio, Scaeva, mesmo Ashlinn, não passavam de fantasmas em algum lugar de sua escuridão interior. Porque, ao longo de todos os anos e todo o sangue, finalmente, *finalmente*, ela estava em casa.

Não.

Mia cerrou os dentes e os punhos.

Esta não é *a minha casa.*

Ela estava ali por um motivo. Não para dormir, mas para acordar. Não para ser conquistada, mas para conquistar. Conquistar o poder de um deus caído. O legado de uma linhagem entrecortada. O poder da luz na noite. Arrancá-lo, sangrento e pulsante, de um peito despedaçado, então tirar seu irmão do desgraçado que o sequestrara. Lutar e morrer pela única coisa que ainda dava sentido à sua vida. A única coisa que lhe restava.

Quando tudo é sangue, sangue é tudo.

Mia subiu pela boca aberta, passando por dentes grandes como catedrais. As sombras torciam-se e giravam ao longo da descida escura, profunda como um sonho. Ela avançou por uma fenda no palato cavernoso, por sendas penosas de ossário fosco, até finalmente sair num salão vasto e solitário no interior oco da fronte. A cavidade era redonda como um anfiteatro, da largura de uma dúzia de arenas. Estava quase completamente vazia. Exíguas lanças de luz varavam as centenas de rachaduras no osso acima, de modo que a luz moribunda do último sol transformava o breu numa penumbra monótona. Os ventos sussurrantes eram tão altos que Mia os sentia na pele, ouvindo as palavras que ocultavam, afinal, ali na fonte: um conto de amor e perda, de traição e morte, de um céu despedaçado junto com toda a terra em volta, das lágrimas de uma mãe e do sangue de um filho e das mãos trêmulas e vermelhas de um pai.

Mia seguiu em frente, evitando os pequenos trechos de luz que se infiltravam pelas fendas e escondendo-se na escuridão que sempre chamou de amiga. Correu os olhos pela galeria escura e vazia e não viu nada. Contudo, sabia com uma certeza terrível que não estava sozinha. Inspecionou cantos e sulcos à procura de algum sinal de vida, de alguma fonte para a tristeza e a fome pungentes que sentia no coração. E, por fim, ao olhar para uma estante de ossário partido atrás de si, Mia a viu de pé, sozinha.

Uma beleza. Um horror. Uma mulher.

Enfim.

Cleo.

Era alta. Esbelta como um salgueiro. E jovem, ah, Deusa... tão *jovem*. Ela não fazia ideia do que esperar: uma velha encarquilhada, uma anciã atemporal. Cleo, porém, não aparentava ser mais velha do que ela mesma. Seu cabelo preto era espesso e brilhava como se tivesse sido untado de óleo, passando dos tornozelos e se arrastando no chão atrás dela. A mulher trajava um vestido preto frente única, fino como uma teia de aranha e sem detalhes, todo feito de sombras. O pretume envolvia todo seu corpo, desde o queixo até os pés descalços. Os braços estavam nus como as costas, e a pele tinha a palidez de quem não tinha visto os sóis por...

Bom, por séculos, Mia supôs.

Ela era linda. Os lábios e cílios eram escuros como tinta. Estava completamente imóvel, exceto pela barra do vestido, que se movia e esvoaçava como se estivesse viva. E a sombra dela, Deusa, era tão escura que os olhos de Mia doíam só de vê-la, marejando como se ela tivesse encarado os sóis por tempo demais. Empoçada sob os pés da mulher, a sombra escorria pelos ossos como um líquido, gotejava pela beirada onde ela estava parada e desaparecia por completo antes de chegar ao chão.

Lenta como os séculos, Cleo ergueu as mãos e enterrou os dedos na pele. Mia viu que seus braços estavam cobertos de cicatrizes e marcas, e as unhas criavam mais uma camada de vergões. Os olhos verdes da mulher estavam voltados para cima, encarando a cúpula enorme e rachada. A cabeça estava inclinada para o lado, como se ela estivesse ouvindo algo; contudo, não havia nada para ouvir além do chiado e dos sussurros dos ventos intermináveis.

Cleo estendeu a mão, com os dedos esticados, e Mia sentiu algo mover-se dentro de si. Aquela atração de novo. Como a gravidade sobre a terra. Como a pólvora no fogo. A pele arrepiou-se com mil calafrios, e os cantos e ocos ensombrecidos ao redor da sala agitaram-se e estremeceram como se também tivessem sentido o chamado da mulher.

Mia captou um movimento com o canto dos olhos – uma pequena forma sombria que saltou da escuridão e alçou voo. Era um passageiro, ela percebeu, um demônio na forma de um pequeno pardal. Pousou nas pontas dos dedos de Cleo e a mulher riu de alegria enquanto movia a mão de um lado para o outro a fim de apreciar a beleza escura do demônio.

O pardal gorjeou um canto diferente de tudo que Mia já ouvira, notas claras como sinos de cristal que percorreram sua espinha de alto a baixo. Era o contrário de música. Uma anticanção, ecoando nos vastos recessos do crânio de um deus morto. Então, ainda sorridente, Cleo enfiou o pardal dentro da boca.

Mia sentiu um grito na parte de trás da cabeça. Aquela fome inchou dentro de si, escura e aterradora, preenchendo todo o seu ser. Cleo jogou a cabeça para trás e, enquanto mastigava, as sombras ao redor da galeria tremeram; o medo de cada uma delas transbordava para os fragmentos no peito de Mia e vazava, frio e oleoso, para suas entranhas.

É assim que ela se manteve por todos esses séculos, Mia compreendeu. *Atraindo os fragmentos de Anais para si e...*

...devorando-os.

Cleo baixou o queixo, seus cachos escuros e oleosos caindo pelo lado do rosto. Ainda engolindo o pardal, olhou para a alcova onde Mia se escondia e sorriu. Então uma voz – fria e nítida como o céu de veratreva – soou dentro da cabeça de Mia.

Pode sair agora, querida, coração, coração sombrio.

Mia sentiu o medo se espalhar: uma maré gélida que transbordava pelos dedos e pelas pernas e a fazia tremer. Mas se controlou, endurecendo o coração como ferro. Pôs as mãos na espada de ossário nas costas e na espada de aço-negro de Mouser na cintura. E, respirando fundo, deu um passo à frente, descendo para o nível em que Cleo estava.

A mulher olhou para Mia, com os cabelos ondulando perto da barra do vestido. Quando sorriu, um fio fino de algo preto e pegajoso escorreu por seu queixo.

– Meu nome é Mia – ela disse. – Mia Corvere.

Cleo inclinou a cabeça para o lado.

Nós sabemos.

A mulher abriu os braços e as sombras do lugar ganharam vida, irrompendo das fendas e fissuras, jorrando da escuridão sem fundo a seus pés. Dezenas, centenas de formas, todas feitas de escuridão viva e palpitante. Serpentes, lobos, ratos, raposas e corujas: uma legião de demônios, cortando o ar ou deslizando pelo ossário ou saltando de sombra em sombra. Uma víbora de sombras arrastou-se entre os pés de Mia, um falcão sombrio vibrante alçou voo a partir de uma saliência acima dela, um rato parou à sua frente e piscou seus não-olhos. Os sussurros cresceram até se tornarem uma cacofonia dentro de sua cabeça e falarem em uma voz terrível.

Você andou tanto. Sofreu tanto. Mas não precisa mais sofrer.

Mia semicerrou os olhos e encarou a beleza, o horror, a mulher.

– Como sabe o que sofri ou deixei de sofrer?

Nós sabemos tudo sobre você.

Cleo sorriu, estendendo a mão. E, da escuridão à volta dela, uma forma materializou-se sobre sua palma. Era uma forma que Mia conhecia quase tão bem quanto a si mesma. Uma forma que a encontrara na viragem em que seu mundo fora roubado, que caminhara a seu lado ao longo de todo os quilômetros e todos os assassinatos e todos os momentos até...

Até eu o mandar embora.

– Senhor Simpático – ela suspirou com os olhos cheios de lágrimas.

– *...olá, mia...*

– O que você está fazendo aqui?

– *...você disse para eu encontrar outra pessoa para acompanhar...*

O não-gato semicerrou os olhos e balançou o rabo com raiva.

– *...foi o que fiz...*

Senhor Simpático caminhou pela extensão pálida dos braços de Cleo e entrou pelas madeixas escuras da mulher até enrolar-se sobre o pescoço e os ombros dela, como fizera incontáveis vezes com Mia. Cleo arrepiou-se e acariciou o pelo do gato de sombras, que arqueou as costas e tentou ronronar.

Um ciúme soturno explodiu no peito de Mia quando a voz de Cleo soou dentro de sua cabeça.

Sabemos por que você está aqui.

Pequeno peão.

Pobrezinha.

– Você não sabe nada sobre mim – disse Mia.

Ah, sabemos. Vemos as marcas dos dedos deles na sua garganta, agora mesmo. "Os muitos eram um", não é? "Nunca trema, nunca tema", não é? Como abusaram de você, querida, coração, coração sombrio, aqueles que você chamava de Mãe.

Com o coração já na garganta, Mia olhou para o não-gato.

– Você contou para ela?

– *...eu sabia que você acabaria vindo aqui...* – O rabo de Sr. Simpático envolveu o pescoço de Cleo; seus não-olhos voltaram-se para a cúpula. – *...melhor preparar a sua chegada...*

Cleo encarou Mia com olhos profundos como séculos.

Sabíamos que você viria. Ouvimos o seu chamado no deserto. Os seres deformados que responderam às suas invocações.

– Krakens – confirmou Mia. – Serpentes-cuspideiras. Como eles ouvem nosso chamado?

São tudo o que resta da cidade que antes existia aqui. Vermes e insetos, retorcidos pela mágica que sangrou do cadáver deste império.

– E por que odeiam que invoquemos a escuridão?

Lembram-se, na alma. Sabem, no próprio sangue. A queda dele foi sua ruína. E somos tudo o que restou dele.

– Anais – balbuciou Mia.

Cleo apertou os olhos ao ouvir o nome da Lua.

Você veio tomar o que é nosso.

– A não ser que você queira me dar.

Cleo suspirou e fez que não.

Pequena. Nadinha. Serva e sicofanta de um poder fraco demais para salvar a si mesmo. Manda-nos morrer para que o filho viva. Condena-nos ao túmulo para obter sua reparação. Pede tudo e não dá nada e nunca questiona com que direito o faz.

A escuridão ao redor delas tremeu quando a mulher estendeu as mãos com as palmas para cima.

Ela chama a si mesma de deusa e nos chama de escravos. Pensa que somos atores minúsculos num palco construído por uma grandeza fraca e vazia.

Cleo olhou para Mia com lábios curvados em desdém.

Ela não oferece nada senão aquilo que pedirá de volta. E, ainda assim, você se ajoelha diante dela.

– Eu não me ajoelho para ninguém – disparou Mia.

A gargalhada de Cleo ecoou pelas paredes de ossário, vibrando pela reunião de demônios como ondas de água sombria.

– Estou falando sério – insistiu Mia. – Não ligo nem um pouco para deuses e deusas. Não quero saber de ganhar guerra nenhuma nem de restaurar o equilíbrio entre Luz e Noite, nem de Niah, Aa ou *qualquer* um deles. Nunca quis saber. Estou aqui pelo meu irmão.

Cleo lambeu os lábios e enterrou as unhas na pele. Os sussurros ao redor dela pareceram calar-se, e a escuridão aprofundar-se mais à medida que ela arranhava os braços mais uma vez. A dor a fazia estremecer, e seus olhos arregalados brilhavam.

Nós já tivemos família. Um garoto. Belo. Tudo que tínhamos demos a ele. E ele nos deixou, querida, coração, coração sombrio. Deixou-nos sós. Não procure seu valor nos olhos dos outros. Porque o que é dado pode ser tirado. E o que restará depois?

– Não estou aqui para responder suas charadas – esbravejou Mia. – Não estou aqui atrás do sentido da vida. Estou aqui pelo poder de resgatar a única coisa que tenho e que ainda me importa.

Nós não vamos lhe dar nada.

Mia deu um passo à frente.

– Então vou tomar.

– *...mia, você não vai ganhar assim...*

– Cala a boca, Senhor Simpático.

– *...olhe ao redor...* – o gato de sombras insistiu. – *...veja onde está, o que enfrenta, pare e pense uma vez na vida...*

– Vai se foder – ela sibilou, puxando a espada.

Cleo ergueu os braços e as sombras irromperam – tiras de escuridão viva estendendo-se como asas a partir de seus ombros nus. Ela ergueu-se no ar, com o cabelo longo e comprido sacudindo e sua legião de demônios subindo e girando ao seu redor.

Mia levou a mão ao cinto e atirou um punhado de vidro-falso vermelho no rosto de Cleo. O corpo da mulher tremeluziu, o vidro explodiu e flores de fogo brilharam rapidamente na penumbra. Mas Cleo já tinha saído; passou pelo corpo de um morcego de sombras para pairar na penumbra sobre Mia com um sorriso escuro. Seu cabelo comprido transformou-se em lâminas de sombra que desceram sobre Mia como lanças, flexíveis como líquido e rígidas como aço. Mia

passou

para o lado, levou a mão ao cinto e jogou outro

punhado de vidro-falso, dessa vez branco. Os globos explodiram numa nuvem tóxica, mas, de novo, Cleo já tinha sumido, passando pela forma fugaz de um falcão de sombras e pairando de novo sobre a cabeça de Mia. A garota passou para cima, diretamente para o telhado sombrio da estranha catedral. Com um chute no ossário em ruínas do teto, ela mergulhou do céu, segurando a espada com as duas mãos, pronta para atacar. Cleo desapareceu de novo, evitou o golpe, e pegou Mia com tentáculos de preto líquido. Mia atacou a escuridão com a espada e

passou

para longe, como um beija-flor, atirando mais vidro-falso vermelho. Cleo apenas desapareceu e saiu pela forma de Sr. Simpático, ainda à espera no patamar.

E assim as duas dançaram. Fumaça sombria, escuridão ressoante, estouros vazios. Mia estava silenciosa como a morte, o rosto uma máscara implacável onde se refletia o brilho da lâmina. Tremeluzia pela galeria como um espectro. Ambas podiam passar para onde desejassem, com tantas sombras escuras e profundas, mas Cleo era simplesmente *mais.* O ar estava repleto de seus demônios, uma multidão em que podia entrar e sair à vontade. Suas lanças de sombra pareciam estar por toda parte ao mesmo tempo, e seu cabelo fluía a uma extensão impossível, de modo que Mia mal conseguia desviar-se dos cortes. Os sussurros em sua cabeça eram ensurdecedores, abafando a própria pulsação. Tinha os dentes cerrados, os olhos focados, o rosto empapado de suor. E enquanto isso, sustentada no ar por asas pretas, Cleo apenas sorria.

Ela está brincando comigo…

Meia dúzia de lanças de sombra cortaram o lugar onde Mia estivera apenas um segundo antes. Ela passou à frente e alvejou a garganta de Cleo com a espada de ossário, só para ver a mulher sumir mais uma vez. De novo. E de novo. Era como caçar um fantasma. Como tentar matar fumaça. A mulher se movia rápido demais, mais à vontade com as sombras do que Mia seria capaz de imaginar possível. Todo seu treinamento, toda sua determinação, toda sua raiva desesperada valia menos que nada em face daquele poder impossível.

Ela passou para a estante ao lado de Sr. Simpático, aterrissando meio trôpega, com a sensação de que a espada pesava mais do que chumbo em suas mãos trêmulas. Cleo voltou-se para ela num movimento que fez seu cabelo comprido girar. Mas não atacou; apenas pairou no ar. Mia estava molhada de suor e sentia a fumaça arder nos pulmões.

Chega? Cleo perguntou dentro da mente dela.

Senhor Simpático apareceu no ombro da mulher e fixou os não-olhos em Mia.

– *...olhe ao redor, mia...* – suplicou. – *...você não vai vencê-la assim...*

– *...DESISTA...* – veio o sussurro dos demônios de Cleo.

– *...Ceda...*

– *...OLHE AO REDOR...!* – esbravejou o gato de sombras.

Cleo flutuou pelo espaço que a separava de Mia, irradiando uma majestade escura e infinita. Pousou num osso diante de Mia e abriu seus lábios negros num sorriso.

Você não pode me vencer, coração sombrio. Não pode nem me tocar.

Mia esfregou os olhos ardentes enquanto procurava palavras, alguma súplica ou oração ou qualquer coisa para dizer. Sentiu-se uma criança atrapalhada perante a força de incontáveis séculos. Um inseto diante de uma semideusa. O poder de uma divindade caída fervilhava sob a pele daquela mulher. Um legado forjado de incontáveis assassinatos, de pedaços de uma alma partida arrancados de peitos abertos e remoldados, uma parte sangrenta por vez, dentro de Cleo.

A primeira escolhida de Niah.

O que era Mia diante dela?

Você não é nada, a mulher lhe disse.

– Sou Mia Corvere – ela sibilou entre os dentes cerrados. – Campeã do *venatus magni*. Rainha dos Mandriões e Senhora das Lâminas.

Você não é ninguém.

– Sou filha da escuridão entre as estrelas. Sou o pensamento que faz os desgraçados do mundo acordarem suados na quasinoite. Sou a guerra que você...

Não, querida, coração, coração sombrio.

Cleo sorriu e estendeu a mão magra como se entregasse um presente.

Você é alguém com medo.

Mia levou um tempo para assimilar o peso do que sentia. Para reconhecer sua forma. Senhor Simpático caminhara em sua sombra desde que ela tinha dez anos e sempre fizera seu medo em pedaços. Com o não-gato e Eclipse dentro de si, ela se tornara indomável. O medo não passava de uma lembrança borrada, um sabor esquecido, algo que só acontecia com os outros. Mas depois de todos aqueles anos, às ordens sorridentes de Cleo, o medo a encontrara finalmente e verdadeiramente, subindo como uma maré gélida por suas entranhas e fazendo suas pernas tremerem.

Você nunca sabe o que pode arruiná-lo antes de começar a desmoronar.

Você nunca sente falta da própria sombra antes de se perder no escuro.

A espada de Mia escorregou de seus dedos lânguidos.

Seu corpo caiu de joelhos.

Ela já tinha se sentido só, mas nunca daquele jeito. Seus breves instantes sem demônios eram sempre confortados pelo fato de que ambos voltariam. Mas agora não havia nada para ficar entre Mia e um inimigo que ela jamais enfrentara de verdade – que jamais conquistara de verdade. Sua língua tinha gosto de cinzas, seu corpo parecia chumbo, e seus olhos arregalados vasculhavam a penumbra enquanto seus dentes batiam e seu peito ofegava.

Por que ela tinha ido até ali? O que estava fazendo? Quem era ela para escrever seu nome na profecia, para entrar num palco habitado por imperadores e deuses? Uma garota fraca e frágil, que só chegara tão longe graças às coisas que entravam em sua sombra. E agora, sem elas...

Você não é nada, Cleo sorriu. *Você não é ninguém.*

Ela tinha dez anos de novo. Estava de pé sobre as muralhas do fórum, na chuva. Assistia à ruína do seu mundo perante uma multidão ululante. A mãe estava atrás dela, envolvendo seu peito com um braço e o pescoço com o outro. Mia quase a sentia, quase a via, com a pele alva e o cabelo preto e comprido e os braços brancos e esbeltos sobre os braços dela. As unhas enterrando-se nos pulmões de Mia. Os lábios roçando os ouvidos de Mia quando se inclinou, tão próxima que era possível sentir seu hálito de ossos velhos e pele enferrujada. Mia fechou os olhos e balançou a cabeça, tentando não ouvir os sibilos.

Você devia ter corrido quando teve chance, garotinha.

– Não – ela disse.

Implore meu perdão.

– Vai se foder.

Suplique minha misericórdia.

– *Vai. Se. Foder.*

O peso ficava cada vez maior sobre seus ombros, um martelo que a despedaçava feito vidro. Ela se sentia arrastada pela própria ressaca, como pedaços à deriva na escuridão. Tinha perdido o amor. Tinha perdido a esperança. Sua canção já tinha sido cantada. Não restava nada de coisa alguma. Ela procurou algo a que se agarrar, algo que a salvasse, algo que a mantivesse aquecida num mundo repentinamente sombrio e frio. Recorreu à vingança e a achou fútil. Recorreu à raiva e a achou oca. Recorreu ao amor e só encontrou lágrimas. Escavava a cinza amarga onde florescera seu coração, já com as unhas cheias de pó e uma pontada sombria nos olhos.

Procurava um motivo.

Procurava qualquer coisa.

– *...BOBAGEM... – rebateu Eclipse. – ...VOCÊ TEM UM CORAÇÃO DE LEÃO...*

– *De corvo, talvez. – Ela acariciou a loba com as pontas dos dedos. – Sombrio e ressecado.*

– *...VOCÊ VERÁ COMO ISSO É MENTIRA ANTES DE O FIM CHEGAR, MIA. PROMETO...*

E ali, de joelhos, enquanto a noite mais escura de sua alma se fechava ao seu redor, Mia finalmente viu uma minúscula faísca, tremeluzindo na escuridão. Ela a agarrou como se estivesse congelando, como se estivesse se afogando. Era uma forma estranha, completamente desconhecida – não a vingança que a guiara nem a raiva que a sustentara nem o amor que a apoiara. Era uma coisa simples, quase impossível de captar. Minúscula, quase imperceptível.

A verdade.

Nunca trema, sua mãe lhe dissera. *Nunca tema.*

Mas ali, a sós na escuridão de Cleo, Mia finalmente enxergou a impossibilidade dessas palavras. Ao enfrentar o medo pela primeira vez na vida, finalmente o viu como era. O medo era um veneno. O medo era uma prisão. O medo era a noiva do arrependimento, o açougueiro da ambição, a eternidade lúgubre entre o avanço e o retrocesso.

O medo era não poder.

O medo era não fazer.

Mas o medo nunca tinha sido uma escolha.

Nunca temer era nunca ter esperança. Nunca amar. Nunca viver. Nunca temer a escuridão era nunca sorrir quando a aurora beijasse seu rosto. Nunca temer a solidão era nunca conhecer a alegria de ter a beleza entre os braços.

O medo de perder fazia parte do ter.

O medo de quebrar fazia parte do criar.

Ter medo nunca é uma escolha.

Nunca é uma escolha.

Mas deixar-se governar por ele é.

Assim, ela respirou fundo e puxou seu aroma para dentro dos pulmões. Sentiu vontade de se estourar em pedaços, de se encolher e morrer, de deitar ali e emporcalhar aquele cemitério com seus ossos. Sentiu o medo derramar-se sobre ela, permitiu que ele a embebesse, que a lavasse, sempre consciente de que tudo ficaria bem, porque estar viva era de alguma maneira temer.

E olhou nos olhos de Cleo. Para seus lábios negros, que ela apertava. Para suas unhas, que ela enterrava nas palmas ensanguentadas das mãos. As sombras estavam agitadas, os demônios uivando e rugindo, a escuridão trêmula e sôfrega ao redor da mulher. Cleo ergueu a mão e cada dedo tinha uma garra de escuridão viva na ponta. Gemidos no ouvido. Uma fome profunda o bastante para afogar. Tudo oscilante, tudo à beira do Abismo.

– *...OLHE AO REDOR...!* – gritou Sr. Simpático de novo.

Os olhos de Mia saltaram para a luz pálida que brilhava através da cúpula rachada acima. Um único sol aguardava para além dela. E, por fim, ela o ouviu. *Compreendeu* o que o não-gato lhe dizia. Fechou os dedos em volta da espada de aço-negro na cintura. Forte o bastante para cortar ossário, brilhante como sangue e diamantes, afiada como um caco de vidro, Mia a lançou para o alto.

A lâmina acertou uma rachadura e perfurou o osso do Deus caído. Uma luz azul e pálida desaguou pelo buraco, o último suspiro de um sol cadente, mas brilhante demais na quase escuridão. Uma lança radiante cintilando do céu moribundo até atingir Cleo. A mulher estremeceu sob o brilho súbito. As sombras curvaram-se e ela ergueu uma mão para se proteger da luz.

Os dedos de Mia encontraram o cabo da espada do pai, o corvo atento com seus olhos de âmbar.

E, com dentes cerrados e olhos faiscantes, ela se levantou. Fez a espada zunir pelo ar e a sentiu atravessar o peito de Cleo, carne, osso e coração. A mulher soltou um suspiro e o mundo inteiro se deteve. Ela agarrou a lâmina enterrada em seu peito e cortou as mãos até o osso. Olhou a inimiga nos olhos, verde-esmeralda no preto da meia-noite.

– O medo nunca foi meu destino – sibilou Mia.

E, com um último fôlego sombrio, Cleo caiu.

Mia sentiu um golpe esmagador na coluna. Sua pele formigava. O pulso latejava nas veias. A carne estava em chamas, agonia, êxtase, tudo e nada entre os extremos enquanto ela se punha de pé. Mil gritos, mil sussurros, enquanto a escuridão a envolvia, centenas de demônios se juntando, se debatendo, se agitando em torno dela. Seu cabelo esvoaçava como se o vento viesse de baixo. Jogou a cabeça para trás, estendeu os braços, fechou os olhos negros. Sombras se espraiavam pelo chão diante dela, pelo ar em volta dela, emaranhados e enlouquecidos de preto líquido.

A fome dentro dela tinha sido afogada. O vazio, engolido. Despertar, romper. Bênção e batismo e comunhão. Todas as peças faltantes e perdidas enfim foram encontradas. Todas as perguntas, respondidas. Todos os enigmas, resolvidos. Todo o mundo ao redor ruía, tremia e piscava como se fosse o fim de tudo.

O começo de tudo.

Com o rosto voltado para cima, ela viu de novo, como tinha visto na arena de Godsgrave, no momento em que Furian sucumbira à sua espada: um campo sombrio ofuscante, amplo como a eternidade. Uma infinidade escura pontilhada por minúsculas estrelas, como o vestido de sua Mãe Sombria.

E, no alto, um globo de luz pálida. Não era vermelho nem azul nem dourado, mas branco, pálido e fantasmagórico. Ela sabia o que era agora. Decifrara sua charada, seu propósito, compreendeu que ardia dentro dela e conhecia seu nome. Como o círculo em seus sonhos, inscrito na fronte do garoto no reflexo.

O garoto ao lado dela.

O garoto dentro dela.

Anais.

– Os muitos eram um – ele sussurrou.

Os muitos fragmentos de sua alma.

– E serão de novo.

Unidos em mim.

– Um sob os três.

Uma lua sob os três sóis.

– Para erguer as quatro.

As Quatro Filhas.

– Libertar a primeira.

Niah, a primeira dos deuses.

– Cegar o segundo e o terceiro.

Extinguir o segundo e o terceiro sóis.

E o que restará, então?

Um sol.

Uma lua.

Uma noite.

Equilíbrio. Como era, como deveria ser, como será.

Mia caiu de joelhos. Ofegante. Soluçante. Era tudo quase demais para suportar. O poder que ardia em seu peito era esmagador. As sombras se mantinham imóveis, centenas de não-olhos a observando da penumbra – os outros pedaços da alma do Deus da Lua, presos ali no escuro muito tempo antes para aplacar os apetites mais sombrios de uma tirana.

Uma falsa ungida.

Uma escolhida fracassada.

O que ela seria agora.

Mia levantou a cabeça, o rosto emoldurado por rios de escuridão.

As sombras prenderam a respiração.

– Os muitos eram um – ela sussurrou. – E serão de novo.

As mãos ensanguentadas se estenderam, chamando-os. As trevas ao redor dela estremeceram. O medo ondulava entre os impávidos. Então, da escuridão trêmula e faminta, saiu uma forma. Uma forma que Mia conhecia quase tão bem quanto a si mesma. Uma forma que a encontrara na viragem em que seu mundo fora roubado, que caminhara a seu lado ao longo de todos os quilômetros e todos os assassinatos e todos os momentos até...

Até eu o mandar embora.

– *...bom, você não teve mesmo pressa de chegar...* – disse Sr. Simpático.

Ela sorriu, com lágrimas escorrendo pelas marcas e cicatrizes do rosto.

– Desculpe – balbuciou.

O não-gato inclinou a cabeça.

– *...eu já disse, mia. sou parte de você. e você é tudo que sou...*

Ela acariciou os pelos dele. Agora, eram tão reais quanto os ossos de seu próprio corpo. A parte dela nele, a parte dele nela, as partes de ambos juntas, muitas e uma só.

– *...não há nada para desculpar...*

E ele voltou para o lar – para a sombra em que caminhava desde a viragem em que a encontrara, ainda criança, pequena e assustada e não mais sozinha.

Os outros fizeram o mesmo. Demônios de todas as formas: morcegos e gatos, ratos e lobos, cobras e falcões e corujas. Centenas de pedaços de um todo fragmentado, centenas de sombras que se fundiam com a dela. A escuridão mais profunda que ela já vira se acumulava agora sob seus pés; o fogo mais ardente que já sentira ardia agora dentro de seu peito. E por um momento, por um suspiro, uma forma escura e trêmula ergueu-se por trás dela. A pele coberta por uma chama sombria. As costas com duas asas escuras. Um círculo inscrito em sua testa. Os olhos ardendo por dentro com uma radiância pálida e fantasmagórica.

A luz da lua.

Ao longe, ela ouvia vagos sons de passos. A pulsação de corações temerosos arfando no peito. O tinir do aço. As orações ao Onividente.

Homens, ela concluiu. Os soldados da Décima Sétima, perseguindo-a pelo labirinto. Cinco mil. Mas o poder de um deus corria agora em suas veias. Uma força escura e infinita a que nenhum homem nascido de mulher podia equiparar-se. Mesmo sem a legião de passageiros em sua sombra, ela não temia nenhum mortal. Lidaria com todos, um por um, como mariposas ao redor de um fogo sombrio.

E depois, Godsgrave.

E depois...

As vozes soavam pelo crânio quebrado, pela coroa oca.

Muitos e um.

– Pai.

As sombras puseram a espada ensanguentada na mão de Mia.

– Vamos atrás de você.

CAPÍTULO 41

QUALQUER COISA

Aelius estava em sua floresta de madeira escura e lustrosa no Ateneu, escutando o farfalhar das folhas de pergaminho, velino, papel, couro e pele.

Livros, por todos os lados.

Livros escritos em papel feito de árvores que nunca brotaram. Livros escritos no auge de impérios que nunca existiram. Livros que falavam de pessoas que jamais viveram. Livros impossíveis, livros impensáveis e livros incognoscíveis. Livros tão velhos quanto ele, presos naquele lugar como ele. Um truque inconcebível de mágica feito pela Mãe Sombria para um propósito solitário.

E agora, ao ouvir o coral recomeçar na escuridão ao redor, ao sentir o suspiro de alívio de Niah quase como uma sensação física, Aelius sabia que tinha conseguido.

Mia vencera.

Sua mãe estava morta.

Seu trabalho estava consumado.

O velho deu uma tragada na cigarrilha, saboreando seu gosto na língua, e correu os olhos pela floresta de madeira escura e folhas farfalhantes. Todas aquelas palavras impossíveis, impensáveis, incognoscíveis. Tratados de apóstatas exilados. Autobiografias de déspotas assassinados. Obras escritas por mestres que nunca foram aprendizes. Palavras que apenas ele conheceria para sempre. Palavras a que ele estava atado, de corpo e alma.

Ele soltou fumaça cinza na escuridão.

E jogou a cigarrilha acesa nas pilhas.

Levou um instante, um suspiro, um fio de fumaça subindo das páginas incandescentes. Mas logo o papel se incendiou como lenha, fragilizado pelos anos, seco como areia. As chamas logo se espalharam, primeiro ao longo de uma prateleira, depois passando a outra, estalando, famintas. Dedos alaranjados, trêmulos e vorazes, saltando de uma capa a outra, de um corredor a outro.

A Senhora das Chamas sempre odiou sua Mãe Noite.

Aelius sentou-se no meio de tudo, observando o incêndio erguer-se cada vez mais alto, ouvindo o rugido dos vermes na penumbra ardente. A fumaça sombria imiscuía-se na escuridão sussurrante. Ele estava cansado além do sono, mas isso era tudo que queria. Apesar de sua soberania sobre a morte, nem mesmo a Mãe podia dar vida aos mortos duas vezes. Ela não tinha escolha senão lhe conceder seu desejo. Seu desejo doce, antigo e escuro.

Enfim.

Dormir.

Ele respirou a fumaça. Desfrutou seu sabor. Sentiu os pedaços de si, as páginas que o prendiam à terra, queimarem até virar nada. Sorriu ao pensar que, no fim das contas, não foram lâminas nem venenos nem arquemia que derrubaram os assassinos que se arraigaram naquele lugar depois que o mataram. Foram palavras.

Apenas e simplesmente palavras.

– Lugarzinho engraçado, este – ele suspirou.

As chamas cresceram.

A escuridão ardeu mais.

E por fim,

por fim,

o velho adormeceu.

Tric ainda sentia o cheiro do perfume de Ashlinn.

Estava no Altar Celeste e essa era a única coisa de que conseguia se lembrar. Não do sangue que ela tossira no chão, nem do vinho d'ouro envenenado derramado aos seus pés. Ao contemplar o Abismo além do parapeito, só sentia o cheiro dela.

Lavanda.

Ele ficava feliz por lembrar dela assim: com flores, não espinhos. Perdoá-la tinha sido como drenar uma ferida pustulenta. Ao abrir mão do ódio, do peso em seus ombros, ganhara asas para lamentar a morte dela. As correntes em seus pulsos estavam quase quebradas.

Faltava apenas uma.

Então ele pensou em tudo o que poderia ter tido com Mia. Pensou no que eles quase foram. Saboreou o gosto dela na língua uma última vez antes de o deixar de lado. Deitou fora a última corrente – a corrente do que poderia ter sido – e aceitou o que *foi.*

Bem longe do ideal, mas talvez o bastante para o manter aquecido.

O beijo final de Mia perdurava em seus lábios. Sua promessa final perdurava no ar.

Você é meu coração, Mia. Você é minha rainha. Eu faria qualquer coisa que me pedisse e qualquer coisa que não pudesse pedir.

Ele olhou para as manchas escuras em suas mãos.

– E tudo que você não faria – suspirou.

Ele olhou para o Abismo além do altar de novo.

Subiu no parapeito.

E pulou.

Capítulo 42

Carnivalé

As palavras são simplesmente incapazes de fazer justiça ao pôr dos sóis em Itreya.

Saan brilhava no tom vermelho-sangue mais tênue, como o rubor das bochechas de uma cortesã, enquanto Saai irradiava um azul pálido como os olhos de um recém-nascido. Uma magnífica pintura em aquarela, cintilando na face do oceano e subindo até o firmamento, enquanto manchas escuras vazavam pelas beiradas da tela.

A luz leva três viragens para morrer por completo. Toda a República é inundada pelo fedor de sangue, já que os ministros de Aa começam a sacrificar animais às centenas e aos milhares para implorar ao Onividente que volte o mais rápido possível. Sombras compridas recaem sobre as ruas de Godsgrave como mortalhas. À medida que a Noite se aproxima cada vez mais, silenciosa, com os pés claros descalços, os cidadãos são tomados por um tipo de histeria. Compram belos *dominos*, assustadores *voltos* e sorridentes *punchinellos* nas lojas de máscaras, então pegam seus ternos e vestidos mais elegantes nos alfaiates e nas costureiras – sempre com mãos trêmulas. Os mais piedosos refugiam-se nas catedrais e rezam durante a noite inteira. Os demais buscam consolo na companhia de amigos ou nos braços de estranhos ou no fundo de garrafas. Uma sequência interminável de saraus e salões salpicam o calendário nas viragens anteriores, enquanto a luz vai morrendo devagar e os cidadãos repelem o medo com brigas, adulações ou baixarias.

Então vem a veratreva. E o Carnivalé começa.

Mercurio levantou os olhos para a noite, escura como a capa sobre seus ombros magros. A gôndola avançava ondulante pelo canal sob as mãos cuidadosas de Sidonius. Cantespadas sentava-se na frente, os olhos atentos na multidão de foliões enquanto passavam por baixo da Ponte das Promessas. Marius estava atrás de Mercurio, seus olhos vermelhos brilhando à luz das estrelas. Como o velho, o orador de sangue mantinha-os no céu, ao passo que os dedos compridos e hábeis estavam enlaçados sobre o colo.

Eles tinham esperado o máximo pelo retorno de Mia, mas, depois que Saai iniciou sua decida final, o bispo de Godsgrave decidiu que não podiam esperar mais. Sidonius prometera a Mia que salvaria Jonnen caso ela não voltasse, e o gladiatii levava suas promessas a sério. Marius só falava do retorno de sua amada Marielle desde quando Mataranhas e Scaeva fugiram com a tecelã em seu poder. Tric simplesmente desaparecera numa quasinoite, e Mercurio não fazia ideia de onde o garoto tinha ido. Eles eram poucos, mas quem sabia o que se passava na capital depois que o imperador tomara o sangue do Deus? Quem sabia o que restaria depois da chegada da veratreva? Assim, com os sóis em ocaso, todos se reuniram nos aposentos do orador e entraram no poço de sangue.

O palazzo de Drusilla tinha sido abandonado; Mercurio supunha que a família e os criados haviam fugido quando viram que a Senhora das Lâminas não voltaria mais da Montanha. Contudo, o bispo de Godsgrave e seus companheiros encontraram armas em abundância escondidas na casa: gládios, adagas, afiadas espadas de aço liisio. Depois de vasculhar os pertences da família, encontraram roupas que lhes serviam e mantos escuros para cobrir as peças que não cabiam tão bem. Com o gosto de sangue de porco ainda na boca, Mercurio saiu à rua e encontrou um mensageiro para enviar um aviso cifrado a um dos seus antigos contatos no Pequeno Liis. Ao longo das oito horas seguintes, palavras e mais palavras circularam pela Cidade das Pontes e dos Ossos à medida que a rede de informações do velho vibrava com cochichos, como uma teia de aranha empoeirada. Quando se deu por satisfeito, o bispo foi com seu bando até o cais particular nos fundos da propriedade de Drusilla e roubou a mais fina das cinco gôndolas da assassina.

Outra rodada de fogos explodiu nos céus: o ruído e as luzes pretendiam assustar a Mãe da Noite e fazê-la voltar para baixo da linha do horizonte. Nas ruas ao redor da rede de canais, Mercurio ouvia os cidadãos comemorarem e assoviarem diante do espetáculo. O palazzo de Drusilla ficava no coração do bairro medular, de modo que o grupo estava a pouca distância das Costelas. Mas os canais estavam repletos de barcos de todos os tipos e tamanhos, e as ruas ainda mais cheias. Toda e qualquer taverna transbordava de foliões; música e riso ecoavam pelo ar juntamente com gritos bêbados e juras de morte. Os cidadãos que passavam por eles na água desejavam-lhes uma breve veratreva e um feliz Carnivalé. Com o rosto oculto atrás de uma máscara roubada de *punchinello*, o bispo de Godsgrave acenava e retribuía as saudações, enquanto seu velho coração batia cada vez mais forte.

O que tinha acontecido com Mia?

Que chance teriam sem ela?

E se tudo correra bem na Coroa da Lua, no que ela teria se transformado?

– É bom que estejas certo, Mercurio – resmungou Marius.

– Estou – respondeu o velho.

– Se me fazes perder o tempo aqui e minha irmã est...

– Fui bispo desta cidade por quase um ano – cortou Mercurio. – E transmiti informações para a Igreja por quinze anos pela minha loja. Meus olhos estão por toda parte. Scaeva não tirou Marielle da primeira Costela desde que chegaram. Ela está presa em algum lugar da casa dele.

– Jonnen também? – quis saber Sidonius.

– Claro, porra – disse Mercurio. – O menino está com o pai.

– O que quer dizer que temos que matar o pai para resgatar o filho – sussurrou Cantespadas.

– Está brincando, não é? – resmungou o velho. – Não temos a menor chance de conseguir um milagre desses, ainda que ele não tivesse absorvido o sangue do Deus. Mas Scaeva tradicionalmente organiza um baile de gala em seu palazzo toda veratreva. A nata da sociedade de Godsgrave vai estar lá. Senadores, pretores, generais, os melhores medulares. Vamos tomar cuidado e nos esgueirar no meio do barulho e do aperto. Jonnen só tem nove anos, vai para a cama em algum momento. Esperamos no escuro e o tiramos de lá.

– Marielle não perderá a prioridade para o filhote de Scaeva – disse Marius.

– Agimos devagar até pegar o menino – disse Mercurio. – Então você e eu nos movemos depressa para pegar Marielle enquanto Sid e Cantespadas levam Jonnen para um lugar seguro.

– Não estou aqui pelo irmão do pequeno corvo, Mercurio – rebateu Marius. – Pelo que sabemos, Mia caiu na Coroa. Busco minha amada irmã e mais ninguém.

– Não vamos sair sem a tecelã – prometeu Mercurio. – Dou minha palavra. Mas só existe um capitão no grupo, e eu dou as ordens neste navio.

– Barco – murmurou Cantespadas da proa.

Mercurio soltou um suspiro, cansado até os ossos.

– Agora todo mundo tem voz...

Eles deixaram o barco num cais movimentado próximo ao fórum. As Costelas erguiam-se ao sul, tocando a noite acima com suas curvas de ossário. No seu interior oco, os medulares da cidade tinham construído seus lares: apartamentos escavados no próprio osso. O *status* crescia com a proximidade da primeira Costela, onde o Senado e o cônsul costumavam se alojar durante seus mandatos. Mas a rede de informantes de Mercurio lhe dissera que, nas duas últimas semanas, Scaeva ordenara que os apartamentos em andares mais altos fossem desocupados e que os senadores voltassem a seus palazzi no bairro medular; aparentemente, o imperador de Itreya não queria ninguém acima dele naquela nova ordem mundial. O velho também ouvira rumores mais perturbadores. Sussurros de uma sombra sobre a metrópole antes mesmo de a veratreva cair. Relatos de dissidentes capturados na quasinoite, homens e mulheres que simplesmente desapareceram sem deixar vestígios. Relatos de que o Senado havia sido dissolvido, relatos de punhos de ferro ocultos sob luvas de pelica. Mercurio sabia que já seria ruim o bastante reunir o poder absoluto nas mãos de um homem comum, mas naquelas de um homem como Julius Scaeva, conhecedor do assassinato e da brutalidade e agora inflado pelo poder e a malevolência de um deus caído...

O velho bispo correu os olhos pela cidade e balançou a cabeça.

Que merda esperavam?

O quarteto avançou pelas ruas lotadas, passando sob a Ponte das Leis e a Ponte das Hostes, então cruzando um arco triunfal até chegar a um pátio enorme cheio de pessoas. Ao sul ficava a Basílica Grande, a maior catedral da cidade. Feita de vitrais e mármore polido, seus arcos e pináculos estavam iluminados por mil globos arquêmicos numa tentativa vã de expulsar a noite dos céus. Atrás da basílica, via-se um dos dez Andantes de Guerra de Godsgrave. O gigante de maquinaria parecia um soldado itreyano feito de ferro, montando guarda silenciosamente sobre a cidade. O andante, porém, estava sem combustível nem pessoal: os guardiões antigos só eram postos em movimento em tempos de crise absoluta.

No coração do pátio, cercada por fiéis, estava uma estátua de Aa todo-poderoso. O Onividente erguia-se a mais de quinze metros de altura e apontava sua espada desembainhada para o horizonte enquanto três globos ardiam na palma da outra mão, voltada para cima. Mia havia despedaçado o monumento durante o massacre da veratreva, mas Scaeva pagara sua reconstrução do próprio bolso.

Ao conduzir seu grupo pelas ruas, Mercurio notou os incontáveis legionários, os luminatii com cotas de malha de ossário e mantos escarlates. As vias estavam abarrotadas de foliões com belas máscaras, todos brilhantes e pomposos e, ah, tão barulhentos. Mas havia um frio estranho no ar. A cidade inteira parecia à flor da pele. Mercurio era capaz de jurar que mesmo as sombras pareciam um pouco mais escuras que o normal.

O velho bispo e seus companheiros moviam-se rápidos e silenciosos; Mercurio misturava-se à multidão com tanta agilidade que Sidonius e Cantespadas penavam para acompanhá-lo. Pela primeira vez em muito tempo, e apesar da crescente trepidação, o velho se sentia vivo de verdade. Seus joelhos mal doíam, seus braços estavam fortes, suas mãos, firmes. Lembrava-se de suas viragens passadas, quando era jovem, com uma lâmina na cintura, uma garganta para cortar ou uma bela moça para seduzir. O mundo inteiro ao alcance das mãos. Ele não sabia ao certo o que a noite lhe traria, ou como seria o fim da história. Mas tinha feito uma promessa a Mia e, pela Mãe Sombria, ia cumpri-la. Ele lhe devia isso.

Já avistava a Espinha erguendo-se diante deles, a sede do Senado, a grande biblioteca, o Colégio de Ferro e os salões do poder itreyano escavados no osso. À sua volta, subindo para o céu da veratreva, estavam as dezesseis torres ossificadas: as Costelas de Godsgrave. À esquerda, erguia-se a primeira, a maior delas. Construções menores aglomeravam-se em volta da sua base e belos jardins despontavam aqui e ali, circundados por uma sofisticada cerca de ferro fundido e calcário. Os amplos portões da frente estavam escancarados, mas dezenas e dezenas de luminatii o vigiavam com espadas ardentes de aço-solar.

O velho parou numa barraca de algodão-doce e pediu quatro de morango para a moça que trabalhava ali. A garota sorriu por trás de sua máscara *domino* e pôs-se a trabalhar, envolvendo o confeito fofo em quatro palitos de salgueiro. Mercurio esperou em silêncio, observando a primeira Costela do outro lado do pátio. Belas carruagens portando os medulares da cidade faziam fila nos portões; delas saíam donas estonteantes e dons bonitos que, depois de uma rápida conferência dos convites, adentravam as lindas propriedades.

– Desconfio das nossas chances de entrar aqui, meu bom bispo – sussurrou Marius.

– É – disse Sidonius, esticando as roupas simples. – Não vestidos assim.

– Acho que você está até bem. – O sorriso de Cantespadas estava escondido atrás do *volto*, mas brilhava em seus olhos. – Eu o deixaria passar pelos portões se pedisse com jeito.

Sid deu uma risadinha.

– Bom, talvez...

– Já pararam o namorico? – resmungou Mercurio, entregando o algodão-doce.

Marius olhou o tufo rosado com um desdém profundo.

– Um orador não tira qualquer sustento de um alimento como este, bispo.

– É, eu também não gosto nada de morango – disse Sid.

– Dentes da Fauce, só me sigam – estrilou o velho.

Levando os confeitos, o quarteto abriu caminho pela multidão compacta até chegar numa ampla rua lateral. A cerca alta de ferro fundido da primeira Costela erguia-se à esquerda, enquanto a terceira Costela ficava à direita. A rua lateral estava bem iluminada e povoada, com foliões indo e voltando dos bailes, criados e mensageiros correndo por todo lado e, no meio deles, as sempre presentes patrulhas de legionários luminatii. Não havia chance de passar pela cerca sem ser visto.

Canta levantou o *volto* e, mastigando o algodão-doce, perguntou pensativa:

– Certo, e agora?

Um estrondo alto soou atrás deles, logo seguido por um grito agudo.

– Agora isso – resmungou Mercurio.

Mais gritos se seguiram ao primeiro, acompanhados por uma série de *pópópópós*! A multidão ao redor do grupo de Mercurio se voltou na direção do barulho para ver do que se tratava. Um fio grosso de fumaça subia ao céu de veratreva, acompanhado de mais gritos. Os curiosos e corajosos correram para investigar, enquanto uma patrulha de legionários disparava por entre eles pedindo passagem aos berros. Em pouco tempo, um rebanho de enxeridos e bobocas e desocupados se juntaram na via principal.

O lado do quarteto estava praticamente vazio.

– Idade é mais que beleza – disse o velho.

Mercurio jogou o algodão-doce fora e agarrou a cerca de ferro fundido. Fazendo força para levantar o próprio peso e chutando o ar, tentou se erguer. Mas, por mais magro que fosse, parecia que sessenta e dois anos nas costas eram um pouco demais para permitir uma acrobacia improvisada. Com o rosto vermelho, xingando, ele se segurou com um braço e olhou para trás. Sidonius o observava com uma expressão divertida e atônita.

– Não fique aí parado feito vaca! Me ajuda, porra!

O gladiatii caiu em si e fez um apoio com as mãos. Mercurio pisou nas palmas do grandalhão, saltou por cima da cerca e aterrissou com um palavrão num pedaço bem podado e espesso de arbusto. Cantespadas o seguiu rapidamente, com os nós de sal esvoaçando. Marius foi depois e Sidonius caiu na terra por último.

– Que abismo foi esse? – perguntou Cantespadas com os olhos na rua.

– Uma pequena bomba-caixão e um punhado de vidro-falso preto – respondeu Mercurio. – Encontrei num dos esconderijos de Drusilla. Joguei no carrinho de algodão-doce enquanto a moça preparava o nosso pedido.

– Você explodiu aquela coitada? – perguntou Sid, horrorizado.

– Claro que não, imbecil – protestou Mercurio. – Foi só fumaça e barulho, mas o bastante para criar uma distração. Agora, agradeço se puder parar de ser uma mocinha, porque temos um resgate foda para realizar.

O velho se levantou (com a ajuda de Cantespadas) e começou a esgueirar-se pelos jardins, afundando a bengala pela grama. Os arbustos eram espessos e folhosos, e as árvores frutíferas balançavam com a brisa da veratreva. O velho sabia que a manutenção de uma propriedade como aquela devia custar uma fortuna, mas todo aquele verde acabou por dar uma boa cobertura ao quarteto, que avançou até a entrada da criadagem. Mercurio ergueu a mão para deter sua equipe e olhou para os quatro luminatii postados à porta.

Os homens de guarda vestiam o manto vermelho e a armadura de ossário de sua ordem, com os três sóis de Aa gravados no peitoral. No rosto, a expressão amarga que seria de esperar de alguém que devia trabalhar na viragem mais louca e devassa do calendário da República.

– Certo – disse Sidonius. – Temos uns doze metros de espaço aberto entre nós e eles. Precisamos vencer a distância e acabar com eles antes que nos vejam. Vocês dois fiquem aqui, Canta e eu vamos...

O gladiatii tomou um susto quando Marius puxou uma faca comprida do cinto.

– Para que isso?

O orador ignorou Sid e abriu um sulco profundo no punho. O sangue vazou da ferida e escorreu num fio longo pela pele dele. Com a testa pálida franzida de concentração, o feiticeiro murmurou um punhado de palavras arcanas e impossíveis. O sangue tomou a forma de uma longa corda escarlate com uma ponta de lança, afiada feito uma lâmina.

Marius esticou a mão e mandou o fio de sangue disparar na direção dos luminatii. Serpenteando, reluzindo, o sangue fez uma curva no ar e atravessou a garganta dos quatro guardas em rápida sucessão. Os homens gemeram e arfaram, então caíram de joelhos com a mão no buraco no pescoço. O orador gesticulou como um maestro de orquestra e puxou sua lança de sangue pelo ar, e de volta para o pulso.

– Ou podemos fazer isso também – disse Sidonius.

Cantespadas fez um sinal de proteção contra o mal.

Marius sorria com lábios sem sangue.

Mercurio fungou e escarrou.

– Certo, vamos?

O quarteto se apressou pelo espaço aberto e chegou à entrada. Os gladiatii esconderam os corpos num quarto de despensa próximo, enquanto, com um aceno da mão e mais palavras poderosas murmuradas, Marius atraía o sangue derramado numa serpentina vermelha que engoliu com uma leve careta.

– Esfria tão rápido – ele disse tristemente.

– Meu coração está sangrando – resmungou Mercurio.

– Tu me provocas.

Os camaradas esgueiraram-se para a despensa e trancaram a porta, então arrancaram e vestiram as armaduras dos soldados. O ossário era até leve, mas ainda pesava nos ombros doloridos de Mercurio. Os elmos tinham grandes laterais e plumas vermelhas compridas que escondiam satisfatoriamente o rosto. Ainda assim...

– Vocês três não são os legionários mais convincentes – disse Sid.

Depois de ver Cantespadas tentando espremer o ninho de nós de sal dentro do elmo, o corpo esbelto de Marius numa armadura grande demais para ele e os próprios braços velhos e murchos segurando a bengala, Mercurio foi obrigado a concordar.

– Vejam, este é o mais luxuoso baile do calendário itreyano – explicou o bispo. – A nata da sociedade de Godsgrave está reunida no salão, e cada criado ou escravo neste edifício só pensa em não perder o emprego ou a cabeça. Andem com altivez, com os olhos para a frente. Sidonius, você vai do meu lado. Se alguém nos parar, você é que fala.

– O que vai acontecer quando eles derem falta dos guardas? – quis saber Cantespadas.

– Imagino que vão soar o alarme e abrir as portas do Abismo – respondeu Mercurio enquanto ajeitava o elmo. – Então é melhor começarmos logo.

Depois de uma rápida espiada no corredor e uma pausa para deixar passar uma criada afobada, os quatro saíram da despensa. Com passos fortes e mantos vermelhos esvoaçando, marchavam como se fossem de casa, e até se saíram bem nisso. A hipótese de Mercurio foi exata: com os convidados chegando aos montes e o baile já a todo vapor, os criados e escravos e governantas e mordomos por que passavam aparentavam estar ocupados demais para reparar neles. Uma longa procissão de escravos fluía das muitas cozinhas e despensas com garrafas dos melhores vinhos e pratos sofisticados empilhados de aperitivos exóticos. Foi simples para o quarteto esgueirar-se pelo caos crescente e chegar a uma escadaria calma, então subir para os apartamentos. Ainda assim...

Fácil demais.

Outro destacamento de luminatii esperava no patamar, e o centurião franziu a testa ao ver Mercurio e sua pequena corte subir as escadas. A pergunta do homem foi calada por um gesto de Marius e uma lâmina de sangue na garganta, que deixou a ele e os companheiros estirados no chão de mármore. O orador de sangue bebeu alguns goles generosos do pescoço do centurião caído antes de Sid e Canta arrastarem os corpos para uma antecâmara; logo o quarteto marchava pelos andares de apartamentos e atravessava um amplo gabinete com um grandioso mapa da República no chão. Talvez fosse uma sala de conselho, cheia de quadros e estantes com pergaminhos.

Passaram também por um quarto de banho com detalhes de ouro e povoado por belas estátuas. O velho bispo não conseguia se livrar da trepidação que pesava sobre os ombros; era uma sensação de que algo não estava...

– Onde fica o quarto de Jonnen? – quis saber Sidonius.

– E como caralhos eu vou saber? – resmungou Mercurio.

– Porque você foi bispo desta cidade por quase um ano? – sussurrou Cantespadas incrédula. – E transmitiu informações para a Igreja por quinze anos antes disso e seus olhos estão em toda parte?

– Bom, não em *toda parte,* obviamente – disse Mercurio.

– Sangue e abismo – murmurou Sid. – Então a gente vai ficar tateando até encontrar?

Um homem careca vestido com uma libré cara de criado e os três círculos de um escravo valioso na bochecha rechonchuda saiu de um dos lavabos secando as mãos. Ao deparar com os quatro luminatii desconjuntados, o sujeito se deteve, aparentemente confuso. Mercurio deu de ombros.

– Que tal perguntar para ele?

Num instante silencioso, Sidonius jogou o criado contra a parede, tapou sua boca com a mão e encostou uma faca em sua virilha.

– Se gritar, corto suas bolas fora, gordinho – rosnou o gladiatii.

Cantespadas soltou um suspiro e apertou o nariz.

– Ele é eunuco, Sid.

– Ah... – Sidonius olhou para baixo e levantou a faca até a garganta do careca. – Desculpe-me.

– Nnnnn pppffff fff mmmmnnn – respondeu o eunuco.

Sidonius levantou a mão da boca do escravo.

– O que você disse?

– Não precisa se desculpar – ele sussurrou.

– Imagino que queira manter suas entranhas dentro de você, certo? – perguntou Sid.

– Ah, com certeza – confirmou o eunuco.

– Então nos diga onde dorme o jovem mestre da casa.

Após uma explicação detalhada, um golpe forte na cabeça e um eunuco desmaiado e enfiado no lavatório, o bando enveredou pelas escadas. Mercurio ouvia uma multidão de vozes no salão de baile abaixo, além das belas notas de um conjunto de cordas. Outra patrulha de luminatii recebeu os cuidados ligeiros de Marius e sua mágica de sangue, e por fim o bispo de Godsgrave, de maneira um tanto milagrosa, se viu perante os aposentos de Jonnen sem que soasse qualquer alarme. Uma breve espiada bastou para constatar que lá dentro só havia uma cama ampla e vazia, tapetes chiques na parede, soldados de brinquedo e as compridas sombras projetadas por um globo arquêmico solitário. Mercurio esgueirou-se para dentro e os outros o seguiram. Marius fechou a porta com um leve clique.

O medo pesava nos ombros do velho e gelo se formava em suas entranhas.

Está fácil demais...

– Bom, já passou das dez campanadas – ele disse. – O menino logo virá para a cama. Nós nos escondemos aqui, pegamos o desgraçadinho quando ele se deitar e damos o fora, certo?

– Primeiro buscaremos Marielle – disse o orador enquanto desafivelava as grevas de ossário.

– O eunuco disse que ela está numa das celas do porão – informou Sidonius, observando Marius tirar também o peitoral. – Talvez você precise da armadura num lugar tão apertado.

– Que o amor seja minha armadura. – Marius tirou o cabelo branco dos olhos injetados e atirou os avambraços na cama. – E a devoção, minha espada.

– ... *Que comovente...* – veio um sussurro.

Mercurio desejou ao menos ter ficado surpreso. Mas, ao virar-se e dar com a forma escura do demônio de Scaeva serpenteando das sombras compridas, sua única sensação foi de inevitabilidade. A serpente lambeu o ar com sua língua translúcida, encarando Marius e silvando baixo.

– *...Que tocante, orador. Sua irmã cantou a mesma coisa quando a queimamos com ferros quentes...*

Marius deu um passo à frente e levantou a adaga.

– Se lhe fizeste mal...

– *...Pode ter certeza de que fizemos, Marius Você ameaçou meu mestre, afinal...*

– Não foi ameaça, demônio, mas promessa – respondeu o orador. Ele passou a lâmina no outro pulso e deixou verter dois fios compridos de sangue. – E em questões de sangue, podes confiar na promessa de um orador.

O coração de Mercurio vacilou quando ele ouviu os passos de botas no corredor. Lançou um olhar para trás e viu ao menos duas dúzias de luminatii reunidos à porta. Armaduras adornadas de ossário. Lâminas de aço-solar acesas, fazendo as sombras dançarem. Mantos escarlates com bordas em púrpura.

A guarda de elite de Scaeva.

Sidonius puxou a espada com um palavrão e Cantespadas fez o mesmo, então os dois se encostaram um no outro. Mercurio, porém, apenas olhou para os dois e balançou a cabeça.

– Não é hora de heroísmo, crianças.

O bispo de Godsgrave voltou os olhos reumosos para a víbora de sombras.

– Há quanto tempo sabiam que viríamos?

– *...Desde que vocês puseram os pés numa das sombras de Godsgrave, velho...*

Mercurio suspirou, enfiou a mão dentro da armadura e sacou uma cigarrilha da sua caixinha de madeira. Acendeu-a com uma pederneira roubada e soltou uma nuvem cinza no ar.

– Bom, e agora?

– *...Meu mestre, Julius Scaeva, o senador do povo e imperador da*

República de Itreya, solicita o prazer da companhia de vocês em seu baile de gala de hoje. Contudo, devo insistir para que usem as roupas apropriadas...

– Roupas apropriadas? – esbravejou Sidonius.

Meia dúzia de soldados de elite adentraram o quarto, com os olhos fixos em Marius e as mãos apertando aço-solar ardente. Um deles mostrou um par de pesadas algemas e Sussurro sibilou:

– ... *Ferro é a tendência da estação...*

CAPÍTULO 43

ESCARLATE

Mercurio conseguiu farejar o medo assim que entrou no salão.

Na superfície, a imagem do esplendor opulento. O melhor da sociedade de Godsgrave, talvez mil dons e donas, lotavam o grande salão até o limite. Um caleidoscópio de cores e sons, de seda reluzente e joias cintilantes. O próprio salão de festas era feito de ossário e ouro e circundado por estátuas de Aa e suas Quatro Filhas. Pilastras esculpidas erguiam-se até o teto como troncos de olmos antigos e vastos lustres de cristal cantante dweymeri brilhavam como estrelas nos caibros do teto. A pista de dança consistia num mosaico rotativo de maquinaria com os três sóis incrustrados de ouro. As mesas compridas estavam postas com delícias de todos os cantos da República: carnes fumegantes assando sobre a brasa, doces gostosos em bandejas de prata. Uma orquestra de vinte instrumentos tocava no mezanino, e as belas notas de uma sonata pairavam sobre a multidão como fumaça.

Todos os convidados trajavam o que tinham de melhor, como

canários numa gaiola dourada. Escondiam o rosto atrás de uma infinidade de disfarces impressionantes: *dominos* de fina porcelana, *voltos* de vidro escuro, máscaras feitas de penas de pavão e pedaços de corais, de cristal reluzente e seda esvoaçante. Sorriam, gargalhavam, franziam a testa. Criados com a marca da escravidão usavam elmos de gladiatii e armas decoradas com filigranas douradas – talvez uma alusão à milagrosa sobrevivência de Scaeva no *venatus magni*. Carregavam bandejas de prata com copos de cristal dweymeri transbordando com as melhores safras, os vinhos d'ouro mais preciosos. Por todo lado, havia doces cobertos de açúcar e frutas com especiarias. Cigarrilhas e agulhas com tinta.

Mesmo assim, Mercurio farejava o medo.

As portas fecharam-se à passagem deles, com as travas pesadas encaixando-se no lugar. Os legionários de elite marcharam para a frente, conduzindo os prisioneiros: Mercurio, Sidonius, Cantespadas e, por último, Marius. Todos com as mãos algemadas nas costas. Os convidados abriram caminho para eles, alguns observando o grupo com curiosidade. Mas a maioria dos presentes olhava para o outro lado de salão, voltados para a plataforma onde antes ficavam as cadeiras dos cônsules.

No fundo, a República Itreyana fora fundada sobre um princípio simples: todo cargo de poder era compartilhado, todo cargo de poder era breve. Um senador só podia ser cônsul uma vez e, mesmo assim, dividia o poder com outro. Os cônsules deviam ser eleitos durante a veratreva – durante o próprio Carnivalé que acontecia em volta deles. Mas, em vez disso, o que aconteceria daquela vez?

Desde a Rebelião Faz-Rei, Julius Scaeva distorcia aquela verdade fundamental, abrindo buracos na constituição da República como se ela fosse uma fruta podre. Em público, negava em alta voz as responsabilidades cada vez maiores que havia orquestrado para si próprio; aceitava-as relutantemente pela "segurança da nossa gloriosa República".

Antes da revolução que acabara com a monarquia, os reis de Itreya usavam uma coroa de ossário. Depois da insurreição que os derrubara, a coroa passou a ser guardada no Senado, ainda manchada com o sangue do último rei a usá-la. O plinto sobre o qual ela ficava trazia a inscrição *Nonquis Itarem.*

Nunca mais.

Julius Scaeva sempre evitara dar a impressão de que estava se tornando o tipo de rei de que os itreyanos tinham se livrado tanto tempo antes. Sempre tinha bancado o líder circunspecto, o mandatário hesitante, protestando seu aumento de poder ainda que desejasse mais. Mas agora, ao aproximar-se da plataforma onde o homem o aguardava, Mercurio viu o imperador sentado no que só podia ser chamado de...

Trono.

O modelo era austero: nada muito espalhafatoso ou gritante. Ainda assim, era um trono – ouro e veludo decorado com imagens de Aa, suas Quatro Filhas e os três círculos da Trindade. Mercurio não pôde deixar de notar a cadeira do segundo cônsul em um dos lados, ocupada por Jonnen, que o observava com seus olhos escuros.

Scaeva usava a cadeira do primeiro cônsul como apoio para os pés.

Liviana Scaeva estava de pé ao lado do marido, trajando um belo vestido espartilhado no púrpura da nobreza itreyana. Sua máscara era feita à semelhança de Tsana, a Deusa das Chamas, com um leque de penas vermelhas reluzentes ao redor dos olhos. Mas nenhuma máscara seria capaz de esconder o medo daqueles olhos enquanto ela observava o marido.

Havia uma grande mancha de sangue diante do trono, espalhando-se pelo mosaico rotativo no chão e subindo por metade da parede. Mercurio não fazia ideia de quem era; não havia cadáveres à vista. Mas era óbvio que a multidão de criados que circulava pelo lugar tinha sido instruída a deixá-la como estava, ainda brilhosa e úmida sobre as lajotas.

Julius Scaeva observou Mercurio aproximar-se, sempre com o pé apoiado no assento do cônsul anterior. O imperador de Itreya vestia um traje branco impecável com bordas púrpuras. A adaga de ossário de Mia estava em sua cintura – Mercurio reconheceu o cabo em forma de corvo. A máscara de Scaeva era uma representação do Deus da Luz, Aa. Três rostos, três aspectos: o Vedor, o Conhecedor, o Observador. Ao olhar para as sombras no salão – as sombras pelas quais Scaeva agora parecia capaz de ver tudo –, Mercurio entendeu a piada.

Onividente.

O velho sentia o poder vibrar sob a pele de Scaeva – algo similar ao que sentira dentro de Mia quando a encontrara depois do massacre da veratreva, toda ensanguentada, chorando sozinha. Mas havia algo de errado no que o imperador irradiava de seu trono. Algo danoso, que permeava o ambiente, rastejando sobre a pele dos convidados e fazendo cada nota trêmula da orquestra sair levemente desafinada.

Talvez ali, quando já era tarde demais para fazer qualquer coisa, a elite de Godsgrave tivesse vislumbrado o monstro que ajudara a criar.

Jonnen sentava-se à direita do pai. O menino observou Mercurio aproximar-se com o rosto oculto por uma máscara na forma da Trindade de sóis. Vestia-se todo de branco, como o pai, e o medo transbordava de seus olhos escuros. Mercurio notou Mataranhas à espreita nas sombras no fim do salão, perto de uma das saídas. A Shahiid das Verdades usava um cintilante vestido verde-esmeralda, com ouro em volta do pescoço e dos pulsos, e os lábios negros como as unhas. Os olhos dela acompanharam a entrada de Mercurio, mas de vez em quando se desviavam para Scaeva. Neles, o bispo de Godsgrave enxergava a mesma coisa que via em todos os rostos no lugar.

Todos estão aterrorizados por Scaeva.

A música pareceu ficar mais baixa à medida que o pequeno grupo chegava ao trono do imperador. A bela máscara de Scaeva não cobria os lábios, e ele saudou os prisioneiros com um sorriso caloroso e simpático.

– Ah – ele disse. – Não é um prazer receber convidados inesperados?

Sidonius tomou fôlego para dar alguma resposta atravessada, mas um olhar fulminante de Cantespadas bastou para explicar a natureza retórica da pergunta. O gladiatii teve a sabedoria de manter a boca fechada e os músculos tensos como ferro.

– Mercurio de Liis – disse Scaeva, voltando os olhos para o velho. – Receio que sua reputação o preceda.

– Bom ver você de novo, Julius – cumprimentou Mercurio.

– Desculpe – disse o imperador, balançando a cabeça –, mas nunca nos encontramos.

– Não, mas eu já o vi. Já o observei. É o que faço. – Ele fungou enquanto olhava o imperador de alto a baixo. A pele de Scaeva estava coberta de uma camada de suor e ele agarrava os braços do trono com tanta força que as pontas dos dedos estavam esbranquiçadas. Seus músculos tremiam. – E você está com uma cara de merda.

– Hmmm – murmurou Scaeva, sorrindo. – Agora vejo com quem nossa Mia aprendeu sua sagacidade impressionante.

– Ah, não, a sagacidade é toda dela. – Mercurio apontou o queixo para a marca de sangue no chão. – Você se cortou ao fazer a barba?

– Uma discordância com três dos nossos estimados senadores – respondeu o imperador. – Sobre questões constitucionais e a legalidade da minha reivindicação do cargo de imperador.

– Bem que dizem que advogado bom é advogado morto.

O imperador alargou o sorriso.

– Esses são muito bons mesmo.

O bispo inclinou a cabeça e lançou um olhar penetrante para Scaeva. Tentou captá-lo num único relance, como sempre ensinara Mia. O homem sentia dores, isso era óbvio. Os músculos estavam tensos, a pele suada. Parecia que Tric tinha dito a verdade: o sangue do Deus tinha forçado Scaeva para muito perto de um limite oculto. Ele parecia prestes a ruir diante dos olhos de Mercurio. O velho perguntava-se quantos cutucões poderia dar antes de acabar como outra mancha no chão.

– Está difícil segurar, é? – ele perguntou.

– O que quer dizer? – rebateu Scaeva.

– Há um preço a pagar pelo poder – explicou Mercurio. – Às vezes, é cobrado na consciência ou em dinheiro. Às vezes, em pedaços da nossa própria alma. Mas não importa o quanto devamos, a verdade é que sempre, cedo ou tarde, a dívida será cobrada.

– Você se acha *mesmo* um grande prosador, não é?

– Você faz ideia do que está dentro de você? – Mercurio balançou a cabeça e torceu os lábios. – Sequer imagina no que se tornou?

A essas palavras, as sombras pareceram ficar mais escuras, estremecendo como água atingida por uma pedra. Um burburinho alastrou-se pelos convidados e, pela primeira vez, Mercurio percebeu o poder insondável reunido sob os pés de Scaeva. O frio tomou conta do baile; toda vida, todo fôlego, foi extraído do salão. A orquestra se deteve; as notas foram morrendo devagar como que estranguladas. O medo sobre os ombros do velho parecia um peso de chumbo que tentava forçá-lo a ficar de joelhos.

Scaeva piscou e Mercurio viu que seus olhos haviam se tornado completamente negros, uma escuridão sem fundo que tomava conta de tudo. Com as veias do pescoço saltadas e o queixo tenso, o imperador fechou os olhos. Jonnen olhou para o pai, com os lábios tremendo. Liviana Scaeva pôs a mão no ombro do marido com um rosto cheio de temor e preocupação. Mas o imperador enfim baixou a cabeça, respirou fundo e reuniu todas as suas reservas de determinação. Quando abriu os olhos novamente, eles estavam normais: escuros, como os da filha, mas tinham voltado a ter as partes brancas.

– Sei muito bem quem sou – ele disse, subindo os olhos para o mezanino. – E quero que vocês continuem a *tocar*!

Os músicos retomaram a peça e notas forçadas ressoaram pelo frio.

– Basta – rosnou Marius com um passo à frente. – Onde está minha Marielle?

Scaeva se virou para o orador e engoliu em seco. Com a postura ereta, a dor parecia diminuir um pouco. Mais uma vez, seus lábios se curvaram num sorriso simpático.

– Sua irmã é uma convidada de honra da República de Itreya.

– Tu a trarás até mim agora – exigiu Marius.

Scaeva abriu um sorriso de vago divertimento.

– Você invade a minha casa, assassina meus homens, tenta raptar meu filho e me matar na frente de meus convidados e tem a coragem de me pedir um favor?

– Eu não peço nada – disparou Marius.

Scaeva balançou a cabeça e lançou um olhar para seus soldados de elite.

– Você não parece estar em condições de fazer exigências, orador.

Marius semicerrou os olhos vermelhos, aparentemente indefeso por causa das algemas e dos homens de Scaeva. Mas Mercurio, atrás dele, viu que o orador havia reaberto os cortes nos pulsos de tanto esfregar a pele contra as algemas. O sangue fluía livremente das feridas e, em tiras estreitas, trabalhava nas travas que o mantinham preso, liberando os ferros que o continham.

– Estou avisando-te, Julius… – ele disse.

– Você já me avisou antes, se não me falha a memória.

– Não haverá terceira vez.

Houve um clique baixo e as algemas de Marius se abriram. Com uma graciosidade poética, fluida, o orador estendeu os braços. O sangue verteu das feridas autoinflingidas e ele começou a murmurar. Longos chicotes vermelhos jorraram de seus punhos, brilhantes e afiados, e atravessaram meia dúzia de gargantas luminatiis em meia dúzia de segundos. Os homens levaram as mãos aos pescoços cortados enquanto o sangue esguichava no ar.

A multidão gritou, recuando apressadamente na direção das portas trancadas. Mesmo Sidonius e Cantespadas deram alguns passos para trás, arregalando os olhos de terror. Marius correu as mãos em volta do próprio corpo enquanto entoava um antigo cântico de magia em voz baixa.

O sangue dos legionários assassinados ergueu-se do chão, formando foices e arcos no ar, numa tempestade às ordens do orador.

Marius dirigiu um olhar fulminante para Scaeva e baixou o queixo.

– Vais trazer-me minha Marielle – disparou. – *Agora.*

O sorriso no rosto de Scaeva não vacilou em momento algum. Ele lançou um olhar para outro de seus guardas e acenou de leve com a cabeça. Um pequeno sino soou à distância e logo uma nova corte de luminatii marchou para dentro do salão de festas segurando uma figura abatida. Mercurio fez uma careta e a respiração de Marius escapou de seus lábios num chiado de ódio.

Eles a tinham vestido num belo traje de festas: sem alças, sem costas, a moda mais ousada. Mas o que seria estonteante numa bela e jovem dona só parecia trágico no corpo da tecelã. A pele pustulenta e ensanguentada, geralmente oculta sob a túnica, agora expunha feridas abertas e pus, com rachaduras pela carne como num terreno seco. O cabelo seboso cobria seu rosto, mas era ralo demais para escondê-lo. A ferida de quando Drusilla cortara sua orelha tinha se reaberto, e o rosto demonstrava sinais de espancamento: olhos roxos, lábios rasgados e inchados. As mãos estavam trancadas em estojos de ferro. Semiconsciente, a mulher gemeu quando os luminatii a jogaram no chão ensanguentado diante do trono.

O coração de Mercurio encheu-se de pena. Os olhos de Marius acenderam-se de ódio.

– Irmã amada – ele balbuciou.

Marielle sussurrou pelos lábios ensanguentados.

– I-irmão meu.

O orador voltou o olhar ardente para Scaeva.

– Vil covarde – esbravejou. – Bastardo, filho de uma meretriz.

O sorriso do imperador desfazia-se aos poucos enquanto a multidão recuava ainda mais.

– Controle sua raiva, Marius – disse Scaeva. – Só quis lembrar sua irmã do lugar dela na minha ordem. Você e Marielle me serviram bem por muitos anos, e não sou homem de desperdiçar dons como os seus. Há lugar para vocês a meu lado. Por isso, ajoelhe-se. Jurem fidelidade. Implorem meu perdão. – As sombras aos pés de Scaeva ondularam. – E eu o concederei.

Os olhos de Marius lampejaram; a tempestade de sangue ao redor dele se revolvia de fúria.

– Tu falas de *dons*? – ele disparou. – Como se eu os tivesse encontrado dentro de uma bela caixa na Grande Oferenda? – Marius balançou a cabeça; seu longo cabelo branco soltou-se dos nós e pendeu diante dos olhos escarlates. – *Pago* foi meu poder, desgraçado. Com sangue e agonia. Mas tu és ladrão de um poder imerecido. – Ele apertou os olhos e apontou para Scaeva. – Usurpador, é como te chamo. Bastardo e vilão. Já vejo que teu roubo começa a cobrar-te o preço. Mas careço da paciência e do desejo de esperar a ação da mão fria do destino. Prometi sofrimento a ti, Julius. – Marius ergueu as mãos brancas como ossos e abriu os dedos. – E é o que vou dar-te agora.

A tempestade de sangue explodiu em centenas de lâminas vermelhas e reluzentes que saltaram das mãos de Marius. Urros de terror levantaram-se dos convidados e a multidão mais uma vez recuou, fazendo as portas rangerem. Os guardas que restavam foram cortados como mato e caíram no chão em jorros vermelhos. Liviana Scaeva soltou um grito agudo e agarrou o filho, jogando-se de lado quando uma das lâminas de Marius partiu em direção ao peito do imperador. E, num piscar de olhos, Scaeva desapareceu.

O trono foi atravessado e reduzido a pedaços. Marius gesticulou como um maestro implacável, erguendo o sangue dos luminatii recém-mortos do chão para engrossar sua tempestade vermelha. Sidonius e Cantespadas também recuaram, com Mercurio no meio. As mãos deles ainda estavam algemadas, mas Mercurio tinha algumas gazuas escondidas no salto da bota e pôs-se de joelhos para se soltar.

O orador de sangue foi até o centro da pista de dança e parou diante da irmã ferida para protegê-la. Em seguida, levantou as mãos e rasgou a túnica, expondo o peito liso e musculoso; o cabelo comprido balançava dos lados do corpo e os braços estavam estendidos ao máximo. O sangue de duas dúzias de soldados mortos o rodeava como que num temporal, girando, cortando, enfurecendo-se. Um vento vermelho uivava pelo amplo salão.

– Enfrenta-me, usurpador! – ele urrou.

As sombras no salão ganharam vida e se transformaram em lanças compridas e afiadas que dispararam em direção ao peito de Marius e às costas de Marielle. Com um gesto, o orador fez o sangue subir contra as sombras aguçadas e frustrou a investida. O escarlate venceu a escuridão.

– Covarde! – urrou Marius novamente. – *Enfrenta-me!*

De novo as sombras golpearam o orador e de novo uma onda de sangue as derrotou. Com os olhos incandescentes, Marius girou em círculos com os braços abertos e o belo rosto distorcido de ódio. Mercurio sentiu suas algemas se abrirem; esfregou os punhos e pôs-se a trabalhar nas de Canta com a gazua. O velho correu os olhos pelo lugar e viu que os convidados medulares – os nobres senadores e pretores e generais – batiam-se freneticamente contra as portas trancadas. Mercurio não viu Mataranhas em parte alguma; a Shahiid das Verdades parecia já ter escapado.

Mas Marius não parecia disposto a fugir.

– Onde estás, Julius? – berrou. – Assim mostras que és mesmo o cão que te considero! – Ele girou mais uma vez com os braços abertos. – Esconde-te, pois, nas sombras! Atacaste minha família? Pois a tua é que pagará o que me deves!

Marius voltou os olhos sanguíneos para Liviana Scaeva, encolhida atrás do trono despedaçado ao lado do filho. Jonnen estava na frente da mãe com os pequenos punhos cerrados.

– Marius! – avisou Mercurio. – *Não!*

– Não! – gritou Sidonius.

O orador jogou os braços para a frente na direção da mulher e do menino. Tiras de sangue cortaram o ar entre eles. Sid saltou aos gritos, pedindo para Marius parar, mas Mercurio sabia que era tarde demais.

Tarde demais...

Com um rugido sussurrado, uma forma se materializou entre o menino e o sangue: um homem de branco e púrpura. Julius Scaeva levantou as mãos e gritou quando o sangue o atravessou. Vacilou, arfou, arregalou os olhos. Com uma mão no peito, o homem se voltou devagar e estendeu a outra ao filho.

– Pai? – balbuciou Jonnen.

– M-meu filho...

E, com um suspiro borbulhado, o imperador de Itreya foi ao chão.

O silêncio reinou: o pânico dos convidados se aquietou e a tempestade de sangue em volta do orador passou a traçar arcos amplos e preguiçosos no ar. Sem querer arriscar, Marius curvou os dedos mais uma vez e lanças escarlates perfuraram o corpo de Scaeva dezenas de vezes. O som monótono da carne sendo cortada ecoou pelo salão. O belo rosto do orador enfeiara-se pela fúria em seus olhos.

Chin.

Chin.

Chin.

Marius cerrou os punhos e finalmente se deteve. O sangue ao seu redor caiu ao chão, sem vida, salpicando padrões loucos que cobriram a pista de dança de um vermelho reluzente.

Com o coração trovejando no peito, Mercurio murmurou:

– Sangue e abismo, ele conseguiu mesmo.

Jonnen deu um passo na direção do cadáver do imperador com os olhos brilhando de lágrimas.

– Pai?

Marius cuspiu no chão, sem tirar os olhos do corpo de Scaeva.

– *Conquistado* foi meu poder.

O orador ajoelhou-se ao lado da irmã, no sangue, e a envolveu nos braços. Marielle passou as mãos acorrentadas pelos ombros dele e o abraçou forte, com os olhos fechados para conter as lágrimas.

– Temi o pior – ela sussurrou.

– Sempre virei a ti – respondeu Marius. – Sempre.

Marius a soltou e correu os dedos delgados por seus olhos inchados e lábios partidos. Marielle virou o rosto e pôs as mãos acorrentadas no peito para cobrir a pele arruinada e as chagas pustulentas. Mas Marius tomou seu rosto entre as mãos ensanguentadas e a fez olhar para ele.

– Quantas vezes preciso dizer-te, irmã amada, irmã minha? – ele sussurrou. – Marius beijou seus olhos. Beijou suas bochechas. Beijou seus lábios. – És bela.

A sombra varou seu peito, macabra e reluzente e afiada como um caco de vidro. Marius grunhiu e arregalou os olhos vermelhos. Marielle gritou quando o sangue do irmão salpicou seu rosto. Outra lança de sombras atravessou o peito do orador, então outra e mais uma. A tecelã urrou ao ver o corpo do irmão tirado de seus braços e suspenso no ar. O belo rosto de Marius estava retorcido, seu sangue derramava-se pelos lábios, e ele tentava pegar as sombras que perfuravam sua carne. Olhava para Marielle, que estendeu a mão na direção dele.

Mercurio olhou para o corpo de Scaeva e observou horrorizado o imperador espalmar uma mão no chão ensanguentado e se levantar. Escuridão líquida vazava dos buracos em sua carne à medida que ele se levantava, rodeado por sombras agitadas. Sussurro rastejou das sombras aos pés do mestre para enrolar-se em seu pescoço. Scaeva encarou o orador imobilizado com olhos escuros como o céu da noite.

– *O sangue de um deus corre nas minhas veias, Marius* – ele disse, balançando a cabeça. – *Como pôde pensar que me faria mal com sangue dos homens?*

Scaeva fechou a mão.

E Marius foi esquartejado.

O grito de ódio e horror de Marielle ecoou pelas paredes de mármore e pelo cristal dweymeri. Outra onda de pânico abateu-se pela multidão, que enfim conseguiu irromper pelas portas do salão e correr para os corredores do palazzo. Mercurio ouvia seus gritos, seu pânico, o estrondo de seus passos, enquanto olhava incrédulo para os restos de Marius.

Sidonius estava menos impressionado. O gladiatii esgueirou-se pelo chão ensanguentado atrás de Scaeva para pegar uma espada caída de aço-solar. Cantespadas já tinha tomado Jonnen nos braços e ajudava uma atônita Liviana Scaeva a se levantar. Mercurio os chamou com um gesto, com a esperança de que pudessem se esconder no escuro e correr para salvar suas vidas.

Contudo, a escuridão podia ver tudo o que ele fazia agora.

As sombras se estenderam e arrancaram Jonnen dos braços de Canta, lançando a mulher contra a parede com uma chicotada. Sidonius berrou e levantou a espada flamejante de aço-solar. Uma lança de sombra o atingiu na barriga e fez o gladiatii gemer e vacilar. Outra lâmina sombria reluziu e lhe deu um golpe que o fez deslizar pelo chão ensanguentado e bater contra um dos altos e canelados pilares.

– Sidonius! – gritou Jonnen.

O imperador de Itreya levantou-se trôpego, com a mão na cabeça, e correu os dedos pelo cabelo. Deu um grito com a boca escancarada, mostrando a língua macabra e reluzente. O salão tremeu como num terremoto. A sombra de Scaeva inflou-se no chão e estourou feito uma bolha antes de se espalhar por todos os lados numa centena de riachos informes. O imperador rasgou a toga e rugiu de novo, vertendo um vômito escuro dos lábios.

– Julius! – Liviana gritou horrorizada. – *Julius!*

As sombras pelo salão fustigavam e debatiam-se, espraiando-se pelo piso numa torrente sem fim. Um vento que se iniciara do nada começou a uivar com a fúria de uma tempestade. Liviana avançou aos tropeços até o marido, com os olhos quase fechados por causa do vendaval e a mão estendida.

– Julius! – ela gritou. – Eu imploro, *pare com isso*!

Scaeva soltou um novo grito e levou as mãos à cabeça. As sombras chicoteavam numa fúria cega, rasgando grandes sulcos nas paredes que subiam até o teto. Mercurio se jogou no chão quando o mezanino tremeu e veio abaixo, fazendo toda a estrutura do salão vibrar. Um lustre enorme se soltou do teto, esmagando a esposa do imperador antes de se partir em um milhão de cacos cintilantes no chão.

– *Mãe*! – gritou Jonnen.

Scaeva mais uma vez levou as mãos à cabeça e rugiu tão alto que sua voz falhou.

– *PAI!*

Os olhos de Scaeva estavam completamente escurecidos. O imperador arrancou a máscara com os três sóis e a atirou no chão com uma careta de ódio. Com lágrimas escuras descendo pelas bochechas, esmagou a máscara com o pé. Rindo. Depois abraçou a si próprio e gemeu. Mercurio, olhando dentro daqueles olhos sombrios e sem fundo, viu que a fúria do Deus caído irrompia dentro de Scaeva agora. Toda a raiva, a dor, o ódio perfeito de um filho traído que queria apenas destruir o templo daquele que o traíra.

Scaeva estendeu os braços e o salão estremeceu de novo. Asas de escuridão líquida brotaram de seus ombros e o alçaram no ar. Marielle se arrastou para longe daquela fúria sombria e buscou abrigo atrás do pilar onde Sidonius jazia com as mãos na barriga aberta. Ventos soturnos rugiam de um lado para o outro, quase forçando Mercurio contra o chão. As brasas caíram dos fogareiros e incendiaram as toalhas. Rastejando pelas manchas de sangue, com o coração latejando no peito, o velho puxou Cantespadas pela túnica e arrastou seu corpo inconsciente até a pilastra onde a tecelã se abrigava.

Com mãos trêmulas, o velho pôs-se a trabalhar nas algemas de Marielle com a gazua e a libertou dos ferros. O cheiro de fumaça era cada vez mais forte no vento abissal que espalhava as chamas. Mercurio gesticulou para Jonnen, que estava agora encostado na parede próxima ao trono destruído de Scaeva.

– Precisamos pegar o menino e sair desta merda já! – urrou o bispo.

O pilar onde estavam partiu-se em dois como se o ossário fosse madeira apodrecida. Mercurio deu um grito e seus companheiros se espalharam aos tropeços pelo chão ensanguentado. O bispo sentiu tiras sombrias agarrem sua garganta e envolverem sua cintura, fortes como ferro, frias como um túmulo. Ele foi erguido no ar, esperneando e se debatendo contra as fitas de escuridão que apertavam sua garganta.

Ele se viu pairar diante da coisa que fora Julius Scaeva. Bochechas pálidas manchadas de lágrimas escuras. Lábios manchados com o sangue mais escuro.

– Mas… – ele balbuciou. Estava perante o rosto da morte. E a morte lhe sorriu. – Mas… que-quem escreve… o terceiro livro?

Lâminas sombrias ergueram-se, cruelmente afiadas e reluzentes, prontas para partir seu peito e coração em dois. Mas, com um suspiro silvado, a coisa que fora Scaeva voltou de repente os olhos para o teto e cerrou os punhos pálidos. Os ventos se acalmaram por um instante, oferecendo um minúsculo e entrecortado respiro ao caos absoluto.

E, naquele silêncio, o homem com sangue divino murmurou:

– *Ela está vindo.*

CAPÍTULO 44

FILHA

Ela estava vestida de noite.

O vestido era de uma escuridão sedosa. As joias no pescoço eram como estrelas escuras. Saias longas tremulavam a partir da cintura, escorrendo até os pés descalços. Um espartilho de meia-noite fechava-se apertado sobre sua pele fantasmal.

Pó branco nas bochechas.

Tinta escura nos lábios.

Legiões nos olhos.

Aterrissou na praia rochosa dos Baixos, diante de uma cidade de ossos, com uma espada feita desses mesmos ossos nas mãos. As asas de veludo escuro nas costas eram vastas como o céu aberto, e suas pontas roçavam nos cais, nas pedras de calçamento, nos prédios ao seu lado conforme ela avançava a partir dos pedregulhos da praia. As sombras da cidade suspiravam com sua chegada, acariciando seu rosto com mãos amorosas como se lhe dessem as boas-vindas ao lar.

Os foliões, os mascates, os mendigos, os sacerdotes e as meretrizes – todos as sentiram antes de a verem. A música calou aos poucos, as gargalhadas silenciaram. Um friozinho na nuca, uma calmaria mais profunda que a morte, trouxeram aos santos e aos pecadores um suspiro.

Um alerta.

Uma palavra.

Corram.

O medo emanava dos pés dela como uma maré sombria. Os sóis nunca tinham parecido tão distantes, o céu noturno nunca tinha parecido tão escuro. E eles, os mortais, sentiam essa verdade no peito, nos ossos: ela era um acerto de contas. Uma ruína. A vingança de todas as órfãs, de todas as mães assassinadas, de todos os filhos bastardos. O pai a esperava, à frente e acima.

Muitos à espera de se tornarem um.

E por isso correram. As vias esvaziavam-se à sua frente. Os ratos irrompiam dos esgotos, fugindo como se ela fosse uma chama sombria. O povo corria pela própria vida, e não para o conforto da lareira e do lar, mas até a praia, através do aqueduto, como as pragas por todo lado. Um pânico puro e soturno ondeava perante ela. A cidade ao redor tremia, pois aquele túmulo de uma divindade caída há muito era profanado pelos passos de pés mortais. A cova de um deus caído, agora prestes a se tornar a cova de um império.

Ela avançou pelas ruas cada vez mais vazias, pelas avenidas desertas, rumo ao fórum. Deteve-se diante de uma carrocinha virada e abriu a mão pálida. As sombras ergueram uma máscara caída, folheada a ouro, e a puseram em seu rosto. Tinha a forma de uma lua crescente. Uma lua ainda não cheia. A escuridão ganhava vida a seu redor. Dentro de si.

Bela e pálida, ela continuou a caminhar.

Vestida de noite, nobres amigos.

E a noite inteira a acompanhava.

CAPÍTULO 45
AMADA

Mataranhas fechou os olhos.

A brisa da veratreva refrescava sua pele.

No alto, o céu estava vazio como o lugar onde antes ficava seu coração.

A cidade se encontrava num caos cada vez maior. Em algum lugar atrás dela, os medulares tolos que tinham se reunido no baile de Scaeva por fim escapavam da primeira Costela numa multidão uivante. O arquipélago inteiro tremia como se passasse por um terremoto, e grandes fendas abriam as ruas e as fachadas dos prédios ao redor. Nuvens escuras juntaram-se no céu, sufocando o brilho das estrelas e carregando o ar com um cântico de trovões. Em algum lugar das docas, os tremores deram início a um incêndio, e uma fumaça sombria subia pela escuridão. Uma onda de ratos fluía a partir dos Baixos entre tombos e chiados. Mataranhas ouvia uma multidão crescente de cidadãos aterrorizados seguir o rumo dos roedores.

Godsgrave desmoronava ao redor dela.

A Shahiid das Verdades sabia que se unir a Scaeva era uma aposta, mas a verdade era que ela não arriscara demais. Antes de ser acólita da Mãe Sombria e membro do Ministério da Igreja Vermelha, Mataranhas era uma sobrevivente. Encontrara seu caminho em meio a um mundo determinado a matá-la, e não apenas sobrevivera como prosperara. Uma mulher não durava muito num mundo assim se arriscasse tudo num único lance de dados – por mais segura que fosse a aposta.

A shahiid respirou fundo, se acalmou e abriu os olhos novamente. Já estava bem ao norte do fórum e o caos ao sul se aproximava cada vez mais. Mas, por enquanto, ela tinha a vantagem e seguia seu caminho pelas pequenas pontes e canais murmurantes, forçando passagem pela gente boa e pelos mortalmente curiosos que corriam *na direção* do clamor.

Ela compreendia o impulso de abeirar-se do precipício para ver o que havia embaixo. A vontade de pular alguns capítulos e descobrir como a história terminava. Mas Mataranhas, pessoalmente, não tinha qualquer desejo de descobrir o fim do conto do primeiro imperador de Itreya. Só queria estar viva para lê-lo mais tarde.

Os homens de Scaeva haviam destruído a capela da Igreja na necrópole, mas Mataranhas sabia de ao menos um esconderijo de dinheiro e armas que ele deixara intocado. Além disso, a Igreja dispunha de meia dúzia de barcos ancorados nos cais do Braço da Espada, e pelo menos dois deles eram pequenos o bastante para ser guiados por uma pessoa. Ela podia ter se tornado uma das assassinas mais mortais da história da Igreja, mas era filha das Ilhas Dweymeri. Seu pai fora construtor de navios e seu irmão trabalhava com eles. Ela conhecia os mares quase tão bem quanto conhecia os venenos.

As avenidas enchiam-se cada vez mais, e o pânico atrás da shahiid crescia a cada tremor em Godsgrave, que se seguiam um atrás do outro como um diorama nas mãos de uma criança birrenta. As pessoas jorravam das casas e tavernas para as piazzas, atônitas, bêbadas, temerosas. Gritos e fumaça levantavam-se ao sul, e o medo espalhava-se pelas ruas como sempisombra numa garrafa de vinho d'ouro Albari. A shahiid procurava seguir pelas vielas. Atravessou a Ponte das Tramas enquanto maldizia a longa e sofisticada barra do vestido. Puxou uma das facas envenenadas da cintura, com cabo de ouro, e abriu com cuidado um rasgo no vestido para poder se mover melhor. Então começou a correr.

A cidade tremeu de novo. Os ratos passavam por cima de seus pés. Mataranhas já avistava os portões da necrópole à frente, as cercas de ferro fundido recortadas contra o céu tempestuoso. Estava a apenas algumas quadras do mar e, dali, de sua fuga. Apertou o passo, limpou o suor dos olhos, sentiu um nó de sal comprido escapar do penteado elaborado de sua cabeça. Os relâmpagos no céu cintilavam no ouro em seu pescoço e em seus punhos, reluzindo nos lábios negros à medida que ela entrava no lar dos mortos de Godsgrave.

Ela passou por entre as lápides até se deter diante do esconderijo da Igreja: o túmulo de algum senador morto havia muito. Pousou os olhos escuros sobre a inscrição enquanto esperava que os tremores cedessem. O nome já estava puído pelo tempo, os traços do busto de mármore erodidos pelos anos.

– Comida de vermes é o que todos somos – murmurou. Ela curvou os lábios negros num sorriso e olhou para a noite acima. – Mas hoje não, Mãe.

Então um frio tomou conta de seu corpo, oco e escuro. Calafrios percorreram sua pele. Um relâmpago brilhou no céu, intensificando as sombras da necrópole. Uma forma ergueu-se diante da Shahiid das Verdades, com manto e capuz e espadas que só podiam ser de ossário nas mãos.

– Dentes da Fauce – balbuciou a shahiid.

Não era humana. Isso estava claro. Ah, tinha forma humana sob o manto, mas embora a noite não estivesse tão fria, a respiração da figura formava nuvens brancas diante dos lábios, e o corpo de Mataranhas tremia de frio.

– *Saudações, shahiid.*

– Sangue e abismo – murmurou Mataranhas.

A coisa baixou o capuz. Pele branca. Unhas escuras como tinta. Tranças compridas serpenteando como se vivas. Olhos escuros sem fundo num rosto de alabastro lavrado pelas mãos da Mãe. Mas, mesmo na veratreva, mesmo com toda a cidade em caos ao redor, Mataranhas reconheceria aquele rosto.

A luz de mil estrelas brilhava no olhar da garota.

Vazia como o Abismo que ela tinha atravessado para retornar.

– Ashlinn?

– *Ele não pôde vir em pessoa* – ela disse com lágrimas negras brilhando nos olhos. – *Nem mesmo a Mãe tem poder de dar vida aos mortos duas vezes. Por isso só conseguiu me mostrar o caminho de volta. Ele quis dar isso a ela. Era esse tipo de garoto. Mas Tric me disse para te dar um "oi", Mataranhas.* – As espadas de ossário levantaram-se nas mãos dela. – *E me pediu para te dar isto também.*

A brisa da veratreva refrescava sua pele.

No alto, o céu estava vazio como o lugar onde antes ficava seu coração.

E Mataranhas fechou os olhos.

Capítulo 46
Pai

As sombras relaxaram seu aperto e Mercurio caiu de joelhos.

O vento era um cântico fúnebre que uivava e arranhava sua pele. O fogo espalhava-se a partir das brasas caídas na mobília, e o bispo sentia o gosto de fumaça na língua. A coisa que fora Julius Scaeva baixou o olhar do teto e o voltou para a entrada do grandioso salão quando todas as portas do lugar começaram a saltar para dentro ao som de trovões. As sombras no salão retorceram-se e esticaram-se; a Costela inteira tremeu. A escuridão pareceu mais profunda, a luz dos poucos globos arquêmicos ainda funcionando se apagou. Mercurio sentiu um peso nos ombros, no peito, apertando o ar para fora de seus pulmões. Um frio instalou-se no salão com um aroma de cravo e folhas caídas enquanto o ar vibrava numa canção de tempestade. Ele levantou a cabeça e voltou os olhos idosos para a porta.

E lá estava ela. Em toda a sua glória.

– Mia – ele sussurrou.

Deusa, como estava bela. O peso dos anos e do sangue e do sacrifício estendia-se por seus ombros como asas escuras. As cicatrizes de suas provações estavam gravadas em sua pele e no peito, espelhadas nos olhos. Mas nada, nem mesmo o coração partido ou os sonhos despedaçados ou a simples tragédia de viver e respirar, jamais a detivera. Ela era imensa.

Uma garota com uma história para contar.

Estava toda vestida de preto: espartilho e saias compridas que fluíam como rios em volta de seus pés. Uma espada de ossário nas mãos. Uma máscara dourada cobria seu rosto e seus lábios tingidos de preto abriram-se para falar com uma voz que fez o mundo tremer.

– Pai – ela disse.

– Sim? – respondeu Mercurio.

Ela olhou para ele e todos os anos entre os dois desapareceram. Ele estava de volta na sua lojinha, antes de tudo começar. Só os dois, juntos. Ela tinha onze anos e estava sentada a seus pés para que ele lhe ensinasse a abrir um cadeado. Ela tinha treze anos e seus olhos escuros como uma pederneira brilhavam enquanto perguntava por que os meninos não sangravam. Ela tinha quinze anos e pedia cigarros antes de contar alguma piada suja; era uma coisinha magra de franja torta, ainda longe de estar confortável na própria pele. Naquele instante, Mercurio percebeu o quanto ela fazia parte dele, o quanto ela significava para ele, o quanto ela o tinha mudado. A garota que ousara ir aonde os outros tinham fracassado, que *nunca* vira o mundo como os outros.

Nem como ele próprio, na verdade.

Deusa, como ele a amava.

Ela sorriu para ele – por um átimo apenas. Os olhos escuros brilharam com lágrimas que ela jamais se deixaria derramar num lugar assim. Então Mercurio percebeu o quanto ela o amava.

– Não me referia a você – ela sussurrou tristemente. Então, voltou seus olhos escuros e sombrios para o homem atrás de Mercurio. – Eu me referia a *você* – sibilou.

Julius Scaeva encarou Mia com olhos tão escuros como o sangue dentro de si. Pairava uns seis metros acima do chão com asas escuras e translúcidas que agitavam o ar ao seu redor. Escuridão líquida gotejava das pontas de seus dedos. Era fácil ver a coisa dentro dele, a divindade que uivava e se debatia contra a prisão da carne do imperador. Mas o imperador de toda Itreya pareceu recobrar os sentidos para esta última dança – algum pedaço diminuto do que ele fora conseguiu arrastar-se de volta à superfície exígua e rachada, reunindo força suficiente para mostrar os dentes numa imitação medonha de um sorriso.

– Bom ver você de novo, filha – ele disse.

– *Mia!*

Mercurio e Mia olharam para as ruínas do trono de Scaeva, onde o pequeno Jonnen ainda se escondia entre os destroços. Os olhos do menino estavam arregalados de medo, e ele estendia a mãozinha na direção da irmã. Mas as sombras irromperam do chão como dentes aguçados, bloqueando o caminho entre os dois.

– Deixe Jonnen ir, pai – disse Mia. – Isto é entre você e eu agora.

– Ele é *meu* filho – replicou Scaeva, com o rosto deformado e os dentes escuros. – *Meu* legado.

– Ele é um menino de nove anos! Solte-o, seu desgraçado do *caralho*!

– Sua mãe já me chamou disso uma vez. – Scaeva abriu um sorriso fraco e franziu a testa, erguendo os olhos para o teto como se perdido entre lembranças. – Acho que encarei como um elogio.

Mia balançou a cabeça e correu os olhos pelos destroços no salão. O trono despedaçado. As chamas crescentes. As manchas de sangue dos senadores corajosos, dos soldados leais, dos irmãos amados. Tudo o que ele tinha almejado, tudo pelo que mentira e roubara e matara. Tudo se resumia àquilo agora: o sangue sombrio que fervia em suas entranhas, escorria pelos olhos e borbulhava nos lábios. Ela olhava para o homem com uma espécie de pena terrível.

– Você achou que estava construindo, mas todo esse tempo estava cavando. – Ela balançou a cabeça. – Agora veja o que fez consigo mesmo. Tudo por medo de mim.

– O que *eu* fiz comigo?

Scaeva riu, fios de baba escura escorrendo entre os dentes, e abriu a mão. Dentro dela havia um peão de xadrez, esculpido em ébano lustrado, manchado de um preto cor de piche e vermelho-sangue. A mão do imperador tremia e as veias esticavam-se como correntes enferrujadas sob sua pele. A escuridão tornou a vazar da boca quando ele começou a falar; havia Deus partido demais dentro dele agora para que conseguisse contê-lo.

– Eu avisei você sobre entrar num jogo em que não pode ter esperança de vencer. Está vendo isso, filha? É nisso que você nos transformou. Em meras peças de um jogo dos deuses.

– Prepare-se, então, seu desgraçado. Porque o jogo acaba esta noite.

A víbora de sombras enroscada no pescoço de Scaeva mostrou as presas.

– *...Você ainda não enxerga o que sua preciosa Deusa fez de você...?*

Mia nem olhou para a víbora.

– Sussurro, se me dirigir a palavra mais uma vez – ela avisou em voz baixa –, prometo que as coisas vão acabar mal para você.

A serpente apertou os não-olhos e sibilou baixo.

– *...Não tenho medo de você, garotinha. Você nunca deveria ter vindo aqui. Ainda mais sozinha...*

Mia então olhou para ele com seus olhos brilhantes como âmbar negro.

– Ah, Sussurro – ela suspirou. – Não estou sozinha.

Mia abriu os braços e a escuridão entrou em erupção. Uma multidão, uma horda, uma *legião* de demônios irrompeu da sombra sob seus pés descalços e do preto do vestido. Dezenas, centenas, uma turbamulta furiosa e fervilhante.

Usavam as formas de criaturas da noite – morcegos, gatos, lobos, corujas, ratos e corvos, todas as formas que todas as trevas do mundo já conheceram – e abafaram os ventos com seus rosnados e rugidos. Rangendo os dentes, projetando as garras, abateram-se contra Scaeva como uma enchente, investindo contra a serpente em sua garganta e a arrancando dos ombros do mestre.

A víbora de sombras sibilou furiosa, arrastada pelas incontáveis outras formas; dava botes, cuspia e se debatia. Ele era mais escuro que os outros – escuro o bastante para dois –, e o gosto da não-loba ainda estava fresco em sua não-língua. Mas os muitos o rasgaram, implacáveis, com uma fome ardente. Os pedaços de Sussurro manchavam o chão de preto e ele gritou pelo mestre.

– *...Julius, me ajude...!*

– Solte-o! – bradou o imperador.

A mão de Scaeva cortou o ar e a escuridão se tornou afiada como uma faca. Mas, embora ele os esfaqueasse, espalhando-os pelo salão como fumaça ascendente, os demônios de Mia eram simplesmente muitos. Batiam-se contra Sussurro e o despedaçavam. Os gritos da não-serpente eram cada vez mais patéticos, e sua forma cada vez mais exígua tremia e desvanecia. Todos banquetearam-se nele até não restar uma sombra sequer.

Todos menos um.

Ele estava nos ombros de Mia e usava a forma de um gato. Fino como papel e semitransparente, sombrio como a morte, com o rabo envolto no pescoço dela. Seus não-olhos estavam fixos na serpente de Scaeva, como se ele saboreasse seus derradeiros gritos.

– *...isso...* – sussurrou Sr. Simpático – *...é por eclipse...*

– Como ousa... – veio um rosnado trêmulo.

Scaeva voltou-se para a filha com os dedos curvados feito garras e uma fúria sombria borbulhando nos lábios.

– COMO *OUSA?* – ele berrou a plenos pulmões.

Os lábios de Mia se curvaram num sorriso gélido.

– Qual é a sensação de perder algo que ama, desgraçado?

Levantando uma mão pálida, Mia apontou para a adaga de ossário que ele carregava na cintura – a adaga com a qual o não-gato em seus ombros lhe presenteara anos antes. A adaga que salvara sua vida. A adaga que ela enterrara no coração do dublê de Scaeva quando sonhava com outro final para tudo aquilo. Os olhos de âmbar vermelho cintilavam na penumbra. O cabo tinha o formato de um corvo de asas abertas: o selo da família que aquele homem destruíra por completo.

– Isso é meu – ela disse.

– Nada é seu – rebateu Scaeva com lágrimas escuras sangrando dos olhos. – Não compreende? Tudo o que você tem, *tudo* que você é, você deve a mim.

– Não devo nada a você, pai. – Mia ergueu a espada entre eles. – Nada exceto isto.

A sombra de Scaeva ferveu. Com os olhos soturnos cravados na filha e baba escura no queixo, a escuridão entre os dois ficava cada vez mais profunda até não restar nada. Ele olhou para o lugar onde Sussurro perecera e arreganhou os dentes. A raiva pura e perfeita em seu interior jorrou para cima e para fora e o controlou por inteiro.

– *Venha me dar, então* – ele sussurrou.

Mia desapareceu sem qualquer som, reaparecendo um segundo depois no ar e descendo com a espada empunhada. As sombras torceram-se, curvando-se em mãos abertas que rasgavam o ar. Mas, em vez de sumir ou desviar, Scaeva levantou o braço com um rugido e agarrou Mia pela garganta. E, com uma força titânica, a girou com a própria inércia para atirá-la de costas no chão.

Com um som de trovão, o mármore e o ossário se partiram quando a garota bateu no solo. Mercurio se encolheu dos estilhaços que voaram pelos ares, sentindo o estrondo ecoar dentro do crânio. Num átimo, uma forma sombria ergueu-se dos escombros, uma fênix escura que golpeou o peito de Scaeva e o empurrou contra os caibros. O teto se despedaçou como gelo com o impacto dos dois, e grandes pedaços de ossário os acompanharam na volta. A espada de Mia deslizou pelo chão até parar entre os destroços.

Mercurio viu que o corpo de Mia estava envolto em sombras agora. Tentáculos escuros como tinta brotavam de seus ombros como asas, tiras de escuridão aguçada saíam de seus dedos. O velho bispo mal conseguia reconhecer a filha que amava agora que o poder dentro dela tinha sido libertado por completo. O cabelo estava mais comprido e esvoaçava como se feito de serpentes. A pele parecia em chamas. Mercurio notou um círculo branco ardendo na testa dela como que gravado em sua pele. Ela parecia mais sombra do que carne, e ficava cada vez maior, até preencher o salão. Scaeva também aparentava estar mais alto, e ambos colidiam com barulhos de trovão e lampejos de luar. Fragmentos espelhados de um deus assassinado, as metades dele em guerra, destruindo tudo ao redor. O ar era uma tempestade de demônios, um coral de gritos sombrios, e todo o Abismo parecia à solta.

A cidade inteira tremia, os trovões explodiam no céu e o vento era quase um furacão. Mercurio rastejara para longe da briga, de volta a um canto do salão. Encontrou Sidonius segurando as próprias tripas com uma mão enquanto tentava puxar a inconsciente Cantespadas para algum tipo de abrigo. Marielle estava agachada nas sombras mais próximas, golpeada pelo vento uivante e com o cabelo grudado na pele torturada.

Parecia que o mundo inteiro se aproximava do fim e que as histórias de cada um deles acabariam juntas. E ali, em meio ao caos, a todo o barulho, uma forma preta e exígua, balançando o rabo, apareceu no piso rachado ao lado de Mercurio.

– *...você precisa tirar todos daqui, mercurio...*

– Não vou abandonar Mia!

– *...você sempre estará com ela, e ela com você. mas é hora de deixá-la seguir seu caminho, velho...*

– Não! Ela não vai acabar assim. Não vou deixar!

– *...você prometeu lembrar-se dela. não só das partes boas. também das partes feias, egoístas e verdadeiras. lembrar-se dela por inteiro, mercurio. e quem é capaz disso a não ser você...?*

O velho olhou para o não-gato em meio à tempestade sombria ao redor. O amor que tinham por ela era tão real e afiado quanto um caco de vidro, capaz de penetrar até os ossos. E Mercurio sabia que a sombra tinha dito a verdade.

– *... lembre-se dela...*

Desde o começo ele sabia como a história acabaria.

Todos sabíamos, não é?

– Marielle! – ele urrou para a tecelã.

A mulher parecia quase em coma, embebida no luto e no caos ao redor. Apoiada contra a parede, observava dois titãs lutarem enquanto esperava a morte.

– *Marielle!* – rugiu Mercurio de novo.

Ela piscou os olhos injetados e se voltou para o velho bispo.

– Consegue andar? – ele berrou.

A tecelã estremeceu ao ver Mia e Scaeva baterem na parede oposta e abrirem uma enorme rachadura no ossário. Os restos do teto balançaram e mais fendas espalharam-se pelos pilares ao som dos uivos e guinchos da legião de Mia. A ilha inteira sacudia com tanta violência que Mercurio caiu de joelhos. Sidonius cobria o corpo de Cantespadas com o seu próprio enquanto murmurava umas orações pelos lábios ensanguentados.

– Consegue andar, caralho? – urrou o velho de novo.

– Sim. – Marielle piscou, apagando a sombra do irmão dos olhos. – Consigo andar.

– Ajude Sidonius! Temos que ir embora!

A tecelã cerrou os dentes e rastejou pelo chão sacolejante. Ao se aproximar do gladiatii ferido, estendeu uma das mãos deformadas e murmurou algo em meio aos ventos uivantes. Sidonius suspirou, ainda com a mão no ventre ferido. Então, perante seus olhos maravilhados, suas entranhas voltaram para dentro do corpo e a ferida fechou-se como se jamais tivesse existido.

– Sangue e abismo... – ele suspirou.

– A tecelã sabe o que faz! – berrou Mercurio. – Agora pode se levantar, porra!

Sidonius pôs-se de pé, cambaleando quando os titãs de sombra bateram contra outra parede. Mercurio teve que estreitar os olhos, como se a escuridão que ambos emanavam fosse de alguma maneira brilhante demais. Mia e Scaeva já estavam quase irreconhecíveis; eram duas figuras enormes com asas translúcidas e corpos trêmulos como chamas de sombra que se abatiam um contra o outro feito maremotos em meio a uma tempestade de passageiros uivantes. Só o cabelo comprido e agitado de Mia e o círculo em sua testa permitiam distinguir um do outro.

– Aa misericordioso – murmurou Sid. – Olhe para ela...

– Para onde iremos? – quis saber Marielle. – Sem Marius...

– Temos que sair destas ilhas do caralho! – berrou Mercurio. – "Deixou atrás de si as cinzas de uma República", lembram? "Uma cidade de pontes e ossos caída nas profundezas do oceano por suas mãos"! Todos sabemos o que vai acontecer aqui!

– E Jonnen? – berrou Sid.

Mercurio olhou para o menino, agachado e aterrorizado perto dos escombros do trono de Scaeva. Estava preso atrás de barras de sombra sólida; com os olhos arregalados e bochechas úmidas de lágrimas, observava o pai e a irmã se enfrentarem.

– *...o menino deve ficar...*

Mercurio olhou para Sr. Simpático, sentado calmamente no chão rachado e lambendo uma pata escura como tinta.

– *...ele também tem uma história para contar...*

Os avatares bateram contra outro pilar, que arrancaram pela base. As paredes da Costela partiram-se mais uma vez e todos caíram de joelhos. Mercurio arfava, com o fôlego entrecortado e o corpo todo tremendo. Havia pó de ossário em sua língua e sua sombra contorcia-se sob si. Senhor Simpático apareceu diante dele com os não-olhos arregalados.

– *...vão...!* – gritou. – *...vão para os baixos agora...!*

Sidonius agarrou Mercurio pelo colarinho e o pôs de pé.

– Vamos!

O itreyano ajudou Marielle a se levantar, jogou Cantespadas por cima dos ombros e empurrou a tecelã por uma fenda recém-aberta na parede. A cidade lá fora estava em chamas. Ventos de tempestade. Terra tremendo. Mares agitados. Todas as Quatro Filhas estavam despertas. Mercurio lançou um último olhar para o salão e viu os dois pedaços do Deus da Lua colidirem em chamas. Procurou algum vestígio da garota que amava, sabendo o que tinha que fazer.

Sid rugiu através da tempestade:

– Mercurio, *vamos*!

O velho apertou os dedos contra os lábios e os estendeu para ela.

– Vou me lembrar de você.

Com isso, deu-lhe as costas e correu.

CAPÍTULO 47

TUDO

Jonnen sentia uma chama sombria arder no peito enquanto observava os dois se confrontarem e despedaçarem o mundo ao redor. Cada um era metade de um deus à solta, a lua manifesta sob o céu de sua Mãe. Ambos eram gigantes agora e a escuridão que revolviam ficava cada vez maior e mais incendiária. Suas asas roçavam os limites do salão destruído, as chamas escuras que ardiam em suas cabeças altas o bastante para chamuscar o teto. Mas se Jonnen olhasse bem, se forçasse a vista através da tempestade sombria, dos corpos de sombra viva que tinham feito para si, tinha a impressão de ver vagos vestígios das pessoas que já tinham sido.

Seu pai. Seu mundo. O homem que sonhava ser. O deus que adorara agora com o aspecto de uma divindade verdadeira, podre e corrompida. Ódio, raiva e sofrimento, desejando apenas devolver os ferimentos que recebera. O menino compreendia, porque, ao desviar os olhos do corpo destruído da mãe para a coisa que o pai se tornara, Jonnen sabia o que era odiar seu criador.

Mas a irmã. Sua de'lai. Uma garota que só encontrara poucos meses antes, mas que de algum modo conhecia desde sempre. Com uma coragem que ele jamais teria. Sombria, coberta de sangue e cicatrizes até os ossos, tinha todos os motivos do mundo para não ser nada além de ódio, raiva e sofrimento. Mas Jonnen sabia que, por mais que ela tentasse esconder, jamais deixara a vida torná-la fria. Ela amava com a ferocidade dos leões. Entregava-se de uma maneira que sempre a fazia sangrar, mas que nunca a destruía. Porque apesar de tudo que tinha perdido, apesar de tudo que tinha sacrificado e de todo o sofrimento acumulado sobre seus ombros, ela voltara.

Ela voltou por minha causa.

Ele sentia arder na tempestade de raiva e sombras o amor que ela tinha por ele, brilhante demais para ser abafado mesmo pelo poder de um deus.

Mas um fragmento desse poder também ardia dentro dele. Jonnen o sentia ansiar pelos outros pedaços de si, desejoso de tornar-se inteiro. Uma fome o preenchia, abrasando voraz e infinita. Ele percebeu que queria unir-se a eles – ser absorvido na totalidade, nos muitos que se fariam um, para ascender ao trono no céu que era seu de direito.

Então investiu contra as sombras que o aprisionavam, tentando fazê-las dobrarem-se a sua vontade. O pai e a irmã golpeavam um ao outro, fazendo a primeira Costela tremer por inteiro. Toda a escuridão uivava. Os demônios de Mia cortavam o ar feito um furacão, abatendo-se sobre o pai. As garras dela abriam grandes feridas nele e a escuridão esguichava na parede. Mas, quanto mais a batalha durava, mais Jonnen tinha a certeza de que ambos eram iguais – um o oposto escuro do outro. Era como ver alguém lutar contra o próprio reflexo: cada milímetro de espaço conquistado era também perdido, cada ferimento infligido era um ferimento recebido.

Aqueles dois eram tão parecidos, em tantos sentidos. Ah, Deusa, as coisas que poderiam ter feito se ele a tivesse amado como pai. Mas havia demais entre eles agora: sangue demais, ódio demais, escuridão demais. E assim um atacava o outro, com golpes e palavrões, sem ganhar absolutamente nada. Ao redor deles, a escuridão sussurrava uma prece, uma súplica, que ecoava no coração de Jonnen.

Os muitos eram um.

OS MUITOS ERAM UM.

Mas Godsgrave estava sendo despedaçada.

Os terremotos, quase constantes agora, mantinham Jonnen de joelhos. Os relâmpagos rasgavam os céus, as ondas abatiam-se contra as praias entrecortadas, o brilho vermelho de um incêndio consumia as ruas. Todas as Quatro Filhas tinham acordado para conter a fúria do irmão e golpeavam seu túmulo na esperança de mantê-lo lá dentro. Jonnen estava aterrorizado como nunca antes na vida; com o corpo inteiro tremendo, forçou as barras que o cercavam enquanto procurava algo do aço que a irmã trazia dentro de si. Com os olhos semicerrados, direcionou sua determinação às sombras e tentou assumir o controle delas.

– Cedam, malditas – ele sussurrou.

E ali, em meio à escuridão, captou um lampejo de ouro nas trevas opressivas. Olhou para as portas duplas quebradas e sentiu o coração parar à vista de uma figura pálida no umbral, vestida de branco, manchada de terra e sangue. As mãos seguravam duas espadas de ossário e as pontas dos dedos tinham manchas escuras. Os olhos eram da mesma cor, e o rosto era belo e pálido enquanto tranças loiras e compridas moviam-se sobre seus ombros como se tivessem vida própria.

– Ashlinn? – balbuciou Jonnen.

Os olhos escuros dela estavam voltados para os titãs de sombra que giravam e batiam-se pelo salão arrasado. Ela segurou o cabo das espadas com mais força, mas a tempestade de demônios passou por ela, cobrindo--a, atravessando-a, sussurrando com uma centena de não-vozes:

– *...o menino...*

– *...O MENINO...*

– ***...O MENINO...***

Então ela se voltou para ele, com os olhos mais escuros devido ao lugar no qual rastejara, abriu a boca e sussurrou seu nome:

– *Jonnen.*

Um golpe horripilante da irmã fez o pai atravessar o piso e a maquinaria retorcida até atingir o porão. Ele subiu de volta como uma lança preta, as asas jogadas para trás, e ambos cortaram pelos andares acima em meio a estrondos ensurdecedores. Ossário despedaçado, madeira partida, uma barulheira tão alta que Jonnen teve que tapar os ouvidos quando a metade de cima da primeira Costela tombou. A imponente torre aguentou por um instante na batalha pesada da inércia contra a gravidade, que finalmente venceu. Milhares de toneladas de ossário se desprenderam e caíram sobre a terceira Costela, que foi arrancada do solo com um estalo inumano.

– *Jonnen!*

O menino piscou em meio ao pó cegante, abriu os olhos e encarou a escuridão salpicada com a luz de um milhão de estrelas. As mãos de Ashlinn seguravam as barras numa tentativa vã de dobrá-las.

– *Para trás!*

Ashlinn empunhou as espadas de ossário e começou a golpear as trevas que o prendiam. Jonnen achou que era inútil, mas arregalou os olhos ao ver as lâminas entrarem fundo e partirem as sombras. Ashlinn dava um golpe atrás do outro como se cortasse madeira, aos poucos vencendo a escuridão. Foi quando Jonnen entendeu como tudo se encaixava. Os ossos, o sangue, a cidade ao redor, os titãs no alto e o fragmento em seu próprio peito: tudo estava ligado.

Tudo era Um.

Então, ele abriu as mãos para a escuridão. Enlaçado nas trevas ao redor dele, dentro dele, havia um único fragmento do todo maior. Seus dedos se curvaram quando ele as segurou, frias e lisas, e as sentiu nas mãos. Com os dentes cerrados e o rosto torcido, ele despedaçou as barras e desfez as sombras que o prendiam.

Ashlinn o tomou nos braços e o apoiou no quadril com uma mão, segurando a espada ensanguentada com a outra. Ambos olharam para o céu de veratreva através da Costela quebrada e avistaram as duas formas sombrias no alto caírem nas ruas e abalarem as próprias fundações da ilha. Ashlinn cambaleou; a força do túmulo não era o bastante para mantê-la ereta. Eles eram sacudidos por tremores e a Cidade das Pontes e dos Ossos agonizava em seus suspiros finais. Jonnen viu a água invadir a parede fendida, cobrir a rua e preencher o ar com seu aroma.

– O mar – murmurou.

– *Não tenha medo* – disse a garota, com um beijo em sua testa. – *Não vou deixar você se afogar.*

Ele já tinha ouvido isso antes – a bordo do *Donzela de Sangue*, quando a tempestade rugia e os relâmpagos cintilavam e as Senhoras das Tempestades e dos Oceanos tentavam puxá-los para a perdição. Lembrou-se de Mia sentada diante dele, com as pernas cruzadas, toda encharcada. Ele a odiava naquela época. Com todas as forças. E mesmo assim ela apertou sua mão e cantou para ele no escuro e prometeu que não o deixaria afundar.

Ashlinn começou a avançar pela abertura na parede, já com a água na altura dos tornozelos, ainda carregando-o com um braço. Adiante, a cidade ardia, partia-se, ruía. As ruas estavam praticamente desertas quando os dois chegaram à avenida. Do sul, na direção da Basílica Grande,

Jonnen ouvia os gritos da escuridão, a ira da guerra entre os divinos. Ao norte ficavam as ruínas do fórum e, mais adiante, os portos dos Braços do Escudo e da Espada.

Navios.

Fuga.

Ashlinn o olhou nos olhos, com uma pergunta pairando na escuridão iluminada por estrelas. Só os deuses sabiam o que ela tinha atravessado para voltar, a força necessária para se arrastar para fora do Abismo. Ele a tinha ouvido jurar a Tric que mataria o céu para ficar ao lado de Mia no fim. Mas, ao olhar nos olhos de Ashlinn, entendeu que ela sabia o quanto ele era importante para aquela que ambos amavam. Soube que, se ele pedisse, ela daria as costas para Mia e o levaria a um lugar seguro antes de mais nada.

Mas o menino apertou os lábios. Enxergou além do medo, do caos, da fome e da dor para agarrar-se bem ao que era mais importante.

Encarou Ashlinn e balançou a cabeça.

– Quando tudo é sangue, sangue é tudo.

— Suas doninhas punheteiras, icem-nos antes que eu jogue vocês pra fora!

Cal Corleone foi até a amurada puxar mais uma criança para a segurança do navio. A menina tremia, aterrorizada e encharcada. Ao lado dele, a tripulação puxava as cordas e resgatava mais gente do mar agitado. Como não era uma grande ajuda do ponto de vista físico, Joãozão mantinha-se no tombadilho superior urrando obscenidades aos saleiros na esperança de motivá-los ainda mais.

Como se testemunhar o fim da porra da República não bastasse.

Cal tomou a garotinha nos braços e a entregou a Andretti, atrás de si. O capitão passou a manga do casaco no rosto manchado de fuligem e levou a luneta ao olho para observar a Cidade das Pontes e dos Ossos. Fumaça jorrava dos armazéns, chamas espalhavam-se pelos celeiros carregados nos Baixos e as cinzas caíam como chuva.

O fogo começara no sul da capital e a maioria da população fugia para o norte a fim de atravessar o aqueduto ou chegar aos portos nos Braços. Ainda assim, não faltava gente que tinha recorrido às águas mais próximas que encontrara. O mar tempestuoso ao redor do *Donzela* estava repleto de jangadas, gôndolas, botes, barris de vinhos e tábuas cheias de homens, mulheres e crianças em prantos: qualquer coisa capaz de flutuar e algumas nem capazes disso. Itreyanos, liisios, vaanianos, sangue e abismo, uma incontável horda de cães, ratos e mesmo cavalos. Qualquer povo ou crença e lá estavam seus representantes, remando para longe da cidade moribunda, agarrando-se ao casco do *Donzela*, tentando segurar-se nas cordas que a tripulação do navio atirava ou simplesmente nadando o mais rápido que podiam para salvar a própria vida. As águas reluziam vermelhas por causa das chamas devoradoras. Os ventos cortantes penetravam até os ossos.

– Não podemos pegar mais, capitão – berrou Joãozão em meio aos estrondos dos trovões enquanto se segurava na amurada. – Já estamos quase lotados!

– Continue içando as pessoas até passarmos esse quase! – berrou Corleone de volta.

Cal já tinha mandado esvaziar os porões do navio para abrir espaço para mais passageiros indefesos – ele sabia bem quantos a sua *Donzela* aguentaria antes de afundar. Mas antes que pensem que ele é um adorável mandrião e não um mercenário desgraçado, saibam que ele estava tão ansioso quanto seu imediato para se despedir da metrópole moribunda. Infelizmente...

– Não os vejo em parte alguma! – gritou Joãozão.

– Eu já disse mil vezes que esta porra funciona! – replicou Corleone, sacudindo a luneta. – Mas o gato de sombras disse que eles viriam e não vamos partir até que estejam a bordo!

– Não sabia que passamos a aceitar ordens de demônios, capitão!

– Eu também não sabia que você trocou suas bolas por uma vagina, mas fazer o quê?

– Sabe, nunca entendi isso! – comentou Joãozão aos gritos. – Quer dizer, as mulheres soltam *nenês* por aquela coisa, por que a gente a considera...

– Lá estão eles! – berrou Kael da gávea.

Cal voltou os olhos para a água, forçou a vista através da fumaça e da fuligem e estremeceu com mais uma trovoada. Viu uma gôndola atravessar as águas turbulentas com velhos conhecidos completamente esfarrapados. Sidonius estava na proa, remando com uma tábua quebrada, os braços refletindo a luz do fogo. Uma anciã deformada envolta num manto escuro estava sentada ao lado de um velho que só podia ser o mentor de Mia, Mercurio. Cantespadas vinha na popa, parecendo um tanto surrada, mas remando forte mesmo assim. O quarteto tinha pegado uma dúzia de passageiros ao longo da fuga: homens e mulheres que se agarravam às laterais e crianças aninhadas entre eles dentro da gôndola.

– Joguem uma corda! – berrou Cal.

Seus saleiros apressaram-se em obedecer e atiraram uma corda no mar revolto. Sidonius a agarrou e puxou o barco para perto do *Donzela*. O gladiatii ajudou as crianças a subir primeiro, chegando ao ponto de arremessar algumas das menores nos braços da tripulação como se fossem bonecos. Com a ajuda de Cantaespadas, a mulher deformada veio em seguida, com a cabeça baixa e apertando o capuz. Então subiu Canta e depois Sidonius, que estendeu a mão para baixo, pedindo aos urros para que Mercurio subisse.

O velho se virou para a Cidade das Pontes e dos Ossos. Seu rosto estava pálido e retraído. A capital da República de Itreya desmoronava, devorada pelas águas famintas que já faziam afundar as ilhas menores. As lágrimas nos olhos de Mercurio refletiam o brilho das chamas à frente e dos relâmpagos no alto.

– Mercurio, venha! – urrou Sidonius.

O velho balançou a cabeça, mas agarrou a corda, e o itreyano o puxou para o navio.

– Certo, vamos zarpar, suas putinhas de dois mendigos! – urrou Joãozão. – Toliver, levanta essa carcaça feia antes que eu te esfole! Andretti, mexa-se antes que eu te jogue pra fora com um chute na bunda! Vamos, seus comedores de vovozinhas, vamos!

Enquanto a tripulação corria para obedecer, Corleone ajudou Mercurio a se firmar no convés. O corsário limpou o suor e a fuligem do rosto e olhou nos olhos do velho.

– Onde está Mia? – ele perguntou.

O velho olhou mais uma vez para a cidade condenada e deixou as lágrimas caírem.

– Se foi – ele sussurrou.

Uma era iluminada pela lua ardia dentro dela.

A vida que era sua antes dessa.

Mia lembrava-se de tudo. Velejar pela escuridão aveludada acima do plano mortal. Sentar-se num trono de prata e levar a mágica ao mundo e iluminar a escuridão. Ser criança. Ser um deus. Ser adorada e temida, estar morta, estar em algum lugar e ser alguma coisa sempre intermediária.

Amar e viver.

Odiar e morrer.

A fúria fervilhava nas veias dela e estalava nos olhos do pai quando ambos foram por terra e reduziram a pavimentação a pó. O impacto fez estourar mil janelas do fórum, explodir as portas das dobradiças e soar os sinos de suas torres cambaleantes. A cidade que fora o corpo de ambos gemia e sangrava, ardia e submergia, enquanto um atacava o outro furiosamente sem ligar para nada disso. Mia sentia todos os anos e quilômetros e sangue e malfeitos entre eles. Não havia na criação um buraco grande o bastante para enterrar tudo. Por isso, ela enterraria ao menos ele.

Pai.

Mas Scaeva era seu igual. Tinha a mesma força. A mesma velocidade. A mesma agudeza. Ele a jogou de costas no edifício do Senado, cujos degraus eram cobertos pelos crânios das legiões de Darius Corvere. O corpo de um poderoso Andante de Guerra caiu sobre o Colégio de Ferro e o destruiu como se ele fosse de vidro. Pilastras de mármore tombavam, pedras partiam-se, os relâmpagos traçavam arcos no céu. A forma dos dois tornava-se cada vez mais sombria e vasta à medida que o deus dentro deles se soltava e se sufocava no próprio túmulo.

Scaeva e Mia chocavam-se como ondas numa praia rochosa, despedaçando um ao outro e a cidade ao redor. Ela arranhava o rosto dele. Ele perfurava os olhos dela. Ele a jogava contra o céu. Ela o esmagava contra a terra. Os prédios desabavam e as catedrais caíam e as Costelas tombavam, o mar subia e as chamas ardiam e, acima de tudo, a Mãe mordia os lábios na esperança de que suas ações não fossem em vão.

Pai e filha. Criador e destruidor. Duas metades em guerra, por dentro e por fora. Escuridão e luz. Silêncio e canto. Terra e céu. Sono e despertar. Serenidade e ódio. Água e sangue. Mia não sabia qual metade ia ganhar.

– *Você devia ter se juntado a mim quando pedi* – ele sibilou.

– *Você devia ter me matado quando teve a chance* – ela rebateu.

Eles bateram contra a imponente estátua de Aa, com os três globos arquêmicos ainda ardendo em sua mão estendida e sua poderosa espada erguida para o horizonte. Scaeva olhou para a metrópole destroçada que os rodeava e abriu um sorriso macabro.

– *É isto que você queria, filha?*

– *Tudo isso* – ela sibilou. – *E uma coisa mais, pai.* – Ela fechou as mãos em volta do pescoço dele e afundou as unhas em sua pele escura. – *Morra!*

Uma legião de demônios arranhou o ar em volta deles e o vento sombrio rugiu com a fúria de um furacão. Ele a afastou de si com um golpe estrondoso como um trovão, fazendo sangue cair como chuva.

– *Você não pode me matar* – disse o pai. Seus lábios se torceram num sorriso úmido. – *Você* sou *eu*.

As palavras a deixaram imóvel e atônita, sacudindo-a no fundo do ser. Não era verdade? Não tinha sido *essa* a metade alimentada por ela? A metade que venceria no fim? O que era Mia Corvere senão assassinatos e raiva? O que a tinha feito sair da escuridão de seu passado? O que a sustentara quando todo o resto faltara? Tantos terminaram na cova pelas mãos dela, soldados, senadores e escravos. Será que se lembrava de seus rostos? Jamais soubera sequer seus *nomes*. E quanto sono isso a fizera perder? Quantas mulheres ela não deixara viúvas? Quantas crianças não deixara órfãs?

Acaso se perguntou, ao menos por um instante, quem seriam? Será que os considerava pessoas, com esperança, vida e sonhos? Ou será que eram apenas obstáculos para suas ambições? Um incômodo que precisava ser removido, como Julius Scaeva removera Darius e Alinne Corvere? Por que, se Mia fosse sincera consigo mesma, seu grande medo durante as longas horas da quasinoite sem seus passageiros não era fracassar na tentativa de matar o pai.

Era tornar-se igual a ele.

Mas quantas outras Mias ela não ajudara a criar?

Depois de tudo aquilo, de todo o sangue e de toda a morte?

Como posso odiá-lo, se sou tão parecida com ele?

Então ela os viu.

Duas figuras minúsculas brilhando douradas na escuridão.

Duas verdades ardentes cintilando na noite.

Pareciam tão pequenos em meio a todo aquele som e fúria. Jonnen segurava a adaga de ossário de Mia e Ashlinn carregava o menino nos braços, os dedos manchados de preto da escalada de volta pelas paredes do Abismo. Juntos, eles avançavam custosamente pela tempestade feroz, um passo de cada vez através do vendaval uivante. Não para longe, mas para perto. Circularam a base da estátua de Aa e subiram pelos pedaços de pedra, pouco a pouco aproximando-se das costas do pai dela.

Seu irmão e sua garota.

Seu sangue e sua amada.

A diferença entre mim e ele.

Mia fixou os olhos negros no pai. A estátua do Onividente alteava-se por trás dele com a espada alva na mão. A escuridão ao redor de ambos estremeceu e asas escuras estenderam-se das costas dela. Ela se lembrou de como era velejar através da escuridão acima daquele mundo e os fragmentos em seu interior encheram-se do desejo de retorno.

Ela podia ver seus amores, naquele mesmo instante, esforçando-se para avançar contra a tempestade – o cabelo loiro de Ashlinn serpenteando ao vento, os olhos de Jonnen quase fechados contra a tempestade. A noite ardia luminosa sobre Mia, e o coração dela doía por tudo que deixaria para trás. Mas era bom, ela concluiu. Era certo. As cinzas de uma República atrás de si. Uma cidade de pontes e ossos caída nas profundezas do oceano por suas mãos.

Era um final melhor do que a maioria.

Ela estendeu os braços como se fosse abraçá-lo.

Ele se preparou para o golpe.

– *Boa noite, pai* – ela disse.

E, sustentado pelos braços de Ashlinn, Jonnen desferiu seu golpe. Uma espetada, na verdade. Uma agulha no calcanhar de um titã. Mas, dentre todas as outras coisas que poderia ser, a adaga era de ossário – tirada de um corpo que despencara sobre a terra um milênio antes, ainda imbuída de um fragmento minúsculo do poder do Deus a quem pertencera.

E, no fim das contas, quem te corta mais fundo do que você mesmo?

A lâmina atravessou as sombras.

O sangue escuro correu.

Scaeva gritou.

Com os braços abertos, Mia chocou-se contra ele. Empurrou-o contra a espada nua do Onividente e a lâmina varou seu peito e irrompeu pelas costas dela, branca com os relâmpagos que lambiam os céus. Um tremor atingiu a ilha e a terra abriu-se sob eles. Ventos sombrios rugiram, trovões retumbaram e ela ergueu as mãos e tomou o rosto dele; forçou o corpo do pai ainda mais para trás na lâmina enquanto seus polegares buscavam seus olhos, que apertou numa explosão de escuridão e gemidos agonizantes em meio à noite uivante. Os fragmentos dentro de si incandesciam, o mundo todo ruía ao redor, e uma voz ensurdecedora gritava dentro dela.

Os muitos eram um.

OS MUITOS ERAM UM.

Mia sentiu o chão desfazer-se sob seus pés. A infinidade cálida a aguardava além dele. Nascimento e morte. Dia e noite. Ela o esmagava entre as mãos, envolvia-o em seus braços, dava-lhe um beijo de adeus. Uma torrente impetuosa, mais profunda que os oceanos, que o escuro entre os sóis, que a escuridão ao fim de toda luz. Todos os fragmentos dentro dela pegavam fogo, um bilhão de pontículos de luz, uma totalidade despedaçada que agora recomeçava.

Eles eram tudo.

Eram nada.

Fim.

Começo.

Um universo ao redor deles, quente e vermelho, com a largura de uma mão. Uma pressão sombria ao redor deles, forçando-os a sair, chamando-os para dentro. A gravidade os arrancava dos ares e os puxava para baixo, cada vez mais baixo, rumo à terra que no fim recebe todos. A fonte esvaziada, o calor amniótico deixado para trás. Ar frio contra a pele ensanguentada, ruídos agudos e reais demais, olhos novos fechados contra a luz terrível, a violência do vir a ser. Um corte separando-os de seu núcleo, cortando-os de tudo o que conheciam e os deixando a sós, acesos, vivos.

Um urro jorrou das gargantas virgens.

E depois?

Depois, o abrigo de braços fortes. O aconchego de seios quentes. A alegria perfeita do beijo dela sobre a testa febril deles e a promessa de que tudo acabaria bem.

– *Mãe?* – perguntaram.

– *Eu te amo, meu filho.*

Os muitos eram um.

Ardendo nos olhos do sol.

Recomeçando o que havia sido desfeito.

Os muitos eram um.

OS MUITOS

SÃO

UM.

CAPÍTULO 48

PREÇO

O céu tornou-se cinza como quando você se dá conta de que nunca mais poderá voltar para casa.

Anais caminhava sobre águas tão calmas que pareciam pedra polida, vidro, gelo sob seus pés descalços e ardentes. A superfície estendia-se até onde sua vista alcançava, impecável e interminável.

Sua mãe caminhava à esquerda, bela e terrível. Mas, embora ela tentasse, ele não a deixava segurar sua mão. É que estava com raiva dela. De suas intromissões e maquinações. Embora a visita dela aos sonhos do ridículo imperador tivesse se mostrado a espora capaz de cortar a pele da Escolhida e fazê-la abraçar o próprio destino, ele sabia bem como tudo poderia ter dado errado – e o preço que tinha pago pelo próprio renascimento.

Sua mãe carregava as balanças e suas luvas escuras até os cotovelos gotejavam na eternidade sob os pés deles, como sangue de um punho aberto. O vestido de Niah também era escuro, salpicado com um bilhão de minúsculos pontos de luz. Os olhos eram escuros como a prisão onde ela estivera, e seu sorriso era uma vingança com mil anos de extensão.

Do outro lado da infinidade cinzenta, ele os esperava.

Pai.

Todo vestido de branco. Alto como as montanhas. Mas Aa não brilhava com a mesma intensidade de que Anais se lembrava. Os três olhos dele – o vermelho, o amarelo e o azul – estavam fechados. A radiância era fraca. A escuridão ao redor deles inflou e sua mãe assomava ao lado dele, escura como o céu de veratreva que luzia sob os caibros do infinito.

As irmãs da Lua estavam dispostas em torno do pai: Tsana, com uma coroa de chamas; Trelene, com um véu de ondas; Nalipse vestida apenas com o vento; e Keph adormecida no chão, vestida de folhas de outono. Assistiam à aproximação dele com franca malícia, mas ele via que elas o temiam. E sabia o motivo. O céu era seu domínio, afinal. Mais alto do que todas elas.

Talvez fosse por isso que elas o odiassem.

– Marido – disse Niah.

– Esposa – respondeu Aa.

– Irmãs – saudou Anais.

– Irmão – disseram as quatro, curvando-se uma de cada vez.

Eles permaneceram num silêncio longo como os anos, divididos por um milênio de sofrimento, ódio e tristeza. Então, por fim, a Lua voltou-se para os

Sóis. Embora os três olhos dele estivessem fechados, Anais sabia que Aa o via. O Onividente via tudo, afinal.

– Pai – ele disse.

E a resposta veio como uma facada no poente.

– Você não é meu filho.

Doía ouvi-lo dizer isso, mesmo depois de tantos séculos. Era errado ser odiado por quem deveria amá-lo acima de tudo. O silêncio cresceu até tornar-se ensurdecedor e a mente da Lua encheu-se com milhares de E se *e* Por que não.

Eram inúteis, ele sabia. Mas mesmo os deuses sangram.

Anais baixou os olhos e se viu refletido no espelho de pedra/vidro/gelo sob seus pés. Sua forma tremulava e agitava-se como uma chama sem luz. Línguas de fogo escuro ondeavam em seus ombros e no topo de sua cabeça, como uma vela acesa. Na testa havia o desenho de um círculo. E, como um espelho, esse círculo captava a luz das vestes de seu pai e as refletia num tom pálido e brilhante. O Deus da Lua hesitou, mesmo naquele momento, *pensando em tudo que poderia ter sido.*

Mas, atrás de si, Anais viu uma figura recortada da escuridão.

Uma garota.

Pele branca, cabelo escuro comprido pendendo sobre os ombros, olhos escuros ardentes. Altiva e corajosa, veloz e inteligente. Ele a reconheceu no ato. Reconheceu tudo o que ela sacrificara. Tudo o que tinha perdido. Sabia que, diferentemente de suas próprias irmãs, ela amara seu irmão com tudo o que tinha. E, sobretudo, Anais sabia o nome dela.

Mia.

Ela pôs as mãos em seu ombro e se aproximou. A mãe dele franziu a testa quando a garota roçou os lábios nos ouvidos dele. O toque era como gelo contra sua pele, e a voz, como fogo em seu coração.

– Não trema – *ela sussurrou.*

Então a Lua levantou a cabeça e olhou para os Sóis que deveriam tê-lo amado. Cerrou os punhos e começou a falar.

– Você me deu a vida, mas isso não lhe dá poder sobre mim. E, embora tenha me despedaçado, não me destruiu. Os pedaços que sobraram de mim são afiados como facas. Afiados como a verdade. A verdade que você ouvirá e descobrirá. Você me atacou quando eu ainda era criança. Derrubou-me durante o sono. Mas já não sou mais criança, pai. E estou desperto.

Ele estava todo vestido de branco, mas não era tão brilhante que a Lua não conseguisse enxergar. Era alto como as montanhas, mas não tão alto que a Lua não pudesse alcançar. E Anais estendeu as mãos para o pai e tomou seu rosto entre elas. Os Sóis tentaram recuar. Mas era veratreva e, com a Noite a seu lado, a Lua era mais forte.

As irmãs prenderam a respiração quando ele se aproximou.

Ele beijou a testa do pai, um pouco acima do primeiro olho.

E, com os polegares, apagou o primeiro e o segundo.

Os Sóis gritaram. As irmãs gemeram. A mãe sorriu. Ele sentiu os globos vermelho e azul cederem à sua pressão, sentiu a rigidez e o calor de suas órbitas. Como seria fácil apertar mais, sentir o osso partir-se, erguer a mão para arrancar o primeiro e mergulhar o mundo abaixo num frio e numa escuridão sem fim.

Mas de novo ele sentiu as mãos da garota em seus ombros, deslizando ao redor dele num abraço frio. A bochecha dela encostou em sua nuca, e toda raiva, todo ódio, toda tristeza amarga e todo arrependimento, todos os Por que não *e* E se *desfizeram-se ao som de uma única palavra.*

– Basta – *disse Mia.*

Ele voltou-se e olhou nos olhos dela, escuros como o céu de veratreva.

Ela beijou seus lábios e apoiou a testa contra a dele com lágrimas no rosto.

– Acabou – *ela suspirou.*

E foi embora.

O pai de Anais estava de joelhos, sangrando das órbitas dos olhos. As irmãs ajoelhavam-se diante dele de cabeça baixa. A mãe espalhou o vestido pelos céus agora que os grilhões de sua prisão tinham sido rompidos para sempre.

E Anais subiu para seu trono.

Um sol.

Uma noite.

Uma lua.

Equilíbrio.

– Tudo está como deve ser – declarou a Noite. – A balança está justa, afinal.

O príncipe do poente e da aurora olhou para a infinitude sobre eles.

E balançou a cabeça.

– Ainda há uma dívida a pagar – ele disse.

E, com mãos escuras e ardentes, buscou um pedaço do sempre.

CAPÍTULO 49

SILÊNCIO

Mercurio estava na escuridão do Ateneu, envolto pelo cheiro de cinzas.

As estantes permaneciam intocadas, mas todos os livros tinham desaparecido. Memórias de tiranos assassinados. Teoremas de hereges crucificados. Obras-primas de gênios mortos cedo demais. O fogo do cronista tinha dado cabo de tudo, assim como fizera com o próprio filho de Cleo. As estantes perante o velho estavam agora vazias. A biblioteca da Mãe Sombria tinha sido massacrada.

Não restava uma página sequer.

– Marielle está à sua procura lá em cima – disse o menino.

O Senhor das Lâminas apalpou a túnica à procura de cigarrilhas. Quando enfim encontrou uma atrás da orelha, acendeu-a na pederneira e soprou uma nuvem cinza no ar.

– Que procure – ele respondeu.

Jonnen aproximou-se do parapeito e fixou os olhos na penumbra. O coral fantasmagórico cantava na escuridão de vitrais ao redor, e Mercurio perguntava-se o que o menino via. As sombras ao redor de Jonnen ondulavam e suspiravam numa poça espessa sob os pés dele enquanto sussurravam algo em vozes que o velho não conseguia ouvir muito bem.

– Alguma notícia de Ashlinn? – perguntou o menino afinal.

– Não desde que tiramos você do mar naquela noite – respondeu Mercurio. – Por algum motivo, acho que não teremos mais notícias dela.

– Chegou uma mensagem para nós de Última Esperança – disse Jonnen. – De Bonifazio.

– Quem?

– Cal – respondeu o menino. – Corleone.

– Ah – lembrou Mercurio. – E o que o Rei dos Mandriões e das Calças de Couro Apertadas tem a dizer?

– Pergunta se queremos um salvo-conduto até Alvatorre.

– Para quê?

– Sidonius. Cantespadas.

O velho piscou.

– O *casamento* – suspirou Jonnen.

– Ah. – Mercurio fez uma careta. – Foda-se. Vou mandar um presente caro. Estou ocupado demais para atravessar quatro mares cheios de guerras só para uma festinha.

– E velho demais também.

– Respeito, porra.

O menino encarou a escuridão com olhos que contradiziam sua pouca idade.

– Talvez logo não precisemos mais de mar.

– As aulas estão dando resultado, então, oradorzinho?

O menino levantou os olhos para Mercurio com um pequeno sorriso nos lábios.

– Marielle fala que não é bom brincar com isso, mas...

O menino pegou a adaga de ossário que levava no cinto. O corvo no cabo pareceu olhar para Mercurio com seus olhos de âmbar quando Jonnen levantou a lâmina e fez um furo no ponta do próprio dedo.

O sangue verteu da ferida, uma minúscula gota escarlate contra a pele pálida. Jonnen franziu a testa e murmurou algo. Perante os olhos de Mercurio, o sangue saiu do dedo do menino e elevou-se no ar, assumindo a forma de um corvo diminuto que bateu suas asinhas e deu a volta na cabeça do velho.

– Impressionante – disse Mercurio.

– A mágica morreu quando Anais morreu – explicou o menino. – E renasceu com ele. – Jonnen encolheu os ombros finos. – E parte dele está viva em mim.

Se forçasse a vista, Mercurio achava que distinguia um brilho lunar na pele do garoto, um poder que vibrava logo abaixo da superfície. Já tinha sido estranho o bastante criar uma garota que carregava em si o fragmento de um deus morto. Ele não fazia ideia de como ia lidar com alguém que carregava em si o fragmento de um deus *vivo*. Mas a verdade era que, último sombrio ou não, o velho gostava de Jonnen. Podia ver os Corvere nele. Podia *vê-la* nele. E as Filhas sabiam que ele não confiaria a ninguém a tarefa de criar um semideus tão atrevido quanto aquele...

– Aqui estás – disse uma voz atrás deles.

Jonnen se assustou e a gotícula de sangue caiu e se desfez no chão. Mercurio virou-se para as portas do Ateneu e viu uma bela mulher vestida de preto. O cabelo era de um loiro ósseo e descia em ondas espessas até os ombros. A pele era pálida, quase albina, perfeita como a das estátuas que havia no fórum de Godsgrave. Tinha as pupilas rosadas e lábios vermelhos como o sangue.

Era lógico que ela usaria sua mágica em si mesma ao descobrir como seu poder aumentara depois do renascimento da Lua. Ainda assim...

– A tecelã sabe o que faz – suspirou Mercurio.

– Que pena, pois – respondeu Marielle com uma careta – que o

Senhor das Lâminas não saiba. O rei de Vaan espera a resposta à sua missiva. As quatro facções que guerreiam sobre as ruínas de Itreya aguardam nosso retorno. Ouvi boatos de que um novo rei-feiticeiro se levantou em Liis. Todos os territórios estão em caos. A aurora e o poente agora estão separados por apenas doze horas, a Lua sobe ao seu trono toda noite, e a Mãe está livre de sua prisão. E nós nem mesmo decidimos qual será a forma que sua nova Igreja assumirá.

Mercurio passou a mão pelo cabelo, tragou forte a cigarrilha e soltou uma nuvem cinza no ar.

– Estou velho demais para esta merda…

– Concordo – disse Jonnen.

– Bom, então está com sorte, seu desgraçadinho. – O Senhor das Lâminas abanou a fumaça e esfregou o braço dolorido. – Há grandes chances de eu morrer logo.

– Acho que você vai ficar conosco por um tempo – replicou o menino, com um olhar mais profundo do que um menino de nove anos deveria ter. – Você tem muito trabalho a fazer.

Mercurio olhou para escuridão acima deles. Para a biblioteca ao redor.

– Você acha que ela…

Jonnen deu de ombros.

– A Mãe só conserva o necessário.

O Senhor das Lâminas olhou para a tecelã e suspirou.

– Conversamos depois da virada. Dou minha palavra.

Marielle entortou os lábios e curvou-se.

– Como quiseres.

E retirou-se com o fru-fru sedoso de suas roupas escuras como a noite.

Mercurio voltou-se para a escuridão ressonante, a cigarrilha pendendo dos lábios. Parou para ouvir o coral, soltar fumaça e curtir a dor em seu coração. Demorou um pouco para notar que o menino ainda o observava pelo canto do olho.

Jonnen espichou a cabeça na direção das estantes vazias.

– Com o que vamos enchê-las?

– Você não tem nenhuma aula para assistir? – perguntou o velho.

– Você não tem nenhuma bengala para procurar?

– Estou falando sério, seu desgraçado. Chega de patifaria.

– O que você andou fazendo sozinho aqui embaixo todo este tempo?

Mercurio contemplou as estantes vazias e deu um trago na cigarrilha.

– Pagando uma promessa – respondeu afinal.

O menino fez que sim com a cabeça e baixou os olhos. Arrastando os pés no chão, dirigiu-se às imponentes portas duplas que davam para o interior da Montanha.

– Também sinto saudades dela – ele disse.

– Fora – resmungou Mercurio.

Jonnen sumiu nas sombras com passos silenciosos.

Mercurio virou-se para o velho escritório do cronista e entrou com um rastro fino de fumaça. Sentou-se na imponente escrivaninha de carvalho, esfregou os olhos reumosos e, depois do último trago, apagou a cigarrilha para puxar um maço de pergaminhos brancos de um fólio grosso. O topo da página estava marcado com sua letra firme.

NEVERNIGHT: A SOMBRA DO CORVO
LIVRO I DAS CRÔNICAS DA QUASINOITE
de Mercurio de Liis

O velho folheou as páginas até encontrar onde tinha parado. Suspirou, a fumaça escapando dos lábios e subindo pela escuridão.

– Eu me lembro – ele disse.

E começou a escrever.

Capítulo 50

Prata

Uma casa à beira dos Três Lagos.

Solitária sob o céu infinito, envolta pelo silêncio perfeito do vale. Era feita de bom carvalho, tinha o teto alto, varandas amplas e janelas largas que davam para o lago na parte de trás.

Uma garota sentada à margem contemplava o pôr do sol.

Era estranho agora, com apenas um deles no céu. Ainda mais estranho era registrar seu movimento num punhado de horas, observar seu ocaso com os olhos negros nus. Aa e Niah mais uma vez compartilhavam o domínio do céu. A escuridão e a luz tinham mudado para sempre. A aurora era o portal do despertar, e o poente era a porta do sono. Todo o mundo ao redor dela tentava acostumar-se ao equilíbrio. As pessoas perguntavam-se o que era aquele globo pálido que crescia e diminuía no novo céu noturno.

Mas Ashlinn sabia que logo elas se lembrariam.

Ele se erguia agora que o sol caíra. Anais ascendia a seu trono escuro enquanto as estrelas cintilavam como diamantes e aço ao seu redor. Ele era belo, ela tinha que admitir. Projetava uma luz cintilante pelo lago e transformava tudo em prata. Mas vê-lo arder no céu sozinho, por algum motivo, deixava Ashlinn triste.

Ele estava só, como ela própria.

Ela não sabia como morrer. Não sabia nem se podia. Tinha seguido as instruções de Tric, percorrera o caminho que ele já tinha aberto com as mãos nuas, e ainda sentia o beijo de despedida dele ardendo na testa. As pontas dos dedos seriam para sempre pretas por causa da escalada, a pele seria sempre pálida por causa daquele caminho sem luz, e sua respiração tinha sido roubada pela escuridão sem fim. Ela não se arrependia: tinha prometido matar o céu para estar ao lado de Mia no fim. E, ao olhar para a Lua, observando a chegada rápida da noite, ela imaginou que tinha estado ao lado de Mia, de alguma maneira estranha. Mas nunca parava de se perguntar o que acontecera com a amada depois que tudo terminou. Ou como poderia suportar aquela eternidade sem ela.

– *Mia.*

O nome era uma oração em seus lábios. Um beijo em sua pele de alabastro. Uma pergunta sem resposta. O que teria sido feito dela? Onde estaria agora? Aninhada no calor do Lume com aqueles que amava enquanto Ashlinn permanecia ali, sem envelhecer, sem morrer, sem amar? Caminhando ao lado das divindades em alguma praia celeste? Ou teria sido simplesmente aniquilada, consumida com todos aqueles outros fragmentos para que a Noite recuperasse sua coroa e a Lua recobrasse o trono?

Uma imortalidade solitária não parecia um preço justo a pagar por isso.

Contudo, ela pagaria de novo. Porque Ash tinha a impressão de que ainda conseguia sentir o sabor dela se tentasse com afinco. Sal e mel. Ferro e sangue. Passando a ponta da língua pelos lábios. Inspirando e expirando. Ao contemplar a superfície suave de prata sob o olhar atento da Lua, Ash agradeceu a Deus ou à Deusa ou ao golpe do destino que botara aquela garota em sua vida.

Ainda que por pouco tempo.

– *Mia.*

Então, do outro lado da prata, ela avistou uma figura.

Caminhava sobre águas tão calmas que pareciam pedra polida, vidro, gelo sob seus pés descalços. Alva e bela, estava envolta num vestido feito de sombras. As cicatrizes tinham sido curadas, a marca sumira, as chagas de suas provações tinham se desfeito como fumaça. O cabelo preto e comprido escorria pelos ombros nus e os olhos delineados eram profundos como o oco que ela preenchera no peito de Ashlinn.

– *Mia?* – ela perguntou, sem ousar ter esperança.

Ash arregalou os olhos e deu um passo hesitante na água. Ondas propagaram-se pela superfície prata, e ela temeu que Mia se desfizesse como uma ilusão, um sonho febril, uma miragem desesperada nascida de um desejo impossível. Mas sua garota continuou a caminhar pelo vidro e já estava perto o bastante para que ela pudesse ver o preto dos olhos, a curva dos lábios. E logo Mia estava em seus braços, sua pele alva e real como a de Ashlinn. Os ossos delas se chocaram, os corpos enlaçaram-se. Ela pensava que os olhos de Mia eram somente uma escuridão vazia, mas assim, tão perto, tão perigosamente perto, ela podia ver que estavam repletos de pequenas faíscas de luz que eram como estrelas bordadas nas cortinas da noite.

Como os seus próprios olhos.

Lindos.

Elas se beijaram. Um beijo doce como cigarrilhas de cravo. Profundo como a meia-noite. Um beijo que falava de sangue derramado e batalhas vencidas, de luas renascidas e sóis cegados, da escuridão interior e da luz exterior e das sombras do passado incineradas no brilho de uma nova aurora. Elas se beijaram como se fosse a primeira vez, como se fosse inevitável, como se nada – nem deuses nem deusas nem chamas nem tempestades nem os oceanos – jamais pudesse ficar entre elas de novo.

Os lábios se separaram, as testas se tocaram, os narizes fizeram cócegas um no outro. Olhos imortais se entreolharam e compreenderam o sentido de sempre.

– *Como?* – sussurrou Ashlinn.

A sombra de Mia se agitou e uma forma desprendeu-se da escuridão na praia ao seu lado e elevou os não-olhos para o globo prateado no céu. Usava a forma de um gato, embora na verdade estivesse bem longe de ser um gato.

– *...havia uma dívida...* – ele sussurrou – *...que agora foi paga...*

Ash soluçou. Mia sorriu. Beijaram-se de novo, com lágrimas escuras nos lábios.

– *Eu te amo, Mia.*

– *Eu te amo também.*

Tudo em volta era silêncio, perfeito, completo e profundo. Elas sentaram-se lado a lado na curva suave da margem para observar Anais subir cada vez mais alto no céu. Braço com braço, pele com pele, alabastro e ônix e ouro. Duas garotas sob uma lua, um sol, uma noite, um coração. Tudo e todas as coisas em equilíbrio.

– *...é lindo...* – suspirou o não-gato.

Cresciam tantas malva-rosas e campânulas-solares que todo o vale estava perfumado.

O lago era calmo como um espelho do céu.

– *Vou ficar com você para sempre* – sussurrou Mia.

– *Só para sempre?* – cochichou Ashlinn.

Mia sorriu à luz prateada.

– *Para sempre e sempre.*

Dicta Ultima

A façanha foi feita.

A guerra foi vencida.

E, enfim, nobre amigo, a canção dela foi cantada.

Imagino que você possa dizer agora que a conhece, pelo menos tão bem quanto eu. As partes feias e egoístas e tudo entre os extremos. Uma garota que alguns chamavam de Moça Branca. Ou Faz-Rei. Rainha dos Mandriões. Senhora das Lâminas. Eu gosto mais de pequeno corvo. Uma garota que jamais se ajoelhou, jamais cedeu, que nunca, *jamais*, permitiu que o medo fosse seu destino.

Uma garota que amei tanto quanto você.

Olhe agora para as ruínas que ela deixou. Olhe para a luz pálida refletida sobre as águas que engoliram uma cidade de pontes e ossos, e para as cinzas de uma República que dançam na escuridão do céu. Contemple calado o céu partido e sinta o gosto do ferro na língua e ouça os ventos solitários sussurrarem o nome dela como se a conhecessem também. Dei-lhe tudo que prometi, nobre amigo. Dei-lhe aos montes. E espero que não me chame de mentiroso se a morte dela não ocorreu como você temia. Ela morreu, como eu disse que morreria.

Mas mesmo a Lua amava demais a nossa garota para deixá-la morrer por tanto tempo.

A tinta está secando nesta página. O conto está terminando perante os seus olhos. E se você sente alguma tristeza por isso, pela nossa última despedida, saiba que seu narrador também sente. Não crescemos graças às histórias que lemos, mas graças àquelas que dividimos. E nesta história, e *na garota*, dividimos mais do que a maioria das pessoas.

Vou sentir falta quando acabar.

Mas viver no coração daqueles que deixamos é nunca morrer. E arder na lembrança dos amigos é nunca se despedir. Então, permita-me dizer isto.

Boa noite, nobre amigo. Boa noite.

Nunca trema.

Nunca tema.

E nunca, jamais, esqueça.

FIM

N
Aqui ele caiu

AGRADECIMENTOS

Um agradecimento profundo como a Escuridão às seguintes pessoas:

Amanda, Pete, Jennifer, Paul, Joseph, Hector, Young, Steven, Justin, Rafal, Cheryl, Martin, Bethany e todos da St. Martin's Press; Natasha, Jack, Katie, Emma, Jaime, Dom, e todos da Harper Voyager UK; Rochelle, Alice, Sarah, Andrea e todos da Harper Australia; Mia, Matt, LT, Josh, Tracey, Samantha, Stefanie, Steven, Steve, Jason, Kerby, Megasaurus, Virginia, Vilma, Marc, Molly, Tovo, Orrsome, Tsana, Lewis, Shaheen, Soraya, Amie, Jessie, Cat, todas as minhas garotas em Bitch Posse, Ursula, Andrea, Tori, Caz, Piéra, Nan Fe, Lesya, Iryna, Mona, Niru, TJ, Morgana, Cira, Holly, Rin, Zach, Daphne, Marie, Nael, Marc, Tina, Maxim, Zara, Ben, Clare, Jim, Weez, Sam, Eli, Rafe, AmberLouise, Caro, Melanie, Barbara, Judith, Rose, Tracy, Aline, Louise, Adele, Jordi, Kylie, Joe, Julius, Antony, Antonio, Emily, Robin, Drew, William, China, David, Aaron, Terry (RIP), Douglas (RIP), George, Margaret, Tracy, Ian, Steve, Gary, Mark, Tim, Matt, George, Ludovico, Ronnie, Chris, Antony, Briton, Philip, Randy, Oli, Maynard, Pete (RIP), Marcus, Tom (RIP), Trent, Winston, Tony, Kath, Kylie, Nicole, Kurt, Jack, Max, Poppy, e cada leitor, blogueiro, vlogger, *bookstagrammer* e divulgador de livros que ajudou a difundir esta série. Estes livros são o que são graças a vocês. Amo todos, seus chatos.

Este livro foi escrito em vários lugares do mundo, de Nova York a Zurique, de Los Angeles a Sydney. Mas pelo menos metade foi escrita na cidade de Veneza. Ao perambular pelas ruas ventosas e caminhar ao lado daqueles canais de inverno, descobri a história que *Darkdawn* se tornaria. E tenho com o povo da cidade de Veneza uma dívida eterna, mas preciso mencionar especialmente Ola, o pessoal incrível do Sullaluna pela hospitalidade diária, as maravilhosas *signore del caffè* no Caffè del Doge, e o pessoal da Torrefazione Cannaregio e do L'Angolo della Pizza por não me deixarem morrer de fome.

Por fim, preciso agradecer vocês, meus maravilhosos leitores. Esta série, mais do que qualquer outra em que já trabalhei, tocou as pessoas de um jeito com o qual ainda não sei bem lidar. É uma experiência de humildade e assombro, e serei eternamente grato a vocês pela forma com que amaram minha putinha assassina. Obrigado pelas cartas. Obrigado pela arte. Obrigado pelas tatuagens, pelas histórias e pela paixão. Obrigado por deixarem Mia entrar em suas cabeças e corações. Espero que ela possa ajudar ao menos um pouco.

Vivo um sonho por causa de vocês.

Tenho uma vida por causa de vocês.

Jamais me esquecerei disso.

JK

Cenas deletadas

Caros leitores,

Bem-vindos ao fim.

Darkdawn é o último passo de uma jornada que começou há cinco anos com uma discussão entre duas amigas minhas na noite de Ano-Novo. Depois de testemunhar o debate alcoólico delas, escrevi uma cena em que uma garota com cabelo preto e comprido fumava um cigarro e contava a um garoto o que pensava sobre a buceta. Quando terminei de escrever a cena, Mia tinha fincado as garras em minha mente. E está lá desde então.

Mia quebra um monte de regras, tanto nos livros como no que diz respeito a um personagem "fácil de gostar". Ela bebe, fuma, xinga. Dorme com quem quer. Mata gente. É egoísta e vaidosa. Tem um gênio terrível que muitas vezes se sobrepõe ao bom senso. Mas também é corajosa e leal, implacável, cruel e desprendida de todas as convenções da sociedade. É uma garota que faz as coisas. Pode não ser fácil de gostar, mas com certeza é amável. E sempre fico admirado ao ver quantos de vocês também se apaixonaram por ela.

Por isso, obrigado por acompanharem a mim e a essa minha filha assassina em sua jornada. Nas palavras do nosso narrador, não crescemos graças às histórias que lemos, mas graças às histórias que dividimos. E em Mia acho que dividimos mais do que a maioria das pessoas. Embora eu esteja triste por terminar esta série, estou imensamente feliz por ela ter tocado a vida de tanta gente, e acho que dei a ela o final merecido.

Espero que você o ame.

JK

Olá, canalhas.

Bem-vindos aos bônus de Darkdawn. *Obrigado por apoiarem as Crônicas da Quasinoite, por tudo o que fizeram para tornar esta série o que ela é.*

Bom, deixe-me explicar um pouco este conteúdo.

Em primeiro lugar e acima de tudo, ***não leia esta cena se você não terminou*** **Darkdawn.** *Há* spoilers *enormes à frente.*

Em segundo lugar, uma palavra sobre esta cena em particular antes de embarcarmos.

Uma das melhores coisas de ser escritor na era das mídias sociais é que você pode interagir com os leitores e ter uma ideia do que eles gostam no seu trabalho. E a verdade é que recebo muitos elogios pelas partes mais sujas das Crônicas da Quasinoite. É um pouco surpreendente, já que sou um don e a maior parte do meu público são donas, e o que se costuma ouvir é que homens são incapazes de escrever erotismo para mulheres. Mas aconteceu, e aqui estamos. Vocês gostam das minhas baixarias, o que é ótimo.

Contudo, além de descobrir do que os leitores gostam, você também descobre o que ***esperam****. E isso pode ser uma faca de dois gumes: você acaba tentando equilibrar a expectativa do leitor com o que você, o autor, acha que é certo para a sua história.*

Esta cena é um exemplo disso.

Vários leitores não esconderam o desejo de ver Mia, Ashlinn e Tric ficarem juntos em Darkdawn, *e essa ideia permaneceu em minha mente desde que comecei a escrever o livro. No começo, parecia plausível. Mia sempre tinha sido uma personagem sem medo de ousar na sexualidade: não por causa de sua bissexualidade, mas simplesmente porque seus passageiros tiravam seu medo. Mia está cagando para o que as pessoas acham dela, e isso a deixa livre para ser e fazer coisas que muitos de nós apenas imaginam.*

O verdadeiro problema eram Tric e Ashlinn – como colocar os dois numa posição (sem trocadilhos) onde acabassem na cama com Mia. Com o seu histórico, parecia forçado, mas, por causa das expectativas dos leitores, tentei.

E, sinceramente, não funcionou.

Quer dizer, a cena em si funciona bem. Mas, por mais atraente que seja a ideia de ver os três na cama, a verdade é que Ashlinn ***assassinou*** *Tric. Ela o esfaqueou no peito e o jogou de uma montanha, para sermos precisos. A meu ver, o arco da história de ambos em* Darkdawn *conduzia-os a um ponto em que Tric se tornava capaz de perdoar Ash, e em que Ash (que, sejamos justos, foi criada por um assassino frio para* ***ser*** *uma assassina fria) conseguia enxergar a dimensão do que tinha feito. Tornar a dupla mais íntima do que isso seria esgarçar os limites do plausível, por isso no fim eu acabei cortando a cena. E acho que o livro fica melhor sem ela.*

Mas eu a escrevi. E vocês gostam das minhas baixarias. Por isso, aqui estamos.

A cena se dá depois do capítulo 34 e da invasão da Montanha pelo grupo de Mia. Não faz parte do cânone de forma alguma. Não é um conto. Não passa de uma cena deletada. Talvez uma história alternativa, se você preferir, um sonho que nunca se realizou. Às vezes eles não se realizam mesmo. Mas é bom sonhá-los mesmo assim.

JK

CAPÍTULO 35
PERGUNTA

Ash ainda sentia o gosto dela.

Sal e mel. Ferro e sangue. Com as pálpebras pesadas, ela passou a ponta da língua pelos lábios. Saboreou. Inalou. Suspirou. Contemplou a extensão escura além do parapeito do Altar Celeste e agradeceu a Deus ou à Deusa que colocara aquela garota em sua vida.

Mia.

Ash a deixara sonhando, nua sobre as peles. O cabelo espalhado em volta da cabeça como uma nuvem de tempestade. Com um beijo leve como uma pluma, Ash saiu da cama e vestiu o roupão preto. Fechou a porta, amarrou o cabelo louro e comprido atrás da cabeça e caminhou descalça pelo corredor para procurar uma bebida. A língua doía. A garganta estava seca. Dava sede satisfazer a campeã do *venatus magni*, a Rainha dos Mandriões e Senhora das Lâminas.

A Igreja estava num silêncio de morte. O coral fantasmagórico ainda não retornara, e as Mãos e os acólitos capturados estavam trancafiados sob os olhos vigilantes de Mercurio. Pouquíssimos tinham sobrevivido ao ataque, verdade seja dita, e todos juraram lealdade a Mia como líder da Igreja. Mas a nova Senhora das Lâminas insistiu para que ficassem presos mesmo assim, pelo menos por enquanto. Todo cuidado era pouco. A situação não podia ser tratada como nada além de uma pequena vitória. Scaeva tinha fugido da Montanha, levando Mataranhas consigo. Jonnen tinha voltado às garras do pai. A questão da Lua ainda estava pendente.

A história estava longe de acabar.

Ash estava agora no Altar Celeste, contemplando a escuridão além do parapeito e tirando um tempo para respirar. Aelius tinha dito que naquele lugar os muros entre o mundo e o Abismo eram mais frágeis. Que a noite perpétua que girava sobre a cabeça de Ash não era a verdadeira noite. Os bancos e cadeiras atrás dela estavam vazios. O ar, silencioso e parado. Ela tinha um copo de barro e uma garrafa de bom vinho d'ouro da despensa – calhou de ser um Albari, o favorito de Mia. Matou a sede com um gole ardente e lamentou perder o gosto da garota, que ia sumindo de sua língua. Olhou para aquele abismo e perguntou-se se ele a olhava de volta. Perguntou-se como seria a noite se a Lua voltasse ao céu.

Parte dela ainda tinha medo de que Mia mudasse de ideia ou que o cronista a convencesse daquela loucura. Mas o resto de Ashlinn Järnheim, a parte dela que conhecia Mia, confiava em Mia, adorava Mia, tinha a resposta.

Dane-se a Noite. Danem-se os sóis. Dane-se a Lua.

Mia Corvere queria viver.

Comigo.

Ash sentiu um sorriso desenhar-se nos lábios e fazer formigar seu corpo de alto a baixo. Ela pensou na casa que seu pai tinha construído em Três Lagos. Flores à janela e fogo na lareira.

E uma grande cama de penas.

Ashlinn nunca imaginara ter algo como o que tinha agora, nem em sonhos. Era filha de um matador, assim como o irmão Osrik, e Torvar Järnheim tinha criado os filhos à sua imagem. A infância dela envolvera roubos e violência e a promessa de uma vida de mortes a serviço de Nossa Senhora do Bendito Assassinato. Remorso era para os fracos. Arrependimento era para os covardes.

Ela se lembrou do dia em que o pai voltou do cativeiro em Liis e da oferenda que encerrou sua carreira de assassino. As mutilações sofridas nas Torres Talhadas de Elai o deixaram marcado para sempre – amargo para sempre. Pois, embora Marielle tivesse curado as feridas que Torvar recebera durante a tortura, a tecelã não era capaz de substituir os pedaços dele que tinham sido decepados.

O olho. A virilidade. A fé.

O pai de Ashlinn perdeu mais do que as bolas e a fé naquela oferenda. Nunca mais sorriu como de costume ao voltar para casa. Nunca mais beijou a esposa como de costume, nem abraçou os filhos como de costume. Nunca mais dormiu sem acordar aos gritos por causa de pesadelos. Algo dentro de Torvar quebrou-se em Liis e nunca mais voltou ao que era. E a Igreja Vermelha, apesar de todo seu poder e piedade, não conseguiu restaurar o que ele havia perdido.

Ashlinn odiava a Igreja por isso.

Por isso Torvar voltara seus filhos contra a Igreja – e eles abraçaram a causa. O homem os transformara em armas contra o templo que o deixara em ruínas, para destruir a casa da Deusa que falhara em protegê-lo. Tinham planejado tudo tão bem. Ela e Oz tinham chegado *tão* perto. Mentiram e roubaram, assassinaram Trazáguas, Carlotta, Tric: tudo para terem Lorde Cassius e o Ministério em suas garras. E, embora o fracasso tivesse terminado com a morte do irmão pelas mãos de Marius, nas últimas viragens, Ashlinn tinha visto tudo pelo que trabalhara finalmente acontecer.

O Ministério despedaçado e a Igreja Vermelha junto.

Torvar Järnheim teria orgulho da filha. E se ainda havia contas a ajustar com Marius, bom, isso poderia ficar para outra viragem. Pois a verdade é que, por mais que Ash amasse o irmão mais velho, ele era meio babaca.

Então agora Ash estava no Altar Celeste, contemplando a escuridão além da Montanha. A noite que não era noite de verdade. A Montanha silenciosa como um túmulo ao redor dela, o Ministério dormindo em suas tumbas sem nome. Ela tirou o laço do cabelo e um rio loiro escorreu pelos ombros. Queria curtir a liberdade. Serviu-se de outro copo de vinho d'ouro, que ergueu para a escuridão.

– Saúde, pai, seu velho miserável. E saúde, Oz, seu filho da puta catarrento. – Ela bebeu tudo e jogou o copo vazio no abismo. – Acabei com eles por vocês.

– Olá, Ashlinn.

O coração dela parou e suas entranhas gelaram. Sem qualquer expressão, Ash virou-se e deparou com ele. Alto e forte. Belo como uma estátua, esculpido pelas mãos da Mãe Sombria. Servo dela. Guia dela. O fluxo de algo semelhante à vida pulsava sob sua pele, mas os olhos ainda eram piscinas de veratreva, salpicados com o brilho das estrelas. Seus nós de sal moviam-se como numa brisa. Suas mãos eram sombrias como o assassinato.

O garoto olhava para ela. O silêncio entre os dois era profundo como os séculos. Ash se deu conta de que estavam no último lugar em que o vira vivo.

Naquele patamar, naquele lugar exato, ela o tinha matado.

– *Como eu já disse, você tem um nariz e tanto, Triquinho. E não te quero farejando os pratos da entrada esta quasinoite.*

– *Por que vo...* – hrrk.

– Oi, Triquinho – ela disse.

– Dificuldade para dormir?

Ela deu de ombros.

– Às vezes.

– Consciência pesada?

Ash balançou a cabeça enquanto calculava quantos passos precisava dar para chegar à escada. Devagar, foi escorregando a mão até a garrafa de vinho d'ouro.

– Nossa Mia tem apetite.

– Nossa Mia.

– Bom – ela deu um sorriso malicioso –, *minha* Mia.

O garoto suspirou, balançando a cabeça.

– Você se diminui, Ashlinn, tentando esfregar isso no meu nariz.

– Não preciso esfregar nada, Triquinho – rebateu Ash. – Eu *sei* que você sente o cheiro dela em mim. Fumaça e suor e aqueles lugares doces e secretos. Sei que você se lembra deles e sei que quer muito vê-los de novo. Esse seu nariz já deu problema demais.

Tric olhou por cima do parapeito – o lugar de onde ela empurrara seu cadáver depois de o matar a facadas. Ash sentia a força que irradiava dele, ali naquela casa de morte, tão próximo da veratreva e do Abismo que ele escalara. Ela o vira lutar durante o ataque à Montanha. O poder das trevas dentro dele estava no auge. O garoto movia-se mais rápido do que ela conseguia imaginar. Era mais forte do que ela jamais sonhara. Ceifava os que ousavam encará-lo como uma foice corta o trigo, como se fosse uma extensão da própria Nossa Senhora do Bendito Assassinato.

A garota sentiu frio. Percebeu o que o ar gelado provocava em seu corpo e como seu roupão de seda era extremamente fino. Passou um braço na frente dos seios e, com a outra mão, apertou firme a garrafa.

– O jogo que você joga é perigoso, Ashlinn – disse Tric.

– É o único tipo de jogo que vale a pena, Triquinho. Mas você não vai me matar.

Ele sorriu ao ouvir isso, mas seus olhos não demonstravam qualquer humor.

– E por quê?

Ashlinn o olhou de alto a baixo com um brilho nos olhos azuis.

– Porque lá no fundo, debaixo do assassinato e da merda, você tem um bom coração. Ah, você pode tentar esconder. Mas quase sempre faz o que é certo. – Ela sorriu de novo e inclinou a cabeça. – E assassinar uma garota em trajes de baixo não faz seu estilo.

– O garoto de quem você está falando morreu, Ashlinn. – Tric estreitou os olhos de leve. – Você o matou.

– Por que vo... – *hrrk.*

Ashlinn piscou ao ver o punhal na mão dele. O brilho prateado da lâmina. Sentiu o golpe no peito e deu um passo trêmulo para trás, gemendo. A garrafa de vinho d'ouro caiu e se despedaçou no chão. Com a mão esquerda, ele a segurou pelo ombro e a manteve de pé. Com a mão direita, segurava a faca, apertando-a com força contra sua carne, bem em cima do coração.

Com o cabo.

Foi o bastante para deixar um arranhão. Nada mais. O bastante para mostrar que a poderia ter matado, se quisesse. O toque das mãos dele, escuras como a noite, era quente e pesado, como uma consciência culpada. Os olhos dele estavam cheios de fúria, e lágrimas escuras começavam a despontar sob as pálpebras. Seus lábios se retorceram e sua voz saiu carregada de ódio.

– Quero matar você. Que a Deusa me ajude, como quero. Quero partir a porra do seu coração no meio e arremessá-la numa vida sobria, como fez comigo. Nós éramos amigos. Eu *confiava* em você. E você me matou. Sem um pingo de remorso nem a porra de uma lágrima.

O coração de Ashlinn trovejava no peito; sua boca encheu-se do gosto de cinzas.

– Mas eu jamais faria nada que magoasse Mia. Porque eu a amo, Ashlinn. – Tric piscou e duas lágrimas escuras escorreram por suas bochechas pálidas. – E Mia ama você.

Ele soltou Ashlinn e se afastou. Voltou-se para o parapeito e apoiou os cotovelos nele, unindo as mãos diante do rosto. Os nós de sal caíram sobre seu rosto enquanto ele contemplava a escuridão. Era belo e miserável. Por causa dela.

Ash permaneceu congelada, com as mãos no peito. Ao olhar para ele, sentiu algo crescer dentro de si, superar as muralhas que tinha erguido contra o mundo e as fortalezas em que se escondia – aquilo que tinha tentado matar, pisotear até reduzir a nada, durante a vida que tinha tentado levar. Todas as lições de seu pai ressoavam em sua cabeça.

Remorso é para os fracos.

Arrependimento é para os covardes.

Mas era mentira e ela sabia.

Na verdade, sempre soube.

Sabia o que tinha tirado daquele garoto. Sabia o porquê. Extinguira tudo o que ele era e poderia ter sido. Sabia como devia ser difícil para ele retornar a um mundo tão mudado e ver a garota que amava nos braços da garota que o matara. E, embora ele tivesse todos os motivos do mundo para odiar as duas, para descarregar sua raiva e quebrar tudo ao seu redor, ele permanecia fiel. Leal a seu amor. Esse era o tipo de garoto que ele era.

Esse era o tipo de garoto que ela tinha matado.

– Desculpa – ela sussurrou.

Tric baixou a cabeça. Fechou os olhos.

Lágrimas quentes rolaram pelas bochechas de Ashlinn e seu lábio inferior começou a tremer. O calor da angústia era como uma enchente em seu peito, transbordando para os lábios num soluço amargo. Ela começou a soluçar quando as lágrimas a dominaram. Caiu de joelhos entre os cacos de vidro, na poça de vinho d'ouro, e abraçou a si mesma. As muralhas começavam a desmoronar.

– T-Tric... d-desculpa.

A Igreja estava em silêncio, exceto por seus soluços.

– Eu... eu queria poder voltar atrás – ela disse, com o rosto retorcido. – Queria que tivesse o-outro jeito. Éramos assassinos, t-todos e cada um. Fiz o que precisava fazer. Fiz pela minha família. Mas eu q-queria... que não tivesse sido você. Qualquer um menos você. E eu s-sei que é só uma merda de palavra-a. Sei que não significa n-nada agora. Mas... desculpa. – Ela balançou a cabeça e fechou os olhos. – Deusa, eu sinto *demais*.

Ela se abraçou com força na tentativa de conter a própria dor. As coisas que tinha feito, a pessoa que era... Era difícil acreditar que alguém pudesse amá-la naquele momento. Que tudo aquilo fazia algum sentido. O entusiasmo com a vitória, tão nítido momentos atrás, era agora um punhado de cinzas amargas na boca. Porque, quando a pessoa entrega alguém à Fauce, entrega um pedaço de si próprio junto. E logo não resta mais nada.

Fraca, ela ouviu o pai dizer. *Covarde*.

Ela sabia que essas palavras não eram verdade. Sabia reconhecer uma mentira. Mas ali, de joelhos, as palavras pareciam tão reais, tão afiadas, que a cortaram mesmo assim, fazendo-a sangrar. Com que facilidade um pai faz seus filhos triunfarem, nobres amigos. E com que facilidade é capaz de arruiná-los.

Ash ouviu uma bota pisar o vidro quebrado.

Sentiu uma mão cálida sobre o ombro.

Abriu os olhos e viu o garoto diante dela, apoiando um joelho no chão. Seu rosto belo e pálido era emoldurado pelas madeixas escuras como a noite. Seus olhos, tão profundos quanto a própria noite, eram salpicados com minúsculos pontos brilhantes. Ela sentiu um conforto estranho ao ver aquilo: mesmo em meio a tanta escuridão e a tanto frio, uma luz pálida ainda ardia.

– VOCÊ É UMA FILHA DA PUTA – disse Tric.

Ashlinn piscou, surpresa.

– E você é uma mulherzinha.

Ele riu – uma risada curta e nítida que realçou suas covinhas. Ash sentiu a boca mover-se num minúsculo sorriso que se misturava à dor amarga e ao gosto das lágrimas, ainda em seus lábios. Logo, começou a rir também, e o calor que a risada trouxe a seu peito conseguiu expulsar ao menos um pouco do frio ao redor deles. Ela secou as lágrimas e deixou a dor passar. Os dois se entreolharam, de joelhos, separados pela distância de um palmo e mil quilômetros. Ambos assassinos. Ambos vítimas. Ambos amantes e amados.

Talvez não tão distantes assim.

– Eu a amo de verdade – balbuciou Ash.

– EU SEI – ele sussurrou.

– Não há nada que não faria para ver Mia feliz.

– NEM EU.

– Eu sei.

Ashlinn passou os braços pelos ombros de Tric e o puxou para um abraço delicado. No começo ele ficou tenso, rígido como pedra. Resistia com o pouco de raiva que ainda lhe restava. Mas, devagar, foi cedendo;

fechou os olhos, apoiou a cabeça de leve no ombro dela e envolveu sua cintura. Sua pele estava quente, não mais a estátua insensível que aparentava ser, nem por dentro nem por fora. Os dois permaneceram abraçados no chão, de joelhos, rodeados por vidro quebrado, sob a cobertura do Abismo infinito.

Ficaram assim por uma era. O corpo dele contra o dela. Ao redor, o silêncio. A calmaria. Por fim, Ashlinn recuou para olhar o defunto nos olhos. Correu os dedos pelo seu rosto. Pensou na garota adormecida lá embaixo e no que não faria para deixá-la feliz.

Então o beijou.

Leve como uma pluma. Breve como um piscar de olhos. Suave em seus lábios, com o gosto das lágrimas deles, do vinho d'ouro, da garota de ambos, do passado e das cinzas amargas entre os dois.

Um beijo.

Uma pergunta.

Tric olhou nos olhos dela, um olhar profundo como o enigma diante deles.

– O QUE ESTÁ FAZENDO, ASHLINN?

Ela baixou o queixo e o olhou por baixo do véu dos cílios.

– Fazendo Mia feliz – ela respondeu.

CAPÍTULO 36
TRÊS

Mia despertou com o calor de um fogo abrasador.

Deixando-se levar por uma onda de sensações, ela se espreguiçou com um suspiro profundo e mordeu os lábios. O calor crescia, emanando do meio das pernas e propagando-se em tremores pelo corpo. Ao emergir da confusão do sono profundo, nua sobre as peles na cama, estendeu o braço para acariciar o rosto de Ashlinn e brincar com uma mecha de seu cabelo loiro. A garota lhe brindou com mais beijos doces, abrindo as pétalas de Mia com os dedos para a língua atiçar o fogo dentro dela.

Mia curvou os lábios num sorriso sombrio, sem abrir os olhos.

– Não está satisfeita ainda? – murmurou.

Ashlinn respondeu apenas com um suspiro. Com um sopro quente sobre a pele dela, escreveu a resposta à pergunta de Mia com a ponta da língua no botão inchado.

N

U

N

C

A

Mia cedeu, puxando a amante mais para si e curtindo as investidas doces da sua boca, da língua, dos dedos, que provocavam, acariciavam, traçavam. O cabelo preto estava espalhado na cama, os quadris alçados num arco. Mia inclinou a cabeça para trás, respirando pelos lábios semiabertos em gemidos lentos.

Abafados por outro beijo doce.

Ela abriu os olhos no ato e o coração disparou. Um calafrio percorreu sua espinha e revirou suas entranhas. Tric estava diante de si, pálido e glorioso, com os lábios contra os dela. Sua pele era alabastro esculpido e os nós de sal escuros como a noite estavam amarrados para trás, deixando à mostra um rosto que poderia ter sido moldado pela Deusa em pessoa. Ele a beijava com suavidade, com profundidade, acariciando sua bochecha, então se afastou enfim para ver a pergunta que ardia nos olhos dela. Mia percebeu que estava nu, de joelhos ao lado da cama, enquanto Ashlinn afundava entre as pernas dela, atiçando cada vez mais as chamas.

Mil pensamentos chocaram-se como estrelas cadentes na cabeça dela. Mil perguntas. Seria um sonho febril? Ou seu desejo mais sombrio, tirado das profundezas para fazê-la perder o fôlego?

Ashlinn deu uma dúzia de beijos no sexo dela, beijos apaixonados, estonteantes. Mia olhou para baixo, encontrando olhos azuis-celestes. Suspirou quando Tric deu um beijo em seu pescoço que a fez vibrar os cílios. Então Ash a beijou de novo, com os lábios que brilhavam úmidos.

Deusa, como é bom...

Ela ainda não sabia se aquilo era alguma assombração ou se estava acordada, mas sentia as mãos de Ashlinn descerem por seus seios e braços até segurar seus pulsos. Levantando a mão dela com carinho, Ash a levou até o garoto diante delas, sobre os músculos rígidos da coxa dele, depois o volume frio da pele dele e, por fim, pela medida dura do seu pau.

– Ai, caralho – suspirou Mia.

Tric suspirou e se aproximou para roçar o nariz no dela. A língua de Ashlinn dançava no fogo entre as pernas de Mia, cada vez mais quente. Mia correu os dedos pela cabeça túmida de Tric e o garoto se arrepiou, soltando gemidos quentes contra a pele dela. Com a espinha arqueada e calafrios por todo o corpo, Mia sentiu a inibição afogar-se na torrente. Estava incendiada pela doce tortura da boca de Ashlinn, pelo toque frio dos lábios de Tric. O fogo subia pelas coxas e a fazia tremer, suspirar, render-se à única verdade que importava no momento.

A única verdade que era real.

Eu quero.

Que a Deusa me perdoe, mas quero.

Ela enroscou os dedos no cabelo de Tric e o puxou num beijo ansioso e necessitado. Saboreou na língua dele o gosto de folhas ardentes, sentiu gemidos de barítono que fizeram seu corpo todo tremer e se arrepiar. Uma mão estendeu-se sobre a amplitude conhecida dos ombros dele, as linhas tensas do seu torso; a outra percorreu aquele tamanho ardente, sentindo a pulsação latejar sob seus dedos. A língua de Ashlinn escrevia o nome do céu entre as pernas dela, e toda aquela volúpia pôs os sentidos dela à flor da pele mais rápido do que nunca.

Rendendo-se completamente, ela empurrou Tric para a cabeceira da cama. Enquanto ainda se derretia na boca de Ashlinn, Mia roçou os lábios pelo pescoço dele e foi descendo por seu peito, explorando com a boca os vales e sulcos dos músculos abdominais. Ele gemeu quando ela chegou a seu pau, o tomou na mão e o beijou da base à ponta, traçando círculos com a língua em sua cabeça e deixando-se perder no sabor dele. O coração dela saltava no peito, as entranhas formigavam, e as mãos tremiam quando ela olhou para Ashlinn com uma última pergunta no olhar.

Sem fôlego, a garota respondeu apenas com um gemido. Ela afundava cada vez mais, sem deixar de suspirar de adoração. Então Mia, depois de um único olhar para Tric, fechou os olhos e mergulhou para tomar todo aquele calor comprido na boca.

Deusa, como era duro. Pesado e quente como ferro recém-forjado, liso como seda. Ela sentiu uma mão forte enroscar-se em seu cabelo e outra agarrar-se à cabeceira com tanta força que a madeira rangeu. Começou a trabalhar com sofreguidão, engolindo o máximo que podia. Ele gemia, levantava o quadril da cama, guiava-a com a mão; as bochechas de Mia inchavam e esvaziavam, sua cabeça girava ao sentir o dedo de Ashlinn entrar e incendiar seu mundo. Com a garganta cheia e os seios arfantes, só foi capaz de gemer quando sentiu-se ir, latejante, numa torrente arrasadora. Um fogo sombrio acendeu-se dentro dela, fazendo-a girar e explodindo em sua mente. Mia tirou a boca do pau e o apertou contra a bochecha e gritou quando perdeu os sentidos e o controle do corpo e da mente.

Ela inclinou a cabeça, arfante, trêmula, com uma mão ainda em volta de Tric enquanto tentava recuperar o fôlego. Ash permaneceu entre suas pernas abertas, traçando espirais agonizantes, produzindo um prazer grande demais para aguentar. Tric puxou Mia para cima e apertou a boca contra a dela, acariciando sua bunda com mãos fortes e hábeis. Ela queria dar o que recebera, queria possuir os dois por inteiro, preencher e ser preenchida até enlouquecer.

Soltando-se de Tric, Mia se virou e puxou Ashlinn para um beijo profundo. Estremeceu ao sentir o próprio gosto nos lábios da garota, correndo as mãos pela poesia de seu corpo. Enfiou o rosto no pescoço de Ash para dar-lhe mordidinhas e sentiu Tric ajoelhar-se atrás de si. Ele separou seu cabelo com mãos leves e beijou sua nuca, fazendo-a estremecer. O toque macio da boca dele a fazia derreter, a dureza do pau contra a sua bunda a fazia gemer e ela se esfregou mais ainda nele enquanto recuperava o fôlego. Implorando. Olhou para Ashlinn e viu um rosto sedento de desejo. A loira reclinou-se na cama, abriu as pernas e correu os dedos pelas coxas.

– Chega mais, linda.

Mia pôs-se de quatro em cima de Ashlinn. Beijou-lhe o pescoço, os seios, sentiu seu coração pulsar contra os lábios. Lambeu os bicos rígidos de Ash com gosto de sal e desceu numa catarata de beijos até o alvo. Soltou um gemido das profundezas quando sentiu mãos fortes acariciarem sua bunda, abrirem as nádegas e procurarem com carinho seus lábios túmidos. Então sentiu uma rijeza de ferro quando Tric enfiou a cabeça em sua umidade, movendo-a para a frente e para trás. Mia baixou mais, com os olhos em sua garota, e desceu ao céu. Lambeu a marquinha na coxa de Ashlinn, abriu suas pétalas com os dedos e inalou o aroma do desejo.

– Isso – suspirou Ashlinn. – Isso...

Ash gemeu com os beijos doces que recebia, uma prece da língua de Mia às portas de seda de seu templo, ao altar sombrio de sua devoção. Deusa, como ela era quente ali, lisa e suave como mel. Mia enfiou mais a língua, sentindo o néctar nos lábios. Olhou para trás e viu Tric, com os músculos saltados, parecendo um touro preso em correntes.

– Me fode – ela suspirou.

Mas não. Ele correu as mãos grandes e fortes pela coluna dela, pelos quadris. Provocava, torturava. Com um sorriso malicioso nos lábios, ele a levava até o limite, tão perto, tão perto, Deusa, era *enlouquecedor*. Mia não aguentava mais, já tremia de expectativa. Levou a mão para trás e arranhou a pele dele.

– Ai, Deusa, por favor, me fode, me *fode* – implorou.

Ela gemeu contra os lábios de Ashlinn quando Tric cedeu e enfiou devagar. A cabeça dela girou. O coração disparou. Ela arfava ao senti-lo cada vez mais dentro, centímetro a centímetro, com uma suavidade impossível, com um calor de tirar o fôlego. Fechou os olhos e gemeu de novo, cheia até o limite, quase esmagada sobre o prazer/dor daquilo tudo. Ele a agarrou pela cintura e começou a se mover num ritmo lento e agonizante. Ela abriu a boca, harmonizando o ritmo dele com o ritmo da própria língua em Ashlinn, suplicante, pedindo mais, mais, *mais*. Os três moviam-se juntos, Mia revirando os olhos, Ashlinn contorcendo-se na cama, Tric com gemidos que ecoavam no peito dela. Mia sentiu a mão dele deslizar por dentro de suas coxas, com carícias e toques, aproximando-a cada vez mais do céu.

– Ah, Deusa, não para – murmurou Ashlinn.

– Ai, isso – gemeu Mia. – Ai, isso, caralho...

Eles moviam-se numa dança velha como o tempo, dura e lenta e profunda. Cada movimento de Tric empurrava Mia contra Ash e fazia a loira chutar ou arfar ou pedir mais. Ela sentia o desejo de Ashlinn aumentar, as coxas começarem a tremer, e sorriu ao vê-la tão acesa. Ash tinha uma mão nos cabelos de Mia e outra no próprio seio, que acariciava e apertava. Com a cabeça jogada para trás, cada novo beijo ardente de Mia, cada toque de sua língua provocava outra súplica, outro gemido trêmulo, outro suspiro entrecortado. Mia pôs a mão no meio das próprias pernas e enlaçou-a com a de Tric, que metia, *me fode, me fode*. Ela queria mais dele, queria todo ele, e o fato de tudo aquilo parecer proibido a tomava por completo. Ela se forçava para trás a cada metida dele, curtindo cada centímetro. Estava acesa por inteiro, queria isso, só isso, sempre isso.

– Mais rápido – ela suplicou e lambeu. – *Mais rápido.*

Um grito informe irrompeu da boca de Ashlinn; ela apertou os cabelos de Mia, esticou as pernas e contraiu os pés, o corpo inteiro retesado como um arco. Ash levantou o corpo no colchão, agarrando os lençóis, enquanto Mia a segurava firme, passando os braços pelas coxas e bebendo daquela torrente. Tric gemeu ao ver Ashlinn gozar, e Mia o sentiu mais forte dentro dela, com um ritmo mais rápido, entrando por completo, o corpo tremendo. Mas ela jogou a mão para trás, para a barriga dura dele, e o olhou nos olhos, pedindo-lhe para segurar, segurar.

Ainda não, amor, disse com os olhos. *Ainda não.*

Ela o afastou, deixando-se esvaziar e ansiar. Traçou lentos espirais com a língua pelo corpo de Ashlinn até dar com os lábios dela e a reanimar com um beijo longo e profundo. Abriu as coxas de Ash com as suas e ergueu seu quadril. Ash gemeu, apertou Mia entre os braços, enfiou a língua em sua boca e sentiu seus outros lábios tocarem-se. Entre beijos e suspiros, elas começaram a esfregar-se, encharcadas de suor.

Mia virou o rosto para trás e chamou Tric com um olhar. Queria dividi-lo por inteiro, senti-lo por *inteiro*. Enquanto ela e Ashlinn roçavam uma na outra, ela o tomou na mão e o guiou com cuidado até onde queria, até onde *precisava*. Ash suspirou ao senti-lo deslizar pelo calor escorregadio entre ambas, sentindo aquela rigidez insuportável em meio àquela maciez impossível.

Tric voltou a se mover, carregado pelo desejo delas, fazendo todo seu tamanho entrar e sair pelos lábios ansiosos das duas. Ashlinn gemia a cada metida, apertando a boca contra a de Mia, enroscando a língua na dela. Tric se inclinou para a frente, os músculos dos braços e do torso saltados, e beijou a nuca de Mia, depois as costas, fazendo-a tremer a cada toque. Mia já não sabia onde eles terminavam e começavam; havia mãos em toda parte e um fogo crescia por dentro, pele contra pele contra pele. Lábios macios e gemidos baixos, todos tremendo cada vez mais. A sensação de tê-lo entre elas, de dividi-lo, fazia Mia arder novamente, seu pulso entrar em combustão. Ela sentia uma doce destruição chegar, uma imolação brilhante capaz de destruí-la, mas corria a seu encontro sem hesitar.

Enfiou a mão entre ambas, envolveu o pau dele com os dedos, fez carícias, guiou, suplicou. Sentiu as mãos de Ashlinn juntarem-se às suas, sentiu Tric ficar cada vez mais duro sob seus dedos, sentiu os tremores que o sacudiam até os ossos.

– Ah, Deusa – ele gemeu.

– Isso – pediu Mia. – *Isso*.

Ashlinn olhou nos olhos dela, enfiou a mão livre no cabelo de Mia e ambas subiram os quadris, bobagens silenciosas escapando dos lábios quando baixaram novamente. Ash jogou a cabeça para trás ao perder-se, o corpo inteiro trêmulo. Vê-la gozar e sentir os beijos de Tric a deixou mais uma vez à flor da pele, abrasada por um fogo intenso e ofuscante. Todos os seus músculos estavam tensos, uma destruição sufocante emanava em pulsos do centro de seu corpo e explodia em clarões em sua cabeça. Mia gritava enquanto sentia Tric ir mais rápido, deslizar, derreter-se até finalmente jorrar nas mãos dela. Quando ele gozou entre suas barrigas e seios, outra onda a atingiu, engolfando a primeira, e um licor de gelo e fogo circulou por suas veias, pelas pontas dos dedos, e a alçou aos céus ardentes.

Nada.

Tudo.

Qualquer coisa.

– Deusa – ela arfou. – Minha Deusa…

Mia correu a língua pelo corpo de Ashlinn, saboreando o sal perolado e o calor, ainda zonza. Ashlinn ronronava, arqueando as costas. Mia beijou sua boca e sentiu o gosto do garoto entre ambas. Tremia tanto que não conseguia falar.

Tric afundou nos lençóis, encharcado de suor. A gravidade voltara ao lado de uma exaustão contente e triunfante. Os lábios dela doíam. O corpo todo doía de uma forma maravilhosa e perversa, com o ardor de satisfação assentando-se sob a pele. Ela era como um deserto inundado por um mar ardente, como a terra numa chuva torrencial. E, por fim, rolou para o meio dos dois. Tentando respirar. Só respirar e existir.

Pensando no que tinham feito.

Se tinha sido loucura.

Se havia algo entre eles além daquilo.

Ashlinn a olhava, com os lábios inchados, vermelhos como rubis, e as madeixas loiras úmidas de suor.

– Eu te amo – ela sussurrou.

Tric enfiou o rosto por trás dela e roçou os lábios em sua orelha.

– EU TE AMO – sussurrou.

Mia puxou ambos para si e soltou um suspiro profundo. Não fazia ideia de como aquilo acabaria. De como funcionaria, ou *se* funcionaria. Mas prometeu para si mesma que nunca se arrependeria daquilo – nem naquele instante, nem nunca. Ela nunca fora de seguir trilhas conhecidas; nunca tinha se importado com o que os outros pensavam ou diziam. E a verdade era que, embora ela fosse apenas uma, era mais do que suficiente para dois. Mia Corvere era uma pessoa que fazia o que queria, e o que acontecera entre eles exatamente não importava, só que ela assim o quis. Então, ela se esgueirou entre eles, encharcada, entre seus dois amores. Tomou as mãos de cada um e as levou aos lábios uma de cada vez.

E suspirou.

– Eu amo vocês dois.

SUA OPINIÃO É MUITO IMPORTANTE

Mande um e-mail para **opiniao@vreditoras.com.br**
com o título deste livro no campo "Assunto".

2ª edição, mar. 2022

FONTE Adobe Garamond Pro Regular 11,1/15pt; Orpheus Pro Regular 40/30pt
PAPEL Ivory Cold 65g/m²
IMPRESSÃO Geográfica
LOTE 270122GEO